科幻世界

世界流行科幻丛书

姚海军　主编

美铁之战Ⅲ

铁大师

【英】帕特里克·蒂利 著　陈灵芝 译

四川出版集团◎四川科学技术出版社

图书在版编目（CIP）数据

铁大师/［英］蒂利 著；陈灵芝 译.
—成都：四川科学技术出版社，2009. 5
（世界流行科幻丛书）
ISBN 978-7-5364-6836-8
Ⅰ.铁… Ⅱ.①蒂… ②陈… Ⅲ.科学幻想小说-英国-现代
Ⅳ.I561.45
中国版本图书馆CIP数据核字（2009）第063332号
图进字21-2005-158

世界流行科幻丛书

铁大师

著　　者　［英］帕特里克·蒂利
译　　者　陈灵芝
丛书主编　姚海军
责任编辑　宋　齐
封面设计　王莹莹
版面设计　王莹莹
责任出版　邓一羽
出版发行　四川出版集团·四川科学技术出版社
　　　　　成都市三洞桥路 12 号　邮编：610031
成品尺寸　140mm × 203mm
印　　张　15.125
字　　数　340 千
插　　页　2
印　　刷　四川五洲彩印有限责任公司
版　　次　2009 年 5 月成都第一版
印　　次　2009 年 5 月成都第一次印刷
定　　价　35.00 元
ISBN 978-7-5364-6836-8

以下摘要节选自第一家族的秘密档案，现存于联邦智能中心——哥伦布主电脑内。

限阅级别：FF-1 至 FF-5

〔铁大师〕（该词源自变种人）

属类人种。皮肤光滑，无毛。居住于东海岸一带，掠夺了从缅因到北卡罗来纳的大片美洲土地。其地上统治区域（即通常所说的尼桑），西至阿巴拉契亚山脉西侧，向北沿俄亥俄边界一直延伸至伊利湖湖畔一个叫克利夫兰的导航参照点。

铁大师起源于形色各异的亚洲人分支。他们在大劫难之前的时代非法移民至此，后逐步融入到东北地区的各大城镇中。公元 2300~2400 年间，来自亚洲的船民形成多次移民潮，其规模虽小，但意义重大。他们使用的语言被称为“日本语”。在移入地，他们通过融合当地与他们血统相近的原住民，迅速发展壮大。目前，他们的种群保持着支配地位。

从进化程度看，铁大师介于寻道民与变种人之间，变种人等级最低。依据官方分类标准，铁大师属于低等人种，然而，他们具备阅读、写作以及计数的能力，具有高超的操作技能，精通农业、渔业、木材及金属加工（比如武器制造）、编织，以及利用加工好的石头建造房屋等技能。

所有低等人种和低级物种都存在基因突变,铁大师也不例外。他们通过基因突变,逐渐使自己具备了抵御辐射的能力。但与此同时,免疫力也会对低等人种和低级物种的其他生理机能产生负作用。对于铁大师来说,这种负作用表现最明显之处在于:体型较小,皮肤呈黄色,通体无毛。除此之外,这种负作用最大的危害在于对他们循环系统的破坏,具体表现为血友症的高发率以及血管壁的脆弱性,血管很容易在压力下破裂并引发致命的大出血。

不过,他们试图通过修炼武士道来克服这些先天缺陷。他们学会了怎样才能让生命过得自律平静,让死亡来得淡定从容。

铁大师社会具有金字塔式的等级结构,这种结构模式源于十七世纪。位于金字塔塔尖的是占有支配地位的战士(即武士)阶层,在他们之下,等级依次降低,分别为:治理官和书吏、手工业者、商人、农夫。位于金字塔最底层、支撑起金字塔的,是不计其数的奴隶苦工和通过实物交易换来的变种人。但不管处于哪个社会等级,女人扮演的都是从属的角色,诸如配偶、主妇、生育工具等。

最高权力被赋予将军。他是第一武士家族的首领,也是政府(被称为幕府)的名义元首。从理论上来讲,其他拥有领主头衔的武士家族首领都要拥戴将军。

正如这些武士家族首领的头衔所显示的那样,他们的权力和财富都来自他们的领地:领地上的子民全处于他们的直接控制之下,而领地上的产出又全是他们的私有财产。他们组织并维持自己的私人军队。当然,在理论上,这些私人军队是要受命于将军并服从法律和秩序约束的。

可以想象,这个社会最明显的特征就是尚武精神,以及对权势和传统的尊重。随着时间的流逝,这种心态慢慢形成了一种信仰体系(武士道),强调对上级长官的顺从义务(称为"义理"),与此相对的任何个人感情(称为"人情")都是次要的。这样一来便产生了绝对的服从和忠诚——首先是要服从并忠于自己的领主,再通过这种方式表明自己对将军的顺从和忠诚。

统治权一般是父死子承。个别幕府在其最后几代一直处于风雨飘摇之中,直到被一个更强大的竞争者取代。由于将军的领导权是勿庸置疑、不容亵渎的,所以传承次序的短时混乱一般都会得到纠正。在铁大师看来,将军只是众多领主中的"略胜一筹者";他的家族能拥有无上的显赫和荣耀,要么是因为得到了其他贵族的支持,要么就是通过武力抢来的。因此,将军的权力在根本上要依赖并受制于与其他领主的联盟,而这些联盟领主之所以会向将军表示忠诚,很大程度上是因为他们自身的利益。

虽然处在尚武阶层的统治之下,铁大师的主要事务却是从事国内贸易。矿产资源、农产品以及手工制品都将根据供求情况而被运往全国各地。所有领主都被要求向将军缴纳年贡(税收)。年贡是依照每位领主封地上所出财产的多少按比例收取的,而封地财产的价值又是政府派人评估的,因此年贡的征收方式就成了引发众多不满情绪的根源。

幕府政府通过收缴年贡、出售贸易许可权以及垄断制造业来获得收入,用以填补它行使各种政府职能所需的开支。

大劫难之前,铁大师买卖所有的货物时都要使用一种交易媒介,被称为"钱"。那是一种小小的薄片,分为两种—— 一种是用纸浆压制而成的长方形薄纸片(称为"元"),另一种是很小的金属薄片(称为"圆")——每一种钱都代表一定数量的交易单位,它能赋予持有者相应的购买力;同时,这也引出了一个奇怪的概念:个人"财富"。这是一个早就过时的名词,联邦英明地摒弃了它。(摘要结束。)

引子

卡迪拉克将浴衣递给仆人，缓步走进深深的浴盆里沉下，直到水淹没了下巴。两个“死脸皮”[1]女人头裹雪白的棉头巾，一丝不挂地站在他的两侧，随时准备为他擦洗或者按摩那已晒成古铜色的躯体。他向她们示意开始，然后闭上双眼，再一次沉浸在对美好未来的憧憬中。虽说他能从长眼睛的石头中解读到未来，可是石头没有告诉他，所有那些他曾经热切渴望的东西，在离开平原人短短几个月后，他就能紧握在手心里了：责任、一项配得上他聪明才智的任务，还有最重要的——威望。

他的人生已经彻底改变。平生第一次，他感觉到真正的满足。水的温暖渐渐弥漫了他全身，像在轻轻消融着他的血肉之躯。他依然半合着双眼。旁边的灯笼发出摇曳的黄色光芒。映着这光，他忽然产生了一种飘忽不定而又捉摸不透的感觉，仿佛他的灵魂被摩城倾倒进了大地母亲的子宫。

他的思绪慢慢飘远了……

① 平原人对铁大师的蔑称。

当时,天将拂晓,史蒂夫·布里克曼在几个熊武士的追赶下腾入空中。之后没多久,卡迪拉克就开始组装第二枚箭头,所用的零件还是部族兄弟趁史蒂夫不备时偷偷藏下来的。利用从史蒂夫那里学来的知识和技巧,他发现工作相对简单多了。他帮史蒂夫造的那架“蓝鸟”摇摇欲坠,仿佛随时都要散架似的。尽管如此,他还是靠它学会了飞行。而等他自己的箭头组装完成之后,卡迪拉克发现它比“蓝鸟”还要漂亮牢固,心里别提有多得意了。

当时,为了不被觉察出来,他不得不小心翼翼地放慢学习速度。回想起这点,卡迪拉克忍不住微微一笑。布里克曼回到沙穴人[①]的黑暗世界里,却根本没意识到自己留下了一把开启知识宝藏的钥匙。利用辟邪主赋予的力量,卡迪拉克将云武士脑中的所有信息储备——包括他知道的所有情况、学到的每一样知识、出生后的所有经历——全都复制了下来。布里克曼所有的才智、技能和知识,现在他全都掌握了。

当然……他也为此付出了小小的代价,那就是失去了清水的芳心。

从部族与铁蛇作战时击落的几架天鹰机中,布里克曼精心挑选了一台发动机装在“蓝鸟”上,可惜因为无法正常运转,被他在逃跑之前扔掉了。而正是这台发动机,为卡迪拉克的得意之作提供了原动力。史蒂夫在匆忙之中无法做到的,卡迪拉克做到了。他把那台发动机拆成零件,仔细检查了每一部分,然后视若珍宝般谨慎地重装起来,一次又一次坚持不懈地试验,最终使它完美地运转起来。

现在,他变成了空中的布里克曼。从部落居住地上方的崖顶起飞,掠过陡峭的悬崖边缘飞进苍茫天地间时,他也和布里克曼一样毫无惧意。他感觉得到风的拥抱,感觉得到它那带着丝丝凉

① 平原人对联邦人的蔑称。

意的甜味儿迎面扑来。就像那些把巢安在附近高山顶上的金雕一样，他被一股强大的力量推动着，绕着巨大的圈子盘旋而上，心里满是自由的喜悦。

他飞得越来越高，直到进入一个空中世界。这个世界的轮廓在阳光照耀下瞬息万变——云墙耸立，云谷幽深，他就在这深沟幽壑间时而爬升，时而俯冲。远远望去，云团被风雕凿成宏伟壮丽的琼楼玉宇；飞近了再看，曲折的回廊和高耸的屋顶却都倏忽飘散，化成一片轻柔无形的薄纱裹住他的飞机，又像泛黄季的晨雾笼罩大地一样将太阳也囊括其中。这是天音的领域；这样的迷人景象以前只能存在于想象之中——晴空万里，雄伟庄严，令人惊叹；变化万千的景象被赋予了一种彩虹般的美丽——而人类，是永远都无法领会这一切的。

向下望去，所有的一切都显得渺小至极。那些在地面上难以承受的伤痛，现在一下子变得毫无意义。这种舒畅的感觉令人心旷神怡，他就这样在高空逗留了整整两个小时。甚至在着陆之后，他的情绪依然激昂高亢，他的双脚甚至无法在大地上站稳。

雪先生以一如既往的精明，让他在这种自我崇拜中飘飘然数日之后，猛地给他一记重拳，把他狠狠地拉回地面——雪先生告知了他自己与铁大师艰难谈判后定下的合约内容。他说得很简单：拿一个组装完成且完好无损的箭头，再加一个同样完好无损的云武士，去交换威力强大的新型长尖铁——步枪……

卡迪拉克无比困惑地看着他。这里已经没有箭头了。铁蛇发射的飞机都成了一片片残骸，而且，云武士也早就离开了。

雪先生在坐席另一端坐下来，看出了他心里的想法，阴郁地点了点头，算作回答，“没错，我想这意味着要靠你了。”

伟大的天母啊。卡迪拉克的心一下子凉透了。因为所有去了伯－利恒火坑的变种人，到现在为止还从未有哪个回来过。

雪先生却不理会他的抗议。真是忘恩负义。是辟邪主使你成为字匠、预言师的，现在辟邪主想要你成为云武士，你竟不肯了，难道你就是这样报答辟邪主的吗？要知道，被赋予这样的能力，就是要为平原人服务的。雪先生晃动着手指，表情严肃地说："永远都别忘了我的话：这天下可绝没有免费的午餐。"

"免费午餐……？"

雪先生没理会他的疑问，接着开始详细描述议定的计划细节。卡迪拉克将向北一直飞到黄石河，再转向东，前往圣－保罗人领地上的交易点。交易点附近有几条"大河"①，他得沿"大河"的河岸线往前飞。最后一条河是南北走向，被称作伊利河。伊利河以东就是铁大师的疆域，那里是轮船主山下大人的领地。但是，飞到那里的路途很危险，它意味着要穿越蒂特律人和辛辛那提人控制的地盘。不过，如果飞得够高的话，也许能躲过他们射出来的弩箭。这是一场伟大的交易，但如果能趁整个世界都躺在摩城布满星辰的斗篷下睡觉时飞过那些区域，就会更安全些。他将在下个满月升起前的日落时分出发，如果一路顺利的话，将在第二天到达目的地。

说到这里，雪先生停了下来，在他那堆乱七八糟的东西中翻来覆去地寻找什么东西。过了好一会儿，他终于翻出两块叠好的布，打开一看，原来是两面由上好的白布做成的方形旗帜。

每面旗帜的正中央都有一个血红的圆盘——那是铁大师的标志。这两面旗帜是山下大人的船队从伯－利恒带来的。它们将被固定在箭头的双翼下面，这样地面上的人就都能看到。为确保安全，飞机一到铁大师的领地就要从尾部喷出一股白烟。卡迪拉克最后一次去交易点时见过的那种被射向空中的绿火箭，将为他标识出降落的地点。

① 平原人称五大连湖为"大河"。

事情到现在一直进展不错,铁大师似乎将方方面面的可能性都考虑到了。卡迪拉克要伪装成一个寻道民,他得除掉身上的彩绘,穿上某个云武士的衣服——那家伙的头颅现在还挂在清水帐篷外的木桩上。这样一来,凭借着他那光滑的皮肤和新近获得的知识,再剪上一头短发,就没有人会再怀疑他联邦飞行员的身份了。不仅如此,他的束身外衣右边的口袋上还要缝一条丝带,上面的文字将把他变为另外一个人:8902S · R · 布里克曼。

挺有讽刺意味的,对吧?两人禁不住大笑起来。这一笑,不仅消除了卡迪拉克所有的担忧,甚至还抵消了想到要失去一头乌黑长发时的惊慌。

完成这样一项颇具挑战性的任务得冒风险,不过随之而来的可能还有好处。卡迪拉克正试图在这两者之间寻求平衡,雪先生却出人意料地指出:卡迪拉克已装好的这个飞行器必须增设一个座位,给陪同他的保护者——

清水。

清水将要扮演来自穆卡尔部落的使者。她将打扮得像一位母狼武士,完美无瑕的橄榄色皮肤将被掩藏在用黑色和褐色颜料绘成的旋涡状图案之下。而她的真正任务是为卡迪拉克提供精神上的支持:作为召唤师,在必要的时候,她会唤醒强大的神力来保护他,并确保两人安全返回。

卡迪拉克咬着嘴唇。清水和布里克曼之间的事,他已经在石头里都看到了,不过他什么也没有说——连接他和清水之间的纽带已经断裂了。虽然外表看来依然如昔,可清水却再也不是他的魂偶了。现在她的心思和渴望全都给予了云武士——那个死亡使者,命中注定还要回来,他将越过一条血之河,带她离开。

那是平原人的血流成的河。

卡迪拉克也已经从石头里看到了雪先生将在何处献出生

命——为了拯救他卡迪拉克。他悲痛万分，泪流不止，一边诅咒自己的天眼通之能，一边暗自发誓再也不看长眼睛的石头了。车轮已经转动，大道已经铺就。如果一切都无法改变，那么最好不要揭开未来的面纱。就让未来保留它自己悲伤的秘密吧，眼下的痛苦已经够沉重的了。

接下来的几天里，卡迪拉克加长了箭头细长的机身外壳，在自己的驾驶位旁又加了一个座位。在做这些事时，他尽力说服自己正视已经发生了的那些事情。和清水、雪先生一起站在断崖边上，看着云武士借着微风起飞，越过群山后转向南方时，他已决定，什么都不要谴责，什么都不要埋怨，因为真正的武士不会为一些毫无意义的情感——诸如羡慕或是嫉妒——而动摇。

清水对云武士的痴迷深深地伤害了他。虽然在内心深处，他尽力说服自己要宽容，可他还是不能容忍自己屈居第二。如果他渴望复仇，那么他可以将部族兄弟召集起来，当着他们的面大声谴责她，还可以要她去死——依照平原人的规矩，对她的审判将只是纯粹的仪式而已。

但他没有那么做。直到现在，卡迪拉克依然乐意为她献出自己的生命。他们之间的友情纽带根植于他们少年时代的同甘苦共患难，又因为彼此都拥有天赋异禀而增强。这条纽带将永远不会断裂，直到摩城将他们的灵魂召回伟大的生命之杯中——那里盛满了晶莹剔透的水。再者，他也没有证据能证明那是清水对他的背叛。她从来没有说过自己做错了。实际上，连她对待他的态度都丝毫没有变化。可是他知道！他知道！她那愁云密布的蓝眼睛骗不了他，她的心和她的魂一起，都再也不在他身上了。

他也清楚，同样作为召唤师，雪先生一定会站在她那边，而让自己闭紧嘴巴。古老的法则规定了对字匠的尊重和服从，作为徒弟，是不能公然与老师发生矛盾的；如若不然，就是对礼法的背叛，是不可饶恕的。何况，就算他蠢到极点非要那么做不可，他也不可能在与雪先生的辩论中获胜。若要那么做，他将得不到哪怕一丝一毫的同情，反倒会招来平素就妒忌他的那些族人的无情嘲笑，而且那些人还会想尽办法把他逐出熊武士的行列。

最简单的解决之道，就是装作什么都没发生，也不再让清水行使对他的义务。可是这样也有风险。她一旦不再去他的帐篷，部落里就会有人怀疑，流言就会满天飞。如果真如他所猜测的那样，她曾经与云武士发生关系，那么要不了多久，部落里的女人们就会知道这个秘密。一旦消息传开，用不了多长时间，他俩就会被叫到部落长老那里被问个明白。

不，不能那样。不管自己有何感受，最明智的做法就是带上她一起去伯－利恒。等他们返回时，真相已经被遗忘，这件事从此再也不会被重提。假以时日，和解不是不可能的。虽然他的自尊心已经受到伤害，但他还没有高傲到不愿承认：对于这样一次冒险之旅，他还是很欢迎她的陪伴。

已经发生的事，不管是什么，都是辟邪主的意志。这件事也一样……

可是，谅解并不意味着能减轻伤痛。时至今日，差不多九个月过去了，尽管他的心思和时间都放在解决新任务中数不清的问题上，可是时不时地，那个看不见的伤口还是会隐隐作痛，将他刚获得的满足感破坏殆尽。

好在对此类痛苦，铁大师有一种有效的治疗办法——喝清酒。那种火辣辣的液体可以让他生出一种前所未有、不计后果的勇气，让他的舌头感受到全新的刺激，唤醒他身体里想要得到满足的渴望。而等所有的激情都烟消云散后，那份苦甜参半的伤痛，也就麻木了……

这，就是遗忘吧。

第一章

丰田赖朝[①]将军的夏宫位于阿隆基仑[②]的江户[③]。阿隆基仑这个地名，与一个永远消失了的民族有关，这个民族的人们曾经世代居住在赖朝将军宫殿所在的这片土地上[④]；而江户这个名字则源自赖朝本族的遥远历史。在赖朝藏书颇丰的书房里，墙上挂着一幅手绘的丝质地图。从地图上可以看出，被赖朝称之为"浮国"的阿隆基仑是一个非常狭长的岛屿，就像一头尾巴分了岔的鲨鱼。鱼头与大陆离得很近，鱼嘴大张着，附近有几处小岛，看上去仿佛一群小鱼，马上就要被鲨鱼吞下肚去。在"鱼岛"腰部的下方，沿海岸有一些细长而不连贯的沙礁。从地图上看，这些沙礁活像一群领航鱼[⑤]——正满怀期待地等着享用鲨鱼抛下的残羹冷炙。

---

① 铁大师的姓名有一部分源于日本历史上一些比较重要的人物，如赖朝，源于源赖朝(1147 ~ 1199)，日本历史上第一位征夷大将军，创建了日本第一个幕府——镰仓幕府。

② 即纽约长岛。

③ 东京的古称。

④ 阿隆基仑即阿勒格尼，是美国东部一条河流的名字。阿勒格尼出自印第安语。

⑤ 一种鲭类海鱼，因总是游在鲨鱼前面，故有此称，它们的食物是鲨鱼吃剩下的残留物。

到了尾部，岛屿分成两部分，被远远地甩进东部的大海里。

阿隆基仑与大陆之间还有一些岛屿，其中，斯塔－塔岛①和马哈－顿岛②面积最大，其他的像大督岛③及阿利斯岛④都很小。它们属于赖朝的领地，每个岛屿都依据其大小设有一个或多个设防港湾，驻有海军把守。岛屿周围从早到晚都有巡逻艇不间断地四处巡察。所有的船只，不管是适于远航的帆船还是单桨渔船，都在其监视范围之内。赖朝在阿隆基仑居住期间，没有他的特许，任何船只都不准在码头停靠。海军的守卫警戒将保护赖朝的这些岛屿不会受到那些被礼貌地称为“来客”者的侵袭，同时也要确保赖朝及其家人还有高级随从在岛屿与大陆之间往返安全。

丰田家族是上世纪涌现出的几个主要武士家族之一，占据统治地位已达八十二年之久。包括其现任首领赖朝在内，该家族已有六人相继成为旭日初生的国度尼桑至高无上的统治者——将军。在赖朝的高曾祖父那一代，众多领主冒着株连九族的危险，将他们的旗帜与赖朝高曾祖父的旌旗并排而举。正是通过与这些领主的结盟，再加上丰田家族武士独步天下的武艺，丰田家族才赢得了如今这至高无上的显赫地位。

以前，统治尼桑相对来说要容易很多。从船民登陆，即历史上所谓的“第七波”以来，在快速扩张的初期，整个尼桑只有为数不多的几个领主。然而不过数世纪之后，在西部群山和华盛顿之南的辽阔土地上，新的武士家族就如雨后春笋般不断涌现，并各自为政。而今，权势强大的领主已有十七个之多，且每个领主都代表着一个拥有武士军队的家族，武士通过庄严宣誓效忠被紧紧束缚在领主周围；更有一部分武士因为与领主家族有血缘关系，

① 即斯塔登岛。
② 即曼哈顿岛。
③ 即总督岛。
④ 即艾利斯岛。

与领主的联系也就更为紧密。

由于社会的基本构架不曾改变，从理论上讲，对尼桑的统治应该不成问题。身为将军，赖朝可以要求自己的全体臣民——上至最为强大的领主，下自最低下的农民或者渔民——随时服从他的命令。他的手中握有生杀大权，他做出的决定不容置疑。只凭一个简单轻蔑的手势而不必作出任何解释，他就可以让一名武士即刻施行取肠仪式，也就是切腹自杀，这是一种极为痛苦且令人毛骨悚然的自杀方式，只有武士才配"享受"，意在通过超乎寻常的坚忍意志，来表明他们对命令的欣然服从。

但实际上，统治尼桑并不简单。否则，将军就不应该会有什么潜在的敌人，也不需要在阿隆基仑的海岸布置重兵把守以防备"来客"。以前的统治者达特桑家族依然有可能东山再起、再掌大权，而丰田家族也依然还在北方大地上那布满湖泊的群山中伐木砍林、开疆辟土。只有通过对传统始终如一的尊重和钢铁般的意志来施展强有力的领导能力，作为幕府统治者的将军才能维持他那至高无上的权威。但在另一方面，如果一个人总是做出不可逆转的决定，却从不停下来思考一下这样的决定可能会产生什么样的后果，那么通常来讲，这个人在权力宝座上也不会停留多长时间。有压迫就会有反抗，这是一道铁律。星星之火亦能成燎原之势。作为幕府的名义首脑，将军可能会得到地位不太高的臣民的尊崇，可是对于领主来说，将军只不过是他们当中的"略胜一筹者"，而不是什么遥不可及的天朝皇帝。他们不会对专制行为视而不见。到了今日，统治艺术的核心就是寻求一个正确的平衡点。不管武士道对服从的要求多么苛刻，一般来说，武士和领主已不会再简单地在对错之间做出选择，而是更倾向于两害相权取其轻。

作为将军，赖朝在做决定时，会受到他所信任的谋士的影响，而谋士所得到的各种信息则均来自于幕府分布在尼桑各地的庞大情报网。赖朝心里很清楚，在武士道精神的影响下，他的内廷一直一派安宁，但这种安宁只是表面上的，宫廷章程中的繁冗礼仪和由幕府内阁制定的种种条例实际上组成了一道屏障，屏障背后掩藏着一个陷阱，里面的毒蛇永无休止地做着权力之梦，它们的信子上沾满了恶毒的谣言，滋生出的永远都是致命的毒液——阴谋诡计。

从前，人们也曾毫不犹豫地奉献过无限的忠诚，但那是在贫乏艰苦的年代，当时整个尼桑的存亡都系于一线之间。“第七波”的倡导者达特桑开创了第一任幕府，那是朴素社会的典范。然而，他的家族后来被推翻，随之而来的是长达两个世纪的动荡，之后就是血腥内战与相对和平的周期性交替。再往后，随着自家势力的逐渐强大，丰田家族一举恢复了之前幕府时代的权力，组建了稳定的幕府，带来了长达四分之三个世纪的相对和平与繁荣时期。

然而，即使是和平中也隐藏着危机。和平与繁荣之下，领主的权力和财富不断增长。尽管他们每年都要往将军的金库里缴纳年贡，增加丰田家族本就相当可观的财富，但是对丰田家族来说，他人的忠诚如今也像其他随便什么东西一样，需要用金钱去收买。繁荣不仅改变了社会的物质财富，也改变了人们的价值取向。它刺激了发展，然而发展却是一把双刃剑，一旦用错了地方，这把剑就会摧毁尼桑，正如老祖先曾经摧毁整个世界一样。

的确，赖朝明白，当今正处于这样的麻烦时期。绝对的权力像是诱人而危险的佳酿，行使它需要十二分的谨慎。尤其当手中的权力有名无实的时候，更需加倍小心。有时，统治幕府成了千斤重担。辗转无眠的夜里，他绞尽脑汁地思考着正确的治理方略。每每这个时候，他总会不由自主地想，要是自己能做个马鞍制作师或军械师该多好，哪怕只是一个打造刀剑的铁匠也比他过得更安宁，得到的回报与付出的心血相比，也更值得。身为将军，就意味着令人望而生畏的责任，尤其对于只有二十八岁的他来说，更是如此。

一艘从罗地兰[1]海岸边一个名叫纽波罗[2]的渔村出发的渡船，正朝着位于江户的将军夏宫驶过来，长谷川敏郎就在这艘渡船上。这是一艘驳船，船身宽大，船桨用蒸汽驱动。它沿着阿隆基仑东北角众多岛屿排成的直线穿过海峡，从"鱼岛"的西侧往岸边靠过来。

船上有两面旌旗迎风飘扬，表明了主人的幕府官员身份。尽管如此，渡船一进入阿隆基仑巡逻艇的视线范围，还是被拦了下来，一个海军分遣队准备登船检查。连结两艘船的通道刚固定好，巡逻队的队长就急匆匆地登上船。他恭敬地与敏郎寒暄几句后，彬彬有礼地提出了看一下敏朗证件的请求。敏郎把盖有将军印鉴的文件拿给他，他敬重有加地检查了一番，又将渡船彻底搜查了一遍，这才吩咐他的手下撤退，然后又为造成了不可原谅的耽搁而一再道歉。敏郎也客客气气地回了礼，说他只会在巡逻队不积极检查或搜查不那么彻底的时候生气，因为海军是在执行命令，他们的认真警戒将会为他们所属的军队带来荣誉，更重要的是，能为他们的统治者增光添彩，等等等等。

一小时之后，渡船那装有吊桥的平坦船头就驶进了奥恩特[3]码头的滑道[4]。奥恩特是阿隆基仑北端的陆路与海路连结的地方，这是它唯一的好处。级别较低的官员和碰巧也在岸上的渔民一

① 即罗德岛州，位于美国东北部，与马萨诸塞州相邻。
② 即纽波特，罗得岛州一港口，位于美国东海岸。
③ 即东方镇，也称奥伦特镇，位于长岛北段最东端。
④ 码头上设置的用于船上岸或下水时的斜道。

看到渡船小驾驶室上方的旗帜,就都热切地候在道路两旁。随着两名水手小心翼翼地取下旌旗,人们的期待情绪也越发高涨起来。很快,渡船上的所有人员都来到前甲板上齐刷刷地跪下,随后,身着全套礼仪盔甲的长谷川敏郎骑着一匹体格健壮、神气十足的矮种马出现在众人面前。

一切都显得非同寻常。敏郎的护甲是用深红色的丝线将镶着金边的黑色圆片缀在一起制成的;锃亮的头盔与护甲配套,边沿夸张地向外翘起;头盔的前方是一个青铜制的水鸟徽章:细长的脖颈,高展的双翅,前挺的胸脯,长着冠毛的脑袋。它是现任将军的象征。

坐骑的装饰物印着同样的徽章,也有着同样的奢华。布满斑纹的马身上,裹着黑色和金色相间的马衣;鬃毛和马尾都缠着深红色的绒线和缨穗。敏郎的护甲背上有皮制的插槽,里面插着的几根竹竿上飘着他的靠旗,旗上的丝带高高飘扬,在海风的吹拂下猎猎作响。

敏郎骑着的马刚一踏上通道,岸上的众人全都跪了下来。敏郎经过的时候,他们重重地磕下头去。这种礼节是在表示他们对将军及其臣属的敬畏,不过实际上,这也是将军安排自己的臣子制定的礼数。"畏"是发自内心的,"敬"却是被迫的。因为如果敏郎受到的接待稍有不周,他就可以将犯上的罪名随便扣给哪个人,并立即判他死刑。从敏郎过去的做法来看,他完全有可能亲自取其性命。

敏郎骑着马缓缓穿过村庄,马踏着大名鼎鼎的"盛装舞步"——马蹄高抬,步伐紧凑。礼仪细则不仅规定了低级的普通民众此时要匍匐在地,同时还规定了高级人员的行为举止也得符合特定的要求。他缓步经过最后一个趴在地上的村民,开始策马沿着蜿蜒的小路朝江户方向慢跑。

脚下曲折的道路在狭窄的半岛上拐来拐去。在将军眼中，这里正是"鱼岛"鱼尾巴的上半部分。在敏郎的右边，东海的海浪正轻轻地拍打着平缓的海岸线；而在他的左边，是海水吞噬陆地后形成的水湾。一字排开的小岛将水湾彼此隔开，只有在潮水退却后才会发现，这些小岛之间其实是由岩石和沙地相连的。前方不远处就是一条四十英里[①]长的宽阔道路。敏郎开始策马飞奔，印有文字和徽章的长条靠旗被风吹得笔直，又细又高的旗竿也微微向后弯去。

长谷川敏郎是一位使者，属于一个精英武士小组。他们人数不多，名义上隶属于内廷，但直接听命于将军，也直接向将军汇报。这些使者地位并不尊贵，却能够接近最高权力中心，这使得敏郎他们深得上级，也就是内廷官员的青睐——有时甚至是妒忌。同时，拥有这种特权也意味着，即使是在势力强大的领主府邸里，他们也能享有高规格的礼遇，而那些领主通常也会热情地跟他们套近乎。

内廷使者是将军的耳目，也是将军的口舌。他们把将军内心最深处的谋划，带往尼桑各地，直到最遥远的角落。由于他们对外的身份是内廷使者，一般人并不知道他们也是将军手下的情报密探。不过，那些阴谋家及热衷于争权夺利的人却心里有数，清楚他们是幕府的重要特工，是提供敏感信息的渠道；他（她）们常常一人分饰数个角色，以不同的面目示人。

假设有一条线从头到尾贯穿整个"鱼岛"，并沿线将岛屿分成三个部分，那么江户就位于第二部分靠近鱼尾的地方。将军的夏宫有数层，位于一片高地上，距离"鱼岛"两侧的海岸都差不多。

① 长度单位，1 英里约等于 1.6 公里。

环绕将军宫殿的是成片的民居，整齐而低矮，衬得将军宫殿仿佛鹤立鸡群般出众。幕府曾贴出过告示，规定距离夏宫城墙一里格①之内，不得建任何居所；十里格之内，任何家庭不得在此居住，除非该家庭中有人直接受雇于将军或将军的内廷官僚。

夏宫外有一条宽阔的护城河，围成方形；将军宫殿城墙就立在河岸上。城墙是用泥砖和来自布鲁卡林②采石场的石头砌成。第一层建筑修在城墙顶上，距离护城河水面五十英尺③，由木、石及瓦屋顶组成。在每一个拐角处都有一座六十英尺高的塔楼耸然而立，直指云端，塔楼之间由回廊连接；回廊曲折往复、错综复杂，上有装饰华丽的横梁和顶盖——初看之下，它让人情不自禁想到财富、稳固和权力；而这正是将军宫殿的第一位主人——赖朝的祖父要求建筑所表达的精确品质。

将军宫殿入口处有一座宽阔的、微微弓起的拱桥，由两处关口把守：一处是外部关口，位于入口通道的尽头；另一处是内部关口，位于护城河中间的一座石岛上。将军宫殿中有美丽的花园，也有用雕刻精美的石头堆砌成的水池和瀑布。实际上，它同时也是一座堡垒，有秘密梯道和出入口。

到了外部关口，敏郎就不必再出示他的文件了，眼尖的哨兵早已向关口的警卫队长镰仓④通报了他到来的消息。镰仓也从望远镜里认出了他，并亲自带领两名武士迎了上去。他与敏郎相互寒暄了几句，语调比正式礼节多了些热情。他们是忘年交，镰仓要比敏郎大十五岁，他教会敏郎剑术，又时常陪他练习，并在需要的时候为他解惑答疑。

---

① 长度单位，1 里格约等于 4.8 公里。

② 即布鲁克林，纽约市西南部的一个区，在长岛西部。

③ 长度单位，1 英尺约等于 0.3 米。

④ 日本第一个幕府即称为镰仓幕府，由源赖朝创建。

过去的两年里，敏郎不停地被派往各处，每到一地都急切地盼望着被召回的消息，结果等来的却是新任务，这让他连喘口气的时间都没有。如此一来，他们两人之间见面的次数就远不如当初那样多，尽管如此，他们之间的友情却丝毫不减当年。

镰仓是一名不大走运的武士，一连生了五个女儿，所以他把敏郎看作了自己的干儿子。每次敏郎到阿隆基仑，镰仓和妻子纯子都会很热情地把他接到家里住。敏郎从没怀疑过他这位良师益友的真诚，不过他总是会不由自主地猜想，这慷慨的两口子心底里是不是希望他能看上他们哪个女儿。事实的确是这样，不仅如此，他们的女儿明显也有同样的心思。近几年来，就连最小的那个不到十三岁的女儿也开始学着姐姐们的样子，用更多亲密的举动来表达对他的喜爱之情。

她们会在夜里拜访他，按照习俗，这是不应该被拒绝的。所有的一切她们都做得谨慎又周到，丝毫不亚于宫廷里那些训练有素的仕女。事后，她们却表现得似乎什么都没发生过一样，每个人都一如既往地谦恭有礼。敏郎在她们的父亲面前也什么都没说。他宁愿相信这位好心肠的队长对这些事都不知情。然而，从他的女儿们所展现的技巧来看，如果没有做父母的给予了某种程度的指导，她们是不可能这样做的。敏郎知道她们的母亲曾经做过官妓，不过镰仓从来没跟他谈起过这件事。他们给他的温暖源于一种熊熊燃烧的野心，这一点他知道得很清楚。

将敏郎迎进城后，两名武士就下马回去看守关口了。镰仓则和敏郎一起骑马依次穿过外部关口及内部关口的拱桥，桥上的平民百姓，主要是地位低下的买卖人，此时都已跪了下来。他们的脸紧贴在厚实的铺板上，铁蹄踏出的声音像打雷一样直往他们脑袋里钻。骑马的人从他们身旁扬长而过，径直骑进将军宫殿的主厅里。

敏郎是长谷川家族的一员，他们的领地在北方，东面临海。再往北就是尼桑国土的最北端，被两大家族分而居之——西半部是富士家族，东半部是纳西华家族。再往远处，就是雾人的地盘了。镰仓家在阿隆基仑，作为敏郎的好友兼剑术老师，他让这个年轻人下榻在自己家里是很自然的。虽然对内廷使者来说，无论他们几时到达，也无论将军在哪里，都会有人给他们安排住处——将军在大陆上还有四处行宫，而丰田家族名下的其他宅邸更是数不胜数。

敏郎谢过镰仓的盛情相邀，并允诺一有机会就宴请他。不过遗憾的是，他得先向将军汇报，不然什么也安排不了；而且只有在面见将军之后他才能知道，在新的差事分配给他之前，他是否有时间荣幸地分享镰仓家幸福的家庭生活。同时，敏郎也请好心肠的队长向他的妻子纯子转达他尊敬而温柔的祝福，还祝福他的五个女儿——她们那绝世无双的美貌、无私忘我的奉献，以及纯洁高雅的举止，都为她们的双亲添光增彩，等等等等。

镰仓掉转马头，穿过拱桥回去了，他的自尊心得到了满足。既然在敏郎升为使者之前，他就对这个年轻人表示了尊重和友好，那么他现在的热情也不会被视为是谄媚奉承。不过他妻子倒是经常唠叨，说他们的五个女儿随便哪个都够资格嫁给敏郎；等有了一个内廷使者当女婿，那其余几个女儿的婚姻前景就无限美好了——说不定他们两口还能抱上个贵族孙子，没准还会是两个呢！

女人就是女人！镰仓心想，不管她们的地位如何低下，也不管她们表面上看来怎样恭顺，骨子里都抵挡不了来自上流社会的诱惑。幸好她们总是有一大堆家务事要打理，不然她们的脑子一定会被各种各样不切实际的白日梦塞满了。在将军幕府干了这么多年，镰仓对此深有体会。如果女人从日常的操劳中解脱出来，却没有置于严格且自律的理性支配之下，就会很容易滋生不满情绪。闲散首先会导致她们对享乐肆无忌惮的追求，慢慢地，当欲望的沟壑被渐渐填满，甚至连最不堪的堕落都无法让她们提起兴趣的时候，宫廷里的女人就开始转而传播恶毒的流言蜚语和玩弄阴谋诡计了。她们毁掉了自己的道德判断能力，还把一些拥有特权的男人拖下水——就是她们，使不止一个幕府将军垮了台。

镰仓心想，出身高贵并不全都是好事。要抵御精神和肉体的堕落，还是得靠武士的道德约束。他很欣慰，当今的将军在这方面很符合他的理想。然而不幸的是，他的妻子纯子并不赞同他这种对贵族的偏见。她曾给现任将军的父亲做过侍妾，后来为了嘉奖镰仓忠心耿耿的追随，她的主人慷慨地把她赐给了镰仓。那时的纯子还是一个纤弱的女孩，光滑细腻的皮肤很有弹性，也遵照世俗的要求对他很是忠诚顺从。可是像天下所有的女人一样，她也能找到自己的法子来搬弄是非，让他颇为恼火。

不过那都是开头几年的事了，随着时间的流逝，他们之间的关系渐渐改善，他也变得通情达理起来。赖朝执政之后，镰仓被提拔为警卫队长，赖朝还将他父亲那“安乐窝”里残留的纵情逸乐之徒全都清除一空。但是，内廷生活还是给纯子留下了抹不掉的印记。镰仓知道，纯子内心深处其实还是希望自己能嫁给贵族的。作为富商的女儿，她这个梦想并不是没有实现的可能。很多次，甚至连镰仓都希望自己出生时嘴里能含着金汤匙。可是他的年纪和阅历让他明白一个道理：那些一出生就被赐予了财富和特权的人，往往到后来才发现，他们拥有的其实是一只斟满毒汁的高脚杯。

进入宫廷后，敏郎遇到了内廷总管家康[①]，打听到了将军已经

① 日本历史上最后一个幕府——江户幕府的建立者叫德川家康（1541~1616）。

知道他到来，而且会在圆石花园里召见他的消息。当然，首先他得以最快的速度清理一下身上沾染的灰尘。

家康长得又瘦又高，苍白的面容上布满皱纹。他总是对自己所起到的作用深以为傲。对于他是怎么做到这一点的，敏郎一直迷惑不解。他好像从来不做任何事情，也很少露面。敏郎曾经观察过他的行为举止，他做的每一个动作、说的每一句话，都缓慢、准确，经过深思熟虑。他总是流露出一股沉静的气质，却隐隐含着一丝令人不安的威胁意味，仿佛一只母蜘蛛，泰然自若地趴在无形权力网的某个角落里。

敏郎毕恭毕敬地谢过总管，倒退着从他面前走开。

家康走到窗户前，看着敏郎大踏步穿过小小的庭院，后面紧跟着两个为他提包裹的侍从。真是充满活力！而且还满腔热血！这一切到何时才能结束？要知道，前任将军当政时，使者与将军之间所有的信息往来都要在家康这个过滤器上过滤一遍才能传出去、送进来。可是赖朝却改变了这一切。今天，这群出身低微的小流氓，竟然能够向将军当面汇报，甚至是在私下里悄悄汇报——真是闻所未闻，完全与传统背道而驰，最令他恼恨的是，这实际上为进一步削弱内廷权力开了个头。

家康是个老臣。在赖朝的父亲当政时，他担任的是同样的职务。如果不发生无法预料的天灾人祸，他很可能会在这个位子上一直待到老；不过他的一些老对头认为，他现在就已经老了。赖朝主政之后，很多他父亲用过的旧人都被迫离开了，连“安乐窝”也给一锅端了。那些纵情逸乐之徒，那些溜须拍马、自私自利、总是设法聚集在权力中心附近的吸血鬼，现在都树倒猢狲散了。然而家康却留了下来。新官上任三把火，但新将军的大扫除永远不可能将所有东西都清扫干净。上了年纪的老狗总是顽固不化，可他们在耍花招玩阴谋方面却聪明得令人叹为观止。

一个具有古老传统的民族,依靠对由来已久的习俗和礼仪的严格遵循而团结在一起。一旦习俗或者礼仪有所改变,就会危及整个社会构架,这是无论如何都要抵制的。变化只能缓慢进行,而且不管何时发生改变,在改变的同时,英明的领导人一定要用强大的力量保持历史的连贯性。赖朝一点都不愿意家康做他的总管,可除了他,无疑再没人更适合这个职位了。赖朝那时只有二十三岁,而家康这个狡猾的老狐狸却对每一个人、每一件事都知根知底。因此,赖朝很快就意识到,当务之急是要先笼络住家康,等自己坐稳了位置再说。如此一来,他的"大扫除行动"就没能将渣滓彻底清除掉。一俟风平浪静,这群乌合之众就又会沉渣泛起。对于赖朝设立的内廷使者,老狐狸相信还是做出让步比较妥当。只要与这些新贵保持距离,家康的权势并不会受到影响,而那些最关键的职位也将依然掌握在他自己人的手里。

赖朝对这些情况心知肚明。虽然也会有其他办法能除掉家康,不过他还是更愿意对这件事保持谨慎。宫廷改革意味着动荡不安,会对整个国家都造成冲击,也会扰乱民心。再者,他也很享受跟这个诡计多端的老家伙斗智斗勇。他还年轻,有的是时间,这才是问题的关键。而对于总管来说,他的财富是经验。家康打心眼里相信,如果不先征询他的意见并征得他的同意,像赖朝这样的年轻后生是无法做出任何决定的。再怎么说,他也是赖朝的叔公。

都是出自同一家族,家康对幕府的忠诚毋庸置疑。但他同时也一个举足轻重的人物,对通往权力中心的每一步都了然于胸;如果妥协能为他带来好处的话,他并不反对将令人垂涎的特权和肥缺拱手让出。他这样做,其实是在顺应一个更为现实的传统,它的历史甚至比武士的道德规范还要长几千年;假以时日,赖朝迟早会认识到,只有这个传统才是他唯一值得保留的,那就是:要在越来越错综复杂的世界中行使并维持权力。

这可是一个与时间一样古老的难题。

作为年轻人,能要求自己完全依武士道的要求行事,也还是很难得的。武士道的中心原则是义理——承担义务和责任,赖朝应该而且也会将重心转移到这上面来的。如果没有义理,社会将变得混乱而难以控制!可是,如果强迫自己一定要达到更为严格的道德规范,就只会适得其反。人类天生就有缺陷,没有缺陷就不是人,而是神了。人类的趋利天性迟早都会显露出来。可叹的是,正是因为有这些弱点,他们才更容易被控制。

与犯了错的人谈条件会更容易一些,而且也更好打交道一些。虽然已经老态龙钟,家康依然懂得如何才能达到自己的目的。再者,情势所迫,他如果不那么做,就只能坐以待毙了。

圆石花园里布满了上等的细沙,里面有很多排列巧妙的鹅卵石;沙面上波纹起伏,一条条线和一个个旋涡合在一起,组成了一幅天衣无缝的图画。从晨光初露开始,花园里的园丁会无数次地清除里面的落叶、树枝和其他杂物,并在离开前将花园恢复成原来的模样。这样每次将军来到花园,看到的景色都与上次一模一样,好像只是做了一场梦一般。这是一幅冻结在时间之河里的风景画,线条与色调、纹理与质感和谐而完美地结合在一起,妙不可言;同所有伟大的艺术品一样,如果你仔细体会,总能从中得到新的感悟。它能使观看它的人平静下来,引发幽思,达到心灵宁静的境界。

它是对以往的人类历史碎片的珍贵再现。那时人们还生活在一个对年代编纂者来说并不陌生的时代:史前世界。很多人都从花园里汲取过力量,赖朝也不例外。他在九岁那年就开始迷恋它那神奇的魅力,从那时起,只要他在江户,就每天都会来这里,每次都要在檐廊最高一级台阶那里逗留一会儿。它给他的感觉从未改变,只不过现在,其他人都不能再来这个被他选中的地方了,因为他一登基,这里就成了禁地。

赖朝生来就比较能自我克制,不过他也没打算做一个禁欲苦修的圣人。青春年少时,他既不循规蹈矩、一本正经,也不像一般人眼中的年轻贵族那样沉湎于挥霍旺盛的精力。肉体享乐既不受鼓励,也没被禁止。年轻的武士都被教导过,武士与武士之间的友谊要远比对女人的感情更可贵,可是他们总也抵制不了男女之情的诱惑——有时甚至还是不正当的男女之情。新任将军也未能例外。

此刻,身穿一身丝质宽肩和服的敏郎找到守卫队长(队长的手下对圆石花园周边的消息十分灵通)。两名武士一改传统头饰的样式,戴上了用变种人的头发做成的假发,再缠上一条白色头巾。守卫队长的头巾两侧本应是血红圆片的地方变成了字符,表明他的地位和官职。敏郎所戴的头巾在同样的位置则是将军的水鸟徽章,腰带里还插着一长一短两把弯刀。

换作别人,就得将刀取下来。可他是内廷使者,有权在面见将军时佩带武器。这标志着赖朝极其信任这群年轻人。敏郎恰好与将军同年,这或许并不完全是巧合。赖朝挑选出来的这群新使者,没有一个超过三十岁,最年轻的只有二十五岁。

守卫领着敏郎从小路走向一个四面通风的凉亭。赖朝此时正盘腿坐在那里,出神地凝视着眼前的石头和细沙。五名武士围成半圆坐在他身后,见有人来,突然一跃而起,动作迅捷无声。不过等他们看清来人后,紧握在长刀把柄上的手就放松了。他们和花园外面的那些守卫一样,一出生就由丰田家族抚养,对将军忠心耿耿。守卫队长深深地弯下腰,慢慢倒退着离开了。敏郎登上凉亭低处宽阔的台阶,在将军的左后侧跪下来。赖朝依然目不斜视地盯着面前的花园。敏郎将额头放在从最高一级台阶铺下来的草席上，等待着。

"怎么来得这么晚？"将军操着一口流利的基础语问道。他能用这种语言和他的使者流畅地对话——当然，使者是不宜与之使用同种口音的。那五个排成一列站在赖朝远侧的守卫，则只会使用日本语。

敏郎也盘腿而坐，"有些方面还需要进一步调查，陛下。这并不容易，他们的牌出得很隐秘。"

"有很多王牌握在他们手里吗？"

"说不准。不过，肯定有鬼牌①。"

赖朝不情愿地把目光从圆石花园收回来，在敏郎身上短暂地停留了一下。将军也戴着一套用变种人头发制成的假发，不过他的假发样式很华丽，头发被编成小辫子，插着漆木梳，还戴着一顶小而扁平的乌帽子——一种唯我独尊的设计，与他尼桑最高统治者的地位正相配。

"难道跟我想的一样糟？"

敏郎深深地弯下腰，"不太妙。"

赖朝叹了口气，再度把目光转到石头细沙上，"好了，说吧……"

① 棋牌术语，意即很难捉摸得透。

第二章

过去六个月以来，敏郎的主要任务就是监视鹭池里的工作进度。鹭池在巴萨塔纳[1]的西边，是一个新建没多久的制造中心。拥有与北方变种人交易权的山下大人，去年初说服赖朝开始重新研究动力飞行的秘密。他的计划是获得变种人的帮助，让他们提供一架飞马[2]和飞行员。等到手之后仔细研习，这样就不必走弯路做无用功，能节省几个月甚至几年的时间。

在向赖朝汇报这件事的时候，山下着重强调了局势的紧迫性。南方的沙漠武士[3]正准备北上侵占平原人的领地。沙漠武士个头很高，再加上五官棱角分明、骨骼宽大，被称为“长狗”。要不了几年，他们那些威力强大的武器可能就会转而对付尼桑了。通过与变种人的接触，山下知道飞马是长狗军事力量的重要组成部分。尼桑必须组建自己的空中骑兵，以应对即将到来的威胁。

赖朝答应会认真考虑这件事。这确实很重要。山下宏大人出身于由山羽和松下两大家族合而为一后的家族，如今已成为尼

① 即波士顿。
② 铁大师对飞机的称呼。
③ 铁大师对寻道民的称呼。

桑最强大的领主。山下头脑冷静，是一个脚踏实地的实用主义者，他提出的任何建议都值得认真考虑。

第一艘轮船就是由山羽和松下家族建造的。他们开辟了获利颇丰的西方贸易路线，并找到了用之不竭的劳动力资源——变种人。这种人很是怪异，一看就知道不属于人类，他们已成为尼桑大部分劳动力的来源。赖朝的祖父准许山羽和松下家族同西方进行贸易，这种特许实际上就等于给了他们垄断权。他们长期以来都与丰田家族联系紧密，为丰田家族主政幕府提供帮助和支持。然而，这两大家族的密切合作也导致了令人担忧的局面——权力过于集中。如果从军事指挥官的角度观察一下地图就会发现，山羽和松下家族的领土合起来就像是插在丰田家族心脏上的一把匕首。

好在四十岁的山下对政治联盟的兴趣似乎远不如对贸易的兴趣大。不过，他既然已处于那样的位置，幕府就不得不防。尼桑过去发生过不止一次的派系争斗，虽然丰田家族最后巩固了中央幕府地位，而且所有的领主都宣誓效忠，但这些心怀嫉妒的领主中，有一些早就将誓言忘得一干二净了，所以要保持足够的警惕才是。如此一来，像他的所有先辈一样，赖朝心里也藏着两份名单：一份记着“谱代”①，他们被认为是忠诚并值得信赖的；另一份则记着“外样”，这些是靠不住的。

尽管历史上山下家族与丰田家族也曾联合过，但山下宏在赖朝心里的位置还是介于谱代和外样之间。

同家康商量后（总管在山下还是少年时就已认识他了），赖朝同意先置备一架飞马和飞行员。山下的实物交换贸易已使许多

① 日本江户时代共有200多家大名，按照与幕府的亲疏关系分为谱代大名和外样大名，谱代大名是指在德川家康取得统治权的决战——关原之战以前就已追随德川家康的武士；外样大名则是指在关原之战后迫于德川家康的威势而臣伏的大名。谱代大名中，还有德川家的子弟成为大名的，称为亲藩。

长狗落到幕府手里。通过审问，对那个奇怪的地下世界，也就是联邦，将军已能在脑海里勾勒出一个不甚完整的轮廓。只是长狗的供述有自相矛盾之处。他们本身就是罪犯，是反叛者，如同在西方群山的森林掩护下昼伏夜出、四处漂泊的无主浪人。这些来自地下世界、面色苍白的武士对他们的主人同样不忠。虽然如此，南方的威胁仍然不容忽视。所以既定的策略就是：通过山下的贸易把变种人武装起来，因为他们在人数上比尼桑武士和长狗都要多。

变种人进化不完善，而且有着与尼桑格格不入的文化，他们不可能成为结盟对象。不过，他们的武士观念却值得尊重。经过多年的贸易，尼桑在他们心中树立了友好中立的形象。双方并没有互相保证过，也没有讨论过什么共同策略，然而最近几年来，平原人的领地实际上充当了保护尼桑领土的缓冲区。平原人部落现在已成为尼桑的后备武装，如果一切都按计划进行的话，他们靠持久的消耗战就能逐渐削弱长狗的实力。

赖朝听从家康的建议，特许源清盛①着手制造飞马。源清盛的领地位于东海边，与阿隆基仑北部隔湾相望。清盛的父亲娶了赖朝的一位姑妈，因此源氏家族位属显赫的谱代之列。

到了瑞雪普降、辞别旧年之际，敏郎完成了他的第一件差事，回江户报告说，一架飞马已在布法罗附近着陆——布法罗是伊利湖的一个港口，而伊利湖位于山下大人领地的西部边界。随飞马而至的还有两个人：一个是长狗，名叫布里克曼；另一个是他的护卫，来自穆卡尔部落的变种人女武士，就是这个部族赠来了这些期待已久的礼物。

飞马和它的两个骑手由运河经内河被送到罗地兰，又转陆路

① 名字来自于平清盛（1118~1181），日本平安末期武将，武家政权的开创者，后世通称平相国，1181 年 2 月，在与以源赖朝为首的源氏集团的斗争中病死。

到鹭池——恰如其分的名字，专为即将开始的新项目而选。敏郎第一次去那里时，制造工场还没搭建起来。不过他带回了那个出自异族之手的杰作的草图，同时也口述了两名骑手的外貌特征：长狗布里克曼的皮肤是棕色的，他的变种人护卫的眼睛是蓝色的。

一开始，布里克曼不是很乐意。不过很快他就变得很配合，甚至急于取悦铁大师。而那个女变种人却刚好相反，她以不卑不亢的态度和不偏不倚的中间人身份告诉山下，穆卡尔部落已经如约交付了飞马，等下次轮船穿越大湖群的航行开始时，她和长狗也应该被如约送回她的家乡。

可合约中并没有这一条。穆卡尔部落里那个白发领袖没有提过，交付完飞马之后这两人应该如何处理。况且山下是绝不会同这个女变种人谈判的。变种人一踏上尼桑的土地就沦为了奴隶，而奴隶是没有资格做任何决定的。更何况，就算她说的是事实，她的要求也没人肯听——新项目必须高度保密，绝不允许这两个知情者离开。对目前将要开展的工作，联邦的人应该还不知情，而且最好让他们一直不知情下去，这对事情成败至关重要。如果让她和长狗返回平原人部落，万一不幸落到敌人手里，到那时保不保得住秘密可就不好说了。

不过后来，女变种人并没有再坚持她的要求。于是他们被移交给总领事，也就是领主东芝大人的侄子东芝仲根监护。仲根是将军在源氏家族的常任代表。赖朝在所有臣服的领主那里都安插有军事人员，仲根即是其一。他们居住在幕府提供的豪华宅邸里，担任地方治理官、税务巡视官或幕府在地方的驻军长官。

在鹭池，必需的建筑已经修好。在当地工匠的指导下，从各地矿山和采石场征募来的大批长狗也已开始投入劳作。黑头发、棕皮肤的长狗布里克曼很快就展示出作为指挥者的才能，全身心地投入到为他安排的新事务中。不仅如此，他还拥有强大的思维能力,对铁大师社会的方方面面,诸如艺术、文化、传统习俗以及社会道德与民族精神等等,都表现出浓厚的兴趣和高超的鉴赏力。他汲取、掌握这些知识几乎完全是出于本能,源氏为之所动,进而想帮他争取到学习日本语的资格。

家康将源氏的书面请求递交给将军,并建议将军拒绝源氏。破天荒头一遭,赖朝发现他的总管总算跟他意见一致了。虽然他很想同那位长狗分享他的技能和知识,可他不仅是个异族人,还是一个反叛者,同他分享技能和知识的事传出去对将军的名声不利。尼桑的语言源自史前世界,一直以来都处于严密保护之下。它绝不允许受到外来低等文化的影响,最重要的是,它绝对不可以从配不上它的嘴巴里讲出。虽然赖朝和他的使者也说被称为基础语的长狗语言,但那仅仅是作为一种交流手段,为的是当有外人在场时,赖朝同使者也能进行秘密谈话。

布里克曼却对这个为他着想的请求毫不知情,只管着了魔般不停地工作。到三月初,一架飞马已经完工并准备升空了;它是仿照布里克曼带过来的那架飞机制作的,不过做了很多改良。它从高地起飞,划出流畅的弧线,就像一只鸟从安在峭壁上的巢中飞起来一样。计划中这样的飞马本来要做很多架,但之前必须发明一种更合适的动力装置来让它们飞越长空。蒸汽倒是可行,但现有的引擎体积都太大了,而飞机在空中飞行时,更是不可能满载木头或煤块的!如果要用蒸汽,就必须得开发一种新技术来制造出重量很轻的发动机。布里克曼勇敢地接下这个任务,并开始埋头苦干起来。

清盛大人对布里克曼的精力和无可挑剔的举止印象深刻。在他看来,布里克曼的一举一动完全像是一位受人尊重的武士。他想找个办法奖赏布里克曼一下,因为后者总是不知疲倦地绘制着有用的装置图。对他来说,布里克曼就是一只受本能驱动、能下金蛋的鹅,他们要把“它”喂得肥肥的,再给“它”弄一个舒适的窝——但等时机一到,就拧断它的脖子,把它弄死。

变种人和长狗生来就是当奴隶的,可布里克曼好像是个例外。源氏觉得他应该得到更好的待遇。他是这么想的,也这么做了。像做梦一般,布里克曼被安置到一个虽然不大却很雅致的住宅里,还有一群非纯种女人做他的贴身奴婢。源氏接受了布里克曼溢于言表的感激之情,却没告诉他,在一个纯正的尼桑男儿,也就是出身高贵的武士眼里,用这些低等人做奴仆是对人格的侮辱。当然,对于一个毫不知情的长狗来说,这却是做梦都想不到的奢侈享受。

对于把布里克曼从奴隶史无前例地提升到现在这种地位,敏郎在早先的一次拜访时,就含蓄地向清盛传达了将军的看法:既没必要,也不合适。源大人只好费尽口舌地解释说,目前的安排只是暂时的,这样做不仅能为自己家族,也能为将军本人带来丰厚的物质收益;长狗现在虽然受到重用,但最终免不了"兔死狗烹"的结局,而这会是一出有趣的好戏。

不过,目前有许多事情并不那么"有趣",敏郎回去向将军报告的正是这些"无趣"的方面:那位已交由总领事东芝仲根进行保护性监视的女变种人并没有被发配,这件事相当古怪。通过细密且锲而不舍的打探,再加上当地密探和消息网的帮助,敏郎终于发现了一桩违法性交易。这种交易相当肮脏,而且还可能会引发一系列严重后果。

敏郎汇报了布里克曼的最新工作,然后假装不经意地提到了布里克曼的护卫——女变种人的命运,"我很抱歉地禀报您,据我得到的可靠消息称,马萨诸萨①和罗地兰②的总领事已经给通常意义上的'保护性监视'赋予了新的含义。"

---

① 即美国马萨诸塞州。

② 两地区都在源清盛的领地上。

将军闻言，用锐利的目光扫了他一眼，“你敢肯定？”

“绝对肯定，所有的人都在传说他现在可是激情澎湃。这位可疑的，嗯……‘女士’已经被安置起来了，还配有自己的贴身奴仆——当然是从贫民区里挑出来的。”

将军的心里咯噔了一下，脸上却不着痕迹。他的目光依然盯着花园，“她在哪里？”

“他的私人领地中有一个湖，湖心有一座小岛。当然，岛上有房子。密布的树林将房子围了起来，岸上的人是看不到的。我相信这房子在以前也发挥过同样的作用。”

将军点了点头。他的脸上依然不动声色，可是敏郎心里清楚，他带来的消息让将军受到了精神上的折磨。总领事东芝仲根娶的是赖朝的一个姐姐，跟一个变种人奴隶鬼混后再走进他姐姐的卧室，是对他姐姐的莫大羞辱。这个仇，时机到了是一定要报的。

“这不算是什么坏事。”敏郎说道。

“你的意思，这还是个好消息了？”

“是的，陛下。坏消息是……她并不是一个变种人。”

将军闭上眼睛，深深地呼了口气，“她来的时候难道你没注意到？”

“我没有理由怀疑每一件事。事先我们就被告知，这个长狗带着一名变种人护卫。谁会想到她是用彩绘把皮肤装扮起来的？我不清楚是什么原因让她卸下了伪装，但她的皮肤确实光滑无比，跟布里克曼一样，他们两个是一种人。

“都是长狗……”

敏郎说完后看着将军，直到将军领悟了其中暗含的意味。他们的目光对在了一起，“为什么要伪装成变种人？”

敏郎字斟句酌地说：“也许，山下大人之所以声称是同变种人做交易，可能是为了……掩盖他和武器制造者暗地里进行的更直接的交往。”

“联邦……？”

将军尖锐的目光迫使敏郎不得不弯下腰，“这是唯一可能的解释，陛下。另一方面，有些事情可能我不知道，但您应该会了解。”

“但愿吧。”

“山下大人是一个喜欢做交易的人。”

“他也是一个野心勃勃的人。不过如果他与联邦谈生意……”赖朝把剩下的话咽了回去。

“我明白，这件事很严重。”

“最严重的叛国罪。等待他的将是株连九族，他所有的领地都将充公。追查责任时我希望能将家康卷进来，但在此之前，我需要的可不仅仅只是一些捕风捉影的猜测。”

“请给我时间，我会尽快拿到证据的。不过，就算追究他的责任，也不够治他死罪。”

“没错。那么，源清盛牵扯进来了吗？”

“请让我换个方式说明。我觉得，很难相信他会不知道总领事绝大部分的下午时间都是跟谁一起度过的。就算过去他们家没有和长狗做交易，但到了现在，根据事实推断，他们也肯定已经在做了。”

将军遗憾地叹了口气，“好了，这些我都知道了。”他的嘴唇绷得紧紧的，“我亲爱的姐夫……多久了？”

“从一月初开始。”

“而你刚刚发现……？”

敏郎弯下腰。此时不是解释的时候。

“我真是不明白，”将军自语道，“我姐姐和她的孩子们几个星期前还在这里，她可一点都没表露出来。”

“可能她并不知道，陛下。我也是费了这么长时间才了解到的，那些人绞尽脑汁要把整个事情深藏起来。”

赖朝狠狠地哼了一声，“如果他不是家族的一员，我明天就要审问他。他怎么能这样对我？我绝饶不了他。”他恢复了平静，语带嘲讽地说，“不过，发生这样的事，也不能说是完全出乎意料。我早就知道，他在那方面的品位是有点古怪。”

接下来是一阵沉默。赖朝思考着可行的举措。

“我想，我们可以通过在那个冒牌变种女人的饭碗里放点什么东西来一劳永逸地解决这件事；或者把他们两个弄到一起，做成相约自尽的样子。”

敏郎摇了摇头，回答道：“下下策，陛下……”

“你是说这样行不通？”

“不，不是。与山下大人相比，总领事是很容易对付的。只不过，我觉得把这场游戏中任何一个玩家杀死对我们都没有好处。万一东窗事发，会牵扯到您……”

“啊……对。”将军的嘴角往下一吊，面色黑了下来，“真是一团糟。人人都知道，只要一有针对幕府的事发生，山下家族肯定嫌疑最大；而且很明显，我姐夫这样一个白痴，最后肯定会把自己给毁掉。不过……”他叹了口气，接着说道，“最让我失望的是源清盛。你确定他掺和进去了吗？”

“我敢拿性命担保，陛下。”

赖朝轻轻地闭上眼睛，似乎想尽力摆脱这个事实。他慢慢抬起双手放在脸上，像是要抹掉所有的表情，又重新放下手臂，手掌朝下放在张开的双膝上，“那么……我们可能要失去源氏家族了。我的一位总领事也要给他陪葬。”

“也不一定，我相信总领事并不知道那些人在谋划什么。他可能行事不端、有所失职，不过他终归是您的下属，何况还是您的家人。”

“不用你提醒我……”

“山下大人已经做好了最后一搏的准备，但他可不是傻子。老实说，您认为他会拉拢一个为了与长狗女人欢爱而不惜铤而走险的男人吗？”

“不，我想不会。那该怎么办？”

“如果山下真的跟联邦混到一起，那么他一定知道那架长翅膀的马儿到底是谁送的。”

“就是说，这是一场预谋？”

“肯定是。不过，无论怎么分析，总领事在发觉彩绘皮肤下的秘密后，应该是有机会上报的，可是他却什么都没说。从这一点来看，他肯定是上了人家的圈套了。想想看，如果总领事不肯就范，源大人会对您怎么说？我敢肯定，他会和山下大人捏造出一连串的证据，发誓说他们移交的绝对是一个变种女人。山下声称跟他做交易的是平原人部落，可我们没办法核实，因为——”

“我们不可能撇开山下自己去同变种人联系。”

“到最后，东芝发现自己进退维谷。他刚把裤子脱下来，就被逮了个正着，然后别人就吃准了他，并借此赢得了一定的优势。”

“比如，说服他控制住幕府驻军，万一源氏起来反对我，他要故意装作没看见……”

敏郎摇了摇头，“还没到那一步，在那之前他们还有很长的路要走。他们还没开始考虑使用军队力量。即使有源氏助阵，山下和他那帮朋友也没有能力只凭一次迅捷的流血冲突就颠覆幕府政权。”

“但如果东芝家族改变立场的话，他们就有能力了。”

“所以一定要确保东芝家族不会倒戈。”

“那么，换句话说，我现在还不能招惹东芝仲根。”

"我相信我们会有办法让他们知道厉害的。就算东芝家族也背叛,山下也没有稳赢的把握。双方都不想被拖进长期内战的泥潭中,那样的代价过于沉重。所以,现在我们首先要做的就是争取民心,延揽人才。"

"这可比打仗困难多了。"

敏郎弯下腰,"陛下,有您的领导……"

"还有别的事吗?"

"差不多了。"

赖朝再次叹了口气。不过这次,遗憾没有了,只是有些略带疲惫的恼怒,"走出去的时候要小心,我的朋友,不要破坏花园的景致。"

敏郎明白这句话里暗含的寓意。作为送信人,如果送来的坏消息把将军惹得怒气冲冲,这本身就冒着风险,却也是没办法的事。"还有最后一件事,陛下,只是谣言,不过我觉得应该让您了解。"

"我听着呢。"

敏郎鼓足勇气。他要讲的消息虽然可能纯属谣言,却足以引发轰动。

"飞马升空是由引擎驱动,引擎的功能不可小觑。"

"我知道,山下已下令毁掉它了。"

"它没被毁掉。"

将军闻言,描过的双眉抬了一下。

"不过目前还没出什么事。有消息称,我们北方的那位朋友[①]已决定让那个驯服的长狗去揭开引擎的秘密,好找出办法来……"

"来干什么?"

---

① 指源清盛,其领地在赖朝家族领地的北面。

"来重新获得——"敏郎的嗓子发干,"——黑光[①]。"仿佛是魔鬼的语言,这个词唤起了阴森森的寒意,充满了死亡和灾难的气息。

那五名守护将军的武士并不明白他在说什么,但此时也感觉到他嗓音里的恐惧,不安地对视了一番。

将军努力让自己保持镇定,敏郎将眼光移到别处。按照礼仪,这种情况下他不能看着将军。他只能采取跪姿,深深地垂下头,直到将军开口跟他说话。

作为尼桑最高权力机构的现任统治者,以及武士世界神圣原则和惯例的守护人,赖朝平生最惧怕的就是黑光。正是这种邪恶的力量,最终导致了史前世界的毁灭,所以绝对不能允许有人再次掌握它。黑光的知识成了被禁的秘密,犹如古时候的巫婆神汉所独有的魔咒一样,令人避之唯恐不及。

长狗是黑光的主人,却也是它的奴仆。黑光将力量注入他们那可怕的武器中,同时也控制了他们的思想。在地下世界里,黑光就是长狗的生命之血和搏动之心,同时也是瘟疫之源。这瘟疫会侵蚀人的躯体,瘫痪人的大脑,摧毁人的心灵。尼桑的男儿要及时找到办法,把那颗心从联邦腐朽的躯体里挖出来,一旦那颗心停止跳动,长狗就会成为埋在地下的尸体里的蛆,不得不在黑暗里互相蚕食。到最后,腐烂的恶臭充斥四周,再也没有空气可用,他们就会窒息而亡。

然而首先,必须借助平原人来阻止长狗的入侵。只有找出克制他们武器的办法,才能把他们赶回沙穴,永不再侵犯其他人类。

黑光固然美丽,但也很可怕。它诱惑所有想拥有它的人,俘获他们的心灵,让他们堕落。山下那帮白痴,现在用尽办法想重新得到它,他们一定会被藏在它里面的魔鬼逼疯并最终毁掉自

---

① 狭义上是指电能,广义上是指"史前世界"的人类科技。

己。从第七波的武士冲上岸的那一刻起，那个黑光魔鬼就被流放到了东海以外的土地上；这个俘获了长狗意志的黑光魔鬼，一直被困在远离西部群山的地方。可是现在，这个由领主组成的阴谋小集团，受盲目野心的驱使，竟然要将黑光魔鬼释放出来！他们一定是疯了！一股深深的绝望紧紧攫住了赖朝。难道，历史一定要重演吗？

尼桑所有真正的男儿都听说过一个故事，赖朝也不例外。这个具有警示意义的故事通过上了年纪的人代代相传，从赖朝孩提时代起，父母、老师和顾问就经常拿它当教材讲给他听，一直讲到他登基就任将军——

在遥远的史前世界，有一块巨大的陆地，它被称作北美大陆；旭日初生的国度尼桑，就位于它的东海之滨。远古时期，一些武士——他们的后裔就是如今的尼桑男儿——曾居住在一个也被称为"旭日初生的国度"的地方。那是一片美丽的土地，国富民强。可是后来，那里的人们把灵魂弄丢了，丢给了黑光制造者。

黑光是白色天火在大地上的兄弟。天上的邪恶之神试图袭击天照大神——万物之神的宫殿时，白色天火劈开了天空。邪神以一敌万，他的剑里喷出无数的火花，形成无数道眩目的闪光。天火从天而降，所到之处一片大火。邪神超凡的力量让整个世界都燃烧起来。

黑光制造者发现了一个秘密方法，能从森林和河流、岩石和草原，还有人类呼吸的空气中汲取天火落在人间的力量。他们用魔法之轮捕获这种力量，又用柔软如丝的金属线将它紧紧地束缚起来。接着，黑光制造者又将这些金属线编成绳索，织成一张巨网，一下子将整个地球裹了起来。没有人反抗，因为一开始人们就被它的魔力迷惑了。只要手指轻轻一按，绳索就可以让黑暗的地方大放光明，让寒冷的所在变得温暖，甚至让空气中充满音乐。

多么美好的事情，可还远不止这些。黑光制造者又发现了一个方法，可以让黑光在空中穿越。天空中又铺了一张新网，这次却是由看不见的线织成。世界在无形中变成了牢笼，却依然没有人反抗，因为黑光制造者已造出更为强大的魔法之轮，并发现了更多的方法，把人类从沉重的劳动中解放出来。人们用黑光播撒种子，拉动大锯，抡起铁锤，铸造铁器，熔合金属—— 一切都只需要一个简单的火花就可以了。

对头脑迟钝的懒人和穷光蛋来说，这是一件好事。游手好闲成了美德。很快，手艺师傅发现他们的技能再也没有用处了，他们那灵活的手指已经被金属做成的爪子所代替；金属爪子的主人是一个个无知无觉、蠢笨无比的奴仆，它们有着永不疲倦的钢铁手臂。它们吃的是黑光，可以不分季节，当然也不分日夜地干活。它们能在一眨眼间就造出各种东西，用的原料也不是自然世界里产出的。他们制造的时候没用爱，造出来的东西也就没有灵魂。这些东西是一堆毫无价值的小玩意儿，人们却认为它们很好玩，不惜重金买下来，只是为了填补他们生活中越来越多的虚空。

正是黑光制造者制造了虚空。为了填补虚空，他们不停地工作。自然被幻象替代：世界充满了虚假的希望和空洞的梦想，新世界从旧世界里偷食能量，变得越来越强大。

在不到一个世纪的时间里，地球已经变成了一个巨大的安乐窝。到处是神奇的窗户，吸引着人们的眼球；到处是塞壬[①]的歌声，迷惑着所有人。只有最恪守武士道的人，才能不为所动。幻象变成了新的现实。当感觉替代感受时，人类就丧失了荣誉感。武士借以支撑其道德规范的信念被丢到爪哇国；古老智慧的结晶被遗忘到九霄云外。妻子不再尽她们的家庭义务；丈夫抛弃了买卖、

① 希腊神话中一个半人半鸟的海妖，常用美妙的歌声诱惑过路的航海者，从而使船只触礁沉没。

职业以及所有的荣誉感，转而沉湎于荒诞的游戏和无聊的追逐之中。他们迫不及待地将自己置于人们的嘲讽和羞辱之中，只是为了赢得毫无价值的奖品，却不知道那些东西只不过是愚人金[①]。

而那些黑光制造者却变得越来越富有，也越来越强大。任何人胆敢反抗他们，就会被套上枷锁钉到十字架上去。统治者对他们敬若上宾，总是投其所好；政府只好默许他们为所欲为，不然就得下台。

就拿为人父母者来说，他们的孩子如果出生在黑光时代，不可避免地会抵制过去的道德和精神传统。他们生活在一个贫乏的世界里，这个世界能让他们得到即时的、得来全不费功夫的满足。在这里，时光永远只停留在"眼下"这一刻。他们变成了"夜行者"，随着月亮的升起在大街上闲逛，一有可能获得刺激的机会就成千上万地聚集在一起。

不论是痛苦还是愉悦，对他们来说都无关紧要。他们在俗不可耐的造梦者殿堂里接踵摩肩、推来挤去，他们随着声浪的起伏像水草一样摇摆，高举手臂，无比崇拜地仰望着灯光营造出的影像。他们都离不开黑光制造者的影响，他们的穿着反映出他们的生存状态。他们的身体用皮带和链条装饰起来，他们的耳朵和鼻子都穿上环，他们的手臂还插上针。他们的头发根根直竖，活像发狂豪猪的刚毛；他们的脸像变种人一样涂得五颜六色。世界没有了内涵，流行就是一切，一如趾高气扬的孔雀，只关心外表，却偏离了最根本的目标。

解除了强加在身上的道德和精神束缚，不管是男人还是女人，都被深藏在他们体内的最邪恶的本能唤醒，并深受犯罪冲动之害；这种本能，将他们拖进了放纵和堕落的沼泽之中。恐怖支配着城市，懦夫欺凌毫无还手之力的弱者，军队丧失斗志，政府变

① 一种黄铁(铜)矿，因和金类似，很容易被误以为黄金，被称为"愚人金"。

成毫无用处的摆设,国王和他的大臣被书吏、商人和最低下的流氓恶棍公开嘲弄和取笑。

伟大的天照大神厌倦了下界尘世的邪恶,于是将太阳扔进大海。随着一声震耳欲聋的巨响,太阳在海里爆炸了,引燃了整个海洋。那些大着胆子看到这幕景象的人,都被活活吓死。海水像熔金一样沸腾了,汩汩地冒着气泡。巨大的浪头被扭曲的飓风推动,以雷霆万钧之势冲到空中,用炽热的手指抓住云层,又朝下猛地摔到海岸上,将岸上的一切卷走。没有一个人逃掉,就连躲到神圣的富士山最高处的人们都没能幸免。

只有船民幸存下来。他们的村庄远在南海以外的冰山中漂浮。他们看到了天火,然而火焰并没有碰到他们,因为天照大神要宽恕他们,他唤来寒风吹走了海浪中的热气。他们是神的选民。在他们的灵魂之中,有一星火花,将燃成熊熊火焰。总有一天,这火焰会把钢铁般的意志铸进心灵与头脑,一个新的武士民族将从中诞生。

时光凝滞。太阳被大海消耗殆尽,只在空中留下变幻的尾迹—— 一个暗红色的圆球。偶尔,它也会穿透沉闷的阴霾露出脸来;而那阴霾活像葬礼上的裹尸布,低低地垂着。

在灰白色的冰山间漂流时,船民慢慢意识到,他们所熟知的那个世界不见了。地球变成了烧焦的废墟,上面几乎什么活物都没有,什么都长不出来。天上的云吸走空气中的致命尘埃,又化成毒雨流入大海。他们唯一的食物来源是海产,船民因此大量死亡。很多人都倒下了,但有些人却活了下来。那些受到天照大神庇佑的人大病了一场,最后恢复健康时已经远不及先前强壮。人类的数量减少了,但最重要的力量却幸存下来。他们与漂泊在大海上的其他幸存者携起手来。这些幸存者与他们说着同样的语言,怀着同样的梦想。

这一漫长的历程持续了两个多世纪。一代又一代的人在大海上出生,又在大海上死去。神选之民的子孙从没失去希望,他们越来越强大。先祖"曾经的荣光"长留在他们的记忆中,他们又将这些记忆栩栩如生地刻画在他们孩子心里:那些勇敢无畏的武士,死亡在他们的眼里轻如鸿毛。这些英雄传说使得孩子们那因饥饿、疾病和逆来顺受而变得迟钝无神的眸子里,重新绽放出动人的光芒。

他们把曾经在世上存在过的宝贵知识传给后人,也把治愈大地、重建新世界所需要的技能传了下来。最重要的是,他们将武士道传给了后世子孙。正是它,支配着武士的思想和行为,将武士和普通人区分开来。武士接受人们赋予他们的庄严使命:找到黑光予以摧毁,使它在人世间永远消失。

尼桑的男儿从来没有放弃过这一使命。早在第一个幕府设立时,这一使命就被编入了幕府法令。黑光是人类最大的敌人,重获黑光是最重的罪行。历任尼桑统治者都怀着为正义而战的热情,与这种犯罪行为作着不懈的斗争,现任将军也不例外。

赖朝知道,万一谣言是真的,所有参与其中的人都将被毫不留情地除掉。只是,这个阴谋究竟牵涉了多少人?敏郎回来报告前,源氏已经被视为丰田家族忠诚的同盟者谱代。这种状况真是非常棘手。如果他们真的叛变了,鉴于双方势均力敌,幕府并不敢冒险去征讨他们。在目前的局势下,哪怕他只是以家族荣誉的名义要求他的姐夫——总领事切腹自杀,也会产生难以预料的后果。

不,不行……侮辱姐姐和丰田家族的仇一定要报,但得选好时机。此时此刻,只能谋定而后动。

第三章

长谷川敏郎拥有密探和特务组成的关系网，这些人把目击者的陈述、告密者的文件、枕边的谈话、酒后的胡言乱语，以及澡堂子里的闲言碎语等方方面面的情报都送到他那里，而他则从这些分散的信息中汇集整理出有用的东西，这再一次显示了他卓越的信息搜集才能。然而这次，他向将军描绘的图景却出现了严重的错误。山下大人和源清盛的确秘密结盟了，他们也的确在谋划着想研究出一种装置来重获黑光，而总领事东芝仲根也的确卷入了一场通奸丑闻。但是，山下并没有同联邦或者联邦的变种人代理勾结在一起。从摆在他面前的各种情报中，敏郎得出了一个错误的结论。他的推论建立在一个错误的基础上：他以为总领事的意中人清水是一个长狗。

犯这样的错误其实也不能怪敏郎。绝大多数铁大师，当然也包括敏郎，对变种人的认识只局限于尼桑接触到的这部分奴隶苦工身上。他们全都眼神呆滞，像牲畜一样被畜养着，只有当鞭子抽在他们身上时才会卖力干活。他们在铁大师的社会里只是一群异族的原始人，其地位相当于田里的耕牛，铁大师很少意识到他们的存在。

身为武士及内廷使者，敏郎严格遵循着社会准则。同这样的奴隶说话与他的身份不相称，他只能对他们发出命令。他自己并没有变种人奴隶，不过就算有，他对他们下达的命令也只能通过中间人传达。因此，对于变种人的生活习惯、传统习俗，以及他们在俄－哈俄①及密－苏里②的水域之外那片广阔土地上无拘无束的生活情况，敏郎都一无所知。尤其对变种人中的那些"正常人"——他们骨骼平直，皮肤光滑且肤色纯净，同长狗和尼桑的男儿一样——敏郎当然就更是无从知晓了。

而且，像他这样的人还不止一个。

山下宏大人在几个月前也犯过完全一样的错误，而他对平原人的了解，几乎比尼桑的任何人都多。

在过去的几年里，山下搜集了很多正常变种人的身体信息，不过只有家族里的高级成员才知道。山下拥有为数不少的赚钱门路，其中之一就是每年派遣轮船穿过大湖群进行贸易，这为他带来了可观的财富和权力。变种人不仅提供了大量的廉价劳动力，还为他们那些被俘虏到异乡的同胞提供了衣食用品。他掌握的信息是极其有用的商业机密——因为深知变种人的优势及弱点所在，他每次都能定出最有利的交换比率，而众多变种人部落之间的竞争，又往往能让他的贸易团队获得最大的利益。

山下并不像绝大多数铁大师那样轻视变种人。不过他早就亲身体验到，他们的身体除了丑陋之外，还有一些地方与铁大师不同，尤其是他们的腋窝和下身都长满了毛。他们容貌奇异，卫生习惯也相当糟糕，可是他们之中的一些人拥有某种高贵的品质。这些人在通常状态下都很强壮，而且勇敢无畏。他们有自己

① 指俄亥俄河。
② 指密苏里河。

的荣誉感，这种荣誉感在某些方面与武士道很相似。变种人乐意尊重并听命于族群中有较高威望的人，这些明智的人认识到，持续不断地用物品和铁大师交换武器和手工制品，对双方都是有好处的。

在异族人看来，他们只是个很不开化的粗野种族，虽然也有些小聪明，总体上还是四肢发达、头脑简单。但是也有一些变种人，尤其是字匠，拥有高超的智力，还具备一点出人意料的精明。其中就有一个被称作雪先生的人，他是穆卡尔部落的字匠。山下就是在他的帮助下才得到了飞马。

山下也清楚，有无稽之谈宣称某些变种人——即通常所知的召唤师和预言师——具备超自然的能力，说他们是奇才。铁大师在自己的神殿里也供奉着天照大神，他们相信大自然里到处都有神灵存在，大自然也是众神的国度。不过，对于变种人魔法的传闻，山下只是一笑了之。在他看来，变种人对铁大师构不成威胁。虽然他们人数众多，但各部落之间联系松散，而且彼此互为竞争对手，充满敌意。这使得他们不可能组织大规模的军事行动，来对付他们东方的朋友或是南方的敌人。平原人虽然具有强烈的领土意识，却并没组建帝国。正是基于这一点，山下才会向他们提供步枪。平原人对长狗有一种彻骨的仇恨，在对付联邦地面作战部队的侦察先遣队时，他们所采用的游击战非常有效。

山下有时很想知道，平原人是否已经意识到他们正被玩弄于股掌之中。不过山下从来没想过还有另一种可能，就是平原人或许只是在听从天意安排。山下从没听说过辟邪主预言，不过就算听到也会置之不理。山下之所以会对变种人感兴趣，仅仅是因为他对自己和自己所代表的社会体系有一种与生俱来的优越感。在山下看来，自将军而下的全体尼桑人所分享的这套体系，是不需要再从变种人那里学习什么的，就算要学，也是变种人向他们学。山下不是人类学家,也不是比较宗教学学者,他只是站在资源分配管理这一角度来考虑问题而已。

这种对信息的选择性采纳使得山下与使者敏郎一样,完全不知道变种人中有“正常人”存在,所以他也想当然地得出了一个同样错误的结论。一月底,他在得知清水从一个肤色混杂的变种人武士,出人意料地变成一个皮肤完美无瑕的长狗时,他的感觉同将军一样,觉得自己被出卖了。

怒火万丈的山下把矛头对准了两个人:一个是雪先生,是他设法欺骗了自己;另一个则是总领事,就是由于他的好色和愚蠢才导致了事情的败露。当源清盛告诉他这个消息时,他的第一个反应就是派人去刺杀清水。不过清盛劝他放弃了这一想法——只要从全局出发仔细想想就能发现,他们有可能谁也不会获罪。

山下深思熟虑之后,同意了清盛的意见。同将军一样,他发觉现在自己也怀揣着一只烫手山芋。隐瞒女长狗的存在是个大麻烦,但同时也是天赐良机。总领事对下层社会的女人有种不可理喻的嗜好,而今,这一嗜好已经把他逼到了死角,在这种情形下,要挟他易如反掌。这个男人虽然是个堕落的小丑,可他娶到了将军的姐姐,与高层的这一关系使他在目前这场危险的游戏中显得格外有利用价值。

而雪先生这个“乐于助人”的字匠就完全是另一回事了。这个狡猾的蠢货究竟要的是什么把戏?是他先保证说肯定会交付一架飞马来换一船步枪的,他在交易之前就这么有把握,说明他一定参与了这场骗局。这会不会意味着他已经和联邦勾结在一起了?如果答案是肯定的,那么这个伪装的女长狗提出要和已完成任务的云武士返回穆卡尔部落就有特殊的含义。那些人一定在期待她和她的同伴回去报告他们在这里所看到的一切:铁大师的工艺技能,他们采用新技术的能力,他们用来驱动飞马的动力,以及他们在空中驾驶飞马的方法等等。难怪那个云武士会要求与他的护卫待在一起。真是聪明绝顶的把戏。然而,无论是变种人还是寻道民,只要来到了尼桑,就没有谁能撒过谎后还活着:这对厚颜无耻的长狗势必遭受同样的命运。

不过还有一个令人费解的问题:联邦为何要将飞行技术传授给自己潜在的敌人?诚然,这件礼物是假借受损物品的名义移交过来的,可那不过是为了让布里克曼的狡辩听起来合情合理罢了,因为他声称这架飞马是他利用变种人手头的零碎配件组装而成的。飞马的外表多少有些破损,可它仍然能带着两个人飞行。它还捎来了两件非常有价值的东西:一个飞行员,他热情地详细解释了每一个配件的功能和设计原理;一个引擎,为制造以黑光作驱动力的引擎提供了样本。

对天生的商人山下来说,这是一个不可错失的良机。把引擎藏好后,他把数桶黑火药藏在易燃物里,点燃后引起熊熊大火,做成销毁引擎的样子,场面蔚为壮观,想借此骗过严密监视着这一切的将军的代表。

而在清水的真实身份上犯的错误——正是这点让使者敏郎相信山下可能在与联邦勾结——促使领主大人围绕雪先生做了一番精心推测。要知道在尼桑,不残忍不狡诈的人是绝对爬不到山下现在的位置的,山下自然也不例外。跟绝大部分领主一样,他生性多疑,喜欢玩弄阴谋。他相信雪先生并没有想到那个女长狗的真皮肤会暴露出来,也绝料不到她会被移交到东芝仲根的监护之下,更猜不到接下来会发生什么。

那他这么做意欲何为?难道是想通过送交一架带有迷人引擎的飞马和一名热情骑手这种方式,把山下对变种人的兴趣转移到其他可售物品上?通过与变种人这么多年的交易,山下很清楚可以和什么样的人做生意,而他的船队为以物易人提供的交付系统向来都安全可靠。那么,会不会是联邦试图通过雪先生来和他联系?

如果答案是肯定的,那么对它做出回应就是犯了叛国罪;而无视对黑光做出严格规定的神圣法令同样也是犯了叛国罪。不过山下可不认为自己叛了国。他是要保护尼桑,只不过没必要以现在的方式来保护。只有和平与繁荣是不够的,山下要的是发展。如果目标达到,他就有可能成为将军,那意味着将取代丰田家族。如果藏在联邦作战机械后面的知识能帮助他达到目的,那么,只要时机适当,他是会和联邦达成协议的。等到他获得绝对的权力后,他将以其人之道还治其人之身,用长狗的知识摧毁他们的地下王国,把他们所有的存在痕迹都从地球上抹掉。

山下清楚与联邦的任何交易都伴随着风险。然而在谋划获取黑光时,他就已经处于极大的危险之中了。他只是不太确信自己是否有勇气将这一想法付诸行动。一旦行动起来,他就必须要拿到黑光制造者曾经用过的那些装置——这些违禁品及其原材料,只有在他的地位无法撼动时才能被运往尼桑。

再者,就算对方真的有意,山下暂不表态也不会有什么坏处。他会信守交易条款,将一船步枪交付给穆卡尔部落。他打算对雪先生及其部落对他的欺骗既往不咎。他不会责备雪先生,甚至不会要他作出解释。他只需让这个老狐狸和女长狗面对面,然后观察他看到她的衣着和外表都已改变后神态举止的变化。山下要她亲口说自己和那个云武士都受到了良好的款待,因而两个人都不想返回穆卡尔部落。

只要雪先生一看到她就会明白,尼桑最强大的领主山下已经知道了一切。而老字匠从他脸上将什么都看不出来,因为他会戴着一张黑色的金面具。他将像对待自己的武士随从一样对待来客,带着适度的礼节性谦恭;他的一言一行都将看不出丝毫的赞成或反对。这样就能让雪先生和他那个不知名的同盟者知道山下对这件事的沉默态度,以便于他们开始下一步行动。

总领事东芝仲根已经得到严格指示,不得向外界透露清水将被带走的消息。不过这根本不起作用,这个绝望的男人只要一想到即将到来的离别就会失去理智。源大人深知总领事这张嘴巴是绝对靠不住的,为谨慎起见,并没把整个安排都告诉他。不过,清水倒是知道她会在克利夫兰见到山下,也已猜到领主一定会让她与雪先生会面。四月份是平原人开始准备“水上行走”的时期。“水上行走”指的是在这段时间里,各个敌对的部落都将在“大河”边的交易点聚集,度过短暂的休战期。

由于卡迪拉克明显很乐意留在鹭池,清水心里清楚,她最终还是得一个人返回尼桑。实际上,她没有一点选择的余地。得知自己将与总领事分开,她假装流出泪来,总领事赶紧安慰她,并向她保证,说山下已经答应了他,会将她照顾得舒舒服服,而且她会毫发无损地回到他身边。

机不可失。清水请求总领事送给她一件爱情信物,这样在他们分别之后的日日夜夜,她就能睹物思人。她问可不可以要一个小小的漆盒子,上面绘的图案能由她来指定。她再一次用满怀希望的眼神望着他,无比恳切,无比真诚。

东芝无法拒绝。这是怎样的一双眼睛啊,就像闪闪发光的宝石。这一刻,它们是璀璨的翡翠,充满了钴蓝火焰;而下一刻,它们又化成一汪清澈透明的蔚蓝池水,变得柔和无比。他多么希望自己是一块石头,欣欣然跃入那神秘的水中。他已记不清自己究竟享受过,或者说利用过多少个女性的情爱,可是他的身体欲望从来没像现在这样满足过,也从来没有谁能像这个长狗那样唤醒他内心最深处的幻想。她是他有幸遇到的最熟练的性爱能手,美丽非凡,周身都散发着一种神秘而又充满活力的磁场。她是欲望的化身。她让东芝深深着迷,愿意听从她的任何吩咐。

当然,前提是得合情合理。

但这只是事实的一部分。毫无疑问,总领事侵入了她的身体。可是每次他这么做时,她都能侵入他的头脑,将她的意志强加在他脑海里那些激情画面之上。东芝一有幻想,她立刻就能将其实现,连东芝心里最狂野的想象几乎都能变成事实——每当他在心里刚想要她成为什么样子时,她立即就变成了什么样子:一会儿千依百顺、温柔似水,一会儿又热情万丈、如饥似渴。他的神经末梢总是不知不觉就劳损过度。光、声、味,每一种知觉都被放大,紧密地配合着他藏在内心最深处的欲望。当高潮到来时,他全身的每一个细胞都在美妙地震颤。他获得了前所未有的满足,仿佛他的意识和身体都在一道向着快乐的来生飘去。

总之,总领事在感觉上享受到的快乐远比他实际得到的要多。不过,对遇到东芝,清水并没觉得有什么可高兴的,她只是不得不利用自己的身体来控制他的意识。总领事对此毫无察觉,不管什么时候他在她身边躺下来,他的眼、耳、舌、手指,以及他那不知疲倦的家伙都会被他头脑里的色欲指挥得团团转。

清水所用的法力与雪先生设法干扰哈特曼——首个进入平原人领地的篷车队司令官——的思维时所用的一样,只不过雪先生不必与那个沙穴人面对面。作为风暴使者,雪先生掌握了伟力宏环中第七环的法力,这样只需通过卡迪拉克在天眼石里看到的哈特曼的面容就能接触到他的思维。清水的法力也很强大,不过与雪先生没法比。流过她身体的力量是辟邪主的意志,那不是她所能控制的。所以她知道,自己现在所做的一切都受到辟邪主的庇佑。为了尽可能地靠近卡迪拉克,她不得已才与总领事保持关系,东芝的府邸与鹭池相距不是很远。一旦卡迪拉克改变心意,注意到她的处境并打算逃跑的话，她肯定会帮他一把。

天音已经告诉她，一定要让铁大师愤怒的矛头指向沙穴人，而不是平原人。这就是为什么她的外表——如果展示充分的话——必须显得像是个来自联邦的人。她也曾为卡迪拉克对他们的分开所表现出的淡漠而伤心，不过很快她就意识到，自己命中注定要落在总领事手里。她也看得很明白，变种人在这个社会里是没人关注的。虽然她有着健全的身体，可她的彩色皮肤会使她的处境变得极其残酷而且充满耻辱——被当做一头负重累累的牲畜，驮着装满沉重石头和泥土的筐子蹒跚而行，或是拉着满满一车粪便倒进稻田里，要不就是被套到一个灌溉用的大水车上。

对于沦落到如今这步田地的同族兄弟，清水一点都没轻视他们。相反，来到尼桑发现他们的遭遇后，她好几次都忍不住失声痛哭。只是她没必要为理解他们的境遇而经受同样的苦难，就算这样做，她也无力改变这一切。她身上所肩负的任务十分凶险，而她落在总领事手里后，尽管享受的是荣华与奢侈，但遭受的耻辱却一点都不比他们少。如果雪先生说的都是真的，那么等到辟邪主降临世间，这些“迷失的人”——也就是被铁大师交换来的变种人，都将被解救出来。雪先生还说过，卡迪拉克和她是三赐之人的剑和盾。他并没解释这是什么意思，但他强调过，只要他们都遵循辟邪主的指示行事，辟邪主降临和平原人推翻压迫者的预言都将变成现实。

她的任务之一就是保护卡迪拉克，主要是防止他的本性可能为他带来的危险，那些藏在他身心里的黑暗力量一直不曾停息过。所以，当她被带到东芝仲根面前，被迫接受他短暂的审问时，她就意识到自己接下来需要做什么。东芝的目光与她相遇，尽管只是一瞬间，对她来说已经足够。她将思维伸进他的脑海，发现了他想要占有一个长狗的欲望；同时，她也感觉到他在打量自己时贪婪的好奇心。不过总领事也有他自己的诸多限制。与变种人发生关系，这有点出格。即便如此，她还是成功地干预了他的思想，使他生出要将她单独囚禁起来的想法，而且囚室里还要有流水供应，并把她随身携带的一个小袋子还给她。不过，东芝下达命令时还是有一点点犹豫，毕竟他不知道自己这么做是否正确。

每天晚上，等到守卫松懈下来停止巡逻，也不再通过门上的观测孔监视了，清水就开始用粉红叶子擦洗身上的图案，先洗身上穿的动物兽皮能遮盖住的部分，以免洗到半路被人察觉出来。到她被监禁后的第四天，体绘终于全部洗掉，她也随之变成了另外身份的人。第二天，那个来送早餐的守卫刚一看到她，就惊得差点把手里的盘子扔到地上。他的头儿闻讯赶来，亲眼见证了这个事实。消息很快就传到管理层。不到一个小时，总领事就亲自来到她的囚室，命令她将身上的衣物全部除掉。

清水没有反抗，照着做了。她站在那里，低着头。东芝绕着她慢慢转了一圈，仔细观察她身体的每一个细节。接着，他命令站在她旁边的一个守卫将遮在她脸上的乌黑长发撩到一边。白条子[①]上前将她的头发拉过肩膀，粗鲁地在后脑勺上打了个结。她抬起下巴，迎上总领事的目光。东芝本以为会看到一张下等动物因惊吓或恐惧而显得畏缩奉承的脸，万万没想到看见的会是两道蓝色的闪电，他的灵魂一下子成了叉在鱼叉上的鱼——被穿透了。

就是从那一刻起，他完全被辟邪主赋予清水的力量奴役了。

东芝对女人的胃口奇大无比，但清水相信自己在他心中的地位无可取代。他的全部欲望现在都集中在她身上，这种状态在他

① 脸上涂着白条的铁大师。

们分开后至少能保持数周。不过,她没有必要冒险。在她离开的前一夜,东芝躺在她的臂弯里,正沉浸在最后一轮假想性事的颤抖中,她把他的思维引导回他的婚床,用他妻子的形象代替了自己的形象。所以后来,将军的姐姐回江户夏宫时,才没有对丈夫的出轨抱怨什么。

清水能用法力熟练地操纵总领事,也能操纵那个给她准备漆盒的手艺师傅的双手。他自己都没觉察到他在盒子的上面和侧面都描绘了哪些图案。这些图案将向收到盒子的人传达出无声的信息。雪先生,还有金发云武士,那个命中注定和她纠缠不清的人,会明白她想说而未能说的话是什么。

对她的法力,铁大师依然毫无察觉。在他们看来,这不过是一个空空如也的盒子罢了。它虽然有点价值而且也挺好看,不过跟用来装饰领主豪宅和将军宫殿的高雅工艺品一比,它可就什么都不是了。他们不知道,她的性命就装在这个木盒子里,它上面的图案伪装得非常巧妙,那实际上是一幅地图,这幅地图将引导着史蒂夫来到鹭池,找到一处隐蔽的湖心小屋,也就是东芝仲根囚禁她的地方。一旦这个木盒子到了雪先生手里,他就能感觉到她的存在,她的声音也将传到他的脑海里,而这些图案将揭开所有的秘密。

五月中旬,两艘巨型轮船在山下的镀金座舰带领下,从水声震天的尼亚-加拉大瀑布旁的船籍港[①]布法罗出发了。它们往西南方向一直行驶到克利夫兰港口,那里与山下大人的亲密盟友珂尼卡的领地毗邻。傍晚,船队靠岸抛锚。当黑夜蒙住所有好事者的眼睛后,一只小船把一顶车拉轿子带到山下的座舰上,轿子被关得严严实实的,坐在里面的就是那个女长狗。

---

① 亦称船舶登记港或登记港,为船舶所有人办理船舶所有权登记的港口。

拂晓时分，船队又开始了西行航程。一路无事。在穿越休伦湖时，山下将两只舰船分别派遣到贝城[①]和密－沃基[②]，让他们去同那些从南方跋山涉水而来、规模小一些的变种人部落作交易。航行到第十天，他们已能看到在内海[③]最西端的交易点德－卢塔[④]，像往年一样，那些变种人早已黑压压地聚集在那里等候了。

在热火朝天的交易期间，穆卡尔部落的字匠雪先生多次试图询问云武士和他的护卫的情况，却每次都被山下挡了回去，弄得他一直焦虑异常、坐立不安。离开的前一晚，山下破天荒地头一回邀请字匠和两位部落长老到他的座舰上。当然，在面见他之前，这些变种人得扔掉他们身上那些散发着难闻动物气味的兽皮衣物，从头到脚清洗干净，再换上棉制的宽大衣裤。据下人报告说，对这一程序，变种人并没觉得是多大的折磨；而且让山下比较满意的是，梳洗整洁再穿上合适衣服的雪先生，看起来也挺有一点高贵气质。其实如果不是他额头上的那些疙瘩和前臂上树皮般的皮肤，还有从头顶到脚尖都布满的黑棕色不规则图案，乍看之下，他的神态举止跟真正的人类一模一样。

山下按照原先的计划，让他与一身盛装的清水见了面——当然，清水所穿的衣服是她那个见不得人的监管人送的。她事先已经被警告过什么该说什么不该说，如果稍有不当，只要他一示意，隐藏在她背后的两个弓箭手就会立即置她于死地。她只获准与雪先生短暂地见一下面，这对各方来说都意味深长。当雪先生看到清水变成现在的样子时，山下能察觉他很是吃了一惊。不过雪先生的表情却不是惊愕，而只是意外：一种被别人看穿心思时所流露出的那种慌张不安的意外，而不是那种在面对完全出乎意料

① 密歇根州中西部一港口，位于休伦湖西岸。
② 即密尔沃基，威斯康星州最大的城市和湖港，位于密歇根湖西岸。
③ 指苏必利尔湖。
④ 即德卢斯，明尼苏达州东北部港口，位于苏必利尔湖西南角。

的转变时所表现出的惊愕。从那一刻开始，这个变种人字匠显得极为谨慎，说每一句话都字斟句酌。在严密的监视之下，字匠与女长狗在谈话中用了一些习语，山下无法理解其中的含义，不过他并没觉得不安；而另一方面，雪先生再也没有恢复他最初的镇定了。

很好，山下心想，记住这次教训吧。我这个人信守诺言，但我没那么好骗。接下来就看你的了，我的疙瘩脸朋友……

清水很期待这趟旅程。除了要将木盒子交给雪先生，她还有一个目的。她已经让总领事在鱼竿这头满怀期待了，接下来，她要做的是找到一个机会，把鱼钩放到山下的嘴里。这个男人是整件事的核心，他只要动动手指头，她就可以返回平原人中间。然而很快她就发现，山下领主并不那么容易上钩。整个航程中，除了两个表面上是服侍她、实际却是监视她的人之外，她一个人都没见着。从波士顿到克利夫兰的一路上，她坐的那顶车拉轿子一直都被关得严严实实，她只能通过透气孔看到被分割成一小块一小块的天空。只有到了晚上，等陆路护卫在客栈——也就是驿舍里落脚后，她才能从轿子里出来，但旋即又发现自己置身于一个根本看不到外面世界的房间里。

上了轮船后，她还是被限制得很死，结果一路上连山下的面都没见到。直到后来，屏风门终于打开了，她却看到雪先生、滚石还有麦卡卡车各自跪在一块彩色草席上，身上穿着宽大的衣裤，看起来像是几个级别较低的铁大师。山下在向她下指示、告诉她要如何表现以及该说什么时，都是通过一名武士通事传话的——通事翻译时的态度十分冷淡，他的言行神态都在明白无误地告诉别人，如果不是为执行上面的命令，他是绝对不会对她说话的。似乎一跟她说话，他就会从空气中感染上可怕的疾病。

这名武士的态度完全可以理解。铁大师的社会等级森严，其基础是一种上下有别的尊卑观念：上等人和下等人的社会地位在他们出生时就决定了。铁大师社会就像一个多层的金字塔，位于塔尖的只有极少数的幸运者，而更多的人都在塔基下垫底。有些人可能会从高层跌落下来，但很少有人能从底层爬上去。身份地位、官职和与生俱来的特权是由你的血统和你父母的高贵与否所决定的，你的人生事业在你出生时就被划定了。只有金字塔顶端的人才配获得顶尖的职位。如果你的家人全都处于金字塔底部，那么很可能，这里也是你一辈子要待的地方。所有的异族都被排斥在社会等级之外，清水也一样。在这里，她本就是异类，又因为与东芝仲根的关系，她更成了别人眼里的瘟神。对于每个与她接触的人来说，她都是很危险的。

在这趟航程中，她曾与少数几个铁大师照过面。虽然他们并不知道她的那些事，然而对待她的态度却一模一样。她的眼睛很少能捕捉到他们的目光，只有极偶然的那么几次能与他们对视。即使对视时，她也无法强行进入他们的头脑，但肯定会有办法进入的。东芝那众所周知的强烈欲望使她很容易渗透他的防线；那个制木盒的手艺师傅也一样，在主顾的指引下很是殷勤。可是山下周围的侍从却对她鄙夷有加。在他们眼里，她只是个被利用者，一旦她不再有用，就会被抛弃。她还感觉到，总领事也被看作是一个傻瓜，时间到了就会被牺牲掉。

而山下却是一个铁石心肠的人：冷酷、精明、无情。一见到他，她脑海里就映出一幅图画：一条长着钢颚的梭鱼，镇静地穿行在一群小鱼当中，漫无目的地游来游去；然后它闪电般地朝小鱼袭去，鳍和尾却不见丝毫摆动。山下与色欲旺盛的总领事不一样，他不会在这一点上被诱惑。要想攻破他的精神壁垒，只能将其强行炸开，但现在还不是攻击的时候。

在山下和他的武士全程监听之下，她不能对雪先生说明为什么要清除身上的体绘，也不能说明为何要穿着鲜艳的绫罗绸缎。她只能说别人让她说的话，希望这些简短的话语能传达出足够的含义。很显然，雪先生说话时也受到限制。不过，好在他提到了神石里看到的内容，提到了被风吹走的种子在春天到来时又破土而出。这些话背后的含义虽然隐晦，但她还是听懂了。

云武士已经返回部落，而且将被派出来营救她。这正是她期待的消息，这意味着她获准送给雪先生的那件礼物将会发挥作用。

返程跟去时一样，清水仍然被单独囚禁，陪伴她的只有两个越南女人。有时，山下会将一块秘密嵌板取下来，透过孔眼冷冷观察她，通常都是在她沐浴的时候。看到她的裸体，他只有好奇之心。山下有自己的妻子，五个孩子中有两个是女儿，但他从来没有非常中意过哪位女性。婚姻对他来说，只是家族延续的需要和利益上的战略结盟。女人只是他用来达到目的的手段。更何况在尼桑，女人地位低下，即使出身名门的女人与同等地位的男人相比也只能屈居次位。武士之间高贵的友情是值得赞扬的；而让你的思想和行为都受制于对一个下等人——哪怕是对自己妻子——的身体欲望，却绝对是自贬身份的行为。

肉体之爱和肉体欢愉都是一种诱惑，真正的武士要与之不断抗争。山下天性中对这些不感兴趣。成年以后，他的注意力更是几乎全部放在了扩张家族财富和夯实权力根基上，因此山下的武士道修为在“色”这一点上没有受到侵蚀。面前的长狗虽然骨骼平直，身材玲珑有致，但依据山下的评判标准，她却有三大硬伤：首先，她是女人；其次，她是一个微不足道的异族，鉴于此，她的地位甚至比社会等级最低下的那一级还要低；再者，她的下体像变种人一样毛发浓密，这一点令人厌恶，而且很可能也像变种人一样藏着虫豸。

哈哈哈哈！

一想到跟这种不干净的动物一起嬉闹就让人不寒而栗。如果东芝仲根确实想玩这种下流动物，至少得把她刮干净吧？可话又说回来，究竟是什么驱使他一开始就想玩弄她的？

这个问题倒是问到了点子上。可惜，他找不到答案。实际上，总领事从来没有玩弄过清水，清水玩弄了总领事才是真。

在返航途中，三艘轮船穿越狭窄的温索尔[①]水道，经过伊利湖向克利夫兰驶去时，山下让船队停了下来。几艘小船将八个变种人——四男四女送上了轮船。他们被赶到船尾一字排好，在他们身后，桨轮的叶片被长长的铁链固定着。学着看守的做法，他们也对山下弯腰低头。山下坐在一块凸起的甲板上，面对着他们。

清水被两个地位低于武士的佩刀红条子[②]带到甲板上。她的脸上涂了厚厚的一层白粉和传统的口红，装扮成官妓的样子，身上穿着长袍，长袍与头上戴的斗篷是一体的，手上也戴着长长的手套。她一看到山下就深深地鞠了一躬，随后走到她的两个护卫中间，在山下左侧的一个垫子上跪下来。她面前的甲板上，站着另外六个红条子，他们身上都佩带着弯刀，左手放在刀柄上。十二个手持藤条鞭的白条子看守着变种人囚犯；山下身边站着的还是平时的那些高级武士，都戴着凶神恶煞似的金属面具——变种人正是因为这一点才把他们称作“死脸皮”。像清水的脸一样，这些面具上也涂着红色和白色，一条直线从前额画到下巴。

山下命令他的通事告诉清水：“我们大人希望你从这些奴隶

① 加拿大东南部一城市，位于连接休伦湖和伊利湖的底特律河上，与美国底特律市隔岸相对。

② 脸上涂着红条子的铁大师。

中挑出一男一女。”

之前的教训使清水明白，最好不要去问为什么。通事指指她，等她再次向山下鞠躬致意后，引着她来到那队人面前。

八个变种人的模样很是凄惨，他们已在水上漂了九天。绝大多数变种人都会晕船，他们也一样，这次的远行让他们吃尽了苦头。清水在此次航程的前半段也吐了好几次，不过那以后她就只犯过一次恶心了。此刻，一种不祥的预感突然攫住了她，似乎某种可怕的事情马上就要发生了。她随意选出一个年轻的男子和一个女子，然后返回到她的垫子上；她挑出的那两个人被带了出来，跪在那块凸起的甲板前。他们两个身上只裹了一条棉质缠腰带，没有穿戴能分辨出所属部落的任何衣饰，所以看不出他们属于支－加哥、蒂特律、圣－保罗，还是密－沃基。虽然自己的生死就快被敲定，两个人看起来并不太在意，他们以坚忍的毅力面对着未来，这正是平原人的特性。

山下通过通事问道：“你是否确定已挑出了最强壮的人？”

清水依礼鞠躬，“我相信是的，大人。”

“山下大人希望你能知道，”那个武士通事说道，“你很重要，最好的奴隶才配得上你。”他厉声喊出一道简短的命令，清水不知道他说的是什么。

他的话音刚落，清水面前的几个红条子就迅速行动起来，猛地将选中的那两个人推回到行列中去。红条子和那些级别较低的白条子一起对戴着镣铐的变种人一阵拳打脚踢，用鞭子猛抽他们，边挥舞弯刀边厉声说着他们那种叽里咕噜的话，活像是一群发了疯的野狼正对着几头无处可逃的“快步”[1]吠叫着、怒吼着。指指点点的刀和鞭子已经把他们的意图表达得明明白白，不过仍有几个戴面具的守卫断断续续地喊着基础语词句：

① 目光敏锐、颜色棕红的野鹿。

“上！上！”——“上轮子！”——“快！快！”——“猴子去骑轮子——去！”

他们将八个变种人赶到桨轮上，在固定成水平的扇叶上站成一排：女人在轮轴左侧，男人在右侧，人与人之间相隔一臂的距离，面向轮轴。桨轮很宽，但他们站的地方很不容易站稳，木质的扇叶浸透了水，变得非常滑溜。他们的手腕上都系着铁链，右脚踝上也戴着沉重的金属圈，举步维艰。有几个人紧张地歪头瞥了一眼，想看看接下来会发生什么，结果大腿上立即挨了一顿鞭子。

清水忽然明白了山下要干什么，心中越发地恐惧。山下朝一个手下粗暴地摆了摆手，手下向另一个站在开着的舱口旁的奴才喊了声什么。命令就这样一个接一个地传了下去。这时，一阵蒸汽溢出时产生的刺耳嘶鸣传来，甲板开始颤动，两根支撑桨轮的巨大横梁，一根往上推，另一根往下拉，轮子开始转动起来。

嘎吱，嘎吱，嘎吱……

桨轮变成了一架巨大的水车。为了躲避下面铁大师的鞭抽刀戳，变种人不得不尽力往高处的扇叶爬，但更可怕的命运在等着他们。如果稍有不慎，或者爬到筋疲力尽，他们就会立足不稳，被扇叶甩下来，挤进轮子和甲板之间的狭窄缝隙里。

嘎吱，嘎吱，嘎吱……

轮子越转越快，吃力的攀爬开始变成疯狂的竞赛。速度达到极限后，船舱内部的轮机师又接到一个命令，要他保持这一速度不变。山下是要搞一场虐待狂似的耐力比赛，在这场比赛中，只有最强健最敏捷的人才有生还的希望。

清水苦苦地思索着该怎么办。天音不准她向铁大师行使法力，可天音是否预料到会出现这种情形？她是不是应该忽视天音的警告，试着唤来大地的力量？那结果又会怎样？现在已经看不到陆地了，轮船下面就是深不可测的湖水。假如辟邪主果真赋予了她力量，让她可以摧毁这些带给她痛苦的船只，将它们撕成碎片，又会怎样？那样一来，非但救不了桨轮上变种人的性命，还必然会给船上其他身披镣铐的平原人带来死亡。念及这一点，她的心沉了下来。她什么都不能做。她的首要任务是遵守对雪先生许下的誓言，用她的所有力量保护卡迪拉克，并将他平安带回部落。

第一个掉下来的是个男人。

白条子兴奋得大呼小叫。这个变种人失足摔倒了，他的身子沿着桨轮向下滑去，这时，他犯了一个致命的错误：没有顺势将自己扔出去，反而绝望地拼命向上爬。恐惧和痛苦使他发出尖厉的叫声，但随后就中断了，因为厚重的扇叶像镰刀一般向下劈来，先是砍掉了他的右臂和右腿，接着就将他七零八落的身体抛进了下面的湖中。在一片哄笑声中，两个白条子捡起残缺的肢体，朝着仍站在轮子上的变种人嘲弄地挥舞着，然后一下扔到一边。

见此情景，剩余的三个男人中有两个决定慌不择路地往最高点爬，以出人意料的稳当脚步跑过扇叶，向下跳进了水中。他们挣扎着钻出水面，只短暂地扑腾了一阵，就被身上沉重的镣铐拖着沉了下去。仅剩一个男人还在挣扎。

与此同时，几个女人也很快跟了上来。其中两个女人落入水中；离轮子左侧边沿最近的那个女人准备起跳时失去了平衡，手腕上的铁镣使她朝甲板这一边滑倒跌落下来，仰面摔在甲板上。随着“咔嚓”一声，她的脊柱折断了。清水的身子猛地一震，她选中的那个女人此时也吊在扇叶上。女人绝望地大叫着，乞求有人能救她。她向轮子的中部靠近，可是仅存的那个男人在她的右侧，与她离得太远。那个男人不顾眼前的危险，向她伸出了手。他们的手紧紧地握住了彼此的手腕。清水衷心希望他们能成功，希望他们能奋力爬到顶端，最后双双跳进下面的水里。然而事与愿违。

随着扇叶的转动，女人疯狂地扭动，试图站稳脚跟，她的双手紧紧抓住同伴的胳膊。她已不可能再站稳，可她不肯松手。一刹那，他们两人都意识到要一齐死在轮下了。

此时，山下的新命令传进了轮机舱。轮子的转动迅速地慢了下来，等它最终静止不动后，白条子命令两个幸存者爬下来，哈哈大笑着拍了拍他们的背。这个年轻的男人也是清水选中的那个。刚才还丧心病狂地折磨他们，现在又对他们能从考验中幸存下来表示赞赏，铁大师的转变让那两个活下来的男女困惑不解，几乎要流出泪来。六个佩刀的红条子将他俩推到了山下面前。

随后，武士通事又命令两个人转向清水，强迫他们跪下来。

“这两个人已经证明了他们的健壮，山下大人希望知道你是否愿意把他们当做礼物接受下来。”

清水朝着领主的方向鞠了一躬，“至高无上的大人赐予的任何礼物，不管好坏，我都愿意接受并倍感荣幸，同时，为了让自己能配得上他那非凡的慷慨，我愿意尽我所能为他做任何事。”

通事又转向等待答复的山下。领主点了点头。武士鞠了个躬，转过身对清水说：“很快就会将他们交给你。”说完，他对红条子大声喊出一个清水听不懂的命令，又对着清水的脚挥了挥手。她向山下行过礼后，被护卫带回了她那狭小的住处。

当天晚上，到了给她送东西吃的时间，来敲门的却不是那两个黑眼睛女人苏珊和南珂，而是两个红条子。白天的那个武士通事走了进来，身后跟着两个白条子，带着两个扣着半球形盖子的圆盘。清水遵照要求，一见到武士就跪了下来。白条子将盘子放到她面前的矮桌上，随后退下。

武士示意她揭开盖子。

清水照做了。放在她面前的是那两个从严酷的轮桨考验中幸存下来的变种人的首级，她一下子惊呆了。不仅如此，这两颗头颅还被野蛮地毁坏了。

不管是死亡还是暴力，清水都已经不再陌生，可是眼前这两个不幸的人所遭受的残忍对待还是将她震得头晕目眩。

武士弯下腰，“山下大人希望你能从你的变种人朋友的命运中学会反省。”他微微地强调了一下“朋友”这个词，“他们并没有惹我们大人不高兴，下场尚且如此，那些胆敢背叛他的人，‘前途’可就无可限量了。”他一边说，一边拿起两个半球形盖子，猛地扣在一起撞成了碎片。

看着这些陶瓷碎片在面前“哗哗”落下，清水不禁缩了缩身子。

“你绝对不能将这次航行告诉任何人，也不准向任何人提起自离开总领事东芝仲根后你都看到了什么，与谁说过话。尤其是，你绝对不能承认见过山下大人，明白吗？”

清水温顺地点点头，尽量不去看那两个变种人的头，那本应是眼窝的地方，已变成了烧焦的空洞，“是的，大人……”

武士指了指那两颗头颅，“你，和你的两个侍女，谁都不准碰它们。它们要一直放在这里，不准盖，就放在桌子上，直到你收到离开这条船的命令。这个明白吧，长狗臭娘们儿？”

“是的，大人。”清水低下头，直到武士离开房间。

是的，我发誓，对着摩城，伟大的天母，还有辟邪主，天赐之人：我一定会为死去的兄弟姐妹报仇，一千倍、一万倍地讨回来……

第四章

六月初,长谷川敏郎带着他的另一个实地考察任务回来了。像以往一样,将军在圆石花园里接见了他。敏郎先是报告了鹭池项目的进展程度,至于为飞马寻找合适的推进装置时遇到的问题,现在也已在解决中。

将军像以往那样专注地倾听着,不过很显然,他最感兴趣的还是关于他姐夫和住在湖心小屋里那位出了名的长狗之间的最新情况。

"她已经不在那里了,陛下。"

"不在那里?"

在将军不动声色的注视下,敏郎弯下腰去,"据我所知,她在四月底就从总领事的房子里消失了——"

"也就是说,关于我姐姐的婚姻,你在拿不出一丝证据的情况下,向我报告了一件如此令人生气的事,然后现在你告诉我它已经结束了,过去了?"赖朝生硬地说。

"呃……也不全是。"

赖朝的嘴角绷得紧紧的,"那我怎样才能知道整个故事情节——用烧红的钳子从你嘴里拽出来吗？”

敏郎再次鞠了个躬，“四月底，一队陆路护卫护送着一顶关得密不透风的车拉轿子从纽波罗出发，轿子里有位高层女要人。当时，有好几个人目睹了这件事，他们还设法瞧见了那位女士本人。向我报告这件事的是那支护卫队队长的妻子。据她说，轿子里那位可疑女士脸上的妆化得像是官妓。”

“说下去……”

“根据行程公文上的记载，这位女士的名字为三岛洋子，支付交通费用的是与总领事相识的一位知名商人，目的地是克利夫兰。”

“那是山下的轮船队途中要停靠的一个港口。依你看来，这个女人会是……”

“我也在想。”

“不大可能……你核对当地的登记簿了吗？是否有这个人？还是一个凭空捏造出来的名字？”

“这么说吧，我以前从没听说过她——不过这并不重要。我不能老是围着她的名字转，不然就会捡了芝麻丢了西瓜。名字的事，您的叔父家康大人，他可能知道，人家都说内廷总管——”

“啊哈……”赖朝将目光转回花园，“猴子现在在哪儿？”

“还在西方。”在铁大师的语言里，变种人被称作“萨鲁”，意即猴子，这也成了将军给山下起的绰号。

“知道他什么时候回来吗？”

“日期不定，”敏郎答道，“不过渡口的一位军官跟我说过，源清盛领主的一个家族卫队长将乘船从纽波罗前往费镇[①]。差不多一个月后，那里会举行一场奴隶贩卖大会，卫队长就是去那里做准备的。”

① 即费城，宾夕法尼亚州最大的城市。

"也就是说,猴子的轮船应该在数日内停靠克利夫兰……"

"先停克利夫兰,再停匹兹堡。主要是卸货,好在公开市场上卖掉。"

"你是不是认为这个女人会在船上?"

"是的,陛下。那座湖心小屋后来一直没人住进去。当然这说明不了什么问题,不过,如果总领事不打算再见到她,为什么要像包礼物一样把她裹得严严实实的送到克利夫兰去,还让自己人掏腰包付运费?照理说,如果他想摆脱她,完全可以找个最近的粪堆把她给埋了,或者干脆把她大卸八块扔去喂猪了事。"

"是啊。那你是不是在暗示说,山下行事很谨慎,藏得很深——我的意思是,照你这么说,他和源清盛防范非常严密,对吗?"

"看起来的确是这样……"

"既然如此,猴子为何还要冒险随船带着女长狗?"

"问得好,陛下。他之所以这么做,可能与一开始的交易有关。可能她需要回去汇报,也可能她带了他们在鹭池所需原料的购货清单。他那么做可能有很多原因,但不管怎么样,我们只有查明事实真相,才能将要面对的风险降到最低。您的提示倒是让我想到了一点,在他轮船上发生的事我们谁也不知道。"

"这倒是真的,到目前为止,我们还没办法在他船上安插我们的人。"

"也就是说,实际上没有一个人亲眼看到那位女士上下他的船,这样一来我们就没理由怀疑他。如果她回到了轿子里,接收她的人只可能是总领事。"

"唏……"赖朝长长地吸了口气,"听起来很有道理,不过——面对现实吧,我的朋友,这一切都只是假设。别误会,我不是说他们没捣鬼,不过,到现在为止,一切都还只是道听途说,你连一丝一毫的确凿证据都提供不了,甚至连第一手资料都拿不出。"

这个评价颇有些刻薄,敏郎不得不自吞苦水。他弯下腰,"制度如此,陛下。我只是您传递信息的渠道,不是幕府特工。"

"我知道,我知道。我没有怀疑你的能力,而且我对每一个在这方面效力的人都深信不疑。只不过……我不是很肯定,你是否对收到的情报准确地甄别过真伪。"

"我向来注重这个问题,陛下。我确实有证人,我可以说出他们的名字,具体来说,有三个人。如果给他们施加点压力,我相信他们会很乐意确认总领事湖心小屋里的那个女人确实是个长狗,有着黑色的头发和蓝色的眼睛。"

"有没有别的办法弄明白,间接一点的?"

"有,不过需要做一些组织沟通工作,而且时间紧迫,我们得快点行动。"

"说说看。"

"提醒我们在克利夫兰和匹兹堡的人,日夜不停地监视轮船带来的那批变种人。他们要密切注意从船上下来的每一个人——包括所有捕获的长狗。此外,我们也要从道路登记册上提前了解都有哪些陆路护卫队要去东边。"

"这可不太好办。"

"是有点难办,陛下,但是我相信这并没超出幕府的权力范围。可以用飞鸽传书来提醒我们的人。"

"好吧。我们先假设经过这一番努力,发现了某个慷慨大方的人为这个所谓的'三岛洋子'或者某某女士付了运费,接下来会怎么样?"

"那么,那些陆路护卫将在匹兹堡与波士顿之间遭遇不幸,被不法分子打劫——"敏郎伸出他的手——"那位女士将被绑架走。很糟糕,即使在您的铁腕治理下,依然会发生一些犯罪事件。"

赖朝的目光忽然严厉起来，“你知道你在说什么吗？”

“是的，陛下。世人皆会死，但有些人是为将军效命而死。”

“如果，最后的结果证明你这步棋走错了呢？”

敏郎谦恭地低下头，“那么，毫无疑问，我也将荣幸地献出自己……”

“我可不那么认为。”赖朝看着使者，他刚抬起目光，“姑且假设你的做法合适，接下来怎么办？”

“我们一证明她是长狗，就把她放逐到她该去的地方，一刻也不耽搁。”

赖朝皱了皱眉，“等等。你要审问她吗？”

“不会的，陛下。那么做就坏大事了。我想那些，哦，歹徒，就算被人抓了，也不会供出是受您指使的。”

“他们不会有机会被抓的……”

“那我们就依计而行。人们都知道，有一些不法的浪人团伙经常会伺机抢劫陆路护卫，有时候为了敲诈勒索还会劫持有身份的过客。一旦他们发现劫持的人没什么用处，就会放了她。”

“继续……”

“等这位女士回到她的主子和主子的靠山那里后，他们会盘问她是怎么回事，她就会把看到的情况讲给他们听。如果他们心里有鬼，就肯定会怀疑绑架的真正动机，然后他们会开始寻找指向您的证据。不过，如果我们什么都不问她，那他们就束手无策了。他们能做的只是在心里嘀咕自己是否已引起了您的怀疑，您已经了解了多少，以及风声是怎么走漏出去的。他们最好能将猜疑的矛头指向总领事的那位女士朋友，怀疑她是不是已经被我们利用了。”

“这主意不错，”赖朝说道，“最好由你来执行。”

“啊，我？陛下……”敏郎掩饰不住自己的迷惑，“这种事情不是我能组织的。攻击陆路护卫的地点很可能会在精工的领地上，那不在我的管辖范围之内，何况，我也没有那个权力。”

“你现在有了。”

敏郎深鞠一躬，尽可能用最诚挚的语调说：“我很荣幸，陛下。不过，我请求您能重新考虑您的决定。众所周知，我是您在源大人那里的耳目。万一，他和他的同盟者听说我跟绑架长狗的事情有关，那——”

“——会把整个事情都搞砸的……也是，好吧，我们回头再谈这个。”

走运河到匹兹堡之前，三艘轮船在克利夫兰短暂地停靠了一下，补充给养并卸载货物。这期间，珂尼卡家族成员代表珂尼卡大人热情款待了山下。酒席上，珂尼卡领主的一位高级军官提醒山下说，臭名昭著的将军特工已经盯上了码头的货物和上下船的人员，而且兴趣比往年大得多。

山下向他表示了感谢。随后船队起锚，他没有再按照原来的路线行进。

绝大多数幕府间谍都受雇于将军的税务官员，他们的任务就是对贸易进行监督，诸如什么货物卖给了谁、钱进了谁的腰包等，以保证一年两次的税费大征收得以完成。不过那些人往往不很上心。有一些特务甚至脚踩两只船，借此来发点小财。所以山下很快就接到内线报告，说将军派往源氏家族的使者已经在波士顿和位于马拉巴拉[①]的刚建成的鹭池周围撒下天罗地网。难道总领事在湖心小屋里——确切点说是在湖心小屋的床上——鼓捣的那些事，已经被那些可恶的狼狗嗅到了气息？天知道。现在，他和源清盛在公众场合必须保持距离，还要防备东芝和他那个多毛

① 即莫尔伯勒，马萨诸塞州中东部一城市。

的低等动物派来的眼线。

本来,山下是打算还按照往年的惯例,从匹兹堡出发走大东路的。大东路是条快速道,在遥远的过去,这条路被称为“宾夕法尼亚收费公路”。偏锋指给史蒂夫的正是这条路。史蒂夫相信只要尾随着山下一行人,就一定能找到鹭池。不过史蒂夫还是被甩下了,因为轮船到达匹兹堡后,狡猾的领主决定不按惯例行事,只有清水和她的同伴依旧沿大东路走。山下和庞大的随从队伍走北线,也就是大劫难之前的80号高速公路,先到威利马萨波罗①,再往北进入他自己的领地,而且山下要比众随从提前一个星期出发。走这条路,山下南边的邻居精工家族为他们准备的接风洗尘宴就无法享用了,不过他相信走北线一路上也会受到盛情款待。

幕府间谍的监视活动在夜幕降临之后会变得更加活跃,于是山下决定让清水他们在大白天上岸,而且她将是第一个被卸下的“货物”。他下令用布条把清水绑成胎儿的姿势包裹起来,藏进一大包动物皮毛里面。

他躲在最顶层甲板上,通过屏风门上的洞,看到在一片热火朝天的搬运中,清水所在的那包货物被推下跳板,放在一个身强力壮的变种人肩头,又扔进一辆手推车里,后面的人接二连三地将货物扔进车里,压在上面。装满之后,车被拉到了一间仓库。

经过一段晃得骨头都要散架的路程后,差点把清水闷死的重物被挪开了。接下来又是一段走走停停。人的喊叫声和脚步声忽远忽近。清水感觉到车子又上路了。颠过一段石子路后,她藏身的那包毛皮又扛到了另一个人的强壮脊背上。她感觉自己上了一段楼梯,然后再一次被随便往下一扔,这次是落在了地上。虽说有厚厚的动物皮毛垫着,她还是差点被摔得断了气。门“咣当”一声关上后插上了闩,表明她的禁闭生涯还要继续。不过,好

① 即威廉斯波特,宾夕法尼亚州中北部一城市。

歹她现在终于到了坚实的地面。

最后，门终于被推开，她听到了两个熟悉的声音，是苏珊和南珂。她们打开皮毛，清水发现自己又在一个没窗的房间里了。只是这次的房间要比船上那个舱室大一些，装饰得也更好一些。在那间船舱里的最后三天，她每天都要跟两颗头颅共处一室。她想尽量避免看到它们，可是空间太小，它们总是在她眼角余光里盘旋，时时刻刻，无处可逃。那两个女人受命将她的食物摆放在两颗头颅之间，并等到她吃完碗里最后一粒米才罢休。

并不是头颅本身让清水感到不适。在任何一个变种人的住处，头柱都是最普通的装饰——证明了一个武士的能力。连清水自己的帐篷外面都竖有两根，上面戳着两颗云武士的头颅，向族人昭示着在击落这两个云武士的过程中她起到的作用。让她肠胃抽筋的是这两个变种人受到的可怕摧残。同时，头颅的存在也时刻提醒着她，另外六个变种人在水车上的惨死，还有他们的死引发的那些惨无人道的笑声。

平原人从来不会残忍地屠戮生灵，也从来不会杀害弱者和那些毫无还手之力的人，那是没有任何荣誉可言的。不管是熊武士还是母狼武士，都只会为了一个目的才去与敌对部落作战，那就是保卫领地。在杀人这一点上，死脸皮与沙穴人一样残忍。他们都是同样的人，等辟邪主像复仇天使一样降临人间的时候，他们也将面临同样的命运。

那一天会来的。尽管现在她又被囚禁在另一个牢笼里，但在航程结束的时候，她还是感觉到云武士已经来到了尼桑。啊，他！俘获了她的心的他！已经在那里了！就离她不远！当初，她料到他会遇到种种危险。为了保护他，她将法力注入了带有刀片的木棒中。一想到他在意识到这一点时的反应，她的心就禁不住颤栗。长眼睛的石头说得没错，他已带着暗藏在影子里的死亡返回部落，也将越过一条血河将她带走。

所有的预言都将变成现实：平原人将成为救星辟邪主手里那闪着寒光的利剑。这把剑将在血月之下获得可怕的丰收。试图扼杀平原人种子的野草和荆棘都将被砍倒，它们将从泥土中被连根拔起，投进火里；它们的灰烬将被碾为尘土。新的平原人将从这些尘土中诞生，他们像旧纪元里的英雄一样，骨骼平直，强大无比。世界将会重新来过，鲜血将在泥土里流干，大地也将再一次绿意盎然。

乔迪·喀珊和戴夫·凯尔索自从被穆卡尔部落捉住并被当作交易品送出去后，日思夜想的就是自己的双脚何时才能再次踏上坚实的大地，以至于根本没有精力去计较穆卡尔看守对他们的粗野对待。与他们境况相似的还有另外三十个反叛者。作为联邦的子民，所有的寻道民都受过抵抗各种暴力虐待的专门训练，乔迪也不例外。可现在情况完全不同，因为他们之前从未经历过海上航行，这对他们来说简直就是场噩梦；再加上晕船，他们真是受尽了折磨，所有的人都虚弱不堪。整整十天十夜，乔迪和其他人在轮船的甲板上被甩来甩去挤作一团，桨轮发出的声音像打雷一般震耳欲聋，他们就在这噪声中轮番去一个木桶里呕吐。每次轮到乔迪去把桶里的秽物倒到船外时，看着下面无穷无尽、波浪起伏的灰蓝色湖水，她都有一股巨大的冲动想从船上跳下去。

航行中，有一伙与变种人关在一起的反叛者，人数相对要少一些，他们被挨个提出去接受审问。问的问题林林总总，从名字、军衔、编号、操作篷车队的技能、中转站内部的情形，一直到他们地下总部的区域划分等等，不一而足。

乔迪曾经参加过无数次军事报告会，过程跟这些审问程序一样繁琐。只是铁大师存贮信息所用的方法，无疑还是石器时代的玩意儿。为了能让反叛者听懂,调查者的每个问题都被译成了基础语,反叛者的回复也被翻回啰嗦费解的日本语,并由一个形容枯槁的书吏,用一支毛刷和一种黑色液体把他们的答复原原本本地记在一种发黄的、类似塑料胶卷的东西上面。这些东西跟他们发出的声音一样让人费解。不过乔迪发现,整个过程看起来很有趣。这种记录方式可能比较滑稽,然而那老家伙用毛刷的动作看起来倒是相当熟练。

审问完之后,每个人都分到了一张金属薄片制成的身份卡,用一根彩色的短带子系在右臂上。等船上所有的反叛者都系上了这种短带子,乔迪和凯尔索发现只有他俩系的带子是蓝色的。虽然作为飞行员,他们一直都认为自己与众不同,可是等到他们真的被挑出来了,却又开始紧张起来,不知道自己将要面对怎样的未来。

从克利夫兰开始,他们将要走过一段风景如画的乡村路程,包括一系列的运河和水闸,不过这也标志着他们无事可做的闲散生活结束了。他们被编成一个个小组,变种人也一样,被赶下跳板去协助打开水闸;进入运河后,他们还要拉着纤绳,把巨大的轮船拖过闸门。乔迪能感觉到其实大船完全可以靠自己的蒸汽动力行驶,之所以要用人力去拉,只不过是因为铁大师想通过这种方式来“锻炼锻炼”这批新来的劳工客。

那些既不用拉纤也不用开闸门的人则被分成几组,沿着甲板从船头到船尾来来回回地慢跑,直到跑完十圈为止。从克利夫兰到匹兹堡的两天半时间里,乔迪他们一共跑了十二次。他们手上戴着镣铐,右脚上拖着沉重的刑具,跑起来很不容易。不过至少能呼吸到新鲜空气,看一看他们很快就要离开的这个美丽新环境。

三艘轮船在日落前四小时到达匹兹堡,河上有很多船只。匆匆一瞥之下，乔迪看到除了有几艘小一点的蒸汽驱动轮船，还有一些横帆的驳船、吃水较浅的渡船和单桨小渔船，它们都在水面上来回穿梭，进退自如。某个地方似乎生起了好几堆大火，灰黑色的滚滚浓烟直冲天际。终于，轮桨逐渐慢下来，停下来，船掉了个头。绳索扔到岸上，一群等候在那里的人把它拴在缆柱上。一阵号子声中，轮船被慢慢抬了起来，连在挂在木堤上的保险索上。

这是一个信号，一群白条子和想讨好主人的变种人监工立马像疯了一样冲上密封甲板，将手里的藤条鞭"噼里啪啦"甩在"货物"的肩上，大声吆喝着要他们按照分组列队站好。在帮助巨大的轮船穿过运河之后，变种人和寻道民终于获准取掉了手上的铁镣——他们得去卸货。从交易点搬上船的每一件商品都接受过检查并贴上了标签，由记账员一一登记在册。现在，整个繁琐的过程又反过来演练了一遍：成包成捆的货物又要运过跳板，用车拉走，然后整整齐齐地摆在一间间有着古怪斜顶的石砌贮存室里。

在来尼桑之前，乔迪见过的全部地面建筑，不过是一些毫无特色的中转站和让人望而生畏的工作营地，营地里到处都是塔楼、陷阱和铁丝网，还有诸如财富－尼克松要塞上的那种堡垒式斜坡通道。她从来没见过大劫难——距今已有好几百年了——以前设计的任何建筑，而凭自己的身份卡能查到的视频资料里也没有此类内容。

天完全黑下来的时候货才全部卸完，接下来的检查和登记就只好在灯笼的光照下进行。新到的货物加大了劳动量，食物的配给也被迫增加了，有冒着热气的米饭、碎菜叶子和肉丸。他们就着一小口热乎乎的清淡绿色液体把这些食物咽了下去。

它远不如爪哇咖啡的味道好。可是，真该死，乔迪心想，现在怀念过去的那些美味一点用都没有。从现在开始，我们的嘴唇以后连咖啡杯的杯沿都碰不到了。

乔迪注视着记账员和他们的手下拿着提货单与货物仔细核对，心里很是诧异，像他们这么精明的人种怎么会没有发明电。毕竟，他们拥有蒸汽动力，而且到目前为止，她看到的一切都制作得很精美。他们的书吏甚至能在纸上书写，这证明他们具有非凡的灵巧性。

真是奇怪。他们拥有一切技能，也拥有所需的一切工具，也完全不像不知道电的存在。她和其他反叛者并不是第一批被审问的人，她和同伴被问到的问题也显示了他们急于弄明白是什么在维持联邦的运转。

那么，究竟是何种原因使他们依然停留在黑暗时代？

短暂的进餐结束后，变种人和寻道民要在一个大木盆里把各自的金属杯子和饭碗洗干净，装进专门用来盛餐具的小棉袋子里。袋子上有绑绳，这样他们就能将它系在腰上。没有刀叉和汤匙，吃饭用手，不管剩下什么都要舔干喝净。

其次是衣着。变种人身上只剩下棉质缠腰布和他们自己的鹿皮靴，寻道民可以继续穿着自己的汗衫，如果有迷彩裤和靴子也可以穿。公元2990年6月10日的夜晚温暖又干燥，不过他们还是分到了一条粗糙的黄麻雨披、一顶锥形的宽檐草帽，还有一床薄薄的棉被。一如铁大师做的每一件事，这次的分发也组织得井然有序。排队等候领取物品的时候，他们右臂上的奇怪标记和编号一眨眼工夫就印到了各自的雨披、帽子和棉被上。

分完后，铁大师要求他们按照各自的颜色集合。乔迪和凯尔索的是蓝色，与别人的都不一样，他们决定站在原地不动。趁着大家都在乱哄哄地寻找自己的位置，他俩尽力用目光搜寻医疗员和其他几位追随马隆的破闸好汉[①]的身影。他们刚来得及无声地做个情深意重的道别表情，白条子们就开始拿着鞭子驱赶众人排队，

① 反叛者的自称。

他们只好挺身站直,尽量淹没进人群里。白条子手里的鞭子是用几根又细又锐利的竹条拧在一起制成的,柔韧性极好,和人的手指一般粗。它一挨到人身体就会弯起来,这样力量就能贯穿整条鞭子。锋利的边沿深深地嵌入裸露的皮肤里,打起人来很疼,非常之疼。

在一片尖叫、怒吼和频繁的击打声中,不幸的变种人被驱赶着排成一列长纵队,被赶往未知的命运。乔迪看着他们,对他们的遭遇没有一丝同情。这些蠢货,被他们自己的族人卖到这里;就是那些怪模怪样的杂种,卖掉她和别的破闸好汉,只是为了换一些锅碗瓢盆。她是被捕的反叛者,所以没得选择,可是这些家伙也……去死吧,你们这些蠢货,被别人随随便便地卖掉。活该。

一名戴着面具的武士带着四个红条子走到负责组织反叛者的打手旁。自从在匹兹堡泊船以来,地位低一些的铁大师就不再走《歌剧魅影》[1]的路线,而是让扁平的五官、微黄色的脸和形状奇特的眼睛都露了出来。最初看到他们的长相时,乔迪总觉得他们很怪异,却不知道怪在哪里,后来她终于弄明白了,原来他们都没长眉毛,而且连头发也是假的。

在海上度过的那痛苦不堪的十天,乔迪和其他的破闸好汉渐渐悟出了铁大师繁文缛节的基本套路。不管什么时候,只要你看到一个武士走过来,都要垂下双手跪下来,并且把鼻子贴到地上,保持这个姿势,直到武士走开为止。最重要的一点:你绝不能抬眼看他。

这其实算不上新鲜玩意儿。在联邦,宪兵也会对胆敢以目光冒犯的人拳打脚踢。只不过在这里,这种冒犯有可能会置你于死地。联邦的惩罚一般来得很快也很猛,但和这里的毒打相比那还是算轻的。乔迪曾亲眼看到,一个破闸好汉和三个变种人被取消

---

① 根据法国作家卡斯顿·勒胡的同名小说改编而成的歌剧,其中的男主角魅影是一位戴着面具的音乐天才。

了牌子，只消几句话，在吃饭的时候他们就被另一艘随船上的人顶替了，而且，像这样消失的人远不止他们这几个。不管怎么处置你，你都不得有任何异议。他们要的是绝对的服从，避免麻烦的最好办法就是低头弯腰绕开他们。到目前为止，这法子一直管用。有好几次，乔迪都起了自杀的念头——矮蛮子立在她面前的时候，她真想把他们那包着棉布的脚趾头咬下来。不过还好，她一直聪明地闭着嘴巴。

红条子在人群正中间放下一个有台阶的箱子，武士登上去，俯视着跪在地上的反叛者，开始用基础语训话："现在，绰下！"①

众人都跪下来，把身体的重量压在脚后跟处，手放在大腿上。绝大部分人低垂着眼，下巴抵着胸口。一些没挨过鞭子的人还梗着脖子。

"呀们哪个会开飞汽的，向恰走！"

飞汽……？乔迪和凯尔索交换了一个迷惑不解的眼神。这时，几个白条子扬起鞭子朝他们走过来，情急之中他们一下子跳起来跑上前去，被引导着跪在武士面前。

"会开飞汽，举上呀们手来。"

凯尔索举起攥得紧紧的拳头。乔迪也照做了，心头不禁一沉。他们在联邦受训期间，有时会被征去做"志愿兵"，干一些诸如洗厕所之类的下等活，当时的程序就跟这差不多。

武士开始说日本语，向他身旁的人发出一连串指示。乔迪和凯尔索随即被推推搡搡地赶走了。

乔迪在心里不停地咒骂。戴夫，你这个笨蛋！干吗要告诉船上的那帮杂种你是飞行员！还让我也跟着做！如果你不张开你那该死的大嘴巴，他们是绝不会知道的！现在好了，惹上大麻烦了……

---

① 武士的发音不标准。

红条子带着他俩下了两层，穿过一条错综复杂的迷宫般的通道，通道里只有孤零零的灯笼照明，照不到的地方全都黑咕隆咚的。最后，他们停在了一扇厚实的门前。门一下子就被拉开，他俩被猛地推了进去。他们赶紧低头，后背上却被木鞋底狠狠踹了一脚，一下子扑倒在一堆稻草上。门"咣当"一声关上。又是一阵钥匙转动锁的声音，门闩上了。

乔迪和凯尔索挣扎着靠墙坐下来，听着外面"叽里咕噜"的嗓音慢慢消失。屋子里一片漆黑，他俩谁也看不到谁，乔迪听到凯尔索大口大口地喘着气调整呼吸。等他终于平息下来后，乔迪听见了自己"怦怦"的心跳声。

"不管怎么说，我们俩还在一起。"她喃喃地说道。

"目前是这样，"凯尔索嘟囔着说，"狗娘养的布里克曼……"他朝空中一巴掌拍过去，"你要是没回去找他，我们就不会到这儿来了！我一定是疯了，竟被你说动了跟着你去。"

又是这句话。"并不只有你我，戴夫。"

"对极了！你还拖累了医疗员和扬科斯！"

"你让我消停一会儿吧。还有很多人远在几英里之外，照样被搅进来了。"

"没错，我们本来也可以在几英里之外！如果我们紧跟着马隆，这会儿可能还在那里！而不是这里！克里斯托夫在上！狗娘养的布里克曼是急着要见那些呆瓜[①]呢！"他苦笑了一下，"我听说过一些舔屁眼的家伙，不过说真的，打死我也想不到，这辈子会亲眼见到一个'纯蓝子'[②]能像他那样把活儿干得这么漂亮的！"

"是啊，我也知道，"乔迪疲惫地说道，"我问过他。他也说他有自己的原因。"

① 联邦对变种人的蔑称。

② True blue，忠实可靠的人，忠心耿耿的人。来源于谚语：True blue will never stain（正直的人绝不会做坏事）。屠夫为防衣服被血染而常戴蓝色围裙，故有此语。

“对，没错，朋友嘛……”

“戴夫，你要我说多少遍才信？他不是我的朋友。”

“你自己说的。我发誓，如果再让我碰到他，我一定要杀了这个舔变种人屁眼、婊子养的狗杂种。”

“我也希望快点碰上他，戴夫，我真的希望。”乔迪缩进稻草堆里。那样的话兴许你就不会再没完没了地抱怨了……

在江户，一只信鸽落在将军夏宫西塔的阁楼顶上，带来的消息说山下已经到了克利夫兰；接着，第二只信鸽带来的消息确认山下的船队已在匹兹堡靠上码头；随后又有一条消息说他已经离开了威利马萨波罗。不过都没提他是否遇到了麻烦。第三条消息上还用简短的密码报告说他们挑出了两个长狗，将由陆路护卫护送到源清盛大人那里。那两个长狗一男一女，男的是红头发，女的脸上和脖子上布满粉红色的疤痕。所有的消息都没提到那个神秘的三岛洋子，或者别的身份不明的搭乘者。

敏郎有点心神不宁。他沿着外墙缓步登上高处的石头门廊，抬头望着天空仔细搜索信鸽的身影。从尼桑各地飞来的信鸽接二连三都到了，他从一开始的满怀希望渐渐变成了沮丧——它们都没有带来他想要的信息。这信息要么成就他，要么毁了他。

那可是性命攸关。他所指认的两项背叛，都是针对尼桑最强大的领主——将军的：一是指控权势仅次于将军的领主与丰田家族的亲密盟友共谋，对将军不忠；二是指控将军的姐夫与长狗厮混，羞辱自己的妻子，也就是将军的姐姐。这两项指控随便哪一项，只要他提供不出证据，就真的会上天无路、入地无门。如果用一句古话来形容，那就是“连天王老子都救不了他了”。

自从最后一条消息报告说山下走北线离开了威利马萨波罗后，敏郎又焦躁不安地过了六天，终于有一只信鸽扑闪着翅膀从西边出现，为黑暗尽头的敏郎带来了一线光明。消息是从匹兹堡发出的。据登记记录显示，确实有辆车拉轿子带着一位叫三岛洋子的女人由陆路护卫护送着沿大东路走了，其后还跟着一辆牛车，上面坐着她的两名越南侍女。运费是由某位与珂尼卡家族有姻亲的商人付的。登记的目的地是费镇，不过同行的还有两个长狗，他们的目的地是马拉巴拉的鹭池。

将军将一片很小的米纸递给敏郎，什么都没说，只是面无表情地看着他的使者贪婪地读着纸片上小得几乎看不见的字迹。

看完后，敏郎如释重负。虽然现在他还没有完全脱离危险，不过他能感觉到这一刻马上就要来临了。

"你怎么看？"

"我想我们成功了，陛下。"他咧嘴笑了一下，"您能想象吗，我的意思是说，来回都用同一个名字？真难以置信……"

"那么……现在怎么办？"

"队伍经过精工大人领地的时候，我们要劫走她和两个侍女。如果我没猜错的话，您已经让精工大人同意……呃，中立了？"

"不全是。一旦形势有变，精工很可能会望风而动，根据情形选择要不要倒向山下那一边。"

"在那里行动是再好不过了。当然，如果到三菱的领地上再动手会安全一些，但三菱是幕府这一边的，在那里动手看起来太像是一场预谋了。"

"的确。不如这样，在穿过精工的地界时先把她们抢走关上一晚，等第二天过了边界再把她们放了。到这一边可就是我们说了算了。不过，表面上还是要走一遍司法程序。"

"您的意思是？"

"亲爱的敏郎君，我们不能容许抢劫者违法后却不受惩罚。我会让三菱先准备三十几个普通罪犯，打扮成浪人的模样，砍掉他们的头放在路边示众，再让他宣布这些人就是他抓到的抢劫犯。这样就死无对证了。"

"那真正实施抢劫的是谁？"

"一个叫中岛信郎的老手，带一伙靠得住的手下去。"

"我可以问一下吗，陛下，他是否知道内情？"

"还不知道，我会安排你跟他见见面。地点在米德里塔①驿舍，阿里斯堡②的南面，一个非常适合见面的地方。当然，你需要伪装一下身份。家康会将所需的证件给你，还会告诉你所有的细节。"

敏郎坐直身子，嘴巴张开又合上，像一条搁浅了的鲤鱼，"我？陛下？可……可是……"

"没错，我知道你要说什么，不过我决定最好还是不要让更多的人掺和进来，所以我想让你亲自去办。不管怎么说，这是你出的主意。万一事情搞砸了，我也好知道该由谁负责。"

"可——可是，陛下，阿里斯堡……"

"离这里很远，我知道，"赖朝说，"你最好即刻动身。"

敏郎将额头在走廊的最高一级台阶上碰了碰，站起身来，按礼数的要求退了十步，回到小路上，转过身匆匆离去。

赖朝看着他，直到他消失在修剪得很齐整的灌木丛后面。他知道这个使者一旦平静下来，就会像往常那样，精力充沛且满怀忠诚地完成分派给他的任务。关于那个反复出现的官妓三岛洋子，他的预感很可能是正确的。敏郎在感知这种事情方面很有天赋，但即便如此，也不一定能成功。风险确实很多，不过值得一搏。如果最终结果证明使者是对的，那么山下和他的朋友非得付出巨大的、甚至可能是致命的代价不可。而他那亲爱的姐夫，他从来不曾看顺眼过的总领事仲根，最终也将受到应得的惩罚。

---

① 即米德尔镇，位于哈里斯堡东南。

② 即哈里斯堡，宾夕法尼亚州首府。

其实也不能算是十分冒险。赖朝已经采取了一些措施，将风险尽量控制在最小范围内。中岛信郎是个可以信赖的浪人，他至死都不会说出自己与幕府的关系。实际上他和手下并不全都知道自己受雇于赖朝。使者则又另当别论。一旦事情并不像预料的那样，敏郎的计划遭到惨败，他就得站出来承担一切，然后将军将不得不牺牲他。其实赖朝已经单独成立了一个由他自己指挥的、非常隐秘的暗杀小组。只要有必要，敏郎就会不留痕迹地从这个世界上彻底消失。在家康的眼里，赖朝可能还是一个少不经事的后生，可是要知道，没有谁会做了将军还不懂得凡事都要留后手。

其实，赖朝并不想用这种方式处理幕府事务，但他的选择并不多。如果当面对质的话，山下他们绝对不会就范。他们太强大了，影响力又如此广泛，公开驳斥他们是不可能的。赖朝还没树立起足够的威信，而武力镇压也行不通。丰田家族统治下的多年和平已经消磨掉领主发起大规模战争的热情，但是野心依然存在，争权夺力的斗争也依然在继续。山下宏对付幕府的秘密武器，比历史上最强大的军队都更具破坏性。这件武器就是：发展。

山下狡猾而残忍。他智商很高，为人非常精明。考虑到目前的形势，赖朝的计划不得不设计得面面俱到。不久就要马不停蹄地朝西面赶去的使者敏郎，对赖朝毫不怀疑，他曾把这场争斗比作是在下棋。真是一个绝妙的比喻。赖朝掂量了一下形势，断定他赢得这场特殊游戏的唯一方法就是——棋出险着。

在得出这个结论时，年轻的将军没有料到，从某种意义上来说，他寻求的那招险棋，此时正藏在阿利根尼山脉[1]西麓的森林中那条过去被称为“宾夕法尼亚收费公路”的路上。

---

① 即阿勒格尼山脉，绵亘于美国宾夕法尼亚、马里兰、弗吉尼亚和西弗吉尼亚等州的阿巴拉契亚山系支脉。

这枚棋子看起来像一个满身污垢、饥肠辘辘的流亡者。他随身携带的武器只有一把匕首和一根制作粗糙的一端绑着刀片的格斗棒。身体上的旋涡形图案显示出他似乎是个变种人,但他又同一般的呆瓜不一样。他有着平直的骨骼;年轻结实的躯体上,皮肤像鞍皮一样光滑,既没有戴项圈,也没有被打上烙印。从他那双坚毅的蓝眼睛里,能看出他是一个陷入困境的武士,而非四处被人追杀的奴隶。此外,明眼人一眼就能看出,他棕黑色头发的发根处已经变成了金色,而他嘴巴周围和下巴上长出来的毛发也是这种颜色。

他,就是史蒂夫·布里克曼。当然,鹭池那里也有一个勤奋刻苦的长狗叫同样的名字,不过那个是假的,这个才是货真价实的:21028902 史·罗·布里克曼,来自新墨西哥的罗斯福/圣达菲市,林伯格飞行学院 2989 级毕业生。

史蒂夫受训成为飞行员,不过他现在是"墨西哥人",秘密部队"墨西哥"[①]中的一员。该部队是联邦最为机密的单位,直接听命于总统司令。他在官方记录中已经死亡,是在怀俄明区域上空的一次作战行动中牺牲的。不过,编造出来的资料也并没完全脱离事实。他的确在一次飞越怀俄明上空的战斗任务中被击落,掉到地面上后,有好几次都只差一点就翘了辫子。那一年,史蒂夫经历了很多磨难,好多次他都发现自己处于生死关头。而现在,他再一次麻烦缠身。

① 即"美铁联邦行政部情报突击队",简称情报队。因该队的英文缩写为"AMEXICO",与"墨西哥"(MEXICO)相近,所以被称为"墨西哥",其成员被称为"墨西哥人"。

第五章

在过去的两周里，史蒂夫·布里克曼险象环生。他偷渡来到这个完全陌生的国度，这里的人对外来客充满敌意，而且他们说的话史蒂夫一个字也听不懂。他把自己打扮成变种人的模样，可是很快他就发现这种伪装简直糟糕透顶。所有变种人在铁大师看来都是奴隶，他们不是在监工的鞭子下干活，就是像牲口一样被胡乱往监狱里赶。史蒂夫在路上见过的变种人都是被成群成群地锁在一起，在严密的监视下往前赶路。到目前为止，他还没见到一个寻道民反叛者，不过所有的迹象都表明，他们的遭遇很可能也好不到哪儿去。

史蒂夫找不到任何能帮他的人，只好沦为“食腐动物”，偷食各种残羹冷炙，找到什么吃什么。到处都有士兵或官员在查岗，他现在就像是没有身份卡却想在联邦的地下世界里四处转悠。所以他的根本问题在于如何才能成为这个系统中的一员，不然他就别想公然走动。如果化装成变种人，倒是可以成为系统的一部分，但却会从此铁镣加身，再也不能自由行动。

有一次，史蒂夫设法偷到了一张打着补丁的棉毯，这样他就可以抵御黎明前那阵彻骨的寒冷。不过,最近两次在垃圾中翻找食物时他都差一点被抓住,幸亏在千钧一发之际逃掉了。为了避开追捕者,他只得躲进深山老林,并一直藏在里面,饿了就吃能弄到手的一切野食,并尽可能只在夜间行动。史蒂夫发现,从黄昏到第二天拂晓之间的数小时是铁大师唯一不巡逻的时间,不过生火还是十分危险,他弄到的所有东西都只能生吃。

这会儿,天已经快黑了。白天阳光普照,天气还算暖和,可史蒂夫还是跟昨天、甚至前天一样既紧张又沮丧。他来到铁大师的地盘,是为了完成自己肩负的使命——找到清水和卡迪拉克,然而事前他却压根儿没来得及作充分的准备,这真让人绝望,似乎注定要失败。他唯一的线索,就是偏锋在谈话时提到的一个叫鹭池的地方,可他根本不知道它在哪儿。之前他只能朝着大概往东的方向艰难行进,心里茫然地期望着事情能突然出现转机。然而直到现在,好运一直都没光顾他。他不知道自己现在的位置,也不知道应该朝哪个方向走。此时此刻,他唯一盼望的就是:饥肠辘辘中的又一夜能安然入眠。

夜幕降临了,史蒂夫将绑有刀片的木棒紧紧抱在怀里,蜷缩在偷来的那张毯子下。云层遮住了天空,他把这当成借口,不愿再站起来往前走。实际情况是,他的身体热切地渴望能得到片刻舒缓。脑海里有一个声音鼓励他躺下来,另一个声音却拒绝妥协。弄得史蒂夫辗转反侧、坐立不安。终于,那倔强的灰色脑细胞开始睡觉,以美梦的方式消磨接下来的几个小时。史蒂夫梦到了变种人那热乎乎、香喷喷的炖肉,梦到了干肉卷,梦到了新烤出来的扁面包和多汁的黄拳[1]。甚至还有小山般的豆馅饼,刚刚用微波炉烤出来,引得人垂涎欲滴。

破晓时,史蒂夫醒了。他一睁开眼,立马像野兽一般机敏地

---

① 变种人对一种野生苹果的称呼。

跳起来，浑身的感官都调动起来，开始探查潜在的危险。后来，他紧握木棒的手慢慢松开了。四周只有森林中的天籁之声：众鸟啼鸣，有的尖利刺耳，有的婉转悠扬；鸟儿时断时续的啁啾声、它们的四条腿邻居含糊不清的咕噜声、风吹树叶时发出的沙沙声，组成了一首即兴发挥的田园牧歌。细听之下，似乎还能听到树木伸展充满汁液的身体时发出的嘎吱声；树干以觉察不到的速度一点点增厚，支撑着不断向上攀升的躯干和伸展开来的新生枝桠；树根总是在寻找牢固的立足点，像蛇一样在泥土里蜿蜒，用难以想象的原始力量劈开深埋于地下的岩层。

他每日必做的第二件事，就是检查藏在格斗匕首把柄里的微型无线电收发装置。打开木柄滑盖，下面便是神奇的微型电路和微型键盘。从键盘上输入一组字符或是数字，就可以将信息在预设的时间高速发射出去；收到的信息则会被记录进电子存储器。史蒂夫取出小铁针，用它按下读取键，存储的信息便开始滚动显示在一个十五个字符大小的液晶显示屏上。无存储信息——十一个熟悉的字母[①]从右往左在屏幕上滚动显示出来，停住了。

地下情报队员偏锋，也就是偷偷把史蒂夫藏在轮船里的那个人，已经向他暗示过，自从他与联邦失去联系后，卡尔斯托姆一直都在关注他。失去联系是没办法的事，不过现在可以发回报告了，他倒不愿意那么做，因为他不想为自己招来捕风捉影的怀疑。史蒂夫并不知道，收发装置本身已经被设定成能够每隔一段时间就自动发送信号。他将它的程序设为一天两次、每次十分钟连续用莫尔斯电码发送“HGFR”，即他的代号哑火的缩写字母，好让他们知道自己的位置。

偏锋将匕首交给他时曾说：“第一家族时刻留意着地面上的情况。”史蒂夫对此很是惊奇，不知道他们是如何做到的。匕首内

① 无存储信息的英文“MEMORY CLEAR”共十一个字母。

无线电发射的最大范围为五十英里,而现在离他最近的中转站或篷车队至少有上千英里。如果第一家族能追踪到他,那么他们肯定已经在铁大师的地盘上安置了秘密网络,这样他们才能接收到他发出的信号并传递回去。可这么长时间以来,他一直没收到任何回音。好吧,有可能是因为他没有发送进度报告,或者还没请求帮助。尽管如此,他们也该让他知道是否有人在那头等他的消息啊。

虽然史蒂夫在飞行学院受训多年,但他对无线电的了解还是跟绝大多数寻道民一样,仅限于功能说明书上提到的那些内容,譬如,如何使用以及如何更换坏掉的电路板等这些基本常识。所需要的一切信息都能在说明书上找到。发给寻道民的通信设备都包含自动诊断显示系统,告诉你哪一部分需要更换。你只要按照诊断信息,找出备用配件插进去就行了。电路板才是秘密所在。设计并制造电路板的所有知识、技术和程序,以及它运行的基本原理都只有第一家族才有权了解。

史蒂夫合上刀柄滑盖,将上面的布条重新缠好。他知道自己的收发装置没有问题,会不会是网络有问题呢?唯一可行的方法就是发一个求救信号试试,不过他可不敢这么做。他急需一幅尼桑地图,上面要用大大的叉标注出鹭池的所在地,还有日本语速成课视频。这些东西情报队一件都提供不了。现在就算卡尔斯托姆肯把他用"天钩"——情报队员对空中营救的俗称——救出来也无济于事了,而派来后援队只能让本已十分复杂的情况变得更加棘手。算了,走出困境只能靠自己。

史蒂夫将毯子卷起来,把两头绑在一起挎在肩上,动身去找水。溪流在这一带山里很常见。找到水后,他先将皮水袋灌满,又撩点水冲了冲脸和胳膊,想洗掉连日来累积的尘垢。他身上的黑褐色图案还很完整。这种糊状的染料最开始是由变种人的先祖调配出来的,涂在身上后不会变色也不会褪色,不怕出汗也不怕磨损。雪先生告诉过他,只有用一种粉红色的五瓣叶子才能洗掉它。拿这种叶子使劲擦洗皮肤,碾碎的纤维会释放出一种化学物质,改变染料的特性,使染料不再防水。史蒂夫没机会亲自验证清除染料的程序,不过他知道这法子肯定管用,因此随身带了一包叶子,以便在需要改变身份时派上用场。

他回想起偷偷看到卡迪拉克和清水洗"鸳鸯浴"的难忘时刻,禁不住又在脑海里将当时的情景过了一遍。从咬箭仪式那天晚上与清水对视开始,他就已经有了异样的感觉;而在看到她无瑕美丽的那一刻起,他的人生从此改变了方向,并有了新的意义。后来发生了很多事,他们被迫分开了。不过他一返回部落,雪先生就向他暗示,他们命中注定还会相遇。史蒂夫清楚自己来这里的目的,他使劲摇了摇头,想将清水从脑海里驱赶出去。可没有用。只要看到阳光照在清澈透明的小溪上,她的名字就会在他唇边跳跃;只要跪在溪边掬起一捧清凉的水来喝,她的倒影就会触到他嘴唇。她无处不在。万里无云的蓝天是她那沉着坚定的凝视;四肢纤细的小鹿是她那柔软结实的优美身躯;散发着馥郁馨香的野花是她发间的花环。一切都不曾改变。他们最后在一起的那天晚上,她赤身溜进他盖着的狼皮里……自那以后,他对她的感觉就从来不曾改变,汹涌澎湃,难以抗拒。

幻想的帷幕落下,他被硬生生地拖回眼前的艰难现实。漫无边际的回忆只能引起不切实际的渴望,所以还是不想了吧。史蒂夫从溪边站起来,将格斗匕首绑在左前臂上,又缠了一条脏兮兮的布条,弄得像副制作粗糙的夹板。万一有人要攻击他,凑近了想看清楚这玩意儿到底是什么时,他就能出其不意地将刀刃刺入对方的喉咙。

初升的太阳还没将阳光洒到他面前的山顶上,还有足够的时间让他去找到一个有利位置，观察一下周围的地形，再用今天剩下的时间计划下一步的行动。史蒂夫一边穿行在树林中，一边尽力理顺自己的思路。回忆过去并不能解决眼前的难题。设法救回清水和卡迪拉克只是任务的一部分。这个任务一完成，他就要面临抉择。如果信守对雪先生的诺言，他的戚妹萝兹就会有性命之忧。反过来，如果服从联邦的命令，他就会永远失去清水。尽管原因各不相同，但让他左右为难、进退不得的都是女人。两个女人，无论失去哪一个，他都不能承受。他得想办法把两个都救下来。

或者，等办法自己找上门来……

自从去年四月从新墨西哥的地下飞行学院毕业以来，史蒂夫逐渐明白，自己的人生被一种力量影响着。这种力量，不是来自他自己，也不是来自联邦。按照雪先生的说法，他生来就处于辟邪主、也就是三赐之人的庇护之下；在变种人的预言中，辟邪主是所向无敌的英雄，他将作为平原人的救星降临人间。联邦从不相信预言，但变种人相信。在他们的信念里，大道已经铺就，车轮也已经转动。对于未来，联邦也有自己的梦想，寻道民通过电脑来实现它。变种人坚信看不见的精神力量，而寻道民坚信他们自己，坚信联邦体系。对寻道民来说，物质世界的尺度是有限的，是可以量化的，潜在的资源也是可以被开发出来的。而对变种人来说，大自然就像一个封闭的花园，在花园里辽阔无垠的大地上，美不胜收的风景变换无穷：冰雪覆盖的群山中，溪流奔涌；树木参天的山谷里，硕果累累；绵延起伏的平原上，物产丰饶，地上覆盖着芬芳的泥土和长长的牧草。变种人的世界一直延伸到群星之外，超越时间和空间，包括难以量化的精神领域。寻道民也许会认为人生犹如火堆中飞出的火花，盘旋着飞向天国，发出刹那光华，很快又归于死寂。变种人却相信，火花会在跳跃的火焰中不断重生。

诞生，消亡，重生——循环往复：在时光之河的尽头，生命的海洋围绕着永恒的太阳不停旋转，太阳那炽热的光辉燃烧在世间万物的心中。

过去几个月，尤其是最近几周，史蒂夫很少有机会思考这些神秘的信仰，它与寻道民所接受的训导背道而驰。联邦向来只看重具体事实，而不关心抽象概念，但与雪先生的交谈仍在他脑海里回响。姑且放下过去和目前的种种危险不论，雪先生的话确实触动了他内心深处的某种东西，某种能使他的身体与地面世界和谐相处的共鸣。他本能地感觉到，地面世界才是自己真正的家园。他在林间穿行，往山上爬，看到前面几码[1]远的地方，一只小小的长毛动物正用毛茸茸的尾巴把自己挂在树枝上。他停下脚步，慢慢拔出匕首，像螳螂一样悄悄抬起手臂，瞄准——嗖！刀子以闪电般的速度击中了预先估算的位置，却以毫厘之差错失了他的早餐。不过很快，伟大的天母摩城就又给他准备了一个新目标。他四处张望时，瞥到了一段蛇尾巴，它正要从腐叶下溜掉。史蒂夫紧紧地抓住他的木棒，举过肩膀猛地一抡——啪！尽管蛇已钻进叶子里看不见了，木棒上的刀片还是干净利索地削掉了它的头。木棒移动的速度再次让他感到惊讶，在与那支全军覆没的后援小组作战时他就已经注意到这种现象了——木棒在他手里颤动着，几乎要脱手而出，好像有了自己的意识一样。

史蒂夫兴奋得浑身颤抖，他麻利地剥掉蛇皮，除去内脏，一口咬下蛇背上的生肉。周围的一切都不存在了，他只想咀嚼，只想吞咽，只想把自己的嘴巴和肠胃填满。他幸福地喘着粗气，差点被噎住。哦！上帝！这是怎样的一种幸福！他背起木棒，一边走一边从中间往两头啃着蛇肉。

终于到了山顶。史蒂夫就近选了一棵最高的树，爬上顶端树

① 长度单位，1 码约等于 0.9 米。

杈，开始观察四周的地形。太阳现在已升到林海之上了。森林密布的群山蜿蜒起伏，一直延伸至东方的地平线。山脊从南到北连绵不断，直到目力所及的范围之外。山脚和邻近山谷低处的斜坡上，有的地方盖着房屋，有的地方则是梯田和方形的池塘。

从屋顶烟囱里升起来的炊烟提醒史蒂夫，那些比他幸运得多的人，此刻正准备为新的一天增添些比生蛇肉好吃得多的美味。如果他想穿过山谷，一定要万分小心不被别人瞧见。最好能等到天黑再行动，那样会稳妥些。希望有个晴朗的夜空吧。不过只要有星星，他照样可以走大路。只要避开居民区和桥头渡口的岗哨，就没什么大问题了。这要比摸黑穿过森林快多了。铁大师在夜间很少到路上走动。就算他们要走夜路，往往也会有数十个步兵陪同，每个人还会拿着一根长杆子挑着灯笼，而且，他们会弄出很大的声响，敲着木棍，打着小鼓，吹着喇叭，扯着嗓子说话。住在路两旁、极力想睡上一觉的人们很讨厌他们的嘈杂声，不过史蒂夫正可以借此提防他们的靠近。

从树顶上往远处望，史蒂夫看到一条宽阔的道路蜿蜒着穿过群山。此路向西一直越过阿利根尼河，经过渡口通向导航参照点匹兹堡——伯-利恒火坑。这条路比史蒂夫见过的其他路都要宽，而且用石板铺得很平整。史蒂夫据此猜测，这条路往东也一定会通往另一个同样重要的地方（这样想也不无道理）。如果运气好的话，说不定鹭池就在那附近，他只要注意地形和天空，大致沿着与大路平行的方向往前走就是了。卡迪拉克已经和清水在鹭池待了足足六个月了。如果这个变种人真的像雪先生说的那样窃取了他脑中的所有知识，那他现在肯定已经造出可以飞行的机器了。史蒂夫不用猜也知道那东西是什么样子。不过到现在他还没在天上看到什么会飞的东西，除了鸟儿。他深吸了一口新鲜空气，开始往下走。

开始上路往东走之后，史蒂夫每天都会花一点时间把大路的交通状况和沿路人们的行为模式记录下来。他们有的在田里劳作，有的在住所附近活动。他所看到的一切都证实了铁大师在贸易点给他留下的印象。他们的社会管理完善，不管是在海上还是在陆地上，组织化程度都很高，高到可能属于超组织化了。这倒提醒了史蒂夫，他应该能从这一点来找出他们的软肋所在。田间劳作和家务活动按照严格的日程表进行。他们的日程表上也有休息时间，人们可以聚在一起闲聊，通常在这个时候他们都很愉快，因为史蒂夫有时能隐约听到他们的笑声。当然，要是因为他们的变种人奴隶做了什么让他们发笑的事，那就另当别论了。

连走带跑，史蒂夫已前进了大约200英里——大部分路都很难走。他开始寻思要不要打劫一个落单的骑马人，他们会不时与他擦肩而过。那些穿着盛装的武士骑着马来来往往，有时是单独一人，更多的时候是一群人。他们应该是地位较高的铁大师，因为只要他们一出现，在场的人都要迅速跪下。打劫这样的人，抢一个就会惹来一群，跟捅马蜂窝没什么两样。

史蒂夫以前见过马的图像，不过实际看到马的存在还是让他深感惊奇。在联邦的资料库里，它们是大劫难中灭绝的众多生物之一，但这显然不是真的。在过去的三周里，他看到的马至少有五十四，每一匹的背上都坐着一个武士。看来骑马是一个专为特权阶级保留的身份象征。其他的人都是步行，或是坐着手推车，或是坐着毛色光滑的牛拉的四轮车。真正的大人物——从他们的随从队伍就可以看出——是坐在装饰奢华的轿子里的。很显然，铁大师社会有着森然的等级序列，这与美铁联邦如出一辙：从第一家族和黑塔里的高级行政人员到字母级楼层里的下层人员，等级逐级下降。尽管有着巨大的文化和技术差异，寻道民和尼桑人却像是从同一个模子里铸出来的。武士的装备显示出他们对武器有着狂热的迷恋，而且他们也认同优等民族的说法——认为自己更优等。当然，这会成为潜在的不和谐因素。将来总有一天，铁大师会撇开中间人而直接与联邦做交易，这并不是不可能的。一旦他们这么做，辟邪主和平原人就要合力采取行动了——很快。

一路上，史蒂夫都是沿着大陆靠山脉西侧的一边走的，因为太阳照不到这里来。路是从两座山峰底部的峡谷处开凿出来的，两侧都是平坦的斜坡，长满了杂乱无章的植被。看得出来，过去大路两旁曾经覆盖有宽阔的林木带，只是后来被清理掉了，现在森林正从高处往下一点一点收复它们失去的领地。一茬又一茬的树苗从灌木丛和高高的草丛中破土而出，这场竞赛中的强者已经开始抢占大片大片的天空，将弱者从生存空间里一点点排挤出去。

史蒂夫还没选好藏身处，对面的树林中突然蹿出一群乱糟糟的骑马人，他们拐着弯穿过树苗带往下冲。史蒂夫一下子措手不及地愣在那里，不知道是该躲起来还是拔腿开跑。很快，他的惊讶就变成了惊恐。那些骑马人已大叫着穿过大路跳上这边的斜坡，伴着震耳欲聋的响声朝他冲过来。他们绑在身后的武器打在背上，“噼啪”作响，同时还在不停地朝后看。这个动作表明这些人才是猎物，而不是他。不过史蒂夫并不打算停在原地等着确认这一点，眼下要赶紧离开此地。快点，布里克曼！

靠着汹涌而出的一股肾上腺素，史蒂夫转身飞也似的跑进森林，又一口气跑到山顶上，这才停下来往身后看。斜坡越来越陡，那些人只好折回去。下坡无法狂奔，他们只能小心翼翼地慢跑。如此一来，一大群人马就只能排成断断续续的一条线。正在这时，对面的树林里突然又冲出一队人马，人数大概是他们的两倍，从旗帜和盔甲上判断，应该是来追击前面那群人的。他们一冲上大路，箭雨就铺天盖地地向这一侧的斜坡射去。

不断有人被射中。啊！一匹马突然暴跳起来，将骑在它上面的人向后甩去。史蒂夫急忙溜开。在这样的混战中被抓往可真是不值得。在树林中疯狂的逃跑倒是让他想起来，有天下午，他也在一处森林里被一伙变种人追赶，当时他跳进一个水塘，游到岸边芦苇丛中，借此逃过一劫。如果这会儿有水，他肯定也跳了。可惜他涉过的所有小溪水深都不及脚踝，他只能一个劲儿地往前跑。动作不快，步子却不小，这还是他与穆卡尔部落的熊武士一起追猎时偷学来的。他竭尽全力地狂奔，几周来落下的伤病这会儿一起全爆发了，他从头到脚无一处不在灼烧般地剧痛。疼痛超过了身体忍受的极限，各种感觉反而都消失无踪了。他几乎感觉不到脚与地面的撞击，而前一刻还疼得似乎要在胸腔里炸开的肺现在也没什么感觉了。他仿佛不再是他自己，他的意识并没藏在身体里，而是飘浮在他的头顶上方或是身后，对他说："伙计，你只管往前，只管做你一定要做的事。别担心我。我什么都感觉不到，没事的。"

这样的情形史蒂夫以前也经历过，所以他心里很清楚，照这样子不停地跑是坚持不了几个钟头的。他跑不过飞奔的马，这成了压在他心头最大的问题。他试着往不同的方向跑，可是那些流寇似乎也跟他一样成了无头苍蝇，每次他改变一个方向，到最后总能发现那些人也在朝同样的方向往前奔！

唯一的办法就是跑到森林里，待在那儿直到混乱平息。可万一那些追兵发现了他，并把他当做流寇那一伙的人怎么办？他会被包围起来，像一只被赶上树的山猫一样陷入困境。不过如果他们真的抓住了他，才不会管他是谁，他只会立刻被锁上铁链。那样的话，他不如碰碰运气。他就近找了一棵枝叶最为繁茂的树爬上去，刚把腿提上来藏好，下面的大地就开始颤抖起来，跑在最前面的马蹄已经踏过来了。

透过树叶间隙史蒂夫看到，下面飞速闪过的骑手都是蜷伏在马背上的。他们全都灰头土脸、一身污迹，穿着也是破破烂烂，跟马隆手下反叛者穿的那些军服一样。也有些人穿着盔甲，但都不大完整。个别人在肩膀的位置还配有小小的方形护盾。绝大多数人都戴着样式各异的头盔，有的头盔帽檐很宽，还带有一种像是金属兽角的装饰物；有的头盔前檐附有月牙形的大金属片。有少数几人头上包着布做的头饰，齐肩长的蓬乱头发从头饰下伸出来，甩在脑后。史蒂夫看到所有的骑手身上都佩着弯刀——那是武士的标志，还有其他各式各样的兵器：长矛、带有刀片的木棒、两面都是利刃的斧头，还有弓弩和箭。他们是犯人吗？难道铁大师也有他们自己的破闸好汉？

史蒂夫往上爬了爬，看到另一大群人正穿过一小块空地，后面遥遥地跟着十几个掉队的人。最后面的那个掉转马头，用刺耳的声音喊出铁大师那种夸张的语言。从他做的手势不难看出，他是在催促落在后面的某个人。他胯下的马大汗淋漓，马蹄紧张地刨着地面。稍作停留后，他又继续往前走了。片刻之后，另一个骑手进入史蒂夫的视野。不过这家伙情况可不大好。他跑得很慢，趴伏在马鞍上，背上戳着两支长长的箭杆。史蒂夫心想，他肯定是受伤了。在穿过那块空地时，那人突然没了踪影。紧接着史蒂夫听到一声清脆的折断声，之后又是某种东西滚动时发出的沉闷撞击声。

史蒂夫顺着树干往下一看，原来是那人从马上摔了下来，被树挡住后横躺在树根上。长长的假发粘在宽檐头盔上滚到了一边，露出光秃秃的脑壳。没了主人的马在一旁不安地转悠着，时而低头嚼上一口草。史蒂夫突然产生了一种奇异的感觉。他想，这一定是上天的安排，真疯狂，完全荒唐透顶。然而另一个不属于他的声音却在催促他：快点！不然就来不及了！他的意识还在迟疑。我不知道怎么骑那玩意儿！别管那么多，那声音又说，只管去做！

他滑下树，迅速瞄了一眼倒在地上的铁大师。他背部着地，那两支漆木箭杆已经穿透了胸腔。他还没断气，不过也支撑不了多久了。史蒂夫解下他的佩刀，又捡起带着长假发的头盔，戴在自己头上，将头盔上的布绳在下巴处打结系好，拾起马的缰绳。他深吸一口气，硬着头皮爬上了马鞍。

好了。伟大的天母啊，出发！

马开始飞奔，史蒂夫像掉落在训练场上的乒乓球一样在马鞍上弹来弹去。还好，摩城或是其他仁慈的神祇，一直保佑他没被甩下马鞍。后来，他的脚无意中踢到了马镫，与生俱来的节奏感帮他无师自通地学会了踩在马镫上弓起身，与马背保持一定的距离以便上下颠动，而不是像刚才那样贴在马背上，身子后倾，被颠得像波浪一样前后晃荡。没过多久，史蒂夫就开始拼命地祈祷马能停下来，可是他不知道该怎么做。有一个办法，就是把自己给扔出去，不过那样做也太可怕了，他试都不敢试。马跑得如此之快，他离地面又如此之高。如果他跳下去时离马太近，甚至直接落在马蹄下……

史蒂夫把这个想法从脑海里驱逐出去。很明显，他犯了一个严重的战术性错误。他本应该躲在树上，等这些流寇过去——现在倒好，人家前脚刚走，他后脚就把自己送了上去！不过说句公道话，他其实也没料到会是这样。就算他知道如何掌控方向，他也没精力去照着做。因为他全部的心思，一半放在如何才能让自己待在马鞍上，另一半放在了如何才能避免被垂下来的树枝抽到脑袋。实际上，紧张万分的史蒂夫手里抓的已经不是缰绳，而是马鞍的前沿。每次他的脚被颠出马镫，在重新塞进去之前，总要在马肋上胡踢乱撞一通，而马一挨踢就会紧张，就会“嗖”地往前冲。克里斯托夫啊！究竟是为什么，铁大师要用这种难以操控的交通工具？难怪他们都没有头发。他们一定是在绞尽脑汁地想如何才能待在这天杀的东西上时，把头发全挠掉了。

当然，史蒂夫也不是没看出马的好处：如果你要走很长一段路，这玩意儿能帮你省很多事。可是天啊——痛死了！他大腿上的肌肉仿佛一根过度拉伸的绳索，每次他的屁股撞到马背上时，都好像有一把火红滚烫的刀子捅进了尾椎骨。不过，这些小麻烦他还是能应付的。最让他揪心的是，现在他进退两难：如果让马慢下来的话，就会被后面的追兵追上；而如果跑得过快，又会把自己送进前面流寇的怀抱。

座下的马儿可不会理解新主人的麻烦，它只管一路飞驰，穿越树林的时候连眼都不眨一下。史蒂夫看不出地面上有什么蹄印之类的痕迹，它一定是在沿着它自己头脑里的路线往前跑。这么看来，这玩意儿并不像它表面上那样呆头呆脑，但它选定的路线并不总是能为它背上的人留出足够的空间避免撞到头上的树枝。只那么一小会儿，史蒂夫就弄得一头一脸一身的伤痕。路两旁的灌木和树枝成了火辣辣的鞭子，抽得史蒂夫浑身青肿、满身血印。不过这匹马自己也吃尽了苦头。它“呼哧呼哧”地喘着粗气，样子十分吃力。腹背两侧的肌肉抖个不停，浑身都覆盖着一层滑腻腻的汗水。然而在某种本能的驱使下，它总是有本事让自己持续不停地一英里接一英里地跑下去。这种动物本能史蒂夫以前在“快步”和野牛身上也见识过。眼下，不管是骑马的他还是被骑的马，都急需到达某个安全的地点。可那儿会是哪里呢？

这究竟是怎么一回事，布里克曼？我的意思是说，难道你这家伙事前没好好合计合计吗？你知道的，要从各个角度分析考虑……

是啊,你说得对,可是……

别跟我提什么“可是”! 来吧! 是时候了,你要控制住这种状况。积极主动点!

说时容易做时难。史蒂夫仍旧像以前一样,喜欢从各个角度分析考虑问题。然而自从遇到清水之后,他注意到了一种折磨人的现象——他总是会冒出某种出人意料的危险冲动。最佳的例子便是:脑子一热就决定偷偷登上山下的轮船,事先却连最关键的问题都不曾考虑过——轮船到达某个地方后他会遇到什么。而今,跳到这玩意儿的背上又是一个例证。这根本就不像他素来的作风。难道是……?

从一开始进入蓝天世界,他就有一种找到归宿的感觉。在这个世界里,他所经历的一切都与他接受的训导格格不入。他感觉自己仿佛被撕成了两半,变得越来越不耐烦,也越来越难以驯服。他发现了一些无法用语言形容的感觉。现在,他感觉自己是受到了某种需求的驱使,要找出自己整个一生的意义。内心的冲突已使他越来越清晰地认识到:折磨自己的种种问题中,地表世界才是关键所在。正是在这里,他发现了自己真实的一面,与此同时,也发现了第一家族一直严守的惊天秘密。或许,被一匹马随心所欲地带往某处这件事给了他一个教训:既不要试图去操纵别人,也不要被别人所操纵。或许,他也会自愿将自己的人生放在别人手里,好让他们操纵。这个问题很有意思,等他有机会了一定要认真思考一下。不过现在不是时候。

在他后面,追兵的呐喊慢慢消失了。在他前方,也已经看不到流寇的影子。又过了一会儿,森林开始变得稀疏。很快,灌木丛越来越多,树木反倒越来越少,天空也随之越来越宽广。现在只有空气还在拍打着他的脸。前方的地势在缓慢升高。史蒂夫重新拾起缰绳,到达山顶后,设法让马停了下来,那样他就能站在马镫上观察一下四周的情况。

再往下，地形越来越崎岖。远处是一条散布着岩石的河谷，对岸是一大片高低不平的凹地，往上地势逐渐抬升，形成斜坡，覆盖着浓密的森林。再往上是一块巨大的裸露的平顶岩石，岩石侧面几乎与地面垂直，上面还有深深的裂缝。从远处看，那块岩石就像参天大树的树桩，矗立在一片隆起的苔藓地上。推测起来，这里应该是远古时代一处石砌堡垒的遗址。

似乎急着要去自己的目的地，马挣着嚼子使劲往前拽。恰在此时，那些流寇，或者说是流寇中的一部分，一天之内第二次出现在史蒂夫的视野内。不过这次不是朝着他——至少现在不是朝着他而来。他们是在河对面的树林中出现的，正从左向右斜冲下来，沿着河岸往下游跑。追赶他们的还是那群举着旗帜的追兵，只不过这次，双方的人数看起来一样了。

史蒂夫拼命地拉缰绳，想将马首向左扳。马却不肯听命，只在原地转圈子，马蹄焦躁地刨着地，还使劲甩头，试图挣脱他手里的缰绳。史蒂夫一边奋力反击，一边咒骂这该死的畜生在如此紧要的关头还跟他对着干。

史蒂夫跟着马转来转去。与马较劲的同时，他瞥见那帮本来顺着河岸跑的流寇，在来到一处水流平缓、河面宽阔、河床上满是鹅卵石的河段时突然掉头，开始过河。过了河之后，他们又冷不丁地朝史蒂夫这边冲过来。他的心猛地缩成一团，好在转眼间他们又拐向右方散开，分别朝三个方向跑，分明是想摆脱或分散后面的追兵。

只是他们的小把戏没起作用，因为追兵也自有妙计。似乎只在眨眼间，史蒂夫刚刚藏身的森林里突然又冲出一群举着旌旗的武士，简直像是变戏法一样。突如其来的危险让史蒂夫一时间目瞪口呆。不过幸好，这群人在他右侧，蒙神眷顾，他们没发现他。

即便如此，他们出其不意地发出的令人毛骨悚然的嚎叫，还是差一点就让他的心脏停止跳动。哥伦布！想想看吧，刚才他只差一点就完全暴露了！史蒂夫这会儿已学会使用缰绳，他赶忙勒马拐向左侧，往下朝河那边飞奔，他要远离这场战斗。下山时他回头看了一眼，发现那些包抄的武士已经切断了流寇的逃路，逼得他们团团乱转，高举着弯刀在空中挥舞。很快，史蒂夫的视线就被隆起的山包挡住了，他没看到接下来的短兵相接。等他想办法安全渡河之后，就渐渐看不到也听不清身后的那场厮杀了。

是啊，想要有所得，就得有所失……

其实，哪一方获胜对史蒂夫来说都无关紧要。他没理由相信叛变了的铁大师会对变种人好点。眼下只有一件事让他焦虑不已：他，史蒂文·罗斯福·布里克曼，直到这会儿还骑在马背上一直跑。

都是这匹马。远离了那帮人厮杀的战场后，史蒂夫信马由缰，任它在陡峭的林地里穿行。而它似乎早已成竹在胸，一步步朝那座让人望而生畏的石砌堡垒遗迹跑去。史蒂夫已在心里把这座堡垒称作大 D[①]，以诚挚地怀念贵妇号篷车队上体壮如牛的开拓兵指挥官巴克·麦克唐纳。

森林之外的风景此刻正一览无余地躺在史蒂夫脚下，这让他想起了在天鹰机的驾驶座上往下看时的情景。他的思绪飘回了在今昔河上的那场战役，回忆起与麦克唐纳和其他人共同度过的那些艰险时刻。乔迪·喀珊，他的飞行长官，在狂风暴雨中试图着陆到篷车上，被撞爆的汽油弹掀出甲板后消失。格斯·怀特，他在飞行学院时的同学，把他一个人扔在熊熊燃烧的玉米地里自个儿飞走了，却在同一天晚些时候的战斗中被击落死去。布克和耶茨，他们的座机被闪电击中后，两人像飞蛾一样被爆炸引起的

① 贵妇号上的开拓兵给巴克·麦克唐纳起的绰号。

大火活活烧死。韦伯,死在弹射坡道上。考尔菲尔德,一支带有倒刺的弩箭刺穿了他的头部,把他从驾驶座上拖出来时,他的眼球就挂在眼窝下。瑞安从高空中一头栽到地上,巨大的碰撞引爆了机载汽油弹,他被烧成了灰烬。卢·法兹蒂和内勒,被不明不白、突然爆发的疯狂驱使,相互将对方击落。

由于情况特殊再加上运气好,乔迪在一帮寻道民反叛者的帮助下死里逃生,只是脸和脖子严重受伤,留下了难看的疤痕。可惜后来,她和救她的同伴的运气都用完了,现在落到了铁大师手里,正在赶往鹭池的路上。在被穆卡尔部落捕获并拿去作交换品之前,她救过史蒂夫一命,所以他下决心一定要把她同卡迪拉克和清水一起救出来,就像他曾发誓要报复格斯·怀特一样。他还要报复别的人。那些藏在幕后要阴谋,让他毕业时颜面尽失的人,他会让他们付出代价的。他们拿他的戚妹萝兹来威胁他,反而促使他走上了叛逆的道路,再加上他受到的不公正待遇,也让他的心肠慢慢地变硬了。

那么多的账要算,那么多的事要做……

骑到林中的开阔地时,史蒂夫回头望了望河谷。大部分的谷地都被长满树木的斜坡遮挡住了,他能看到的只剩下流寇争先恐后过河时踩踏的那一段河床。根据以前的飞行经验,他估计自己现在离河面大概800英尺高。马仍在往上走,脚下的小径越来越陡。四周都是红色海洋般的灌木丛,从冻结的瀑布般的岩石上垂挂下来。

参天林木和悬崖峭壁都吓不倒史蒂夫。他不惧高,甚至觉得像鸟儿一样在空中飞翔是最激动人心的一件事。可是,那跟他眼下的境遇完全不同。他现在不是靠自己的双脚稳稳地踩在大地上,也不是用自己的双手牢牢地握住操纵杆。他是在一个完全陌生的动物背上晃悠,而胯下这家伙随时都可能被绊倒或者一脚踩空失去平衡。脑海里这些乱纷纷的想法,再加上一刻也不消停的前仰后合,让他觉得头晕目眩,甚至感觉胃里的蛇肉早餐都要被颠出来了。很多次他差一点就被甩了出去。不过每次只要想想有马的好处,他就能将涌到嗓子眼儿的胆汁给硬生生地咽回肚里,就算再难他也要待在马背上。

马吃力地朝着石砌堡垒的东侧走去,步速很慢。史蒂夫抬头看了看石砌堡垒,它的外表已风蚀得很厉害。不过,为它起名大D真是名副其实,因为它依然像大D一样坚不可摧。马肯定知道自己一直都在往上走,然而史蒂夫到现在都没看出上面究竟有什么在吸引它,而且往前再也没有向上的道路了。他觉察出马似乎也意识到了这一点。它压根儿就没有足够的体力再往上爬了。它的步子很慢很吃力,脖子无力地耷拉着,似乎连脑袋的重量都支撑不住了。它总是站不稳,失足的次数越来越多,这让坐在它背上的史蒂夫心惊肉跳,却依然看不出它有放弃的打算。这匹筋疲力尽的动物有着让人惊叹的坚定信念,它被这种信念驱使着,一刻不停地往上往前移动,最后来到一道深深的裂缝前。这样的裂缝之前也路过了好几个,不过马好像很清楚自己要找的是哪一个。

史蒂夫回头想看看他们曾经路过的那条河,可是岩石斜坡拐了个大弯,挡住了河谷,他只能看到远处环抱的群山。他们现在的高度差不多有1000英尺了,粗略估算一下,离山顶应该还有三分之一的路程。他们在进入裂缝几码深时,史蒂夫上下左右望了望,能看到的只有一线天空,而且没过多久,连天空都看不到多少了。裂缝是由地质断层形成的,垂直而狭窄;顺着深深的缝隙,向下能进入岩石堡垒内部,向上是通往山顶的唯一路径。如果换个时间和环境,史蒂夫很可能会对它深入探查一番,当然不是研究它那复杂的地质细节。在裂缝形成期间或者形成之后,两侧有几百吨的岩石松脱掉落下来,在离底部五十英尺的地方形成了一个巨大的楔形缺口。粗看之下,岩石的顶端是几块巨大的石块,似乎比较稳固,可是只要发生大的、被变种人称为“地雷”的那种摇晃,这些石块就会轰然崩落。

马却丝毫不知道这些危险,只管拖着沉重的步伐沿着“之”字形裂缝往上走。最后一线日光也消失了,只剩下一团阴暗的铅灰色。他们往山腹里越进越深,裂缝顶端参差不齐的岩石也越来越低,一直低到险象环生的石块离史蒂夫的头顶只有几英尺。又是几番迂回曲折后,越过几乎竖起来的马鞍,史蒂夫猛然发现自己面对着一堵石墙——这是一条死路。

这下惨了……四周甚至没有任何空间可供马转身。该去踢马左边的嚼子还是右边的?或者拉拉缰绳来个倒挡?真是倒霉透顶!

史蒂夫的头盔抵着岩石顶,马的鼻子抵着石墙;史蒂夫只管自顾自地生闷气,马却耐心地站在那里等着。稍后,见背上这位不领情的骑手并没有采取适当措施以摆脱眼下困境,它就开始用蹄子刨墙,先是只用右前蹄,后来连左前蹄也一起上。史蒂夫明白它的意思。马并不像他想象的那样是个一句话都不会说的哑巴动物。它是想要告诉他,这并不是一条死路。这堵看起来是实心岩石的墙体其实是一扇门,只是怎么才能打开它的机关?他从鞍上滑下来,这才发觉地面陡得根本无法站立。他只好弓起后背,双腿颤抖着尽量站直。他紧紧地抓住岩石的突起部分,想把分开的双腿拉到一起。可是他的大腿一动也不能动,连屁股也……

克里斯托夫·哥伦布在上!

史蒂夫咬紧牙关,试探着将手放在石门上,触摸石头表面。它感觉起来的确像是真的岩石,但他的手往下移去,在碰到石墙侧面的拐角处时,手指感觉到了一丝细微的气流。巧妙的伪装……真的是门！史蒂夫拔出匕首，试图插进石墙底部与坑洼不平的岩石之间的缝隙。然而没用，缝隙非常小。那些制造石门的人把活儿干得真漂亮。不过应该有把手或是隐秘的门闩之类的啊。史蒂夫转过身，让马往后退到一旁，在松散的岩石和堆在墙脚的碎石块中摸索，又仔细检查了墙的侧面，然后盯着顶部使劲看。可是，没有绳索垂下来，也没有什么隐藏着的杠杆或是门把手，什么都没有。

见鬼……

史蒂夫靠墙弯下腿，还是不能直着站立。膝盖上的疼痛开始往上蔓延，沿着脊柱一路往上，一直窜到他的肩胛上。

都是这该死的马……

他看了一眼这匹浑身冒汗的动物，它开始重新用蹄子对着石墙一阵猛刮，还很不耐烦地甩着头。等着瞧吧，伙计。等咱们把这门打开了，不管它后面藏着什么，我一定要拿你的屁股做成烤马排……

马满是不屑地喷了一通鼻息。

史蒂夫强忍住怒火，在心里说服自己。别逗了，布里克曼！你这么精明，肯定能解决这个问题。鬼子知道怎样把两片木头连接起来，虽然他们的技术还停留在石器时代。肯定有办法能把这个石门移开，你敢以最后一餐蛇肉打赌，他们用的一定是最简单的办法。加把劲，如果真是秘密通道，你肯定能打开它。

史蒂夫的脑海里闪过一个解决办法。他用胳膊肘把马又推远了些，重新一寸一寸地仔细查看石门表面。四周的光线很暗，不过他还是发现了刚才没看到的一些情况。石头表面上布满了不规则的阶梯形条纹。在离石墙右侧十八英寸[①]的地方，他的手指摸到一条边缘，比其他的都要深，似乎是一小片略微隆起的石

① 长度单位，1 英寸约等于 2.54 厘米。

面上的切口。

史蒂夫一阵兴奋。他用刀子轻轻地碰触这个切口。当刀柄与岩石表面几乎成平行时,刀片轻易地滑了进去。用这个办法很容易就顺势找出了一个"V"形狭槽,狭槽越往里越窄。"V"形的夹角几乎成90度。史蒂夫推着刀片在狭槽里移动时,能听到金属与金属相碰的声音。他用刀尖擦着障碍物移动,想弄清楚它的形状和它所起的作用。它是中空的,呈矩形,像是某种管子或者……插槽。

插槽只有一个作用——就是让别的什么东西插进去。肯定是了。

史蒂夫忽然发现了插槽的开口,他激动地屏住呼吸,试探着将刀片往里插。刀尖进去后再用劲往里戳。可是刀刃最主要的那部分刀片太宽,直着插不进去。史蒂夫把刀拔出来,又试着斜着往里插。太完美了,全部可入,只剩下刀柄还露在外面。但只能往上移动,无法往下。史蒂夫用手指在刀柄和岩石表面之间往里抠,然后紧紧地抵住槽缝边沿,深吸一口气,猛地一推,刀柄移动了一点。如此反复,史蒂夫费了好大劲,指关节上的皮都磨掉了。当刀柄沿着"V"形槽移到了顶端后,史蒂夫感觉到岩石表面的右侧能移动了。

这时,马把鼻子伸到了史蒂夫的肩胛上。他斜着肩往后一耸,想把马推到一边。可是它却毫不退让,直接用它的笼头蹭着史蒂夫的头盔檐,并把头盔往上顶,盖住了史蒂夫的眼睛。史蒂夫转过身,对着它挥拳猛击,却被它一甩头躲了过去。

天杀的畜生……

他用尽全力去推那道石门。厚重的石板在"嘎吱"作响的木架上呈扇形向里转去,在抵到左侧石墙时停了下来,右侧现出了一个通道。石板依然直立着没倒,而顶端参差不齐的大石块也没有往下掉。光线也不那么暗了。

是啊……难者不会,会者不难……

他站在那里,双手放在髋骨上,欣赏着自己的劳动成果。恰在此时,马从他身边一跃而过,纵身跳进通道,消失在从上面射下来的阳光中。

跑得好。终于解脱了……

之前在马背上坐了整整六个小时,他的身体状况已经不允许他去把它追回来了。当然,他也没想去追它。他转过身,再次认真地审视起石门来。这道厚石板与周围的环境吻合得非常好,不过它只有几英寸厚,被固定在后面一个巨大的木架上。木架被里三层外三层的破旧棉布厚厚地包着,大概是为了避免从外面敲击石板时发出声音。木架上还装有涂了很多润滑油的黑色铁轴承,部分重量由下面的一排轮子担负。地上有一些呈半弧形分布的木质凹槽,轮子就在这些凹槽里来回滑动。

在石门背后,通道顶部和地上各有一个方形插槽,当门后的两根木头分别向上向下顶进插槽后,石门就被锁上了。门背后安装有一根横杆,起的作用与史蒂夫刚刚所用的匕首一样。横杆落下来时,能带动包着铁皮的门闩插进插槽;反之,门闩则退出插槽。史蒂夫开开关关试了几次后,用心记下了这套门锁的机械结构,然后将匕首合上收起来。

史蒂夫将石门沿地上的凹槽转回来,又用一个小石块垫在下面将门卡住,留了一条缝足够他在紧急情况下钻出来。他是任由马带着他走的,出于运气,他到现在还没遇到什么大麻烦,一切还算顺利。然而从这里开始,他就要小心行事了。史蒂夫对马的认识并没有什么大的进展,他只知道它有四条腿,吃的是草,喝的是水,骑在它身上绝对等于自杀;可是他并不傻,当然能猜出这匹动物急着要穿过石门是因为它要回家。而它跑开时走的那条路只能通向一个地方，就是那帮流寇的藏身之处。这一点，即使他不是从飞行学院里毕业的也能推算出来。这一结论显然会导出另一个问题：马急着要回的家里还有人吗？

答案如果是肯定的，那么很可能随时都看得出来。因为那匹史蒂夫很乐意摆脱的马，肯定会引起其他人的注意。即便现在还没有，也要不了多久了。既然它没办法自己打开石门，家里的某个家伙，不管是出于对同族的关心还是无聊的好奇，一定会来寻找它的主人。

史蒂夫左右权衡了一下。他离开河谷的时候，看当时的情势，估计不太可能有流寇活着回来。留在他们老窝里的人，要么是后备人员或后勤人员，要么就是侍从或者奴隶，而后者很可能是变种人，他们是会帮他一把的。马急着要穿过石门，就证明那里一定有人。留在原地打转一点用处都没有。两侧崖壁之间的距离还没有他手里的木棒长，再加上无处可躲，一旦有弩箭射来，他很容易就会变成活靶子。现在，要么匆匆撤退，要么就只管往前走，见机行事。

进攻就是最好的防御，史蒂夫一直信守这句格言。他将木棒紧握在手，立即出发了。大步流星地往前走了五十步之后，光线就完全被挡在了石门外的碎石后面，通道变成了地道；再走三十步之后，一幅令人诧异的景象映入了他的眼帘——原来这座顶部平坦的山峰里面竟是空的。中心大致呈圆形，周围堆着落下来的石块。史蒂夫迅速爬进堆在入口坡道左侧的乱石堆里，飞快地估计了一下他面前的形势。

内部的山墙非常陡峭，往上看时，像是田纳西谷渊薮——史蒂夫的家人位于罗斯福/圣达菲站的住处所在的垂直通道。两者的相似之处在于都有三层，不同的是，这里是由以崎岖不平的岩石为地板的三层洞穴构成的。很难辨认出这是人为所造还是自然形成的，不过将层与层之间连起来的倾斜坡道和每一层顶部供上一层人走动的突出平台，却毫无疑问是铁大师的杰作，因为这里到处都是他们的身影，有几十个之多！

那匹把史蒂夫带进大D里面的马，此时正慢慢地朝着场地的另一侧走去。他急忙缩回到三块巨石形成的石堆后面，因为这时有几个鬼子正跑过去牵这匹筋疲力尽的动物。

干得真好，布里克曼。这次你真的把自己给超越了……为防备在上面几层有人警戒，他抬眼察看了一番。还好没有，上面没有任何危险。而如果让他们抓到他非法侵占他们同胞的马、头盔还有佩刀的话，很可能早就三下五除二随便把他给处理了。

为了避免这些误会，史蒂夫一把抓掉头盔，连上面稀稀拉拉的假发也一起塞进旁边的一个石缝里，又如法炮制把弯刀也扔了。今天经历的事情可真是不少。从最后一件意外引起的惊吓中恢复过来后，史蒂夫的脑子又转动起来，开始仔细观察四周。

从他能辨认出来的情形看，这里只有四个四肢健全的流寇在劳作。一个拄着拐棍的男人，在另一个头上缠着绷带的人的搀扶下，一瘸一拐朝那匹刚回来的马走过去。那里已围了一群人，看起来都兴高采烈的样子。剩下的大概有五六十个，都是女人和孩子，有的孩子甚至还不会走路。这倒是没必要一一数清楚。最紧要的是，这里怎么会有这么多人?!

史蒂夫只好在心里跟饱餐几顿再在一张舒适的床上做个好梦的美好理想吻别了。他刚准备从藏身处爬出来，一抬眼，看到两个身强力壮的男人穿过场地，朝着他所在的这个入口处大步流星地走过来，身后还跟着两个女人和几个小孩子。

该跑了。如果他们发现那个走失的同族没在通道里，石门却被打开了，就会警铃大作。

史蒂夫转过身来，准备从藏身之处夺路而逃。以那两个鬼子为首的搜寻小组此时仍在五十码开外,有足够的时间供他脱身。正当他沿着石堆的后侧走到一半时,突然听到通道里传来几匹马跑动时发出的乱糟糟的“咔嗒”声。克里斯托夫!他赶紧退回到石堆里藏起来,又惊又怕地看着十一个身后插着靠旗的武士一眨眼就出现在入口斜坡上,又骑到场地正中才勒马停下来。他们坐在马鞍上,扭着身子四处看,很显然也跟史蒂夫刚发现这里时一样意外。他们拔出弯刀,一边赶着马在原地打转,一边兴奋地吼叫着。史蒂夫听不懂他们在说什么,可看得出来,这些家伙以为他们撞上了好运。

在场的每一个人都被他们的突然到来吓得魂飞魄散。随着一连串的尖叫声,前面的两个男人抱起两个最小的婴儿,和女人一起赶着其余的孩子往场地周围的石洞里跑去。其他人也在往洞里跑,包括那几个身有残疾的,大概是要去拿武器准备决一死战。

离入口较近的两个男人伸手去拔所佩的弯刀,然而没什么用了,他们离为首的骑马武士只有几码远。拔刀的动作虽然勇猛却毫无用处,他们的刀甚至还没完全出鞘,两个人就一下子被砍倒了,刀锋从脖子一侧的肩膀划到另一侧的锁骨,一刀致命。

先到的武士分成两拨,往场地的两侧冲去,见谁踩谁:伤残的流寇,惊慌失措的孩子,还有那些试图将孩子聚拢在一起的女人。一些没来得及躲起来的人返身往场地中央跑,却被随后而至的几个武士像割庄稼一样放倒了,从他们手里射出的弩箭,支支穿心。两个武士从马上跳下来,毫不留情地挥刀向那些被骑马的武士赶成一堆的人砍去。一些女人从洞穴里走出来,手里拿着长柄斧,想拼死一战,可她们的举动只使情况变得更糟。仅仅过了不到半分钟的时间,场地里已经尸横遍地。

史蒂夫只觉自己被撕成了两半。虽然这里的战斗与他无关,参与其中也不会被授予荣誉勋章,可是他无法容忍这些东方人用这种方式取乐。一年前他也曾将汽油弹投进玉米地里,那里的变种人孩子为了自卫抛石头来砸他的天鹰机。虽然也有过一丝犹豫,他最终还是按下了投放按钮。自那以后,太多事情都改变了。但是现在,他又能做什么?他一个人如何对付得了整整十一个武士?!

为首的那个武士掉转马头,对着某个骑兵大声喊了句什么。史蒂夫当然仍是一个字都听不懂,不过看到那个骑兵收起他那沾满鲜血的弯刀,朝着入口骑回去,他能猜到武士首领的命令是什么。他是要手下回去将他们在这里发现的情况报告给主力部队。

机不可失,时不再来。赶紧走。

第六章

史蒂夫从藏身处悄无声息地滑出来，猫着腰沿石堆后侧一直溜到入口斜坡上。他要藏在石门后面，等报信的人下马穿过门时出其不意地把他掀倒。他内心深处正逐渐意识到，他应该对刚刚发生的大屠杀负责。那些武士说不定一直尾随着他，而他，不但无意中把他们引到另一伙人的老窝里，还很好客地将石门洞开！

他紧紧地握着木棒，飞快地跑过开始的一段坡道，一头冲进黑咕隆咚的狭窄通道中。在拐过最后一个弯，抬眼就能看到石门时，他猛地刹住脚步。石门已经全部打开了，第十二个武士佩带着弓弩和箭袋，正站在石门旁守卫！

真是该死！

刹那间，守门武士和史蒂夫一样也愣在那里，不过很快他就反应过来，开始冲着他喊日本话，并准备射击。

距离很近，空间有限，他不可能逃得脱射来的箭。死亡迫在眉睫，所有的一切在史蒂夫眼里都变成了慢动作。身后还有闻声赶来的骑士，他不可能转身逃跑，武士拐过弯冲到他面前连一眨眼的工夫都用不了！

每一个动作都显得格外清晰。他能十分清楚地看到，武士挺直了身子，搭弓欲射；看到锐利的铁箭头闪着微弱的寒光，“嗖嗖”地穿过空气朝他飞来。他的胸腔由于恐惧而绷得紧紧的，连心脏都几乎忘了跳动。只听到打雷一样的马蹄声越来越响，武士飞一般地穿过拐弯处朝他冲过来。

一瞬间，史蒂夫手里的木棒再次有了生命，兀自在他手里跳跃振动，一股麻酥酥的兴奋感激流一般通过他的血管传遍了四肢。他的躯体似乎成了一架超级作战机器，头、手和眼都以难以想象的速度快速反应、精确应对。史蒂夫离拐弯处至多十码，可是当弓弦松开，箭朝着他的胸口刺过来时，他竟然先它一步提起了带着刀片的木棒，并将身子闪向左边。

铁箭头“砰”的一声被木棒上的刀片击中往上飞去，只见寒光一闪，箭擦着他的右肩飞出去，然后就听到一声尖叫。他回头一看，才发现箭已深深没入后面骑手的喉咙。武士向后栽倒，掉下马鞍，他刚刚拔出来准备从背后偷袭史蒂夫的弯刀也从手里掉落了。

史蒂夫刚一闪身紧贴在通道侧墙上，那匹马便就着惯性从他面前呼啸而过。守在通道入口处的那个日本武士正搭弓欲射，却被飞奔而至的马撞到一边的石墙上，手里的箭也从满张的弓弦上脱落了。

在意识到自己正处于不利位置后，这个武士将弓扔到一边，“哗”一声拔出弯刀，随着一声吓人的喊叫，朝着史蒂夫冲过来。愚蠢的举动。就跟上次与后援小队打斗时一样，史蒂夫手里的木棒速度快得连眼睛都看不清。第一击正打在武士握刀的手腕上；第二击，木棒上的刀片在空中划了条弧线，从他的喉咙穿过，干净利索地切断了他的颈骨。

两个完了，还有十个……

通常在遇到这种情况时，史蒂夫都会让自己停下来想一想，可是这次，他的杀手本性被彻彻底底地激活了。他将血泊中的武士尸体从脚下挪开，然后关严石门，转身大踏步地朝场地那边走去。先倒下的那个武士被嗓子里的血堵得难以呼吸，正用虚弱的手去抓喉咙里的箭。史蒂夫看着他，毫不同情。

伙计……刚才那一箭真是蹊跷。

他的脑海里出现了清水的面容。一个声音告诉他，是清水用她作为召唤师的天赋将力量赋予了刀片木棒。可是这种力量是否有限？是的话，能用多久？当时他一返回穆卡尔部落，清水的同族姐妹夜疯狂就把木棒交给了他，可惜她已想不起清水交待过的，要她传达给云武士的口信内容了；会不会就是与木棒里的力量有关？肯定是！史蒂夫大步往前走，打心眼里希望变种人施在他身上的魔法不要像电池里的电能一样慢慢消失。因为自己与即将面对的敌人力量相差太过悬殊，他需要拥有所有能得到的帮助。

不过当史蒂夫飞奔到场地中央时，发现只剩下了七名武士。藏在暗处的防守者朝四面八方漫无目的地射出无数箭头，间或会响起一连串的"砰砰"声，声音很大，伴随着一股烟雾喷射出来。史蒂夫知道这是有人在用圆筒弹仓式步枪，这是一种比较原始的武器，铁大师供给穆卡尔部落的尖铁就是这样的。烟雾是从第三层的某个洞穴口里散出来的，只是使用步枪的人枪法太次，一次次浪费掉子弹只会使入侵者越来越愤怒，也引得他们的杀戮欲越来越高涨。只有为首的那个武士还稳坐在马上指挥进攻，两个弓箭手站在前方保护他，只要看到洞穴前的平台上有任何东西移动都会朝它射箭。其余四人一边投掷燃烧的木头，一边有组织地朝场地右侧的第一层石洞进攻。很快，这些石洞里就冒出了滚滚浓烟。为了从火里逃生，惊恐万状的女人和孩子纷纷从洞穴里跑出来,可是根本没用,他们一出来就被射杀了。

够了,史蒂夫心想,到此为止吧。

他跑到场地中央,双腿稳稳地站在岩石地上,对着为首的武士大喊大叫,意在向他挑衅。他们之间的距离不到五十码。骑马的武士一看到他就发出一声尖叫,这种反应说明突然冒出的这个身带武器的变种人让他很是暴怒。他掉转马头正对着史蒂夫,命令那两个弓箭手即刻放倒这个傲慢无礼的笨瓜。

史蒂夫再一次显示了他那难以置信的反应。他极其熟练地扭转手腕,挥动木棒,上面的刀片左右飞舞,将射来的箭驽统统挡住并朝四面八方反弹回去。一次,一次,又一次!乒乒乓乓!噼里啪啦!全部挡回,一支不剩。他的反应时间似乎被提升了数十倍。飞来的箭似乎都是慢腾腾的,让他有足够的时间将它们击开。

那个为首的武士惊得差点掉下马鞍。他的两个弓箭手更是震惊不已。加上此前的射杀,现在他们的箭袋里已经空空如也了。他们包围了史蒂夫,一步步地向他挪过去,杀气腾腾。可是他们举着弯刀,谁也不肯先出手,因为明摆着对方是一个很难对付的家伙。倒是那个骑马的武士仗着自己明显的优势,大喝一声,朝史蒂夫策马冲过来。

史蒂夫站在原地没动,等骑马武士达到一定的速度后,抄起一块石头对准他砸过去,然后转身飞快地朝场地边沿的那个大石堆跑去。他的方向与飞奔过来的武士的方向成一定的夹角,使得武士进退两难:飞奔的速度太快,如果要转弯,他要么得兜个大圈子,要么就得来个急刹车,然后再往右转。石头击中了他的胸甲,他一时懵了,干脆停了下来。与此同时,史蒂夫已站到石堆顶上,像国王一样得意洋洋地挥舞着手里的木棒。

他脚下的石堆与骑马武士的马镫齐高。石堆体积太大,再加上石块堆放得很不齐整,武士不可能追到石堆上去。他只好退远一点，让史蒂夫站在那里。为了迫使史蒂夫只能站在石堆上，他下令让两个弓箭手从史蒂夫后面包抄上来。两个鬼子依令行事，武士则策马站在一个合适的位置准备往上冲；与此同时，其余四个入侵者仍在场地另一侧继续杀戮。

砰！上面洞穴中的步枪终于又打中了一个目标。两个弓箭手正往前走，其中一个被金属子弹打得飞了起来，四仰八叉地摔在一块石头上，一条腿还在无力地抽搐。

六个完了，还有六个……

武士骑着马从右往左走过史蒂夫面前，朝石堆迂回前进，一边高举着刀，一边抬起左臂上的护盾抵挡史蒂夫的棒击。他与自己的马配合得非常默契，看来彼此早已合作习惯了。史蒂夫现在居高临下，本能地猜出对手一定会从下方来砍他的腿，所以当对方的刀锋以闪电般的速度砍过来时，他的反应更快。武士快速从他面前冲过，同时弯刀平着削过来，史蒂夫扭转身子，像陀螺一样往左边一跳，躲了过去。与此同时，他手里的木棒高高地落下，以螺旋桨般的速度和力量斜着从武士头盔的后檐穿进，又从他下巴上系着布带结的位置穿出。宽檐头盔飞进空中，木棒强大的冲击力使它在落地前还沿顺时针方向转了几个圈。当然，武士的头颅仍安坐其中。这时武士的座骑突然飞奔起来，剩下的躯体也就随之像醉汉一样在马鞍上摇摆。史蒂夫没时间去搞明白发生了什么事，他还要对付剩下的那个弓箭手。

这个鬼子终于意识到自己成了下一个目标，赶紧掉转身夺路而逃。史蒂夫像野山羊一样轻轻松松地从石堆上跳下来追赶。弓箭手从最后一块岩石上跳下来，掉在地上后又立马爬起来朝剩下的四个人跑过去，一边跑一边声嘶力竭地叫喊着。

史蒂夫敏捷地跃了几大步，一下子就追上了他。

鬼子知道自己不得不应战了。他对着同伴喊了最后一嗓子，然后转身摆出作战的姿势，两只手都紧握在刀柄上，然而此刻，史蒂夫已像蒸汽列车一样直接冲了过来。鬼子还没来得及将弯刀往下砍，史蒂夫的木棒已经直奔他的胸腔扫过来，他惊慌失措地举起双臂来阻挡。

砰！粗重的木棒击在他的小臂上，木棒的巨大冲击力一下子就震碎了他的双肘；再加上史蒂夫抡棒时用的力气，鬼子被击得双脚离地朝后仰面倒下。

这边的鬼子刚一倒地，史蒂夫已经去攻击他的下一个目标了：一个武士刚砍倒了一个从洞里逃出来的女人，正要挥刀向另一个绊倒在地的女人砍去，她的怀里还抱着一个很小的孩子。她双膝跪地，祈求着对方放过自己。

史蒂夫从眼角里看到了更大的麻烦——其余三个武士终于意识到他的存在，这会儿正一起朝他冲过来。但是，他得先解决眼前这个问题。

那个武士也已看到了逼近的史蒂夫，但此刻他的脑海里只有一个念头，就是杀死面前的女人和孩子。他举起刀时只闪过一丝犹豫，不过这个机会还是被史蒂夫抓住了。他抡起木棒对着武士的侧面挥过去，整个刀片都从他暴露在外的腋窝处没入，插进他的胸腔中。

九个完了，还有三个……

他转过身面对剩下的三个。他们看起来十分恐惧。和刚刚倒下的那个武士一起，这四个人几乎已将场地里剩余的四分之一人口全部杀死，他们的盔甲和弯刀上都沾满了鲜血。

接下来流的血将会是你们自己的，史蒂夫在心里默念着，来吧！你们！别让我失望！

被史蒂夫的英勇进攻所鼓舞，再加上看到武士人数锐减，藏在暗处的女人陆续现身，有的拿起已倒下的防守者身旁的长柄斧,有的捡起落在地上的箭并搭在弓上。在他左边,两个女人结果了他刚刚重创的那个武士。剩下的女人则围成半圆形,坚定地站在那三个武士身后,面对着史蒂夫。胜利的迹象已经显现,她们都想参与最后的复仇。史蒂夫朝她们挥手,让她们站远点。他可不想被她们拖累,让即将到手的胜利功败垂成。

三个武士并排站着,外侧的两个正在考虑怎样才能一举拿下史蒂夫,中间的那个却来了个 180 度大转弯,向身后的那群女人走去。他走路的姿势是双脚一左一右交替着单脚跳,活像个外八字脚的怪物。他一边跳一边愤怒地大喊大叫,还不停地挥舞着手里的弯刀。很快他的威慑就起作用了,有两三个女人转身跑开,其余的犹豫着后退了几步,但很快又聚拢起来,坚守着不肯退去。

在怪物向后转身时,史蒂夫知道自己必须出击了。另两个武士显然是想从两肋袭击他,如果再有人从正面向他进攻,他将无暇应对来自侧面的危险。他跳了一大步,腾空而起,在空中转了个身,然后稳稳地落在那两个武士的后面,面对着刚才站的位置。这一跳跨过的距离非常远,足足有十二英尺。要不是借助木棒里的力量,就算运气再好他也只能跳出一半远。

右侧的鬼子在震惊之余转过身挥刀就刺,史蒂夫抄起木棒往上抡,木棒箍铁的那头在鬼子的下巴上打出了致命的一击。这个击点与刽子手在执行绞刑时套绳索的位置一模一样,取得的效果也分毫不差,都是把脖子生生折断了。史蒂夫没有迟疑,紧接着横起木棒上的刀片挡住了另一个鬼子的袭击,又将木棒箍铁的那头伸进他叉开的双腿间往上击打。这一击直接把鬼子挑到了半空中,等他落下来时已经痛得直不起腰了。史蒂夫趁势再次抡起木棒用箍铁的那头照他下巴就是一击,一下子把他打得头朝后仰面倒下。恰在此时,史蒂夫感到了背后的危险,他刷地转过身,正好看到刚才站在中间的鬼子要发动偷袭。

最后一个武士的刀还没举到头顶,史蒂夫的刀片已经深深地刺进了他的腹部。在他向前扑倒时,史蒂夫终于明白了为什么这个鬼子的反应会这么慢,无数支箭头已经将他的后背变成了一个大针插。

干得好,女士们……

史蒂夫转过身,想确认刚才两个未断气的鬼子是否还能爬起来,却正好看到自己刚才救下来的那位妇女把其中一个鬼子的刀砍在另一个的喉咙上。

中岛信郎正带领着幸存下来的四十六个浪人穿过秘密石门返回营地,却在通道里看到了两个属于精工家族的武士尸体,很是吃了一惊。他急忙催马狂奔,上了入口斜坡来到场地里,正好看到一个大个子变种人把看似像矛的东西砍进一个精工武士的腹部。第一层有五个石洞里仍在冒着浓烟,而且——

伟大的神啊,这里到处都是尸首!

他手下的人押着三个俘虏在他身后站成一排,此时他看到了死去的女人和孩子,发出一阵可怕的嚎叫。再一细看,死去的还有那些留下来守卫营地的同伴!老石田,他曾经喝醉了从上层洞穴的平台上滑下来,摔断了腿;成田,过去在马上摔下来,把头都给摔破了。可是他们杀死了十二个精工武士,真不愧为英雄好汉。

女人和幸存下来的孩子一看到自己的亲人,就发疯般朝他们冲过来,嘴里还发出撕心裂肺的哭声。浪人赶紧跑上前,迎接自己的亲眷。搂着孩子的女人发现自己的丈夫安然无恙后,眼泪汪汪的恸哭和哀嚎立刻变成了开心的欢叫。父亲到处寻找自己的宝贝儿子,把他们紧紧抱在怀里,听他诉说刚刚发生的大屠杀,还有那个英勇的神秘闯入者,他只手杀死了五个嗜血如命的恶魔。

那死在通道里的两个人呢?

哈,这么说,是七个!

这个下等人到底是谁?他怎么会带有武器?而且还胆敢触犯铁大师?

不知道。没人知道。他就像变魔术一样突然出现在这里。当时石田、成田还有另外几个人都已被杀死了,精工的那帮武士杀红了眼,正要转过来对付手无寸铁的女人、孩子和老人。就算这个异族人出身下贱,可他跟真正的武士一模一样:武艺高强,勇气可嘉,一个武士应该具有的品质他一样也不落。

还有!他还把信郎的妻子桐理和他们的儿子井户田从一个武士的刀下救了出来,他们当时多么无助啊!难道不是吗?中岛桐理点头称是,她一手抱着井户田,另一只手仍然握着那个武士的刀柄,上面还沾着血。她向儿子的父亲走过去,人们主动为她让出一条路。信郎接过孩子抱在怀里,使劲亲着儿子的小脸,泪水潸然而下,与孩子的眼泪流在了一起。桐理把刀尖支在地上,双手合拢放在刀把上,谦恭地低下头。信郎伸出一只手,紧紧抓住她的肩膀。一般情况下,武士不会在公开场合拥抱女人或者做出任何包含着感情的举止,因为那被认为是不得体的行为。然而现在,信郎觉得自己完全是情不自禁。

史蒂夫站在那里,站在屠杀现场正中间,发现自己这场胜利赢得空落落的。没人向他表示祝贺,也没人对他致以欢迎。好像,他的介入反倒使自己的处境比以前更不利了。他现在成了不速之客,成了携带武器的异族入侵者,主人随时都有可能要求他对自己的不请自来给个说法。

这支杂牌武士队伍与此前他看到的那些被围困在河谷里的人绝对属于同一集团。一开始,他们很显然被眼前发生的事惊呆了,不过很快,那些失去亲人的人就开始发泄他们的悲痛。而且,很多女人因为没在回来的骑手当中找到自己的男人,也陷入了无尽的哀伤之中。无数的问题问出来,立即就得到很多异口同声的回答。主要都是关于他的,因为在一串饱含悲伤的问答的间隙,女人不断地指向史蒂夫所在的位置。在发现自己的营地遭到极大破坏后,武士一开始很震惊,等他们明白过来后,就第一时间将史蒂夫团团围住。

无数的刀尖从四面八方指向他,史蒂夫唯一能做的就是让自己保持绝对的镇定,希望这么做能为自己赢得个好印象。他看到围着他的人都目露凶光,顿时明白他们是想让自己跪下。他娘的……他什么都没做错,凭什么要道歉?他站在那儿一动不动,双脚分开,身子挺直放松,将木棒放在胸前抱着。

史蒂夫的个头比周围的人要高上几乎一英尺,所以他能够盯着他们的头顶看,而不必与他们的目光接触。他们中有三个未下马,其中两个都是黑头发、古铜色皮肤的呆瓜;另一个高些,斗篷下的纱巾裹在脖子上,脸上戴了一副白色的圆形面具。三个人的眼睛都蒙着,手腕都被绑在马鞍前的一根圆柱子上,脚踝被一条从马腹下面穿过的绳子紧紧捆住。史蒂夫的目光不由自主地被吸引回戴着白色面具的那个人身上。与此同时,他手里的木棒开始震颤起来,一股过电般的感觉蹿上脊背,不是出于害怕,而是因为兴奋。

不——不可能——不会是真的。绝对不可能!

围在史蒂夫四周的满身汗渍的武士此时分开了一条缝,让率先进入场地的那个男的走上前来。此人块头比其他人都要大,身后还跟着一个女人和一个小孩儿。那女人抱起小孩,孩子害羞地将脸埋在她的脖子下,只偶尔用小小的、黑豆一样的眼睛飞快地瞟一眼史蒂夫。他母亲的凝视倒是相当镇定,不过也很难看出她脑子里在想什么。从她那黑眼珠中射出来的光芒既不含感激,也没有敌意。她已经恢复了镇静,脸上不带一丝表情。

他们每个人都是这样子。偏锋已经告诉过他,铁大师有惊人的自控能力,他们很为自己能抵制感情的流露而自豪;而且,看得出来,他们的性格同样冷酷无情。所以从他们的脸上根本看不出他们在想什么,也不知道他们接下来会做什么。

史蒂夫意识到自己的外形在他们的眼里一定很怪异。除开他皮肤上的图案不说,他头上鸡窝般的头发是黑色的,嘴巴上却又长出了整整四个星期都没刮的金色胡须,甚至连他的前臂和双腿露在外面的部分也都长着毛。而在他对面,他能看到的鬼子从头到脚都一毛不长。这么说,先前那个掉队的流寇头上戴的假发一定来自变种人。他想起来了,当初穆卡尔部落带往“大河”边交易点的货物中就有好几大包毛发。

大块头围着史蒂夫慢慢转了一圈,又在他面前立定。看个头,他要比史蒂夫矮上六英寸,不过他体格很是强壮,一身肌肉。他黑色的眼睛眨都不眨一下,“你能听懂我说的话吗,草猴[①]?”

“是的,听得懂。”

“这些武士是你杀的?”

“只杀了一部分。”

中岛信郎伸出手,示意他将木棒拿出来。史蒂夫照做了。信郎转身将木棒递给站在旁边的一个同伴,然后又抓住史蒂夫的左胳膊,眼睛盯着那条脏兮兮的布条。史蒂夫伸出胳膊,放松。现在不是他表现英雄主义的时候。信郎从暗鞘中拔出格斗匕首,解开包在刀柄上的布条,查看刀刃的光亮和锋利度。

没等他们要求,史蒂夫就解下刀鞘递了过去。

信郎将匕首和刀鞘都递给旁边另一个同伴,“你是怎么找到这儿来的?”

---

① 铁大师对变种人的蔑称。

史蒂夫早就知道这个问题肯定会被问到。为此精心准备的答案脱口而出:"我在山上,看到一匹没有主人的马在往岩石裂缝里走。有十二个武士跟在它后面。"他耸耸肩,"那我就跟着他们喽。"

"为什么?"

史蒂夫迅速朝十码开外那个坐在马背上、戴白面具的人瞟了一眼。过去曾无数次帮助过他的第六感此刻再次将要说的话送到了他唇边:"命运注定,我遇到了你。"

信郎点点头,脸上没显示任何表情,看不出他是否已接受了史蒂夫的这个解释。接着,他又用自己的语言对同伴说了一长串叽里咕噜的话。

上来四个人一把抓住史蒂夫,推着他穿过场地朝第一层的某个石洞走去。史蒂夫回头看了看那三个骑在马上的人,他们正被人从马上拉下来。

他们正要去的那个石洞,洞口呈长方形,里面被一堵方格子木板墙从天花板到地面给隔开了,墙上劈了两道结构一模一样的门。从高度来看,应该是专为体形矮小的日本人设计的。押送史蒂夫的四个人中有一个向左拉开门的下半部分,做了个手势示意史蒂夫进去。史蒂夫差点就冲口而出要他们把上半部分的门也打开,不过到底还是忍住了。他收起自尊,手脚并用地爬了进去。

这个住处真是相当地简朴,但也不像他想象的那样糟,至少四面的墙和地板都是干净的,也没有丑陋的虫豸到处爬。屋里唯一的家具,就是一张用稻草编成的垫子和一只有合页的箱子。箱子里面是一块木板,中间被挖空了;木板下面是一只有两个手柄的罐子,看起来很像一个简易马桶,史蒂夫决定最好还是不要用它。万一这是人家鬼子用来盛汤的器皿呢?他们已经把史蒂夫关进囚室,看来不太可能会施舍给他一顿饭。可史蒂夫实在太饿了，今天一天他只吃了一点点蛇肉——他尽量说服自己，至少，那些他花了好大力气救下来的女人总该报答他一顿饱饭吧。克里斯托夫啊！要是在老家，就算是那些关在囚牢里的家伙，在吃枪子之前也能往肚子里填点什么。

史蒂夫盘腿坐在垫子上，背靠一堵将囚室一分为二的方格木板墙，回忆起之前他在鬼子住宅群附近逡巡、寻找食物时，闻到的夜晚空气中飘着的一阵阵佳肴的香味。

这时，门上的插销忽然被拨开，打断了史蒂夫的美妙幻想。透过墙上木条间指头宽的缝隙，史蒂夫看到隔壁屋子的门上下两部分都被打开了。两个体形娇小的黑发女子抱着被褥卷走了进去，后面紧跟着一个个头较高的人，裹着头巾，戴着白色面具。她也带着一个被褥卷。

三人脸上的眼罩还在。门"砰"的一声关上之后，一个看守大声喊了一句日本话，两个女子立刻扔了被褥卷，摘掉绑在自己眼上的布带，跟着又去帮那个戴白面具的人解开。屋子里的光线很暗，但现在那个人与史蒂夫离得很近，所以他能看到面具上的细微之处——小小的、呆板的嘴；两条细细的短线代表眉毛，略微突出，显示出一副一成不变的惊讶表情；脸颊上抹着一团红晕；眼睛的部位开出一个三角形的缝隙，缝隙下面露出一丝蓝色的闪光。

清水挨着方格木板放下自己的被褥卷，背对着史蒂夫坐下。她将斗篷从脑后推到背上。那一头乌黑柔顺的长发——史蒂夫最后一次见到这发丝时，它能垂到她的后背中部——落了下来，上面还插着一把梳子，弄得跟铁大师一样。

史蒂夫屏住呼吸。她脖子后面的皮肤露在外面，是古铜色的，很光滑。她怎么去掉了身上的体绘？一阵淡淡的体香飘进史蒂夫的鼻孔。他一下子想起了曾经发生过的事，一股电流迅速传到他的耻骨,他顿时感到一阵眩晕。

清水脱掉手套,将右手的手指放在肩膀上,悄悄伸进木板墙的缝隙,又将面具的下巴放在手指上作掩饰。

史蒂夫回应了她。他背靠着木板墙,左手的食指也伸进缝隙,低声耳语道:"嗨,陌生人……"

她没有回答,只是在他的指尖上轻轻地按了一下。可就这轻轻的一下,已足够将百万伏的电压传到史蒂夫的手臂上。哦,摩城!伟大的天母啊!联邦的词汇里没有"爱情"这个词,学校的课程里也从来不曾提到过有种吸引力叫性吸引力,可此时此刻,他所有的感官里都是这种感觉。

神啊……

"你怎么——"

清水的指甲尖锐利地刺了一下他的皮肤。史蒂夫立即明白了她的意思,还有另外两个女人在这里,不要同她说话。一直等到又过了一两个钟头之后,他才重新与她指尖相碰。他很是兴奋。用这种方法交流非常容易。当两相吸引恰到好处的时候,十指所能演绎出的情感真是令人叹服。每次他在她的肩上以不同的方式划出小小的圆圈,她的身体都能传递回同样的激动情绪。

太阳已经在营地上方的圆形天空中消失很长一段时间了,随着摩城那黑色的斗篷降临整个世界,光线越来越暗。有那么一段时间,方格之间的空隙黑得跟方格本身的颜色一样。一直没什么人来盘问他们,不过时不时会有黄色的灯笼光在外面徘徊,说明他们并没被彻底冷落。

史蒂夫尽力抑制住自己无可奈何的情绪。不到二十四小时之前,他还在又累又饿中睡去,那时候他十分沮丧,以为自己的使命注定无法完成了。现在,他却距自己要救的人咫尺之遥!

自己被囚禁起来的原因史蒂夫心里很清楚,可是清水呢,她为什么会被投入牢笼里？还有，为什么她现在的皮肤上什么体绘也没有？而且还装扮得像个鬼子？更多的问题接踵而至。跟她在一起的那两个女子是谁？她们穿的衣服一模一样，由棕黑色的布做成：阔腿裤在脚踝上方的位置束了起来，上衣都是宽袖高领的，以同样的方式在腰部扎紧。清水身上的罩衣遮住了她的穿着，不过罩衣的质地非常光滑，用料与山下的衣服一样。山下是铁大师中的领军人物，史蒂夫以前在交易点见过他。

从他目前所看到的情况来分析，铁大师的穿着应该是按等级划分的——不像联邦，上上下下全是清一色的连身制服。另两个女子的单调服饰表明她们的地位低于清水——既然如此，为什么她不愿当着她俩的面说话？

史蒂夫心头一沉。她是被那帮衣衫褴褛、曾经被代表正规军的武装力量死命追赶过的铁大师俘获来的。史蒂夫曾在那条东西走向的大路上看到过几伙人护送着马车沿途而过，说不定清水就在其中一辆车上。光凭观察而不了解内情的话，是无法从她戴的面具和穿的外衣推断出她是不是个寻道民。但史蒂夫知道这点。他甚至还知道，在铁大师的社会里，寻道民作为异族人，其社会地位比变种人高不到哪儿去。

既然如此，为什么还会有人要不遗余力地将她装扮成寻道民？这件事对谁来说比较重要？从她身上的衣着来看，这个人应该是个上等人。而这两个女子，她们是被派来监视她不要露出马脚的么？是她们为她除去眼罩的，而不是她自己；再加上她不愿当着她们的面讲话，证明事实的确如此。另外，她们三个被带进来时，全都是蒙着眼睛的。这么做的原因只有一个：为了防止她们认出截获她们的人，或者描述出她们被囚禁的地点。这就意味着总有一天她们还会被放出去。

推理越来越深入，考虑到清水的面具为什么没有摘下来时，就变得愈发有趣了。她眼上蒙的布条是绕着面具和斗篷纱巾外打的结,这样一来,纱巾就能够遮挡住她乌黑油亮的头发和脖颈,因为她的古铜色皮肤会将她的身份暴露无遗。如果再往前大胆推测,这些举措说明,这帮流寇中只有一部分人被告知了他们俘获的人的真实身份;或者,也有可能他们全都不知情。不管是哪种情况,都暗示他们逮捕清水不是为自己,而是为别人。

从偏锋告诉他的情况中,史蒂夫知道在铁大师看来,寻道民的生命与变种人一样,连一粒黄豆都不如。然而作为变种人的清水,尽管她现在的样貌已经与寻道民没什么区别了,她的装束却像是一个上层社会的铁大师,而且还配有两名贴身侍从服侍她,为她打杂。

哦,真的……史蒂夫需要了解的情况实在太多了,不过此刻最大的问题是:他能否采取一些行动来扭转现在的不利局面?

两只灯笼从方格木板外面移动过来,发出温暖的光芒。史蒂夫瞥见四张橘黄色的脸,额上的刘海是用变种人的发梢做成的。一看就知道是四个不好对付的流寇。清水飞快地拉正斗篷,戴上手套。四个鬼子在旁边的屋门外停下来,用日本话喊了句什么。透过墙上的木板缝隙,史蒂夫看到那两个娇小的女侍又为对方戴上了眼罩。在确认布条绑结实后,门从外面打开了,她俩被领了出去。

很快黑暗就再次将史蒂夫和清水笼罩其中。史蒂夫面向方格木墙跪着,将两根手指伸进木板缝隙里,中指一直伸到第二节关节处。木墙的那一边没听到有衣服抖动时发出的沙沙声,倒是传过来一阵透着寒意的咝咝声,那是四肢在华丽的丝质绸缎里移动时发出来的,这种声音史蒂夫以前从没听到过。

这次清水不但脱掉了手套,还将面具也摘下来了。她吻了吻史蒂夫的手指,又把脸放在上面轻轻地摩挲。她的纤细手指从缝隙里伸过来摸着他的鼻子，又充满爱意地按在他的嘴唇上。他的牙齿轻轻地咬着她的手指，含完一根又去含另一根。

“哦，云武士，”她喃喃低语道，“你知道吗，这一刻我盼得好辛苦？”

“我也一样，”史蒂夫说道，“我满脑子都在想着何时才能再和你独自待在黑暗里。可是现在……跟我想的不大一样啊。”

“忍一忍，我的爱人。来日方长，我们相守的旅程才刚刚开始呢。”

是啊，没错……问题是，我们要去哪里……

史蒂夫忽然看到有只灯笼在朝这边移动——被一个人举得高高的。

“小心，有人来了！”

两人迅速离开方格板。史蒂夫从门缝里往外看，过来的鬼子戴着面具，和在交易点看到的一样。然而史蒂夫还是从他的体格上认出了他，就是那个又矮又壮的家伙，就是他下令把史蒂夫关进囚室里的。他打开旁边那间小屋的门，走进去后随手又把它关上。史蒂夫瞥见清水已经将面具、长袍和手套全都穿戴上了。见到人来，她膝行上前，恭敬地向来人行礼。

鬼子将灯笼换到左手上，这么一来，史蒂夫就只能看到清水的侧面。“站起来。”

她照做了。

“脱掉外衣……”

清水解开紧紧绑在白色面具下部的斗篷绳结，举起斗篷，松手让它掉在身后；又从前面解开罩衣脱掉，露出宽大的长袍，袍袖长及小腿，领口开得很低，将她那美妙的脖颈显露无遗。一条宽宽的腰带围在她的腰和腹部，并在背后打了一个很大的结。戴着的白色手套一直伸到长袍袖筒里，掩藏住了她那白璧无瑕的双手和前臂。

“脱掉手套、面具。”

清水再次照做了，之后低头站在那里。你这蠢货要干什么？史蒂夫心下寻思。难道要她赤身裸体不成？这种即将到来的冒犯突然让他感到抑制不住的震怒，他认为她是自己的私人珍藏。可是不知为何，潜意识里他又觉得自己生气是没有道理的。其实这也不难理解，他之所以会愤怒，是因为嫉妒和占有欲，可“嫉妒”和“占有欲”这两个词在联邦的词汇表里并不存在。就像“爱情”一样，他陷入了爱河，却不知道该如何描绘那种感觉；而此刻，他也一样不知道啮咬着自己心灵的是什么。

鬼子举高灯笼，抬起清水的下巴，凑近了审视她的面容和喉咙；又走到她身后，盯着她的脖颈看了看，用手指扫过她流水般头发的末梢；然后又走到她面前，检查她的手和胳膊。

“可以了，穿上衣服，和刚才一样。”

他静静地看着清水变回戴着白面具的女人，又恭顺地跪下。鬼子咕噜出一句什么话表示满意，然后转身离开屋子，关上了门。

啊哈，原来是这样，史蒂夫心想，只有首领一个人了解内情，其他人应该都被蒙在鼓里。当灯光渐去渐远后，他赶紧挪到木板墙边继续刚才中断的交谈。

“你是乘船过来的吧？”她低声问道。

“是啊。你怎么知道？干吗还要低声说？”

她稍稍提高了声音，“因为刚上岸没多久我就感觉到你出现了。”

“难道你……你也在船上？”史蒂夫结结巴巴地问，“你确实去了交易点？”

“难道雪先生没跟你说吗？他没将盒子拿给你看吗？”

“什么盒子？”

“一个隐藏着图案的盒子。那些图案会指引你找到卡迪拉克和我被困的地方。我是在我们返回尼桑的前夜交给他的。”

史蒂夫开始明白了，“这么说他到山下的船上去了……”

“是啊——和滚石及麦卡卡车一起去的。”

史蒂夫干笑着叹了口气，“看见他上船时我已经在另一艘船的甲板上了。我找了个别人看不到的地方，藏在那里直到船停靠在匹兹堡。”史蒂夫不愿说出更多的细节，“那老家伙知道自己会与你见面吗？”

“不知道，看到我时他好像很吃惊。不过也可能是因为我在清皮。”“清皮”是雪先生的说法，指的是清水和卡迪拉克洗掉皮肤上的伪装之后、到重新绘上新的图案之前的短暂时期。

“嗯，我想问你一下——”

清水打断了他的话，“当时山下在场。我们没办法自由交谈，他用隐语告诉我你已经返回部落了，而且试图把我们救回去。他没说会怎么做，也没说什么时候做。”

“我本来是要与穆卡尔部落的人一起上船的，可是雪先生不允许我随身携带武器。我只好自己安排了旅程。我不可能丢下木棒不带——尤其在是你重新‘修饰’了它之后。”

“它起到作用了吗？”

“当然起到了。要不是你将法力注进木棒里，我根本不可能来到这里。你救了我好几次。”

“金子般的人啊，那不是我。神力是辟邪主注入的，只不过假我之手罢了。”

“也许吧。我看到是你做的，他做的我可没看到。”史蒂夫的嗓音轻柔了些，“如果他真的很愿意帮我，就应该安排我跟你上同一条船，那我们就会有更多的时间在一起，也会让旅途中多一些快乐时光。”

“那么做绝对是疯了。你现在做的这些事已经够危险了。”她的声音听起来充满了关心，但也十分严肃。

史蒂夫没在意，“那样做的结果不会比现在的情况更糟糕。好在——话又说回来——这里有你。命中注定的吧，我想。”

“你回到你们自己人那里了吗？”

“后来回到了。”没必要说谎。他已经将整个过程都告诉雪先生了。至少是绝大部分。“听到我说平原人并不像他们想象的那样愚蠢时，他们可不怎么高兴。”

“你跟他们提到我了吗？”

谎话越说越顺，“不，我没说。你是秘密武器。跟你在一起时，我觉得我都能征服整个世界。”至少部分是真话。

“或许你真有可能征服世界。”她低声说道。

“卡迪拉克从石头里看到这个了吗？”

“他看到了很多事情。”

史蒂夫感到如芒刺在背，“比如……？”

“你会披着朋友的伪装返回来，你的影子里暗藏着死亡，你会带着我从一条血河上离开。那不就是你回来的目的吗？你不是要把我带到你们沙穴人在南方沙漠下面的黑暗世界里吗？

“你疯了吗？我回来是要和你在一起！”他轻轻地捏着她的手指，“你确定石头里说了我会带你回联邦？”

“不，卡迪拉克没说去哪里，只说你会带我离开。”

“这就对了，”史蒂夫急忙说道，“这就是为什么我会在这里。我答应过雪先生，要把你们两个都带离这里！这才是最重要的。我确实是‘披着朋友的伪装’，因为我不得不装作是和这些人做交易的样子。至于‘我影子里暗藏着的死亡’，我得说这要跟你注入我木棒里的魔法连起来讲。它才是致命的，把它拿走。再说了，我相信不经过一场恶斗，鬼子是不会乖乖地让我们走的，所以我带你离开时才可能会过一条血河。可是,血是从铁大师身体里流出来的,而你要去的,只能是你归属的地方。”

“我属于你,云武士。从我们在一起开始,我就不再在乎你会把我带往何方。但是,卡迪拉克却一定得返回平原部落。”

“你们两个都能回去。相信我。”

她将手指放在他的唇上,又伸到他的舌尖上,“如果你真的想伤害我们,你以为辟邪主会将他的力量注入你的双手吗?”

我想的可不是什么辟邪主,而是这场游戏中另外的那一方。他们的游戏规则可不一样……

史蒂夫又干笑了一声算作回答,然后换个话题:“事情发展成现在这样,真让人吃惊,不是吗?我去到交易点,因为我想第一个欢迎你回来。我在河岸上走来走去,一待就是好几个小时,盯着那些船只眼都不眨一下,盼望着你能出现在那里。为什么你却不肯现身?”

“他们不允许我那么做。最近的两个月里,我一点都看不到外面的世界。”

“是谁把你禁锢起来的——山下那家伙吗?”

“我在船上的时候是他。不过自从我和卡迪拉克到达尼桑后,我就被别人控制着。”

“如何控制?被谁控制?”

她吞吞吐吐,“是住在东海之滨的一个领主。”

“是那家伙给了你这些奇装异服吗?”

她亲吻着他的手指,作为对这个问题的回答。

“那么,你为什么又洗掉身上的彩绘?”

回答他的是一阵意味深长的沉默。他再次追问:“你想告诉我为什么吗?”

终于,她回答了,却是一句几乎听不见的耳语,“发生的……

事……都是……辟邪主的意志。”

“是的，是啊，我全明白了，”史蒂夫说道，“真希望我自己……什么都没问。”

没过多久，苏珊和南珂就回来了，还带来了三碟热乎乎的饭菜；不过这期间的时间也足够史蒂夫去后悔自己不该逼着清水给出解释了。知识也许真的就是力量，可是造出这句格言的家伙却忘了说，有些事情还是不要知道的好。史蒂夫终于明白，年轻人在对每个问题都刨根问底寻找诚实的回答时，往往会发现这个过程极其痛苦。尤其是，当隔壁各色食物的香味不断飘进史蒂夫的鼻子时，这种痛苦简直就是绝对的折磨。

好在他也并没有忍受多久。随着隔壁屋子的门“砰”的一声关上后，他屋子里门的下半部分被打开了，他们命令他出去。接下来肯定会遭受身体攻击，他得先做好精神准备，完毕后，才手膝并用地爬了出去——他们没有让他失望。一条腿踢开他的双手，另一只脚踹在他屁股上，他一下子摔了个嘴啃泥。不过，随后施加的拳脚说明他们并没打算要把他伤得太严重。让他断几根骨头对这四个全副武装的鬼子来说易如反掌，如果他们真想那么做的话早就下手了。不，他们只是想摧毁他的意志，给他点颜色瞧瞧，让他知道谁才是主子。

在一阵哄堂大笑中，他被拉了起来，一路赶着穿过场地。史蒂夫只看得到左摇右晃的灯笼照到的那一小片范围，除此之外什么都看不清楚。不过从声音上判断，他离刚才那帮大笑的鬼子越来越远了。有人带着他穿过一段简单凿就的台阶，来到第二层洞穴，把他带到一个人面前。那人盘腿坐在一张沿墙脚铺就的垫子上，身边站着十到十二个人。洞穴里的灯笼光线昏暗，空气中弥漫着厚厚的烟雾，史蒂夫刚进来时忍不住一阵咳嗽。

里面有几个人拿着一种管子，与雪先生用的很相似。他们吸的不是彩虹草，史蒂夫能闻出来那里面加了一点陈年的快乐谷烟叶。他们也喝用杯子盛装的淡黄色液体。偏锋曾跟他讲过，这种液体叫清酒。领他进来的人一把将史蒂夫推倒，跪在头人面前，然后自己去倒了一些酒水。

看到史蒂夫刚才被打，在场的每一个人似乎都很快乐，可史蒂夫还是能感觉到有一丝紧张在胸中暗涌，他觉得他们随时都有可能怀着同样快乐的情绪将自己撕成碎片。一不小心说错的某个字，或者做错的某个动作，都有可能激怒他们。史蒂夫想起雪先生的告诫，要避免时间过长的眼神交流，于是尽量不去看这些奇特无毛的脸，还有脸上黑得像墨一般的眼睛。他把目光集中在他们身后的墙上，强迫自己保持镇定。

来吧，布里克曼！以前你不也经历过类似的紧张场面吗？不必太把他们当回事。他们就像是一群死亡之鸟。只要你稍有胆怯或求饶的神色，他们就会杀了你。你不是已向他们证明你是一个厉害的角色了吗？坚强一点！

没什么大不了的……

秃顶的头人一口干了杯里的酒，举到一边，让人斟满，“你有名字吗，草猴？”

史蒂夫迎上他的目光，“有。布里克曼。”

“呃——巴里卡——呃——蛮——哦……”

“不是的，要一气读下来。布——里——克——曼。”

“啊——那么……巴里克曼——呃。”

“对。”随你便吧……

这个粗矮的鬼子“啪”地打了个响指，然后指着史蒂夫。有人从他左边伸过来一只手，将一杯清酒放在他鼻子下。

“我只想吃点东西。”

“等一会儿可能会有。现在，先让我们为你的勇气干杯，然后我们得谈谈。再然后——谁知道呢？”

有个鬼子说了一句什么，所有人都笑了起来。

“有什么可乐的？”史蒂夫问道。

“他说等会儿你就会发现自己没胃吃饭了。”

哈，伙计，说得好……真真好笑，好笑得要命……

史蒂夫拿起杯子，举得与鬼子的一样高。

“干杯！”

史蒂夫明白了主人的意思，一仰脖，将杯中物全倒进了嗓子里。

偏锋在提到清酒时，曾警告过史蒂夫，清酒里含有酒精，空腹喝时会使人的中枢神经系统变得迟钝。现在，酒水下肚后，就像一枚小型炸弹般在史蒂夫的五脏六腑里炸开了。他只觉得一股热流从腰部直往上涌，耳根上像有两团火在燃烧，眼神也逐渐模糊起来。他拼命地摇了摇头，想让脑子清醒一点，恢复它的意志控制力。为了能看清楚些，他不得不使劲眨眼。待视线清晰后，他感觉自己已经无比敏捷、超级自信、彻底无畏了。

为了取悦主人，史蒂夫彬彬有礼地深鞠了一躬，“我能否荣幸地被告知，我有幸见到的是谁？”

鬼子迟疑一下。很可能这还是第一次有变种人敢问他问题。“武士上尉，中岛信郎。”

“那么，请允许我向您致敬，大人。”史蒂夫再次鞠躬，等他直起腰时，正好遇上了信郎的目光，“请问，您是在为哪位领主效命？”

信郎仔细考虑了一下。这个草猴以后一定得为他的傲慢付出代价。不过现在，他不得不容忍对方的冒犯，跟他来个一对一的谈话，从他嘴里套出点什么来，这才是最重要的。要是换作别人，可能会用严刑拷打来逼他供述，可信郎是武士，他得遵守武士的行为准则。再者，这个异族人只身杀死了七个精工武士，故而此刻他才能与信郎面对面坐下，而不是被活剥了皮然后一次一个零件地被慢慢肢解掉。尽管救人性命的行为可嘉，但他最终还是要被处死。只不过，他在打斗时表现出了值得尊敬的勇敢和技巧，再加上他那引以为傲的战士身份，所以对待他的方式也应该在一定程度上区别于其他变种人。

“我们没有领主，”他说，“中岛大人离世了，他的家族也被赶走了。我们是浪人，是一群流浪者，不用对谁效忠。”

“您的话让我惊讶，大人。”史蒂夫回答道，“您说您是一名武士——可尊贵的尼桑武士怎么会冒险去捕获一个女人？而且谁会信呢，您牺牲了五十个英勇同伴中的三十人，只是为了保护这样一个毫无价值的战利品？”他察觉到了信郎眼中的疑惑，于是补充道，“我看到他们被围困在河谷里，追击他们的武士跟死在这里的十二个人都属于同一家族。”

鬼子脸色一沉，“我同伴的命运跟你没关系，草猴。我们还是谈谈你自己吧。”

史蒂夫放下空空如也的杯子，弯下腰，“遵命，大人。”

“草猴，”信郎开始说，“我发现自己处于一种，呃——”他顿了顿，在有限的基础语词汇中寻找合适的字眼，“——微妙的，呃，处境中。你救了这里很多人的命，其中还有我的妻子以及儿子井户田。为了救他们，你冒了很大的生命危险。从这方面来说，我欠了你很大的人情——对此我唯一的报答方式就是做出同样的举动。你明白我说的话吗？”

“是的。那么问题是……？”

“草猴在尼桑是禁止携带武器的，违者以死论处，更不用说奴隶身份的人竟然胆敢杀死铁大师——而且还是武士。矛盾之处就在这里。由于所欠的人情,呃……尚未报答,我有义务保护你的性命——即使我自己因此而送命也在所不辞。可是另一方面,你也不能免于责罚。”

“我明白您的意思,”史蒂夫说道,“的确很棘手。”

“棘手?”

“就是困难。难办。”

“哦,那么……”信郎再次让人把他的杯子斟满,“对我们两人来说都很棘手,草猴。要是你任由我妻子和儿子死在武士的刀下或许还会好一点。”

“我不明白。”

“对于武士来说,欠下等奴隶的人情是件丢脸的事。唯一体面的解决之道就是亲手结束自己的生命。”

“真是疯了!”史蒂夫说道,“一定会有别的解决办法。”

“别的办法也有,”信郎接口道,“就是你杀死你自己。”

“杀死我自己……?”

“是的,现在。”信郎拔出短刀,斜着伸向前轻轻放在史蒂夫面前,“如果你亲手结果自己,就能消掉我欠你的人情,也能洗刷掉蒙在我家人身上的耻辱。精工大人那些武士的仇也将得报。这是一个能让各方都满意的,呃,解决之道。”

只有我无法满意,史蒂夫心想,难怪当时信郎的妻子看起来一点都不高兴。“丢脸”……真他娘的不知道有什么好丢脸的?这时,有人再次为他的杯子斟上了酒。史蒂夫右手拿着杯子,一边将它放在地上,一边对着信郎挥了挥左手,“等等。不对,你搞混了。”

“哦,怎么说?”

“首先,我不是奴隶;其次,作为武士,我不能容忍自己袖身旁观眼睁睁地看着其他武士的儿子被杀;第三,我斗胆问一句,大人，您自己都是不服从法律的浪人，怎么能判处杀害武士的我有罪呢？”

信郎表情严肃地点点头，将史蒂夫这番勇敢机智的回复翻译给其他人听，引起了一场哄堂大笑，好几个人还狠狠地拍了拍大腿。等喧闹停下来后，他朝史蒂夫微微一笑，“说得好，草猴。不过现在你得回答另一个问题。既然你不是奴隶，那你来这里干什么？”

这才是关键所在。史蒂夫深吸一口气，缓缓说道：“我来是为了阻止我们两个民族之间的战争。”

这倒大大出乎意料，信郎好不容易才忍住没笑出声来，“尼桑男儿和草猴之间的战争？”

“不，大人，是尼桑男儿和联邦之间。”

笑容从信郎脸上隐去了，“长狗发动了对草猴的战争。长狗为什么派你来当和平使者？”

史蒂夫挺直身子，目光直视浪人首领，“我不是变种人，大人。我是一名美铁联邦的云武士。如果你们不把藏在你们当中的我们的敌人移交给联邦，那么将会有数以千计像我这样的云武士驾驶着空中战车飞抵尼桑上空，遮蔽整个蓝天，还会往地上洒下火雨。”

信郎困惑起来，“什么敌人？”

“我在寻找一个戴着面具的女人，是你们从陆路护卫那里抢来的；还有她的男伴，有人在东海旁一个叫鹭池的地方见过他。”

信郎面无表情地看了他好一会儿，然后拿回短刀，用日本语下达了一个长长的命令。其他的人都站起来走了出去，只剩下两个人分坐在他两侧，还有一个站在洞口屏风处警卫。

史蒂夫在心里笑了笑。他的表演马上就要开始了。

信郎挺直腰杆，摆出一副高深莫测的吓人表情，“你能证明你说的话是真的吗？”

“能。不过我需要那把被你收走的匕首。”

信郎让坐在他右边的人去把匕首取来。

史蒂夫将匕首拿在手上,没有取出来,只用劲摁了一下隐藏着的按钩,分开刀柄上的木片,露出里面的微型电路。他把电路拿给信郎看了看,然后取出微型探针,按下读取按钮,将匕首放在信郎的手上。

信郎睁着两只好奇的眼睛,小心翼翼地用两根手指夹住匕首,看着十一个字母滚动出现在液晶屏幕上。两旁的浪人似乎也被镇住了,"啧啧……"

"你现在看到的只是一个例子,由此可见我们民族所具备的力量,"史蒂夫说道,"显现的这些符号代表我说出的话的声音。利用这个装置,只消一次心跳的时间我就能把信息传给我的主人。"

信郎用一个奇怪的、几乎是下意识的动作将匕首扔在史蒂夫面前,仿佛突然受到了电击一般。他朝几个同伴咕哝了一句什么,三个人看起来都有些紧张不安。

史蒂夫不知道他们在说什么。他扣上刀柄的木片,合上匕首放在信郎面前,"让我们都忘了人情的事吧,大人。我们双方都有更重要的事要做。"

他这么直接地说出这样的话,让信郎大吃了一惊,他旁边的两人也不由得坐回脚后跟上。这说明他们多少也知道一些基础语。信郎指了指匕首,"你想让我拿这个做什么?"

"把它拿给您的主人。"

"我们没有主人,巴里卡曼。"信郎的舌头似乎总是发不出正确的音,"我们是流亡的人。"

史蒂夫弯下腰,"我很尊重您,大人,但我不得不说,不管是在你们这里还是在我们那里,有时人们在为主人效劳时确实会采取多种伪装身份。我就是如此,相信您也一样。把这把匕首拿给您的主人,将刚才我们之间说过的话讲给他听,告诉他我还有很多事情要跟他商量。”

信郎哈哈大笑，一边笑一边拍自己的大腿。他向其他人快速地翻译了刚才的对话，然后转过身再次面对史蒂夫，此时他的同伴也露出了诧异的神色，“我从来没想过，有一天要对异族人说以下这番话：你的到来使我们深感荣幸，云武士！我们都很钦佩你视死如归的气概！你所提供的信息，我们会传达给对此有兴趣的人。我无法承诺，呃……释放你，不过——如果你们所有的同伴都像你一样勇敢——那么只有傻到极点的人才会不把你今天在这里讲的话当回事。”

看到有灯笼光移过来，清水坐起身。有人带云武士回来了，还带着一盘子食物。他们走到洞穴前，他身旁的人把上下两部分的门都打开了，让他直着腰走进去。趁着灯笼游走时照进来的昏黄光线，她扫了一眼苏珊和南珂，发现两人都已沉沉睡去。

门关上了，云武士背靠着木板墙慢慢坐下来。灯笼退出去后，黑暗再次填满了洞穴。她听到他发出一声长长的、由衷的叹息。清水将手指伸过缝隙触摸着史蒂夫的肩膀，“哦，云武士。看见他们打你，我真害怕再也见不到你了。疼吗？”

“没什么感觉。”他的声音听起来含混不清。

“什么？”

他降低嗓音，“别担心，一切都很好。我们上路了，亲爱的。”

“上路了？去哪里？”

“离开这里。”

“怎么离开？我不明白。”

“等下——再——解释——给你听，”史蒂夫一边嘟囔一边抓起一大口热米饭，又用另一只手捞起青菜，“这会儿——说——不了。我——嘴里——满——满的……”

第七章

半夜里，史蒂夫被看守他的人叫醒了。他们等他从疲劳、清酒和满肚子的热乎饭造成的迷糊状态中清醒过来；然后做了个手势，让他打点一下自己那点可怜巴巴的行李：一条偷来的棉毯、皮水袋，还有一个腰包，里面装的粉红叶子能让他重新变回长狗。

史蒂夫从洞穴里出来，走到一圈灯笼光里，看到清水和她的两个侍女已经骑在马背上了。她们仍然被捆着，而且又戴上了眼罩。旁边另有一匹马是他的。史蒂夫费劲地爬上马背，一屁股坐下来，臀部撞在硬邦邦的皮革马鞍上，疼得他龇牙咧嘴。没有木棒中法力的支撑，他又开始觉得浑身无一处不伤、无一处不痛。尽管如此，这些伤痛中没有了饥饿造成的胃绞痛，而且至少一段时间内，他的生存也不会再受到威胁，史蒂夫多多少少感到了一点安慰。

靠着随机应变，他到底还是又一次逢凶化吉了。真不敢想象，他当时要是把第二杯清酒喝了会发生什么。一念及此，他禁不住打了个寒噤。本来对清酒这东西他是一直心存戒备的。信郎他们那伙浪人能一杯接一杯没完没了地喝，却一点事都没有；但对史蒂夫来说，一杯下肚，就已经天旋地转了。真的，清酒让他变得口无遮拦，有那么一阵子，他完全不知道舌头在嘴巴里是怎么搅动的，想想都觉得后怕。

一个鬼子来到他坐的马鞍旁边，手里拿着一根绳子。史蒂夫乖乖把手伸进去，让他绑到马鞍前部。为了确保他的双脚能一直踩在马镫里，他们把他的脚踝绑在上面。一想到他们离开营地后要走的那些陡峭山坡，史蒂夫就不由得万分焦虑。他现在被这样绑在马上，万一马失足摔下去，他也会跟着倒霉的。

中岛信郎带着十一个浪人骑着马从黑暗中走了出来。其中四个骑手拉起史蒂夫和清水她们骑的马的缰绳，准备出发了。十六个人成一列纵队穿过场地往前走，信郎和昨晚参与谈话的三个浪人走在最前面，另有四人跟在史蒂夫后面。

早已有一小队人守在石门口，以确保走出裂缝和前面山坡的路都是安全的。他们中有一个上前打开石门，每一个骑马的浪人经过他面前，他都会与他们相互咕哝一句。等浪人们都通过后，他抹掉足迹，关上了石门。

一弯细月悬挂在万里无云的夜空中。清水、苏珊、南珂和史蒂夫依次被引导着走下毫无遮掩的陡峭山道。史蒂夫知道他们都暴露在外了，这让他感觉很无助，更糟糕的是，他的手脚还被绑在马上。幸好没有致命的箭雨，也没有突然作响的喇叭——标志着一场凶险的追杀即将到来，就像昨天他在河谷里看到的那样。令人头晕目眩的下坡似乎没完没了，他在马背上如坐针毡，每次马一失蹄，他的胃都不由得缩成一团。还好，后来总算进入森林了。

接下来的三个小时他们一直朝着东北方向走。沿着曲折狭窄的林间野径，他们翻山越岭，趟过一条又一条小溪和河流。最后，在黎明前的淡淡微光里，走下一道覆盖着树木的斜坡之后，终于见到了大路。这,就是史蒂夫自从在匹兹堡离开轮船后就一直密切留意的老宾夕法尼亚收费公路。

信郎抬手示意队伍停下。六个浪人走上前解开清水、苏珊和南珂手脚上的绳子,让她们下马,不过她们仍然戴着眼罩。六人引着她们走到离路一百码远的地方,一把将她们推倒跪在地上,用日本语说了一长串的命令。两个侍女再三鞠躬,好像她们的身体上了弹簧一样,然后伏在浪人脚下,并拉着清水也跪在她们中间。

对什么都喜欢推测一通的史蒂夫,此时是多么希望自己能明白他们说的是什么啊。

六个浪人聚拢起来,语气激烈地又说了一大通,随后用他们的脚尖对着她们的肋骨和大腿一阵猛戳。苏珊和南珂趴在地上,一声不吭,一点都不反抗。浪人似乎对两个女人明白了他们的意思相当满意,大摇大摆地走回来,翻身上马。信郎让他们回到密林深处的斜坡上。史蒂夫看着他们消失在树林里,又回头望向清水她们这边,三人还是脸朝下趴在地上,头对着大路的方向。

·

南珂和苏珊依照指示,将一百个数数完两次后,站起来解掉眼罩。浪人早已不见踪影了。她们解开清水眼睛上的布,带着她来到大路上,朝东走去。

那些浪人对她们说,最近的驿舍不到五英里。走到那里后,她们就能得到原先护送她们的陆路护卫的消息。如果沿路无事的话,不用走多远就能赶上他们,继续原来的行程。遇到这样的抢劫,她们会被当地官员留下来作目击证人并询问她们被俘经过,这要耽搁她们一些时间。

如果她们能告诉那些官员,她们是将军的姐夫、马萨诸萨和罗地兰总领事家的忠实仆人,每个官员都会尽一切可能向她们提供帮助。但她们不能那样做。雇主已经威胁过她们，哪个胆敢说出这样的话，她的舌头就会被挖出来。她们的公文上面登记的身份是一位住在纽波罗、做干鱼生意的商人家的奴婢。如果有人要问的话，她们要说是护送这位“三岛洋子”去克利夫兰走亲戚，现在回费镇与商人团聚，因为商人正在那里参加即将开始的奴隶贩卖大会。

然而没人告诉她们，万一她们被浪人抢劫了怎么办；也没人能预见到“三岛洋子”可能会被人从关得严严实实的车拉轿子里抢走，然后又被放回大路上，接受路上官员的审查，被无处不在的将军耳目监视。

这已经够让人担忧的了，可还有更糟糕的。苏珊和南珂绝对有义务就她们被绑架又被释放一事，回答当地官员向她们提出的任何问题。而最最危险的是，她们被弃的地方位于西边领土，在东方人——比如她们自己看来，那里都是荒山野岭。万一有哪个不知天高地厚的地方小官员并不依照习惯做法对一位“给人带来快乐的女士[①]”睁只眼闭只眼，而坚持要看看面具下面的人长什么样的话，那可就非常麻烦了。这么一来，地方小官员很快就会发现这位被护送的女士不懂日本语，对所有问她的问题都无法回答。他们一旦发现她的长狗身份，顺理成章就会发现她的公文是伪造的。

连苏珊和南珂都知道，使用假公文是一种很严重的犯罪。她们是忠诚的仆人，但作为越南人，她们永远都只能处于铁大师社会中的最低层。她们既没有权势，也没有金钱来阻止对她们的法定审判。等她们的诡计被发现后，她们会被提到地方官员面前接受审讯。到那时，她们会发现自己将面临这样的命运：不招供的话，她们的耳朵、鼻子、手足等等就会被割掉；而一旦招供，又会被

① lady of pleasure，直译是“给人带来快乐的女士”，实际上就是娼妓。

割掉舌头，从此再也说不了话。

这次冒的险是够大的，不过她们的恐惧倒是多余的。她们不知道，其实精工家族里很多人都与珂尼卡和山下大人在生意上有着千丝万缕的联系，他们早就派人暗中小心地保护着在他们领土范围内那一段大路上过往的所有陆路护卫，万一有抢劫发生，他们将会迅速做出反应。由于信郎高超的通盘布局能力和老道的隐蔽手段，才避免了双方的直接交火。

精工秀吉[1]作为山下的好邻居，其任务就是确保山下领地南端的和平与安宁。不过并没有人知会他，为何山下对这支陆路护卫如此感兴趣。他只是收到珂尼卡的请求，请他保护他们不受惊扰地通过他的家族领地。当抢劫的消息传来时，他迅速派出两名信得过的手下策马飞奔前去通知沿途的地方官员和其他政府职员，告诫他们对抢劫事件的审讯一定要慎之又慎。

通知的原话转化成基础语就是："伙计，如果不想自毁前程的话，最好别插手这件事。万一案子摆到了你的桌子上，那么你只需关上办公室大门，去吃一顿时间尽可能长的午餐就可以了。"

惶恐不安的苏珊和南珂终于到达了卡莱利[2]客栈，在解释发生了什么事的时候，她们发现客栈的主人对她们满怀同情，关怀备至。当然，一切进出客栈的人，客栈主人都会留意，虽然这既非官方规定，也不属于法律条文的一部分，他们那么做只是出于好奇。对于一些敏感事件，他们往往比别人先一步得到消息。这次也不例外。

客栈主人收拾出一间客房，将她们那受了惊吓以至说不出话

① 名字出自日本战国时代末期的丰臣秀吉（1537~1598），他于1590年完成统一日本的大业，建立起中央集权的封建领主统治，为江户时代的幕藩体制奠定了基础。

② 即卡莱尔，宾夕法尼亚州南部一自治镇，位于哈里斯堡西南。

的女主人安置下来，又指引她们去附近的地方官衙门，并坚持要陪着她们。

忐忑不安的苏珊和南珂颤抖着手将她们自己和女主人的公文一起递给办事人员，然后开始讲述她们落到浪人手里时所遭受的种种折磨。客栈主人也证实说三岛洋子女士确实无法回答问题。办事人员似乎接受了她们的陈述，没有提出任何异议，这让她们倍感意外，不过很快就恢复了常态。办事人员只草草记录下她们所能理出的关于这次抢劫的一点点头绪，以及把她们劫走的浪人的模样，随后又马马虎虎地看了看她们的公文，什么也没说就挥手示意她们可以过去了。

苏珊和南珂几乎不敢相信自己会有此等好运。大慈大悲的神今天真是眷顾她们。她俩感激不尽地鞠了个躬，又向办事人员询问先前与她们分散的护卫现在怎么样了。

他告诉她们，抢劫过后，剩下的人员都被召集起来，提供了证词并罗列了被抢物品清单，之后就被放走了。然后，他问她们是不是想追上他们。得到肯定的答复后，办事人员立即手脚麻利地为她们开出了通行证。

这太让人困惑了。根据以往的经验，两名侍女都知道，只要被卷入一场问讯或是调查程序，常常得花费好几个小时，有时甚至是一整天的时间来陈述事实，不管所陈述的事实多么琐碎或者多么无意义。而这次，办事人员没用一个小时就办完事了，甚至都没要求她们“擦亮桌子”——“擦亮桌子”是一个惯用语，指的就是上交“通关费”，通常都是惹上麻烦的人“自愿”捐赠一定数额的钱给“低收入办事员的遗孀或者孤儿”，捐赠数额依据所需文件的重要性而有所不同，为的是能确保“文件书写时不会出差错”。这个风气约定俗成、由来已久，不管是上层人士还是下等人员，人人都要遵守。

苏珊和南珂对办事人员一再地鞠躬致谢后，飞快地从他面前消失了。随后，她们转而请求好心肠的客栈主人帮个忙。她们还有一点点钱没被浪人发现，可不可以帮她俩雇辆手推车，再雇一辆人力车给她们的女主人坐？可以。幸运女神再次对着她们展开笑颜。为了表达她们的感激之情，她俩发誓等到了下一个神社后，一定要好好还愿，并多烧些香来敬拜照顾她们的女神。

将俘获的人放了之后，信郎带着自己的人马迂回曲折走了好一段路，又拐回到三个女人上路地点的西边，从那里穿过大路，走进对面的森林。夜幕降临了，树林里很快一片漆黑，只能隐隐约约看到林子外面斜透进来的光线。他们日夜兼程，只在吃饭喂马的时候才稍作停留。先是往北骑，走了一天一夜后，又转向东，穿过萨斯奎汉纳河狭窄的拐弯处。该河在此处转弯向南流经哈里斯堡——被铁大师命名为“阿里斯堡”——的一个枢纽渡口。萨斯奎汉纳河也是精工和三菱两个家族领地的分界线，三菱位于东面，是将军的忠实盟友。过了这条河，如果信郎他们还能隐秘行事的话，就相对安全多了。

登上一处山顶后，他们就地扎营。这样的顶峰史蒂夫曾在树梢上看过不下数百个，它们组成了在无边无垠的森林海洋中起起伏伏的波浪。信郎让手下人马歇息了三个小时，在黎明来临之前吃过早餐，又带领他们围着阿里斯堡绕了好大一个圈子后，折向南行进。

从不停变换的方向中，史蒂夫仔细辨认了一下，觉得依现在的行程，他们最终又将回到大路上。跟前两天一样，他们都是在密林中穿行，很少往树木稀少的地方去。每次不得不穿过一片空地时，他们都会派出哨兵先去前面察看一番地形，而他们自己则停下脚步让马饮水或就近吃草，但人并不下马。

中午时分，信郎挥手让队伍停住并下马。马的状况非常好，因为它们一路上都是跑跑停停。然而史蒂夫可就没那么幸运了。解开手脚上的绳子后，他从马鞍上滑下来，连滚带爬地来到一棵树前，背靠着它，一坐下来就再也不想动弹。他在心里默算了一下，过去三天，他在马背上待的时间加起来竟有一天半。现在对他来说，死亡都将是愉快的解脱，这帮人再也甭想拿死来要挟他爬上马鞍了。

不过，他却不知道现在停下来的地方就是信郎为大家找好的、将会休息一天的藏身之处。接下来的八个钟头里，史蒂夫唯一要做的事就是，当饭碗伸到他鼻子下面将他唤醒时，坐起来吃就是了。

史蒂夫入睡后，信郎来到流经营地前面的小溪旁，脱掉身上脏兮兮的衣服，跳到水里从头到脚洗了个痛快。洗澡真是能让人精力充沛。洗完用毛巾擦干后，他打开马鞍袋，拿出一套行装和一副武士假发，两个手下过来帮他将束腰长袍和假发穿戴整齐；另外数人为他的坐骑换上一套用蓝色缨穗精心装饰的马具，又将一块点缀着蓝色花纹的黑布铺在马背上，然后放上马鞍。信郎将两把弯刀插进缠腰布中，确信自己的装束方方面面都穿戴妥当了，这才翻身上马，由两个装束成红条子模样的手下陪同着起程了。

他们此番前往的目的地是米德里塔驿舍，也就是信郎十天前与长谷川使者会面的地方。当时长谷川从黑暗中走出来，像一名忍者一样从头到脚都穿着黑色的衣饰，相信他今晚的装束应该也一样。

信郎想到使者委派给他的这次任务，无声地笑了一下。这个年轻人虽然具有显而易见的谋略才能，但却总爱夸大其词，给人的感觉就像是在舞台上表演一般。在信郎看来，他并不是一个很好的合作伙伴。诚然,他是一名使者,而只有最聪明、最有能力的年轻人才会被选中担当使者的职位。信郎断定长谷川肯定还有别的、不为人知的本事,才会使他自己脱颖而出。

按照传统习俗,每一个武士都会有红条子作为随身侍卫,信郎也不例外。在两个红条子的陪伴下,信郎在晚上六点左右来到了驿舍。他照常派人仔细察看了一下四周的情况,甚至连那些准备在驿舍过夜的行人也没放过。信郎知道长谷川急于知道抢劫的结果和对那位戴面具的官妓的审问情况。他不会失望的——不过,他抓到了一个英勇无畏、自称是长狗的草猴,不知道使者对此会有什么反应。

进入驿舍后,信郎惊讶地发现院子里停了很多牛车,其中一些看着似乎很面熟,旁边还停着一顶车拉轿子。他将自己的缰绳递给身旁的红条子,下马大着胆子穿过檐廊来到驿舍二楼,审视了一圈院子里众人的脸,其中有几个竟是他们抢劫过的护卫!伟大的神啊!他们竟然重新聚集在一起,还打算在这里过夜!

不过信郎知道自己不会被认出来,更不会被控告抢劫,因为在与那些护卫打斗时,他是戴着面具的,还穿得非常破烂。可怎么会如此巧合?!回到院子里,他在两个乔装打扮的浪人手下之间看到自己坐骑的同时,也看到了更让他吃惊的一幕:就在离他们只有几码远的地方,两个越南侍女正扶着一名戴面具的官妓走下一辆人力车!

这么一来,就不仅仅是巧合了,信郎心想,命运已经将这出戏中的所有演员都带到同一幕场景中来了。他会兑现自己说过的话,向使者汇报,同时他也会做出安排,让这个年轻人自己去发现整个事件的真相!

信郎小心翼翼地从远处看着那两个侍女被带到护卫首领面前,后者很欢迎她们回到行列中来,还为她们的"女主人"尽可能地安排了最好的住处。信郎看着她们走出视野后，找到客栈主人和他的妻子，声称自己有一些重要的事情希望能同两夫妇私下里谈一谈。

从事商业的人，社会地位都在武士之下，客栈主人也不例外。于是，他将信郎领进自己的住处，跟往常一样不停地边鞠躬边说着恭维的话，而他妻子则在一旁随声附和着，为自家客栈的简陋、为没能给大人提供更好的住处而表示歉意，等等等等。

信郎耐心地等着他们说完这些客套话，然后在跪着的客栈主人面前席地而坐。客栈主人的妻子按照传统礼节跪在丈夫后面对着左肩的位置。信郎开始讲话，说他早就听人说过这里的客栈整洁而且经营有方，声誉良好。他之前也曾在路过驿舍时拜访过此地，发现这里的确是名副其实，对此他很满意。客栈经营者一流的服务和感人的热情，让每一个疲惫的过路人赞不绝口；而他们的热诚和正直，值得行业里每一位从业者认真学习并效仿。

当然是溢美之词。

惊讶之余，夫妇俩忙不迭地寻找着合适的言辞来表达感激，说他们卑微的地位不配得到这样的盛赞。在他们说话的时候，信郎拿出厚厚一摞大额钞票放在客栈主人面前的垫子上。男人和他的妻子惊诧地交换了一下眼神，面对从天而降的这一大笔财富，他们不由得张大了嘴巴。男人伸出颤抖的手碰了碰面前的纸币，又猛地缩回来，似乎不敢相信自己的眼睛。由于礼节所限，他不能拿起这些钱，直到信郎点头示意可以那么做了，他才一把抓了过来。

在客栈主人夫妇一再保证他们会极其慎重地对待信郎将要提到的事情之后，信郎才开始讲述，说他是代表一位出身高贵的年轻人来此地的。这位年轻的贵族非常想见一位戴面具的女士——就是他们夫妇刚刚接待的那位。

信郎用温和的语调描绘了年轻的贵族被这位女士唤醒了内心深处的爱情，却无法得到女士的回报，故而正备受相思的煎熬。他的家族地位尊崇，不可能任由年轻人胡作非为。他们已经为他安排了婚事，对方是一位皇亲，是整个尼桑统治者丰田家族众多分支中的某一个贵族的女儿。

哈哈……！看来客栈主人和他的妻子都被震住了。似乎不敢想象自己被牵扯进了来头如此之大的事情里！

因此，信郎继续说道，这位女士就被流放了，现在的身份只是东部沿海某位普通商人的奴婢，她正赶往东方与那人会合。如果宽宏大量的客栈主人和他的妻子能允许年轻的贵族在他们家与那位女士见上一面，那这一面将是他们两人最后一次相见了。

客栈主人的妻子是一位热心肠的女人，她怀着自己整个前半生都未曾有过的激情，认真倾听着信郎的讲述。她的丈夫倒是跟她完全不一样，他的人生只有一个目的，就是从每一桩交易中赚取利益，他的手指在算盘上飞舞时有着难以置信的优雅，却从不懂得如何爱抚自己的妻子，因此她的浪漫情怀只好转向别人的爱情故事，希望从故事里点点滴滴的细节中得到安慰。这件事的报酬让丈夫心满意足，故事背后那令人心碎的爱情却让妻子热泪盈眶。玉成此事后，只要她躺在床上合上眼睛，在脑海里想象那位官妓与她那高贵的年轻爱人最后的忘情相拥，她就会为自己在其中所起到的作用而感慨良久。当然前提得是：她那榆木疙瘩脑袋的丈夫，没有发出震天响的鼾声来打断她美妙的幻梦。

不过问题是，他们要怎么做？这个疑问由她的丈夫战战兢兢地提了出来。信郎回复他们说，那位女士身旁的两个侍女是商人雇来的，而用低层女人来服侍她本身就是一种羞辱，由此可见那家伙是一个多么粗野的人。

客栈主人和他的妻子的地位仅次于尼桑男儿，比其他异族人都高。闻听此言后，他们忙不迭地表示同意他的评价。

信郎问他们，他是否可以租用上次拜访这里时住过的那间小阁楼。得到肯定的答复后，他拿出一小瓶粉末，说这是一种强效安眠药。在为官妓的两位侍女准备晚餐时，客栈主人应慷慨地为她俩免费提供两杯清酒。当然，酒里要有这种安眠药。等她俩沉沉睡去，而且别的过路人也都疲惫地进入梦乡以后，他将征得两位的同意，将那位女士领进小阁楼，她的贵族情人已经在满怀希望地等着她了，她将得到他慷慨给予的真心而热烈的爱情。之后，他会在天亮以前离开，从此与她天涯两隔，而这位女士也将回到自己的卧室里，她的贴身侍女将对发生的一切一无所知。

泪眼婆娑的客栈主人眼睛都不舍得眨一下地盯着自己怀里的钱，一边不住口地称赞这个计划真是天衣无缝；而他的妻子则发誓说她将终其一生保守这个秘密。不仅如此，她还对信郎投来意味深长的目光，含蓄地表达出一个意思：当年轻的主人躺在爱人的怀抱里时，她愿意来侍奉并愉悦他那忠诚的仆人，也就是信郎自己。信郎虽然十二分地不想那样，但考虑到她在这件事中可能起到的作用，只好模棱两可地扫了她一眼算作回应，随后就起身告辞了，留下她兀自在那里怀着激动的心情憧憬着即将在自己身上上演的罗曼蒂克，而她的丈夫已经热情高涨地在用手指头飞快数着那摞崭新的、香喷喷的钞票了。

当天晚上，一弯淡淡的新月挂上夜空，史蒂夫终于睡足了。当然，他的心情也相当不错。这样也好，因为一旁的浪人已经开始给马套鞍了。

他站起身，伸展四肢，大大地打了个哈欠，然后往上猛地一跃，抓住头顶上的树枝，将身体悬空起来疏展疏展筋骨。呵，不错，感觉好多了……这正是他朝思暮想的。他在地上躺下来，做了一些柔韧性锻炼，又来到小溪边掬起一捧水洗了把脸和后脖颈。

很好，老天，我已经准备好了。再糟糕的事我也扛得住……

接下来的糟糕事就是又一夜的缓慢旅程。只剩下九个浪人了。信郎和另外两人不知道去哪里了，留下几个伙伴带领剩下的队伍。史蒂夫那骑得酸疼的臀部很快就又开始发出一波波求救信号，他不得不在马背上扭来扭去，尽量转移自己的注意力，分析前面可能会遇到的情况。

虽然他听不懂他们说的话，但显而易见清水和她的两名侍女已经被释放了，她们将自己寻找回家的路。可是，既然俘获了，为什么还要放掉？搞抢劫演习啊？从清水所能提供的一点点线索中，史蒂夫知道她现在是某个上层铁大师的“贴身奴婢”；于是这个上层铁大师，也就是东芝仲根，就成了他黑名单上的头号人物。同时，他也知道清水已经在极度保密的状态下穿越了整个尼桑，然后任由山下带回交易点，之后又被装回轿子再送还给东芝。可惜就在这最后一环中，信郎手下的浪人抢走了清水，打乱了山下那一伙的整个安排。他们抢的那些人当中还有两个长狗。清水只是匆匆瞥了他们一眼，却还是看了个一清二楚。那两个长狗就是乔迪·喀珊和戴夫·凯尔索，他们正在前往鹭池的路上，而此时卡迪拉克正在鹭池忙着仿制他的天鹰机。

但是用不了多久了，朋友，你的老伙计史蒂夫，也就是那个你先利用了他的脑力、后又盗用了他的身份的人，为了回报你，正准备对你的工作来一番大大的“修理”呢。

多亏了清水，史蒂夫现在有三个人需要对付：老金鼻[①]山下，就是他同雪先生策划了这场交易；源清盛，另一个皇亲国戚，鹭池就位于他的领地上，也是他在控制着它的整个运作；东芝仲根，这个鬼子现在“拥有”清水。他是幕府委派到源清盛领地上的高官。

---

① 山下戴着金面具，故有此称。

有趣的是,这三个人之间肯定有联系,只是不知道他们在这场交易中各自扮演着什么角色。史蒂夫成功地诱使信郎承认他只是某些“对此有兴趣的人”派下来的。“对此有兴趣的人”,这是他的原话。那么,眼下这次出行是为了什么呢——会不会是去见某个人,或者某些人,他们在暗中操控着对付以山下为首的三人的行动?

这队人马依旧不紧不慢地在森林中穿越。只要遇到的空地稍有亮光,他们就会绕着走。史蒂夫只管翻来覆去地推敲分析目前已知的各种情况。如果此行真的是去见某个人物,那他一定要显得很自信,一定要抓住出现的任何可以利用的机会。要是他到最后都没能与那人达成恰当的合作关系,恐怕以后就再也没有机会了。但眼下最大的难题是,他对尼桑的内部政治结构一无所知,所以很难推算出这些人哪个是哪个,他们都在做什么,相互之间又是什么关系。他唯一可依赖的就是过去曾无数次为他带来好运的直觉——他的飘乎不定的第六感。思维处于停顿间隙时,他就会听到那种声音,而雪先生和清水一直坚持声称,他的这种直觉就是辟邪主的意志。

史蒂夫越往下推理,就越觉得整个事件的关键所在是清水,而不是卡迪拉克。他意识到,自从清水由身上布满图案的草猴变成皮肤光滑的长狗后,对于山下和山下的盟友来说她就具有了非同寻常的意义,所以他们才会想方设法地隐瞒这个事实。可是为什么呢?究竟是什么原因使得她与关押在尼桑监狱里的其他寻道民不同?难道因为她是除了乔迪之外唯一落入他们手中的女性?或者因为东芝仲根觉得她的长相貌若天仙这才将她据为“己有”?会不会就是因为这个鬼子对清水的所作所为才引起了一场密谋行动?也就是说,东芝违反了规矩,作为他的朋友,山下和源清盛才不得不想方设法替他遮掩?

敢对护卫实施抢劫，至少说明躲在暗中的某某大人有一些特殊之处：他必须拥有足够的权力和财力去雇用一个上百人的浪人团伙，而这些浪人的大本营藏得非常隐蔽，建造得十分巧妙。除此之外，这位大人对清水的西方之行持反对态度，或者至少是关心它的进展，以至于不惜牺牲数十人的性命，只是为了弄清藏在面具下的女人究竟是谁。将清水掳来之后，信郎什么都没问，那两个侍女更是被彻底忽略了。信郎对他好不容易抢来的战利品看都没看几眼，而且在发现一个女子长得像长狗、穿的却是铁大师服饰这一奇怪现象时，似乎一点都不惊讶。

史蒂夫反复回想偏锋——他的情报队同事——曾经向他介绍过的关于尼桑的情况，试图从中找到关于这位某某大人的线索。东芝——这个鬼子这会儿肯定正等着清水重回他的怀抱呢，他是幕府委派的高官，而山下和源清盛却是领主。这是不是说明了什么问题？卡迪拉克正尽力研制的飞机会不会是他们用来夺取政权的筹码？偏锋也曾跟他提到过“秘密阴谋”这个词。是说他们要反对别的领主，还是……幕府？而那位史蒂夫绞尽脑汁要确认的某某大人，会不会就是……将军本人？

推理到这里，史蒂夫的思维突然剧烈震颤了一下，似乎一股冰冷的电流在一瞬间将他脑子里的几十亿个脑细胞全部“咔嚓”一声连上了。

没错……他们就是这么玩的，布里克曼。你撞到好运了。

队伍突然停了下来。黑暗中走过来两个浪人，解开了史蒂夫手脚上的绳子。透过树林，史蒂夫只能看到远处有几团暗淡的橘黄色光芒规则地排成一行。根据之前独自在森林里穿行的经验，史蒂夫知道这些光是从住房的窗户里射出来的。这么说，他们已经到会面地点了。

史蒂夫被两个浪人带到队伍的最前面，这才看到中岛信郎就站在那里。一盏被蒙了套子的灯笼发出似有似无的淡淡光芒，照在信郎身上。信郎已经脱掉了先前的破衣烂衫，取而代之的是一身足以显示身份的装束——衣服是黑色的，饰有蓝边；短小的上衣在前胸和后背的位置上缀有几个白色的字块和符号；光秃秃的脑袋只在后脑勺处戴着头套，头套上的假发在后背上绾成一个独特的结，标志着他的武士身份。

"现在你要脱掉衣服，给自己洗个澡。"信郎指着一只盛满水的木桶对史蒂夫说道。

史蒂夫脱掉外面穿的动物皮毛，只剩下蓝色的飞行员短裤，哆哆嗦嗦地站在那里。信郎示意他把短裤也脱掉。史蒂夫身上的毛发从前胸一直长到肚脐、并在盆骨那里铺展开，引得站在周围的鬼子一阵叽里咕噜的议论。有人递给他一块方形的、滑溜溜的东西，并做出擦洗的动作，而另一个家伙则舀了点水浇到他头上。史蒂夫拿着那东西擦了擦，出现了很多泡沫。他顿时明白，这玩意儿其实就跟联邦提供的液体肥皂作用一样，只不过那个是液体的，装在自动装置里，只需按一下按钮就会出来。有人舀了更多的水泼到他身上。克里斯托夫在上！这水是凉的！他拿着肥皂块在身上使劲擦，连脚丫子都擦到了，然后又是瓢泼的水将他浇了个透心凉。洗过之后，有人递来一条毛巾。他赶紧接过来浑身抹了个遍，这才去掉了大部分的鸡皮疙瘩。

信郎闻了闻史蒂夫身上的气味，点了点头表示可以了，"现在你要穿套不一样的衣服。"

一个浪人走上前，递给史蒂夫一条棉质缠腰带，并示意他缠在私处。之后另一个家伙拿过来一个麻袋，把他脱下来的脏衣服和其他物品全都装了进去。待收拾干净，史蒂夫又被要求穿上一双白色棉袜、一件褐色宽袖短上衣和一条阔腿裤，样式和清水的两个侍女穿的一样，还有一双平底鞋。然后，有人把一副留了两个眼洞的方形稻草面具盖在了史蒂夫的脸上，并用绳子在脑后系紧、缠在他的喉咙上。接着，他又戴上了一顶用稻草编织的斗篷，斗篷上缀着的纱巾直垂到他的肩上，纱巾的底边用绳子和纽扣紧紧地束在他的锁骨下方。最后，他的双手被套进一双袜子里，上衣的袖子还被塞进了袜筒，这样，他身上所有裸露在外的彩色皮肤终于都被遮住了。

这之后，史蒂夫的手腕又被绑了起来，不过他倒不用再骑马了。信郎翻身上马后，两个打扮成红条子模样的浪人也跟着上了马。他们的坐骑都已经用缀有缨穗的全套马具装饰一新，马尾巴上的一截毛还被编成了辫子——尤其是信郎胯下的那匹马，甚至还穿上了与主人的服饰颜色相配的马衣。

一个浪人拾起绑在史蒂夫手腕上的绳子，拴在自己的马鞍上；另一个则带上装有史蒂夫衣物的麻袋。信郎和两个红条子向落在他们身后的九个浪人挥手作别，然后朝远处的光源奔去。史蒂夫没时间向他们挥手，他正全力跟上牵着他的浪人呢。

将近半夜的时候，驿舍里的人都进入了梦乡，四周一片寂静。这时，一个身影出现了，通体黑色，连头上都蒙着黑布，只在眼睛的位置留出一条缝隙。他穿过正对着院子的半开屏风，进入黑漆漆的阁楼里，在一个盘腿坐着等候他的浪人对面坐了下来。

此人正是长谷川敏郎。等候他的人就是信郎，他左侧的地板上放着一盏小小的灯笼，这是阁楼里唯一的光源。使者取掉头上的蒙布，与信郎寒暄了一番后，信郎就开始向他汇报抢劫结果以及他后来的发现，使者专心致志地听着。还好，这场抢劫虽然使四十个人丢了性命，但最终的发现总算证明向使者提供情报的人没有撒谎。总领事的意中人果然是个长狗。

依照约定，浪人信郎已经分几次将发现的事实用信鸽传书的方式直接向将军做了汇报。信郎说，他们在抢劫护卫之后，突遇一场恶战，是神把他们从死亡之中拯救了出来。而今，神再一次眷顾他们了，因为“三岛洋子”和她的两名侍女已经重新加入到了陆路护卫队伍中，而且他们今晚就在这个驿舍过夜！如果使者愿意的话，可以亲自去验证一番。

使者大为惊讶，不过他没表现出来，只是问信郎如何才能验证而又不露出马脚。后者就将他已经做出的安排告诉了使者，还把客栈主人的妻子末了时向他表达的意思讲了出来，说如果她真有那种想法的话，此刻肯定正躺在床上竖着耳朵倾听四周的动静呢。只要猫头鹰连叫三声——即召唤她的暗号响起，她就将悄无声息地溜进蒸汽腾腾的浴室，投入信郎的怀抱。当然，那位可怜的女士注定将空欢喜一场。不过信郎明早会风度翩翩地向她道歉，说他爽约是因为不得不为自己的主人在半夜三更的幽会站岗放哨，然后在临走时还会给她一个依依不舍的眼神，暗示他俩后会有期。

敏郎一边听一边露出愉快的笑容，还适时地笑出几声来。不过，在他表面的轻松情绪下掩藏的却是复杂的心情，因为那个女长狗也在这个驿舍里过夜。她现在就在这里，他随时可以问她所有他想问的问题，可偏偏这样的事实又让他不由自主地怀疑自己最初的计划是否算得上明智。真是轻率，不是吗？似乎一切都并没什么用处，不是吗？那么多人的性命就那样白白牺牲了，不是吗？

不，他们没有白白牺牲，他在心里告诉自己。他透过浴室的屏风，或者躲在她卧室的门后偷偷察看长狗的身体时，有信郎作为证人陪在身边，就可以证明他对那些阴谋者的指控是很有根据的，只是这些并不足以使他们乱了阵脚。

这才是此次绑架的真正目的。它能引起阴谋者团伙之间的互相猜疑,还能向他们暗示,他们至少有一件秘密已经泄露了,而这将加剧他们对自己的阴谋是否会暴露的恐慌之情。山下可能会觉得,长狗女人已经变成烫手的山芋,必须除之而后快——但如果他真那样做了的话,就再也无法钳制东芝仲根了,甚至还可能适得其反,使得总领事转而与他作对。

是的……不管山下那边怎么应对,敏郎这边的前景都会是一片“光明”。

敏郎始终让自己表现出轻松的模样,并对信郎能及时有效地处理遇到的情况而表示赞赏,“那么,我何时才能有幸见到这位让我冒如此大的风险只为最后得见一面的女士?”

“很快,大人。”信郎回答道,“不过首先,我必须带另一个人与您会面。”说完,他没有再做进一步解释,而是掀开衣服的一角,露出一把格斗匕首,告诉使者,是史蒂夫突然出现并阻止了一场对营地女人的屠杀才使营地免遭更大的损失,并把自己后来对他的审讯都和盘托出。

敏郎面无表情地听完后,伸出手去触摸匕首,“那么,你为何要把这个拿给我看?”

“因为它并不只是一把匕首那么简单。这件武器里有长狗所拥有的力量,就是……”信郎停顿了一下,“……那种我们连名字都不敢说的力量。”

黑光……

敏郎小心翼翼地察看匕首。它做工不错,不过质量及钢刃的锋利度都明显比不上尼桑制造的弯刀和短刀。他将匕首推回给信郎,“使用给我看……”

信郎按下隐藏的按钩,打开刀柄上的木片,露出里面的装置。为了避免在使者面前出洋相,他曾仔细观察过史蒂夫的每一个动作,而后又在私下里练习过好多次。他甚至还取出铁针,像云武士那样按了好几个不同的按钮,只是没能让那些会滚动的字母显现出来。

实际上,信郎的误打误撞已经取消了由偏锋设置的自动发送史蒂夫位置信号的程序,以及史蒂夫自己设置的每隔十二小时发送一次信号的程序,只不过他自己并不知道罢了。这样做的结果,就是让史蒂夫彻底从联邦的眼中消失。最近两天,第一家族无处不在的耳目四处搜索史蒂夫的信号,全都一无所获。情报队收到他发出的最后一次信号位置是在大 D 附近——就是信郎那帮浪人的秘密藏身点——自那以后,就再也没人知道他在哪里了,也不知道他究竟发生了什么事。

敏郎将刀柄里的微型电路仔细察看一遍,却仍旧不明所以,"云武士说过这东西的用处吗?"

"说过。它就跟信鸽一样,只是没长翅膀而已。云武士用它朝天空中发送信息,再用它从天空中接收他主人的命令。"信郎一边解说,一边叹为观止地摇了摇头。

敏郎也觉得这种说法不可思议,但他敏锐地意识到他们这是在玩火。藏在匕首里的装置蕴含着巨大的能量,不了解它的人如果瞎摆弄,一不小心就有可能将自己摧毁。他应该将它留下来,以备万一将军自己想要看看它,可是这玩意儿在这房间里的出现让他深感不安。敏郎让信郎将开合刀柄木片的方法示范给他看,然后命令信郎把刀子缠起来放到另一间房间里,等他们处理完眼下的事情再说。

信郎回来时还带来了那个神秘的云武士。他的个头很高,头发是黑色的,两只手腕被绑在一起。他径直走到使者面前跪下,对着他恭敬地弯下腰去。

"摘掉面具。"敏郎用日本语吩咐道。

信郎取掉史蒂夫脸上的稻草面具,盘腿坐在使者的右侧。

史蒂夫坐直身子,垂下头,目光低垂,直到对面穿一身黑衣的人开口向他说话。之前信郎已突击教了他一些简单的礼仪,并强调说要见的这位达官贵人相当高傲,而且对史蒂夫没一点好感。社会中的下等人,尤其是外来人,有武士在场时是不准坐的,只能跪着。最重要的是,他们不能显得无精打采懒洋洋的。

敏郎怀着既惊异又厌恶的心情,仔细审视了一下史蒂夫绘有图案的脸和前臂。在此之前,他从来没与一个草猴挨得这么近过。他踌躇不决,不知道这种情况下该用什么语调。信郎曾详细描述过此人卓越的战斗技能,还说过他在回答问题时无所畏惧。敏郎反复思考着这些信息,最后决定用一种强硬但并不傲慢的方式来提问:“我知道你自称为云武士,这指的是什么?”

史蒂夫听到对方讲一口流利的基础语,大为惊讶,“那只是变种人对联邦飞行员的称呼。飞行员是一种特殊的兵种。他们是最优秀的人,与贵国的武士一样,只不过他们在作战时骑的不是马,而是一种叫做天鹰机的飞行器。”

“我知道了。那么告诉我,为什么有些云武士要将自己的模样弄得跟草猴一般?”

史蒂夫犹豫了一下。

“你是不是觉得这个问题不好回答?”

“没有,先生,我只是在想用什么词来表达。您的基础语讲得非常好,只是贵国的体制与我们的很不一样,所以我想,我们的词汇表有可能也不太一样。”

“你只管说。”敏郎道。

“贵国的最高统治者称为将军,对吧?”

敏郎的喉咙一紧。他怎么也想不到一个异族人竟如此大胆,敢向他发问。他好不容易才抑制住心里的怒火,脸上却不动声色,

"说下去……"

"而我们——美铁联邦，最高统治者是总统司令。我很荣幸地被他亲自选中加入一个作战小组，来执行各种高度敏感的秘密任务。我们这个由他直接领导控制的小组，称为'情报队'，全称为'美铁联邦行政部情报突击队'，通常被戏称为'墨西哥'，情报队的成员也就相应地被称为'墨西哥人'。我们都是总统司令的耳目，正是他把我派到这里来的。"

"我想，是为了找寻两个长狗——"

可是史蒂夫的回答却给了敏郎一个措手不及，"您搞错了，大人。我要找的那两个人不是长狗，他们是变种人。"他转过头，看到向他提问的那个人藏在面具下的眼睛里闪过一丝恐慌。

敏郎与浪人交换了一下目光。如果这个异族人对他自己情况的描述是真的，那他在他们国家里所起的作用多少同敏郎作为内廷使者有些类似。真是那样的话，他拥有如此之强的战斗力和如此之自信的态度也就不足为奇了。可问题是，他刚刚说清水和她的同伴是变种人，这将彻底颠覆敏郎在将军面前构建出来的整个局势，那会非常之凶险。

敏郎猛拍了一下大腿，嘲弄般地笑了几声，"你编故事的能力很出色，云武士，不过我建议你最好三思而后行。你没受到邀请却自作主张来到我国，还威胁说如果我们不交出你找寻的两名罪犯，就要兵临我方领空挑起战争。现在你还要我们抛开你的外表不论，相信你是真正的长狗，而那两个像长狗的人却是草猴！"

史蒂夫弯下腰。很显然这家伙对变种人中的正常人完全一无所知。"是的，先生，我知道这听起来很牵强，可事实就是这样。他们是变种人中很特殊的一种，可能您以前从没遇到过。"

敏郎的嘴唇绷得紧紧的，嘴角直往后拉。怎么可能？谈话已经开始出现危险的苗头了，他要找个借口支开浪人，他得跟这个云武士单独谈谈。在这些让人无法安宁的消息传到将军耳朵里之前,他得想好万全之策,这一点至关重要。

“你能证明自己不是草猴吗?”

“能。”史蒂夫看了看信郎,“我已经将我的格斗匕首呈给武士上尉了。”

敏郎点点头,“嗯,我看过了。”他淡淡地说道。

“平原人不可能会有这种装置,连尼桑男儿也没有,只有联邦才有这样的知识和能力造出这些东西。我可以给您演示它的操作过程。”

天知道,这次接收信息的没准儿就是卡尔斯托姆本人。那他们可就有好戏看了。

“我们对这玩意儿不感兴趣。”

史蒂夫发现此人的话前后矛盾,不过浪人最初看到匕首时也显得有些犹豫。史蒂夫想起偏锋说过鬼子没有电。可变种人不也一样没电吗?鬼子对匕首的反应尤为反常:他们将它当做非常重大的事情看待,背地里肯定已经研究过了,只不过故意表现出一副不感兴趣的样子。当然也可能是因为他们惧怕新鲜事物,就像穆卡尔部落的长老不愿意要铁大师的步枪一样。管他的,就算没能用科学将这帮人蒙住,他还有另外两张牌可用呢。“皮肤上的这种颜色是可以弄掉的。不过我需要一些水,还有我包里的那些树叶。”

敏郎看了浪人一眼,信郎站起来走出了房间。

他身后的屏风门关上了,敏郎开口问道:“你还知道些什么,云武士?”

史蒂夫抬起眼,犹豫了一下,最终还是决定凭感觉行事,“我知道您和刚才那位武士上尉都在为将军效命,还知道有人在自寻末路,山下大人就是其中之一,他的朋友源大人也算一个。”

敏郎的眼睛里什么都看不出来，“继续……”

“如果我说得没错，那么，您和我之间可以做一次交易。”

“什么交易？”

“我来这里，是为了拿掉为源大人制造飞行器的那个变种人。”

“‘拿掉’？你的意思是说杀了他？”

“我接到的命令是尽可能将他和他的女伴一起活着带回去。如果不能……”史蒂夫耸了耸肩，“要是我完不成任务，联邦自会寻找别的办法，那可能会产生比较大的破坏性。我们并不想挑起大规模冲突，但也不能眼看着这里的飞机制造成功。而照目前鹭池的进展情况来看，很可能这项事业并没有得到您这方的全力支持。那么，您兴许会觉得，对于牵涉这件事的各方来说，终止鹭池项目才符合大家的共同利益。”

“嗯……想法倒是不错。这样做对我有什么好处？”

“它能减轻所有人的不幸。”

“这些信息都是谁告诉你的？我的武士同僚吗？”

史蒂夫摇摇头，“他除了透露说他叫中岛信郎之外，什么都没告诉我。我也不需要他对我说什么。联邦的耳目遍布整个天空。”后一句话纯粹是史蒂夫瞎编的，不过与事实相差并不太远。

这时，信郎进来了，还带着一桶水和一只鹿皮腰包。他解开史蒂夫手上的绳子。史蒂夫伸出左手，朝着黑衣人摊开手掌心，依次指着一根根手指头，“选一根。”

敏郎一言不发。史蒂夫换了只手，伸出右手中指，“看好了两位。”

他从袋子里拿出一片五瓣形的粉红色叶子，伸进水里浸湿后，攥在左手心里碾碎；又伸出刚才选的那根右手中指，伸进桶里蘸上水，然后放到左手心里使劲拧转。几分钟后，他抽出那根手指在水里洗干净,上面已经没有任何染料的痕迹了。他把胳膊伸得长长的,握起拳头,将洗净的那根中指竖起来,放在敏郎面前让他检验。使者并没意识到这个动作背后隐藏的意义,一声不吭地看着这根肉色的手指。

"现在满意了吧?"

敏郎费了好大劲儿才忍住心中的怒火。他真想一刀砍断这个云武士的胳膊以惩戒他的傲慢无礼,当然也只是想想而已。不管怎么样,现在都不是发火的时候。但他得给这个异族人一点颜色,让他知道自己也不是好糊弄的,"不许无礼,朋友。"

"大人,您能熟练使用我们的语言,所以我用的口语才会随便了些。我只是想表达我的恭维,并不想冒犯您。"

"废话少说!"敏郎说道,"也许我并不了解你们联邦,可谁要是想愚弄我,我可不会无动于衷。"

史蒂夫唯一能做的就是:恭顺地弯下腰去。

"好了,"敏郎说道,"你的确有长狗的皮肤和脸型。可你找的那个女人也是这样的。她身上的颜色也是涂上去的,跟你一样。"

"不错。"史蒂夫指着自己胳膊上的图案,"变种人就是用这种方式,来掩藏他们当中那些一生下来就具有光洁皮肤的人。"

"很不幸,我们听到的只是你的一面之词。"

史蒂夫耸了耸肩。这家伙真是顽固,史蒂夫开始冒火了,"真遗憾武士上尉放走了她。如果她在这里的话,她会证明我说的没错。"

对史蒂夫的态度使者忍了又忍,然后转头看着浪人。信郎微微地点了下头,"很好。那我们就来听听她的说法。"

这次轮到史蒂夫惊讶了,"她在这里?"

"没错。今天你撞好运了。"

这可真是搬起石头砸在自己脚上了……

敏郎转向浪人，用日本语说："我的朋友。如果现在仍然可以的话，请尽快将那女人带过来，让她待在别的房间里，等到我要问她问题时再说。"

信郎也用日本语作答："要不要将这个异族人捆起来？"

敏郎忍住笑，"不用了。他确实是条毒蛇，不过该怎么处置他我心里有数。如果能将他安插到敌方内部，他还是大有用处的。"

"完了之后呢？"

"我会很乐意将他的毒牙一颗一颗地拔出来。"

如果不了解对手的语言，就会跟闭着眼睛玩射杀变种人游戏一样盲目。史蒂夫看着信郎弯腰鞠躬后轻手轻脚地朝门口走去。真搞不懂，为什么这些鬼子每次一进房间都要脱鞋。史蒂夫自己也得这样，他不得不把鞋留到外面的檐廊上。他转过头对着黑衣人，寻思着他面具下面会是一张什么样的脸。

"这个，呃……我可不可以实话实说？"没有回应。史蒂夫又试一次，"武士上尉警告过我，说像我这样的异族人是不允许发问的，可现在有些事情需要说明一下。"

"比如说？"

"那个，我要是能知道您的名字会更好说一些。"

"没这个必要。"

"好吧，那么……就告诉我您在整件事中扮演什么角色吧。"

"还是那句话，没这个必要。"敏郎回答道，"你要牢记的是，你的小命握在我手里。要是我觉得你还有用，自然会延迟你的死期。如果你能乖乖听话，将眼下的情势引向一个好结果，兴许我会再让你多活几天也说不定。"

"就是说，到那时我就可以回联邦了？"

"那可就取决于你自己了。"这种情况下最好别把话说死。

"好吧，不过请允许我提一点点建议。能跟您合作我很愉快。

我接触这件事已经有很长时间了，对他们我很了解，我知道他们的脑子里是怎么想的。也许，我能出一些您想不到的主意。”

这个云武士该死的自信实在让人无法再忍受下去了。他竟敢用这种方式说话，他以为自己跟别人是平等的吗?！敏郎紧咬牙关，深吸一口气，“我觉得你有点自以为是了，朋友。到现在为止，什么主意都不必提。要是你没法证明那位戴面具的女士是变种人，你在黎明前就会死去。”

清水醒来时发现自己的卧室里站着一个戴面具的武士，惊慌了好一会儿。看到她醒来，武士走到她面前单腿跪下，做了个手势，意思是希望他没吓坏她。他竖起一根手指放在嘴唇上，用结结巴巴的基础语告诉她，一位先生很关心她的未来命运，此刻正在附近等着她，想同她说说话。如果她愿意前往，他保证会将她安全护送回来。看到她犹疑不决，武士接着说，她的两位侍女都已被麻醉了，最早也要到明天才会醒来，而到那时她已经在床上安然入睡了。清水这才开始穿戴，先在身上穿的薄棉睡衣上罩了件长袍，又拉过一顶斗篷戴在头上，这样她的脸就藏在阴影里了，然后提上一双木底便鞋。

其实，清水已从武士的声音和体形上认出了他是谁。他走过去推开门，来到前室，引她走过苏珊和南珂身边。两个女人都四仰八叉地躺在各自的蒲团上，粗声粗气地张嘴呼吸着。清水踮着光脚丫来到檐廊上，跟着武士往前走，经过了好几间客房之后，才停下来穿上鞋，因为他们接着就要走下台阶来到室外了。风比较凉。月亮已经消失了，整个驿舍笼罩在一片黑暗当中。早些时候，被人带着去自己的卧室时，清水已经看清了脚下的这条小路通往不远处一栋小小的、与别的房子有一段距离的阁楼。这会儿，阁楼的窗户里没什么光线，待到走近了些，清水才看清外面有两个红条子在站岗。看到他们走过来,其中一个红条子推开屏风门,向他们鞠躬致意。她和武士在门外停住,脱掉鞋子走了进去。

一盏蒙着套子的灯笼放在地板上,昏暗的灯光中站着一个从头到脚都裹着黑色衣服的人,只有双眼露出来。身后的门被拉上了,此人退到黑暗中,开口对清水说:"脱掉长袍,站到亮处。"

清水解开长袍,任它滑落在地。一件长及脚踝的棉睡衣挂在她的胸前,轻柔地垂下来,盖住她的腰部和大腿。她的长发披散开来,衬得脸和脖子格外白皙。她用手将发丝拨到后背上。

在灯笼的微光中,黑衣人那藏在黑布中的眼睛里闪过一丝光芒。他示意她将睡衣的下摆提起来。清水弯下腰,把睡衣团起来裹在大腿上。

"高一点。"

她把下摆提到盆骨之上。平原人对于裸体没什么忌讳。他们穿衣戴饰纯粹是出于礼节,一丝不挂绝不会有什么尴尬之处,当然也不会有什么难为情。平原人都精力充沛、健壮有力,但他们对男女之事并没有很强的好奇心。

"再高一点。"

清水平静地将睡衣下摆提到胸部。将自己的身体暴露在目光冷淡的陌生人面前,她并没觉得有任何不妥之处,因为这对她来说没什么特殊含义。跟总领事在一起的情形与此类似。虽说他曾无数次进入她的身体,但她并没受到玷污。在变种人的概念里,只有内心的自我才是神圣不可侵犯的。对于清水来说,她的灵魂已经给了云武士,过去是,现在是,将来也是。

"转过来。"

清水转向戴面具的武士。现在她已经能确定,他就是那个曾在洞穴里查看过她的人。她能感觉到前后这两个铁大师对她都没有非分之想,不过他们看她时彼此的关注点并不一样。为何他们都对她的身体如此好奇？虽然他们没有她头上和腹部的那种毛发，但总不会就因为这个而把她抢走吧？放她的时候，戴面具的武士什么都没说，现在却又把她弄来，还带着一个同党。

山下跟他的朋友曾把她藏在一顶车拉轿子里，一路上住的都是没有窗户的房间。而眼前的这些人倒是把他们自己裹得严严实实的，不是戴着面具，就是身着黑衣，这说明他们跟山下肯定不是一伙的。而她光滑匀称的皮肤从某种程度上来说对双方都很重要。

"穿上。"

清水将睡衣下摆拉到臀部，松开手任它滑落下去。戴面具的武士将长袍递给她。她穿上后转过身面对黑衣人。

敏郎用日语对浪人吩咐道："派个人去监视那两个侍女。她们一醒就马上过来报告……"

"我敢保证她们不会醒得那么快。"

"很好。不过我希望在同这两个人谈话时，你能站在外面把守。需要的话我会叫你。另外，不准任何人打扰。明白吗？"

信郎鞠躬，"明白。"

使者拉开屏风门，指着里间的屋子，示意清水进去。她恭顺地向两人鞠了一躬，朝屋子里走去。蒙着布的灯笼旁边放着一个垫子。看到垫子上跪着的云武士，她惊得一把捂住了自己的嘴。

史蒂夫也吃惊不小。

敏郎指指史蒂夫右侧的空地，命令他说："到那边去。"

史蒂夫挪过去后，使者示意清水跪在垫子上。等他们两人都跪在那里垂下脑袋，他在对面盘腿坐下来，将手放在张开的大腿上，"好了，直起身来！我们来做个了结。"

他俩直起身子坐在脚后跟上。

敏郎"刷"地抬手指向史蒂夫，"此人曾言之凿凿地辩解过一番,我希望能对此做个验证。接下来对我所有的问题,你都要据实回答。明白吗?"

"明白,大人。"

"很好。还有一点,可能跟你完全没关系,不过我还是要指出来,"他再次指了指史蒂夫,"如果此人对我撒了谎,哪怕只是一点点,就会被立刻处死;而你,将见证他的死刑。"

清水弯下腰,偷偷朝史蒂夫的位置瞟了一眼。*哦,我深爱的云武士!你究竟都说过什么?*

"很好,那我们就开始了。"敏郎说道,"你是从被称为联邦的那个地下世界来的吗?"

"不,我出生在蓝天下。"

"那么,你就是变种人……"

"我从来没说过我不是,大人。"

"你的真名叫什么?"

"清水。"

"你父母的名字呢?"

"我是阳舞的头生女。我父亲叫雷鸟,他是一位伟大的战士。"

"你所属的部落叫什么?"

"穆卡尔,是平原人始祖支－加哥的血脉。"

很好,不错。现在开始第二轮。

"那个与你一起从天而来,正在鹭池工作的人,他的名字是叫史蒂文·罗斯福·布里克曼吗?"

"不,他叫卡迪拉克。和我一样,他也是平原人,来自穆卡尔部落。他母亲是黑翼,父亲是重金。"

"卡迪拉克第一次'咬骨'前,你们在捉什么?"

"快步。"

"当时向他挑战的武士叫什么名字?"

“沙克塔克,是蒂特律血脉的蒂万部落人。”

“卡迪拉克是否将他杀死了?”

清水犹豫了一下,“他表现得很勇敢、很棒。”

“以后我所有的问题都只问一遍。卡迪拉克是否将他杀死了?”

“没有,先生。是我杀的。”

“你同雪先生是什么关系?”

“他是我的老师,也是我的守护人。”

“他和美铁联邦有勾结吗?”

“没有,大人。他痛恨联邦以及联邦制造出来的所有东西。他发过誓,只要还有一口气,就会与联邦战斗到底。”

在别人眼里,敏郎的姿态没有一丝一毫的变化,可实际上,随着他在将军面前所做的猜测一一落空,他的内心也迅速地被掏空了。这个草猴做出的每一个答复都印证了那个该死的情报队员说的话。那天晚上在这个草猴信口开河之前,信郎真应该割了他的舌头,而不是给他灌什么清酒……

敏郎收拾起残存的自信,继续往下问:“你或者卡迪拉克,是否曾在雪先生不知情的情况下与你们的死对头结盟?”

“没有,大人。那样的行为是不可想象的。我们被送到这里,只是为了交换新型长尖铁。”

“步枪?”

“我没见过,不过部落里的长老是这样称呼它的。”

“你和卡迪拉克为何要把皮肤染上颜色?”

“因为我们希望能同部落里兄弟姐妹的外表一样。我们真心希望自己就是那样的。我们平原人从不认为那是伪装。”

“我明白了。不过,既然你们真心希望如此,那为什么还要洗掉它?”

清水垂下头，“都是虚荣心在作怪，大人。我来到这里后，看到平原人的状况都不太好，所以就想假装成长狗，以期能得到好一些的待遇。”

“所以卡迪拉克就把自己扮成联邦的云武士吗？”

“是的，大人。此外，山下大人以为所有的平原人都头脑迟钝、愚昧无知，他不知道我们当中也有一些人生来就具有光洁的皮肤。要是让他发现了我们知道并能做得到的所有事情，他就不会再跟我们做交易了。”

她的回答总是温言细语，却让使者的脊梁骨升起阵阵寒意。伟大的神啊！他想起现在遍布尼桑的无数变种人。经过繁衍，他们的人数还在不断增长。幕府曾统计过最近几十年里他们的总人数，结果意外地发现，尼桑目前的经济已经很依赖他们了。现在看来，他们也许并不是目光呆滞、同牛马一样的奴隶，而是一支沉默的、怀着强烈复仇心的军队。他们耐心地等待着，一旦时机成熟，就会揭竿而起，反抗主人，颠倒乾坤。

如果这是真的，那么毫无疑问都是山下家族惹来的，是他们为了中饱私囊、争权夺利，才把这些异族人弄到尼桑来的。如此一来，也许可以给他们安上一个新的罪名——破坏经济秩序罪。

“你听过黑光吗？”

“没有，大人。这个词是什么意思我完全不明白。”

第三轮。干得好，很好……

敏郎指着史蒂夫，“他是谁？”

清水看到云武士眼里隐藏的深意，明白他是在提醒自己。“他的皮肤虽然画得与我们部落兄弟一样，但他不是平原人。他是沙穴人。”

“沙穴人？”

“就是南方沙漠下黑暗城市里的战士，我们称之为‘沙穴人’。

用你们的说法就是‘长狗’”。

“你知道他叫什么吗？”

“知道。”清水看着史蒂夫，“他的名字是布里克曼，史蒂文·罗斯福·布里克曼。”

“就是你的部落兄弟假冒的名字——”

“那是一种报复。我们部族里的人称布里克曼为‘死亡使者’。”

敏郎再次产生了兴趣，“他曾经跟你们在一起吗？”

清水点点头，“去年的时候。他和别的云武士从空中投火烧了我们的田地，他们的铁蛇从我们部族兄弟的血肉之躯上碾过，很多人因此丢了性命。”

敏郎转向史蒂夫，“你干得可真不错。”

史蒂夫点头表示同意，“任务所系，大人。观摩过您的手段后，我觉得我们两个彼此彼此。”

敏郎的手指一阵发痒，恨不得抓住长刀刀柄。不过他还是又一次忍住了杀人的冲动。他得想出新的办法来对付山下和他的同盟者。说不定用得着这个异族人。虽然他不想那样，一点都不想，尤其是现在，他发现自己没有任何办法能制服这个长狗，除非用钉子将他的膝盖钉到地板上。

“有没有人告诉过你，你是一个冒失鬼？”

“经常有。”史蒂夫说。

使者将那个皮肤光洁的女人带出来时，信郎赶紧站起身迎接。他往门内扫了一眼，看到云武士一个人跪在垫子上。

敏郎用日本语对他说：“你将这两个异族人带来见我，我很感激，也获益颇多。现在，请送她回去，要确保她能安全返回。”

信郎鞠躬。

敏郎转向清水，"不要对任何人提起今晚的事，既不能说你看到了谁，也不能说你听到了什么，这样对你最有利。你和你的部族兄弟如果依然珍惜能够回家的机会，那么，让我提醒你一个事实：源大人曾亲自向我保证过，用完卡迪拉克之后，给他的一切赏赐和愉悦都会被剥夺，他将变成一个真正的下等人。等他尝够了失宠的滋味后，等待他的就是一个漫长的死亡过程。你的处境也一样凶险。你主子的朋友认为，正是因为他对你的宠爱，才给他们所有人带来了危险。你明白我的意思了吗？"

清水鞠了一个九十度的深躬，"是的，大人。"

信郎将她领到外面的檐廊上，把她交给在那里等候的红条子，"带她回卧室，要确保一切还是原来的样子，然后把天能叫过来。"

红条子引着清水消失在夜色之中。

"我要带上这个异族人。"等浪人返回阁楼后，敏郎对他说，"给他戴上面具，将他的双手绑到背后，再把这袋树叶给他系上。"

信郎将史蒂夫带过来，把那只腰包挂在他的脖子上。

原先拴在他脚上的长绳子，现在绑在了腰上。信郎将绳子的另一头递给使者，"需要我陪您到您的坐骑那里吗？"

"不需要了，你做的已经够多了。"敏郎说，"再次感谢你，我的朋友。认识你是我的荣幸。请放心，我会在将军面前盛赞你和你的兄弟。"

信郎弯腰致意，"能为将军效劳，是对我们最好的奖赏。众神保佑您度过险关。"他跟在敏郎身后走到外面，目送使者牵着他那踉踉跄跄的囚犯穿过小路，再向右转，朝着阁楼后面的树林走去。不久后，信郎来到檐廊尽头再看时，他们已经消失在夜色中了。

走了几百码后，牵着史蒂夫腰上绳子的黑衣人突然转过身来，正对着他。史蒂夫迅速意识到危险，但他还没来得及做出反应，敏郎的拳头已经伸过来了。这顿老拳命中率极高，拳拳都打在史蒂夫耳下脖颈处的神经中枢上，直到将他打倒在地、不省人事。敏郎迅速将史蒂夫的双脚绑到一起，转身飞快地朝阁楼跑去。

负责在官妓和两名侍女住的房间外面值守的红条子名叫天能。他听到远处的砂石路上传来"喀嚓喀嚓"的足音，腾地一下跳起来，摆出格斗的架势。不过听到三声蛙鸣后他就放松了，马上发出一样的声音作答。不久，他的同伴志田就出现在视野内，身后还跟着一个女人。她头上的斗篷被推到了脸前，再加上夜色漆黑，所以看不到她的面容。天能让志田在外面看守，又示意女人不要出声，然后拉开门让她进去，又引她经过两个熟睡的侍女，回到她自己住的卧室内。

室内比外面黑多了，清水只能依稀看出苏珊和南珂的睡姿，知道她们在她离开的这段时间里一动未动。红条子看着她，直到她脱掉长袍、钻进棉被才离开。

天能和志田一起回到阁楼时，那位神秘的来访者已经走了，所以看到有光从中间的门口透出来，他们并没觉得很意外。两人急步走上前去，先是看到两盏挂在天花板上的灯笼，上面套的布已经被竖直切开了一个大口子，透出的光一直照到洞开的门上。随后他们就看到了躺倒在地的信郎，脚朝外，头朝屏风，屏风后面就是通往阁楼背面的檐廊。屏风大开着，一眼望去，看到的只是一片令人心惊胆战的黑暗，充满无形的危险。

天能与志田分别走到信郎两侧，单腿跪下。他的喉咙被割开了，从一边耳朵割到另一边，胸口上用一根似针非针的暗器钉了一张方形纸片，上面写着："所有浪人，如敢挑战精工，下场同此。"

两人手按长刀一跃而起，小心翼翼地穿过房间朝后面死一般的寂静走去。突然,一阵“嗖嗖”声打破了寂静,像是两只竞相爬行的蛇发出的“嘶嘶”声。顷刻间,两支锋利的星形暗器从黑暗中飞出,不偏不倚分别钉在他们的脑门上,他俩被击得退了一步后,“咚咚”两声倒地而亡。

片刻之后,裹着一身黑衣的敏郎翻过檐廊旁的栏杆,进入房内。他拉上前面的屏风门,将两个红条子的尸体拖到信郎两侧排成一排,又抽出他们各自的弯刀将两人钉在地板上。等这一切都做完后,敏郎熄灭灯笼,将两扇屏风从身后拉到一起,然后顺来路返回。

信郎对使者这个人做出的判断异常准确——长谷川敏郎确实具有信郎所看不到的某种特殊素质。他在信郎面前所表现出来的能力只是一小部分,除此之外,他还拥有许多不为人知的技能,比如今晚他所展现出来的。

回到异族人身边后,敏郎发现自己的囚犯依然昏迷不醒。他解开史蒂夫脚上的绳子,又在他脖子和肩膀上按摩一通,好把他弄醒。两三分钟后,史蒂夫迷迷糊糊地睁开眼,敏郎把他拉起来。

“快点,该走了。”

“好吧,好吧,可我是在走啊。”史蒂夫甩甩头,从头晕眼花中清醒过来,又揉了揉下颚,说:“真不知道我做了什么惹来一通揍,不过你那手法确实漂亮,我得跟你好好学学,你可得教我。”

黑衣人闻言朝他跨了一步。史蒂夫赶紧后退,却发现自己已经靠在一棵大树上了。虽然他比鬼子要高一个头,可是没用,他的两只手都被绑在身后了。就算他现在身体自由,也未必打得过对方,何况这家伙还有马可骑。

“听着,布里克曼。我们还有很长的路要走,你不能一直这么蠢。我暗示过你很多次,可你的脑子一定是进了水,嘴巴一个劲儿地胡说八道。我再跟你最后说一次,过去的这段时间里你说得已经够多了,多得杀你几次都不为过。你之所以到现在还能站在这里,唯一的原因就是我希望你和我能做成一笔交易。这没准能帮你赢得缓刑,那样我们就都能各取所需,但是别以为你从此就可以高枕无忧。这世上离了谁都照样转,你也一样。要是你敢对我不敬,我会甩开你自己干。到那时,你就等着变成一摊猪食吧。明白吗?”

史蒂夫只好鞠躬,表示出一点恭敬,“明白,大人。”你这个身短眼斜的东方佬。脸上的稻草面具遮住了他嘲讽的笑容。他的嗓音里没有一点胜利的意味,可内心深处,他却在欢呼。29028902史·罗·布里克曼又过了一关。虽然令人毛骨悚然的威胁言犹在耳,但他相信自己一定能活着看到下一次天明。

第八章

在联邦,已经有将近千年的时间没有日出了,当然也没有日落。年复一年,人们工作的地方永远靠日光灯照明。对每一个寻道民来说,人生就是无数个二十四小时的往复循环。各种能让人类在地下深处生存的机械设备,由一代又一代的技师来维护。当宿舍区和公共场所的灯光变得十分微弱时,这个时间被称作“黄昏”,对于上白班的人,则意味着一天又过去了。

寻道民最为惧怕的就是黑暗。在一些老人中间,偷偷流传着一段在录像资料里绝对看不到的历史。他们会用极低的声音谈论那段被称为“断电”的时期。当时,曾有人试图反抗第一家族,尽管经过了周详的计划,最终却失败了,不过那场谋乱还是将整个地下世界拖进了黑暗时期。据说,那个时期持续了数十年。

在这期间,有数千人因通风井停止运转窒息而亡,另有数千人疯掉了。他们像被困在水泥地窖里饥饿的老鼠一样,相互把对方撕成碎片;其余的无辜者全部被判处死刑——只有少数人因为救助过第一家族而活了下来。那时,第一家族是光和道路的制造者,是工作的提供者,是知识、智慧和真理的持有者。

从那一刻起，第一家族的权力就变得绝对而彻底。在消灭了政敌，打击了争权夺利者，镇压了造反者之后，他们又在每个人心里种下了一个信念，就是期待有一天能重返蓝天世界。自那以后，为了实现这一梦想而取得的所有进步，都成了绝好的证据，证明他们是联邦唯一合适的领导者，证明他们具有高瞻远瞩的才能，证明他们制定的指导方针的正确性，以及联邦之父乔治·华盛顿·杰斐逊一世所讲的那句永垂不朽的真理："只有人会犯错，而体制永远完美。"

阿门……

保罗·里维尔医学院是内州州立大学的一部分，它本身只是休斯顿/大中央的一幢附属建筑。萝兹和同学一起从神经学实验室里走出来时，看到约翰·奇桑姆正斜靠在对面的一扇门旁。因为课程繁重，萝兹已经放弃了好几次周六晚上由奇桑姆主持的"咖啡和烟草"活动，不过她很看重桑塔纳地下大厦里的聚会，每月至少要去一次。

奇桑姆总是能搞到上好的烟草。尽管萝兹已减少了自己的烟量，不过，偶尔能抽上一口放松放松也不失为缓解压力的好办法。奇桑姆还有本事弄到最好的黑杰克——一种非法的音乐磁带，违法偷听会被投入监狱；如果再犯，还会被强制进行戒毒治疗，或者更糟。而且，这家伙总是有办法打听到史蒂夫的一点消息。

看到萝兹从穿着白大褂的人群中大步走过来，奇桑姆轻松地靠在墙上，在她伸过来的手掌上友好地拍了一下。

"嗨，什么风把你吹来的？"

"上周六没看到你。"

"我没去。"她扮了个鬼脸，"可能这周六也去不了。"

“我也是。”奇桑姆看了看走廊上来来往往的人流，伸手拉住她的胳膊肘，“有空吗？”

“要不你陪我走到下节课的教室去，怎么样？”

“只有这样了。”这时萝兹的几个同学从旁边经过，他们点头致意。

“有什么问题吗？”

“我说过有问题吗？”

“没，可我感觉有点不对劲。”

“没错，”奇桑姆叹了口气，他回头朝旁边看了看，然后咬着下嘴唇说道，“我被人盯上了。”

“谁？”

“不知道。”

“你最好有话直说，约翰。我们都快走到走廊尽头了。”

“他可没告诉我他叫什么！”奇桑姆恼怒地说道，“我只知道他有可能是从黑塔来的高层人物。”

美铁联邦行政部！

萝兹冷冷地看了他一眼，“我有一种感觉，我会后悔与你进行这次谈话的，不过……他怎么会突然找上你？”

奇桑姆无奈地耸了下肩，“肯定有人告发我了。”

“因为烟草？克里斯托夫·哥伦布！”

奇桑姆做了个手势让她冷静一点，“其实也不是很糟糕。这些人不是宪兵。他们答应说，我要是能给他们提供一些信息的话，就不再追究我了。”

萝兹感觉自己的胃都缩成一团了，“什么信息？”

“有关你和史蒂夫的。”奇桑姆看了看她脸上的表情，伸出双手做出无辜的样子，“我不得不那么做，萝兹！他们完全控制了我！不过老实说，其实也没什么。”

“你都告诉他们什么了,约翰?史蒂夫被扔进下面楼层之前,我跟他一起度过的那个晚上你是不是也对他们说了?”

“桑塔纳大厦里的所有事他们都知道得一清二楚。”

“哥伦布!就是说,所有每周六晚在那里聚会的人,他们都知道了?”

“嗯,这个倒不用担心。那些人对这些信息不感兴趣。他们只想知道一件事——就是你们俩之间的事。拜托……你知道我指的是什么。”

“也许吧。你说了什么?”

“我只是把史蒂夫跟我说过的那些关于你俩之间的事告诉他们了,呃……”

一群学生从他俩面前经过,朝指定的教室鱼贯而入,萝兹转过头面对奇桑姆,“我俩之间的事?”

“是,”奇桑姆应声道,“差不多就是这些。现在的问题是,他们想见你,要问一些情况。”

“那他们为什么不直接来找我?为什么要通过你,约翰?”

“可能他们觉得你不太容易合作。我他妈的压根儿就不知道他们会找到我,我实在是被逼得没办法了。随你便吧,你想让他们知道什么,就告诉他们什么吧。”

萝兹冷冷地看了他一眼,“为什么他们认定为了救你我就会说出来?”

奇桑姆耸耸肩,“谁也没逼你一定要怎么样,可是——”他的嗓音里透出绝望,“公平一点,萝兹。我之所以会被卷进来,都是因为我自己多管闲事,非要带你去见史蒂夫。”

“没错。”萝兹转头朝四下看看,发现整个走廊里只剩下他们两个了,“你走吧。”她边说边后退,“你肯定知道怎么取悦女孩子吧,约翰。祝你好运。”

"听着——"

砰！教室门在他面前关上了。

奇桑姆转身离开,往下来到一级一层,脸上带着平静的笑容。跟一个具有心灵感应能力的人打交道,往往很不容易。

抛开她与她戚兄之间的精神联系不说,他俩都属于容易受伤害的那种类型。在奇桑姆安排他们见过最后一次面之后,史蒂夫就被剥夺了飞行员身份,被送到A级楼层当养护工了。根据官方的说辞,这是对史蒂夫的惩戒,以教训他对俘虏他的人——联邦永远的敌人——所抱有的同情心;然而实际上,这只不过是软化手段的一部分,是为了锻炼史蒂夫的心理,以配合接下来给他安排的"任务"。

史蒂夫三年刑期的第三个月行将结束的时候,奇桑姆装扮成A级楼层的医师,精心安排了与史蒂夫的一次"碰巧相遇"。当时史蒂夫问他为什么要这样惩罚他,奇桑姆将原因归结于萝兹。史蒂夫相信了他说的每一句话。所以后来,当情报队头子卡尔斯托姆告诉史蒂夫,萝兹已主动供出了史蒂夫与她会面时说过的有关变种人的所有谈话时,史蒂夫也没有丝毫的怀疑。

可事实上,那不是真的。萝兹没对任何人说过那次会面。不过也无需她说什么——她与史蒂夫在桑塔纳大厦里的见面已被全程录下来了。躲在黑塔里、在幕后操纵的主子制订了一个计划,所有的谎言都是计划的一部分。无数寻道民从一出生就被别人操纵在手心里,萝兹和史蒂夫只不过是其中两个罢了,他俩很可能到死都不会知晓,自己早已被列入特别名单了。

史蒂夫·布里克曼这个年轻人不太寻常。在奇桑姆为了安抚他而安排他与萝兹见面之前,他突然提到了变种人的魔法;对于自己与戚妹之间的精神联系,他似乎也固执地想视而不见。也许,正是基于这一点,才有可能在他们之间挑拨离间。萝兹是外向的，她渴望人与人之间的交流，而史蒂夫却更愿意将想法闷在肚子里。

谁又能说他这么做不对呢？奇桑姆心想。你醒着的每时每刻，都有第一家族来告诉你该想些什么，所以如果没有别人对你施加影响的话，很难甄别哪些才是你自己的想法。

奇桑姆是情报队的秘密成员，史蒂夫在三月初也加入了这个保密级别最高的组织。至今已过了四个月，史蒂夫在该组织看来仍然只是一个"湿背"①，需要再考验一段时间。而奇桑姆却已是只老鸟，做了很多年情报队员了。只是跟史蒂夫不一样，他受雇分管内部事务，从来不需要到地面上去。他现在的任务就是随时掌握布里克曼家的两个成员——史蒂夫和萝兹的动向。

他是在萝兹进入内州州立大学进修第二期的高级医学课程时，接管监控她的任务的。到 2989 年年末，她的戚兄史蒂夫回到美铁联邦后，也成了被监视的成员之一。

虽说奇桑姆在监控他们二人，但并不意味着他俩所有的事情他都清楚。第一家族用来存贮所有数据的电脑哥伦布，向他公开的只是一些"有必要知道"的信息。谁也不觉得有必要跟他解释为何要欺骗这两个年轻人。组织给他的信息只有两人的基本资料和受训档案，而他自己想方设法搞到的小道消息里，也只不过是这两人在年幼时就被标识为"敏感型"。

这种类型的人非常少见。仅凭这一点，这兄妹二人也足够登上"特别名单"了。可是应该还有一些他所不知道的其他原因。比如说，他们有可能不是戚兄妹。两人之间的精神联系表明，植入安妮·布里克曼子宫的受精卵可能并不是由总统司令提供的精子。或许它根本就不是被植入安妮体内孕育的。或许是有人

---

① 本意为非法进入美国的墨西哥人，因其通常都要从格兰德河偷渡，故有此称。这里是外人的意思。

把他们与安妮刚出生的孩子互换了，而安妮自己却并不知情；还有一种可能就是，她是自愿做他们二人的护母的。

有无穷的可能性。从之前的安排来分析，奇桑姆知道生命学院里肯定有不同寻常的事情发生，那里的绝大多数工作都是在不为人知的情况下秘密进行的。

只有他现在的上司，也就是他们的控制官富兰[1]，才知道一切都是怎么回事。所有的控制官都是第一家族的人，富兰也一样。不仅如此，她与总统司令还有着紧密的联系——这些迹象都表明，萝兹和史蒂夫远比他设想的要重要得多。

就在见到奇桑姆的当天晚上，萝兹·布里克曼被叫到了校长的书房里。在进入外间办公间时——工作时间里，这儿通常都会有几个行政助理负责检查任何要进入里间书房的客人——萝兹看到校长拉塞尔·瓦克斯曼正弯腰对着一个显示屏，不停地敲击着键盘。萝兹耐心地等待着，直到他将注意力从屏幕上移开，才上前介绍自己并将身份卡递了过去。他只草草地看了一眼，就让她进去了，并说自己随后就到。

里间的书房是木头装修的，铺着地毯。萝兹走进去后，发现里面已有一男一女在等着自己了，他们都穿着黑色与银蓝色的连身制服，表明了他们联邦行政部人员的身份。

萝兹认出他们就是上次到医学院的秘密病房里来看她的联邦司法部特别调查员，当时她的头部和右臂突然出现了原因不明的伤口。她顿时明白瓦克斯曼为何要选择待在外面了，万一有了麻烦，他就能置身事外了。

那个男的让她将身份卡拿过来。萝兹赶紧照做了。女行政长官则解释说，他们正在进行一项调查，需要她的协助。萝兹刚

① 富兰克林的昵称。

表完态说愿意尽己所能，就一刻也没耽误地被带进了校长专用电梯，往下来到医学院自己的附属地铁站。

倒了两次地铁后，萝兹被这两个沉默的陪同人员带到了一个不知名的地铁站，站里的墙上覆盖着黑色的大理石。随后，一架电梯将他们带到三级一层，接着又来到了一处办公区。从地铁站大理石走廊上的彩色图案、电梯里的地毯，还有办公区里考究的家具来判断，这里一定是黑塔，联邦行政部的老巢。在这里走动的男男女女都是高层人士，持有最高级别的身份卡，在崭新豪华的居住渊薮里拥有宽敞的住所。

“进去吧，”男行政长官终于开口说道，“等下我们会来接你。”

萝兹打心眼儿里相信他们等下会来。自从今天一大早挨了奇桑姆当头一棒后，她的脑子一直乱糟糟的。此时听到的“等下会来”，是从今早以来她听到的第一句鼓舞人心的话。她抬步走进十字转门，随即就被旋进了旁边一个相邻的办公室。

办公室的桌子后面，站着另一个穿黑色与银蓝色相间连身制服的男人。不过此人的袖子上镶有金边，标志着这个即将与她打交道的人来自联邦最高层。

萝兹马上立正。对面那个有着高高额头、瘦削面庞的男人示意她在办公桌对面的椅子上入座，他自己却站着。接着，他将手背到身后，大步走到萝兹面前，缓慢地围着她转了一圈，神态活像一只猛兽围着筋疲力尽的猎物转圈子。

“你不必知道我是谁，”卡尔斯托姆开口说道，“不过，我知道你和你戚兄之间所有的情况。在回答我的问题时，你最好牢记这一点。任何胆敢有所隐瞒的企图都会招致不愉快的后果。清楚吗？”

萝兹点点头。

“史蒂夫已经不在A级楼层了。”卡尔斯托姆注视着她，深陷的眼睛里透出锐利的光芒,"不过我猜你也已经知道了。"

萝兹的脸色为之一变,不过她没有作答。

"要我说,"卡尔斯托姆从她面前走过,又绕到桌子后面,"你的戚兄在去年六月被击落时,你遭受了一些精神创伤。我研究过相关的录像报告,知道自那以后,你还经历了更多的悲伤。"他期待似的停顿了一下,又说,"我明白了。你不想谈论它。很好。那就看看这个。"

卡尔斯托姆将一个装在基座上的电视屏幕转到她面前,按下桌子上的控制按钮。屏幕上出现了一道彩色线条,很快就将整个屏幕充满了。那是萝兹,被隐藏在暗处的摄像头拍下来了:她正躺在自己的床上休息,身上的被子一直盖到下巴。图像拍得相当专业,所有细节都很清晰;同所有寻道民一样,攻读医学博士的人睡觉时也是开着灯的。

萝兹看到屏幕上睡梦中的自己突然张大了嘴,脸上的肌肉也绷紧了,像是在尖叫,随后就看到脸颊的一侧突然出现了一个箭头形状的洞。屏幕中的萝兹不停地将头转过来转过去,这时脸颊的另一侧又出现了一个像是被箭头戳出来的伤口。她猛地坐起来,双手紧捂着脸,血从手指缝间流出来,顺着手背一直淌到手腕。她掀开被子,朝洗手间的方向冲过去,从摄像头的拍摄范围里消失了。

画面切换至洗手间,定格在洗手池和公共淋浴处之间的位置上。一时之间萝兹十分疑惑,不知道自从装上摄像头之后监视者还录下了什么,这些隐蔽的眼睛是不是无处不在——并不只是为了监视她,而是监视整个班级、整个学院。

她看到屏幕上的自己出现在洗手间里,冲到布满洗手池上方整个墙壁的大镜子前仔细检查双颊。她的手掌上和脸颊上都是血。她把两只水龙头都打开,吐出一大口血水,又伸手到最近的出纸机里拉出一叠薄纸巾,将脸和手擦干净。萝兹看到屏幕里的自己停了一会儿,盯着镜中的自己发呆。她回想起那一刻她感受到的惊讶,这时屏幕里的自己也现出了这种神色。

隐藏的摄像头聚焦在她仔细检查脸庞的一举一动上。她眼睁睁地看着伤口愈合。很快,皮肤又变得完好无损,只是在箭头穿过脸颊的部位还有一点瘀伤。她凑近镜子再看了看,弄明白自己并没看花眼。她耸了耸肩,算是接受了这件事,然后嗽了嗽口,吐掉最后一口血。

画面再次切换回广角,镜头对准她的床铺。屏幕右下角的数字时间表明当时是六点半。穿着各式睡衣的同学走过来,眼里满是警惕的神色。萝兹明白过来,听到自己在向邻铺的同学吉娜·布莱克威尔解释说她刚才突然流鼻血了,所以枕头上才会有血迹。

卡尔斯托姆按下了"暂停"键。"非同寻常。"他在桌子后面坐下,十指交叉举起来,肘部放在桌子上,目光越过手指盯着萝兹,"我可否认为,你愿意承认这是对那次事件的真实记录?"

"是的。"萝兹小声答道。

"你应该说:'是的,先生。'"卡尔斯托姆说道。

"当然。对不起,先生。我没那个意思——"卡尔斯托姆蓦地一挥手,打断了她的话,"我可否猜测一下,这些创伤出现的同时,你与你的戚兄进行了精神联络?能否告诉我,比如说,那时你能看到他所在的方位以及,呃……他发现自己所处的紧急状况?"

"某种程度上,我们是有精神联络,先生。有时只是一个模模糊糊的印象,有时却跟身临其境一样清晰。"

卡尔斯托姆微微一笑,算是接受了她的回答。"那天夜里,清水走进你戚兄晚上睡觉的帐篷,这种印象就非常清晰。"

一抹红云飞上萝兹的脸颊。向她提问的这个人没骗她,他真的是无所不知。很可能连她设法进入史蒂夫连身制服的那次也被他们录了下来。一想到总有一个冷眼旁观的陌生人无时无刻不在偷听偷看她的言谈举止,她就禁不住一阵恶心。

"你们能交流吗?"

"有时我能听到声音,不过不像是在说话。我能感觉到他的思想进入了我的头脑,我能分享到他的感觉,看到他所看到的东西。但我想是我自己的思维将这一切形之于语言。"

"他也能这么做吗?"

"偶尔。看情况了。"

卡尔斯托姆好像心情不错,"什么情况?"

"看他是否愿意接受了。他不明白为什么我俩之间会有这种联系,也不知道是怎么一回事,他很害怕。绝大多数时候,他都竭尽全力将我排斥在外。"

"但是他在被带往大中央的火车上时,却清清楚楚地听到了你的声音。'他们在监视我',我想你是这么说的。那么,你说的'他们'是谁,萝兹?"

哦,克里斯托夫!他们录下了我说的每一句话!"我也不知道,"她结结巴巴地说道,"只是一种感觉……第一次出现精神感应时,这种感觉就有了。那次是史蒂夫从天上被射下来。刚刚把我带到这里的那两个人,当时还去医学院里看我,还——"

"还问了你很多问题。"

"是的,先生。"

"那些问题你给出的答案含糊其辞。"

"我当时很害怕。我……我什么都不敢说,怕他们会开除我。我不知道该怎么办。以前从来没发生过这种事。"

"别耍心眼儿,萝兹,你老早以前就知道你与史蒂夫之间有这种特殊联络。算了,不说那些了。从现在开始,你要讲真话。有很多人可是在靠你的表现过活的。明白我的意思吗?"

“是的，先生。”好好合作吧，不然，史蒂夫、安妮，还有杰克老爹可都要受牵连了。此外，还会连累到约翰·奇桑姆，还有靠他的“周六专题夜”来享受“贯通”乐趣的那帮同学。

卡尔斯托姆站起身，绕到办公桌前，一屁股坐在桌子前沿上。他现在离她坐的地方只有几英寸远了，她的双手一下紧张地绞在一起。“你现在能读出我是怎么想的吗，萝兹？”

她抬起头看着他。这次她的视线和嗓音都没有动摇，“不能，先生。”

“真遗憾……”卡尔斯托姆摆出一副慈爱的模样，将一只手放在了她肩上，“我真希望你能主动发现我们对你、还有史蒂夫的好感。”

“我们？”“我们”是谁？第一家族吗？

“你们两个一直以来都被认为是……非常特殊的人。你们具有非同一般的才能，总有一天你们会利用自己所拥有的能力为联邦效命。毫不夸张地说，你、史蒂夫，还有……其他的人……总有一天会在夺取蓝天世界的战斗中发挥决定性的作用。”卡尔斯托姆顿了顿，将两只手都放在她的双肩上，“史蒂夫现在已经投身到这场战斗中去了，萝兹。此刻他就在战场上，可能已遇到了麻烦，而且还不小，我猜你应该已经知道了。”

萝兹感觉心脏都忘了跳动，“需要我来做什么吗？”

“我们已经跟他失去了联系。可能只是他的无线电接收装置坏了，不过也可能是别的什么原因。”

比如可能是这个狡猾的、婊子养的杂种出卖了我们……

卡尔斯托姆的手指抓紧了，“我希望你能联系上他，萝兹。我得知道他在哪里，现在怎么样了。这至关重要。”

“我会尽全力的，先生。”她喃喃地说道。

“好姑娘。我来看看我能做些什么。”卡尔斯托姆走到一个壁橱旁边,拿出一支圆筒,从中拉出一幅地图,展开铺到办公桌上,“把椅子拉近点。”

萝兹拉着椅子朝前挪动,一直拉到膝盖顶到了桌子下面的挡板上。她扫了一眼地图,上面用绿色和棕色来显示地形的自然特征,右部边缘是一片淡蓝色。“这是哪里?”

“美洲东北海岸的一部分。蓝色部分代表的是水,这里就是大西洋。这幅地图上标注的道路还是大劫难之前的。那时变种人还不存在,地面上所有的一切都还没被烧毁。”卡尔斯托姆指着一个名叫匹兹堡的导航参照点说,“这里就是史蒂夫上岸的地方……”接着,他的手指沿宾夕法尼亚收费公路自西往东移,“我们认为他是沿着这条路走的,而且——”在点到史蒂夫将之命名为大D的地方时,他的手指停住了,“我们就是在这附近与他失去联系的。”

萝兹伸出手指,沿着卡尔斯托姆画出的路线往前移,围着大D绕了几圈之后,她闭上眼睛,让她的精神去触及史蒂夫。

卡尔斯托姆的声音继续透进来:“他是去抓清水的,萝兹。这就是为什么我们需要你的帮助。我们希望尽一切办法来确保他能安全返回。如果你能帮到我们,我发誓我们将绝不允许清水再插足到你和史蒂夫之间……”

萝兹的身体突然瘫软下来。她的头向后垂着,眼睛紧闭,嘴唇张开。她开始摇摆起来,卡尔斯托姆赶紧扶住她,让她轻轻靠在椅背上,然后缩回手站在她身旁,随时准备在她突然抽搐时抓住她。以前他从未如此近距离地接触过敏感型的人,他感觉看着她让自己很不自在。为了避免辟邪主的预言有一天真的变成活生生的现实,联邦需要这种具有特殊能力的人。这就是为什么会启动秘密生育程序的原因所在。可问题是,一旦他们的能力得到官方承认并释放出来,第一家族还能控制得住他们吗?

萝兹的身体突然开始剧烈摇晃，打断了卡尔斯托姆的沉思。她猛地睁开眼睛，睁得很大，一眨不眨。显然她现在看到的已远远超出这个房间了。她伸出手，看都没看地图，一下就找到了大D，又准确地沿着信郎前往米德里塔驿舍时所绕的大圈子指划着。

从那里开始，她的手指往北移动，沿途经过一系列导航参照点，即大劫难前的城市：马汉地、哈泽莱顿、威尔克斯－巴里、斯克兰顿，然后又越过州界到达山下大人在宾厄姆顿的领地，之后继续前进到达哈德逊河西岸的奥尔巴尼，也即铁大师语言中的阿里巴尼，现在是一个繁忙的渡口。

“他在这里。”萝兹喃喃地说道。

卡尔斯托姆越过她的肩膀往下看。他拿出来的这幅地图上没有标出铁大师各领主的领地疆域，不过从偏锋这些情报队员反馈回来的数据看，奥尔巴尼附近位于哈德逊河西岸的所有地域应该都是属于山下的。河对岸就是将军家族，亦即丰田家族的领土，再往外就是源大人的领地了。

“他在做什么？”

“睡觉。他刚刚在跑步。”

“跑步？逃跑？是不是有人在追他？”

“不是，跑步是他自己选择的。他……”萝兹皱起眉头，全神贯注于怎样才能将自己看到的图像描绘出来，“他被派去送信。”

“给谁？”

萝兹又试了试，摇摇头，“说不上来。派给他任务的人没有名字。”她再次努力试了试，“他的脸和身体都隐于黑暗中了。只能看到他的眼……”她把手掌紧贴在前额上，“他做出过错误的承诺。哥哥知道此人很危险，也非常强大。只有同意与他合作，哥哥才能到达自己想去的地方。”

“史蒂夫现在是什么样子？”

萝兹自顾自微笑起来，“他累了，不过没缺什么零件，也挺健康。他找到清水了。”

“她跟他在一起吗？”卡尔斯托姆脱口而出道。

“没在一起了。他们相遇过，不过……没在一起过。”

“她对他的感觉依然未变吗？”

卡尔斯托姆看到萝兹皱起了眉头。显然这个生硬的问题让她很不舒服。这就对了。她对清水的敌意，就是能让她保持一点点合作意愿的麦高芬[①]。

“嗯，没变。”

“那卡迪拉克呢？史蒂夫查到他的下落了吗？”

“具体所在的地方还不清楚。他只知道……大致的方位。”

“指给我看。”

萝兹的手指颤抖着伸向地图，却没能明确指出什么位置，“在东海附近。他肯定是往东去的，到达的那地方有鸟……”

鸟……有羽毛的动物还是人造的东西？卡尔斯托姆暗自思索。他看了看地图。吸引他目光的是古时名为马萨诸萨收费公路的那条路，它西至奥尔巴尼南部的哈德逊河，一路向东经过斯普林菲尔德、伍斯特、波士顿，再向东直至大西洋。“他的无线电装置还在吗？有没有带武器？”

“没。都被没收了。”

“他有没有想过你？他……想回家吗，回到联邦来？”

停顿了好长时间后，萝兹才开口说道：“他脑子里只想着自己要做的事。我看到了死亡，还有毁灭。它们——”她蓦地停住，试图将看到的图像从脑子里驱除出去，“它们让我害怕。”

说话间，卡尔斯托姆看到她的双眼恢复了正常。她惊讶地盯

---

① “麦高芬”(MacGuffin)这个词源自悬疑大师希区柯克，通常是指在悬疑故事开始时能使观众在好奇心的驱使下很快进入情境的戏剧元素。

着他看,又紧张不安地朝房间四周望了望,似乎是要回想起她现在身处何地。片刻之后,卡尔斯托姆看到她放松下来,似乎她投注到戚兄身上的那部分意识又回到了体内。

“哦,我……我做了什么?”

“你不记得了吗?”

“我只知道与史蒂夫联系上了,可——我说过什么有用的话吗?”

卡尔斯托姆将手放在她肩上,“很多。我很欣慰。”他示意她站起身,引着她朝十字转门走去,“当然,你肯定不会向任何人提起这次会面的。”

“是的,先生。可是,呃……我不希望任何人受到牵连,这对我很重要。约翰·奇桑姆说——”

卡尔斯托姆打断她的话:“你的朋友奇桑姆非常愚蠢,他应该放聪明一点。尽管如此,我相信我们有时会做一些不该做的事。我的意思不是指桑塔纳大厦里发生的事,我不是那意思。不过——”

萝兹张了张嘴,想为奇桑姆开脱一下,也为自己的行为做点解释。

卡尔斯托姆却示意她不必再说了,“当自己被召唤到时,要尽一切所能为联邦和第一家族效劳,这才是最重要的。就像你今晚帮助我这样。我不会忘记的。当然,以后我可能还会需要你的帮助。史蒂夫这个年轻人虽然足智多谋,但如果我们不帮助他,他可能就无法安然无恙地回来。所以要记着,我对你寄予厚望。”

“我知道,先生。谢谢您,先生。我会尽我所能的。”

“我相信你会。如果需要你再‘联系’史蒂夫的话,我们会打电话给你的。”他拍了拍她的后背,带她来到十字转门旁,“现在你离开这里,回到学院去,哦,并且,嗯……祝贺你取得的良好成绩。

希望能再接再厉！”

卡尔斯托姆按下按钮，圆筒状的隔间开始旋转，将萝兹带回到相邻的办公区。很快，就有两个行政人员从椅子上站起来迎接她。

第九章

“萝兹?”

史蒂夫醒来时,嘴里还在念着戚妹的名字,鼻孔里还留有她头发上的香味儿。有那么一小会儿,他深信她就在这间黑乎乎的屋子里陪着他;或者刚刚陪过他,只是现在离开了。随后,这种确定感慢慢消散了。不过是场梦罢了。他哆嗦了一下,这才发现自己身上光溜溜的,棉被早已滑落到一边。他赶紧一把拉过来盖在身上。

真是奇怪,脑子里怎么会产生如此逼真的图像?就跟亲眼见到的一样,连最细微的地方都看得一清二楚。他甚至能与图像中的她交谈,伸出手触到她,还能将她拉过来抱在怀里。不仅如此,梦境中还有与完全清醒时一模一样的情绪和感觉:味道、触感、嘴唇上的潮湿柔软,躯体在触摸之下如遭电击般的颤栗,彼此融为一体时那种奇妙无比的、被包裹起来般的温暖。

他想知道,梦中的那个人是否也做了同样的梦?梦中的情节是否真的发生过?发生在雪先生经常提到的那种人眼无法看到的世界中?史蒂夫梦到了清水。在梦里,他们又回到了那个帐篷。当时,他刚刚逃出穆卡尔部落不过数小时——那群变种人是在2989年夏天俘获他的。清水偷偷溜到他的帐篷里来。梦中的清水用赤裸的身体缠绕着他,可是当他低头亲吻她的嘴唇时,却发现自己抱着的是萝兹。他们所在地方不再是卡迪拉克的帐篷。他和戚妹正赤身裸体地躺在他自己的床上,是在罗斯福站的布里克曼家里。只是房间看起来要比记忆中的大很多,连床铺也是。再往后,他梦到戚妹的乳房突然缩回到身体里去了。她的皮肤被画成了变种人的模样,而且看起来连十岁都不到。

他一下子从她身上爬起来,心里充满了负罪感。然后他惊讶地看到了卡尔斯托姆,联邦情报突击队的头儿,正坐在床头笑容满面地看着他俩。穿着黑色与银蓝色连身制服的一男一女突然出现在眼前。男的要把被子从床上拉掉,史蒂夫紧紧抓住不肯放,可他的双手却仿佛柔若无骨。女行政人员抱起萝兹,此时他的戚妹已变成了五岁的模样。他们用被子把她包起来带走了。等他们走到门口,萝兹已变成了一个塌鼻子的婴儿,她的眼睛死死地盯着某个地方,没牙的嘴巴张得大大的——叫起来……

是萝兹要和他联系吗?是她要告诉他什么事,还是某个隐蔽的陌生人穿过黑暗侵入他的大脑,发送了什么信息?

支离破碎的梦境残片在他脑海里漂浮,他又开始打盹了。紧闭的小木屋外面一片沉寂。屋里,只有熟睡中的同伴发出的鼾声打破了黑暗中的寂静,他们是十四个头对头睡在两排褥垫上的变种人。

史蒂夫过夜的木屋位于阿里巴尼的驿舍旁边。他能在这里休息,还是跟黑衣人,或者某个和黑衣人嗓音很像的人据理力争才被获准的。自从上次在驿舍看到清水之后,已经过去四天了,史蒂夫得到了证件和一张行路者的身份卡片。行路者也就是步行送信的人,隶属于由丰田幕府首创的受中央控制的邮政系统,该系统确保了数不胜数的文书资料在全国畅通无阻地往来。

行路者的工作是由变种人担任的，因为他们可以不知疲倦地一英里接一英里、一小时接一小时地连续奔跑。对于尼桑的变种人而言，行路者是有望得到的最好的工作。如果你能在规定的时间内将邮件送达目的地，而且既没弄丢邮包也没弄错邮件，那你就能有吃有喝有穿了；此外，在路上奔跑时，还能“享受”到来尼桑之后就很难得到的自由，而这正是平原人与生俱来的权利。但是，要是你不幸生了病，或者犯了哪怕最轻微的错误，他们就会收回你的证件，将你赶下大路，赶到最近的粪场里去劳作。

行路者属于幕府雇工，所以他们的住处都被安排在总领事府邸附近的专用围场里，或者主干路上一些指定驿舍旁的小型补给点里，这种补给点实际上就是一个个邮件集散地。驿舍往往就是过路客栈，因为只要客栈主人稍有头脑，就会想尽办法与他的近邻——驿舍建立起密切联系，以期能吸引更多的过往行人。这种安排通常都会带来双赢，时间一久，驿舍和旅馆会靠得越来越近。四分之三个世纪过后的今天，绝大多数的驿舍和旅馆都已经居于同一个屋檐下了。

行路者实际上就是一匹匹两条腿的驮马，由他们运送的邮件，最后都散发到尼桑各地的居民手里。而由幕府发往各行政地区官员的公文，则通常都是交由朝鲜裔或是越南裔的所谓“大陆人”来完成；更高级别的通信功能则由武士组成的“赛马快递”来承担。之所以这样，是因为各个领地上的统治家族都会有自己的信使，以确保那些发给亲戚朋友的私人“敏感”信件不致落到幕府间谍手中。总而言之，整个邮政系统由庞大的信使队伍组成，从低级的行路者到骑马的武士，甚至还包括在他们头顶上飞翔的信鸽——各地幕府特工将写有隐秘信息的米纸送到将军手上时，靠的就是它们。

史蒂夫对最后一种通信方式一无所知。只是庞大的网络系统和拥挤的交通状况总是让他感到疑惑,为什么他们就不肯用高科技的解决办法呢?铁大师社会似乎正深受着发展停滞之苦。他们所达到的工艺和机械技术的高度都给人留下了深刻的印象,可是他们似乎不愿意,或者是不能够再往前来一个大的飞跃。有时史蒂夫会产生一种强烈的愿望,想告诉他们该怎么做,但他心里也清楚,那样做只会使联邦夺取蓝天世界的斗争变得更加艰难。还是让他们停留在石器时代的技术水平吧。再者,也正是为了确保这一局面,才必须让"飞马"项目中途夭折——据黑衣人讲,卡迪拉克已经能成功地起飞了……

同云武士见面后,敏郎清楚地意识到,他的整个未来已经孤悬一线了。对于山下大人,他做出了错误的判断,认为他与长狗勾结在了一起。不过,他有种直觉,认为自己那样做并没有大错,因为对山下的指控从根本上来说仍然成立。山下和源清盛已经联手密谋策反将军的姐夫,敏郎希望要不了多久,就能找到确凿的证据来证明山下意图重获黑光的推测是真的。

老实说,敏郎可不认为自己能代表将军,他也没把布里克曼当做联邦的代表。同云武士之间的交易纯属私下交易——只是一个能让自己从困境中脱身的战术。敏郎已经让云武士认识到,如果他能完成所有敏郎要求的事,敏郎便可以保证他还有那两个变种人安全离开尼桑。布里克曼接受了这一条件,也适当地表达了他的感激之情,可随即又厚颜无耻地提出,他还想把另外两个长狗也一起安全带离尼桑!

敏郎再一次强压下心头的怒火,没有任何异议地同意了他的要求。四个也罢,十四个也罢,甚至四十个都无所谓,只不过是个数字而已,没有任何实际意义。为了掩饰他先前所做出的错误判断，敏郎毫不犹豫地杀死了信郎和他的两个红条子侍卫。布里克曼和另外两个变种人最后也一定会落得同样的下场。等到将他们也除掉后，就再也没有什么能威胁到他了。到那时，他同将军的联系将大大加强，离自己最想达到的目标也将更近一步。

离开米德里塔的驿舍后，整个后半夜敏郎都朝着北方的阿里斯堡疾驰。他将云武士面朝下横放在马上，远远看去，像是猎人正带着他捕获的雄鹿往家赶。天快亮的时候，使者给自己的囚犯戴上了眼罩——绝对不能让布里克曼看出他的身份，这对计划能否成功以及自己的位置能否保住都至关重要。

十二英里的路程没费多长时间就走完了。在阿里斯堡郊外，迎接他的是两个红条子。内廷总管，即丰田幕府里一人之下、万人之上的权力人物家康，热心地为敏郎提供了诸多协助，这两个红条子也是他派来的。敏郎走近后，将史蒂夫交给他们，自己脱掉黑色刺客衣，换上武士服，重新骑到马上。两个红条子带着史蒂夫步行跟在后面，穿过拂晓的薄雾，一起来到驿舍内敏郎昨天订下的客房里。他们到的时候，仆人都还没起来，所以他们静悄悄地溜进了住处而没被人发觉。

接下来的一天里，大部分时间史蒂夫都被绑得牢牢的，眼睛也被蒙上了。从一些听不懂的对话中，他知道自己现在是由两个鬼子看守着；外面有人来来往往，传过来的声音都很低，史蒂夫完全听不出个所以然来。只有每隔几小时送来的两碗放有青菜的白米饭，才让史蒂夫有那么一点时间概念。每次看守将饭送过来后，都会松开他的右手，引着他摸索到放在他双腿之间的地上的饭碗；而看守长什么样，史蒂夫始终不曾见到。

这段时间，敏郎一直待在自己的住处，着手制订下一步的行动计划。直到他觉得自己已将各方面的因素都考虑到了，并且想好见到云武士该说什么后，才来到两个红条子的房间，要他们在他审问囚犯时去外面守着。

开口说基础语之前,敏郎卷了两根棉条塞进嘴里以改变自己的嗓音。他先介绍说自己是信郎和黑衣人的同党,然后将行动计划一一讲出。被蒙着眼睛的云武士竖着耳朵认真听完后,既没怀疑什么,也没提出任何异议。不同寻常的沉默反倒让敏郎紧张起来,他觉得自己应该将潜在的危险夸大一番,并一再强调保持高度警觉的必要性。布里克曼的态度却一如既往地散漫,认为对待潜在问题的最好办法就是"兵来将挡,水来土掩"。

这个年轻人的自负真是令人惊诧。敏郎意识到自己需要谨慎一些,以免被先天的优越感蒙蔽了眼睛,低估了这个对手。布里克曼可能来自一个不同的世界,有着完全不同的价值观,却是如此地敏锐而狡猾,完全跟他一样。

敏郎提出,他接下来会将史蒂夫作为行路者编入劳工系统。一旦他登记在册,很快就会被转到幕府位于源大人领地上的主要邮政点,这样他就能够公开而合法地在尼桑穿越。

鹭池离他们现在的位置大约有四百英里。整个行程走下来需要数周的时间,再加上新工作在身,史蒂夫沿途还要收集可能会派发给他的邮件。不过一到目的地,他就位于行动的中心地带了。他得设法靠近总领事东芝仲根的府邸,因为清水会在那里出现。到那时候,会有人给他分派去鹭池收发邮件的任务,而他的主要目标卡迪拉克,此时正在鹭池忙着制造一种小而敏捷的飞马。

敏郎允诺说,在史蒂夫加入总领事的邮递队伍后,他会安排在源清盛的领地上再次与他会面。等到充分估计了周围的情势后,他们再考虑史蒂夫怎样去除身上的草猴伪装,以长狗的身份进入鹭池编制。

"在那之前,如果我需要与你联络怎么办?"

这个问题敏郎早就想到了，“不行。从现在开始，我们就要单线联系，你不能找我，如有需要我会找你。”

“明白了……我还以为到那里后我们会并肩行动呢。”

“没错，我们是共同行动，但必须采取这种方式，朋友。别担心，我会安排人密切留意你在那边的情况。”敏郎这是在撒谎。在源清盛的领地上，他不可能安排特工或是跟踪布里克曼的人。那样做太冒险了。不过，让云武士以为自己从现在起就一直处于他的监控之下也没什么坏处，没准儿这样能将他捣鬼的几率降到最低。

“好了，”敏郎说，“今天还得绑着你。我们得走到里丁[1]，你将在那里登记为行路者。里丁是那一块领地上总领事府邸所在地。那以后你就开始单独行动。只要你能管紧自己的嘴巴，应该不会有什么问题。”

“我会谨记这一点的。那个，呃……我们要去的地方，离这里有多远？”

“五十英里。”敏郎突然想到一个问题，“长狗能长距离地跑步吗？你要伪装成变种人，我担心……”

史蒂夫点点头，“没问题。这也是联邦会选中我来执行此项任务的原因之一。”

还有最后一件事敏郎需要留意，“我们的人同你和武士上尉中岛信郎会面后，就将精工的人袭击浪人营地一事告诉我了。不过，我想听听你对这件事是怎么看的。”

“有时间说这个吗？”

“当然。我们要到明天早上才动身。”

史蒂夫就从一群被精工武士追杀的浪人突然出现开始讲起，一直讲到自己当着信郎的面喝了清酒后将一切都和盘托出为止。

① 里丁市，位于宾夕法尼亚州首府哈里斯堡东侧偏北。

其中只有一件事他没提,就是他曾和清水只一墙之隔达数小时之久。这会儿问他的人当时不在场,既然他没提到清水,史蒂夫就只能猜测对方并不知道当时将他和清水隔开的只是一堵方格子挡板墙,或者,是因为提问的人认为这无关紧要。

其实,敏郎的确不知道这些情况。等史蒂夫讲到自己是在哪里交出武器时,敏郎对此事的兴趣已经大大减少了,因为他已经知道了自己最想了解的情况:营地的具体位置以及如何才能进去。这些情况很快就会被写进一封信里,送到南方军事总指挥精工秀吉的手上。信的署名为"一位好心人"。既然秀吉的武士没能将抢劫陆路护卫的全部劫匪都抓住,那么在收到这封信后,他肯定会采取适当的补救措施。

待到消灭了最后一个浪人,布里克曼就成了唯一一个知情人,知道敏郎弄错了总领事"意中人"和冒牌"云武士"的身份。这个秘密放在云武士那里是稳妥的,因为他不大有机会将自己的任务详细讲给别人听。事成之后,他就会从尼桑彻底消失;如若不然,敏朗自己就得去死。

变种人行路者到达阿里巴尼的补给点后,会被暂时安排到驿舍后院里一幢牢固的木屋里休息。他们的就餐、住宿、洗衣等事务都由幕府承担,由客栈负责安排;客栈主人通常会把这些杂务交给一家变种人或一群变种人妇女来做。让地位高的人为地位低的人安排饭食是不可能的。这也是当时清水的两个侍女被人带走去准备她们自己饭菜的原因。至于史蒂夫后来能由浪人侍候饮食,那只是个特例。

早上,史蒂夫和十四个同伴被叫醒时才刚刚五点。叫他们起床的是木屋的一名雇工,一个女变种人,又矮又壮,粗胳膊粗腿,肩上还扛着一根结实的木棒。所有的人都被要求睡觉的时候头对着头,脚朝着墙。她在两排垫子之间走来走去,用三英寸粗的木棒重重地敲打着木头地板。受到重击的木地板剧烈颤动起来,几乎要将人的耳膜震破。对于睡得迷迷糊糊的脑瓜来说,这种敲击跟地震没什么两样,足以让变种人一跃而起,毫不迟疑地往外跑去。

史蒂夫跳起来,穿过铺着鹅卵石的院子,朝留给变种人的洗澡棚走去。这也是作为行路者的一份额外福利:身为幕府雇工,行路者每天都要与铁大师打交道,所以得保持洁净。

一个兴高采烈的小男孩儿兜头给了史蒂夫一桶冷水,结束了他的洗澡过程。他精神抖擞地擦干身子,裹上一条干净的棉布缠腰带。这时,男孩又装了一桶冷水,准备浇到下一个从热气腾腾的浴盆里出来的变种人身上。

这男孩儿是一个"铁步",也就是在尼桑出生的变种人。该词源于被俘至尼桑的变种人和寻道民反叛者经常被迫穿着的金属绑腿。史蒂夫至今还没能跟一个成年"铁步"仔细谈过,不知道他们这些第二、第三代变种人是否还认同平原人。自从成为行路者后,史蒂夫已经注意到,在尼桑,不同的平原人部落之间难以逾越的鸿沟已经被强行填平了。作为支-加哥人宿敌的蒂特律人,同圣-保罗人、圣路易斯人、辛辛那提人和米尔渥基人一起被扔在了同一个熔炉里,他们彼此之间已不再将对方看作死对头了。

在前往阿里巴尼的路上,史蒂夫碰到了另一个行路者。通过和他的一番交谈,史蒂夫了解到,铁大师严禁各部落之间的争斗,尤其是使用简陋武器的械斗。头天晚上过夜时,史蒂夫已经注意到蒂特律人和米尔渥基人之间潜藏的敌意,只是双方都比较节制,既没有挑衅的姿态,也没有傲慢的辱骂;而当他们在交易点聚集时,这些举动能轻而易举地引发一场暴力冲突,这种冲突史蒂夫在短短一周内就见到了好多起。

变种人行者在选择伙伴时,仍会首选自己部落的兄弟姐妹,只是数十年的奴隶生涯已经大大地改变了古老的习俗。在铁大师践踏下的生存让平原人学会了他们在几个世纪的同族相残中都没学会的东西——和平共存。后来史蒂夫想到了辟邪主预言,如果预言中的"国度"最后是在这里出现,在这群被雪先生称为"迷失的人"当中诞生的话,那可真是具有讽刺意味了。

难道只有先失去自由的人最后才能获得自由?"自由"这个在联邦的字典里从没出现过的词,到底意味着什么?史蒂夫知道,它肯定与诸如第一家族这样的中央集权控制的缺位有关。根据第一家族的说法,正是因为缺少了这种控制,才给国家带来了无政府主义的暴力和堕落,并最终导致了大劫难的爆发。

如果缺乏建立在共同目的之上的共同意识,那么自由是否永远只会导致自我毁灭?是否绝对的自由就意味着先是杰弗逊家族的独裁统治被推翻,取而代之的是别的人或别的小集团一模一样的残暴独裁,然后彼此之间互相混战,为了一己私欲而不惜损害所有人的利益?是否这样的自由到最后只会招致整个社会的混乱,之后绝大多数受害的人民逐渐开始抗议,并呼吁中央集权的独裁统治再次出现?

也许,这就是第一家族真正聪明的地方。在密闭的联邦地下世界里,绝对的服从是必需的;整个联邦几乎到处都一样,每个人一生下来就被灌输了任务、目标和满足感;通过有计划的集体行动,每个个体都为这个社会向伟大梦想的迈进做出自己的贡献,这个伟大梦想就是:重返蓝天世界——一个仍由杰弗逊家族领导的、和平有序的世界,而不是导致大劫难的派系混战的世界。有序不是基于强制,而是基于所有的人都分享同一个目标、同一个理想;和平是因为人类(寻道民从来都自命为远古祖先的唯一幸存者)的敌人,那些曾把世界推到彻底毁灭边缘的人,已经被从地面上清扫干净了。

变种人相信辟邪主预言中所有的一切都将变成现实,但实际上,也许正如史蒂夫一开始所想的那样,那不过是个白日梦,是对遗失了很久的共同目标的呼唤。

在寻道民开辟他们的地下王国的时候,平原人和南方变种人在地面上自由奔跑了将近一千年。他们享受了那么久的、对吃尽了苦头的反叛者来说是如此诱人的自由之后,又得到了什么?什么都没有。可是,可是……

平原人从来不曾建造出能与富丽堂皇的约翰·韦恩广场相媲美的东西,可他们依然能够凭借手中仅有的资源与"尖铁"进行短兵相接的战斗。他们与外部世界相依存,并与生成那个世界的原始力量密切相连。他们不会读也不会写,可他们的视野却辽阔无边。他们的心神是开放的,所以他们能看到其他不同的世界。只需简单原始的风、绳和打击乐器,他们就能创造出音乐,他们唱着自己创作的歌,歌颂着他们自己。

在联邦,有关创造一类的行为全都被第一家族掌控,当然非法交易的黑杰克除外。也许,连黑杰克都是第一家族制造出来的,控制流通只不过是为了达到某种目的。

而在尼桑,铁大师用人手操作的乐器来弹奏音乐。电子通信还没有被发明出来,但他们有庞大的书吏大军,专门将资料书写之后通过邮政系统发送出去,并将每年的重大事务及历史事件记录下来留给子孙后代。此外,还有一种书吏能自由地组合"表意文字"——铁大师使用的一种极难看懂的字符,用来将口头语言永久性地记录下来——而且,这部分人并不是在记录资料,他是在发明资料——从日常生活中提炼出细节,再创造出一个假想的情境,并想象出一些人物,在这个情境中彼此关联、相互影响。他们像记录梦境一样写出来的东西被称为"诗"或者"小说",还拿去给别人读。

在从里丁到阿里巴尼的路上，史蒂夫见过工作中的书吏。他们都坐在乡村或城镇主街道两旁并排而立的小房子里，房门朝前面开着。不同的“商店”里有着不同的生意人或手艺人，有制作蜡烛的、制作灯笼的、制作马鞍的、编席子垫子的、染匠、木匠、铁匠、陶工、家具师傅、造车师傅、金属精加工师傅，以及贩卖棉衣和丝绸锦缎的生意人，还有提供清酒和各种食品的商人……林林总总，数不胜数。

史蒂夫还见过铁大师用刷子在纸和丝绸制成的屏风上，以及木质的嵌板上画出彩色的图案。这些图案描绘的内容有在林中草地上走动的动物、在树枝上栖息的小鸟、在山中追逐野兽的骑手，也有瀑布和远景组成的自然景观、大雪覆盖的群山，等等等等，不一而足；图案中充满了生命的气息，这是哥伦布主电脑创造出的任何东西都无法比拟的。此外，他们还会用木块和石头雕出奇形怪状的动物，以及表情凶猛的蹲伏野兽。

史蒂夫一点都不理解，为什么人们要制作这些看似毫无实用价值的物件。可他还是在心底感到钦佩，既为这些技艺，也为那些制作此类东西的人所付出的劳动。他们创造出来的这些物品都让人赏心悦目，不过最让史蒂夫印象深刻的还是：尼桑的统治者竟然允许自己的子民自由创造词句、图画和物品，并且还允许这些东西随意流传。

在联邦，这样的事情是被禁止的，也是绝对不可能发生的。寻道民可以参与建造和生产过程，但所有的创造和设计都掌握在第一家族手里——甚至连生命本身也不例外。

“艺术”和“文学”是另两个在联邦字典里从未出现过的词。寻道民所能看到的全部图片就是公共档案频道提供的图像，外加墙体上绘制的联邦之父及现任总统司令的画像，这些是强制性的，你看也得看，不看也得看。从来没人玩过乐器；电子生成的音乐都是从扩音器里播放出来的。寻道民从不写字，他们只需在键盘上打字；而且，就算某天他们想写，也没什么东西供他们使用——既没有可用来书写的，也没有可用来承载书写的，连纸的概念都没有，与它最相似的就是用来制作地图以供篷车队指挥官使用的塑料薄膜。

在言语交流之外，只有一种沟通方式，就是通过哥伦布主电脑控制的电视视频网络交流。杰弗逊家族从不虚构小说，他们是彻头彻尾的实用主义者，由他们自己创造、并在他们自己的监督下生产出来的所有物件都是被设计来实现某种特定功能的。

过去一年里的地面经历，已使史蒂夫开始怀疑第一家族提供给普通寻道民的绝大部分信息的真实性，可他却从未对他们保守秘密的权力产生过任何疑问。隐瞒信息似乎是人类根深蒂固的本性。他之所以要不遗余力地发掘真相，并不是为了揭发内幕，而是想让自己成为知晓实情的那群人中的一员。

至少，他内心阴暗的那一面是这么想的。不过，他本性中的另一面不自觉地对地上世界做出了回应，让他充满了叛逆精神。另一个布里克曼开始认为，第一家族的独裁铁腕并不是充满仁慈的，而是像铁爪一样钳住了所有寻道民的咽喉，窒息了所有的独立思想和感情。他的这一半灵魂想摆脱他们的掌控，摧毁他们的地下世界，让所有的一切都重新来过。

史蒂夫回到木屋里，把稻草席和被子卷起来，靠墙放整齐。等所有人都将自己的床铺这样整理好之后，木屋雇工在房间的正中央摆放起四张矮桌子，开始侍候行路者吃早餐。按照规定，为了尽量保持制服的整洁，行路者在进餐时，只能穿宽松的棉汗衫和缠腰带。客栈主人和邮政长官之间订有协约，作为木屋雇工的变种人要准备少量的制服,并提供洗衣服务,这样住店的行路者就可以换下风尘仆仆的衣服,并在出发时穿上干净的新装。行路者住进客栈后,身上所有的一切都会换下来清洗,只有一样东西他们从不离身,就是用链子套在他们脖子上的一块香蕉形状的铜片,上面用铁大师的文字刻着一些符号和数字。它是行路者的身份卡、粮票和美好生活的通行证——总之是尼桑所有的变种人做梦都想得到的东西。

行路者每四人一桌,席地而坐;史蒂夫坐的是离门最近的那张桌,桌上有两个圣路易斯人,圣路易斯人与蒂特律人交好。另外一个是史蒂夫在离开交易点后第一次遇到的支-加哥系变种人,叫猎鹿,来自米基旺部落。他来尼桑已有四年,最近两年才成为行路者。他告诉史蒂夫,在期满之前,他还可以在路上跑三年。

"三年之后呢?"史蒂夫问道。

猎鹿皱皱眉头,"没人跟你说过吗?"

"没,没人告诉我任何事。我是直接从船上来的。"

猎鹿抬抬眉毛,"你倒是升得挺快的……"

史蒂夫尽量显得谦虚,"不过是运气罢了,我猜。"

"跟运气没关系,"一个圣路易斯人咕哝着说,"支-加哥人最容易得到这份工作,因为他们舔鬼子的屁股很在行!"

史蒂夫和猎鹿看了这个变种人一眼,但都没接他的话茬儿。

"你是说……"

"三年之后就完蛋了。"猎鹿说。

"你的意思是行路者的工作结束了,又回去做苦工?"

"不是。完蛋了,死掉了。"这样的前景似乎并没倒猎鹿的胃口。

史蒂夫盯着他,"伟大的天母啊!为什么啊?"

猎鹿耸了耸肩,"据我猜测,可能是因为他们不想让太多的平原人知晓整个尼桑的道路。要是留意的话,谁都能看出很多门道来。死脸皮的地盘很大,但他们的人数却少得可怜!”

“就算是吧,可他们似乎能将所有的一切都控制得好好的。事实上,在这里你会被钳制得连呼吸都要打报告。”

“没错,不过如果他们不这么做的话,用不了多久,我们的人数就会远远超过他们。”

“真是有趣的想法,”史蒂夫说道,“多谢你实言相告。早知道这样,当初真不该接这个活儿。”

“你这样想真是疯了。在这里,这样的工作可是最好的。”

“是啊,可是……难道你一点都不在乎?我的意思是,你明知道自己只有三年可活?”

猎鹿又耸了耸肩,“没人能永远活着。”

“摩城渴,摩城喝……”

“对极了。”猎鹿将碗里最后一点米饭扒拉到嘴里,又将碗沿舔干净,“为了能让你更明白些,我再多讲一点,最后一次。干这活儿时,你千万不能有一点点的失误,否则你就麻烦大了。要是这些死脸皮想杀你,根本用不着打报告,直接干就是了。看你的样子,就知道他们准会第一个选中你。”

“为什么?”

“你的眼睛。”猎鹿冲那个在洗澡棚里给史蒂夫浇冷水的小“铁步”打了个响指。

那个男孩赶紧端着一碗水跑过来,热情地递上。

“你看人的方式。”猎鹿漱了漱口,又净了净手,然后拿过搭在男孩手臂上的布擦了擦,“死脸皮不喜欢无礼的变种人。”

“我明白了。”史蒂夫也伸手在水里浸了浸擦干了,“很多人都警告过我这点。”

这时,轮到同一桌上一个名叫紫雨的呆瓜洗手漱口了,他是圣路易斯人，来自维秦佐部落。他洗完后站起身离开了。小男孩接着去了旁边的桌子。

猎鹿一直盯着紫雨，直到他走远了，才将视线转回到史蒂夫身上，“可能你喜欢冒险生活。不然的话就最好老实点。”

“我会的。谢谢。”史蒂夫离开桌子，开始穿他的制服，那是一套宽松的橘黄色短上衣和裤子，外加一方相同颜色的大手巾。他要将手巾叠成要求的宽度，从前额绑到头后，在后脑勺下方打个结。

猎鹿也在一旁装束停当，“穆卡尔部落里是不是有很多像你这样油头滑脑的人？”

“是有一些。”史蒂夫将黑色腰带在腰上缠紧，又穿上鞋。他们的鞋底是由很粗的棉线纳成的，厚厚的棉布做成鞋帮，还配有鞋带绑在脚踝上来系紧鞋子。

“我真是很意外，他们怎会让你这样的人来这里。他们本可以同沙穴人做个更好的交易，拿你当‘岁子’去换……”

史蒂夫打断他的话，“穆卡尔部落从不与沙穴人做交易。”

“他们应该那么做。去年的那场战斗你参加了吗？就是打铁蛇的那次？”

“参加了。”史蒂夫捡起那只装着粉红色叶子的腰包，“你怎么知道的？”

猎鹿笑了笑，“话传话还不快？人们都说穆卡尔部落拥有一个风暴使者，他用法力把蛇拦腰截断了。死了很多沙穴人，不过那条蛇吐出了白火，所以他们逃掉了。据说那天摩城饮了个够。”

史蒂夫点了点头，“我们下次肯定干得更好。”他离开木屋，朝驿舍走去。他不愿回忆穆卡尔部落和路易斯安那贵妇号篷车队之间的那次战斗——尤其是现在，他的立场已站在了与当初作战时相反的一方。

几分钟后，猎鹿和其他的行路者一起来到驿舍外面，在史蒂夫身旁恭敬地低眉垂目排成一行：正如雪先生曾说过的那样，表现出“一点点谦卑”。因为同是支－加哥血脉的变种人，猎鹿觉得自己有义务规劝史蒂夫收起他那挑衅的姿态，和他看人时常常会流露出的傲慢神色。可是史蒂夫曾在飞行学院受训三年，在那里所有的学员都被灌输了一个根深蒂固的信念，就是要相信他们是最聪明、最优秀的人；而且史蒂夫深信自己还是所有飞行员中最棒的。所以要让他改变观念，可不是件容易的事情。

铁钟敲了一下，一个体型极小的铁大师由他的两名重要办事员陪同着出现在众人面前，他就是补给点负责人。像往常一样，他昂首挺胸、两眼朝天、大摇大摆地沿直线在队列前走了一遍，再转到众人背后仔细审视一番，以确保每一个行路者的着装都正确无误、干净整齐，态度都谦恭顺从、恰如其分。

当检阅和点名都完成后，行路者就可以在驿舍檐廊的长椅上坐下了。长椅是用一整棵锯开的圆木做成的。每次会有四个人被叫走，分发各自需要运送的黑色密封邮包。

猎鹿是第一组被叫到的人之一。很快他就回来了，背了一个鼓鼓囊囊的皮革包。他将包上的拉钩拉到胸前和肩上的带子扣在一起系牢，然后走到后面同史蒂夫辞别。

“你朝哪边走？”

“尤蒂卡[①]，”猎鹿说，“我经常跑那边。熟悉得不能再熟悉。”他们以武士的方式击掌作别，“后会有期，兄弟。”

“也许吧。路上小心。”

猎鹿展颜一笑，跨过檐廊旁的横栏，大踏步地朝路上跑去。

史蒂夫是第三组被叫到的。作为行路者，工作可以将他带到鹭池附近，而加入邮政系统让他有机会使用标注详细的尼桑地

① 纽约州中部一城市，位于布法罗东部偏北。

图。但凡是驿舍，内墙上都挂有一幅宽大的手绘地图，详细地标注出了该领地内的各个补给点所在地；对面的墙上则挂有一幅同样大小的铁大师国家地图，标注出了各领主的疆域、主要的大路以及各地的驿舍位置。此外，各领主的家族名称、地名、山脉和河流都是用日本语和基础语两种语言标示的。

变种人没有文字，所以一开始史蒂夫不得不装出一副看不懂地图的样子，这样就有人教他怎么发音，怎么识别既定目的地和一路上的地名。为了能瞒过他们，史蒂夫把每个名称都重复再三，一开始念得还有些迟疑，接着就假装自信心越来越强地读出每个驿舍的名字，以表示自己逐渐提高了“阅读能力”，但仍时不时犯个小错，以免露出马脚。

凭借出色的图像记忆能力，史蒂夫已将整个地图清楚地印在了脑海里。他能准确无误地搞清楚哪里是哪里，无论身在何处，他都能知道接下来应该朝哪个方向走。同时，他也牢牢记住了各个领地的相对位置和实际大小。

大劫难之前的美国，行政区域之间的界限差不多都是直线。铁大师的疆域不一样，领地与领地之间的界线更倾向于依托自然形成的地形线，比如某条大河的河道——从源头一直到与别的大河的交汇处，或者一直到入海口。山下的领地从伊利湖西岸一直往东延伸至哈德逊河，以该河为分界线，直到它注入东海的入海口。就是在那里，丰田家族的领地被一分为二，北面那部分像一根细长的带子沿着哈德逊河往上一直延伸到圣劳伦斯河[①]，被山下和源清盛的领地夹在中间。

当然，万一发生内讧，在地图上是看不出众领主中谁会支持谁的。不过从战略角度来看，山下的领地无疑具有得天独厚的优势。它没被任何一块领地包围，绝大部分边界线都是河流和湖泊，

---

① 为加拿大与美国的分界河，东北－西南走向，经圣劳伦斯湾流入大西洋。

这些天然屏障大大减少了能从正面对山下发动攻击的据点的数量。难怪黑衣人的那个神秘“同党”要用偷偷摸摸的手段来对付山下。那样一来，即便出了问题，也可以归咎于是寻道民反叛者和变种人在捣鬼。

一个邮政办事员招呼史蒂夫来到区域地图前，指着位于哈德逊河西岸的一个地点，用半生不熟的基础语告诉他：“今天你要走到这个位置。斯普林菲德[1]。明白？”

史蒂夫鞠躬道：“斯普林菲德。”

办事员又指着第三幅标有阿里巴尼街道布局的地图对他说：“从这里走到河边，经渡口到另一边。我们会发给你一张特别通行证，以便沿途通行。现在，考虑一下你要走的路，然后指给我看。”

史蒂夫假装费劲地想了一通后，很快就指出了从驿舍到渡口的路，然后又换到大地图上，指出阿里巴尼直到大劫难前的城市中心——马萨诸塞州斯普林菲尔德市之间的大路。

办事员满意地哼了一声，回到柜台后面，将史蒂夫领章上的一串字符抄在一张渡口通行证上，然后和邮包一起递给了他。

史蒂夫接过来，恭敬地鞠了一躬，眼睛看着地板，朝门口倒退了五步后再次鞠躬，这才向左转过身退下了。

真是一群磨磨叽叽的爬虫……

史蒂夫调整了下邮包的位置，好让双肩上的背带勒得舒服一些。他挥手向其余的行路者告别，朝着渡口的方向出发了。

虽然习惯上变种人被视作最低等的人，但作为行路者的变种人是将军幕府的仆人。为了恪守“邮政必须畅通无阻”的训令，幕府已发文传告各地，行路者在路上不必向任何人下跪，除了骑马的武士，以及乘轿的贵族或者高级官员，后一类人都会有武士随同护卫。这种安排不可谓不明智：假如行路者一见到地位比他高

---

① 即马萨诸塞州的斯普林菲尔德市。

的人就要下跪的话，整个邮政系统早就没法运转了。

到了河边，脚下的路变成了一段长长的木码头，旁边停了几艘形状各异、大小不一的船只。在他左侧的上游，泊着一艘双烟道的轮船。史蒂夫匆匆瞥了它一眼，就转身朝右边远处的渡口住宿点走去。

他刚走没多远，突然记起这艘轮船的装饰颜色和图案跟送他来尼桑的那艘很像，就急忙跑回去看。果然是同一艘船！船桅和走廊两边旗杆上的旗帜都一模一样。偏锋曾说过，这些船是要航行到尼桑各地的。现在，它到这里来了！真是不可思议，太幸运了。他只要找到偏锋，一切就好办多了。

天啊，瞧，他就在那里——正背对着史蒂夫跟一群变种人搬运工说着什么，光秃秃的脑袋上绑着一圈红布条。史蒂夫向他们走近几步，假装是在看这艘轮船。他一边从船头看向船尾，一边将左手食指伸到左耳垂后头骨的正下方，那里的皮肤下面植入了一个一角硬币大小的无线电收发装置。他按了一下，激活了收发装置，再按了一下关掉。他又开关了一次，用莫尔斯电码发出一组信号：H–G–F–R。那是他的代号“哑火”……

在任何人看来，史蒂夫的这个动作都只不过是在挠脖子。然而偏锋却听到了耳朵中传来的蚊子般的嗡嗡声，微弱但明白无误。他转过头来四处张望，看到了史蒂夫。他擦擦脖子，发出信号：M–X，告诉对方信息已收到并理解了。

史蒂夫慢慢走回到码头上，开始四处闲逛。他现在已有合法身份了，不必担心权势人物来找他的麻烦，不过他也没能晃悠多久。很快，有人在他肩上拍了一下，他回头一看，正是偏锋。

“我最不想见到的人就是你。”

“这话应该我说才对。”史蒂夫回敬道。说着两人击了下掌。

偏锋上上下下把他打量一番，“你知不知道？自从你在匹兹堡下船后,我就再也不想听到有关你的任何屁事了。事实上,我跟老妈说你最多只能撑一个星期。服了你了,朋友。像你这样的人竟能活到今天,你可真够好运的。”

“只不过是在适当的时间、适当的地点发生了一些适当的事情罢了……”

“也许吧……”偏锋敏锐地扫了他一眼,“我猜你不是看上去这么简单吧?”

“听着,”史蒂夫说道,“我没时间跟你详细解释在哪儿丢的,怎么丢的,可我确实丢了无线电匕首。你跟麦克X光一号还在联络吧?”

麦克X光一号(简写为MX-1)是情报突击队(代码MX)的首脑卡尔斯托姆司令官的代号。“老妈”是队员给他起的诨名。

“是的,你想让我告诉他什么?”

“告诉他我仍在执行任务。我已查明,目标位于波士顿附近,现在正往那里赶。”

“去鹭池?”

“没错。还是你告诉我的,帮了我大忙,不然我可不知道那儿。”

“份内事而已。现在还需要帮忙不?”

史蒂夫扮了个鬼脸,“可能需要,不过——麻烦的是,我要到了那里才能知道。”

“行。”偏锋唏嘘了几声,“你可真是个麻烦的主儿。”

“倒还真有一件麻烦事需要你帮忙。”

“好吧,说来听听。”

史蒂夫考虑着怎样才能既把自己的意图告诉这个情报队员,又不给自己惹来麻烦。想了一下,他决定冒险一试:“是这样的。我得将两个人带离这儿。鹭池在波士顿西边一个叫马拉巴拉的地方。到那里后我就能搞定那两个人，具体的方法就不跟你说了。问题是我不知道该怎么离开尼桑。我花了很长时间仔细研究驿舍地图，天啊，太远了！"他抬起双手绝望地说，"我真不知道该怎么办！"

"你想去哪儿？"

"回联邦。但——要命的是，我得绕道怀俄明。"

偏锋低低地吹了声口哨。

"怀俄明……？"

"我没得选择。"

"你说得对，这确实是个麻烦事。你第一次出来执行任务，他们就给了你一个下马威。"

史蒂夫没理会他，"我估算了一下，从波士顿到伊利湖至少有五百英里吧？"

"差不多，而且从那里你得再走上一千五百英里才能到达怀俄明——至少。"

"我以为是一千二百英里呢，该死！差了三百英里……"史蒂夫抬眼望天。沉默好一会儿之后，他看了看船只，又转回头看着偏锋，"这玩意儿怎么来的？"

"走运河。"

"就是我们去匹兹堡的那条河？"

"不是，是在山下的领地上。在山羽和松下两大家族联合起来之前，那条运河是他们之间的领地界线，从伊利湖边的布法罗开始，穿过尤蒂卡，到这条河上游几英里的特罗伊[1]终止。"

他一边说一边用手臂指点着，史蒂夫的目光顺着他的手指往前移动，然后又移回到偏锋身上，"假如我从鹭池搞到了那两个目标，把他们带到这里，你觉得我会有多大的可能性赶上你们的

---

① 美国纽约州东部一城市，位于哈德逊河沿岸、奥尔巴尼东北。

船？”

“去伊利湖？”情报队员撇了撇嘴，“那两个家伙不会又叫又咬不愿意吧？”

“不会。如果一切照计划进行的话，他们会巴不得早点离开呢。我也想一起走。怎么样？”

“理论上来讲可以，不过到时我可能已经不在这里了。就算我在，也没办法藏三个人。之前我能帮你搞到免费船票，是因为你自己先偷偷上船的。”

“我明白。还有，那条水路上铁大师的船运不运变种人和寻道民？”

“偶尔会运。可是你得有证件，一张通行证和一份文件，证明你已被布法罗的某个人购买了。最好是个奴隶贩子。”

“该死。我没想到会这么麻烦。”

“从来如此。”

史蒂夫仔细想了想，有了一个初步的想法，“好吧，先假设我能拿到所需的证件，我们得怎么说？”

偏锋将标准用语和布法罗一个奴隶贩子的名字告诉他，“我可看不出这有什么用。你根本就不会讲日本语，更别提写了。”

“这我自己搞定。”

“好吧，就算你能到布法罗。那以后呢？”

史蒂夫咧嘴一笑，“呵，到时你就能大展身手了。希望你能帮忙搞一次‘天钩’行动。”

“天啊！你知道你有多贪得无厌吗？”

“我知道这要求是有点过火，可……我只有通过你才能跟联邦联系上。”

“好吧，好吧。大概什么时候？”

史蒂夫再次抬起双手，“不好说。你还要在这条水路上跑多久？”

“如果没有地震、洪水、故障、战争或者暴乱的话，接下来的四个月里我们都要跑这条线，要到往南一百五十英里一个叫纽约的地方才往回转。哈德逊河就是在那里注入东海的。”

“嗯，我在地图上见过。那里有一连串的岛屿。”

偏锋点点头，“将军宫殿就建在其中的一个岛上。你知道吗？大劫难以前，有超过二千五百万人住在那里。两千五百万啊，都挤在一个弹丸之地上，你能想象得出来吗？”

史蒂夫摇摇头，“说不定就是因为这个他们才自相残杀的。”

“可能吧……总之，我说一下我们的行程，你看看是否派得上用场吧。我们要在中午出发前往纽约，两天后再回到这里，然后到布法罗，再从那里返回，大概需要三周。记住，如果你能刚好赶上，可以要求搭顺风船，我会尽量帮你。这些鬼子狡猾得很，有我这个朋友在船上就容易多了。”

“谁说不是呢？”史蒂夫用拳头捶了一下偏锋的肩膀，“我得走了，不过——真的很感谢你。要是没有你的帮助——”

偏锋挥挥手打断了他的道谢，“等我回去去掉脸上的这排瘤子，哪天咱俩碰上了，开上一瓶酒，到那时再交流见闻吧。祝你好运①！”

“也祝你好运，朋友。后会有期②！”史蒂夫转身朝渡口那边走去。

“嗨！我忘了一件事！”偏锋大喊着追过来，史蒂夫停下脚步。

“到时候你得付船费。”

“用什么付？”

“钱啊。别告诉我没人跟你说过这个。”

---

① 原文为西班牙语。

② 原文为西班牙语。

史蒂夫迷惑不解地看着他。

偏锋笑了,“看来真没人跟你说过。它就跟我们的身份卡一样,也分成不同的等级。算了,看来你需要学的东西还真不少。好好找找吧,想办法搞到一些,因为坐一趟船每人要花五元呢。”他开始往后退去,“还有其他费用!保险起见,你最好再带二十元!”

“好的!小菜一碟!”史蒂夫说完,无比自信地一挥手,然后沿着那排停泊的船只跑下码头。钱……元……哥伦布在上!好像他要操心的事还不够多似的!

偏锋站定看着史蒂夫离开,直至他跑到通往渡口的斜坡上。一艘小小的双桅船正离开河的那一岸朝这边开过来。几分钟后,布里克曼就会开始他的下一段行程了。如果考虑到旅程的距离,说是“长途跋涉”可能更准确一点。跟他的不期而遇并不是完全出乎意料,情报队已警告过他,说史蒂夫得到了一份行路者的工作,可能正朝他这边赶过来。

至于“老妈”是怎么知道这些的,他可一点都不了解。他更不明白的是,布里克曼是怎么做到在这么短的时间里打入尼桑系统的。偏锋在被选到轮船上工作之前,忍受了整整两年的艰苦劳动和野蛮对待。上船后,他又花了十二个月的时间才爬上监工头的位置,而且还是用了最卑劣的手段才达到这一目的的。不……布里克曼这么快就能成为幕府雇工,一定是有人在暗中相助。

偏锋朝搬运工走去,突然想起忘了告诉布里克曼,变种人和寻道民是不允许持有钱的。身为奴隶,不能拥有任何东西,当然也挣不到任何东西:食物、衣服、住处,如果你劳作,这些就自然会发给你;但你口里的饭、身上的衣、头顶的瓦都不是你的,而是你主子的——连你本人都是。

虽然不像携带武器那么严重,但持有钱币仍是一种会受到惩罚的犯罪——布里克曼如果准备搞钱的话,很快就会认识到这一点。船票确实需要用钱来买，可除了铁大师，谁也不能买。

不过这个问题偏锋并不是很担心。不管是谁，只要他聪明到能在短短六个星期内从非法入境者一跃而为行路者，那他也应该能轻而易举地解决弄钱这一类的小问题。

第十章

与偏锋不期而遇后，史蒂夫就朝北进发了，与此同时，被耽搁了很长时间的的陆路护卫终于将乔迪和凯尔索押送到了特拉华河沿岸的费镇。建造费镇的砖都是从费拉德菲亚[①]，意即“兄弟之爱”城的废墟中收集起来的。该城在公元2015年，也就是变种人所称的旧纪元终结年被烧毁了。

由于奴隶贩卖大会即将开始，这个河边小镇已被蜂拥而至的商人和经纪人挤满了。对于很多后来跟着陆路护卫赶到这里的旅人来说，费镇是他们行程的最后一站。在镇西的官方哨卡那里登记后，他们立即开始寻找住处，只是镇上大大小小的客栈基本上都已人满为患。

但对乔迪和凯尔索来说，这趟从在内布拉斯加西边被穆卡尔部落抓获开始的长征，到这里后仍然看不到结束的迹象。两名寻道民被押送到哨卡那里，接收他们的是两个强壮的朝鲜职员。他们的老板是一位船运代理商，深受源氏家族的信任并在生意上得到其保护。这两个朝鲜人颧骨突出，眼睛都被挤得只剩一条线了。

① 即美国费城的全称。

他们引着乔迪和凯尔索穿过熙熙攘攘的人流，前往船运代理商的办事处，倒换另一道公文。

办事处摆放了一扇打开的屏风，权当是门窗。透过屏风，乔迪看到一个忙乱的食品市场里挤满了买卖的人。所有的店铺里，柜台上堆的、屋梁上挂的，都是各种各样的食品。有的店卖的是没做好的原料，有的店卖的是即做即吃的饭食。炖肉的香味顺着夏日的微风飘进乔迪的鼻子里，差点没把她给馋晕过去。

她瞟了一眼凯尔索，发现他的情况也差不多。虽说分给他们的饭食也够量，可是自离开匹兹堡后，他们已经赶了三百英里的路——全是步行。经过这一路艰苦跋涉，他们比以前更瘦了，老是觉得吃不饱。这样的情形他们注定还要再忍受一段时间。代理商养着他的家人和雇员，还会为他的顾客提供好酒好饭，但他并不是开公共食堂的。对于这两个长狗，他关心的只是接下来的交接事宜。

两个职员拿到必要的公文后，用简短生硬的基础语赶着乔迪和凯尔索又沿来路穿过街道，来到一处渡口。宽阔的特拉华河流经小镇的东面蜿蜒向南一直流入大海，渡船不停地在河面上穿梭摆渡。四个人站在码头上等候渡船从河对岸返回，这时，乔迪和凯尔索又看到了熟悉的一幕：一顶关得严严实实的车拉轿子，里面坐着那个戴白面具的神秘人物，还有两个身材娇小的女侍从。她们跟乔迪和凯尔索一样，也是从匹兹堡出发，由同一伙护卫护送。只是行到半路时，一伙来势汹汹的强盗在拂晓时分袭击了护卫，抢完东西后还把白面具女人和她的两名侍女也一起带走了。不过很显然，抢劫她们的人很快就改变了主意，因为没过多久她们就被放了。抢劫后的第二天，她们一路赶到米德里塔追上了护卫。

由于不懂铁大师的语言，乔迪和凯尔索对发生的事一点都摸不着头脑,即使是他们亲眼所见也理解不了。既然没有人想用基础语向他们解释一番,他们就只好自己瞎猜了。那次抢劫究竟是怎么回事,它跟后来发生的事有没有关联?在这场上百个浪人参与的暴力袭击中,有好几个驾车人和赶路人丧生。抢劫过后,在被劫走的三人赶上护卫后的第二天早上,又有人在驿舍里发现了三具尸体,其中还有一个武士。当时,刚被抢过的驾车人还在驿舍里歇脚,准备清点自己受损的货物;因抢劫而受了惊吓的赶路人也在驿舍里过夜,打算调整一下心神。

对铁大师来讲,非法杀害武士是很严重的事件。尸体被发现后没过几分钟,一群低级官员就赶到驿舍,展开了几近疯狂的调查。他们时而彼此之间大喊大叫,时而又无休无止地盘问看到的每一个人。那声音在一个听不懂他们语言的局外人看来,就像是鸦巢里一群雏鸟受到秃鹰袭击时发出的那种乱糟糟的聒噪。

客栈人员和在此过夜的旅行者全都被包围了,所有的人都受到了盘问并做了陈述;房间和行李全都被翻了个底朝天;为了寻找线索,凶杀现场被搜了无数遍。从院内阁楼里被赶回客栈主楼的时候,乔迪和凯尔索匆匆瞥了一眼,看到了尸体。不过他们没被叫去做陈述,因为他们整晚都在马车底下睡觉,这是习惯做法,而且他们的双脚都被铁链拴在车轮上了,所以没人会认为他们是嫌疑人。再后来,在他们每个人的公文资料都被仔细察看了无数遍之后,陆路护卫一行人终于被放行了。

为了赶上行期,皮鞭和锥刺全都用上了,驾车人自己也急得满头大汗,但仍然无济于事。大块头的四蹄动物只在挨了一阵暴雨般的鞭打后,才会不情愿地小跑几步,可连五十码都坚持不了,就又变回了不急不徐的懒散步伐。无奈之下,只好打一阵跑一阵,反复再三。

好不容易如此这般赶了几英里路后,他们发现人比牛还累得惨。这一点,连乔迪也看出来了——当然这些事她之前从未经历过——牛本身就不适合被强行套上索具,更别提让它们四蹄离地地飞奔了。显然护卫队的头儿也看出了这一点,在同泄了气的驾车人简单商量后,终于同意让这些拉车的动物照自个儿的步速往前走,不再使劲驱赶它们了。

乔迪回过头,看着身后的镇子和陆地连绵不断地往后退,不禁想起在无穷无尽的地平线那一端,马隆手下那一伙被捕获了的反叛者不知道现在怎么样了。在他们当中,她最担心的就是医疗员,是他治好了她的断胳膊和一身的伤。当时,今昔河的洪水过后,她被半埋在河底的泥浆和废渣中,直到马隆手下的三个破闸好汉发现了她。

三个把她从河底挖出来的人中,有一个就是凯尔索。自那以后,又发生了很多事。由于环境所迫,她没得选择,只能成为一个反叛者。只是在地面上的生存经历,使她产生了一种令她不安而迷惑的全新感觉。与史蒂夫·布里克曼的不期而遇并没有帮到她什么忙。她是尽了全力来保全这位前同事的性命的,可是后来……天啊!他竟然给身体绘上了颜色,头发也编成了辫子,还穿上了变种人那种缀满石片的衣服!他们曾经为此争吵过,还为她听说的第一家庭是如何控制美铁联邦的事情争吵过,这些争吵至今想起来还让她烦恼不已。

布里克曼做出了很多听起来还挺在理的解释,不过天知道有多少是真的?他说服她不要再指责他,还恳求她要相信他。可是你怎么能相信一个宁愿跟敌人同床也不愿跟自己人走的寻道民呢?

然而……你又能相信谁?

按照第一家庭的说法,是变种人的出现才使空气变得有毒的。所以为了使空气中不再充满危险,变种人一定要被全部清除掉。那么铁大师呢？他们的科技可能并不发达，可他们也很勤劳，而且组织水平和发明创造的能力一点都不低，他们跟变种人是不同的群体，或许可能更危险。他们从哪里来？既然他们居于地表，是否意味着他们的存在也污染了空气？如果答案是肯定的，那就意味着在夺取蓝天世界的战斗中，他们是紧接在变种人之后要被彻底消灭的。可是为什么公共档案对他们只字未提？第一家族肯定知道他们的存在。第一家族知道所有需要知道的一切。

当初乔迪被一团火焰扫出贵妇号的甲板，随后又在暴发的洪水中淹了个半死。而在那之前，一切都很简单。整个世界被干净利索地分成敌我两方：一方是寻道民，一方是变种人。任何人都知道敌人是谁，也知道为什么要做第一家族要他做的事。现在铁大师的存在打破了这种简单的认知模式，一切都变成一团糟。好，就算他们是五官扁平、发育不全的侏儒，可他们的种族明显不比人类低等。他们居于两者之间。这么一来，整个局面就全变了。因为既然有第三个人种，就有可能还会出现第四个、第五个……而每一个都将声称自己有权在地面世界占有一席之地。

假如其他人种的进化程度和科技水平最后被证实比铁大师还要高，联邦将如何处之？变种人倒是很容易归类，他们天生注定要被牺牲掉，可“低人一等”到底意味着什么？是谁制订了这个标准——他又如何知道怎样划分界线？

你一旦开始对这些问题穷追不舍，很快所有观念就开始显得脆弱不堪。这是很危险的，因为你是在质疑一个历史基础，那就是第一家族所宣称的：寻道民才是人类唯一的遗存，整个世界只属于他们。

需要解释的事还太多太多……

特拉华河是三菱家族领地的最东端。过了河，就是新泽西，它同阿隆基仑一样，过去都属于达特桑家族的领地。不过后来，达特桑家族败在了丰田家族手下，这两块土地就被割让给了对方。作为战胜的一方，将军家族占有了从圣劳伦斯河的魁北克一直到切萨皮克湾的查尔斯角之间的狭长区域。新的统治家族通过与达特桑家族的联姻，熄灭了他们残部的复仇欲望，现在达特桑家族只拥有西南边陲一小片群山莽莽的原始森林作为领地。

渡船靠上了对岸的码头，那顶被关得密不透风的轿子被抬到了一辆雇来的双轮架子车上，并请了两个搬运工一前一后握着手杠。两个侍女和两个朝鲜人则上了几辆敞口手推车。这种车其实就是人力车的简装版，没有挡风的顶盖，也没有加衬垫的座位，更没有奢侈的弹簧车轴。而乔迪和凯尔索还是得跟以前一样：步行。

很快，他们就从最西端走上了一条足有五十四英里长的大路。大路几乎是笔直的，路两旁都是清香的松树林和白色的雪松林。再往前走，就变成了覆盖着蔓越橘的湿地。走了大约三十英里，遇到一处驿舍，他们停车休息。托那位白面具女士的好心，两位破闸好汉吃到了今天的第一顿饭。那时，她已经坐在轿子里被人抬下了架子车，直接送到她的房间里，以避开那些好事者探询的目光。

第二天下午晚些时候，他们走到了路的尽头，那里是一片开阔的沙滩。宽广的海滩南北延伸而去，上面有一连串狭窄的沙洲和星星点点的小岛。正是因为有它们的保护，沙滩才没被海浪吞没掉。长在这里的树木不太走运，总是需要比别处的植物费更多的力气才能站得住脚。它们的躯干和枝条都弯曲着，千疮百孔的树皮见证着东海上冬日寒风的巨大破坏力。

大陆和对岸一座名叫亚蒂兰大[①]的大岛之间横跨着一座木

---

① 即亚特兰大市，新泽西东部一城市，临大西洋。

桥。桥的中段是活动的，可以用绞盘和胳膊粗的绳索拉起或放下。旁边有处风平浪静的水湾，一座渔村建在一片废墟上。大部分遗迹已被沙子掩埋了，所以看不出大劫难之前这些建筑是起什么作用的。一代又一代的拾荒者在铁大师来到此地之前一直占领着这座岛屿，在倒塌的碎石瓦砾中寻找着一切有用的东西。

渔村的远处是码头的遗迹，一排排风干了的残余方木桩从沙堆里伸出来，远远看去，像一只半埋在沙里的恐龙折断的肋骨。木桩上风化了的铺路板也早已消失无踪：在变种人称之为“冰封黑暗期”的漫长岁月里，仅存的极少数生命为了获得活下去的精神和体力，把这些木板砍碎，拿去生火煮食或者烧掉取暖了。

海湾里泊着许多小渔船，有几艘细长的远航帆船也在此停靠。朝鲜人赶着他们的货物朝其中的一艘船走去。码头上一溜排着好几间形式各异、大小不一的简易房。等他们要上的那艘船靠近码头后，费镇的那位船运代理商派驻在本地的助手从他那鞋盒子般的办公室里奔出来，帮忙催促各色官员尽快办理乔迪他们一行人的手续。身份证明文件和旅行通行证要核对盖戳，名字要填上，细节要备注。由于要到另一个领主的领土上去，他们所有的行李都要搜一遍，看有没有藏匿未申报的物品，不然就要课收出口关税。

在和平时期，发展贸易和征收关税是铁大师的两件要务。丰田家族现在极其富有，但并不表示他们会一直这么富有。作为尼桑的最高统治者，他们只不过得益于一个由来已久的传统：胜者为王。而他们的前任达特桑家族也曾受惠于此，只不过同样是依照这个传统，达特桑家族战败后，他们的流动资产和领地全都被丰田家族没收了。

管理政府是一门花销极大的学问，因而任何能提高额外收入的机会都应该紧紧抓住，哪怕利润再微薄也不能错过。要知道，如果考虑到交易的数量，总计下来就会发现，即使要雇用为数众多的税收及海关人员也是值得的，况且还可以为这些人提供挣钱的门道呢。

“三岛洋子”的文件是由苏珊呈上的。码头负责人恭敬地敲了敲轿子的门，门只开了一条缝，但也足够他看清里面确实只坐了一个按照传统服饰装扮的官妓。他礼貌地鞠了一躬，然后示意门可以关上了。没有要求彻底搜查轿子，也没有要求看一眼面具后面的人是谁。只要公文没什么问题，一般都不会受到什么刁难。

当然，这也是有原因的。官妓深得各领主甚至将军的宠爱已有两个世纪之久，已然成了一种社会地位的象征；她们也被赋予了一定的特权，比如可以匿名或化名出行。随着时间的推移，那些出身高贵的女性在纵情享受偷情之乐时，都会选择化装成官妓来打掩护。久而久之，官妓戴面具也就成了习俗。但是有时，人们会发现在白面具和华丽的丝绸和服下面，隐藏的却是颇有身份的男子。为了避免此类尴尬，在审查这种行人时，往往需要格外慎重，这也成了一种惯例。任何行业都会有自己的一些隐秘行规，很多热心过度的关口官员和哨卡守卫就因为知道太多内情而丢了性命，这也是尽人皆知的。

除了脚下的方寸之地，乔迪和凯尔索对其他情况一无所知。他们的脖子上现在系了一个用稻草编成的小文件袋，这样别人一眼就能看到。再加上他们戴在胳膊上的编了号的臂章，所有的信息就一目了然了：从哪里离开，谁发给他们通行证，接下来要走的路线，要到哪里去，新主人是谁，等等。所有寻道民和变种人，不管是谁，一旦被发现没戴“黄卡”而到处走动，就会被当做逃跑者逮捕并迅速处死。乔迪和凯尔索一进入亚蒂兰大就被黥了面，用的还是那种不会褪色的墨水。现在，码头负责人在他们前臂内侧上不断增多的戳印中又加盖了自己的公章，随后他们就可以离开亚蒂兰大了。

一通习惯性的讨价还价，加上好几杯清酒，又陪了无数笑脸之后，助手和帆船主总算就去普罗维丹斯[①]的航程全包价达成了协议。朝鲜职员很不情愿地掏出钱，助手拿走了一部分——他还要给码头负责人以及其他官员回扣呢。等方方面面都照应到了之后，一行人被客客气气地请上了船。

苏珊和南珂抢先一步握住了车拉轿子前面的抬杠；在剩下的人中，只有乔迪和凯尔索的身份适合抬后杠。轿子停在一道门前，门里是船尾的一排甲板舱室，其中有一间是专为白面具女士准备的。两个侍女一左一右站在轿门两旁，掩护清水走下轿子，然后又紧跟在她后面离去。乔迪和凯尔索在上船时被登记为"甲板货物"，所以他们就被安置在凸起的船首和前控制室之间的露天"套间"里，还能呼吸到新鲜空气呢。

在接下来两天的水上航程里，他们一直戴着脚镣。好在海面还算平静，这让他们略感一丝安慰；而到了晚上，他们还可以钻进堆在前甲板上的棉花包中取暖。吃的饭也比较容易消化，毕竟只是一点煮过的糙米和剁碎的菜叶。不像上次那趟穿越大湖区的航行，这次他们好歹把绝大部分饭都给吃下去了。

帆船在离海岸较远的小湾里略作停留，然后驶进海里，沿着略微弯曲的航线一路很顺利地来到了阿隆基仑南部，又转头向北，经巴洛克岛[②]进入旧时的罗德岛海峡。

巴洛克岛在古代被称为布洛克岛。将军在阿隆基仑时，巴洛克岛是环阿隆基仑保护区域的最东端界线，所以航行时要远远地绕开它，以免被"热情"的巡逻船只拦住问候一番。虽说帆船主人没什么好隐藏的，但他和船上的船员全都生于波士顿长于波士

① 即普罗维登斯，罗德岛州的首府。
② 罗德岛州南部岛屿。

顿，这意味着他们首先得忠于源氏家族。因此无论如何，他们得尽力不让丰田的走狗盯上自己的帆船，这对他们来说是一件事关荣誉的大事。所有的海员，不管是来自罗地兰还是来自马萨诸萨，对此都持有同样的立场。

一直到普罗维丹斯，乔迪和凯尔索才和白面具女士分开。她下船时，船上的人似乎都把他俩给忘了。趁此机会，他俩靠在甲板栏杆上眺望，看到一个男人正指挥着四个身强力壮的搬运工将关严的轿子抬走。从他那蛮横的手势和衣着样式上看，像是个略有身份的人。乔迪现在已经不再对搬运工所背负的沉重负荷表示惊讶。他们将其中的一部分重量压在背上，另一部分重量则通过一根绑在抬杠上的布条子由头部承担。难怪他们全都长成了罗圈腿。

指挥搬运工的其实就是在克利夫兰为清水安排护卫的那个干鱼商人。现在，他的任务是要确保将她毫发无损地送还到总领事位于小岛上的爱巢里。

三个白条子来到甲板上，将两个寻道民赶下帆船，又撵着他俩走出港湾，沿着一条伸向远方的小路穿过村镇。现在乔迪和凯尔索不用再戴脚镣了，可他们的脖子上拴着同一根绳子，所以只能并排往前走。一个鬼子在前面引路，另两个负责殿后。后面的两个鬼子似乎有无穷的精力，只要乔迪和凯尔索稍有停顿或略微趔趄一下，他们的藤条鞭子就"啪"一声甩在他们身上；甚至只是为了寻开心，鞭子也会"嗖"地像针扎一下落下来，引起一阵哈哈大笑。

两个寻道民默默地承受着这一切。等着吧，你们。总有一天……

这样的"开心"路程大约走了三十五英里后，乔迪和凯尔索到达了他们的目的地：位于小农场马拉巴拉附近的鹭池。如果能看到地图，他们就会发现自己现在位于波士顿以西二十五英里处，在旧纪元中，那是20号公路的所在地。那里到处都是人造湖和蓄水池，其中最大的一个在正南方，里面有两个小岛，属于罗地兰和马萨诸萨两地的总领事东芝仲根。此时，清水正通过一条极其偏僻且故意迂回曲折的路线被秘密送往那里。

在走过最后一段灰扑扑的土路时，两旁田地里劳作的人全都好奇地看着他们。这个时候，对于雪先生跟山下议定的交付一架飞马的交易，乔迪·喀珊和戴夫·凯尔索仍然一无所知，更别提正在酝酿中的阴谋和对抗了。他们只知道自己之所以被从一群破闸好汉中挑选出来，是因为他们知道如何驾驶飞机，可是却从没有人向他们解释过，他们要被送往哪里，以及为什么要去那里。

直到两人几乎同时抬起头，赫然看到一架明显是改造自联邦天鹰机的飞行器时，才隐隐意识到他们面临的是什么境况。那是一架白色的滑翔机，在夕阳的照耀下仿佛披了一件淡淡的玫瑰红外衣；两侧的机翼下各有一块红色的圆片。滑翔机在他们头顶正上方兜了一圈，陡然右倾，直直地侧身下降，越过一个建筑群着陆了。他们在土路的左侧也能看到那些建筑。

凯尔索皱起眉头看着乔迪，"你知道我现在在想什么吗?"

"不大清楚。不过我敢肯定这帮该死的家伙把我们带到这里来，不是让我们来打扫院子。"

"对极了。现在，只需要一个引擎，你，还有我，就能离开这儿了。"

乔迪笑了笑，"别高兴得太早了，戴夫。我敢拿你可爱的小屁股打赌，他们在打算让你靠近那玩意儿的同时，已经考虑到了所有的可能性。你要知道，这帮家伙可不是什么白痴。"

"我们也不是，"凯尔索说道，"我们也不是……"

不管是在生活中还是在小说中，常常有很多惊人的巧合，这里也一样。此时此刻,史蒂夫也在观看着滑翔机的降落。他是从西部赶过来的,背上还背着一个邮包。他是在伍斯特附近旧时的20号公路上,此时只落后乔迪和凯尔索不到一英里。看着这架后掠翼式滑翔机懒洋洋地在无云的晴空飞了一会儿后倏地朝地面降落,史蒂夫的心跳加快了。就是它了。鹭池。他已经接近他的第一个目标了。

史蒂夫看到前方的路上有几个人在往前走。等他匆匆赶上时,他们却已拐进了一道大开着的门里。史蒂夫放慢脚步,朝门内扫了一眼。里面有很多房子,一些人在走来走去,没什么有趣的事,也看不出什么线索,只有落在附近的滑翔机暗示着这里正在做的事情。*没关系,我还会回来的……*

他还有邮件要交给总领事东芝仲根。东芝的官邸距离大路不过数英里。他得先待在那里,直到那个黑衣人现身并兑现他的诺言,在鹭池为史蒂夫找到新工作为止。到那时,他就不再是一个行路者了。借助于那一袋弥足珍贵的粉红色叶子,他将洗掉身上的彩绘,恢复原来的面目,加入到一小队由卡迪拉克领导的寻道民反叛者当中去。

到那时,好戏才算正式开始……

跨过一道十英尺高的大门——上面还有一层用来挡雨的木梁泥瓦结构的屋檐,乔迪和凯尔索发现他们正置身于一个四合院里,院子里有两排新落成的平房宿舍。同绝大多数的铁大师民居一样,这些宿舍也是直接搭在地面上的,由一系列样式统一的矩形木架、方格屏风和纸质面板组合而成。房顶上铺的是搭接而成的木瓦,显示出房屋的建造者并没打算要将它作为永久性居住地。宿舍四周还有一些附属建筑,同他们一路上在驿舍客栈里见到的一样:都是公共浴室、食堂和洗衣房等,另外还有几幢年代更久一些的建筑。

两个新来的人很快就被摘除了“黄卡”。一阵手忙脚乱的写写画画后，他们总算被登记在册了。在此过程中，他们发现墨水和纸有一种悦人的清香，而鬼子们使用这些材料的得心应手也让他俩大开了眼界。登记完后，他们就算有正式“编制”了。在交易点就被戴上的臂章现在取掉了，换成了一个金属圆片，用一根细细的铁丝系在他们脖子上。他们的组长太矮了，这使他不得不面临两个选择：要么站到他们面前，这样抬起头来刚好能看到他们的鼻子；要么就继续待在办公桌后面的位子上。最后，他决定还是不挪窝的好。他“啪”地打了一个响指，算是警示众人，然后开口说道：“你，戴圆片，一直。如果，掉了，就掉你们的，脑袋。你们，明白？”

乔迪和凯尔索艰难地咽口唾沫，顺从地垂下了头。

随后，一个女变种人被叫了进来，组长命令她带他们去洗澡。到了浴室一看到热水，两个寻道民禁不住一阵欢呼。他们手忙脚乱地扔掉在匹兹堡发的稻草斗篷、铺盖卷和装餐具的袋子，三下两下脱掉破旧不堪的寻道民制服，“扑通”一声跳进热气腾腾的浴盆里。离上一次洗澡有多久了？哥伦布才知道！而且那时用的还是凉水。天啊，真的是连做梦都不敢想象的奢华享受啊。

他俩轮番闭气将对方按到水里开心地玩了一通后，才正正经经地开始擦洗。洗掉身上积累的厚厚灰尘，再互相搓搓背。用来量时间的沙漏流得太快了，一眨眼就把允许他们洗澡的时间给流没了。也好，如果在水里再多泡一会儿，没准周身的温暖很快就会将他们送进梦乡。为了让他俩的脑子清醒过来，等他们从热水里出来后，一直一言不发站在一旁的女变种人兜头给他们浇了一盆冷水，这才递过来两条大大的、香喷喷的干毛巾。哦！天啊！身上干净得一搓就“嘎吱嘎吱”响，真是太痛快了，过去几周里积攒的伤痛和不适一时竟无影无踪了。

接着，他们被引进了隔壁的衣帽间。那里的随侍人员也全是变种女人，她们侍候他俩穿上干净的下等人服饰：系带的三角贴身内裤，宽松的"V"形领口工作衫，阔腿裤，用纽扣和扣鼻固定的有衬里的短上衣，最后还在他俩光着的脚丫子上套了帆布面的鞋子。

只有鞋子是茶褐色的，其他的全都是灰蓝色的。有衬里的短上衣和工作衫的背部都有一个茶褐色的标记——一个圆里圈着一朵八瓣花。那三个将他们从船上赶下来的白条子，头巾上印的标记跟这个一模一样，还有管理区里的那些书吏身上也有。乔迪猜想，这可能与区域标志差不多，她猜得没错。褐色的花是源氏家族，也就是他们新主人的象征。

接下来他们去的是被褥库。之后，乔迪和凯尔索各自夹着一床褥子和崭新的棉被，跟在变种女人身后穿过四合院，来到宿舍区的一间房里。她指了指入口右边的两个空位子。

"谢谢，"乔迪说道，"然后呢？"

变种女人用一种夹杂着怨恨和屈从的眼神看了她一眼，什么也没说就离开了。

乔迪和凯尔索惊讶不已地对望了一眼。房间里每隔一段距离就摆着一套铺盖，他们照着那些铺盖的样子，将褥子和被子叠起来摆好，将其余的衣物和餐具放到上方的架子上。

其实，他们刚才履行的程序跟他们在联邦受训的那几年差不多。如果刚进一个新基地，不管你有多累，都不能把你的东西往角落里一扔，自己再往乱七八糟的桌子上一躺，那就等着你的长官来把你拎出去吧。如果他没有来，你应该将东西整理好，然后主动去找他。

一个寻道民出现在门口。他穿着同样的蓝色工装，面容削瘦，疲惫不堪,眼里流露出只有经历过种种磨难的人才会有的神色,“嗨,你们的人都在这儿啦?”

“就我所知的,都在。”乔迪答道。

来人伸出手,“欢迎来到鹭池。我叫雷·西蒙,里根/拉伯克站。”

“乔迪·喀珊,财富-尼克松要塞。这位是戴夫·凯尔索。”

“休斯顿/大中央站。”两个男人握了握手,“你是头儿吗?”

西蒙干笑了一声,“算是吧。只是雇工。你们刚从船上下来?”

“是的,你呢?”

西蒙苦着脸,“我已经来三年了。”

“一直在这里?”

西蒙苦笑了一下,“不是……我今年三月份才被雇到这里来。之前是在火坑。”

“火坑?”乔迪问道。

“伯-利恒火坑。”西蒙摇摇头,“全都是一大片一大片砖砌的冶炼炉。矿石就是在那里被熔化,再提炼出钢铁的。头一年我做的是烧炉工,后来他们让我管一伙变种人,负责倾倒熔化了的金属。你得将它倒进在湿沙床上挖的沟槽里,那些沟槽就像一棵棵主干纤细、枝桠粗短的树。

“等金属凝固后,你得折断树枝。那时它还热得通红呢,就那样把它们弄到轧钢机上去。你得确保自己不撞到别人身上,因为他们也在干同样的活儿。你一定得眼观六路,耳听八方,一天二十四个小时,一年三百六十五天,天天如此。

“热浪会将你的皮肤灼得到处都是水泡,连你的肺里也不停地冒着气泡。手里端着熔化的金属,你要是跑得太快,它就会溅出来,落到你的脚上,你的脚就完了。往沟槽里倒时,要是沙太湿,骤然升起的水蒸气会将一半的金属液体溅到空中再掉下来,像是落了一场金色的雨,看起来非常美,可等它落在你身上时,一滴雨就是一个灼伤的洞。"

凯尔索突然打断了这个已经讲得很熟的故事,"少来了。这些话你最好以后再讲给我们听。"

"绝大部分破闸好汉是不是最终都死在那里了?"乔迪赶紧问道,其实也是想岔开话题,为凯尔索干巴巴地打断对方的话表示歉意。

"不是死在那儿,就是死在矿山上。"

"听你这话的意思,似乎能来这里你觉得很幸运?"凯尔索接口道。

"再幸运也比不过你们。"西蒙的话里含有一丝愤愤不平的感觉。

乔迪装作没听出来,"这里是做什么的,雷?"

"我们在造飞机。当然……还处于起始阶段。"

"'我们'是谁?"

"像你我这样的家伙还有二十多个,都是从各地抽调来的。"

"你是从大蓝号[①]上来的吗?"凯尔索问道。

西蒙摇摇头,"我是巡道兵,四级。虽说我们连飞机的驾驶舱都没碰过,但我们都有一两项技术专长。我想这也是把我们调到这里的原因。你们呢,是地勤人员吗?"

这次轮到乔迪摇头了,"飞行员。去年开溜的,在我之前有五个人都跑了。"她指指凯尔索,"他跑得比我还早,不过……一言难尽啊。"

"管他呢,"西蒙说道,"都过去了,再提也是浪费口舌。从你下船后踏出第一步开始,你过往的一切全都一笔勾销了。鬼子绝对不会浪费精力去计较你是谁,从哪里来。从现在开始,你做什

① 指联邦的飞行学院。

么才是最重要的。第一条法则，就是忠于你们的破闸好汉兄弟。”

“对我来说，这再好不过了。”凯尔索说道。

“那第二条法则呢？”乔迪问道。

“照吩咐去做，始终低头，别想跟制度对着干。”西蒙咧嘴一笑，笑得很苦，“当然，你也不必非得那样，关键取决于你能忍受多久。要是你想出局，鬼子自然乐意成全你。不过你要记着第一法则，不管你选择哪条路，别连累了其他人就行。”

“明白。”

西蒙再次审视了他们一眼，“那么……飞行员，他们带你们到这里来，肯定是想让你们协助那家伙试飞的。”

“可能，”凯尔索承认，“我们在来的路上看到有滑翔机在飞。是他吗？”

“嗯……”

“他的活儿做得真不赖，”乔迪说，“也是从大蓝号上逃出来的吗？”

西蒙点点头，“是的。他是这个项目的负责人。”

凯尔索疑惑地与乔迪对视了一眼，问道：“我没听错吧？我还以为这里全都是铁大师在发号施令呢。”

“确实是他们在下令。不过……这种安排……比较有意思。”

乔迪觉得自己的嗓子发干，“那家伙叫什么？”

“布里克曼。”

凯尔索张了张嘴想说什么，可是他的嘴唇一点也不听使唤。

乔迪替他问了出来：“史蒂夫·布里克曼？来自罗斯福/圣达菲站？”

“是的，”西蒙说，“你认识他？”

“过去认识，”凯尔索怒气冲冲地嚷道，“我的天！要不是这个舔屁眼的家伙，我们根本不会沦落到现在这个地步！上次我们见他的时候，他还跟在一群变种人屁股后面转，穿的那玩意儿跟猴子祖宗似的。现在倒好，他又把鼻子凑到这些笨蛋的屁股上来了！”

“冷静点，戴夫。”

“没错，我得听听你的朋友怎么说。”西蒙抓住时机反驳凯尔索，“以前发生过什么事我不知道，也压根儿不想知道。不过现在，我倒觉得史蒂夫要比你聪明多了。”

凯尔索闻言就要朝西蒙扑过来，乔迪用肩膀抵住了他，“我说了冷静点，戴夫！你这样一点儿问题都解绝不了！”

“说得对，”西蒙说，“布里克曼已经赢得了大家的尊重。我不知道这里的项目能持续多久，但对我来说，在这里每多过一天，就意味着在火坑的日子可以少一天，或者少干一天别的什么恶心累人的活。我，还有别的家伙能得到目前的这种生活不容易，我们不会允许哪个莽撞的菜鸟毁了这一切。”

凯尔索的脸再次涨红了，“够了！老子再也不想忍受了！”

西蒙在一旁一动不动地看着乔迪拼命拉扯凯尔索让他停下来。凯尔索虽然块头大，出手也比较重，但乔迪精瘦结实，速度也很快。

“喀兹[①]！快放了我，听见没有！”

乔迪转向西蒙，“别担心。我会收拾他的。”

“那最好不过，”西蒙说着转身朝门口走去，“不然他可能就吃不到早餐了。”

“呸！”凯尔索怒吼道，“走着瞧吧。别担心，我认准你了！”

西蒙停下脚步，“从现在开始，我，还有其他二十三个人也认准你了。”为了强调，他用手指指着凯尔索，“今晚入睡前你给我好好想清楚。”

---

① 喀珊的昵称。

凯尔索一把推开乔迪冲到窗户前，西蒙已穿过院子走远了。

“戴夫，那样子很不明智。”

“是吗？教训教训他对他大有好处，也会让我感觉好得多。该死的布里克曼……”他阴着脸看了看她，“你到底站在哪一边？”

“你这边。可现在不是报复的时候，也不是地方。那帮人很快就会来找我们麻烦，他们人多势众。答应我，不要再惹事了，行不行？”

“也许吧。”凯尔索怒气冲冲地盯着窗户外面，等火气消了一些后，他耸了耸肩，“看情况再说吧。”他看到她朝门外走去，“你要去哪儿？”

“看看能不能挽回点什么。”

“切，让他们去死吧，我不需要你去为我讨好！如果你不准备支持我，那就置身事外。行不？”

乔迪咬紧牙关，一直在心里默数了五下后，才回答道：“你真他妈不可理喻，你知不知道？”

凯尔索把这句话当做恭维，“所以我才具有致命的吸引力。要知道，做好好先生那可是永远达不到这种境界的。”

“少来了，”乔迪模仿着他说话的方式，“这种境界你最好以后别再有。”

不管是从面积、装备还是人员配置上来判断，鹭池都不像实施大工程的地方。虽然卡迪拉克付出了许多心血，但项目仍然只不过是试验性质的项目，还处于起步阶段。

其实，这样的局面一部分是源清盛大人的谨慎造成的。倒不是因为卡迪拉克，源清盛大人对卡迪拉克的评价丝毫不曾改变过。只不过源清盛大人心里很清楚，鹭池各项工作的进展都处于长谷川使者的严密监视之下。关于此类飞行器的作用，长狗曾做过详细描述,因此很容易看出,只需几组飞马就可以显著地改变目前的均衡势力,而这自然也难逃将军的法眼。

尼桑的男儿至今还没发明出机关枪和炸弹之类的武器,所以现在飞马还不是一种致命的装置,但拥有机关枪、炸弹的那一天总会到来。到时,飞马所具有的速度,能使配备强大火力的武士军团不受地形限制迅速到达全国任一地点,他们会像俯冲而下的猎鹰一样从天而降。为应对这样的变化,目前的军事策略需要来一个彻底的修正。

源清盛大人很清楚自己所处的微妙位置。作为谱代,源氏家族被认为是将军的忠实同盟者,所以才会得到制造飞马的权力。一旦制造成功,危险也将尾随而至。如果鹭池扩张过快,风言风语和狂热的投机活动就会过度夸大它的重要性,很可能会引起年轻将军的警觉。将军会考虑再三,结果可能会取消源氏家族制造飞机的特权——而这是无论如何都要避免的。如果只有丰田家族拥有这种武器,他们就能将反对者完全控制起来。届时,开创新时代的希望也就化为了泡影。

作为"现代派"阴谋团伙的主要参与者,源清盛在主持飞马项目的同时,也极力做出一种姿态,表明自己并不是全力支持该项目的。卡迪拉克不断要求增加人力和物力,他全部都没批准,以此来减慢进度;另一方面,他在内廷里到处宣扬,说假如具有持续飞行动力的飞机最终被制造出来,他担心时间一长,对铁大师社会造成的影响多半会变得弊大于利。

当然全都是谎言。他只是在做一些表面文章,对外表明他对传统价值的支持态度。此外还有一个考虑,就是万一山下重获黑光的计划失败了,他也能为自己留条后路,因为这一计划当初并没得到他的鼎力支持。

如果翻译成基础语,他向将军传达的意思就是:"我跟此人搅合在一起是被逼的。”

绝妙的策略。整件事情当然都是山下在幕后操控的，调查记录会显示源清盛与此事毫无关联。再者，当初是宫廷总管家康这只老狐狸游说将军，建议他将制造许可权直接授予源氏家族，而没有通过竞标从对此感兴趣的各方中挑出出价最优者。现在，万事周全，只需想个办法，防止总领事东芝仲根将事情搞砸了——“搞砸”，这个词真是既准确又传神，不是吗？当然，还不能将他一杀了事。

四合院后墙上有一道正对着大门的拱门，大门外还有不少其他建筑。西蒙正要穿过拱门时，乔迪赶了上来。西蒙心里还是有所期待的，就停下脚步等她。

“听着，”乔迪说，“戴夫那边没事了——你明白我的意思吗？我晓得事情稍稍有点失去了控制，不过你要知道，呃……我们俩谁都没想到会这么快就再次碰到布里克曼。”她边说边诧异地摇了摇头，“我不清楚这家伙是怎么做到的，不过他的确是神通广大。”她跟上西蒙的步伐，“你真的确定他叫史蒂夫·布里克曼吗？”

“他就是那么称呼自己的。我不觉得在这一点上他有必要说谎。他是不是真的史蒂夫有什么区别？他发出指令，而且似乎很清楚自己在做什么。奇怪的是你们两个。”

西蒙带着她走进两排平房之间的过道。两边的墙上每隔一段距离就会有一道一模一样的拉门，所有的门都大开着，乔迪一眼就能看清里面有什么。全都是面积巨大、通风良好的车间。她左侧的一个车间里，摆放着一堆堆锯好的木材，以及一排排工作台，那是用来做木材深加工的；右侧的的车间里安放着几座脚手架，上面架着一些将要组装成机翼的翼肋和强力杆，还有一些纵梁用于机身的组装。

走到过道中部时，乔迪看到一条初级生产线，各种零部件在这条线上被组装到一起。她数了数，总共有一打的飞机半成品。有几个身穿蓝色制服的变种人正在将工具放回架子上并整理工作台；另一些在打扫地板。这工作确实需要一定的技术和智力，整个环境看起来还算干净卫生。最重要的是，这里的气氛似乎相当轻松，没有看到一个白条子或手拿鞭子的监工。乔迪总算明白了西蒙和他的同伴不想让任何人破坏这一切的原因所在。

慢着，有什么事情不大对。西蒙是三月份来鹭池的，而且从他的话能推测出当时布里克曼已经使这里开始运转了。可乔迪和凯尔索最早碰到布里克曼时，是在四月上旬，那时布里克曼还在马隆那伙人当中。而他们最后一次看到他是在五月末，在交易点，他跟逮捕他俩的变种人打成了一片。乔迪以前有块带标准日历的手表，她的天鹰机坠毁后，手表也被河水冲走了，所以她无法说出精确的日期，然而就算有一两天误差，问题依然存在：四月到五月间，布里克曼本应该在鹭池的，他怎么会在平原人那里出现，而且哥伦布在上——他在那里做什么？更该死的是，他怎么这么快就又回到这里来了？

她还没来得及就这个问题问问西蒙，注意力就被吸引到了一架后掠翼式滑翔机上，它正从车间后面的一大块空地上起飞。这时，有几个人推着一个带轮子的发射车朝他们这边走过来，车上载有另一架样式一模一样的滑翔机。起飞的那架此时正在上升，它的机头上绑着一根绳索，绳索的另一头系在空地右侧角落里一台笨重的机器上。

一阵微弱的“突突”声传进乔迪的耳朵里。

“蒸汽驱动的绞盘车。”西蒙解释说。

乔迪饶有兴趣地看着空中的滑翔机。她很熟悉上升热气流的原理，天鹰机也被设计成可以利用热气流进行滑翔飞行，但是联邦并没有专门的滑翔机。从一开始，飞行员在学习飞行时就已经有了螺旋推进器和电池驱动。

滑翔机升到一千英尺高时，飞行员松开了绳索。绳索固定在飞机上的那一端系有一面蓝色三角旗，以便标志绳索下落。滑翔机缓缓右斜，俯冲而下，越来越快，然后又向上拉升，升到最高处后来了一个失速倒转。有那么一会儿，机尾笔直朝上，紧接着，滑翔机以左舷翼尖为轴翻了个筋斗，再次俯冲向下，从他们头顶上呼啸扫过，朝空地边上飞去。

“干净利索。”乔迪说道，“可为什么只造了滑翔机？”

“鬼子没有电。”西蒙答道。

“你们开始制造飞机前，他们也没有飞机呀。难道就没人跟他们说过他们还缺什么吗？”

“没用，鬼子老早以前就知道电了。他们把电称作‘黑光’，在他们看来，那根本就不是什么好东西。听布里克曼说，法律禁止铁大师摆弄任何电气设备。与此有关的话题甚至连提都不能提，绝对是个禁忌。”他耸耸肩，“我也觉得这听起来很离谱，可事实就是这样。”

乔迪抬头看着滑翔机，“没准儿这倒变成了好事。这玩意儿倒是对任何人都不会构成威胁。”

“别太自信，布里克曼可是正在解决这个问题。他要研制出一种轻型的蒸汽引擎。”

“蒸汽……引擎？”这主意让乔迪忍不住笑出了声。

“你可别小瞧它，我们现在已经在进行台架测试了。只是如何才能得到足够的动力还是个问题。”

“你们用什么做燃料？”

“油。不过我们正在寻找能燃烧得更快、释放热量也更高的燃料。”

乔迪嗤之以鼻，“那玩意儿根本就不存在。”

“到目前是没发现，”西蒙承认，“可我们正在努力。”

六个寻道民正推着那架刚刚着陆的滑翔机返回右边的车间，刚好从他们旁边经过。趁西蒙正问他们试飞情况，乔迪从专业角度仔细审视了一番这架滑翔机。

机翼上覆盖着一层织物，向后倾斜的角度没有天鹰机大。由于没有后置式引擎和推进螺旋桨，细长的机身外壳就在机翼下直接对接起来了，而驾驶员座舱就位于机身的前端。

天鹰机的机翼呈三角形，既不用横尾翼，也无需方向舵；而布里克曼的飞机却在最末端装有尾桁，它与机身中后部分形成一个十字形的尾巴。除此之外，它与原机的不同之处还在于：在天鹰机上，左右方向的控制是通过连接到机翼后缘外侧的金属线来实现的。而在布里克曼的滑翔机上，装的是内置式嵌板，能沿轴偏转，也就是所谓的副翼，双座的天驰战机和马克二型天鹰机上都新增了这种配置。

对这些情况乔迪自然无所知晓。天驰战机只有情报队才有权使用，而情报队的存在是高度机密，没几个人知道。再者，乔迪从篷车上掉队的时候，连大红号上都还没配马克二型天鹰机。大红号也即红河篷车队，它可是美铁联邦地面武装中的王牌主力。

还有一处明显不同：天鹰机上有三轮起落架，而布里克曼的滑翔机上则在正下方装了一个木滑橇，滑橇左右各有一个小小的滑轮，与滑橇组成一定的角度，以防止滑翔机在着陆时侧翻撞坏翼尖。但它并不能完全解决问题，如果由新手操纵，在随机降落时仍有可能会将这些漂亮的手工机翼撞个稀巴烂。

“没有着陆装置。”西蒙离开那六个寻道民转身面对乔迪时，她开口说道。

“对。鬼子没有橡胶，所以制不成轮胎。再加上没有电力，也就不可能合成铝材，或是别的轻型合金。我们能利用的只有铁、钢、铜，或者黄铜。为了能起飞，我们用了一种带滚轮的小滑车充当发射架。虽然多少有点原始，像这里大多数的装备一样，不过它好歹能起点作用。”

“前提是起飞之后还能顺利返回。”

“你说得有道理，”西蒙只得承认，“以后你要是有什么好主意，都不防说出来。布里克曼的管理是比较严，但他一直都乐于倾听不同的建议。再者，你们是飞行员，对这种事肯定比我们知道得多。”

“好吧……”

“见见面怎么样？”

“跟布里克曼？哦……我们曾在同一辆篷车上服过役。路易斯安那贵妇号。我是他的飞行组长。我们遇到了很多麻烦——所以我才开溜了。后来又碰上了我才知道，他在我离开后第二天就被射下来了。不过他还是活了下来。一个聪明过头的家伙，点子多得数不过来。”

“你说得没错。”

乔迪看着正在试飞的滑翔机优雅地划过傍晚的天空，“真奇怪，他直接教你们飞行不就得了？”

西蒙大笑起来，“开玩笑吧你？我是不可能学会开那玩意儿的，逼我也没用。单单学会靠自己在这块大地上站稳就已经花了我很长时间，更不用说别的了。”

现在位于右上方的滑翔机，正往南越过土路，飞临四合院上空，转了一个圈后朝空地这边飞过来。在临近土路时，布里克曼降下右舷机翼，朝上拉起方向舵，做了一连串跟他们刚刚看到过的动作一模一样的危险动作。他似乎是要径直滑进车间里，不过在距离地面只有五十英尺时，他却突然直直地扳起机头，将机身拉平,"嗖"地一声从他们头顶上飞过去,在他们不远处降落了。

此时,凯尔索刚好走到这里,也看到了滑翔机着陆。他径直走到他俩之间站定,双臂交叉抱在胸前,身子轻轻地前后摇晃着,摆出一副目中无人的样子。西蒙没好气地瞥了他一眼,越过他的后背质问般地看着乔迪,乔迪无奈地抬抬眉毛耸耸肩算作回答。滑翔机在离他们一百五十码的地方停下来,机身慢慢地朝着右舷的一侧倾斜。同时,寻道民地勤人员推着一辆发射车走了过来。一个身穿全套白色服装的人从驾驶舱中爬出来站在地上,双手放在臀部,看着闪亮的飞机被轻轻地抬起来放在架子上,然后跟在地勤人员身后朝车间这边走来。

"今天就此为止了吗?"凯尔索问道,"还是准备挂灯笼挑灯夜战?"他的声音里听不出一丝丝的敌意。

"不,下周我们才会开始在夜间飞行。"

凯尔索不为所动,"很好。给我们介绍一下怎么样?"

"我还以为你们已经认识了呢。"

"我们是认识。不过他可能并不想见到我们,所以最好还是由你去引见一下,省得他误会我们。"

西蒙看着乔迪,"他难道一直都这么麻烦吗?"

"不,只有在他的脚不舒服时才这样。"

地勤人员推着滑翔机离他们越来越近。布里克曼走在横尾翼旁边,半边脸被右舷机翼挡住了,头上戴着的白头巾上绣着源氏家族褐色的花瓣标志,他看上去要比上次乔迪见到时瘦一些,头发也黑了,还被理成了平头。

西蒙朝飞机走过去。乔迪和凯尔索在他走出十码后跟了上去。

"史蒂夫!这里来了两个新人,他们想见见你。"

穿白衣的人挥挥手,然后示意其他人将滑翔机推回车间里。

挡着他脸的机翼挪开之后，乔迪和凯尔索终于能看清他们这位老乡了。他确实瘦多了，他的头发不是黑了一些，而是黑了很多，都变成乌黑的了。

他不是布里克曼。

凯尔索的步子一下子犹豫起来，“咱得等等。”

“一直走，”乔迪小声对他说，“到时随机应变。”

他们走到离对方不到一臂之遥的时候，听到西蒙在介绍他俩的名字，末了又加了一句：“他们跟我说，是你的老朋友。”

卡迪拉克发现自己进退两难。他“借用”了史蒂夫的记忆，后来又冒用了他的身份，可他从没想到有一天会碰到认识真史蒂夫·布里克曼的寻道民——这下麻烦大了。

如果他们不是飞行员，他就能随意编造一些借口，诸如怠工啦，傲慢无礼啦，来开除他们。可他不能那么做。现在急需拥有飞行技术的人来帮他推动项目运行，而他们是整个尼桑所能找到的唯一具备此项能力的人。

卡迪拉克决定“迎接”这两位新人，他用目光轮流在他俩身上扫了一遍。他确信真史蒂夫一定知道怎样扭转不利局面。他决定试一试，像史蒂夫那样。可是知道史蒂夫知道的每一件事，并不意味着就能知道史蒂夫在特殊情况下会怎么做，那是全然不同的两码事……

还有一个问题他没有料到。从史蒂夫不再教他飞行开始，信息的“转让”就已经停止了。卡迪拉克与雪先生一起走了很长一段路，后来在返回时左赶右赶，才赶上亲眼见证史蒂夫驾机奔向自由的那一瞬间。至于诱使史蒂夫逃跑的导火索，他还是通过别的方式了解到的。史蒂夫在逃跑之后发生了什么事，他就更一无所知了。所以对于乔迪，他只知道她从甲板上变戏法一样消失之前的情况；而凯尔索，他则完全无从知晓。

“乔迪·喀珊……嗯,这名字挺熟悉的。她是路易斯安那贵妇号上的飞行组长。不过在后来的一场暴风雨中,她在试图着陆时遇害了。”

“嗯,”乔迪说道,“八九不离十。”她指了指自己脸和脖子上的深色疤痕,“这些都可以作证。”

“我看到了……”“布里克曼”警觉地看了她一眼,“除了这个,跟我记忆中的喀珊相比,你变了很多。”

“我确实是变了很多,不过你的改变可一点都不比我少。”

“你肯定是记错了,”“布里克曼”说道,“喀珊和贵妇号的事我是听说的,当时我并不在场。我没说你不是乔迪·喀珊,只不过我是后来才加入哈特曼的团队的,那时他已休整过来了。那次平原人可是重创了贵妇号。”

“没错。是啊,这个……它说明了一切。”

“布里克曼”忍住笑意,转身面对戴夫·凯尔索。

“你真的确定我们见过?我使劲回想了一下,可想不起来了,连你的名字我都不记得了。”

“对此我一点也不奇怪,”凯尔索说,“西蒙提到你的名字时,我还以为我认识你。不过,呃……跟乔迪一样……我肯定是搞混了,把你当成别人了。”他耸耸肩,“巧合而已。”

“这种事经常发生,”布里克曼说,“所以别介意。接下来我们还有很多时间来慢慢了解。欢迎来到此地。”他同他俩握握手,“雷·西蒙会将情况都告诉你们的。我们这里有良好的团队,不过现在,你们两人来了我们才能正式动工。”说完,他举手随意地敬了个阅兵一样的礼,然后大步流星地走开了。事情进行得比他设想的还要顺利。他并没有愚弄他们,不过两人都是聪明人,知道还是不要惹是生非的好。

西蒙看了凯尔索一眼,“那么,我很高兴现在一切都过去了。

你是否想说让我们言归于好，重新开始？”

凯尔索抓住他递过来的手，“当然。你还生气吗？”

“一点儿也不。”西蒙边说边往后退，“那我们宿舍见，好吧？”他转过身快步朝“布里克曼”追了上去。

乔迪和凯尔索看着他俩的身影消失在远处车间的拐角处，然后回过头迷惑不解地互相对视着。过了一会儿，乔迪先开口说话：“哦哦哦……”

“就是，”凯尔索说，“见鬼，这到底是怎么一回事？”

同样的问题——只不过是用文雅一点的日本语说出来的——也正摆在总领事东芝仲根、源大人和山下大人面前，他们一直在用信鸽互通消息。但直到现在，他们也只掌握了那么一点少得可怜的情况，所以没法得出准确的结论。

总领事关注的是，报告中说，陆路护卫在到达费镇之前曾两度被耽搁。他质问两名侍女到底发生了什么事。苏珊和南珂早就提心吊胆地等待着这一刻了，她俩像受了惊吓的金丝雀一样双手抖个不停，用尖利的嗓音叽叽喳喳地讲述着自己的经历。

听她俩说话简直就像有无数的长针扎进脑袋中，不过东芝忍了下来。听完后，他去找清水。自从清水回来后，总领事觉得湖心小屋里的整间卧房都再次变得优雅起来。她现在已经梳洗完毕，穿了一件薄如蝉翼的轻纱和服，上面印的是野花和闪着晨露的夏草。作为主人的老相识，她被请求重新变回他的快乐制造机，以安抚他那受到惊吓的心灵。等压抑了数周的激情终于痛痛快快地释放之后，他仰面躺在床上，体味着下体像着了火一般半是疼痛半是舒畅的美妙滋味。然后，总领事问她到底发生了什么事。

清水从自己被囚禁起来的那一刻开始，一五一十地细说了所有的经历。她承认自己的面具被取下来过，而且还被人仔细察看了身子，不过她以自己的生命起誓，说那些浪人完全没问她什么问题，而她也没透露任何信息给他们。她只是没提那天半夜，在驿舍里与信郎、史蒂夫以及使者长谷川敏郎的会面。提这个只会给云武士带来被杀的危险。好在总领事也没问到这一点。东芝仲根的提问都是基于侍女告诉他的那些内容，至于在她们睡着时发生的事，她们当然就无从知晓了。

后来，总领事在一次前往波士顿对清盛大人作公事拜访时，说起了那次绑架的详细情况，又主动说出了自己的看法：那不过是一伙蠢人不走运，没把底摸清楚就抢，结果抢错了人罢了。东芝急于要将事情粉饰漂亮，于是道出了最简单也最显而易见的推理：一群浪人，对护卫队伍中关得严严实实的轿子产生了极大的兴趣，就抢走了它，希望里面藏着某个大人物，想以此来敲上一大笔钱，结果却发现藏在面具下的不过是个毫无价值的长狗，为了摆脱累赘，他们就很快又将她和两个侍女扔回了路上。

清盛仔细倾听着，不时地点点头，表示同意总领事得出的结论，并附和说这样的犯罪行为真是可恨，不过这种突发事件只不过是个小插曲，根本用不着担忧。

“毫无疑问，这样的解释确实比较简单省心，我自己也很乐意接受，可是还有一个小小的、令人闹心的细节需要考虑到。”清盛停顿了一下，以让对方充分消化这句话，然后满意地看着东芝仲根原本大增的自信心又因为恐惧、不确定和怀疑而一下消失无踪。总领事的确是个出身良好的贵族，然而他不大自重，所以清盛素来喜欢时不时煞煞这个浪荡子的威风，从中找点乐子。

“我不太明白……”

“哦，得了，这还不明白吗？那帮浪人为了将人抢到手，可是死了四十六个人呢——”

总领事睁大了眼睛，“你都已经知道啦？”

谎话顺口拈来，“我还是转弯抹角听人说的，说护卫被伏击了，那些浪人也被杀了很多。不过我也是刚刚才知道他们最终还是带着……呃，属于你的私人物品逃脱了。关键不在这儿，那帮浪人损失了那么多人，最后却发现到手的不过是一个长狗和两个越南侍女。三个都是毫无用处的人，他们却给她们吃的，最后又亲自将她们送回到能看到大路的地方。呵，那可是要冒着损失更多人的危险啊。”

“也是——可他们是在夜里送回的，漆黑的夜色会掩护他们。”

“就算是吧，难道你就不觉得蹊跷吗？”

东芝不解地看着他。

“干吗非要放了她们？为何不直接杀了？最起码，也可以把她们留下来当奴隶嘛。”

在领主大人的追问下，东芝的眉头越缩越紧，他总算弄明白源大人话里的含义了。逻辑推理不是他的长项，他从来都是用下半身思考问题的。“嗯嗯，是的，既然你指出来了，我也觉得的确有点古怪……”他心神恍惚地挠着自己的肚脐，“我觉得他们肯定有自己的理由，只不过我怎么也想不出会是什么。”

“你最好使劲想想，我的朋友。”清盛严肃地说，“因为咱俩的性命可都系在这个答案上！伟大的神啊——这不是明摆着的吗?！这三个人本应该已经消失了，永远也不会再出现了！”

“是……的，我明白了。”

“要我说，”清盛继续说道，“只有一种解释。她们之所以获释，绝不可能是因为没有利用价值，而是因为她们的外表。有人非常看重这个长狗，跟你可是趣味相投。”他顿了顿，好让对方跟上他的思路，接着又说，“这是你的事，还是由你来猜测那人是谁好了。但我还是要提醒你，我的朋友，我觉得你已经被盯上了。我建议你赶快把自家的后院打扫干净。”

山下大人这边的情形略有不同。他很早就收到了信鸽传来的信息，在了解事情大致经过的同时，他就得出了同样的结论，比源清盛还要快。精工与他一直保持着密切联系，所以抢劫的事山下早就听说了，甚至连两天之后发生的血腥屠杀他也知道了。当时他还派了一只长翅膀的信使将这些情况告知了源清盛，警告他要小心。

对于此事，山下极为震怒。他已经尽了最大的努力，结果长狗还是落到了别人手里，虽然时间很短。好在总领事与他夺回黑光的计划没有利害关系。但山下现在非常希望在自己阵营里，最好不要有无法让他喜欢、未能让他信任、尤其是难以让他尊敬的人出现。源清盛向他提议说，作为将军的姐夫，东芝说不定会有利用价值。他不情愿地听从了。可如今，尽管他们百般防备，这个堕落的蠢蛋还是把自己推到了危险的边缘，而且累及到了他们的安危！

谁也不知道那帮将长狗囚禁了一夜的浪人的真面目，虽然只有数小时，却已经非常危险。据传，那些浪人实施抢劫是得到了上面的指示。当法令和通常的做法都行不通时，即使贵为尼桑统治者，也会毫不犹豫地采取极端手段来达到目的，雄心勃勃的领主大人自然更不例外。从源清盛传过来的消息看，那个下贱东西在被抓走后没有受到审问，而且她向东芝供述说也没有受到严刑拷打。没准她就是欠揍，不教训教训她，她怎么肯说出真相？当初决定让她活下来就已经冒了很大的风险，谁会想到她会成为东芝的专属娼妓？现在好了，她又招来了外人的兴趣，惹来更为严重的危险。

是的……一定得采取行动了……

山下已经被告知，侍女们对于那个死在米德里塔驿舍的武士及两个红条子都说了什么情况。那三人很可能是被忍者杀害的，可是对于此次谋杀事件，两个侍女几乎提供不出任何线索，山下也就找不出任何直接证据能证明谋杀与此前的陆路护卫被劫事件有关联。信郎胸口上的那张纸条倒是能暗示出他们是浪人，得罪了精工，可是纸条还没被更多人看见，就已经神不知鬼不觉地消失了。凶杀事件发生的地点米德里塔位于三菱的领地上。三菱是将军的盟友，而且应允了从江户夏宫发来的要求，这就给整个事件蒙上了一层神秘的面纱。

还有一封信，由使者长谷川敏郎执笔，收信人为精工家族的某个成员，信中的内容也能帮助山下证实他对幕后指挥者身份的猜测。然而，这封特意透露浪人藏身营地的位置以及进入办法的信，却始终也没能到达它的目的地。因为有人已经收到指令，要对使者的一举一动都严加监视。这个人亲眼看到使者委托里丁的一个店主通过邮政系统寄出一封密信，所以信很快就被截走了。

第十一章

长谷川敏郎利用自己内廷使者的身份,为史蒂夫谋到一份行路者的工作之后,就离开里丁,踏上了回阿隆基仑夏宫的旅程。每过一处驿舍,他都要换马,这样一路上就可以连续飞奔。虽说他是个老练的骑手,但这样狂奔也相当辛苦。每天晚上他下马之后,只是简单洗个热水澡,略略休息几个钟头,凌晨三点之前又要动身。当整个世界还笼罩在一片灰蒙蒙的微光里时,他就要跟昨晚一样继续赶路了。

回到江户,使者照例和一直对他满怀希冀的护卫队长镰仓互致了一大串问候,又按礼节向内廷递交了出使公文。只是近来家康肠胃上的老毛病发作得越来越频繁,此时正深受其苦,因而无法亲自接见他。

代理接见事宜的是家康的首要私人助理。敏郎向他表达了自己在得知尊贵的总管大人抱病在身后深切的关怀之情,并请助理替他向家康转达自己恭敬且衷心的美好祝愿,真诚期盼他能早日康复。助理也作秀般报之以同样的虚伪礼节,向使者保证说,总管肯定会为他所给予的关心和善意而深深感动,等等等等。

一连串的鞠躬鞠躬再鞠躬之后,会见终于结束了。敏郎却在心里犯了疑,不知道家康患病是否与将军有关。或许,将军终于找到了合适人选,既具备丰富的毒药知识,又不乏足够的精明,来放倒这只麻烦不断的老狐狸。

二十八岁的将军赖朝,在将军宫殿一层的书房里接见了使者。将军俯瞰着外面的园林池塘,池塘里朵朵百合点缀其间,红白两色金鱼在水中游来游去。武士上尉信郎的最后一条消息,是在放走清水那天用信鸽发过来的。里面的内容终于结束了对清水身份的猜测,也再一次证明使者的信息源是完全可靠的。

将军坐在一个台基上,旁边坐着他的五个贴身护卫。敏郎在他面前跪下。将军免去了他通常的礼节,使者盘腿坐了下来,开始叙述自己在米德里塔与清水见面的经过。当然,报告内容是精心编造过的,他没提清水已承认她和她的男伴都是身上并无图案的变种人。对于中岛信郎又捉了一个长狗,他倒是悉数汇报了,还简短地叙述了一下这个长狗落入浪人手中的经过。

敏郎接着解释说,此人是一名情报队员,其工作的秘密性质同他自己一样,也是直接受联邦"将军"的领导,"从他的回答来看,很显然我从先前收集到的情报中得出了一个错误的结论。山下大人并没有同联邦或是联邦的同盟者勾结,到目前为止,他还只是在同草猴以及叛变了的长狗做交易。"

赖朝的脸一下子沉了下来,看起来他似乎至少失去了十分之一的冷静,"那么,目前看来,除了证明使我姐夫堕落的那个下贱东西确实是个长狗之外,你对他们的控告纯属无稽之谈,对吗?"

年轻的将军痛恨这种不确定性。那个阴谋是被明明白白地确定下来了的,与之对应的策略也已计划好了,与信得过的同盟者达成的谅解也一再重申了,而那些摇摆不定的领主也已经被承诺的金钱和物质打动了:所有的配套事宜都安排妥当,现在却要散场了。

本来,把这当作一次毫无意义的尝试也未尝不可,只是一想到家康对此的反应,赖朝就气不打一处来。这个老不死的内廷总管一直都不甘心失去对使者团队的控制,他会抓住一切机会来诋毁这种直奏式做法的。如果让他知道——毫无疑问他肯定会知道的——这最新一轮御敌之策事先并没知会他,也没同他商量,以至于弄巧成拙,出了个大洋相,他一定会在去附近妓院的路上从头笑到尾的。

"我对此不是很高兴,朋友。一点都不高兴。从一开始,我就不怎么相信这些传言,我只是相信你的判断。可现在看来,你完全弄错了状况。"

"也不完全如此,陛下。给我时间,我相信还是能向您提供第一手的证据来证明——"

"给你时间?哈!干什么?编出更多更好听的故事吗?你指控说源清盛是山下大人的主要同伙,其实源清盛之所以会卷进制造飞马的事情当中,是因为家康建议我说应该将制造许可证发给我们能信任的人!你是不是想让我再给你一个月的时间,到时你会告诉我,我现在唯一还能信赖的内廷总管,也被卷进这场阴谋了,对不对?"

此时,家康在将军心目中的形象突然从可恶的掣肘者变成了出类拔萃的智慧老人。可是将军忘了,当初建议他把自己的第四个姐姐下嫁给东芝仲根,并让仲根做了总领事的也是家康。

敏郎深深地弯下腰去。成败在此一举。他的命运就看将军听完他接下来说的话之后会做何反应了。"陛下,请允许我再次申明,如能为您效犬马之劳,无论死生都是一种荣耀。只是请求您稍稍回忆一下,当第七波浪潮到达这片海域时,长谷川家族的血液也曾经与他们的战友,崇高的丰田家族的鲜血相互汇合,将东海的海水都染红了。

“任何出生在血统如此古老家族里的人，都不会明知故犯地用毫无根由的指控来玷污另一个高贵家族的名誉，因为那么做不仅会让他自己丢脸，还会让他的家族为此蒙羞。这样的耻辱只有按照传统要求切腹自杀才能洗刷掉。

“不管我是死是活，都不能改变一个事实，那就是，山下家族拥有的势力和野心已越来越严重地影响到了目前的和平与稳定。虽然基于摆在面前的证据，我得出了错误的结论，可即便如此，我的失误也是诚实的，是出于谨慎的天性，也是出于强烈的、保护将军幕府的愿望。

“然而，纵然我的出发点再好，也无关紧要。一个武士，如果想要配得上武士的荣誉，就不会为自己犯下的错误百般辩解。如果他操行得当，他的所作所为自然会证明他的荣誉。不管最后的判决是严厉还是仁慈，作为至高无上的君主的仆人，他必须随时随地无条件地接受对他的审判，而且心怀感激之情，因为君主是正义的唯一仲裁者，他的权威必须得到从一而终的绝对服从。”

“说得好。我希望所有人都能这样想。”

敏郎再一次深鞠一躬，表示接受了这句评价。真悬，不过还好，虽然他仍没有脱离险境。“陛下，如果我发觉自己一无所获，将不得不两手空空地来见您，那我宁愿选择自杀以谢罪，也不愿亲自向您承认自己严重判断失误，那对我来说是一种耻辱。可是我没那么做，因为我带来的消息远比我们曾经谈论过的所有问题都重要。”

“说下去……”

使者犹豫了片刻，他的嘴唇突然开始发干。他舔舔舌头，润了润唇，然后才说道：“山下和联邦结盟带来的威胁虽然不存在了，可联邦直接的威胁却降临了。”

将军紧紧绷着嘴唇,双眼眯成一条细线。

“联邦的统治者对草猴与山下大人之间的安排很清楚,甚至包括这一次交易的条款:一船连发步枪交换一架飞马和飞行员。信郎抓到的那个情报队员也知道武器是什么时候、在哪里交付的。他口口声声说,他们主子给了他们一种秘密装置,所以他们可以在远处监视我们。他的原话是这样说的:‘整个天空都有我们的眼睛和耳朵。’”

“他有没有解释那是什么意思?”

“没有,陛下。我个人觉得他指的是用‘高工艺’秘密制作的那些装置。因此,就算他解释给我听,我也不一定能理解。”

“你相信他说的?”

敏郎将手伸进长袍,拿出史蒂夫的那把格斗匕首,匕首已被一个黑色的丝质袋子包起来了。“情报队员为了证明他的身份,提供了这把刀。是武士上尉信郎从他那里收缴的。”他用手指夹着细长袋子的一端,缓缓伸向前,轻轻放在台基前的垫子上。

五个原本呈半圆形盘腿坐在将军背后的护卫,见此情形都抬起了臀部,将脖子伸得长长的往前看。

赖朝只瞥了一眼,“是什么?”

“一种我不敢碰、也不敢说的东西,可是职责所系我必须将它呈献在您面前。”

“这么说,我们现在讨论的这装置是用黑光作为动力的?”

敏郎低下了头。

“很好。既然你能搞到这东西,还知道把它带给我看,那么你可以被无条件地饶恕了。”赖朝说道,“而且将来,不管是你持有它,还是按我说的去处理掉它,都不会受到任何叛国罪的指控。我这么说,你会不会觉得好受点?”

“可能吧,我只是有种不祥的预感。”敏郎真希望将军能把刚才这至关紧要的赦免白纸黑字地写下来。

“你多虑了。把它打开吧。”

敏郎打开袋子,小心翼翼地不去碰里面的东西。

将军目不转睛地盯着格斗匕首,“既然你说它有重大意义,我希望,它并不是看到的这么简单。”

使者按下按钩,掰开刀柄上的木片,露出里面装在金属框架上的微型电路。

从没见识过任何电动装置的赖朝,怀着十二万分的小心仔细审视着这个袖珍型无线电接收装置,心里惴惴不安,生怕它突然之间活了过来,让整个屋子充满致命的光线。“这是用来做什么的?”

敏郎将信郎的解释复述了一遍,又补充说,关于这东西他没有问史蒂夫太多问题,因为这个伪装起来的长狗明显自以为这东西定能吸引别人的注意力,所以他不想让自己表现得好像很感兴趣的样子,以免上了那家伙的当。

“这么说,如果我理解得没错,利用这装置,无论情报队员到了哪里,也不管白天还是黑夜,他的主子都能知道他的确切位置?”

“是的。而且这种情形一直维持到他落入武士上尉信郎的手里后才算结束,因为那以后刀子就到了我手上。”

将军点点头,接受了他的解释,“你是否知道这个情报队员来这里干什么?”

“他自己非常急于要告诉我这一点,陛下。他来此的目的有两个:他要找到那个在鹭池指导工作的变节长狗,找到后要么将他劫持走,要么直接杀掉他;还有,如果可以的话,最好将那个长狗建起来的所有设备全部捣毁。”

“就凭他一个人?不可思议……”

“陛下,我不想承认,可又不能不承认,他确实是一个不可思议的人,就连武士上尉信郎都不得不钦佩他的格斗能力。他反应机敏,鲁莽但很勇敢,他对自己所属的体制怀有一种令人难以置信的忠诚信仰,而且完全无视自己的生死。”

“像他这样的人,还有来尼桑的吗?”

“可能会有,我们应该予以重视。”敏郎承认道。

“那他有没有说,他为什么被派到这里来执行任务?”

“有,陛下。联邦认为,我们下决心制造飞马,是对现状的威胁。他们希望能破坏这项工程,所以要派人来劫持或是杀掉那个将制造飞马的机密偷偷带过来的反叛者。万一这个情报队员失败了,为了先发制人,联邦将不得不使用更强大的武力,从而引起大规模的武装冲突。”

同一个装备有黑光神力武器的敌人作战,这一前景彻底破坏了将军内心深处的平静,而这平静是他花费了数小时在圆石花园里冥思苦想后好不容易才得来的。随着脉搏跳得越来越快,他太阳穴下面的青筋也越来越突出了。

“那么……你是怎么做的?”

“我向他提供了帮助。”

将军的眼光骤然凌厉起来,“你这么做,我相信你能给出一个恰当的理由。”

敏郎垂下头。在决定供出布里克曼这个人之前,他已经想了很长时间,也想了很多方面,还小心地计算了每一步。“我知道您一定会对此感兴趣的,陛下。”

接下来,使者详细描述了他做出的安排:他已经将那个情报队员变成了行路者,这样他就能被派往总领事的府邸;他到了那里后,如果时机成熟,他就能——当然,如果将军也很希望如此的话——被转到鹭池那里去。

“通过将此人编入系统内部，我们就可以将他置于掌控之下。除非有我们的允许，他将无法改变他现在的身份。”敏郎打开他从史蒂夫手里拿来的那袋粉红色叶子，将它们的作用解释给将军听。

“正因为我同意帮助他，他才告诉我他的目的，这样我们才能依据是否对我们有利来决定是帮助他还是阻止他。知道了他在做什么，身处何地，就能监视他，他接触到的人我们也可以调查得到。只要您一声令下，他就会立即消失。

“另一方面，如果出于某些原因您想拿掉一两个……‘反对者’，或者终止鹭池的项目，您就会发现，这个与众不同的长狗将有助于您达到自己的目的；而且事成之后，他会成为替罪羊，被一举除掉。”

赖朝将一只胳膊放在左腿边的漆木扶手上，咬住下唇，“嗯，嗯，这主意不错。”

“一切看起来都将是有外来力量介入的样子。一旦发生什么意外，山下必定首当其冲，因为所有的异族人都是由他们家族引进来的。这样一来，假设发生的‘意外’导致，比如说……罗地兰岛和马萨诸萨两地的总领事不幸身亡……”

“会被解释为是对幕府的攻击——”

“那么，无论如何，那些被牵涉进来的人——不管有多无辜——也会被要求做出补偿。”

“没错……”

将军开始考虑各种可能性，接下来是一阵漫长的沉默。遵照惯例，这期间敏郎不能正视将军，直到他开口说话为止。

“我觉得有必要告诉你，在这次谈话开始的时候，我本已对你的前程非常担心。后来你告诉我，你同那个情报队员之间达成了交易，当时我真的认为你已经到了悬崖边上。不过现在，我看到你干得不错。”

敏郎优雅地弯下腰，重新坐正了身子，他对自己的表现非常满意。他对情势的把握完全准确。就算长狗用黑光武装起来了，尼桑的武士也能找到办法反击联邦。只是对幕府来说，即使胜了也得不偿失。因为作战会耗费大量的财力物力，会打破目前各方之间的微妙平衡，引起局势不稳，说不定丰田家族会在混乱中被山下——发展论的忠实鼓吹者取而代之。

敏郎心里很清楚，如果要面临这一前景，将军一定会选择牺牲掉鹭池的项目，避免出现不得不“攘外”的局面——至于“安内”，则可以后再说。而这，无疑正是使者急切盼望的。

在源氏家族的众多住宅和总领事的府邸之间来来回回送了四天邮件之后，史蒂夫总算搞明白了，现在分派给他的路线中也包括鹭池这一站。想都不用想，他知道他的那个藏在幕后的神秘合伙人已经在暗地里帮忙了。

史蒂夫先是被派去波士顿，又从那里出发前往纽波罗。一路上他都在留意天上的动静，可是什么也没有，这说明卡迪拉克制造出来的那种滑翔机飞行范围相当有限。

根据对飞机制造知识的了解——在飞行学院里，他是班上最棒的——史蒂夫知道，在尼桑的技术条件下，如果想维持不间断的高空飞翔，必须研制出特殊形状的机翼。假如年轻的字匠真的如雪先生宣称的那样，窃取了史蒂夫辛辛苦苦学到的所有理论和实践知识，那他肯定也清楚这一点。但从目前的情况来看，卡迪拉克并没有去设计新的机翼，这说明他是想等时机成熟时制造一个推进装置。如此一来，史蒂夫在路过鹭池时就只能见到那种后掠式机翼了。卡迪拉克显然是在测试基础机身的稳定性，直到他能用现有的材料和工具造出高效率的引擎来。

太了不起了，简直超乎想象。如果进展速度再快一点，没准史蒂夫会发现自己是多余的。尽管如此，他打入鹭池内部还是有用的。虽然一开始卡迪拉克可能会有些犹疑，但如果史蒂夫向他保证，他们两人想出来的任何好点子最后都会由卡迪拉克独享好处，那么史蒂夫相信自己能说服这个变种人答应让他入伙。卡迪拉克确实偷了他脑子里的知识，可他的思维方式跟史蒂夫不一样。由于智力上的缺陷，他不可能利用偷来的信息去参破史蒂夫的思考过程。他得到的知识的确很有价值，但知道如何利用这些知识却是完全不同的另一码事。

想到这一层时，史蒂夫正沿着大路往西朝马拉巴拉和鹭池方向前进。想通之后，他的心情大好，步子也不由得越来越快。快到一个小村落的时候，他突然看到三架白色机翼滑翔机正以紧密的三角队形，从一大堆蓬松的低层积云后面钻出来，冲进蔚蓝的天空。这一幕看得史蒂夫大为震动。

史蒂夫估计他们的高度大约有 2000 英尺。这是一个热天，从四周农田里散出的阵阵热浪一个劲儿往上蹿。一旦热浪到达云层，任何一个联邦飞行员都知道如何利用这些上升气流来获得更进一步的拉升。

队形配合得相当默契。三架滑翔机转向右侧，机身与地面平行，然后掉头朝下，在头机的带领下急剧下落。史蒂夫意识到他们想在空中翻筋斗，就停下脚步驻足观望。他屏住呼吸，等着观看它们是否有足够的动力一路攀升到最高点。要是身后有引擎，就完全不必担心动力的问题。可这些家伙不一样，说不定还没过顶就失速了，它们之间离得如此之近，到那时就会发现麻烦大了。史蒂夫怀疑滑翔机上是否装有空速[1]指示器，也很好奇卡迪拉克是否能确保他的机身经得住特技飞行。

① 飞行器与空气的相对速度。

史蒂夫的担心是多余的。三名机手始终保持一体,谁也没从空中掉下来。他们爬到了最高处,而且仍然保持着紧密的队形,就好似三架滑翔机被粘合在一起似的。接连表演了一连串的俯冲之后,它们经过他的头顶上方朝左侧飞走了。

史蒂夫用一种大步慢跑的步伐跑起来,这还是他从穆卡尔部落的熊武士那里学来的。由于刚才的飞行表演,三架滑翔机偏离了大约1000英尺的航线。如果他们一路上都这样绕飞,最终会返回到通往马拉巴拉的路上,而那里正是鹭池的所在地。如果他一路顺利,既不必停下来,也不必向往来的武士叩头行礼的话,也许还能及时赶到那里观看他们着陆——说不定还能看到更多的设施。

大路两旁鳞次栉比的房屋顶挡住了视线,他无法看到滑翔机队形。不过一过村落,他又看见了它们,发现它们正朝着他希望的方向前进。再往前,大路拐了一个弯。转过去后,位于大路右侧的鹭池一下子跃入了他的眼帘。

再抬头看渐渐靠过来的飞行队形,他忽然发现头机左侧的那架滑翔机正在剧烈摇晃。它很快就掉队了,与另两架滑翔机擦尾而过,直往下落。左翼后面拖了一样东西。滑翔机摇摇晃晃像喝醉了一般一头向史蒂夫栽过来,他赶紧跳过一道沟渠,从农田边跑开了。

飞机靠近之后史蒂夫才看清楚,原来左翼后面拖着的是一些从机身上脱落的外壳。不过剩下的机身仍可以产生足够的动力,只是滑翔机正一点一点失衡,一边摇晃一边滑行。为了保持机身的平衡,飞行员只好不停地降低还完好无损的右翼。显然飞行员正忙着让滑翔机在外壳完全脱落之前着陆,不然它就要头朝下直接坠地了。

史蒂夫在潜意识里急于帮助那位飞行员同僚。他往前瞎跑了一阵，突然发现自己正身处险境：失事的滑翔机冲着他的方向扫过来，在离地只有五十英尺高时，一只机翼突然朝下一转，径直朝他所在的位置急速坠落。一时之间，史蒂夫不知道该朝哪个方向跑，他呆呆地站着，嘴巴张得老大。一瞬间，似乎那一大堆东西就要全部砸在他头上了，他的五脏六腑都扭结在了一起。万幸的是，飞行员在最后一刻终于将机翼放平。一阵震耳欲聋的"咔嚓咔嚓"声中，机头在离史蒂夫不到十码的地方撞击了一下地面，又猛地向上升去。情急之下，他就地一滚，机身擦着他的头皮冲了过去。

*奶奶的！真该死！*史蒂夫伸出双手稳住身子，抬头看看滑翔机，发现它正掉头往地上栽。它挟裹着气流在还未收割的庄稼地里冲开一条宽阔的道路，终于侧着机身停了下来，右翼末端离突起的田埂仅有数英寸的距离。这段糟糕的滑行在地表犁出几道凌乱的浅沟，不过滑翔机总算是全胳膊全腿地降落了，只是两只机翼有一只半已很难再修复了。

史蒂夫跑上前去，拨开缠在左翼后缘的白色条状织物，看到飞行员正小心翼翼地从驾驶座里往外爬。他，哦不，应该说是她，头上缠着白色头巾，穿着束腰上衣和阔腿裤，左脸上结着一层厚厚的铅灰色的疤。

"你要看好方向，"史蒂夫语调温和地说道，"我差一点就被撞死了。"

乔迪·喀珊的一条腿还僵硬地搁在机身上。她起初只是漫不经心地瞥了他一眼，半天才陡然醒悟，"克里斯托夫在上！你这该死的怎么会跑到这里来了？"

"我正要问你呢。"

"我先问的。你先答。"

"说来话长啊，但有一点，我是来看你的。我说过我会去找你——还记得吗？”

乔迪颇不以为然地看了他一眼，将另一条腿从驾驶座里拉出来。两只脚一着地，她的双膝不由得软了一下。

史蒂夫一把抓住她的胳膊，“你没事吧？”

乔迪固执地站直了身体，“心都提到了嗓子眼儿。”她甩开他的手，转头看了看织物已经脱落的机翼，从机尾绕过去检查了一下右舷机翼，然后跪下来察看机身的下部和损坏的木滑橇。

史蒂夫注视着驾驶座。里面只有藤条椅、操纵杆和方向舵脚蹬。如果史蒂夫判断正确的话，驾驶座里应该不会有任何维修工具。他跪下来看了看自己这一侧的损坏情况。木板做成的木滑橇已严重开裂，支撑杆也歪到一边，插进了机身腹部。他站起身来，俯身看了看机头。

“损坏得很严重。左翼散架时，我还以为你这下完了呢。真想不到，你的飞行技术丝毫不减当年。”

乔迪抬起头，还保持着跪姿，“废话少说，告诉我你来这里干什么，布里克曼？”

“不干什么。”

“少来了，拿这话去哄小孩子还差不多。”

“只是送一些信件去鹭池。我现在也在这里工作了。”他笑了笑，“跟你一样。”

“脸皮真厚，你好意思吗你？”

“不会吧，就算回到大平原我也会这么说。”史蒂夫回过头去，看到几个穿着蓝色和白色外衣的人正从鹭池方向朝他们这边跑过来，不过现在还离得比较远。他扭头看着乔迪，急促地说道：“听着，我们没有多少时间了。跟你一起飞行的还有谁？”

“凯尔索。”

“是吗？原来是好心的戴夫啊……”

“别指望了。要是你碰见他，最好溜边走。他到现在还在怪你把他害到这里来。”

“那还有一个呢？”

“你是说飞在最前面的那个？”乔迪忍不住笑出了声，“他就是负责整个项目的人，”她停顿了一下，好让他听仔细了，“碰巧也叫史蒂夫·布里克曼。”

史蒂夫一边迈开大步，一边琢磨着这个消息，“很好。还有其他飞行员吗？”

乔迪本以为史蒂夫听她这样说会大吃一惊，这下反被他的平淡反应给震住了，“没……”她一边起身，一边整理自己的思路，“……只有我们三个，另外还有二十四个巡道兵。”她顿了顿，依然迷惑不解，“我还没弄明白。你认识那家伙吗？”

“是的，我来这儿就是为了他。他叫卡迪拉克，是个变种人。你肯定听说过变种人中也有‘正常人’，而他就是‘正常人’。”

乔迪用一阵挖苦的笑声掩藏了自己的惊讶，“是吗？”她看了看史蒂夫身上黑黄两色的衣着和脸部胳膊上的旋涡状图案，“那么你呢，这身打扮又想干什么？”

“嗨，拜托，我们还是少说这些废话好不好？你看到的这些是我求生的伪装。内里我还是我。”

乔迪疑惑地看着他，“是吗？这可只是你的一面之词。”

史蒂夫回头瞟了一眼，心里估算了一下营救小组到达这里的时间，“同他们挥挥手。如果他们知道你还活着就不会赶得很急了。”

乔迪离开滑翔机走远几步，高举双手在头顶挥舞起来，眼睛却看着史蒂夫，“我真不明白你到底是个什么样的人，布里克曼。可我还是要说，你可真是够邪门儿的。”

“是吗？那好，站稳了，我现在要告诉你另一件邪门儿的事。”

史蒂夫深深地吸了口气，“我们在内布拉斯加相遇时，我并没有将整个事情都告诉你们。”

“你这个杂种。马隆说得对，你就是一个联邦密探！”

“我不是！我发誓我不是！”史蒂夫大声嚷道，然后又压低嗓门耳语说，“不过我确实在执行任务。”

乔迪闻言倒退了一步。

“我没有选择！他们威胁说要杀了我戚妹，还要剥夺杰克老爹的荣誉！我的的确确是从变种人那里逃回来的，这一点我没撒谎，但后来我还是想办法回到了联邦。”他绝望地挥了挥手，“那是我一生中犯过的最大错误。我以为自己会受到英雄般的欢迎。可是去死吧！我被弄到字母级楼层！克里斯托夫在上！你能想象吗？像我们这样的人，不得不在那样的地方讨生活？”他停顿了一下，“你知道那儿有多深吗？”

“大概一百五十码吧。”乔迪答道，语气已不像刚才那么生硬，“可你并没在那儿一直待下去。”

她猜对了。我是得到了机会来着……

“在逃离穆卡尔部落时，我犯了一个大错。那之前，为了能取得他们的信任，我说服了卡迪拉克，帮我把那些七零八落的飞机配件搜集到一起，那些残片还是他们从法兹蒂和其他人的坠毁座机上抢救出来的……”

“是内勒。”

“是的，内勒。总之，变种人答应帮忙，条件是我得教会他如何飞行。”

“哦……”乔迪倒吸了一冷气，“我敢打赌，那些审查员在听到这一点时肯定会发抖。”

“我没有告诉审查员，不过他们还是发现了。问题是，这个变种人没有任何平原人标记，他不仅是个‘正常人’，而且还是一个字匠——”

“就是最睿智的人。”

史蒂夫点点头，“他并不只是睿智这么简单，他还拥有变种人的魔法——你肯定听说过，不过可能不会相信。千万别让我解释那是怎么一回事。可是，只要你教他，不管教什么，他都能进入你的大脑里，就像用吸管吸康戈德一样吸走你知道的所有事情。”

“天杀的……”

“我也是这种感觉。幸好，联邦的人都还不知道这件事。要是给他们知道了，我一准儿现在还在字母级楼层里待着。不过，我在那里疏通了三个月的下水道之后，高层人员给了我一个机会来将功补过——”

“如若不从，他们就会拿你的小妹妹开刀……”

史蒂夫摊开双手，“我不得不从，乔迪。”

她严肃地点点头，“好吧，我就信你一次——那么，你来这里做什么？”

“我得想办法将那个变种人带离这里，把他毫发无损地送回平原人那里，还有他的一位朋友。一共两个人。”

“听起来挺有趣的。你打算就靠自己来做这些？”

“不，我希望你能帮帮我。看在往日共事的份上。”

乔迪眯起眼睛，“啊呀……你这家伙的脸皮可真厚。”

“我知道，你已经说过了。算了，咱们都别再装了。要是说我不应该来这里的话，你比我更不应该。你做不来破闸好汉，乔迪，你仍然是个‘纯蓝子’。要是马隆手下没发现你，你肯定早就缺胳膊少腿地回联邦了。”史蒂夫回头看了看越来越近的营救队员，“听我说，你好好想想看。还有，这当儿干吗不装出膝盖发软的样子呢，这样我就可以扮成是救醒你的人，他们就会看到我是在做好事。”

“我有一种感觉，我一定会后悔这么做的。”

史蒂夫回敬给她一个动人的微笑，“你能损失什么呢？你要是不喜欢这个主意，那就直接把我卖了吧。我现在可是被你捏在手上。”

“也对……”乔迪弯下了膝盖。

史蒂夫从滑翔机前面绕过去，抱住她无力的身体，“相信我，”他一边低声说一边轻拍她的脸，“如果这次我们能想办法回去的话，咱俩就都可以成为联邦的大英雄了。”

“我不能待太久。”史蒂夫说道。

“不用担心，待一小会儿没事的。”卡迪拉克将他领进一间房间，介绍说这是他的“书房”，“我已经同管事的人打过招呼了。他会派一个变种人去伍斯特驿舍，告诉那里的人你要在这里停留一下。”他笑了笑，“你在事故现场帮了大忙，又帮我找到了故障所在。别紧张，放松一下，就跟在自己家里一样。”他朝房间里挥挥手，“怎么样，还可以吧？”

史蒂夫在心里快速地盘算了一下。透过拉开的屏风门，可以看到卡迪拉克的寓所四周环绕着修剪齐整的草坪和各种其他植物。他们脱掉鞋子，穿着袜子站在铺着榻榻米的地板上。榻榻米是一种长方形的垫子，用稻草编成，铁大师的社会里大量生产这种东西，还拿它与变种人做交易。房间的一侧有一片狭长的隆起，下面是空的，可以堆放物品。

地板上摆放着一张矮茶几和两块坐垫，一张大绘图桌安装在角落的支架上，旁边是一把凳子和一个立着的广口罐，史蒂夫猜测那是用来装绘图工具的，还有一个小架子上放了一摞鬼子称之为“纸”的东西。除了绘图桌上摆得乱一些，显示出主人的品性之外，房间里其余的摆设都与史蒂夫所知道的其他铁大师的室内布置一样。

“不赖。”

卡迪拉克报之以一声嘲讽的冷笑，“不赖？不！是棒极了！我在毛皮搭成的帐篷里缩手缩脚地生活了那么多年——在那里，你站起身的时候，想不碰到屋顶都难。可是再看看这里，你难道就感觉不到吗？”他轻蔑地摇了摇头，“我告诉你吧，这里的人才懂得什么叫生活。”

卡迪拉克的寓所位于鹭池四合院的外面，离通往马拉巴拉的大路有两百码的距离，附近分布着修剪得整整齐齐的灌木丛和林木带，这让史蒂夫想起了他与清水还有黑衣人会面时的驿舍独立阁楼。

一段时间以来，史蒂夫一直都很纳闷，疑心尼桑是否有一份他所不知道的基础语词汇表，那上面的词汇能够描述他到尼桑后见到的一切事物。来自地下世界的史蒂夫，没办法完全理解他在地面行走穿越时的所见所感，因为在联邦的世界里，每一个人的生活和思想，包括总统司令在内，都深受军事组织和军事术语的影响。

轮船还不算什么，虽然这东西之前他同样见所未见、闻所未闻，不过他可以把它想象成漂在海上的篷车队，再加上他自己的亲身体验，这样理解起来就容易多了。但是，铁大师社会里那些形态各异的建筑却是一个全新的概念，它们表现出一种完全不同的生活模式。宫殿、房屋、楼阁、农舍、商店、市场、城镇、村落，这些词汇史蒂夫以前从来没听过，就像他从来没想过这世上还存在着诸如“爱”、“自由”这样的词一样。

与清水的相遇改变了一切。他意识到，与她有关的回忆一直到现在还横亘在他与卡迪拉克之间：眼睛看不见她，却能真切地感觉到她，就跟她本人出现在这个房间里一样，这一直烦扰着他们二人。

卡迪拉克拉开墙板,露出一排木架。他从架子上取出一个装有清酒的瓷器瓶,又拿了两只一模一样的小杯,放在绘图桌上,他熟练地斟上酒,示意史蒂夫拿起一只杯子。

两个举起各自的酒杯,碰了一下杯沿。

“为往日时光干杯。”卡迪拉克开口说道。从他的声音和表情里判断不出他对这些东西的好恶。不过,他一口就饮尽了杯中的酒——从这个动作,倒是能看出他似乎是想借此消除某种痛苦,或是想借外力的刺激来应付这次意外的重逢。

经过上次与信郎的对饮,史蒂夫知道酒能让人口不择言。所以这次,他只一点一点地慢慢品尝,以集中心思观察他对面的人。他也没想到会与卡迪拉克相遇,而且是以这种方式相遇,因此该如何应对他心里也没底。

卡迪拉克重新斟满自己的酒杯,塞上瓶塞,又一口见底,“说吧……你怎么会来到这里的?”

“呵,原因多得很。不过,雪先生让我捎了口信给你。”他注意到,在提到老师的名字时,卡迪拉克的眼里闪过一丝光芒。心虚的内疚,温暖的回忆,挥之不去的忠诚,这些都不重要。重要的是这是一道缺口,一个可以用来攻破他的防卫的契机。

“是他让你来的吗?”

“不全是。他很担心你。当时他发现你并没有随着轮船一起回去。”

“你也到交易点了吗?”

通常在这种情形下,史蒂夫有一个简单的行事准则:如果问题很棘手,他会本着事实真相,利用丰富的表情来达到答非所问的效果,这样他就不用撒谎了,而把谎言留在真正急需的时候再去讲;等到他不得不编瞎话的时候,就找准对方性格中最大的弱点,编一个大大的谎话,自圆其说。

"是的。咱俩制作的那架滑翔机上的索具坏了,我没办法返回联邦。"

"我没想到你会回去——因为没有发动机。"

"嗯。不过雪先生对我说,你后来把那个发动机修得棒极了。"

"是的,就连你要是见了也会印象深刻的。"

"我想我会的。总之,我到处流浪了一段时间,后来被一帮红皮[1]收留了。我们在雪天藏了起来,可是等到你们称之为新土季到来的时候,我们的一个小分队全部被穆卡尔部落抓住了。"

卡迪拉克很是惊讶,"雪先生把你卖到河下游去了吗?"

"那倒没有。"史蒂夫笑了,"我向他提出,要来这里找到你。他很担心你在石头里看到的事情,而且——"

"我在石头里看到了很多事情。"卡迪拉克恨恨地说道。

史蒂夫没理会他的情绪,"他要我设法找到你,看你是否平安无事,同时让我转告你,时间已经所剩不多。当他知道你要留在这里,而且是完全出于自愿时,他真的很受打击。"

卡迪拉克无所谓地耸耸肩,算作回答。然后他一口喝干杯里剩下的酒,又重新斟满。

史蒂夫本来算计好的说服步骤已进行一半了,可这个变种人却依然不为所动,他真是想不明白为什么。"嗨,难道你不觉得你应该少喝一点吗?"

"不劳你操心,我心里有数。再说了,喝这个没坏处。"卡迪拉克的声音已开始含糊不清了,不过他举杯的胳膊和站立的双腿都还稳定有力。他举起酒杯说:"来,干一杯。这东西我这里多得很。这也是我享受到的众多好处之一。"

"那其他的呢?"

① 变种人对联邦反叛者的称呼。

卡迪拉克的嘴巴从杯沿上挪开，空着的胳膊朝房间里一挥，“生活在尼桑的变种人，有几个能住上这样的房子？”

“没几个，这倒是真的。”

“我还有另一间房子用来睡觉，一间用来吃饭和会客，一间厨房，一间用来洗澡，也就是你们所说的浴室。还有两个人专门负责砍柴并照看花园，一个厨师，厨师还拥有自己的女帮厨，还有四个贴身奴仆打扫卫生，帮我洗衣，为我做饭，替我铺床——铺好后她还要睡在上面。”

“听起来似乎的确不错，但……”

“最重要的是，我现在终于能做自己真正喜欢的事了。做一些有用的、有难度的事情，这才是我真正想要的。你明白我的意思吗？而且，对我来说，这是生平第一次，我的存在有了意义。在尼桑的其他地方，变种人和寻道民都被看得尘土一样低贱。可是在鹭池，情况就不同了。这里的人尊重我。”

“这么说似乎真不错。”史蒂夫说道。

卡迪拉克又倒了些酒，“不管怎样，我在这里的工作还远没有结束。就算结束了，看在哥伦布的份上，难道我就应该放弃这所有的一切，回去像个老妈子一样照顾那些榆木脑袋的呆瓜？他们身上的臭味闻起来就像在牛粪堆里滚过一样。”

“哦，好吧，人各有命。咱们第一次见面时，就说过差不多一样的话。”

“但有一样咱们都没说，就是实际上我要比普通熊武士更聪明。”

“简直是天壤之别。”史蒂夫承认道。真是个自私的人，他贪得无厌，很难知足。如果他想得到的是赞誉，那么现在他确实如愿以偿了——而且是盛誉。“你也是那样看雪先生的吗？”

“不，当然不是。”

“那么,试问他要是死了,部落怎么办?你说过你在石头里看到了他的死亡,还记得吗?而且这种事是肯定会发生的。”

卡迪拉克不以为然地耸耸肩,“可能我是看到了,也可能我没看到。”

“但他非常信任你。他告诉我,他只有短短几个月可活了。”

“可是我有更多的理由不回去。”卡迪拉克已醉得神志不清了,他的抵抗开始动摇,“听我说,在石头里看未来这事本来就很不可靠,何况我还只是一个新手。我看到的并不一定准确,比他更不准确。是的,没错,我是在石头里看到了很多鲜血、汗水、眼泪,还有死亡和毁灭。雪先生就在其中,和部落的其他人一起。而你,也出现在里面。不过,也可能我把两件完全不同的事弄混了,或者时间弄错了。或许是在今年,但也有可能会是在明年甚至今后十年内,虽然这并没什么区别。”

“你为什么要这么说?”

卡迪拉克将杯中酒一饮而尽,“因为我在部落中的那一部分生命结束了。很快,那里就会什么都没有了,所以我没必要回去。他们完了。”他一把抓过酒瓶,又一屁股坐在茶几上,粗鲁地继续往自己面前的杯子里倒酒。

史蒂夫眯起眼看了看绘图桌上的手稿和草图,然后坐到垫子上,直视着面前这位年轻的字匠,“谁完了——穆卡尔部落,还是平原人?”

“我不想再谈这个。”

史蒂夫将自己的杯子往前推,让卡迪拉克斟上酒。其实他并不想再喝了,可是如果他多要点,卡迪拉克就可以往他自己的嗓子里少灌点。到目前为止,除了声音已经含糊之外,卡迪拉克一直都自控得很好。但史蒂夫有种感觉,这个变种人随时都有可能醉得不省人事。他可不想那样。他们还有很多事情没谈呢。

史蒂夫举起他的第二杯酒，与卡迪拉克的第四杯对碰了一下。他抿了一小口，慢慢地咽下。不管卡迪拉克表现得如何镇定自若，史蒂夫知道对方肯定被自己的突然出现吓坏了。史蒂夫也清楚，下一个回合他将不得不异常小心，如履薄冰。“抱歉。是我把你的事情弄得一团糟。”

“恰恰相反，事情好得不能再好了。没有你，我来不了这里。”

“我不是说你窃取我知识的事。不管你从我这里学到什么，我都很乐意。我说的是清水。”史蒂夫说完顿了顿，等待着对方的反应。然而卡迪拉克的脸上没有任何变化。史蒂夫再试，“对已经发生的事，我很抱歉。你救了我的命，还把我当成朋友，而且……可我却背叛了你。尽管之前我从没想过要那么做，但——”他无能为力地耸耸肩膀，“——这就是我不得不仓皇逃离的原因。我没办法隐藏自己对她的感情，而且……我很羞愧——为自己犯下的错误。我没脸再面对你和雪先生。”

“这是命中注定的。一切都是辟邪主的意志。一个人如果想要成为真正的武士，就一定得让自己具备强大的内心力量来接受这样的事情。”

“虽然如此，可我毕竟伤了你的心。”

“一时而已，”卡迪拉克说道，“我现在已经感觉不到什么了。”

没错，看得出来……史蒂夫看着卡迪拉克又喝了不少酒，“是不是就是因为这个她才没跟你在一起？”

“不是。我们一到，铁大师就把我们分开了。”

“你没为此而苦恼吗？”

“干吗要苦恼？我又没有危险，她也没危险——她能召唤辟邪主的力量。”

“那你知道她现在在哪里吗？”

“知道，她被交给你现在的雇主了。”卡迪拉克微笑着观察史蒂夫的反应,“太巧了,不是吗？现在我们三个又聚到一起了。如此接近,却又如此遥远。”说着他往自己的杯子里倒酒,不过这次酒溢出了一些洒在桌子上,“简直让人怀疑这都是命中注定的。”

“是的,”史蒂夫说,“太巧了……”他站起身,慢慢走到绘图桌前,凑近去看卡迪拉克的工作成果。所有的一切都是借助木质直尺辛辛苦苦地一笔一笔手工画出来的。

而在联邦,这种草图全都存在“哥伦布”里——那台为联邦服务的中央电脑中,存储着海量的图样资料,联邦造出来的每一种器械上的每一个零件都涵盖其中。具备相应等级的人可以将存储的图像调出来,直接在显示屏上将它们组合成新的设计图样,再全部输送给自动控制的机械设备,生产出各种各样的零配件。

史蒂夫现在看的几张纸,就是一种轻型的小蒸汽引擎的设计草图,上面有一些修改建议。在另一张更大的纸上,从三个侧面画出了与实物大小一致的图样,此外还有一幅剖面图,显示出它的内部细节。这种设计非常独特,不过需要大量的精加工,而且只能小批量生产。

这才是问题所在。对史蒂夫来说,时间是最关键的因素。他不能坐等铁大师提高机械加工技术。那个阴谋中,有太多只手在里面搅和了。所谓夜长梦多,对他来说尤其如此。他要在乔迪的帮助下——或许还有凯尔索的帮助——设法将卡迪拉克和清水弄上去布法罗的船。为了尽快赶到哈德逊河,一定要利用现有技术快速解决推进器的问题。在清酒的作用下,史蒂夫感觉到身体里一阵快意地发热,他灵机一动,解决办法有了。

“这主意不错,不过要将它组合起来,需要的时间太长了。”

“我知道。我得尽快拿出东西来,不然鬼子可能就要失去兴趣了。”

“我可以提个建议吗？”

“我怀疑我能不能拦住不让你提。”

“你知道你还需要什么吗？”

“当然知道，另一瓶清酒。”卡迪拉克用力将空酒瓶从开着的屏风门扔到院子里。

史蒂夫从墙上的厨柜里又拿出一瓶，举过桌子先为卡迪拉克斟满，然后坐下来把自己的杯子满上。“你需要的是一个助手，一个能与你交换意见的人，一个你可以信赖的人。在你研究这样一个大概念的时候，他还能关注事物的本质。”

“你想到的是谁？”

史蒂夫自谦地耸耸肩，“干吗非得舍近求远呢？我拥有的知识不比你少。我们曾经只用梦想和新鲜空气就造了一架蓝鸟。而现在，利用目前的这一套设备，只要我们俩齐心协力，一定能成功。”他举起酒杯，“当然，最后的荣誉都是你的。怎么样？”

“我得好好想想。”卡迪拉克说。他费劲地想将第五杯酒倒进喉咙里，可惜手已经不听使唤了——才刚灌进去一半，其余的就全都洒在他衣服的前襟上了。随即，“砰”的一声钝响，他的前额砸在了桌子边上。

侍奉他的女仆显然早已习惯了这一幕，也一直在等待着这一刻。一面屏风墙应声拉开，四个形体娇小、身穿彩色及踝长袍、脚着白色袜子的婢女走了进来。她们恭敬地向史蒂夫鞠躬致意后，抓住卡迪拉克的胳膊和腿，将他那毫无知觉的身体拖出了房间。

这就是所谓的“真正的武士”……

史蒂夫将自己杯子里的酒倒回瓶中，背上邮包又上路了。这次的意外重逢可真够奇特的，感觉就像是同镜子里略微变形了的自己对了一场话似的。只要卡迪拉克醒来后没把这一切都忘个一干二净，那么他布里克曼，史·罗·布里克曼，就还有机会。只消说上一大堆好话，再加上好好表现一番，很快他就能让自己成为这个团队的主力。

经过四合院的大门时，他想起了乔迪·喀珊，不知道她心里会怎么想。她已经答应不会告诉凯尔索他在这里的真正原因，史蒂夫百分之九十九地确信她靠得住。因为当他说她内心深处仍然是个“纯蓝子”时，他能感觉到自己触动了对方的心弦。只是凯尔索需要费点功夫才能说服，不过问题不大，编个好故事就能把他搞定了。史蒂夫现在需要的是黑衣人的首肯，以及被他拿走的那袋珍贵的粉红叶子。

还有清水。他需要再见她一次。到这个新地方执行第一次出行任务时，他就是沿着她被困其中的岛屿所在的湖岸走的。那次在浪人营地里，他匆匆向她许诺说会再来找她，虽然她一再请求他不要鲁莽行事，拿自己的生命来冒险，他还是坚持信守自己的诺言。做了行路者之后，他发现只要没有任务在身，趁闲暇时“四处走走”还是有可能的。不过直到现在他都没有逮着机会。自从来到这里后，公务缠身，他不得不整夜待在离此很远的其他驿舍，所以一直没机会接近她。

跑步慢慢消退了清酒带来的麻木感觉。史蒂夫感到神清气爽，开始以最快的速度奔跑起来。*是啊……总地来说，今天的收获还算不错。*

几天之后，史蒂夫发现自己又要朝南进发了，这次是沿着双岛湖的西岸走。大劫难以前，双岛湖被称作萨德伯里水库[①]，它长约三英里半，最宽处达一英里半，南北方向。蜿蜒的湖岸线连起来看就像一只松垮垮的高跟靴子，同意大利靴[②]一样，只不过双岛湖在脚踝的地方掐得又细又紧。清水就被藏在湖中面积较大的

① 位于马萨诸塞州中部偏东，马拉巴拉以南。

② 因意大利的国土形状很像一只长筒靴，故有此说。

那个岛屿上，位于靴子皱巴巴的靴筒上。岛屿东侧建有一道小小的防波堤。而较小些的那座岛屿则正好位于纤细的脚踝上，岛的西端与对面的湖岸之间距离不到三百码。

他的好运近在咫尺却又遥不可及，这让史蒂夫很是懊丧。从湖西岸游水过去绝对没问题，可在大白天干这种事简直是太危险了，而且他还得考虑现在的工作。如果他无法按时交付信件，很可能就会失去这份工作，那样他就很难再有机会进入鹭池内部了。他恨恨地低声咒骂一通后，踏上了一条通往文索卡特[①]的小径。他此次的目的地是纽波罗，而文索卡特是他路上经过的第一个邮件收发站。

小径延伸到靠近靴子湖足踝部分的地方，便离开湖岸，穿过一片长满松林的高地。朝阳初升，阳光射进林间，一片红色的野草热烈如一池火焰，他的影子斜斜地投在脚下的道路上。花粉和空气中的尘埃在缕缕金色光线中上下飞舞，像新生的萤火虫被周围的美丽世界深深迷住了一般，漫无目的地飘动着。

这是地面世界的众多奇景之一。无穷无尽的阳光和阴影，五彩缤纷的颜色，每一年，每一月，甚至每一日都会呈现出不同的亮度。而在联邦，虽然也有人造的黎明微光，却没有阴影，没有阴暗的角落，没有地方可以躲藏。人造灯光从各个角度倾泻而下，它按比例精确地复制了阳光的成分，却永远也代替不了真正的阳光。就像不管第一家族如何天纵奇才，造出以岩石为屋顶的地下世界，造出闪着微光的大理石广场和荒凉的渊薮风景，但永远都不可能与地面世界的广阔和壮丽相提并论，更不用说那令人怦然心动的灰蓝地平线和充满千变万化云彩的苍穹了。

一阵马蹄声传来，打断了史蒂夫的遐思。他往远处望去，一个身穿红黑两色盔甲的人正骑着马朝这边飞奔而来，背上插着两

---

① 即文索基特，位于罗得岛州北部。

面狭长的靠旗——从这身装扮上看应该是个武士，而且还不是普通的武士。

史蒂夫退出小径，屈膝跪下并伏身向前，前臂放在地上，掌心朝下，鼻子置于两个大拇指之间。与社会阶层最低的铁大师相比，史蒂夫的地位还在他们之下。因此，按照要求，他得趴着不动，眼睛不能与武士对视，直到对方从他面前经过，然后再缓缓数上十个数才能起立。令他惊讶的是，武士到他面前时，马蹄声骤然停了下来。

哦，哦……这到底是怎么一回事？

他从眼角瞥了一眼，瞟到武士下了马，又将缰绳拴在离他大约有十五码远的一棵小树上。他的视线只能看到马，骑手被挡在马后，所以他看不到这个鬼子的脸。不过看到看不到也没什么区别，反正他们的脸在史蒂夫看来都差不多；再者，何时能与对方进行眼神交流是规定好了的，这样他就更难分辨鬼子之间的长相区别了。

史蒂夫转而注视着地面，一边等待，一边调动全部的感官来感知这个武士下一步会干什么。他用眼角捕捉到光影的移动，知道鬼子正迈着大步缓缓朝他走过来；他听到整套盔甲移动的声音，接着又是一声微弱但却令人寒意顿生的刷刷声，那是长刀从刀鞘里拔出来的声音。

哦，真该死……

武士的身影停在他面前，他身旁两侧野草的颜色被影子加重了，由普通的红变成了血红。

史蒂夫在心里祈求辟邪主的保佑，辟邪主却毫不动容。寒冰一样的刀身贴在他的右颊上，又顺着耳朵下方往前滑。无需去看史蒂夫就知道，刀刃是朝上的。刀尖略作停顿后，又倏地一下径直从他的脖后划到左耳下。刀尖抽回去时，史蒂夫并没感觉到异样，直到鲜血从皮肤上流过，又顺着下巴滴落时，他才意识到自己被划伤了。

“我说……情况怎么样了，朋友？”

是黑衣人。不过这次，他换了一身打扮。

史蒂夫突然有一股难以遏制的冲动，想不管三七二十一抬起头，看一看左耳还剩下什么，不过他到底还是忍住了。他的这位合伙人不仅残忍，而且动作极其敏捷，再加上此时此刻情势很不明了，因此他不敢拿完全没把握的事来冒险。在他头顶上数英寸之内来回移动的锋利刀身让史蒂夫很为自己刚才的冲动后怕，他明白自己的好运已经快用完了。他将两个大拇指之间的鼻尖微微抬起，开始叙述自己与卡迪拉克碰面的经过。

“大点声！”

史蒂夫略略抬起头，清清嗓子，一口气说完剩下的话，最后才将自己已向卡迪拉克提出帮他建造合适的飞马动力装置这件事说出来。

“他怎么回答？”

“他说他会考虑的。”

“关于你，呃……以前的遭遇，他难道没有任何别扭的感觉？”

“一点儿都没有，见到我他还很开心呢。尤其是现在，他的处境可比我好多了。”

“我理解这一点。”敏郎说道，“我所代表的‘利益相关者’已同意我将你引入此次行动中了。你现在可以任意实施你的破坏计划。不过，你在破坏鹭池项目之前，得先帮助建成它。”

“大人，我很乐意效劳。”

“没错，我也觉得你会对此感兴趣的。你能确保这些飞行器完全可用吗？”

“一旦我投入工作，不出一个月准能弄出一架自动力滑翔机。”

“很好,这很重要。说实话,你的性命可能就悬在它身上。”

用不着你来告诉我,史蒂夫心想。“我可否问一下,我们最初达到的……‘谅解’是否仍有效?”

“什么‘谅解’?”

“就是保证卡迪拉克,以及和他同来的那个女变种人——清水,他们能安全离开此地。”

“哦,这个啊,是的,不过……可能不太好安排。”

“我来安排,”史蒂夫回复道,“我只需要您亲口保证,您保证自己所代表的那些‘利益相关者’别来横加干涉就行。”

这个长狗的傲慢无礼又一次惹得敏郎既惊愕又震怒,不过敏郎最终还是极力抑制住了想冲上去砍死他的冲动。他非常不想以对等的身份来对待布里克曼,然而没办法,他得靠对方来完成任务。此时此刻,他不得不收起自尊心。他还指望着这个自称为“情报队员”的人能达到他的要求——既能羞辱将军的对手,又能扳倒他们,为敏郎获取自己最想得到的一切扫清障碍。

“没问题,我可以向你保证。不过,另外还有一件事你得做到。我们要求你去让一个叫东芝仲根的人消失。他是这一片领地的总领事,而且很巧,他也是,呃,那个……你想要带走的另一个人的主子。”

这又是一件我很乐意为之的事,史蒂夫心想。不过由你来求我去做,意义可就不同了。他答复说会关注此人的。

“如果你能承诺除掉他,我就能保证将那位女士毫发无损地交到你手上。怎么样,做个交易吧?”

史蒂夫盯着武士的脚趾,估量着这件事的前景。通常说来,要求一个奴隶身份的人去杀害一个高层铁大师,这是非同小可的事。这件事除了暗示其中还有更多他所不了解的阴谋之外,似乎还预示着黑衣人以及黑衣人所代表的“利益相关者”已经相信了他所说的话,并且准备认真对待他了。他已经参与进来了,既然他们想让他来干一些龌龊勾当,那他就可以拥有一点行动上的自由。这意味着除了原定的鹭池任务之外,他能拥有更多的转圜空间及更多的时间来将自己的计划付诸行动。

是的……事情进展得十分顺利,但如何上船却还是毫无头绪。

“能承担此项任务我很荣幸,不过,如果站在我的角度,您就会发现,要接近一个高层官员——从职位上来看应该是高层——是很困难的。”

“这个你不用担心,朋友。到时候,需要什么帮助你都会得到的。”

这话倒是不错,就是听起来不太顺耳。史蒂夫很想站起来,可他知道那样做是很不理智的。最好还是对着草说话吧,“您想让这件事什么时候开始?”

一阵意味深长的沉默之后,对方才又开口说:“我接到的指示相当明确。要用飞马带上总领事,等飞到尽可能的高度后,把他从空中丢下来。他要被摔得稀烂,像一只迷路的流浪狗被路过的大车碾过一样烂。这是他罪有应得的死法。别的就没什么了。明白吗?”

“是的,先生。”这可真是个自杀性任务,不过没时间来让他两腿发软了,“让他从飞机上掉下来这绝对没问题,可要让他上飞机就没那么容易了。首先我得调到鹭池去。一旦到了那里,我肯定能制作出一套推进系统。等推进系统研发出来后,说服卡迪拉克让我参与飞行测试就顺理成章了。到那时,我就可以登上飞机。但问题就在这里,据卡迪拉克讲,掌管鹭池的是本地的领主大人。”

"源清盛大人。"

"就是他。卡迪拉克虽然是项目负责人,但他跟我们其他人一样,也只不过是一个雇员罢了。真正操纵局势的是源大人的人。那里的组织结构不消由我来告诉您吧,您应该知道的。如果以我目前的身份,没有您的令牌,他们是绝对不会让我靠近总领事的。再说,就算让我靠近他了,我又怎么才能说服他去乘机呢?难道说请他去兜风吗?"

"这个你不用担心,朋友。等你一切都准备好了后,他自然会去的。"

武士的这句回答,更加印证了史蒂夫对其幕后操控者身份的猜测。只有一个人,才会有足够的权威来命令总领事去登上一架由异族人驾驶的飞机。那就是将军本人。

没错……史蒂夫,你一定要万分小心,他在心里对自己说。你已经完全参与进来了,这可跟屏幕上的射杀变种人游戏完全不一样,这次,与你一起玩的可都是大人物,下的赌注自然也不小。你要知道,他们可是一些杀人不眨眼的人……

黑衣人在表述清水与总领事的关系时不够坦率,这表明他并不可信。"对变种人许下的诺言不算数。"卡尔斯托姆不是这样说过吗?你敢拿你最后一顿饭发誓,此时此刻这个衣着讲究的鬼子心里也一定是这么想的:对寻道民许下的诺言不算数。是的……如果想要不缺胳膊少腿地回去,他需要的帮助远非乔迪或者凯尔索所能提供得了。他必须寻求更强有力的援手。而眼下就有一个,她不单愿意,而且可谓是热切地希望能够帮到他。

清水。

也许她还不能移动群山,不过已经拥有改变地形的力量。万一发生紧急情况,他得想办法将她从那个孤岛上带走。只要有她在身边,就不必惧怕山下的人,也不用担心黑衣人的那些朋友,因为只要一看到危险的苗头，她就能不费吹灰之力将它消除掉。

武士的声音打断了他的思考，"对了，还有这个。"他的双脚从视线里消失了一下，很快又出现了，"你最好拿着它。我相信你会希望让你的朋友知道发生了什么事。"

一个黑色绸布包裹的细长物件被丢在离史蒂夫前额只有数英寸的草地上。不用看就知道，包里的东西只有一种可能，就是藏有无线电装置的格斗匕首。

"我真的可以拿着它吗？"

"当然，你可以告诉他们你现在的处境很好。在这个时候，咱们可不想让任何人意气用事，不是吗？"

"是的，我想不能……"

"匕首里的东西还在。能不能把那东西取出来，其他的都扔掉？"

"不能。它具体是怎么运作的我也解释不清楚，不过装置的动力源被一层特殊的结晶体密封在刀片里了。"

"好吧。先把它放在你的邮包最底下，直到你有更好的地方藏它再说。"

"多谢。"史蒂夫说，"可否将格斗棒也还给我？"其实他已经知道答案会是什么，可那有什么关系？总该试一试吧。

他这个问题引起了对方一阵讥笑，"你疯了吧？持有一把匕首已经足够把你在十秒钟内处死了。你还想干什么？在脖子上挂上一个'处死我'的标牌吗？"

"您说得对。好吧，就当我没说过。把那袋粉色叶子还给我吧。不洗掉这身伪装，我可没办法在鹭池开展工作。"

"我这会儿没带在身上，朋友。"

史蒂夫在心里暗暗咒骂，"那我什么时候才能拿到？"

"等时候到了我们自然会给你。"

“装扮成现在这种变种人的模样我连飞机的边都摸不到。”

“我知道。”

“那好。我几时才能调过去？”

“我正在办。”

这家伙纯粹是在骗人，想诱我进圈套，史蒂夫心想。“您的意思是说那很难办？”

“也没什么。只不过碍于我所代表的‘利益相关者’，我不能显得好像是为了你去直接干涉鹭池的事务。如若不然，就会危及你‘自由情报员’的身份，甚至还会破坏大局。我只能……呃，间接地同总领事的人以及重要驿舍的关键负责人取得联系。只有他们才能做出安排。”

真恐怖……“那就让我们祈求上天保佑他们不会弄丢文件吧。咱们下次什么时候见面？”

“有必要时自会见到。”

“没错，可时间——”

“不必担心，我知道在哪儿能找到你。你只要让脑子保持清醒，随时准备着就是了。”

史蒂夫听到长弯刀轻轻插回刀鞘的声音，接着就是双脚移动时盔甲上层层金属片发出的轻柔碰撞声。

随时准备着……傻子才会那么做。

史蒂夫用眼角余光看到武士重新上马，掉转马头朝他这边慢跑过来。鬼子脸的上半部分被宽檐头盔的影子挡住，下半部分被缠在下巴上、用来固定白色头巾的红色丝绸带遮得影影绰绰，看不甚清楚。史蒂夫的鼻子一直抵着地面，直到马蹄声渐去渐远，他才站起身揉揉跪得生疼的膝盖。

又是一次颇有收益的相遇。黑衣人在这场较量中占了绝对的上风，大大恢复了他那受过伤害的自尊心，然而史蒂夫可没功夫跟他计较。时间已经开始流逝。偏锋所在的轮船不可能永远在哈德逊河上跑,而搭他的船前往布法罗是逃跑计划中最关键的一步。如果黑衣人不愿或是不能让事情以最快的速度往前发展,那么他,史蒂夫·罗斯福·布里克曼,将不得不单独行动了。

第十二章

清水一觉醒来，发现史蒂夫就跪在她枕头旁边。她既没显得惊讶，也没表现出慌张。其实在潜意识里，她已经知道他来了，甚至醒来前最后几秒还梦到了他。而几秒钟之后，梦想就和现实融合在了一起。上次他们在浪人营地里偶遇时，她曾劝他不要拿自己的生命冒险来见她。可自那以后，她的身心都渴望着能与他再次结合。现在，这一刻终于来了。

潜入湖心小屋之前，史蒂夫已经用毛巾将自己擦干了，以免留下任何踪迹。可是，他的皮肤摸起来依旧潮湿而冰冷。清水的手指慢慢划过他的胳膊和肩膀，然后用手捧起了他的脸，将自己的嘴唇印在他的嘴上。

两情相悦的吸引力依然强烈如昔，她唇间的爱抚和温暖的拥抱又把他带回了他们曾经一起度过的那个晚上。想要占有她，占有她的身体和心灵的欲望，和她的身子靠过来时所激发的那种难以名状的感觉淹没了他的理智，使他一下将个人安危完全抛在了脑后。

清水似乎也全然忘记了，他的到来会将她置于致命的危险之中。她松开搂在他脖子上的手，掀开丝绸被面的一角，无声地邀请他同床共眠。

史蒂夫非常想钻进去，不过最后一丝自控力还是紧紧束缚住了他。他不是冲着扑进她的怀抱才游水过来的。他握住她的手，轻柔地拉过被子，在他们的裸体之间竖起一道安全屏障。他心里非常清楚——就跟第一家族生来就是为了统治一切一样清楚—— 一旦他们肌肤相亲，他就会忘了所有的一切，级别、编号，甚至连他自己叫什么都不知道了。“咱们得谈谈。”

“等会儿再……”

“不，现在就谈！”史蒂夫一把抓住她的双手，不让它们分散自己的注意力，“不要！”他发出一阵嘘声。

清水躺了回去，只抚摩着他的脸，偶尔将手指插进他的头发里。

上次在他腰部以下滑行的双手是萝兹的，那已经是去年的事了。当时在桑塔纳大厦里，他俩都吸食了劣质烟草，因此他不敢确定那次他们都做了什么，只是到现在他还感觉很糟糕。对于清水的事，他还没主动坦白，萝兹就已经知道了。所以，一想到她的一部分知觉此时正潜藏在他的身体里，他就很不舒服。

原谅我，戚妹。这是没办法的事……

史蒂夫将他俩半夜三更在驿舍与神秘黑衣人会面之后发生的事简明扼要地对清水讲了一遍，一直讲到自己与卡迪拉克不期而遇后的把酒相谈为止。

他并没有和盘托出。对于在阿里巴尼码头边上巧遇偏锋以及在鹭池对面的农田里偶遇乔迪·喀珊的事，他一个字都没提，而且也没说他不久前与将军联络人相遇的事。他打算以后再告诉她。

“听我说，我们准备拿卡迪拉克怎么办？我已经试着跟他讲道理,可他似乎铁了心要留下来。他说他已得到了曾经梦想的一切,呃……除了你。”

“他是这么说的吗?”

“那还用得着说出来吗?要不然他干吗老是喝得不省人事?他拼命地灌酒,好像以后再也没机会喝似的。”

“他有没有问我发生了什么事?”

史蒂夫犹豫了一下,“他知道你被控制住了,而且知道是被谁控制的,呃……”

“那他有没有说别的?”

史蒂夫字斟句酌地说:“也没说什么。他,呃……好像觉得你会照顾好自己。不过,也可能是他想故意气我。”他耸了耸肩,“我们还是谈正事吧。我跟他说过,要是我没来——”

“可是你来了,注定如此。卡迪拉克也知道,他从天眼石里看到了。”

“可能吧,不过他还是需要一些良药来减轻痛苦。”

“痛苦在你离开我们的时候就已经存在了。我也很痛苦,因为我并不想伤害他。可就算我同他勉强在一起了,我也无法得到安慰。我同他的生命线已不像过去那样紧密缠绕在一起了。总有一天,他会理解为什么会发生这一切的。你也一样。”

“嗯,是的……我相信你是对的。只是此时此地,我不得不面对卡迪拉克。也许他并没有敌意,可他一碰到酒瓶,就不知道会干出什么事来。”

“那你打算怎么办?”

“如今一切都取决于卡迪拉克。他跟我提过,说想制造一种引擎,不过他遇到了一些问题,我就……提出愿意帮助他。听着,这只是开始。如果我能接近他,兴许还可以说服他。这话我只跟你说,如果不是迫不得已,我一天也不想在这里多待。要是卡迪拉克愿意悄悄离开的话,事情就简单多了。”

“他怎么说?”

“那个,他没说‘行’,也没说‘不行’。尽管发生了那么多事,他好像还是很想偷去我的脑力。”史蒂夫说完,低沉而又沙哑地笑了笑,“我只想说,他其实已经拿得差不多了。”

“他那样做你生气吗?”

“当然不……那样做使事情有趣多了。问题是,我希望你能跟我一起去,或许你能……你知道怎么去说服他,让他明白其中的道理。可是……”

“他不会听我的,他已经完全被头脑里的邪念控制住了。”

“是啊……”我们谁都会有邪念,史蒂夫心想。就算是你,可能也有我所不了解的黑暗面。那种……事情将我们的双眼都蒙蔽住了,那样的感情我觉得很难控制,它会将我们带往哪里?它是否会给我们力量,让我们走完全程?或是将你我双双毁灭?

薄薄的被子充满了无尽的诱惑,每当他们肢体相触时,他的身体里都会传来一股电流,击得他从头到脚都麻酥酥的。时间会说明他们正去往何处。就算他命里注定将因她而死,也不失为最甜蜜的结束方式。

嗨,拜托!振作起来,布里克曼!集中精神!

他一点一点地挪动身子,趴到床上,心脏在棉花褥子上扑腾扑腾地跳着。直到好不容易压抑住身体里的冲动后,他才开口说道:“听我说,关于卡迪拉克,咱们得意见一致。如果我们无法说服他自愿离开尼桑,就只有用另一种办法,就是让他留在这里的可能性变为零。你明白我的意思吗?”

清水将两人之间的被子推开,转过来面对他,倚在他的右肩上。史蒂夫感觉她的乳房碰到了自己的皮肤,感觉她的心正在他的右肩上“怦怦”地跳动。她的手臂伸到他的脖颈下抚摸着他的脊骨，嘴凑到了他的耳朵旁，“你要做什么都可以……”

史蒂夫紧紧地夹着双腿，将骨盆使劲抵在褥子上，“我有个计划，嗯，还不算太成熟，能不能起作用还得看接下来几周的进展。”他话还没说完，就突然被一种混合着愉悦和受挫的感觉所震慑住了，“嗨！听我说！等一会儿。这很重要！”

清水的手停下来，若无其事地缩回到他的脖子上，他那可怜的右肩仍然像三明治一样被夹在她的双乳中间。还好，她胸以下的部位还在被子里裹着。史蒂夫勉强将自己的心思集中在今晚到此的真正原因上来。

他尽量不去感受她的舌和牙在自己耳朵上的动作，告诉她他与黑衣人达成的交易：用总领事的死来换她一命。耳朵上的轻咬突然停下。等他将置东芝以死地的办法详细描述了一遍后，她整个人都缩了回去。

史蒂夫支起胳膊肘，低下头去看她。他从湖中游过时，月亮高高地悬挂在夜空之上，四周的云彩也被它镶上了一层银边。后来，他悄然向湖心小屋走过来时，月光还很明亮，一团暗影投在他面前的路上。只是到了室内，光线却一下变得很暗，暗到他无法看清她脸上的表情。

“是不是他的死会让你觉得难过？”

她伸出手臂抱住他的胳膊，“不是，我是担心你的安全。有机会的话，还是让我替你杀了他吧。”

“不，”史蒂夫答道，“那样你会很危险。万一我有什么三长两短，你还可以帮助卡迪拉克离开这里。可是如果没了你，一切就全完了，我们谁都回天无力了。”

“我不会有事的！我不是跟你一样，一出生就在辟邪主的护佑之下了吗？雪先生说过，卡迪拉克和我是辟邪主的剑和盾。他的力量贯穿了我的身体！”

“我知道，我指望的就是它了。不过，我们只有在关键时刻才能用它。”他吻了吻她的鼻尖，“你的好意我心领了，但我不能不照他们说的去做。”他的声音一下子变得生硬起来，“况且，如果能亲手宰了他，我会感觉好得多。”

清水轻抚他的脸庞，“哦！云武士，你没必要妒嫉任何人。你拥有的甚至连卡迪拉克都不曾得到过！铁大师确实曾占有过我的身体，可他从来不曾拥有过我的心和我的魂。我像一只空空如也的瓶子，被剥夺了所有的感觉，他却说我是他梦中的女人。我对他来说只是一个梦而已，再没有别的。他对我做的绝大部分事情，只不过是他头脑中的臆想罢了。”

接着，她解释了如何利用自己的法力来改变总领事的意念，史蒂夫仔细地听着。趁着这空隙，他将话题转向与黑衣人达成的协约，说道：“麻烦的是，我没法相信他。所以时机成熟的时候，你最好能跟我们一起待在鹭池。我现在受制于人，说不准什么时候就会被逼着去做不该做的事，万一不幸捅了大马蜂窝，铁大师的惩罚就会立刻像山崩一样落到我们头上。到那时，你移山倒海的法力可就成了唯一能将咱们救出去的希望了。”

“我愿意为你做任何事，这你是知道的。”

“我知道，只是我们还有很多事要做。我得先去鹭池做准备工作，不然咱们谁也没办法离开这里。问题就出在这儿。鬼子现在正在整个尼桑范围内寻找懂飞行技术的寻道民，而瞧我这一身行头，却是变种人！”

“这很适合你啊。”

“别误会我的意思。我真的很符合他们的要求，你比谁都清楚我的飞行技术。我来的时候随身带了一包粉红皂叶，后来被黑衣人搜走了，到现在都没打算还给我。你这里有没有？”

“有一点，但不够洗掉你身上所有的彩绘。”

史蒂夫低声咒骂了一句，“没关系，拿给我好不好？说不定哪天它就能起作用了。”

“你现在就想要吗？”

“现在不要，等会儿吧。听我说，我在想一个问题，既然你能渗透进东芝的脑袋里，兴许也能让他生出个念头，让我进鹭池。”

“以什么身份？寻道民？”

“不行，那太难办了，我没有身份卡。登记入册时我的身份是变种人，最好还是保持这个身份。等时机成熟时我再变回寻道民。”

“那你想让我跟他说什么？”

“让他下令视察驿舍，还要巡视在驿舍里工作的每一个人，包括行路者。等他在队列前巡视时，我希望他能把我挑出来，调到卡迪拉克的住所去干活，随便做什么都行。”

“你确信自己能干得了吗？”

史蒂夫无声地笑了笑，“不用担心这个。我曾经在字母级楼层里跪着铺了三个月的下水道，所以不管卡迪拉克扔给我什么活，我都拿得下来。有时候，表示一点谦卑没什么坏处——要是能将我支使得团团转的话，他的心里会舒服一点。”他抓住她的双肩，“我知道我的要求多了一点，不过——你能帮我这个忙吗？”

“我可以试试。”她伸出手臂环住他的脖颈。

“哦，总比把那些烂事塞进他脑子里要好得多。”

“要我跟你说多少次才行？他对我来说什么都不是！”她试图把他往下拉，可他却倔强地一动也不肯动。

“那卡迪拉克呢？”

“我们在一起长大，像兄妹一般，一起分享彼此的快乐，并肩面对共同的对手。我绝对不能斩断我同他之间的联系纽带，但他需要的是我的法力，而不是我的爱。”

史蒂夫这才任由她将自己拉下来并顺势躺在她身旁，“我还有很多话想说给你听——”

清水拉拉被子，将两人都盖起来，“当你的皮肤挨到我的皮肤时，我已经知道了所有我想知道的话。抱着我，云武士。我们在一起的时间不多了。”

“可我还有一些事要解释——”

清水以亲吻封住了他的嘴唇，“让一切都随它去吧，我爱的人。”她喃喃细语道，“我们是两片泛黄季里的叶子，被西风吹离了原来的方向。我们的灵魂被倾注进母亲的子宫里之前，人生就已注定。车轮已经转动，大道已经铺就，我们必定要前往它引导的地方……”

她与他融为了一体。

啊！哦！天啊！克里斯托夫在上！

一直到天快亮时史蒂夫才爬到岸边他藏衣物的地方，这是相当危险的。不过还好，他不必走太远。长长的双岛湖在总领事属地的最西边，而他被分派的驿舍与东芝的官邸离得很近。只是时间所剩不多了，为了抄近路，他不得不沿着一个兵营的墙根走，那是为政府雇佣军提供的住处。他悄无声息地穿了过去。当回到行路者的简陋宿舍时，人们都还没起床。

在尼桑，夜里变种人是不用被锁起来的，行路者也一样。对逃跑者的惩罚是非常严厉的，所以只有白痴或者再也忍受不下去的人才会想逃跑。变种人如果能被挑中去做行路者，是极大的幸运，因为做这项工作意味着能享有一些令其他人艳羡不已的权利。他们才不会给自己找任何麻烦，免得被重新扔回到以前那猪狗不如的生活中去。

铁大师都是苛刻严厉的主子，但他们并非没有一点人情味。

对于被俘至尼桑的变种人，他们像支使畜生一样奴役他们，然而他们也允许变种人像畜生一样自由交配，让做同一工种的人组成家庭。对奴隶主来说，怀了身孕的奴隶在孕期的最后几周可能无法下地劳作，但她生下来的“铁步”却可以增加劳动力的数量——得到他们不需要运费，还能不断增值。

所以，行路者在不当班的时候，就可以与在厨房、浴室、洗衣房或是四合院附近干活的女变种人自由交往。而双岛湖离行路者的住处足有四英里之遥，因此他们不可能跑到这里来。要是史蒂夫撞上一个巡逻的人，那就麻烦大了。不过还好，他运气不错。

第二天夜里，史蒂夫找了个机会给司令官，也就是情报队的头子卡尔斯托姆发了这么长时间以来的第一条信息。他先用微型铁笔运行自动诊断程序，以检查收发装置是否完好无损，然后键入他的代号和目前所在的具体位置，又将他已经同偏锋讲过的情况以及已同两个目标人物取得联系的信息简明扼要地输入进去。末了，他又键入三字简码要求对方收到自己的信息后予以确认，再签上自己的代码缩写“HGFR”，选定适当的发送时间间隔。一切都弄停当之后，他按下了自动发送按钮。

史蒂夫知道，按照设定的程序，在接下来的22时到24时之间的两个小时里，接收装置会每隔一段时间，连续不断地将他的信息发送出去，到明早4时到6时之间还将重复一次。他合上匕首包好藏起来，然后上床睡觉。

据史蒂夫猜测，第一家族肯定已经在尼桑秘密设置了中转站，因为无线电信号的发送范围是有限的，如果没有中转站，他实在无法理解联邦怎么能收到他发出的信息。然而，他只想到了地面，却没想到空中。他不知道，为了跟踪执行秘密行动任务的情报队员，情报队每天都会派出一架或多架飞机在天空中按照预设航线飞四个来回。这是一种史蒂夫不知道型号的飞机,它带有电子耳朵,能监听地面信号。

这种跨领空的飞行在五十年前就开始了,但因为飞得很高,所以至今未被铁大师发现。只要距离地面五英里,地上的人就看不到它们;再加上特制的流线形机翼,它们飞越西至阿巴拉契亚山脉、东到大海的整个尼桑领空都能够做到悄然无声。直到飞至海面上,它们才再度打开引擎,升回原来的高度,返航飞回联邦。它们一路上收集地面情报队员的信号,确定他们各自的位置,再将情报突击队的指示转发给他们。

第二天,史蒂夫被分派了新的任务。他得往西赶,去一个叫做斯普林菲德的地方。那里离驿舍足有140英里的路程,史蒂夫必须在外面度过三个夜晚。从斯普林菲德返回赶往伍斯特时,他加快了步伐,这样一来,等他到达鹭池时,足足空出来了四十五分钟的时间。

好运再次眷顾了他。他走在鹭池旁的土路上时,正在住处工作的卡迪拉克刚好从打开的侧门屏风里看到了他。跟上次一样,变种人以谨慎友好的态度欢迎他光临。为了不让大家扫兴,史蒂夫决定只字不提自己见到了清水,还与她在床上共度了两个小时的事。

卡迪拉克将他引到绘图桌前,两人开始讨论若要将目前的驾驶舱改为双座的话,用哪种方式最好。不过他们的讨论刚进行了一小会儿就被打断了,车间里出了点问题,需要卡迪拉克过去一下。临别时,他嘱咐史蒂夫不要走开,他很快就回来,并提议史蒂夫一个人在书房里时,可以将他刚才提出的方案用草图画出来。

史蒂夫答应了。随后,他趁机拿出藏在邮包最底层的匕首,打开存储器,发现卡尔斯托姆给他回了一条简短的信息,确认已经收到了他发出的情报。

接着，他看见信息后面用加粗的字体补充了一句令他心情骤冷的话：“即使迫不得已要将无线电长期置于关闭状态，也无需担心 / 你的戚妹萝兹已帮我们找到了你的踪迹 / 麦克 X 光一号。”麦克 X 光一号是卡尔斯托姆的代号。这条信息及时提醒了史蒂夫，萝兹和他护父护母依然生死难料。如果戚妹仍像以前一样，能在他处于紧张或者情绪激昂的状态时读到他的思维，就意味着他还是难逃第一家族的掌心。

史蒂夫急忙键入了另一条信息，要求能提供一些基础资料和他现在需要的科学公式。设置了自动发射程序后，他将匕首匆匆包起来，藏在某个地板贮藏间后面。他之所以不再随身携带无线电匕首，是因为他乐观地确信自己很快就能跟老伙计一起在这里工作了；同时，这也是为了以防万一。如果他最终没能来鹭池，他要的数据即使发过来了也没什么用处；而现在，他已经与卡迪拉克取得了联系，就没必要再冒着生命危险继续携带这把匕首了。情报队知道他在这里，如果他们还想知道他在做什么，只要去问萝兹就可以了。

不知道她到底对他们说了多少？一想到第一家族利用她来将触角伸进自己的脑子里，史蒂夫就有一种困兽般的感觉。他诅咒自己的愚蠢，将自己曾经拥有的精神联络能力弃之不用。更糟糕的是，是他自己故意将那种能力抑制住了。“联通”的能力是他俩之间存在的独特统一体的一部分。只是随着年龄的增长，他极力要将自己与萝兹隔离开来，为此他在他俩之间筑起了一道墙，以为这样一来，他就可以在墙后悄悄做一些自己的安排。谁曾想，到最后筑起来的不是一道墙，而是一个樊笼——他自己的思维倒是出不去了，可萝兹的却依然能够从缝隙间钻进来。

*干得真不赖，布里克曼。*也罢，怎么说也是一个教训吧，好比

现在，他是寻道民却装扮成变种人，而卡迪拉克和清水是变种人却声称自己是寻道民一样，都是值得吸取的教训。当他躺在清水身边时，这种身份上的颠倒带给他的震动尤其强烈。总而言之一句话，似乎你的皮肤是什么颜色其实并不重要，重要的是皮肤下面的人是谁。

总领事前来视察的事情定下来了。在返回驿舍的路上，史蒂夫发现自己非常热切地期盼着这次视察，他的心里只感到一阵阵汹涌而至的亢奋。是清水的法力起作用了？还是之前就计划好了要视察？他能肯定的只有一件事，就是东芝将会走到队列的前面，向他下达出发的命令。所有的行路者都被动员起来帮忙清扫院子，其他的人则被临时叫去清洁、擦洗、刮掉污痕、上光。每一处散落的污垢和垃圾都被小心翼翼地挪出了驿舍院子，地面上的坑洼和车辙都被填平了，大门被重新粉刷了一遍，标志和徽章也被抛光打磨得焕然一新。墙壁被刷干净了，连房顶上的梁木都被冲洗了一遍。洗衣房里，女变种人连夜洗出一套套原本没有什么污渍的制服和被褥，以备行路者穿在身上或放在宿舍里展示。

第二天，在距总领事预定到达时间还有三个钟头时，邮政长官和他手下一些资深职员出现了，他们无一例外地穿戴上了自己最好的衣饰。他们仔细检查了驿舍的每一个角落和驿舍辖区范围内的附属建筑。中、低层职员全都像蜡像一般矗立在各自的办公位置上，等这伙鬼子走过来时来个九十度的深鞠躬。

全部检查完后，邮政长官非常满意。他将职员和行路者都召集到院子里，只有洗衣服的、做饭的以及打扫卫生的女变种人被告知待在房间里，在视察全部结束之前不准露面。

时间一到，邮政长官和手下的六个资深职员就面向大门站好。在他们身后，其余的职员排成三行，脚尖刚好挨着摆得整整齐齐的草席边沿。之后，随着一阵响彻云霄的喇叭声，东芝仲根骑着高头大马冲进了院子中央，四周守着十个骑马武士和一队步兵。资深职员把腰一弯到底，等级较低的人则"扑通"一声跪下低垂着头，行路者则将鼻子抵在地上。

东芝和其他五个武士同时下马，大踏步往前走，邮政长官急忙上前迎接。其余的武士端坐马上，警惕地注视着四周；与此同时，卫队指挥官下令步兵散开，围在院子四周和大门外。总领事并不会有性命之忧，这个谁都知道，但不管地方领主如何友好，所有的幕府高层官员在出行时都会有护卫随行，因为随时都可能会遭到浪人绑架，所以凡事还是越小心越好。

按照礼数鞠了足够多的躬之后，邮政长官以常见的那种夸张赞誉之词向东芝致了问候。不过，他的话都是冲着站在他与东芝之间的武士说的，因为东芝是贵族，社会地位很高，而且与将军有姻亲关系，所以同他直接对话是难以想象的，礼节不允许。邮政长官说的一通话武士并不需要再向东芝重复；武士只是一个中间渠道，通过武士，地位悬殊的人之间才能互相致辞。东芝用同样的方式象征性地予以回复后，接受了对方敬上的饮料——这是一种冷饮，专供各种隆重场合饮用。

这是什么治国之道啊?! 史蒂夫忍不住想。要是战争年代他们也如此这般将时间浪费在繁文缛节上，打败仗就太容易了。

随着一声用日本语吼出来的命令，低层职员全都站起身来，脑袋低垂。一个精通基础语的职员命令行路者跪着坐直，手要放在大腿上，下巴要抵着胸口。在邮政长官的陪同下，东芝挨个视察了两排职员——每一个人在总领事走到自己面前时，都要来个九十度的深鞠躬。

东芝仲根的身高在铁大师平均水平之上。他并不是很胖，但身板比较厚实。他穿着的和服，肩膀的位置做得相当宽，而且和服里面附有衬里，所以很难看出他的体形到底什么样。不过，他露在外面的手指又粗又短,脸型也又圆又胖。用眼角余光将东芝仲根仔细审视了一番后,史蒂夫断定总领事是饮食过度了。

尽管体型庞大,东芝的步伐却很轻,走起路来一副王公贵族的架势——不过他确实就是王公贵族。跟所有的尼桑高级官员一样,他也戴着一副通常所见的武士头饰,还有用变种人毛发制成的假发;头的前半部分趴着一顶小小的帽子,看起来十分滑稽。史蒂夫走南闯北这么久从来没见过这样的物件,所以他猜想这顶小帽一定是东芝身份的象征——实际上也确实如此。

总领事一行人转身朝跪着的一排行路者走来。

来了来了!史蒂夫心想。可实际上并没有来。他等啊等,一直等到最后一刻才将鼻子抵在垫子上,可是东芝却在贴身武士的护卫和邮政长官的带领下径直大步走了过去。

紧接着,资深职员大声喊出一句命令,全体职员匆匆跑向各自的位置——这一幕之前已排练了无数次。史蒂夫和其他的行路者像平常一样,沿着通往驿舍大门左侧的檐廊排成一列。幸亏在院子里的队列中他的位置靠近末尾,使得史蒂夫现在离内院入口很近,但遗憾的是,为了显示对来宾的恭敬,当总领事他们一行人走进内院来参观邮政人员如何工作时,他们被要求跪下来,还要将鼻子抵地上。

东芝的身影消失了,行路者获准可以坐在圆木长椅上。真该死!史蒂夫暗自诅咒自己的坏运气,为了发泄郁闷,他忍不住握起拳头砸在另一只手的掌心里。肥指头的鬼子再次走过变种人队列时,仍然没多看他们一眼。这就是清水那所谓的变种人魔法?完了,结束了。如果清水连如此简单的事情都做不到,那么一旦情况危急,她又能施展出什么法力来?真是急死人了!他还向黑衣人表示没有他自己也照样能应付过去呢,这可怎么办才好?!

来到驿舍不过一刻钟，东芝就开始怀疑起此行的目的来：不管是私人信件还是官方文件，他已经听过也见识过太多了。下属职员才应该去了解并处理的那一套乱七八糟的程序，他才不想费脑子去了解。

至于衣物的洗涤熨烫，作为贵族，东芝压根儿就不需要去了解；他只知道，任何时候他只要一声令下，就会有一套干干净净的衣服摆到面前。公文也一样：他命令别人把需要的文字写下来，再盖上他的印章，然后自会有人将文件送出去。至于文件在离了他的手之后，到送至接收人手里之前都经历了什么过程，对他来说都无关紧要。

在夏末的热气中，东芝疲倦地摇着手里的扇子。突然，他合上扇子，"啪"一声砸在左手掌上。对他的贴身侍从来说，这是一个信号，意思是说他想离开了，而且是现在，马上，一刻也不要耽搁。武士立即抬起一只手，制止了一旁喋喋不休的邮政长官，大声宣布说此次参观大有收获，他的主人对驿舍工作人员的机敏和敬业非常满意，等等等等。

邮政长官带着手下急忙跑到檐廊里列队，鞠躬恭送东芝一行人走出驿舍。他们是想挡住东芝的视线，以免他看到行路者。然而，当总领事快步走向在一旁等候的坐骑时，他突然意识到自己落下了什么琐碎的事，此时这件事正在他的脑子里翻腾。他此行就是为了做这件事，可一时之间，他竟怎么也想不出那到底是一件什么事了。

这种精神上的压力一眨眼间就变得十分沉重，弄得他头疼不已。东芝使劲摇摇头，想将脑子里乱哄哄的思绪赶走，然后翻身上了马。他的一干武士侍卫也跟着上了马，和其余的人众一起在他四周排成整齐的队形。

史蒂夫的心直往下沉。

东芝抓起缰绳掉转马头。他脑子里的痛楚越来越强烈，他不得不以手覆额。正在这时，他脑海里突然闪过一个金发变种人的模样。仿佛电光火石般，他终于想起此行的目的了，与此同时，脑袋里的疼痛也减轻了不少。他恼怒不已地大叫了一声，再次扭转马头，朝着檐廊直奔而来。

总领事突然改变了情绪和主意，邮政长官和他手下的资深职员全都措手不及，怎么也猜不透到底是什么原因导致了这一剧变。跪着的行路者原本已在总领事退出驿舍后直起了腰，此时见他的马骤然转身，马鼻子几乎碰到了马尾巴，情急之下他们只好赶紧垂下头。

总领事脑子里的疼痛迅速消失了。他在变种人行列中扫视了一遍，手里短短的权杖指向史蒂夫，急促地喊出了一句日本语："那个草猴，从门数第三个！我要他即刻从驿舍里消失！马上！听明白了吗？"

"他……他……他是否冒……冒犯了大……大人？"邮政长官浑身战栗着结结巴巴地说，"如果真是那样，我保……保……保证他一定……会受到严……严厉的处罚。"

"不必了，"东芝咆哮道，"我只是不喜欢他头发的颜色！让他马上离开这里！"

史蒂夫正丈二和尚摸不着头脑，就被邮政长官一把拉起来狠狠推到了一边。随即，长官自己每隔两秒钟就点头哈腰一番，并不时拍着胸脯为属下在挑选人手时所犯下的不可原谅的疏忽大意而道歉。

东芝将剩下的行路者审视一番，看到他们的头发要么是茶褐色，要么就是黑色，"这样看起来好多了。"他脑袋里的痛楚也完全消失了，"你刚刚推出来的这个人，要送到鹭池去做云武士的家奴。要确保如此，之后将书面确认交给我。"

邮政长官再次通过贴身侍卫向他保证，他的命令一定会即刻执行。

东芝满意地点点头，立即朝大门骑去，脸上现出一副莫名其妙的兴高采烈。

邮政长官和他手下的资深职员一直低垂着头，直到最后一名步兵的身影也消失之后，才长舒一口气，遣散了众人。谁也猜不透总领事为何会做出如此古怪的举动。可能只是心血来潮吧，没有一个人想去搞明白为什么。被挑出来的这个行路者当然要尽快送到他该去的地方去，不过还有一点小账要同他算。邮政长官指示一个职员给他拿来一根藤条鞭子。总领事已否决了邮政长官要严惩这个黄头发变种人的请求，他的意志当然要服从。但这个变种人必须得受到适度的惩罚，没关系，只是适度的——因为如果不是他，怎么会招致一场无来由的惊吓？

在除下并交还自己的制服、邮包和行路者领章时，史蒂夫尽量让自己表现出适度的沮丧神情。他的胳膊上被缀上了奴隶标签，脖子上也戴了一张“黄卡片”，它可以让他在接下来要走的路上畅通无阻。另一套衣物派发给了他——包括一件旧的灰色宽松束腰外衣、一条长裤、一双鞋底很薄的旧鞋、一顶稻草帽，还有一件黄麻蓑衣，这些东西同变种人奴隶专用的棉被一起打成卷，他离开时要夹在胳膊下带走。新的身份和装扮再次将他变回了金字塔最底层中的一员，不过有什么关系呢？清水已经借此显示出，她作为风暴使者的法力丝毫不减当年。多亏了她，他才能踏上自己谋划好了的旅程。

临行时，邮政长官把他唤去，说要送他一份离别礼物，这史蒂夫可从没指望过。他鞠了一躬，倒退着走出长官的房间，极力忍住才没笑出声。可是刚一出门，几双大手就抓住他，一直将他拎到檐廊尽头才放下，然后一阵鞭笞，打得他浑身哆嗦，几乎无法呼吸,直到血流出来才罢手。

“火箭。”史蒂夫说道。

坐在绘图桌旁的卡迪拉克皱着眉头迷惑不解地看着他。

史蒂夫本来正在手脚并用地清洁地板上的稻草席子,见此情形,就将手里的刷子和托盘放在一旁,盘腿坐了下来,“你去过交易点,对不?”

“对,去年去的。”

“你难道没看到过轮船发射出来的那些东西?雪先生说他们每次启航时都会那么做。”

“那是点着了的箭头,箭头到达空中后还会爆炸,撒下五颜六色的火星,像下雨一般。”卡迪拉克道。

“他们称那为火箭。你当初飞到尼桑上空时,他们就是用那种不会爆炸的绿色火箭标示出你该降落的地方……”

“你怎么知道?”

“清水告诉我的。当时我俩都被浪人抓住了。”

“我还是不明白你到底要说什么?”

“你看到的是焰火。那是一种烟花。那些漂亮的彩色亮光其实就是化学作用和物理作用结合的产物。从一个方向施加压力,就会在相反的方向产生完全对等的力量,就是‘推力’。”

“这个我知道,”卡迪拉克打断他的话,“就是你们天鹰机上的引擎所产生的那种力。”

“对极了。”史蒂夫说道,“发射火箭的那种推进装置也可以用来将你的飞马送到空中。只不过我需要的是能产生更大驱动力的大火箭。”

“不错……我明白你的意思了。”卡迪拉克仔细考虑了一下这个想法,然后看着史蒂夫说,“为什么我就没想到呢?”

“你刚才已经想到了，我只不过是在这里扫地罢了。”说完后，他就等着对方表现出更多的积极反应。通常情况下，如果有人能像这样热心地给他提出好点子，史蒂夫肯定早就乐翻了。可这次不一样，卡迪拉克只是端坐着。“你似乎还不相信？”

“不，不是因为这个。我知道这方法可行，可……会不会有危险？”

“并不比你坐着无所作为更危险。你自己说过源清盛已经有不耐烦的迹象了，要是他决定撤了这项目——”史蒂夫伸手朝书房里一挥，“那么你就要跟这里所有的一切说拜拜了。”

“用不着你来提醒我……”

“当然，用这个方法得冒风险。不过，我们只需要定下正确的混合比例就可以了。可以先用少量的成分做实验，再找一个重量比较轻的容器装上几磅药粉。可以用一头封闭的管筒，但一定要耐火，不然的话，到时候冒火的可就是我们自己的屁股了。

“然后，把管筒绑到你们的那种地面发射车上—— 一辆车上可能需要好几个管筒。要在车里装上石头，大致与飞机再加上飞行员的重量相当。将导火索点燃，然后，呃……看会发生什么事。我们希望燃烧速度比较快，但也不能过快。咱们可不想一下子就将机翼给掀掉了，不是吗？”

“是……”

“这个解决办法相当完美。虽然需要一点独创性，但它用到的原料和基本的制造技能都很容易搞定，最重要的是，目前你已捣鼓出来的这种机身不需要作任何改变。我们只需想办法将火箭固定在机身外壳下面，再在滚轮发射车上装一个助推器就行了。”

“滚轮发射车？”

“就是你们用来将飞机推进修理棚的那种地面推车。只需把它加长就可以了。”

“可是这种推进装置——”

史蒂夫轻轻拍了拍自己的额头。幸亏哥伦布已经将他需要的数据传过来了。“别急,都在这儿呢:成分、比例、混合程序、粘合剂……”他停下来看着卡迪拉克的表情,“当然,还得有你的帮助。”

变种人匆匆一笑,“似乎你早就想好该怎么做了。”显然他已没法再自负下去了。

史蒂夫抛出一大堆的奉承话,“确实是这样,我知道自己要做什么。不过眼下,这一切都还只是说说而已,吹吹牛罢了。如果源清盛不肯将需要的原料提供给我们,一切都是白搭。能将我的想法付诸实施的除了你,再没有别人了。”

“是的,”卡迪拉克说道,“而且我还能将你驱逐出这里。所以你最好给我老实点。”

史蒂夫嘲弄般地鞠了个躬,表示自己知道了,然后继续扫地。

正如史蒂夫早就料到的那样,卡迪拉克绝不会白白浪费掉这个能大煞史蒂夫威风的机会。既然现在光皮肤的人是他,他就占着上风,这一点他可不想让史蒂夫忘掉。再说,对变种人的待遇是早就明文规定好了的,所以史蒂夫不得不睡在住宅外面一间又矮又小的木屋里;至于吃的呢,小木屋里并没提供做饭的工具,每次都由卡迪拉克的家仆把他的饭放在厨房门外。

在尼桑,奴隶基本上属于微不足道的那类人。尽管如此,他们通常的境况也比沦落至此的寻道民要好。不过在此处,他们却要与史蒂夫一样,听卡迪拉克吩咐。他们之所以没有反抗,原因有二:其一,他们不愿太丢“脸”;其二,他们认定自己真正服侍的是源大人,而不是卡迪拉克。倒是史蒂夫,他并不介意自己被当成地位下贱的人对待，因为目前的情势正朝着他希望的方向发展。得让卡迪拉克飞高一点，然后再落下来。嗯，没错，等他"嗵"一声撞到地上时，休斯顿/大中央的人也肯定能听得到……

一声公鸡啼鸣，预示天将破晓。在尼桑，这种长羽毛的"闹钟"被广泛用来报晓并叫醒下层人员。史蒂夫要在早餐之前先完成几桩仆人做的杂活，包括要劈足够多的木柴，劈完后再整整齐齐地码放在浴室旁边；要将前一天的灰烬全部弄到别处倒掉；还要处理一桶桶被隐讳地称为"夜油"的屎尿混合物。

在尼桑，没有什么会被浪费掉，所有的厨房垃圾、人畜粪便都会与麦秆混合起来，沤烂后再重新撒进土里。这与联邦将废物收集再加工后拌进土里，让寻道民在上面种大豆和其他菜蔬是同一个道理。

吃过早饭后，剩下的一整天时间史蒂夫就变成了卡迪拉克的"勤杂工"。在洗过澡并换上一套干净的棕色衣裤后，他要像一只被牵着绳子的狗一样跟着卡迪拉克，变种人走到哪里他就要跟到哪里。只有他们俩在场，而且是并肩工作时，卡迪拉克才会平等对待史蒂夫，他显得礼貌、友好，既愿意倾听也急于学习。可当他们与乔迪、凯尔索和其他寻道民在一起，或者当着铁大师的面时，他就会变得傲慢自大、盛气凌人。

往往在这些场合时，史蒂夫都会待在一个不引人注目的角落里，紧紧地闭上嘴巴。他很清楚卡迪拉克非常享受这种场合里的每一分每一秒。为了避免引起那三十多个充当监工的鬼子猜疑，他不得不忍受这一切。那些监工并不参与制作飞马，他们只负责监视鹭池的众人，并时常瞪着又小又圆的眼睛注意着这里的事态。大批职员负责准备制作飞马的原材料，包括木材、低碳钢、丝绸等。剩下的那些附属性的配件，比如滚轮发射车、轮轴以及藤条椅等，都是由当地的手工艺人制作好后运送过来的。

干了几周卡迪拉克分派的差事之后，鹭池上上下下的人都认识史蒂夫了。除了铁大师住的房子他不能进去之外，其余的地方对他来说都几乎可以完全自由地出入。刚到鹭池没多久，他就能描绘出一幅详尽的作业图和整个场地的布局了——他心里明白，等逃跑的时机一到，这些迟早都能派上用场。

与此同时，他也会想方设法地“巧遇”乔迪。工作以外的时间，他们待在一起就算被人瞧见也不会有什么危险，只要别太频繁就行，所以他们总是尽量直截了当地交谈。此外，史蒂夫还要小心翼翼地与她保持距离。除乔迪之外，凯尔索是唯一知道他是冒牌变种人的人，而乔迪的其他男同伴到目前为止，全都以为他是真正的变种人。如果让他们发现他对她友好得过度的话，可能就会有麻烦了。

“你真是让人大吃一惊，布里克曼。”当他们“巧遇”时乔迪对他说道，“你非法入境，却很快就站稳了脚跟，还获得了一份相当好的工作。可是现在，你却跑到这儿来给这里的头儿当下人。告诉我，你怎么每次都能交上这样的好运？”

“听好了，我现在每天醒来的第一件事就是要倒那些该死的屎尿盆子。这是不是也是你所说的好运呢？”

“你知道我指的是什么。”

史蒂夫笑了，“我在高层有朋友。”这点实情告诉她也没什么害处，因为明摆着她是不会相信他的，甚至有时候他自己都很难相信这一切。“没办法，我必须得到这儿来。我跟你说过逃跑的事，我来就是为了这个。现在事态逐渐明朗了。如果进展顺利的话，我就能带走那两个我跟你提过的变种人。你还愿意跟我一起干吗？”

“行，算我一个。”

“你征求过凯尔索的意见吗？”

“还没有，我一直在等待一个合适的机会。”乔迪飞快地闪过一个笑容,“再次看到你让他很是吃不消。”

“或许还是我自己跟他说好一点。你先跟他解释一下。”

“我才不干呢。”乔迪说,“他曾经说过很多狠话,我猜他到现在还是想找机会教训你一顿。不过他不敢冒这个险,因为你是为头儿干活的。要是他敢坏事,别人会对他不客气的。”

“那他有没有对别人说过我跟你们是一伙的?”

“没,而且我还没告诉他你是联邦密——”

“乔迪!你要我说多少次你才肯相信?!我不是——”

“是啊,我知道。你是被逼的,因为他们拿你的戚妹要挟你。可天知道,也许他们是那么干了,也许根本就不是。不过没关系。我不是傻子,布里克曼。你从来都不打算承认你是联邦密探,因为这种人并不存在于正式的联邦编制中,对不对?所以你可以堂而皇之地否认自己是密探,对不对?谁也不敢确定密探是否存在,所以谁都不敢轻举妄动。可是你我都很清楚,你自己是什么人。所以从现在开始,别他妈的再装出一副该死的无辜模样来糊弄我,行不?”

史蒂夫认真地看了看她,然后才掂量着回答道:“你说得没错,我的确是受雇于他们的。可萝兹的事是真的。他们挟持了她,逼我到这里来。”

乔迪嘲弄般地笑了笑,“不用担心,我不会揭发你的。你说得没错,我是一个‘纯蓝子’。我们曾经在贵妇号上一起服役、并肩飞行过。在你需要我帮助的时候,只要能办到我都会答应你。记着这句话吧,不管我们能不能从这里走出去。”

“我不是很清楚你的意思……”

“我的意思很简单。我想回去,可我不想一回去就掉进他们的罗网。”

“不会的。”

"那好。万一情势不对,要给我一个抽身的机会,这就是我的全部请求。如果横竖都是死,那我宁愿死在太阳底下,怎么样?"

"绝对没问题,我发誓。"史蒂夫伸出手,她却没有握。

"我得走了,"乔迪说,"那边有两个家伙一直在朝这儿看。你不想让他们有什么不好的想法吧?"

史蒂夫站起来向后转身,"当然……我明白。还有最后一件事。如果你打心眼儿里不相信我,为什么还要卷进来?干吗不干脆把我卖了?"

乔迪耸耸肩,"可能是因为跟敢于打破规则的人一起做事会更刺激吧。"她干笑了一声,"很蠢,对吧?如果不是因为我还有一点用处,你才懒得理我呢。尤其是现在,我只有半个脸是好的。"

"不是这样的,"史蒂夫失声叫道,"我老早以前就跟你说过,我在乎你。"

乔迪用锐利的目光斜着剜了他一眼,笑了笑,"想不想知道我是怎么想的,布里克曼?当然,知不知道都无关紧要,但我还是想告诉你:依我看来,在你整个一生中,你压根儿就不会真正在乎任何人。"

史蒂夫看着她越走越远,感觉胸腔像冰冷的洞穴一样空空荡荡。她错了!他这样告诉自己。他想起了堂娜·梦露·鲁德奎斯特,他在飞行学院的同学,也是他的竞争对手;后来,一支箭射进她的脊柱,她全身无法动弹,还请求他帮忙结束自己的生命。当初毕业典礼过后他们打完炮,她也曾经说过跟今天乔迪说的类似的话。可是她也曲解他了。她们都错了。错了!

乔迪并不是因为女性的虚荣心才自嘲容颜上的缺陷的,她已经根本不在乎了。每一个寻道民在出生的那一刻起,就被反复灌输了身体要健康完美的理念。他们有可能存在身材、体格以及容貌上的不同,但总地来看,所有的人都仿佛是从同一条装配线上走下来的——既不会有矮侏儒,也不会有傻大个。每一个人都头脑清晰,身强力壮,身材匀称,无比健康。而像史蒂夫的护父杰克老爹这样的英雄人物,虽然现在不得不坐在轮椅里接受大家的敬意,但那是因为他身体的里里外外都受到了辐射的侵害,而且最终他将因此荣耀地死去。先天性的残缺是不存在的。从生命学院的生育室里出来的婴儿从来都不曾出现过任何畸形或头脑受损的情况,而且众所周知的是,不管是在地下世界遭遇过意外事故的寻道民,还是在执行地表任务中不幸致残或被毁容的寻道民,即便后来接受了外科手术,也从没有谁恢复过健康。

经由通常的那种间接途径,用火箭来为飞马提供动力的提议呈递到了源大人面前。两天之后,卡迪拉克收到秘密传唤,要他前去面见领主。这将是他们之间的第五次会面。跟前几次一样,卡迪拉克被塞进一顶关得严严实实的轿子送进波士顿的宫殿,然后又被引导着从后门进入一间专为秘密接见而准备的小房间。

卡迪拉克早先已进入过铁大师的头脑,从获得的信息中,他知道自己与领主的这种关系是前所未有的,而且很可能今后也不会再有。奴隶与领主之间面对面地单独会见,这是不可想象的;而这种隐秘的会见对规避繁文缛节来说,无疑是最简便的方式。在卡迪拉克看来,源清盛既然肯如此煞费苦心地安排他前来相见,这本身就是他获得尊重的一个体现。他对"身份地位"有着强烈的渴望,但他绝对想不到,这种尊重有一个有效期;而且铁大师这么做,仅仅是出于战术上的需要而已。

借助史蒂夫帮他准备的详细图纸,卡迪拉克阐述了他的计划。源清盛坐在两个最亲密的顾问之间,认真地倾听着,他的基础语掌握得相当不错。当领主用日本语同顾问商量这个提议时,卡迪拉克弯腰等待着。源氏并不知道,卡迪拉克一到尼桑,就悄悄学会了日本语,他能听懂他们讲的每一句话。

等三个铁大师商谈完之后,其中的一个顾问告诉"布里克曼",他的提议被采纳了,必需的许可证很快就会发给他,而他所要求的原料也会很快运到鹭池。接着,该顾问又说,源大人希望他能即刻着手开展这项工作,一刻也不要耽误。

卡迪拉克深深地弯下腰,谦恭地表达了他深深的感激之情——在内心深处,他把感激送给了伟大的天母摩城。

有六个寻道民被挑选出来,参与这项"动力设备"的筹建事宜。等原料一到,卡迪拉克和史蒂夫就在这六个人的帮助下着手开展工作。这六个人虽说都是卡迪拉克亲自挑选出来的,可他却不知道,其实史蒂夫早就在暗地里做了手脚,以保证乔迪和凯尔索能被挑中。他事先已经将固态火箭的基本原理告诉了乔迪,再由乔迪转告给凯尔索。这样等卡迪拉克将他手下的工作人员集中起来,问有谁了解火箭推进系统,哪怕只是一点点时,两人就举起手,无比自信地步出了队列。

研制中,只要他们遇到不能当场解决的任何难题,不管在什么时间,史蒂夫都会答应要在晚上好好想想。然后第二天一大早,他一准会找到解决办法。每次史蒂夫一有新的信息,卡迪拉克总能很快就吸收掉,但他怎么也想不明白,为什么史蒂夫总是有办法比他快上一步。

答案很简单。卡迪拉克确实有能力接触到史蒂夫脑中的特定部分,但他没办法读到他的心理活动。和对铁大师所做的一样,他所能探寻到的区域都与后天获得的信息有关:如专业教育和培训、语言技能、行为模式、社会风俗,以及史蒂夫遇到过的人的有关情况——但却不知道史蒂夫对这些信息作何感想。

自从史蒂夫同情报队保持经常联络后,卡尔斯托姆就派了一架高空信号飞机,每天都在晚上22时与午夜之间飞临鹭池上空。

在自己的小木屋里吃东西的时候,史蒂夫可以向情报队发送一连串的问题。而每每此时,卡迪拉克却照例在灌了一通清酒后睡得跟死了一样。一旦收到史蒂夫的信息,飞行员会发出一条确认指令:“稍等/即刻回复”,然后自动将史蒂夫的询问内容高速转发到里约劳伯,也就是情报队位于休斯顿/大中央的总部。总部收到后,会将信息直接输进哥伦布主电脑里。几秒钟之后,所需的答案即会从正在高空中盘旋的飞机天线上发出去,直接进入史蒂夫匕首里的存储器。

同时,同样的答复信息会同步送至卡尔斯托姆专用的视频通信网络中。不管他身处何地,离他最近的显示屏上都会有信号闪动,表明有新信息到了。这么做是为了能让他即时了解事情的进展情况。卡尔斯托姆无需知道史蒂夫提出的问题,而且答案在发给史蒂夫之前,他也无需审查。因为哥伦布主电脑里储存的海量记忆中包含有上至第一家族、下至最低等平民的所有访问记录。它非常清楚8902史·罗·布里克曼可以访问的信息区域和权限。

然而,史蒂夫却依然对空中连接一无所知,所以他总是对这种迅速而有效的服务表示惊诧。不过这也及时提醒了他第一家族所拥有的超常能力。谁也没办法从他们手里逃脱。不管你跑多远,他们总有办法追到你身边。

第十三章

将军在特许源氏家族制造飞马时,附加了一个条件:代表将军的总领事享有不受限制前往鹭池的权力。鉴于此,要研发一套火箭推进系统的决议也正式通知到了总领事。

总领事东芝仲根的兴趣只在肉体欢愉上。听下人念完决议通知后,他的反应甚是冷淡。但是,当他将决议写成书信呈递到赖朝的夏宫时,年轻的将军却一下子就从这种装置中嗅出了潜在的军事意义。

人类发明出黑火药已有数百年的历史了。然而直到今日,它的用途还局限于采矿和采石场的爆破作业、制作步枪弹药筒以及被将军征用的大炮——用来攻陷那些胆敢以下犯上的领主的堡垒。

大炮最初是为了在包围战中使用而设计的,这种大家伙操作起来非常困难。丰田家族治下的几十年和平时期,大炮仅限于仪式上鸣礼炮使用。也有像山下大人轮船上装的那种小型炮,不过这种炮因其机动性有限,并不受铁大师青睐。

此外,也许是受武士道的影响,从性情上来说,铁大师并不习惯使用大口径的武器进行远程作战。在他们看来,短兵相接的近身搏斗才是理想的作战方式。这样一来,绝大多数的战争成败,都依赖于那些反应快速的兵种的作战技能,诸如佩剑骑兵、弓箭手骑兵和装备轻型武器的步兵。

军队中也有用于发送信号的火箭,以黑火药填充,但火箭主要还是作为不具杀伤力的表演工具使用。大量火箭通常都用来与其他类型的焰火一起,将五颜六色的火星雨撒满整个夜空,借此增加私人或者公众庆祝以及宗教节日的欢乐气氛。

然而,如果火箭具有的推力强大到足以将一架飞马还有飞马上的驾驶员送到空中的话,那么它也能把炸药送到敌人的军营,即便它位于陡峭悬崖之上,或者更远。如果这样的火箭小到能被步兵背在身上,那么成百上千个这样的火箭一起发射时,就会对敌手造成重大的打击,将敌人打得落花流水。从这一点上来看……

没错……一定要密切关注此事。

长谷川敏郎受到将军的召见时,警卫队长镰仓为敏郎准备的晚宴刚进行到一半。好心肠的队长夫人携着五个女儿以一惯的热情和好客款待了敏郎。从他一步入她家大门开始,全家的注意力就都集中在了他身上。然而,最好的菜还没来得及上,敏郎不得不离开的消息就中断了这场欢宴,女士们顿时都乱作一团,她们泪眼婆娑、万分沮丧,跪着深深鞠躬,依依不舍地拉着他的手道别。敏郎按照传统礼节表达了他的感谢之情,又为自己不得不中途退场,因而无法品尝她们为自己准备的美味而一再地致以深切的歉意。镰仓的五个女儿中,最漂亮的四女儿本已遵照她那雄心勃勃的母亲的吩咐,准备晚上陪侍在使者身旁,可惜,她那"诱惑使者"的尝试又一次因为突发情况而落了空。哦,逝者如斯夫!

再过一年，成功的希望就会更少一些。如果使者一直这么推辞下去的话，两个年龄最大的女儿就不得不下嫁给那些出身低微的卫兵了，跟她们那心眼虽好、却头脑愚笨的父亲一样！

敏郎一赶回将军宫殿，就听说了火箭马上要开始地面测试的消息。遵照将军的命令，他又马不停蹄地赶到了源大人的领地上。作为将军与地方政府之间的秘密联系渠道，使者有权支配总领事宅邸中的一套房间。那里不管从哪方面来说，都属于幕府的领地范围。敏郎可以以此为据点，以不同的身份与其他幕府特工见面或者混入下层社会中去。在总领事的宅邸里，他受到了亲切的欢迎，迎接他的是王室公主，尊贵的东芝美知子夫人，亦即仲根那长期以来一直忍辱负重的妻子，还有她的三个孩子。

丈夫的可耻行为使她蒙受了羞辱，可她从来没有对自己那权倾天下的将军弟弟抱怨过一个字；在最亲近的人面前，她始终保持沉默，谨慎而威严，用平静镇定的举止把自己的悲伤掩盖起来。

很多人都以为，她是对自己的遭遇故作冷漠。可是几年来，敏郎发现事实并非如此。美知子女士其实是非常痛苦的。使者十分不理解，为什么总领事那种麻木不仁的呆子，竟然会拥有这样一位不仅出身极其高贵，而且智慧超群、多才多艺、温柔贤淑、本性善良的美丽妻子；而且即便如此，他非但一点都不知道珍惜，反而还要做出那样的勾当来侮辱她。

敏郎暗忖：总领事至死都不会意识到自己是多么有眼无珠，这不能不说是一件憾事。这会为他将来的“失势”添上一个喜忧参半的注解。不过没关系。俗话不是说了嘛：一人之失，即为他人之得。

敏郎已经从手下一个密探那里了解到总领事在驿舍参观时的怪异举动。使者也琢磨不透，这个令人厌恶的小丑何以会突然想要调走“情报队员”,不过事情脱离了他的掌控,他反倒觉得轻松了一些。敏郎确实可以支配一大片行之有效的特工网络,但他并不像他对史蒂夫吹嘘的那样到处都有耳目,也不能像移动棋盘上的兵卒一样随意调动人员。他之所以能让史蒂夫成为行路者,是因为史蒂夫的样貌不管在谁看来都是一个变种人,而且登记地点是在三菱的领土范围内,而三菱又是将军的铁杆同盟者。

但在这里,情况就完全不同了。从某种意义上说,马萨诸萨和罗地兰是敌方的地盘。使者表面上会受到与之相称的礼遇,但在私底下,他们则被看作是鹰犬密探甚至破坏分子。这就是为什么他不得不极尽小心之能事以避免为自己,或者进而为将军招致危险。把布里克曼的身份从草猴变为长狗并不像他想象的那般容易。伪造证件的能力只有一个人具备,就是内廷总管家康,而他正是敏郎不敢打扰的人。人生本来就已经够艰难的了,没必要主动把自己送到那只大蜘蛛的猎网上去。

东芝仲根并不知道,他将史蒂夫调到鹭池刚好为敏郎省却了大量的时间和麻烦,还在无意间签署了自己的死亡委托书。假如以火箭作推动力的设想最终被证明是可行的,那么总领事将成为第一批飞往空中的铁大师之一。将军写下的一封密信,此刻就藏在敏郎身上。信里命令总领事必须登空一游,使者真巴不得早点把信递交到他手里。

两天之后,武士少校良志——源氏家族中掌管最高军权的成员,来到总领事府邸陪同敏郎前往鹭池。对于以官方身份参观鹭池,使者并无顾虑。只要不近距离接触,布里克曼是不可能认出他的。他们不可能会面对面,因为即使在他们相遇时,布里克曼也得将鼻子抵在地上,同其他在此地工作的变种人奴隶一样。此外,布里克曼不懂日本语,所以就算是他碰巧听到了一些谈话,也不可能从中辨认出他的身份来。

负责监督鹭池项目的武士上尉名叫志贺光。他谦恭地接待了两人,并为他们举行了简短的欢迎仪式。然后,他带领他们穿过车间,来到一处空地旁,空地边上停着一辆负重的滚轮发射车,这样的发射车另外还有两辆。

一副只有十五英尺长的机翼和一条充当机尾的横梁被简单地装配在一起放在木架上,用来模拟以后由发射车搭载的飞机。为增加稳定性,发射车的前轴已被加宽。发射车由四个装在管筒里的火箭驱动。管筒长两英尺,直径三英寸,是由卷起来的黄铜板两边对接后用铆钉铆紧并用焊锡焊上的,可重复使用。每两根管子绑成一对,一上一下,使用同一根不很长的安全导火线连接。

敏郎、良志和其他从波士顿赶来的鬼子一起走上前去察看发射装置。而该装置的发明者,一个黑头发的长狗则恭敬地跪在一旁,眼睛都不敢朝这边多看一眼。志贺光回答完鬼子的问题后,黑发长狗上前向他请示能否进行下一步试验。志贺光以其一惯小心谨慎的谦恭态度将他的请求转呈给使者和良志,征得他们的同意后,他又恭请他们退到安全距离以外,来观看接下来要进行的试验。

黑发长狗取过一张燃着的纸点燃了导火线,两个奴隶一边一个推着发射车往前跑。第一对火箭被引爆了。嗖－啪－嘭!一团长长的灼热火焰从管筒尾部蹿了出来。发射车飞一般地从场地上滑过,拖着两道细长的羽毛状烟雾。

啪－啪－嘭!第二对火箭被点着了。发射车的速度骤然加快。这时,聚在车间门口的长狗发出一声惊呼——发射车撞上了地面的一个突起,弹到空中,又笨拙地转了个角度,“嘎吱”作响地落了下来,同时左前轮被甩出去,落地后又横着转了几圈,才终于摔成了一堆碎片。

鹭池负责人急忙道歉,敏郎和良志视若无睹。这场测试业已证明，推进系统已经凑效了。第二辆同样装有简易机翼和机尾的发射车被缓缓推了上来。为了增加重量，这辆车上多放了一些加工过的石块，测试步骤与上次一样。这一次发射车满场飞奔，不停地疯狂转向，但始终未离开地面。燃料烧完后，发射车轰鸣着穿过草地，冲向场地上兴致勃勃地观看试验的铁大师，最后“砰”一声在另一侧的矮石墙上撞成了碎片。

“这就完了？”使者问道。

不。“布里克曼”还有一手没露呢。第三辆发射车从车间里被缓缓推了出来，不过这次有人驾驶。除了机翼和尾端两根支柱上装着的机尾外，前端还增加了几根支柱，上面有一个三角形的笼子，一个变种人奴隶坐在笼中的藤条椅上。等发射车离近了之后，敏郎再细看，发现那人正是他的合作者——那个乔装打扮的“情报队员”。

哈！

“布里克曼”通过志贺光，向众人简单介绍了操纵装置。该装置由驾驶员用双脚操控，机尾可以左右转动。这辆发射车只有一个前轮，当车里的变种人用脚推拉一根短棒时，轮子能和机尾朝同一个方向作同步转动。而通过推拉置于他两腿间的垂直操纵杆，就可以控制机翼后缘上下摆动。这样就可以让空气从机翼上方流过，从而保证发射车不会离开地面。

哈——原来是这样啊……！

铁大师们再次退后。导火线被点着后，发射车启动了。第一对火箭点火后，敏郎紧张万分地注视着。他可不想这个“情报队员”就此玩完了，还有很多重要的事需要他去完成呢，比如说将总领事干掉。其他的鬼子对敏郎的心思毫无察觉，此时正兴致勃勃地观看着。所有的铁大师都被这种危险行径中所蕴含的美吸引住了。在和平年代，这种美只能通过一些刺激性活动体现出来——从斗鸡到用矛和弓箭进行狩猎。对他们来说,激情的杀戮是生活中重要的一部分。此刻,他们正兴致勃勃地期待着这辆发射车带着它的驾驶员一头撞到石墙上来个玉石俱焚。

啪-嘭!第二对火箭点火了,本已在高速行驶的发射车再一次加快了速度。史蒂夫觉得自己被一下推到了椅子后背上。在第一场测试中,没有出现能给人留下深刻印象的连环加速推进。不过这次,按情报队提出的建议,史蒂夫在火药里加了一些助燃剂。现在,助燃剂突然开始发挥它的威力了。

石墙正高速朝他迎面扑来。是给他们表演一下绝活的时候了。他本来不想这么做的,但为了能顺利地进一步增强卡迪拉克的信心,他不得不如此。天杀的,他告诫自己,要做就得做好,不然的话,他肯定会第一个被他们扫地出门。

受邀前来参观的铁大师和其他大部分自己跑来观看的闲杂人员其实并不知道,在志贺光的授意下,场地的那一侧已经悄悄修建了一条低低的、覆盖着草皮的跑道。由于距墙很近,从敏郎和其他铁大师所站的位置根本看不到它。史蒂夫稍稍偏转了一下左方向舵,高速行驶的发射车转入跑道方向。他再把操纵杆往前推,让轮子紧紧抓住地面,发射车奔上了跑道,他用力将操纵杆拉回来时,却发现自己已经飞起来了——都是因为事前没时间预先排练的缘故。史蒂夫和卡迪拉克都亲自察看过跑道,认为此举行得通。事实证明,的确行得通。

这辆发射车在飞起来的那一瞬,不管是受邀前来的贵客还是四周看热闹的工人,全都惊得目瞪口呆。发射车像一只从沼泽地上飞起来的苍鹭,急剧往上升,以高于二十英尺的距离越过了石墙,继续往上爬升。

石墙外面是一片狭长的沼泽地,零星点缀着高高的荒草。再往远处,是一个大池塘,池塘那一端是一排大树。当史蒂夫以五十英尺的高度进入池塘上空后，最后一对火箭燃完了。一旦失去推力，发射车的滑行能力比一块墙砖好不到哪儿去，它开始快速俯冲。史蒂夫拼命下压机尾以减缓掉落的速度。发射车剧烈地摇晃着，在最后一刻，他深吸一口气，任由它以近乎屁股朝下的角度栽了下来。克里斯——啊哟天啊！

看到墙那边突然升起了一团水花，围观的铁大师拍着大腿爆发出一阵哄笑。敏郎半是开心半是担心——担心自己选中的这个仍然身负重任的刺客出事，不过最后他还是咧嘴大笑了起来。

源清盛从波士顿派了十个身强力壮的随行人员前来参观此次测试。为首的武士少校转身面对着使者，一边友好地拍他的肩，一边嚷道："哈！如果连长狗都能造出像小鸡一样扑扇翅膀的大车，那你我要不了多久就会有像雄鹰一样展翅翱翔的飞马！"

"我都等不及那一天的到来了。"敏郎答道。

史蒂夫一飞离地面，乔迪和凯尔索就起身追了过去，他们是最先翻过墙头的。同使者一样，乔迪也真诚地为史蒂夫担心；但对凯尔索来说，他只不过是想在他们处理善后事宜时自己能在场，仅此而已。他心里仍满怀着对布里克曼的怨恨，所以私心里倒是希望看到布里克曼撞到墙上时那自鸣得意的笑容从他脸上消失的样子；可他同时也怀着一丝不情不愿的关心，关心这个不幸抽到了下下签的飞行员同僚。但这个幸运的杂种再次交到了好运，侥幸逃过了一劫，此时正顶着一头污泥朝岸边游过来。在他身后，池塘正中的水面上露出了机翼的残骸，四周漂浮着几截短木棍，那是折断了的支柱。

他们赶过去的时候，史蒂夫刚好一脚踏在岸上，嘴边还带着愉快的笑容。他一边脸上有血流下来。

"赶紧回去把你身上黏糊糊的东西给洗干净，"乔迪对他说道，"你身上的臭味要把人给熏死了。"

史蒂夫听话地照做了。

“你脑子肯定是有毛病了，干吗要做那么危险的动作？”乔迪和凯尔索都不知道跑道的存在。

“你错了，女士。我也不想那么做，可是人家要。”

“该死的，不管怎么样，你成功了，”凯尔索发牢骚道，“这些大鸟眼看就要飞起来了。”

“看起来是的……”史蒂夫抓住凯尔索伸过来的手，借助他的力量从湖边一步跳回到结实的地面上。

乔迪察看了一下他头上的伤，“死不了的。”

凯尔索盯着他看了一眼，“喀珊说，弄火箭是你出的主意。”

“这话只能在咱们三个之间说。对外的时候，要说这全是‘布里克曼’先生的功劳，知道不？”

“好的。我正要问你呢，他到底是谁？干吗要冒用你的名字？”

“戴夫，我很想对你一一道来，可……说来话太长，你会听晕的。”

他们穿过沼泽里的深草丛，朝着石墙走去。墙那边有几个寻道民正围在那里准备翻墙，看到史蒂夫不仅活着而且还能自己走路时，都停住不动了。一直到现在，在他们眼里，他仍然只是一个下贱的变种人——而且老是喜欢多管闲事。

史蒂夫比乔迪他俩先爬过墙，然后远远地站在那群等候的巡道兵旁边。

“嗨，凯尔索！你可一定要记着洗干净你的手！”那群人中有一个冲着凯尔索大声嚷道，“摸了粪蛋会让你的手指头烂掉的。”

听到这句嘲弄，其他人一起哄堂大笑起来，等着观望史蒂夫的反应，可是他却别过头，一瘸一拐地穿过场地朝车间跑去。

“干得不错。”趁史蒂夫终于不再按摩自己的膝盖，卡迪拉克赞道。这会儿，来参观的铁大师都已离开了，“你没事吧？”

史蒂夫露出一脸苦相，“没事，只有一条腿扭伤了。你这边情况怎么样？”

“非常棒，他们高兴得都快上天了。发射车能离开地面真的让他们很兴奋。良志——也就是从波士顿赶来的那伙人的头儿，源清盛手下数一数二的人物——说只要是必需的，我们要什么原料都可以。他们想让项目推进得越快越好。那些还在筹备中的计划很快就能实施了。他们还说要将此次测试的结果上报给将军呢。”

“不错。他们有没有说要调一些人手过来？”

“说了。不过不是寻道民。”

“那就是鬼子了。”

“不是。他们才不会愿意跟我们一起干呢，他们觉得这是丢脸的事。可能会调一些朝鲜人或越南人。”

“明白了。”史蒂夫将全身的力量都压在伤腿上试了试。不行，还是使不上劲。“既然提到鬼子了，听我说，我看到前面的马桩上拴了一匹马，马背上还搭着一块黑布，一圈饰有红色的——”

“那是‘马衣’……”

史蒂夫没理会自己的话被打断，“——还有一串串红色的——”

“缨穗……”

“——挂在缰绳上。你知不知道那匹马是谁的？”

“知道，长谷川敏郎的。他是一名内廷使者。”

“听起来好像还挺重要……”

“他确实是重要人物。”卡迪拉克向史蒂夫简单解释了使者所扮演的角色，他们在政府官阶中的位置，以及他们同将军的特殊关系。

史蒂夫仔细地倾听着。他之所以会问起那匹佩有红黑色饰物的马，因为它就是他在双岛湖旁边见到的那匹。这么说，黑衣人名叫长谷川敏郎，内廷使者，还是尼桑的最高人物——将军的众多“耳目”之一。看来，他可真是卷入一场高层阴谋了。

他敏锐的直觉和内心深处的声音再一次帮他将整个事情串在了一起。想要杀死总领事的不是别人，正是将军本人。他想利用一个地位低贱的长狗杀人，这样一来，谁也无法指认出幕后操纵者。真是一条妙计。史蒂夫打算顺水推舟，借此营救清水脱离牢笼。可救出来之后呢？在史蒂夫的想象中，只要将军动动手指头，他手下的人就会俯首听命，保证将他们安全送达边境线。当然，除非他们不想这么做，怕被人发现，因为史蒂夫他们是地位低贱的长狗，虽然他们会出于同样的原因而利用他来冲锋陷阵。

要是能有将军的保护，他们行动起来就容易多了。问题是，将军可信吗？对于事情的整个过程，他又了解多少？比如，史蒂夫曾经夸口说，如果他不能将卡迪拉克和清水安全带回，联邦就会对尼桑进行大规模的空中打击。这些话将军是否已经知道了？黑衣人生性精明狡猾，他肯定会利用自己中间人的身份压制史蒂夫。

真是个让人琢磨不透的难题。可还有更令人费解的，就是卡迪拉克怎么会知道铁大师的这些隐秘信息的？“跟我说说，”史蒂夫道，“你是怎么知道这些的？”

“从他们的谈话中听到的。”

史蒂夫困惑不已，“你不会是在告诉我，你能听懂鬼子的语言吧？可是天杀的，你又是怎么做到的？”

“跟我从你那里学习飞机制造技术一样。”

“真是不敢相信。那你也能说日本语喽？”

“是的，说得跟他们一样好。不光这样，我还能书写这种语言，而且跟他们一样流利。”卡迪拉克抬眼察看了一下四周的动静，然后一口气念出一句叽里咕噜的话。

史蒂夫一个字也听不懂，不过他听得出来，卡迪拉克确实说得跟鬼子一样溜。他困惑地摇摇头，“该死的，你为什么没早点告诉我你会这手？”

“你从来没问过我。不过你最好忘了它。在这里，异族人是不允许讲日本语的。要是被他们发现了，我就死定了。”

“放心吧，我一个字都不会说的。”

“这还差不多。来，咱们回去吧。”

“那这地上的发射车怎么办？”

“你的朋友们会来收拾的。咱们去弄点什么东西庆祝庆祝。”

我们确实要庆祝庆祝，史蒂夫心想。他难抑兴奋之情。克里斯托夫在上！自从乔迪告诉他关于黄卡片和臂章系统的事之后，史蒂夫一直都在想办法解决证件的难题。他也发现了偏锋忘记告诉他的一个小问题：奴隶是不准携带金钱的。只有鬼子才能弄到船票，他能求助的只有使者。可史蒂夫不想把自己的逃跑计划告诉任何他信不过的人。现在好了，他不需要使者的帮忙了。史蒂夫在心里勾勒着全盘计划。没错……真是天助我也。

史蒂夫盘腿坐在茶几旁，卡迪拉克拔掉一瓶清酒的瓶塞，把他俩面前镶着蓝边的杯子斟满。然后，他举起酒杯，向史蒂夫示意道：“为飞行器中这个勇敢的年轻人，干！”

“非常好玩。”史蒂夫举起自己的酒杯顿了顿，满意地喝了一口，“不过下次，最好能装上真正的机翼，而不是简易机翼。要不然，你还是另请高明吧。”

“我会装的。”卡迪拉克说。他出神地盯着自己手里的酒杯，似乎在努力搞明白它为什么会是空的。“听我说，我知道你冒了很大的风险，不过这套推进系统完美极了。我知道那些人的心里是怎么想的。看到车子能起飞，他们真的很满意。”

“听你这么说我很高兴。我的努力也算没有白费。”

“是的。不过那会儿我还以为它要翻跟头玩完了，幸好……”卡迪拉克为史蒂夫续上酒，又为自己斟满。

史蒂夫真想不明白，照他这个喝法，还不如直接对着瓶子灌得了。

“……你又一次侥幸成功了。你是我认识的人当中运气最好的一个。干！”

这话不像是恭维，倒更像是在责怪。“甭抬举我了，”史蒂夫说道，“像这样的绝活再弄几招我也就技穷了。”他一口喝了更多清酒。从池塘里爬上岸时，他的威风是硬装出来的，其实当时，他像一个正拿着手提钻作业的钻工一样，五脏六腑仿佛都被震得移了位。一杯清酒下肚，他的内脏立刻舒服了很多。不过他可得小心点，这东西人越喝越上瘾。他牢牢抓住自己的杯子，将它搁在桌子上捂着，“那么……接下来我们该怎么做？”

“那还不容易？你帮我设计出双座的飞机。我来教你怎么飞。”

史蒂夫盯着他看了好一会儿，然后大笑起来，“听起来应该很好玩，不过你真的觉得有这个必要吗？”

“绝对有必要。你来负责火箭推进型飞机的样机。不管怎么说，火箭是你想出来的主意。”

“那倒是，可——”

“除了我自己，这里总共只有两个人具有驾驶这种飞机的经验：喀珊和凯尔索。在这套系统通过测试之前——我指的是空中测试——我可不打算拿他俩的生命冒险。”

“所以你就用得着我了。”

“没错。我讨厌这么说,可我还是不得不承认,你是最适合这项工作的人。所以我才想让你来干。”

“好吧,可有必要非得弄个变种人来干吗?”

这次轮到卡迪拉克大笑了,“平时你脑子反应那么快,今天可不怎么样。一定是清酒的缘故。”卡迪拉克一仰脖,将杯中酒一饮而尽,然后将酒杯“砰”一声砸在桌子上,“你是一个草猴,布里克曼。虽然有幸拥有一定的智力,但从根本上说你仍然是一个没开化不懂技术的蛮族人。不过没关系。我决定将你收在我旗下——这么说吧,作为培训内容的一部分,我要教你飞行技术。”

“聪明,”史蒂夫说道,“那么,我要撞碎几辆发射车?”

“一辆也不许。你会学得很快。”卡迪拉克重新斟满自己的酒杯,第三次对史蒂夫举杯示意。

“飞行学院里的平均学习时间是十个小时,如果能有十五个小时会更好。”

“那我们就学二十个小时。你的智力水平有限。”

史蒂夫沮丧地笑了笑,举起酒杯,小口啜着喝到见底。这次地面测试,用的是速燃型的火箭,而他们计划装到飞马上的火箭,其推进距离是这个的两倍。可是,跟正常的动力飞机不同的是,飞马上没有调速和止推装置,一旦被点燃,就只能等着火箭自己烧完。除了端坐在驾驶座上操纵它,你什么也做不了。只要机翼不在瞬间加速的过程中被甩掉,其他应该没有什么难以解决的大问题。总之,只要飞行器自身别出问题就行。“我倒是没问题,可鬼子呢?他们会允许你那么干吗?”

“干什么?”卡迪拉克的声音开始变得含糊不清。

“教我飞行啊。你自己说过的,因为我是变种人嘛。”

“我不明白你指的是什么。”

“这个项目发展到最后,是不是由铁大师自己来驾驶?”

"一般来说，应该是这样。有什么问题吗？"

"你看……他们自己的人，只要社会地位不高，连骑马的资格都没有。只有武士才配骑马——这跟你正在制造的飞机是同一个道理。那么，他们难道不会反对让奴隶成为飞行员？"

"我看不出他们为什么要反对，"卡迪拉克回答，"寻道民也是奴隶。虽说他们受的教育可能好一点，一部分人可能还拥有高级技能，但在铁大师的眼里，寻道民的生命价值并不比变种人的高。整个尼桑内，没有哪个寻道民像你这么有用。在鬼子眼里，我们都是人下人，是可牺牲品。"

"但不包括你。"史蒂夫说。

卡迪拉克咧开嘴角，报以一个微笑，"是的，我以前也是这么告诉我自己的。"他又一次往自己的杯子倒酒，酒瓶"咔哒咔哒"地碰击着杯沿，"可是今天，我听到了一些东西，使我不得不，呃……缩短我在这里的停留时间。"

卡迪拉克说着将瓶子伸过来要为史蒂夫添酒，被他挡开了，"啊？是吗？"

"是的……源清盛手下的那伙人准备上路离开时，我无意中听到了他们的一些谈话。他们说，火箭推进的飞行器测试如果证明效果不错的话，他们打算派一批武士来鹭池，接受飞行员训练。"

史蒂夫马上意识到这一举动会带来什么可能性，"恭喜恭喜。"

卡迪拉克阴沉着脸瞪着他，"他们的算盘打得未免太早了点。"

"我不明白。这不正是你想要的吗？"

"我听到的不止这个。那些负责在这里监视我们的鬼子全都是能工巧匠。"

“那么……？”

“事情不是明摆着的吗？他们安排了自己的人来帮我们制造出第一批飞马。等那些武士学会了以后，就会去教别人飞行。”

“嗯，继续……”

“而且他们还掌握了制造程序中的每一个环节。到那时，我们会发现自己已经是多余的了。”

这些话在史蒂夫听来简直如天籁般美妙，不过他还是没忘打探更多的内容，“我跟其他人可能会多余，但你不会，绝对不会——难不成他们还会来个卸磨杀驴？”

卡迪拉克看了他一眼，什么也没说。

史蒂夫看得出来，这个变种人正在不知不觉地把自己灌醉。不过还好，这会儿他还有那么一点点理解力，正是问下一个问题的好时机，“我觉得很奇怪，你竟然从没想到过这些。难道你没看天眼石吗？”

“没，自从在石头里看到你带来的痛苦和悲伤之后，我就再也没看过了。你只会给别人带来麻烦，布里克曼。”

这句话把史蒂夫惹急了，他大叫道：“嗨，拜托！那都已经过去了。再说，发生那样的事也不是我造成的。‘大道已经铺就。’雪先生不是这样说过吗？我来这儿是想帮助大家。你干吗不找一块长眼睛的石头，预先看看会有什么事降临到咱们头上？”

卡迪拉克无力地摇摇头，“没用。我找过，可是我……一块也没发现。”

“但肯定会有——”

“哦，没错，有是有，可我什么也看不到。”他举起酒杯，“似乎有什么东西钝化了我的知觉。”

“真遗憾，”史蒂夫说道，“本来咱们还能利用利用它。”他是想知道他们最后能否成功地逃出去。不过，从另一个角度来看，这也意味着卡迪拉克无法窥见会发生什么事。这未尝不是一件好事。要是给他发觉了他们的逃跑计划，然后又生了异心，那只会让事情变得更复杂。

卡迪拉克本想再灌一杯浅黄色液体以抖擞一下精神，可是他那冰冷的目光已无法聚焦了。他的嗓音变得嘶哑起来，面容也扭曲成一团。他蓦地俯下身子，假装在揉搓面颊和前额，其实是想借此掩饰流出的泪水，"为什么每次只要你一出现，我的生活就会变得支离破碎？"

史蒂夫也感到一阵自责，"你说得不对，"他柔声说道，"你的生活并没有支离破碎；相反，它正在变得完整起来。"

卡迪拉克低垂着头，"哦，是吗？"说着抽了抽鼻子。

"当然是！你他妈的有什么好抱怨的？雪先生将他知道的一切都教给了你。而且，你还从我，从这里的其他人，还有那些不长毛的鬼子脑袋里窃取了很多知识，该死——你就是一个两条腿的哥伦布！"

"可用不了多久，我就再也不能用这两条腿走路了。"

"你干吗要那么想?！"史蒂夫叫道，"你是这里的总负责人！好，就算鬼子打算要接手这儿的一切，可在你向他们展示这些大鸟真的能飞到空中，而且还能在空中停留之前，他们是不会那么做的。"

"也是，可……万一我们做不到呢？"

天啊！史蒂夫在心里哀叹道，这家伙怎么一受点打击就消沉成这样，恨不得一下子沉到底……

他不知道，一旦一杯接一杯的清酒下了肚，酒精就会使情绪变得消沉。"绝对不会！只要我们尽最大的努力，做最好的工作，等这些大家伙最终飞起来时，我们就能令这个地方一夜之间名闻天下，我们也一样。"

卡迪拉克缓缓地抬起头，费了好大劲才将目光聚焦在史蒂夫脸上，“哦，是吗？那要怎么办才行？”

一着坏棋，史蒂夫心想。一着坏棋！“都留给我来处理吧，”他急匆匆地说道，“你要承担的事情太多了。”他将酒瓶挪到够不着的地方，“你得节制点，别灌太多这玩意儿。不然，你的脑袋到最后装的就不是白花花的脑髓，而是煮熟的白米饭了，你会死翘翘的！”

“那清水呢？”

“你不用担心。时机一到，她自会来找你的。”

“好吧，不过你得答应我一件事。”

“什么事？”

“在没知会我之前，你不能采取任何行动，不能做任何蠢事。我得知道会发生什么情况——在情况还没发生之前。”

“没问题。”

“还有，假如事实证明我搞错了，源清盛并没打算要派他自己的人来鹭池取代我，那我们的这次谈话就全部作废。如果你想将清水带回去，很好，我不反对，但我要留下来。明白吗？”

“绝对没问题。”

“好。不过……”卡迪拉克用食指对着史蒂夫，一边思索自己该用什么词适合。不过他的意识很快就模糊了，“……如果给我，嗝……如果给我发现你竟敢要我——”

“克里斯托夫·哥伦布在上！”史蒂夫气咻咻地嚷道，“你把我看成什么人了？你救过我的命！要我说多少遍你才肯信？跟清水之间的事情不是我的错！”

“我不在乎！”

“可我在乎！而且我一直都在试图跟你重归于好！很多次你都找理由怀疑我，可我还是要把你当朋友！朋友！我对雪先生说我要来这里，为了找到你。如果你真的想留在这里，好——这对雪先生来说很残忍，可跟我没关系。清水会和我一起悄悄离开。你甚至都不会知道我们走了。”史蒂夫伸出右手，摊在桌子上，无比真诚地向前伸过去，“我向你保证。怎么样，成交不？”

卡迪拉克看着他伸过来的手，“或许吧。我会考虑的，明天再说吧。”

史蒂夫拿起他刚刚挪开的那瓶酒，放在变种人面前，“你自己选择……”

卡迪拉克对情势的预测是正确的。让史蒂夫参加改进后的滑翔机测试的请求已得到许可。在卡迪拉克的督导下，史蒂夫进行了几轮犹犹豫豫的试飞。在几次令人汗毛倒竖的着陆之后，他被获准得到二十小时的单独指导。

下到地面上后，如果有其他人在场，史蒂夫仍旧得继续扮演仆从的角色。然而，他最近才被“发掘”出来的飞行才能引起了其他人对这个“肮脏下贱的变种人”的恶意抨击。为了平息那些巡道兵的不满情绪，卡迪拉克只好一再强调史蒂夫在第一次飞行测试时显露出来的那种爱冒险的天性。他对他们说，这个金发草猴只是一个牺牲品，如果事情进展得不顺利，就可以把他杀了祭祀。

改良后的新式滑翔机以五枚火箭作驱动，在机身外壳的腹部位置装有一块金属圆盘，五枚火箭就捆绑在圆盘下面。发射车装了两个速燃型火箭推进器，跟以前一样，火箭推进器依靠人手用一根长度适当的安全导火线点燃；而滑翔机下面那些火箭，则用一种精心制作的引爆装置来将它们相继点燃。该装置先击爆纸制的雷帽，借此来点燃火箭，其原理与山下大人提供给穆卡尔部落的步枪中那种有小圆点、用来点燃子弹的纸带一模一样。

滑翔机的起飞装置也重新设计过了，就是将史蒂夫用过的那种单轮发射车改装成了三轮。从侧面看，新型发射车车身相当低，几乎挨到了地面，这是为了在滑翔机起飞时，给车身增加额外的稳定性；发射车上还有四个可快速解开的锁扣，能保证滑翔机始终安稳地附着在车子上，直到飞行员不再需要它为止。

铁大师没有精确测量设备，也没有联邦使用的那种电脑模拟技术，卡迪拉克只好用最简单的计算方法来制造飞马。同样，在制造火箭时也是如此。虽说利用情报队转发过来的数学公式，史蒂夫能大致估算出在燃烧时产生的热量有多少英尺磅[①]，但当雇用你的人既没办法用尺寸来丈量，也不能用磅或盎司来称重时，你估算出的这个数据其实并没有什么实际意义。

借助于供差遣的仆人这一身份，史蒂夫得以跟着卡迪拉克在组装车间里转来转去，以确保每一道程序都符合他自己制订的那套苛刻的标准。在他的建议下，滑翔机试飞的前一夜，乔迪和凯尔索被悄悄挑出来与卡迪拉克通宵达旦地研究了一整个晚上。他这样做的目的，是想让卡迪拉克能在最终的方案调整中起到积极的作用。黎明到来时，他们检查并核对了每一个连结件和附加装置，并确保它们一切正常。但是一个大问题仍然悬而未解。上次用加重的地面发射车测试时，结果已经表明，火箭所产生的动力足以将发射车推到空中去——问题是，这种织物机翼的滑翔机究竟能承受多快的速度？

要不了几个小时，史蒂夫就能看到答案了。此次试飞的时间原定为上午，同上次一样会有高层铁大师代表团过来参观。传闻说，罗地兰和马萨诸萨两地的总领事到时也将屈尊前来。鹭池的日本负责人额外增配了一些清洁工和园丁，挂出了迎风飘展的旌幡彩旗，但他们一点也不紧张。对于将军的全权代表，他们自会遵照要求表示出适当的尊重，但他们跟邮政长官以及长官手下那

① 功的单位。相当于一磅的力沿力的方向运动一英尺的距离所做的功。

些噤若寒蝉的职员不一样，他们不是幕府的人。总领事只在属于他自己的封地上才拥有绝对的权力，而鹭池是源清盛大人领地的一部分，在这里工作的所有人都要服从源大人的统治，当然也都处于他的保护之下。

直到凌晨四点，史蒂夫才回到他的木棚里。当天将是个重要的日子，所以他被免去了日常杂务。大约五点的时候，他很想起来去制止那只小公鸡的啼叫，不过后来还是睡着了，而且一觉睡了三个钟头，直到一个仆人跑来将门敲得“砰砰”响他才醒过来。

作为一个变种人，史蒂夫不准使用浴室，只能用院子里的一个浴盆洗澡。不过这次，卡迪拉克把他叫进房子主人专用的冲凉房里，邀请他一起冲洗。史蒂夫脱掉粘满油污的工作服，跳进深深的浴盆里。变种人和他的两个贴身奴仆已经在浴盆里了，所以一开始，浴盆显得有点小，不过很快他们就变得轻松自如了，开始了这场严肃的“清洁之旅”。

那两个奴仆脸上带着礼貌性的微笑，除了头上戴的头巾之外，全身不着一缕。在看到一个变种人也跑来要共享一个浴盆时，她们不禁一阵惊慌。不过随后，在要抓一块滑溜溜的肥皂时，她们打破了尴尬的气氛。史蒂夫十分受用地前前后后洗了一遍，想从浴盆里爬出来，可是那两个奴仆在卡迪拉克的怂恿下，又把他给拖了回去，开始第二轮的彻底“清洗”，不过这次只是为了逗乐子。要在平时，史蒂夫一定很乐意奉陪，可这次他忧心忡忡，根本无心玩闹。趁她们开玩笑似的把他摁进水里时，他从她们手里挣脱了，一个猛子从她们腿间扎到浴盆底部。他的这个举动引起了一阵“骚乱”，可是很快，她们欢快的吵闹就变成了失望的尖叫，因为史蒂夫从水里冒出头时，手里还抓着一只大木塞，并奋力将它扔到了房间的另一头。

卡迪拉克不仅学会了铁大师那种舌头打结的语言，还学会了他们那一套享乐的法子。共浴之后，史蒂夫又受邀共进早餐。他穿上了卡迪拉克的一套系带子的长袍——这还是源清盛大人赏赐给卡迪拉克的。

“紧张吗？”

“没什么感觉。”史蒂夫轻轻答道。这当然是假话，他也能看出卡迪拉克并不相信他说的话。

吃完早餐之后，一个贴身奴仆给史蒂夫取来一套白色的棉质套服：跟平常一样的宽袖口短上衣，长长的阔腿裤。外衣叠成整整齐齐的一摞，最上面放着新内衣、白色的棉袜和一双系带布鞋。此外还有一条白色的头巾，上面缀着一串血红色的日本字符。

卡迪拉克仔细将头巾叠好缠在史蒂夫头上，让字符刚好在他前额的位置上，然后在他脖颈上方打了个结，“紧不紧？”

“不紧，刚刚好。”史蒂夫在一块嵌到墙上的正方形小镜子里照了照。他看着镜中的自己，问道：“弄这些玩意儿做什么？”

“只是表示对源大人智慧的赞美，也感谢他为我们提供的巨大帮助。”

“哦……是你写的吗？”

“我是会写，但要是由我来写的话就太不明智了。我是先用基础语写好，然后请一个通事帮我翻译成日语的。”

史蒂夫推推挡住了眉毛的头巾，“你真是一个马屁精。”

“这也是生存的基本法则之一，布里克曼。你应该比谁都清楚。”

“我只是开个玩笑罢了。好了，咱们走吧。”

卡迪拉克陪着史蒂夫返回鹭池。场地的一边，经他们之手组装出来的飞机在黎明就已被安在了发射车上，一道短短的活梯放在机头旁供飞行员登上驾驶位。熬了一个通宵的乔迪·喀珊和戴夫·凯尔索双眼布满血丝,此时也换上了一套崭新的工作服站在那里。场地的另一侧,几根柱子撑起了一张长长的渔网,那是用来捕获飞速滑行的发射车的,绝大多数的寻道民都站在网后面,大概是准备等史蒂夫未能成功飞起来时收拾他的碎片。

在离场地大约十五码的地方,搭了一个以布当顶的观赏台。三个铁大师端坐在台子上,后面站着一排副官侍卫。他们的头顶上方,高高的竹竿上飘着三种旗幡,上面绣着三种不同的象征图案。卡迪拉克与史蒂夫一起走到机头旁的草席上,跪下朝台子上的铁大师致敬。

"台子左边的那些人是源清盛派来的,"卡迪拉克小声对史蒂夫解释道,"右边的是山下派来的,中间的那些是丰田派来的,也就是将军家族。"

"这意思就是告诉我们:你们已经被我们包围了。"史蒂夫说。

他们再次鞠躬,拿鼻子碰了碰稻草垫。在他们身后,乔迪和凯尔索也依样而行。

"好了,我们开始吧。"史蒂夫说。他检查了五个用来点燃火箭的击锤,然后钻进驾驶位。控制面板的设计令他十分满意,他动了动操纵杆和方向舵脚蹬,又拉了拉装在简陋面板上的那一排引爆装置。

卡迪拉克将五根撞针检查了一遍,它们已全部就位。

"没问题。点火室准备!"

乔迪和凯尔索将雷帽放进固定在火箭尾部的点火室里。

"火室已备,击锤已起!"卡迪拉克大声喊道。

史蒂夫右手紧紧握住操纵杆,左手食指套在一个拉环里,只要轻轻一拉,第一枚火箭就会被点燃。"点燃推进器!"

卡迪拉克拿起火引,"点火完毕,开始燃烧!"

史蒂夫猛地靠在椅背上,咬紧牙关默数着倒计时,十——

九——八……

乔迪和凯尔索分别将位于发射车两侧的推杆放在肩膀上往上顶。车子开始往前移动。黑火药的安全导火线"嘶嘶"地燃烧着,不停地冒着火花;缠在一起的两根线分开了,继续朝着两个推进器锯齿形的管口处越烧越短。

五——四——三……史蒂夫动了动方向舵脚蹬以检查前舵轮。二——一——零——

推进器被点燃了,"嗖嗖"直响。乔迪和凯尔索倏地跳到一旁,急切地看着发射车一下子蹿了出去,从场地上穿过,尾端冒出火苗和浓烟。

"跑!跑!跑!跑!"他们大声喊着,声音一次比一次高。

发射车持续加速,史蒂夫再次感觉到自己被重重地甩到了椅背上。在做地面测试时,借助于丈量杆他们已做了测量。凭着大致的测量结果,史蒂夫知道再过八秒钟,发射车就要达到它的最大速度了。

……五——四——三——二——一——点火!

史蒂夫拉下中心火箭的点火拉环。在听到火箭被点着的声音后,他迅速将身子探出驾驶舱外,解开锁扣,让飞机与发射车脱离,然后将操纵杆往后一拽,将飞机对准了天上的云朵。

呼呼呼!真是一种奇特的体验。他以前从来没有以这么陡的角度和这么快的速度爬升过。朝下望时,能看到地面飞速往下退去。下面观望的众人仰面朝天的脸全变成了一个个小白点,再也分不出哪个是哪个,看上去仿佛星星点点散布在草原上的小花。

在不到十五秒的时间里,他就上升了将近2000英尺。火箭燃完后,"嘶嘶"的声音戛然而止,连同那种轰隆作响、快把他牙齿都摇松的震颤也消失了,取而代之的是一片突然降临的不同寻常的宁静。史蒂夫以一个空翻的动作停止爬升，向右翻了几个筋斗，一边翻一边下降。等停止翻转开始直线下落时，史蒂夫点燃了第二枚火箭。

嘶－啪－嘭！又是一通突然加速。

史蒂夫让机首始终朝下。没有测速装置，他只能依靠用鼻子感知流过织物机翼上的气流和机身受压产生的令人头昏眼花的剧烈颤抖来判断此时的速度。好！时间到！他一拉操纵杆，飞机猛地一个翻转，摇晃着将机头调整为向上，然后再来一个垂直空翻，这就是所谓的特技飞行表演动作——上S形。

当上升到第二轮空翻的顶端时，火箭烧完了，不过他已有足够的速度来演示一个横滚的动作。

史蒂夫不得不承认，在朋友们的帮助下，卡迪拉克干得非常漂亮。虽然对滑翔机来说，这样的动作表演只能算是一般水平，但考虑到动力因素，这架飞机已表现得很不错了。

没错，它真是一只可爱的大鸟……

完成上S形动作后，高度又上升了一千英尺，他都能望见波士顿了，就在东海边上。东海，那是一条多么宽阔的水域。它是不是就是世界的边缘？或者在它之外还有别的世界存在？在接下来的一连串特技表演中，他又用完了两枚火箭，这才慢慢降低高度。他突然很想给下面观看的人们来一个倒飞低掠式表演，让那些鬼子大大地吃上一惊。不过他知道，这样的表演对他们这些一点幽默感都没有的人来说并不会有什么吸引力。他以很低的高度疾速飞过场地，掠过仰头观望的寻道民和石墙，距离只有数英寸。

他再次往上攀升，在第五枚——也是最后一枚火箭的燃烧过程中，他用剩下的几秒钟时间成功地完成了三轮空翻动作，这才掉转机头朝场地飞过来，最后以一个完美的着陆结束了他的飞行表演。

全部火箭一共燃烧了七十五秒。但他充分利用火箭燃烧的间隙做了很多滑翔动作，让自己在空中的停留时间变成了二十分钟。他本可以飞得更远，把这一时间拉得更长，但是为了照顾铁大师的兴趣，他故意缩短了表演时间。四枚火箭就能保证他爬升到8000英尺的高度，剩下的一枚留作备用。如果向西飞行，8000英尺的高度他能一路滑行到哈德逊河——还可以搭载一名乘客。没错。事情进展得非常顺利……

他对飞马引人入胜的操控和无可指责的表演让所有铁大师都兴奋不已。因为急于想证明自己的飞行技术丝毫不逊色于史蒂夫，卡迪拉克一连做了两次搭载飞行，一次与乔迪，一次与凯尔索，乔迪和凯尔索都是坐在前置式乘客座上的。在一般人看来，他的表演同史蒂夫一样漂亮，但乔迪和凯尔却清楚两人之间的不同。卡迪拉克的飞行技术虽然给他们留下了深刻印象，但并不能令他们折服。卡迪拉克的飞行总好像缺了点什么，正是这点"缺失"，使得他只能算是一个竭尽全力完成了一套例行公事般飞行任务的称职驾驶员，而不是那种天生就是为了飞翔的一流飞行员——这种飞行员之所以轻轻松松就能拥有卓越的才能，原因很简单，因为他们的头脑里具备最佳的飞行感觉。

午餐是在露天进行的。吃过饭之后，铁大师从源大人的代表团里挑了一名武士，派他与卡迪拉克一起做一次飞行。在沿着东边的陡峭地形攀爬过程中，卡迪拉克燃掉了两枚火箭，在波士顿上空安静地转了一圈后，又以一个急剧下降的俯冲贴近源清盛的官邸。一开始，在陡直的爬升过程中，随行的武士一直拼命抓着驾驶座边沿，连指关节都白了。不过几分钟后，他的恐惧感终于慢慢缓解了。等到后来他发现，一看到他和飞机在头顶上一飞而过，田间的农夫就停止了手里的劳作，官邸里的士兵和奴仆全都疯拥而出时，便忍不住得意忘形地大笑起来，还伸出双手朝下面的人挥舞。卡迪拉克点燃了第三枚火箭,滑翔机再次升到了高空中。到了能望见场地的时候,他用剩下的两枚表演了一些特技飞行动作。

卡迪拉克着陆后,负责鹭池的武士志贺光大声宣布说,将军陛下的使者希望今天表演第一场飞行的那名飞行员把他带上一起飞行。随后,滑翔机和发射车都被装上了新的火箭。长谷川敏郎被人谦恭有礼地引上前去。直到他在前置式座位上舒舒服服地安坐下来后,史蒂夫才被准许进场。为了规避冒犯的嫌疑,志贺光已下令史蒂夫戴了一副手套和一张稻草面具。这样一来,这个变种人奴隶就不能与使者直接面对面了。

在尼桑,连平板玻璃都是稀有之物,有机玻璃就更是闻所未闻,所以滑翔机上的挡风板原始得几乎形同虚设。卡迪拉克自己想办法制作了一套护目镜,又用棉围巾裹在鼻子和下巴上来充当飞行护具。敏郎现在穿戴的就是这样一套护具。再加上乘客座是前置式的,史蒂夫只能看到乘客的后脑勺,所以一开始他并没认出对方是谁,直到他听到一个压着嗓子的声音说:"可以了,开始吧,朋友。"

敏郎想做一趟简短的浏览风景式飞行。应他的要求,史蒂夫顺着卡迪拉克的飞行路线,取道波士顿,飞临源氏的家族田产之上。在返回时,又特意在总领事宅邸和双岛湖上方转悠了一圈。清水就在下面。此时此刻,她是否正在花园里,抬头仰望头顶上盘桓不去的硬翅膀大鸟?当火箭没燃烧时,史蒂夫耳边唯一的声音就是气流滑过机身上的织物表面时发出的轻柔刷刷声,还有他们头上的饰巾呼啦呼啦的拍打声。

在安全带的允许范围内,敏郎在座位上使劲扭过身子,拉开裹在嘴上的围巾对史蒂夫说:"你是否考虑过要把他扔在哪里?"

在气流中,史蒂夫伸出一根手指,一边朝下指点一边大声喊道:“我觉得下面的湖倒是个不错的选择。这样他掉下去后还能反省反省自己的过错。”

敏郎点点头,“好点子！问题是你准备怎么做?”

“利用安全带！用销栓将安全腰带固定在地板上,背带则固定在这儿——您座位后面的舱壁上！”

“知道了,然后呢……”

“我会事先将销栓绑住,等我这边拉绳时,销栓就会松落。然后趁他还没明白怎么回事以前,我会把飞机倒过来——”史蒂夫将操纵杆猛地往右腿方向一拉,“——就像这样！”

飞机突然翻了个底朝天,吓得敏郎一下子张大了嘴巴。本来,飞机一直在安安稳稳地飞行,只一瞬间,他就突然在离地3000英尺的高度来了一个倒栽葱,只有四根两英寸宽的带子支撑着自己全部的重量。

“然后,他就没了！”史蒂夫让滑翔机足足倒转了两分钟,看着敏郎的头不停地扭动着,双手在驾驶座里一阵乱舞,总想摸到什么东西来抓住。让他尝尝总领事在空气中漫游时那种五脏六腑都绞在一起的感觉,对他并没有什么坏处。

一个半翻转后,史蒂夫将机头扳正,这才开始沿水平方向飞行。他的乘客还缩在座位里。“看到了吧?就这么简单！”

没有回应。

“没事吧,你?”

敏郎只点头没回头。他之所以要来飞行一次,只是想为总领事的“单程”旅行探一探路,这是他第一次,也将是最后一次搭乘飞马飞行。敏郎发誓以后再也不乘它了！永远！

最后一枚火箭点着了,他们掉头朝场地方向滑翔过去。史蒂夫探身向前,用肘推了推使者的肩,“谈谈怎么样?”

“谈什么?”

"我需要那袋粉红色叶子。"

敏郎斜瞟了他一眼,"一次只能要一样东西。我已经把你调到鹭池了,不是吗?"

"这……呃,是,好吧……多谢你了。"我不信,史蒂夫心想,我们的命都握在这家伙手里,可他却满嘴吐不出一句真话!

他们平稳地降落在一对竹杆滑木上。本来,如果用滑轮的话着陆会容易得多,可铁大师对生产这种他们需要的配件积极性并不是很高。而且更让史蒂夫他们头疼的是,将铁大师制造出来的车轮装到发射车上时,才发现它们不仅小,而且也太轻了。

"别拖得太久,"脸色苍白的使者颤巍巍地走下飞机时,史蒂夫对他说道,"这里的局势进展得非常快。"

"不用担心,"使者"动情"地答道,"我们很快就会再见面的。你不必害怕。"

这头异族猪太傲慢无礼了!可为了确保总领事的死,他不得不忍受布里克曼粗鲁的言行。这个合伙人很让人讨厌,不过想到一旦打发了那个堕落的肥胖子,他将要采取的那些极端的复仇行动,他那受伤的自尊心总算得到了一点安慰。只是现在将军已决定准许这个长狗带着他的两个俘虏逃离,这让敏郎更是变本加厉地憎恶布里克曼那狂妄的自信。

几乎可以肯定的是,有人告诫过这个情报队员,说他不必将敏郎要整治他的威胁当回事。难道是总管的人卷进来了吗?据说,家康这只老蜘蛛的网已经伸到了尼桑最偏远的角落。这种可能性让人不寒而栗。使者忍不住在心里祈祷事实不是这样,他很懊丧,后悔把自己给拖进了泥潭。只是事已至此,再想回头已不可能了。誓言已经许下,别人的胃口也吊起来了。所以,他不得不尽力帮助布里克曼。这是他必须做的。但他可以让这个上了色的下贱杂种尽可能地处于焦虑之中,越久越好。

敏郎厌恶地站直身子，昂首阔步朝自己人那里走去，史蒂夫始终低眉垂目地立着。鬼子答应帮助他们逃离的任何允诺都是不可靠的，依赖他的帮助只会给自己招来灭顶之灾。转移清水也一样。既然她能把他史蒂夫成功地移到鹭池，也就可以用同样的方法把自己移到这里来。没错，那个方法就是干涉总领事的思维。

等那帮贵宾人物离开四合院后，卡迪拉克把他们的决定告诉了史蒂夫。他们要求将现有的十二架半成品飞行器全部改装成双座双驾驶机型，这个要优先完成。此外，还有二十四个武士将被派到鹭池来接受飞行潜能测试，之后，从中挑出十二个接受滑翔训练；然后，再从这十二个人中选出最优秀的六个，作为学生接受火箭驱动飞行器的高级训练；最后，等这六人达到要求的能力水平后，将要在领主源氏家族和山下家族的主要成员面前展示他们的飞行技术——这是将军本人的意愿。

“他们给你规定日期了吗？”

“嗯。从现在算起，一个月之后。要是再晚，将军就来不了了。他要去罗地兰海岸之外的一个大岛上避暑，之后要在泛黄季里到南方去。”

史蒂夫若有所思地点点头。卡迪拉克用变种人的说法来形容秋天，这让他想起了自己与穆卡尔部落一起度过的短暂时光——还有时光已无情流逝的事实。“你们三个要丢饭碗了。”

“是啊，都是因为你。当然我也有错。咱们都太自作聪明了。将军的使者之所以要跟你一起飞，是因为他想考察你的能力。他告诉源清盛的人，说在我的调教下，一个草猴都能在一周内掌握这样的飞行技能，那么他们的武士应该能在四周内长出翅膀。”

史蒂夫忍住笑，问道：“你想让我帮忙吗？”

“去当老师？”卡迪拉克摇头，“他们绝对不能容忍。他们不介意我在试飞阶段拿你当牺牲品，可并不意味着就能忍受一个变种人去教他们。这跟他们素来恪守的信念格格不入。”

“有道理，不过……你说过，寻道民也是奴隶。那为什么你和其他人就能教他们？”

“也没那么容易，”卡迪拉克叹了口气，“不过他们给自己找了一个弯弯绕的理由来将这种状况变得合理起来。我们异族人在他们眼里，都是非人类。可他们不得不承认，乔迪、凯尔索和我都拥有一项他们所不具备的高级技能。在学习吸收这项技能时，他们愿意在特定的范围内尊重我们，比方说驾驶座、飞行训练场、车间等诸如此类的地方。但在这个范围之外，他们还是想看到我们把鼻子伸到尘土里。”

“真是一群顽固不化的猪。”

“没错，可……命中注定，有什么办法？”

“真遗憾，我没办法洗掉这身颜色，变回寻道民……”史蒂夫对他的看法嗤之以鼻。

“来……我这里有一些皂叶。”

“真的吗？”

“真的，满满一束，还有一些体绘颜料。清水和我都带了一套——以防万一。”

“好主意，”史蒂夫沉思着说，“嗯……我很高兴你肯告诉我。”

“可我还是没办法搞到证件。”

“那就自己弄。你会写日文，复制一下凯尔索的怎么样？”

“很难。所有人的证件都保存在档案室里，我没有权利进去，那里不是我的地盘。不过就算我能搞到证件，还有臂章怎么办？它可是冲压成的金属牌。我看凭咱们是不太可能仿造的。”

“是啊。”史蒂夫无奈地做了个鬼脸。看来还是得依靠使者了——叫长谷什么什么来着？利用自己的关系网，他肯定能搞到他们需要的所有东西,包括行路地图和指南针。“你说得对,忘了这件事吧。”他前思后想了一番,竖起一根手指对卡迪拉克说,“我们要想尽快成事,只有一个办法。你、乔迪,还有凯尔索,你们三个把精力集中在培训这些鬼子上,而我将,呃——”

“飞机一下线就试飞……?”

史蒂夫张开五指,“你都跑到我前头了。”对这家伙的恭维还真起作用了,“另外,我还要看看火箭的性能能不能再改进一下。我相信在不大幅度增加重量的前提下,我们还可以提高推动力,增加火箭的燃烧时间。你觉得怎么样?”

卡迪拉克认真地想了想,答道:“嗯,没错。好主意。”

开什么玩笑啊,老伙计?这可不仅仅只是一个好主意,这他妈的可是一个天纵奇才的妙想啊……

史蒂夫和卡迪拉克待在书房里,凝视着滑翔机的结构图,绞尽脑汁地思索着如何加固机身的构造,以抵抗驱动力提高后可能会产生的重压。乔迪和凯尔索也发现了不正常的轻微震颤,不过他们想的是如何消除这种震颤,而不是改造整个机身。

一直到傍晚的时候,他们还没找到合理的方案。有些需要参考的图纸被留在组装车间里了,卡迪拉克要史蒂夫在晚餐时过去拿一下。

史蒂夫拿着图纸离开车间,穿过几乎已漆黑一片的过道,忽然听到有人在哼唱一支熟悉的曲子。

“嗒哩——嘀……嗒——嗒——哒……到墨西哥去……嗒哩——嘀……嘀——嘀……嗒哩——嘀……嘀——嘀……她跪着祈祷……”

在他前面,一个大块头从屋里走了出来,是凯尔索。“嗨。”

史蒂夫在大个子寻道民够不着的地方停下脚步。自从上次他们翻墙回来之后，凯尔索对他的态度就总是不冷不热，就那还是因为有乔迪跟在旁边。现在她不在这里，很难说会发生什么事情。“好久没听到过这首歌了。”他开口说道。

凯尔索干笑了一声算作回应，“没多少人知道它。歌词我都基本上忘光了。”他试着哼了几声，“接下来是什么？”

“我得走了，我还有事——”

凯尔索打断他的话：“——国境以南，到墨西哥去……没错，就是这句。”

交流忘记了的歌词以及哼唱这首歌都是情报队员之间的秘密暗号，他们常用来向周围的其他队员提醒自己的存在。史蒂夫用手指摸了摸耳朵背后，按下袖珍型的内置式无线电收发装置，可是他发出的莫尔斯电码没收到任何回应。很可能是凯尔索听别人唱过几次，很有这种可能性，不过就算这样……

一定要小心谨慎啊，史蒂夫……

凯尔索抱起双臂，走近史蒂夫，把右肩斜靠在墙上，“我听说你不打算在这里待多长时间，而且……”

“谁跟你说的？”

“喀兹……”

“哦，是吗？”

“是的。我误会你了，布里克曼。以前我以为你是一个舔屁眼的家伙，其实你是好样的。你今天干得不赖。”

“这不算什么。任何一个‘纯蓝子’都会这么做。”

“少跟我来这套，布里克曼。谦逊可不是你的作风。”

史蒂夫权当没听见。

“我们正在造的这些飞机，任何人——只要知道自己要去哪里——都能利用它跑上十万八千里。”

“还得看他想要什么……”

“说得对，没错，最重要的是要先他妈的逃离这里——然后才能谈其他的。”

“可能你是对的。”史蒂夫说，“乔迪到底告诉你了多少？”

“你是说她到底知道了多少？”

“拜托，戴夫，别再绕弯子了。”

“她告诉我有人向你戚妹施加了点压力，所以你才被派来找两个呆瓜。还有……她会跟你一起回去。”

“对此你有什么想法？”

“大平原上的生活并不像吹捧的那么好。你答应她的事，你觉得你真的能做到吗？”

“是的，我相信可以。她曾救过我的命。你帮她一起来救我，记得吗？要不你俩怎么可能会来这里？”

“不劳你来提醒我。我没忘。”凯尔索犹豫了一下，又说，“你能答应我同样的事吗？”

在黑暗中，史蒂夫怎么也看不清站在对面的寻道民脸上的表情，“当然可以。不过你确信那是你想要的吗？”

“听着。如果喀兹愿意跟你干，那我也可以奉陪。”

“你这么说我很高兴。”史蒂夫一点也不确定自己能不能相信凯尔索，不过，就跟很久以前有位美国总统[①]——当他不得不在自己的白宫为令人头痛的反对者谋一个美差时——曾经说过的那样：宁可让他待在帐篷里往外撒尿，也比把他撵出帐篷外往里撒尿好。

他向这个反叛者伸出手，“欢迎加入。”

① 即美国第三十六任总统林登·贝恩斯·约翰逊。文中所引的这句话，系他对当时的联邦调查局局长约翰·埃德加·胡佛的著名评语。

第十四章

快到月底的时候,各种事项的进展都让卡迪拉克觉得满意。鹭池新到了一批越南工艺师傅,在他们的帮助下,寻道民工人花了很长时间将第一批的十二架飞机全部改造完成了。训练初期,有四架飞机受到了不同程度的损坏,不过很快就全部修复好并又投入了使用。

有十二个武士被挑选出来,接受飞行员培训。他们中有八人被认为具备了必需的条件,能完成为期四周的高强度训练课程,达到火箭动力编队特技飞行的最高水平。在第三周结束时,情况已经很明朗了。八人中只有五人达到了团队飞行所必需的、对合作精神的要求;而其余的三人,虽然也具备了不错的能力水平,但总好像缺少了一点在旧纪元中曾被称作"合适人选"[①] 的那种感觉。在助理教官喀珊和凯尔索的努力下,卡迪拉克的这五个顶尖学生达到了非常高的水平,此时正按照史蒂夫设计的表演路线进行飞行排练。

---

① 出自汤姆·伍尔夫所著同名小说,1979年出版,1983年被拍成电影。讲述了从美国太空计划诞生到第一批航天员诞生的故事。

在一群变种人的帮助下,很多园丁正忙着打扫四周的环境卫生。从大路到表演场地的东侧之间,修筑了一条新的通道。场地东侧有一百多个手艺人正在用木头搭建一个观赏台。观赏台前有一些凉亭,专为两位领主大人以及其他的高层贵宾设置,凉亭后面还放了数排长椅,那是供一些地位较低的人员就座的。

卡迪拉克是即将到来的盛大展览庆典的总设计师。为展览所做的筹备工作,以及相关人员做出的诸多成就都使他欢欣鼓舞,他对自己前程的担忧因此一扫而光。如果一切进展顺利的话,这次庆典将为他的人生翻开全新的、甚至更为显赫的一页。回想最近数周取得的成果,他觉得将自己的努力付之东流的想法真是荒谬极了。他本不该对任何人提到他曾经有过那种短暂的不安全感,不过如果他没那么做,金发寻道民就不会把他的逃跑计划和盘托出。是的。在远方那五光十色的地平线上,只有一团烟云会抹煞风景:布里克曼。

石头里预言过的一切都一一变成了现实。布里克曼迟早会将清水带到南方沙漠之下那个黑暗世界里去,无数的人将因此而丧命,但卡迪拉克不必担心自己的生死。能和天音通话的雪先生已保证过,他和清水都会活下去,因为他是辟邪主的剑;而她,则是辟邪主的盾。

雪先生的话虽然说得语焉不详,但还是暗示了未来会发生的事情。只不过卡迪拉克关注的是眼下,是此处。云武士的出现掘出了他内心深处沉重的负罪感,他本来一直都在想尽办法将这种感觉深埋起来。对雪先生信任的辜负、对清水命运的漠不关心、推卸自己本应承担起来的对穆卡尔部落的责任……所有的这一切,正是他夜夜买醉的主要原因,他想借助清酒来把这些忘掉。

是的,负罪感是他心里不痛快的一个原因,但最根本的原因还是嫉妒,恨自己不具备竞争对手的水平和能力。更要命的是,嫉妒只是他自己的事，人家压根儿就没想跟他比；对手天生就具有一种优越感，所以人家不仅能高高兴兴地接受变种人奴隶的身份，还能以解决空气动力学难题的热情来做那些低贱的苦役杂活。尤其是现在，他的嫉妒心更重了，因为他发现，如果没有布里克曼英明的建议和锲而不舍的帮助，自己绝不可能拥有今天这一切。

意识到自己仍然不是云武士的对手，加重了卡迪拉克内心深处潜伏已久的怨恨。更让人恼火的是，他现在还离不开布里克曼。布里克曼的出现就像一根马刺，使他更痛苦，也让他的头脑更灵活。但是依赖一个你无法信任的人，这不仅愚蠢，而且危险至极。卡迪拉克非常后悔自己没有一开始就告发布里克曼，现在已经太迟了，而且就算有机会，他也不敢确定自己能否做得到，对不起良心的事他已经做得太多了。不……如今之计，只有逃避。让他带清水走吧。要是他们离开时所用的办法没有威胁到他的地位，他会很高兴自己终于摆脱了他们二人。

他曾经对布里克曼说过，地下世界已经没有什么值得留恋的了，所以他不会回去，这是真的。也许以后会有那么一天，辟邪主的意志会将清水送回到他的生命中来，可现在，至少在他能看得到的未来，他已经失去了她。他也曾试图修复他们之间的关系，但这种愿望随着布里克曼的到来一下子烟消云散了。如果返回部落，他无非就是继续扮演雪先生学生这样的角色，做一个听话的影子。他本来只希望，等雪先生离世后能在部落中拥有一定的地位就可以了，然而，他从石头里看到的却是，老字匠前往高庭之后，穆卡尔部落也随之不复存在了。那他还有什么必要回去？也许在这里，他没有朋友；可没了雪先生和清水，他到哪里都不会有真正意义上的朋友了。而同云武士的关系完全是另一回事。他们之间是有很多相同之处，可联系他俩的并不是友情。一切都只是造化弄人罢了。

史蒂夫也一直在忙个不停。八个飞行员每天要进行好几次火箭驱动飞行,一周七天,消耗掉了无数的黑火药。火箭筒和发射车推进器用完之后可以重填,但整个流程的速度亟待提高。在史蒂夫的建议下,卡迪拉克向上面提出了增援的要求。随后,从各地的火药厂调来了大批妇女,以提高火药填装这一环节的速度。

除此之外,卡迪拉克还采纳了史蒂夫的另一个建议,将乔迪·喀珊和戴夫·凯尔索的住处从四合院的集体宿舍搬到了卡迪拉克自己那优美舒适的住所,旁边就是那条新建的通路。起初说是为了舒缓繁重的培训所导致的压力,不过后来证明此举是很英明的:通过一起居住,三位教官在结束当天的飞行课程后,可以有更多的时间来共同研究学员的学习进度,需要的时候还可以对日程表上的安排作出及时调整。

这对史蒂夫下一步的行动也非常有利。与乔迪和凯尔索的距离拉近了之后,他能随时与他们交换意见,再也不必担心与车间里的反叛者寻道民发生冲突了。在那些寻道民眼里,史蒂夫仍然是一个“肮脏下贱的变种人”,可他不仅会飞行,还被派去测试最新组装完成的飞机,这使他们好不容易抑止住的怨恨再度沸腾。

有时,在好不容易闲下来时,史蒂夫也会猜测卡迪拉克下一步的打算。而今,对于鹭池里的各项事务,铁大师已不再像从前那样只是监视了,他们在每道程序上都掺和了进来。史蒂夫粗略估算了一下,发现现在鬼子在人数上已经超过了当初寻道民工人的两倍,这是不是表明,在卡迪拉克还没把自己淹死在清酒里之前,他就会被别人取代?史蒂夫一直在等待这个变种人能同他谈一谈,可他似乎全然不把这些放在心上。自从最初那次谈话之后,对于逃跑的事情他再也没有提过一个字。

考虑到卡迪拉克的脾性,这其实也没什么好奇怪的。这个变种人宁愿随便抓住一根救命稻草,也不愿面对自己只是被利用、而且很快就会被抛弃的现实。数天后将要举行的庆典对他来说是一个重要的时刻,他可不愿让任何人扫他的兴。好吧。不管你喜不喜欢,你都得离开。等时机成熟了,亲爱的老史蒂娃[1]在搞定一切后,卡迪拉克自然会乐意看到飞机上也为他留出了一个位子。

有消息称,源清盛已向将军发出了邀请,赖朝也初步表示自己会参加,所以主观赏台前面的正中间已为他准备了一个精心装饰过的凉亭。可是,工匠师傅的努力最终还是白废了,那天上午,卡迪拉克偷听到了将军已取消行程,改由总领事东芝仲根和使者长谷川敏郎来代表他参加此次庆典的消息。真够狡猾的。

赖朝给源大人的信中没有解释他是出于何种原因改变了主意——将军是不需要向任何人阐明自己的决定是否合理的。不过他一再重申说,自己会继续支持鹭池的项目,因为他已听到关于该项目的生动汇报了。这封信里充斥着宫廷官气十足的味道,信末还附了一番热情的套话,预祝庆典顺利完成,并表示所有与此有关的人都将因其所付出的努力而获得公正的奖赏。对最后一句话背后的含义,源清盛大人仔细思量了一番。最终他下了个结论:自己烦心的不是将军的言词,而是将军意识到了自己的谋反意图。

剩下的时间已不到一个星期了,史蒂夫那里却还有好几件事

---

① 史蒂夫自谑的称呼。

要搞定——得再见清水一面，得解决通行印章和证件的问题，还得去取情报队送过来的最后一个包裹——过去的一个月里，这样的包裹已来了好几个了。

包裹是在夜里趁月亮被黑云挡住时，投进鹭池后面的水塘里的。为了能安全送达且不被人察觉，飞机被涂成了黑色，动力也关掉了，凭着细长得难以置信的机翼滑行到水塘上方，直至距离水面不到一百英尺时才将防水包扔进水里。飞机几乎没有发出任何声响，除了微弱的气流骤然加强时发出的飒飒声，和之后又慢慢减弱变成像风刮过树梢时的呜呜声。因为使用了阻力伞，包裹落水时溅起的水声甚至还没有鱼儿跃出水面的声音大。包裹沉到水底后，会在水面上漂起一个浮标，标示出自己的位置。迄今为止，史蒂夫每次都能趁别人熟睡时准确地找到包裹并把它打捞出来。

史蒂夫挡住蜡烛光，迅速闪进他的矮顶帐篷里关上门。一张磨损得厉害的草席既当地板又当垫子，一个小架子上放着一盏油灯。他在草席上跪下来，将灯芯点着。

当火苗大一点，散发出的橘黄色光晕将屋子里的黑暗驱散一些之后，他突然发现了自己刚才没察觉出来的异样——一个人影，从头到脚穿着一身黑，正盘腿坐在帐篷最里面的角落，腿上的短刀已拔出了一半；右手抓着刀柄，左手执鞘；脸上蒙布，只在眼睛的位置留下一道窄缝，可是四周的光线太暗了，所以这唯一露出来的部位也看不清楚。

“你还好吧，朋友？”是使者，穿着他最早穿的那套夜行装。

“好得不能再好了。您来多久了？”

“很久了。”

史蒂夫缓慢地转过身来对着他，低低地弯下腰，尽力不去想自己的脖子就在杀手的刀刃攻击范围之内这个现实。那可是使者一贯的作风。“您光彩照人地现身令敝舍蓬荜生辉。敢问尊驾前来何意？”

“别太过分了，布里克曼，得罪我的人可不会有什么好下场。”

“我没有其他意思，大人。”史蒂夫挺直后背，“需要我帮忙吗？”

“我要知道你的准备工作做得怎么样了。现在离某人的大去之期可是不远了。”

“我知道。除了一点点小细节之外，其他差不多都已就绪。你只需要确保总领事到时候记得踏上他这一趟旅程就可以了。”

使者恼怒地哼了一声，“他会的！你其他的安排都怎么样？”

“我已经告诉过您，都已就绪了。”

“我需要的是详细说明，布里克曼。请吧！快点说。我们可没有一整晚的时间。”

“已有的飞行测试表明，到时候庆典可能会进行得不那么顺利。实际上，那会是一场大灾难。我不清楚那天你们会采取什么防范措施，但得知你们的老大不准备来时，我倒是松了口气，要不然事情会很难办。”

敏郎握紧了抓在短刀上的手，“我们……老大？”

“是的，就是将军，尊贵的丰田赖朝陛下。他有……二十八岁吧？未婚，但他四个姐妹中的两个已行婚配——对吧？”

“长狗猪！你怎敢直呼其名？”敏郎费了好大的劲儿才抑制住拔刀的冲动。

史蒂夫自然清楚这个危险，“拜托，讲点理好不好？我怎么就无礼了？如果你要跟我谈交易，最好不要拘于形式讲客套。”

“小心你说出来的话，布里克曼。这世上没有谁是必不可少的，你也一样。”敏郎停顿了一下，“像你这样缺少教养的人，大概以为这不过是一句空洞唬人的话而已。你错了。是否交易不是我说了算。逼人太甚的话,我会不顾一切先把你杀了!要知道,他们对我可不会客气,相信我。”

史蒂夫垂下头,“没人比我更清楚这个了,大人。我跟你一样,主子都是残忍无情的人。”

长狗的话适时地提醒了敏郎,面对那些被卷进自己的双面游戏里的人,他得冒极大的风险。他恢复镇定后道:“你是怎么得到这些信息的?”

“我还知道你是一个内廷使者,名叫长谷川敏郎。用的都是同样的方法。”

使者将头上的围布拉下一点露出下半截脸,“我再警告你最后一次,布里克曼,你给我小心点!”

“你以为我们是碰巧遇上的吗?从知道两个变种人逃到这里的那一刻起,你就被我们锁定了。”这纯粹是骗人的,他不过是把卡迪拉克从铁大师那里收集到的各种信息归拢到一起罢了,只是使者对此浑然不知。

“锁定?”

“作为一个了解内情的人,一个我们将与之合作的人。”史蒂夫紧盯着使者,“您机敏灵活,极富想象,足智多谋,且雄心勃勃。”最后一个词对对方的冲击最大,但这个效果很快就被他隐去了。

敏郎意识到自己已处于被动地位,于是用不带任何感情色彩的眼神瞪着史蒂夫,等待着。

史蒂夫回瞪过去,既不挑衅也不惧怕,“你看起来一点也不惊讶。”

“我尽量不让自己惊讶。”敏郎回道,“这么说来,你是一个强大国家的使节。不过,我好奇的是你之前怎么从来没说过。”

史蒂夫报以狡黠的一笑,“你不也没有将你所有的牌都亮出来吗？虽然咱们分属的系统之间隔阂不浅，但说实话，大人，你我同属一类。”

敏郎突然哈哈大笑起来，算是承认了这一点，“布里克曼，虽然你迟钝如牛，但我相信你心里很清楚，有好几次我都恨不得一刀砍死你，就跟现在一样。要是能那么做，我一定会很开心。”他“刷”的一声将拔了一半的刀推回刀鞘里，“或许，总有一天，我会享受到这份快意。”

“可能吧，但前提条件是我没先把你干掉。”

他的回复不可谓不英勇，使者不禁一拍大腿，“说得好！现在——”他再次压低嗓音，“——你打算如何逃跑？”

“我们要开走三架飞马。”史蒂夫小声说。

敏郎皱起眉头，“但是，最西边的国界离这里可有将近1000里格。这些东西能跑那么远吗？”

“它们能跑一整天——不过现在还不行。”史蒂夫开始误导对方，“一旦飞过哈德逊，我们就会改往西南方向飞，一直飞到斯克兰顿[①]附近的一个集合点，就是你们所说的斯卡拉塔纳。”

“嗯，然后……”

“我们自己的人会飞过来接我们。那样在黄昏之前我们就可以到家了。”

敏郎竭力装出一副无动于衷的样子，“那个女的怎么办？你准备什么时候把她弄出来？弄出来后安置到哪里？”

“这个你不用担心，总领事自会把她带过来。”

闻听此言，敏郎忍不住倒抽一口冷气，“你已经安排好了吗？”

“还没有，我准备今晚动手。总领事今天与源大人共进晚餐，直到明天上午才能返回。”史蒂夫之所以知道这个情况，还是因为卡迪拉克从别人的谈话中偷听到了风声。“当然，你肯定也知道

① 宾夕法尼亚州东北部一城市。

了。”

使者确实知道，而且也已准备好好利用东芝不在的这个机会。可问题是，布里克曼怎么也知道了？而且他这么说到底是想暗示什么？“你……确实让我大吃一惊。”

“这有什么？”史蒂夫答道，“我只是在做自己分内的事罢了。”

“可是——”

“有件事需要你帮忙，只一件。”对于使者的警告，史蒂夫确实认真看待了，只不过现在，他能感觉到对方已经被自己牵着鼻子走了。他冲使者竖起一根手指，“你来时骑马了吗？”

“骑了——”

“太好了。能有机会跟你商谈我很高兴，但这也误了我的事。借你的马去一趟双岛湖，行不？”

虽然身体欢娱近在眼前，史蒂夫还是抵挡住了诱惑。不到处理完最后一个至关重要的细节，他决意不在清水的怀抱里逗留。返回鹭池意味着要先游很长时间到达湖西岸，然后还要再走三英里的路。随着秋天的来临，夜晚已很有些寒意，湖面上此时已覆盖了一层白色的薄雾。

湖岸陡峭，水边是一片泥泞的沼泽地。薄雾氤氲，将整个湖泊笼罩其中，也掩盖了沼泽地里随处可见的乱石礁、低矮树丛和腐朽的植被。这片沼泽地就算是白天都很难从中穿过，更别说是在几乎伸手不见五指的晚上了。加之史蒂夫光着身子，对他来说，从中穿行不仅意味着危险重重，还有伤痕累累。

他们曾约定，如果清水独自待着，而她的那位胖朋友又不大可能来打扰她时，就在自己的窗户上挂一盏灯笼。史蒂夫来的时候，就是靠着这盏灯笼发出的昏黄灯光来辨别方向的。

而在返回时，为了引路，史蒂夫顺着将要经过的路线方向挂了两盏灯笼，一盏是黄色的，在前；另一盏是粉红色的，在后。因为岛上的湖心小屋盖在全岛最高处，旁边又栽了高大的树木，所以灯笼挂在树上时，即使他在水中游走，也能穿过鬼影似的薄雾望到灯光。如果只能看到黄色的光芒，说明他的方向是正确的，没有在水里转圈子。

游到一半的时候，史蒂夫进入了一片狭窄的水道，里面没有烟雾。他翻过身开始仰泳。仰泳时击起的水声比俯泳大，不过速度一样快，而且仰泳时他还能时不时看一眼黄色方向灯。

史蒂夫醒过来时，发现自己全身已经干了，只是仍旧一丝不挂。两个穿着一身黑衣的人站在他旁边，看到他的眼睛眨巴着睁开之后，两人一把将他拖起来按倒在地上——一直过了好几秒钟后，史蒂夫才意识到自己遇到了麻烦。他的脖颈处被放了一根短棒，两只胳膊高举起来，双肘被捆在木棒上，十指摸着耳朵。

弄成这种姿势已经够让人难受的了，而且要不了多长时间就会抽筋，到时候还会更痛苦；但再痛苦也比不过他的阳具和阴囊被一根细绳紧紧缠起来时的那种痛苦。更要命的是，绳子的另一头被拉紧后拴在了他的脖子上。干脆利索的整人招数。这样一来，唯一的舒缓办法就是弯下腰倾身向前，如果想直起身，那他就不得不牺牲自己的睾丸。

可怕……

他面前还站着另一个人。此人也是一身黑衣，不同的是他露出了满布沟壑、活像一具骷髅的脸。他眼窝深陷，双眼细长，下巴方正，一张嘴巴活像是两块钢板之间的合页，一看就是那种让人讨厌的主儿。

史蒂夫右边立着一根柱子，上面挂着一盏灯笼。他原本藏在一棵被砍倒了的树下的棕色工装，此时却被叠得整整齐齐地放在柱子旁。他的脑袋后面痛苦地抽搐起来。为了舒缓僵硬的脖颈，他小心翼翼地转了转头，这一动，他才发现自己原来是在一顶黑色帐篷里。

骷髅脸拿过一个包着皮革的瓶子，从中倒出一小杯清酒，然后将酒杯放在史蒂夫面前的地上，“喝吧，它或许能帮助你改变自己的想法。”

护卫拿起酒杯抵在史蒂夫的嘴唇上。因为脖子和私处被绑得紧紧的，他不得不尽量往前探出身子，以便让嘴唇够到杯子。

“感觉好点了吧？”

“嗯，谢谢。”

“很好！”骷髅脸咆哮着喊出一句日本话。

那两个戴面具的护卫迅即拾起藤条鞭子，放在史蒂夫肩上。

“我不喜欢转弯抹角地说话，布里克曼先生。不管是你还是我，都没有多少时间可以浪费。我所有的问题，你都要直接回答，不得拖延。要不了多久你就会发现，所有的事情我都一清二楚，所以别想在我面前支吾搪塞，更不要自作聪明。我这么做就是想帮你逃走，所以你也得帮我的忙来报答我。明白吗？”

“明白，可……万一我不知道答案呢？”

骷髅脸叹了口气，“我刚刚警告过你不要搪塞，”他轻声说道，“看来你已经把它忘光了。”他向两个黑衣人点头示意。

啪！啪！肩胛上接连挨了两鞭子，抽得史蒂夫喘不过气来。藤条挪开后，留下两道深深的血印。剧痛中他不由自主地拱起背，一下拽紧了套在脖子上的绳索，使他的阴囊受到一阵让人头晕目眩的挤压。

“我希望这次的教训能让你彻底明白，这里不是你要小把戏的地方。”骷髅脸说道，“要是再胆敢胡弄我，我就割掉你的全套家伙，塞进这个菜坛子里，一起送回你的老家。”说着，他将双手伸到背后,拿出一把短弯刀和一只有盖的玻璃缸,放到史蒂夫面前。

这是亲爱的老巴特舅舅才会用的伎俩,可眼前这家伙好像真的能说到做到,史蒂夫不由得打了个寒噤。

“好,布里克曼先生。我们已知道你是情报队的一名特工,扮演的是某个统治集团的代表这一角色。我们还知道,你与人达成了协议,所以你要破坏鹭池项目,并将导致总领事东芝仲根的死亡。作为回报,你得到对方的允诺,将保证你不受阻碍地离开这个国家,还能带上最初将飞马交付给领主山下宏的那两个长狗。我说得对吗?”

他只好老老实实地回答:“对。”

“很好。这些安排都是经过我们同意了的,你可以照原定计划进行。现在——你知道那个与你达成交易的人是谁吗?”

“他从来没有暴露过自己的身份,但我相信,他就是内廷使者长谷川敏郎。”

“表现不错,我们已经前进了一步。我现在问你,你打算如何实施你的逃跑计划?不过在你回答这个问题之前,先让我解决你脑子里现在的疑问:‘我是否落到了长谷川同伙的手里?’不,不是的。说清楚点,在特定的目标上,我们跟他是合作的,但彼此又分属于两个……相互对立的组织。毫无疑问,我这么说你肯定又要问:‘有什么证据可以证明?’

“那么,我就告诉你三个事实,这三件事我确信使者并不知道。这些事实既能证明我们组织的情报范围之广,也能显示出我们组织的高效性,而且——谁知道呢,说不定还能说服你信任我们。

“第一件事:我们知道正是你刚刚拜访的那位女士,利用自己的影响力劝说总领事将你从驿舍调到了鹭池。

“第二件事:我们知道她的同伴冒名顶替了你的身份,还能将我们的语言讲得很流利。

“第三件事：我们知道你的那位同事，就是你同他谈论要从阿里巴尼乘船穿越水道到达布法罗的那位，他装扮成变种人模样，戴着红色大头巾，代号为偏锋。”

尽管史蒂夫使劲隐藏，但还是掩饰不住惊异的神色。

骷髅脸以不易觉察的微笑注视着他，“我们很久以前就知道他了。他被安插进尼桑没过几周，我们就识破了他，从那以后他就一直跟我们有来往。事实上，正是因为有我们，他才谋得了现在这个轮船上的职位。”

虽然已经浑身不着一缕，可史蒂夫还是觉得自己被剥得光光的，连五脏六腑都暴露无遗。这些人，还有什么是他们没掌握的？他们是否知道他说过的“大规模介入”不过是异常夸大的虚张声势？他被捆绑得疼痛难忍，一点办法都没有，但他还是竭尽全力地保持一副镇定自若的神态，尽管在这副神态之下，他整个人早被吓得不成样子了。

他不仅害怕，而且完全晕头转向了。他为大干一场所做的准备，还有上次与使者的会面，都进行得太顺利了，致使他产生了麻痹心理，他就这么瞎着眼睛自投罗网。不过他怀疑就算他保持警惕，能否逃得了今日一劫仍很难说。自从来到地面上之后，史蒂夫被抓了无数次，而且大多都伴随着痛苦。他知道自己现在落到了厉害角色手里，而且正如对方所显示的那样，这是一群真正的行家里手。克里斯托夫在上！他曾极力思索了好久，以为自己让自己陷进了一场大阴谋当中，可没想到到头来却发现，还有更大的阴谋在等着他！

骷髅脸一直在仔细观察着他，此时开口说道：“我能看出来，这些事实你一时之间还很难接受。相对而言，你还只是一个新手。总有一天你会发现，那些从事收集情报和维持内部安全事务的人,通常都会因某种共同利益而联合在一起——而且一般不会让他们的主子知道。"

史蒂夫小心翼翼地点点头,"这个我能够理解。"

"比如说,我们知道你在用一个秘密的无线电装置同情报队保持联系。我们自己也有很多同样的装置。"骷髅脸拿出一个简单但看起来功能强大的无线电对讲机,这种东西只可能来自联邦。

鬼子按下通话键,对着话筒部位简短地说了句话,很快史蒂夫就听到对讲机里传来一句叽里咕噜的回复。

"这是我们在鹭池的人,"骷髅脸解释道,"他现在正在监视你的小棚子。万一给人发现你不在那里,那可就麻烦了。"他向对方确认了一下,把对讲机放在两人之间的垫子上。

史蒂夫的目光跟着对讲机落下去,然后死死地盯着它,绞尽脑汁思索自己看到的这些意味着什么。

"让我试着猜猜看你现在在想什么,"骷髅脸说,"你正在试图将你听到的和你刚才看到的情况联系起来。你发现我们的组织在通过被我们称之为'黑光'的东西来使用无线电,而你知道,在我们这儿,任何涉及'黑光'的东西都是严令禁止的——实际上,将这样的装置弄进尼桑是要以叛国罪论处的。"

"我确实是这么想的。"史蒂夫承认。

"的确如此。黑光是一种极具破坏性的力量,是绝对不能再落到贪婪而又胆大妄为的人手里的。我们不会主动寻觅黑光,但我们会利用它,利用别人送给我们的这种力量来维持现今的和平——为了达到这一目的,我们会利用一切可利用的资源。"

骷髅脸拿起对讲机,露出牙齿做了一个史蒂夫估计可以算是微笑的表情。他的牙齿黄得跟羊皮纸一样,牙龈也已经萎缩得不成样子了,活脱脱一个死亡杀手。

“史前世界有一句俗语是这么说的：在盲人的国度里，独眼龙就可称王。”

“明白了。着实高明……”

骷髅脸点点头，“现在，轮到你来告诉我你的故事了。你打算如何离开这里？”

史蒂夫将这个鬼子想知道的情况都告诉了他。隐瞒已经没有任何意义。如果偏锋真的脚踏两只船，那么想乘船从布法罗逃跑的可能性就要大打折扣了。史蒂夫向对方解释说，按照自己的计划，在驾机到达哈德逊河之后，会将卡迪拉克打扮成官妓“三岛洋子”的模样，穿一件清水的丝质长袍，再戴一副她在旅途中戴过的那种白色面具，这样就可以充分利用这个变种人会讲日语的优势。此外，因为会讲日语，他还可以买到船票、食物并回答途中所有针对“她”的四个变种人奴隶的疑问。史蒂夫自己只有右手中指的彩绘被洗掉了，他也会扮成某个奴隶。他所弄到的两套彩绘颜色打算用来装扮乔迪和凯尔索，他们两人也已答应路上帮忙看守他的囚犯。而对清水来说，这并不完全是伪装，只不过是恢复她平常的身体色彩罢了。

骷髅脸深思了一番，然后问道：“长谷川是否知道你要找的那两个人是草猴？”

“知道，我跟他说过，而且随后清水也当面向他证实了。”

对面鬼子那细长的双眼慢慢地眯成了一条缝，“你敢绝对肯定吗？没有一点点弄错的可能？”

“是的。他后来问了她很多问题，不信可以去问当时也在场的武士，也就是浪人首领，中岛信郎。”

这次轮到骷髅脸露出惊讶的表情了，“你怎么知道此人的名字？”

“说来话长了。我救过他妻儿的性命，不过这个跟那无关。

他后来带我去见使者，我对长谷川说他搞错了时，武士就坐在我右边。”

“我明白了。那么，使者审问那女子时，他也在场了？”

“不，她被带进来后，他就留在了别的房间里。不过墙壁只是一层纸而已，可能他也听到了。”

“可能吧……”骷髅脸沉思道，“描述一下你们离开阁楼时都发生了什么事。”

“信郎手下的人先将清水带走，又把我的双手捆在背后，然后长谷川就把我带走了。”

“当时天黑吗？”

“黑，很黑。”

“说下去……”

“我们走了没多久，大概也就一百码的样子吧，他突然转身给了我一拳，打得很重，”史蒂夫将头转向一边，“就打在我左耳下面。我当时肯定晕了过去。等我再醒来时，他正跪在我旁边，按摩我的脖颈。”

“这么说，你并不知道自己昏迷了多久？”

“是的。”

“不要紧，你说的这些已经解开了我心里的谜团。现在，我想请你解释一下另外一些我很不理解的事情，那个男变种人在没人教他的情况下，怎么就学会了说我们的语言；还有，那个女的又是如何干涉了总领事的行为？”

“他俩都是平原人称之为‘天才’的那种人。这种人都拥有某种法力，我也不明白这些法力是怎么一回事，没人明白。但我知道他们确实能做出一些非凡的事情。绝大多数人都不相信他们听到的关于‘变种人魔法’的故事，但这种现象确实存在。我曾经亲眼见过法力被释放时的情景，很可怕。”

骷髅脸若有所思地点点头，接受了他的解释，“这些‘天才’草猴有很多吗？”

“不。所幸的是，这种人极为稀有。我的经历只限于平原人部落，似乎只有具备这些……特殊能力的变种人，才会拥有平直的骨骼和光滑的皮肤。”这倒确实是真的，但既然没人问他，他完全可以声称不知道的，“具备这种外形的人我们联邦称之为‘正常人’。”

“因为他们看起来跟你们非常相像……”

“只是类似，他们类似于我们，但在本质上他们是完全不同的人种。他们的社会、他们整个的信仰体系都跟我们毫无相似之处。正是因为这一点，对我们来说他们才显得极其危险。”

“既然如此，为什么不直接杀了他们？这两人对你们的主子来说，为何如此重要？”

“我们的世界与你们不同，”史蒂夫答道，“我们不惧怕黑光。相反，它是我们的力量之源。它滋润着我们的世界，就像血液奔涌在我们的血管里一样。我们用它制造出特殊的工具和程序，这些工具和程序能够帮助我们检查事物中哪怕最细小的组成部分——它们就如同建造高楼大厦的砖块，如果以正确的顺序排列起来，就能制造出人类本身以及我们周围世界中所有的一切。”

史蒂夫暗自庆幸，幸亏当时仔细听了戚妹讲的基础基因课程，“通过研究这两人身体中的构造成分，我们就能找出使他们与众不同的那部分元素，从而想出对策破坏它。”

骷髅脸没有继续追问，“我们回到刚才说的逃跑计划上来。在搞定你们各自的伪装之后，你知道接下来要做什么吗？”

“知道，嗯……接下来要做的，关系到整个事情的成败。似乎，官妓在出行时，只能被装在密闭的轿子里，不是被人抬着，就是被装在车上，反正都是搬运工的事，用不着变种人。清水相信自己能从总领事那里搞到我们一路上需要的钱,但弄不到身份证件、通行证和颈牌。"

"听你这么说,我很高兴。"骷髅脸说。

"此外,臂章也有很多麻烦,奴隶在经过各个不同的关口时都要接受查验。"

骷髅脸再次露出了他的黄牙,"你现在明白了吧,这些官僚作风一点都不蠢笨,就是为了能严密约束你这类人的。"说着,他伸手去够左边的一个鞍囊,从中拿出一样东西,展开一看,原来是一盒制作精美的书写用具。他从一个管子里抽出一支还是湿润的毛刷,放在一个固体颜料板上蘸了些墨水,然后一笔一画快速而流畅地写下一些天书般的文字。写完后,他净了净毛刷,又放回那个管子里。

"好了,剩下的时间已经不多了,不过我们会帮你搞定你的旅程安排——当然,你计划从鹭池逃走这是很出格的。接下来的几天内,一幅地图会送到你的帐篷里。我们会把它放到你藏无线电匕首的那个地方。这幅地图能帮你找到哈达萨河[①]东岸附近的一个地方。过河之后,你们要在一块空地那里上岸,标记是空地中间有片凹下去的白色正方形。上岸后我们会派人接应你们。"

骷髅脸看了看纸张,检查上面的墨水是否已干透,然后折成小小的正方形,放在史蒂夫面前,"把这个交给你那个会说日本语的朋友,他会知道,到时我们的人会如何介绍自己,而他要如何作答。等你们的身份被确定了之后,你可以用基础语同我们的人交谈,我们的人会交给你一些必要的证件和臂章,是为变种人以及那位官妓'三岛洋子'夫人准备的。还有船票和路上会用到的钱。

"'三岛'夫人到时会有一顶轿子和两个侍女。等你们准备出发时,可以雇几个搬运工把轿子抬到渡口去。等过了河之后,他

① 即哈德逊河。

们会把轿子送到码头。我们事先会通知偏锋你将在阿里巴尼上船——不过我想,你肯定会自己同他联系的。一旦你们上了船,就能一路顺风到达布法罗。到那里之后的事,就看你们自己的了。”

一切都顺利得像是一场梦。要不是胳膊和肩膀被抽筋折磨得要死要活,他真想跳起来不顾一切地抓住面前这个人欢呼一番。他竭尽全力想掩饰自己的兴奋,但说话的嗓音却还是出卖了他:“我——我不知道该——说什么!”

“你什么都不必说。”骷髅脸说,对史蒂夫越来越剧烈的疼痛无动于衷。他慢条丝理地合上书写用具盒,又慢腾腾地把它拿开,“在这件事上,事实胜于雄辩。如果你这边该干成的事却搞砸了,你就不必登船离开了,别的方法也不必试了。明白吗[①]?”

“绝对没问题!”

“很好。”骷髅脸伸开腿,拿起弯刀,膝行到史蒂夫面前。

史蒂夫的心都忘了跳动。刀尖对着低处,这可真危险。不过到了最后一刻,骷髅脸突然将刀刃抬到了与史蒂夫肚脐齐平的地方,然后伸过去割断了他脖子和腹股沟之间的绳索。随后,这个鬼子起身后退,两个护卫走上前解开了史蒂夫胳膊上的绳子。

“穿上衣服。”

史蒂夫松开深深勒进阳具和阴囊的绳索,疼痛总算减轻了一些。哦,天啊!当他开始往身上套衣服时才发现,两只胳膊都已僵硬且疼痛难忍了,十根手指连东西都抓不稳。穿到一半时,他不得不停下来按摩手臂,让血液恢复流通。他已顾不上检查自己的下体是否受伤,心里只希望痛楚能快点消失。将腰带束紧后,他弯腰拾起那张叠好的纸片放进口袋里。要知道,纸片上可是写着至关重要的暗语口令呢。

骷髅脸熄灭灯笼从帐篷里走了出去,站在外面等着。两个护

① 原文为西班牙语。

卫把着帐篷的出入口,史蒂夫不得不低下头才能出去。等他站直身子,并且脱离直接的危险之后,才发觉这三个鬼子似乎也没那么吓人。他伸展伸展脊背,又深吸了一大口夜晚的空气,发现自己比两个护卫中稍高的那个还要高半个头。再看看骷髅脸,刚刚还让他深受折磨的罪魁祸首,此时却像是站在土洞里一样矮。难怪他们会变着法子要他将腰弯成那样。

“你帐篷里的那个架子……”

“哦?”

“要是哪天你看到架子上有两颗小石子,一黑一白,那就意味着我们这边已经将一切都安排就绪了。”

“明白。”

骷髅脸跟他并肩朝一条穿越松林的小径走去。半个月亮从云中探了出来,给云团模糊的表面罩上了一件银色外衣,史蒂夫回头瞥了一眼下面的湖面。他们不过才走了几步,后面那黑色的帐篷就已看不到影子了。

鬼子转过身面对着他,“你能从这里找到回去的路吗?”

史蒂夫彬彬有礼地一鞠躬,“能,大人。没问题的。”

“很好。还有最后一件事。你肯定也已经猜到了,我们向你们的人提供了诸多方便,作为报答,他们帮我们搞到了很多窃听装置。我只是出于好奇,才问这个问题:同那个女变种人睡觉也是你任务的一部分吗?”

史蒂夫一点也没想到他会问这个,不过他很快就镇定了下来,“是的,大人。这是一种惯用的操作程序,我相信你们的组织也会经常用到。在我们的说法里,这被称为‘美人计’。”

骷髅脸点点头,“我明白了。嗯,我觉得这个说法真是再精彩不过了。晚安,布里克曼先生。你真不愧为‘一个巧舌如簧的无赖’。既然你能做到不让自己的家伙进菜坛子,我有一种感觉,你一定会前途无量的。”

直到庆典的前一天，史蒂夫才发觉私下搞动作的不止他一个，铁大师也迅速展开了他们自己的行动。那天，卡迪拉克正在车间里转悠，志贺光来下通知，打断了他的日常巡视。志贺光说，庆典那天，所有的事务都将由鹭池里的鬼子来接手；最近刚调过来的朝鲜人、越南人和暹罗人将负责地面事务以及火箭筒和发射车推进器的火药重填作业；而所有的寻道民都将被关在四合院里的两长排宿舍中，待在各自的住处。

本来，在最近的一个月里，针对奴隶的诸多严厉限制已经松懈了不少。为了加快进度，工作时间内寻道民遇到武士也不必再行跪礼——当然，对象只限于铁大师中的鹭池固定编制人员，而对参观者，寻道民仍要尽可能地显示出恭敬顺从。

又一次借助于卡迪拉克的庇护，史蒂夫也有幸获得了这一暂时的赦免，但在遇到武士时，他仍然要深躬致意，并把目光移开，不得看着武士。所以在志贺光找到他们时，史蒂夫就这么做了，也正因为这样，他才能从眼角偷看到卡迪拉克。有新主子在场时，这个变种人会尽力同他们一样面无表情。鬼子脸上总是戴有那种吓人的金属面具，所以平原人才将他们称为“死脸皮”，殊不知面具下的真脸也是同样死气沉沉。他们属于一个奇怪的人种。在受到上级怒火万丈的痛斥，或者得知什么非常糟糕的坏消息时，他们的面容甚至会变得更加空洞。只在周围人的身份都是平等的情况下，他们才允许大笑；或者有要人在场时，如果要人同意，他们才可以笑出声。

但此时此刻，卡迪拉克却做不到那么面无表情。史蒂夫心里清楚，卡迪拉克原以为领主到时候一定会赏赐给他一些称赞，甚至对于自己到时候该穿什么衣服说什么话做出什么动作，这个变种人都很费了一番工夫思量。但那种情况是不会发生的。史蒂夫明白,鬼子到时候会赏赐的唯一一样东西就是吊死你,这还算你运气好;如果你运气不好的话,得到的赏赐就是滚水锅里的一趟逍遥游了。可是,这个变种人却根本考虑不到这一点。

深鞠一躬后,卡迪拉克询问说,看在他往日和目前所做出的贡献的分上,能否允许他以观众的身份参加庆典?志贺光告诉他,说他已在宫廷要人面前提到了这一点,但得到的回复是“不行”。在他们那些显贵客人到来之前一个小时,他和另两个飞行员就得待在承蒙源大人好心事先提供的一处房子里,没有来叫他们,他们就不准出现。这个安排同样也适用于担任他助手一职的那个草猴。

卡迪拉克和史蒂夫不得不再次深鞠一躬表示接受,然后低垂着头直到志贺光带着他的两个侍从走开为止。等两人都直起腰后,史蒂夫看着面前这个心灰意冷的人——卡迪拉克的自尊心受到了致命的打击,他曾经怀抱的所有美梦,现在都被残酷地打碎了。

看着这个曾经与自己朝夕共处的人,而今变得这样落魄,史蒂夫心里非常难过。但如果他想要从史蒂夫这里得到同情的话,则是徒劳的。“看我也没用。”史蒂夫说,“你自己亲眼看着这个结局一点点靠近,可是你却宁愿把头埋进沙堆里假装看不见。”

变种人呆若木鸡,一句话也答不上来。史蒂夫也不知道该说什么。本来,卡迪拉克的态度就有些倨傲自负;后来,源大人和他的下属将许多超出常规的特权赋予他之后,他的这种傲慢更是一下子膨胀到无以复加的程度。因为对史蒂夫的盲目模仿,卡迪拉克不仅再也意识不到他自身的力量,还遗忘了他真正的天性和作为平原人的传统。他沉醉于自己的新身份、新任务,急于摆脱过去的生活经历;他根本看不出来,他的新身份、新任务的延续完全依赖于铁大师的支持。现在好了,他不得不为此付出代价。此时此刻,史蒂夫什么忙也帮不上,只能站在旁边等着,等着他自己重新站起来。

“我们要做什么?”

“你还不如问他们要做什么好。”史蒂夫没好气地说,“也罢,总之,我可不打算到时候被迫在这里闲逛,我得想办法出去。”

卡迪拉克根本就心不在焉,所以没明白他的意思,“什么?”

“我们组装出来的这些飞机,我准备弄出来一架,带清水飞离这里。要是你愿意,你也可以这么干。”

这个消息终于让变种人从对自己那曾经前景无限、而今一朝破灭的事业的懊悔中回过神来,“你疯了吗?想用它逃跑是绝对不可能的。”

“你有更好的主意吗?”

“没有,可是……”卡迪拉克回头四下看了看是否有人,然后压低嗓门说,“明天检阅的时候,一共会有八个飞行员,如果加上滑翔机驾驶员的话,就是十二个。就算我们能搞到两架飞机,也会被他们追上的。”

“那咱们就得确保他们追不上……”

等卡迪拉克终于明白史蒂夫话里隐含的意思时,忍不住眨了眨眼睛,惴惴地说:“你的意思是……要将火箭弄哑?”

“差不多吧。”史蒂夫不打算把什么都抖出来,“怎么样?”

“我不知道。说不好。”卡迪拉克再次朝四周看了看,“我——我需要时间考虑一下。”

“没时间了!”史蒂夫突然咆哮起来,“明天是唯一的机会!我们必须搞定!必须!”

“可我们怎么做——”

“别管怎么做!只说你愿不愿意吧?愿,还是不愿?”

卡迪拉克重重地叹了口气，“看来我并没有选择的余地，那我的答案就只好是‘愿意’了。这下你满意了吧？”

“听语气你好像不那么确定。不要到时候我们都箭在弦上了，你却要打退堂鼓，跑回来说：‘对不起，志贺光大人，我本来并不想这么做的。’”

“行了，我知道！布里克曼，我不是傻子。只不过这一切来得太快了！”他伸出双臂朝忙碌的车间方向一挥，“我呕心沥血才使得这一切变成现实。”说着他再次压低嗓门，“可是现在，你却要我帮你把这一切都毁掉！”

“没错，我就是这个意思，”史蒂夫回敬道，“趁这一切还没把你给毁掉之前！”

这倒是大实话，卡迪拉克很清楚。他的心绞成了一团，像一条要挣脱鱼钩的鱼一样拼命扑腾着，脸都有些扭曲了，“你还没解释如何才能让火箭哑掉。”

“不需要，我们不用这个法子。”

“可——”

“不要再提它了！一切都已经安排好了。”

卡迪拉克虽然已被夺去了对未来的全部憧憬，但他却清清楚楚地知道自己此刻对史蒂夫的感觉，“你这个狗娘养的大骗子！你答应过我要告诉我行动计划的！”

史蒂夫咬牙切齿地道：“是，没错，我是答应了你！可不骗你就救不了你！要是照你的路子走，我们今天就只能站在这里束手无策，更别提在咱们都被完全控制住的情况下反败为胜了！而按照我的方法，会有最大的胜算返回怀俄明。所以别再废话了，好好合作吧！”

在上面这场谈话发生前的几天，山下宏就已经踏上了前往鹭池的旅程。他带着平时的那些随从，还有由一百名武士和一百名步兵组成的护卫队，登上了那艘红金两色的座舰，沿哈德逊河顺流而下。到了位于其领地范围内的最后一个渡口纽雅克[①]之后，山下带领随从牵着马匹换乘三艘平底远航帆船，穿过纽雅克与纽约之间的狭长水道，驶进阿隆基仑南部广阔的海洋，然后又沿阿隆基仑海岸线往北航行至波士顿港。

其实山下本可以走一条更短的路程，他只要在阿里巴尼渡过哈德逊河，就可以沿东西方向的大路赶往波士顿。但对他来说，路途的远近无关紧要，他只是更愿意尽可能地行走在自己拥有绝对控制权的土地上。阿里巴尼到波士顿之间的陆路距离是170英里，至少要走四天。麻烦的是头80英里要穿过将军家族，也就是丰田家族的祖传领地。这片领地从最南端的纽约起，在哈德逊河与康涅狄格河之间往北一直延伸到大冰河。大冰河是一条界河，河这边是尼桑，河那边就是雾人的地盘了。如果要走这条路，山下和他的人马每走一步都要提心吊胆，祈求上天保佑。不，山下更愿意走一条舒适且可以保全私人空间的路线，尤其是现在，他随身携带着一件不仅珍贵、而且高度敏感的物品。

如果打开他随行的一个大柜子，就会发现一个用大量丝绸织物包裹起来的盒子，盒子里装的正是长狗交付过来的那架飞马的动力引擎。几个月前，山下散布谣言说已经把它给销毁了，但是后来，一些令人不安的迹象表明，他的把戏可能被人识破了。至少有两个将军的使者都曾经试图策反山下家族中一些暗怀异心的成员，想诱逼他们说出引擎是否依然存在并供出它的隐藏地点，但都没有成功。

这些头脑简单的笨蛋也不想想，他山下宏怎么可能会让忌恨自己或者自己信不过的亲戚知道此事呢？那些被使者挑中的

① 即纽瓦克，新泽西州东北部哈德逊河边一城市。

家族成员很快就将他们受到的威逼利诱全部告诉了山下。抛开他们之间的私人恩怨，对家族的忠诚总是要比对将军的服从更重要。再者，此番经历也激发了他们强烈的自卫本能。为了捍卫自己的权力，山下残忍地消灭了所有蠢到要同他作对或者胆敢挑战他领导地位的人——这些人不是遭到公开的排挤，就是被秘密地处理掉了；不管是朋友还是亲属、妇女还是孩子，他一个都不饶恕，而且他的这种残忍本性并不曾随着年龄的增长而有所减弱。

他的权力和影响力不断增强。而今，唯一能对他构成威胁的就是他的近邻丰田家族。虽然是丰田家族给了山下家族权力，而且山下家族过去也一直给予了幕府许多支持，但是现在，因为嫉妒和猜疑，两大家族之间的联盟已变得形同虚设。山羽家族和松下家族合并成一家后，在三十年的时间里，财富和军事势力都得到了加强，现在已经颇具威胁了。众所周知，皇帝往往会从自己的功臣元老下手，他们需要的只是一个能服众的借口，有了这样的借口，通常都能争取到必要的支持。只要万众一心，就算是一群流着鼻涕的街头哈巴狗也能战胜一头美洲狮，但是这种事很少发生，因为如果美洲狮顽强抵抗的话，那些怯懦的杂种狗总是会望风而逃。

丰田家族率领的就是这样的一群狗，他们有的会盲目地追随领导者，有的则会在战斗进行得越来越激烈、越来越艰难时逃跑甚至倒戈。然而即便如此，低估幕府的能力也是愚蠢的。赖朝不知怎么就得知了山下重获黑光的计划。有谣言——目前所知仍只是谣言——说，山下与运送那个被白痴东芝揽到床上的长狗娘们儿的事有关，而且这些谣言还传得煞有介事。

如果那个娘儿们靠得住，那么谁也没办法指控他或者他的同党源清盛，但问题是她靠得住吗？山下对此总是惴惴不安。先后有十一个刺客分三次被派去暗杀她。前两次分别派了三个人去，但都不知所踪；后来又派了五个人去，令人有些绝望的是，他们竟然也有去无回，且没有任何线索可查，连山下这样老奸巨滑的政治玩家都感觉莫名其妙。对于总领事是否有本事做到提早防备，或者为了保护他那个古怪的异族娼妓而结果了那些职业刺客，山下甚是怀疑，不，肯定有一只看不见的手在暗中操纵。精明如山下，自然会对那个背后操纵者的身份加以猜测。如果他的推测是正确的，而他对那个人的意图所做的猜测也是正确的，那么再继续留着这个引擎就显得很不明智了。因此，他这次出行才特意带上了它。对于那个颇具风险的项目，源清盛一直都盼望着能分享它的成果，既然如此，让他一起分享风险也就是合情合理的了。

这一步棋走得相当高明。虽然因为鹭池的项目，源清盛与山下家族联系在了一起，而且也因此受到越来越多的猜疑，但由于与丰田家族有姻亲关系，他终究还是被看做将军幕府的忠实联盟者。当然，也有可能只是暂时性的不稳固联盟，源氏家族最后总会认识到他们的最大利益所在。妙极了，忠实的奴仆是最容易背叛主子的。

让清盛来负责保管这个能将他们两人都毁掉的定时炸弹，正好可以借此检验他的决心。要是他愿意迎难而上，那么他就会赋予那个向他展示过组装飞马技能的云武士一项新任务。云武士发明的火箭动力飞机只是权宜之计，如果想要获得更大的军事价值，飞马就应该具备在地形允许的情况下随意点火并升空的能力；另外，它还要具备持续飞行的能力。要达到这一目的，需要两样东西：其一，能固定在飞行器机身上的滑轮架；其二，一种与他这次携带的引擎差不多的发动机。如何将制造这两样东西需要的零配件生产出来是云武士要解决的问题，不过这可以以后再考虑。目前最重要的是，必须要让云武士找到捕获并熟练使用黑光的秘密方法。

在小型船队沿着阿隆基仑南岸行驶时，山下没留意旁边经过了几艘挂着丰田家族旗帜的巡逻船。不过山下一点也不用担心会被拦住或者搜查——任何一艘载有领主本人的船只都是其私人领地的延伸，就算是幕府海军也不能贸然上船，否则就等同于对其领土的武装入侵，最严重的时候还有可能引起战争。

这种情况需要竭力避免，经过将军渔岛的旅途务必要平静而不受阻碍。虽说赖朝手下的特工老是令人恼火地在暗中盯着他，但他其实并没把夏宫的这位年轻主子视为平等的对手。倒是那个内廷总管家康极难对付，但值得庆幸的是，这个老家伙是个可以与之谈交易的人。他很现实，对人类本性中的邪恶持温和的看法，不是那种几乎从不敢冒险踏出内廷这个柔软光滑的保护茧一步的理想主义者，既不粉饰太平，也不优柔寡断。

没错，所有的绳子都会拧在一起变成一根大索。也许这个过程很缓慢，但毫无疑问，这条大索最终会紧紧地套在丰田的脖子上。不必发起双方都需要付出巨大代价的削弱战，只需一场平稳的政权交迭，年轻的将军就会被废黜掉，取而代之的将会是更英明、更有责任感的人，他将带领尼桑向前发展，进入繁荣昌盛的时代。山下愿意充当这个时代的领袖人物，他将带动众人，修正统治章程，鼓励新思想和新观念，直到最终以压倒性的支持率执掌政权。

驶到阿隆基仑最东端时，三艘横帆帆船调整好航向，迎着微风朝科达角[①]驶去，轻轻的海风将雪白的浪花迎面送来。在蒸汽引擎那震耳欲聋的突突声——这动静连主甲板上都能听到——的伴奏下，宽阔的船头一上一下，在阳光中优雅地劈波斩浪。除了遥远的地平线上有徘徊不去的白云之外，整个天空一碧如洗，预示着将会迎来更好的天气。对于明天的表演，他只需去见证就

---

① 即科德角，位于马萨诸塞州东南部向大西洋突出的半岛顶端。

可以了。山下极目远眺，天高地远，一派开阔景象，充满了不可阻挡的力量，这让他心里舒畅极了。

下午六点的时候，已充当了鹭池绝大部分工作人员的铁大师和一大群形形色色的鬼子工匠终于结束了十二架飞机的装饰工作，转而为明天的庆典做准备去了。原先的寻道民被留下来做清理工作，做完后，两排厂房就被锁了起来，由平时那队守夜人员仔细看护。因为之前，史蒂夫曾代表卡迪拉克来来回回转过无数次，再加上有时半夜三更也需要同乔迪和凯尔索掌灯夜谈，所以那些守夜人早就把史蒂夫看得跟桌椅一样稀松平常了；而史蒂夫也借机将他们的巡视路线摸了个一清二楚。

一开始，他的计划是往火箭筒的头部埋进一个拳头大小的塑胶炸弹，再配上雷管，然后与一种特制的黑火药混合物包在一起。火箭被点燃十五秒后，火焰就可以烧到管筒那里，将雷管点着——嘭！飞马就变成一堆烧焦的五彩纸屑和木炭碎片了。

然而计划没有变化快。大批鬼子的拥入彻底打乱了他的日程表，而且为了满足日益增大的火箭需求量，负责生产火箭的部门几乎全都重新配置了人手。他原本还指望乔迪和凯尔索能帮忙弄哑火箭，可是他们二人因为要训练新的飞行员完全脱不开身，就连他自己也不得不一直忙于检测那些刚组装好的飞行器。

及至月末，寻道民除了负责飞行的人员外，全被清退至二线不重要的工种上，这使得史蒂夫先前所拥有的宝贵自由——可在各个部门四处走动——受到了极大的限制。雪上加霜的是，铁大师改变了庆典当天的表演程序，卡迪拉克原来培训的八名火箭飞行员一下减为五名。因为不知道史蒂夫的逃走计划，卡迪拉克甚至让原先十二个受训人员中剩下的那四个也接受了额外的滑行指导。后来，那四个人每人都能单独飞行数小时，证明他们已具备了相当优秀的滑翔能力，这就意味着只要铁大师一声令下，所有可利用的飞行器都能投入使用。在史蒂夫的计划中，铁大师会把一部分飞机留在地上备用——他打算利用其中的一半，让这些飞机装满燃料，依照计划停放，只等着他那边 H 小时[①] 的号子吹响。

原来他打算偷三架飞机，但是他还不清楚自己按下开关后铁大师会做何反应。本来他希望借助清水的法力，将局面彻底搅混后乘乱开溜，不过，如果铁大师的反应异常激烈的话，混战中偷来的飞机就有可能会被损坏，所以至少留一架以作备用就显得非常重要了。说起来容易做起来难，铁大师总是朝令夕改，所以很难提前做出安排。每次史蒂夫根据新形势刚制订出行动步骤，很快就会发现铁大师的日程表又变了，所以总是搞得他手忙脚乱。这很可能是因为源氏怀疑有人会搞破坏，所以故意让每个人都摸不着头脑。

不过，塞翁失马，焉知非福？等到后来，形势明朗——他将被完全隔绝在火药库之外——的时候，史蒂夫联系上情报队，要他们安排把第五个，也就是最后一个包裹空降到水池里。这成了他这辈子做出的最聪明的决定，因为最后消息传来，说他们将被剔除出飞行团队，甚至连旁观的资格都被取消了。

庆典前夕，夜幕慢慢降临后，史蒂夫以“忘记拿图纸”的借口溜进了车间。十二架飞机已整整齐齐地停放在一条线上。他到的时间刚刚好，能在守夜人的晚餐分发出去之前的关键几分钟里，在饭里面加上点特殊配方的麻醉药。麻醉药的药性很温和，昏迷的时间不长，但所起的作用却很大，而且从入睡者的呼吸里会闻出清酒的味道。这再次证明情报队确实表现不俗。

① H 小时（H-hour）是美军常用军事术语，同样常用的另一个军语是 D 日（D-day）。这两个字母用来表示特定作战与行动的开始时间。这种表示有两个意义，第一是表示作战时间尚未确定，第二表示行动计划高度保密。

史蒂夫有两个小时来完成这最后一次的“检查”,不过他只需要一个小时就足够了。那些塑料炸弹被伪装成小小的木质加固支柱,早就安装就位了,其中一部分是史蒂夫在做飞行测试时装上的,剩下的几架飞机则由乔迪和凯尔索搞定了。而他现在要做的,只是将情报队提供的一种精巧的装置装进去就可以了——装起来并不难,每个只需几分钟就能搞定。车间和火药库都已安装完毕;四合院里的警卫室要到明天才能收到这份意外的“惊喜”——只是一些小玩意儿,但却足够了。

等着吧……一旦它们都各就各位,铁大师再怎么修改程序也没用,即使让庆典改期举行都没关系。铁大师进也罢退也罢,哪怕原地不动,它们都将击中他们的要害,一“爆”定乾坤。

第十五章

一直到太阳完全从东海上升起之后，总领事东芝仲根才从清水的床上爬起来，离开湖心小屋返回自己的官邸。一只单桨平底船送他过湖。此时，水面上依然飘着一层天鹅绒般的薄雾，在船的四周氤氲升腾。船头坐着五个武士，他们是他此次拜访的私人贴身护卫。

以往，每次同这个长有橄榄色皮肤的长狗厮混之后，总领事大都是一副心满意足的样子，可是今天不一样。昨晚，他曾几次三番地进入她的身体，也从中获得了极度的欢娱兴奋，但他的心情却始终阴郁。当然他这样也不是无缘无故：他接到了将军的信，命令他乘坐新近制造出来的飞马作一次空中旅行。

三天前，使者就将信呈递给了他，东芝翻来覆去看了一遍又一遍，每看一遍都加剧了他心中的烦躁和忧虑。也许，他确实没有遵守身为武士所必须遵守的那些冷冰冰的道德准则，但他并不缺乏勇气。他只是惧怕一切处于未知状态的事物。年轻时，他也曾为了保护冰雪覆盖的北方边疆而上过战场；现在，如果职责需要，他仍然会拔剑而战，但前提是他的双脚，或者他座下的马蹄，一定要牢牢地踏在大地上。

身为将军的官方代表，谈论赖朝对于鹭池项目的支持是否明智是很不妥当的，但东芝对制造飞马的主意打心眼儿里有一种不祥的预感。他总觉得，如果人类可以飞翔的话，天神自会赐予他们翅膀。天空是神的领域，只有鸟儿才有资格飞翔其中。人类既然被安置在地上和水上，就不应该去想方设法地改变神的旨意。

在远古世界里，处于黑光统治之下的人类，借助巨型的天舟在云海中畅游。他们试图征服神的领地，还想偷窃天国里闪闪发光的珠宝，但他们最终都被击败了。将他们托起来的、闪着银色光芒的天舟被撕成了碎片；天雷将人类引以为豪的舟船变成了葬礼上的柴垛。天舟上的全体船员和乘客都随之化成了齑粉，船只的碎片落在他们这些愚人自造的城市上。

被自己的野心蒙蔽了双眼的人类，无视众神的愤怒，继续攻击天国，这次依靠的是黑光创造者所给予他们的力量。他们践踏完月亮女神的容颜，又往群星派出了间谍战车。最后，天照大神将太阳扔进了大海，这才把全世界的疯狂驱除干净。

上古那些冒险前往天上的人全都灭亡了，今天这些企图也注定不会成功。正是基于这样的想法，东芝认定将军的丰田家族应该离那个项目越远越好。建造飞马准是山下宏一手策划的，他的野心不容小觑。而将军则通过将制造许可权授予源氏，巧妙地把这个项目揽在自己能控制到的范围之内；同时，又与它保持了适当的距离。

使者长谷川敏郎为了能获得第一手资料并将其呈递给内廷，已亲自乘坐了一次飞马（但他私下里却承认乘坐飞马的感觉很恐怖）；同时，十二个接受飞行员培训的武士也汇报说飞马比较安全，不会有任何大的事故发生。既然如此，将军就请他的总领事再作一次这样的飞行，以判断飞马在军事上的潜在用途，然后上报给他。

作为庆典上级别最高的幕府代表,他的这次飞行具有对飞马项目表示承认的象征意义;同时,也表明将军对鹭池的成果是很看重的。以上诸点,基本上就是信件的内容了。

表面上,信件是在征求意见,但实际上却是一道命令,命令他到天空中去。过去的人们正是为了达到这一目的而犯下了种种罪行,所以他们才受到了惩罚。一想到这点,东芝就对赖朝信中的内容担忧不已。更让他倍感烦躁的是这封信的语气,他东芝仲根再怎么说也是将军的姐夫。以前,他的妻弟与他通信时,字里行间都会充满热情,可是这次却不一样。东芝并不像别人想象得那么笨。虽然他确实将大量的精力都花费在了纵容自己的情欲上,沉迷于对女人的征服,醉心于那片秘密花园,但那并不是他生活中唯一的兴趣。年轻时,作为贵族子弟的他也曾接受过良好的教育,而且他还在宫廷里度过了几年的时光。所以,对于辨别遣词造句中那种细微但却意义重大的区别,这种能力他还是有的。

赖朝的信虽然写得客气而又严谨,但只要仔细体会一下其言外之意,就能感觉到信里暗含的冷漠和轻视——机敏的东芝自然意识得到,这意味着他们之间的关系已经不同于往昔了。难道源大人曾经向他暗示过的话果真变成了现实?他曾说东芝目前这种可疑的私通已经传到不该知道此事的人耳朵里了。如果真是这样,那么唯一的解决之道就是私下里亲自面见一下他的妻弟。然而不幸的是,他不得不耐心等待召见的通知。

也许,是拒绝长狗热情提供给他欢娱的时候了。但一想到从此就要与她那蛇一样缠绵的身体永别,他就难以忍受。不过,人有时确实应该牺牲自己最心爱的东西,来证明他即使不能控制自己的命运,也能控制住自己的心灵。可能现在还不需要,但用不了多久,很快就会有这个必要。他要携带着自己的家人,亲自前往阿隆基仑去呈递关于飞马的报告，然后，他会让赖朝意识到自己在这封信里表现出的冷漠，他要确保将军明白，让他不快的原因已被大卸八块扔到锅里煮烂后倒去喂猪了。

幕府驻军中，经常会有士兵在背地里传播一些流言蜚语。有可能是使者长谷川敏郎从他们那里听到了什么，然后上报给了将军，因为长狗最初露出她真正的皮肤颜色时，有十二个士兵在场。可是对于她以及湖心小屋里的奴仆都遭遇了什么命运，他们并不知晓。后来她像镀金笼子里的小鸟一样被困在了湖心小屋里，一步也出不去，总领事则时不时地到岛上去。这些情况很可能是往岛上运给养的那个船夫透露出去的——如果真是这样，那他一定是以书信方式传出去的，因为几年前东芝就已经下令割掉了他的舌头。这对那些总爱饶舌的人倒是起到了很好的杀鸡儆猴的作用，至于有没有挡住放肆而又自负的年轻使者，却很难说。长谷川敏郎一向热衷于对叛逆者和作风有问题的人捕风捉影，再加上那些风影后来证明确实不假，他更觉得自己有资格也有义务把鼻子伸到别人的裤裆里去嗅嗅，不管对方是朋友还是对手，都厄运难逃。

将军总是说毒蛇的老巢是一定要找出来的，而所有的使者都跟他们的主子一样令人厌烦，长谷川敏郎自然也不例外。只要一有任何风吹草动，不管是最高级别的通敌叛国，还是对任何人都不会构成威胁的男女私通，都能令使者兴奋得鼻子发抖，像猎狗一样循着踪迹跟上来。仲根敬重作风硬朗的人，但他更喜欢内廷总管家康的那种老练。

昨晚他差不多保持了一整夜的亢奋状态，享受到了极乐的滋味。此时，那种滋味使他不由得开始思索自己心情之所以会如此阴郁的第三个原因。昨晚，他在女长狗面前夸口说他正准备要升空一游呢，还嘲笑使者没勇气，其实他心里害怕得很。不过女长狗——他已经为之改名为"萨芙亚[①]",即蓝宝石,因为她长着一双蓝得惊人的眼睛——倒是对这个主意很感兴趣。她对他无限崇拜,还说他对冒险的热爱就跟对她的激情一样多,遗憾的是那样一个大好时机她却不能亲眼见证他的英勇气概。

东芝使劲回想也想不起来她到底都说了什么,竟使得自己最终还是同意到时候会用一顶关严的车拉轿子把她带到鹭池去。他只记得自己解释过,说她不能混进随从里跟他一起去,而且到那里后为谨慎起见,她只能隔着老远的距离观看。不过这些要求她都一口答应了,还亲了亲他的脚,又在他的袍子上擦干了眼里的幸福泪花。

看吧,他给她带来了多少欢乐!她只是一个毫无价值的奴隶,却不知道究竟交了几辈子的好运才有这样的福份,遇上他这样一位如此高贵、如此显赫、又如此慷慨无私的主人。每次一想起他,她都幸福得几乎要晕过去。单单看他一眼,都会让她的心儿颤抖不已。每当他赐予她祝福或者爱怜的言语时,她都会有一种进了天堂一般的疯狂喜悦。只要能看到他的影子,能与他呼吸同样的空气,对她来说都是无上的荣耀,是永远也不会枯竭的快乐和幸福之源……

东芝自己从来没向她说过这等肉麻的言语,不过她用来表达感激之情的这种方式倒确实让他很受用,所以他也就以差不多一样的言词答谢了一番。但等他返回自己的官邸之后,却越来越强烈地意识到,答应带她去参加庆典真是太草率了。

即使是他自己的妻子美知子都不适合跟他一起去,当然她也不会跟他一起去。女长狗只要在鹭池附近稍一出现,就有可能造成严重的后果。虽然她发誓说死也不会泄露他们之间的关系,但万一出现了什么意外,她被人揭掉了面具,再顺着雇来的马车这

---

① sapphire(蓝宝石)的日语发音。

一线索一路追查到他——

不,这事太荒唐了。

其实要摆脱这个困境,办法倒也简单,他只要不履行对女长狗的承诺就可以了。但他试了试,最终还是没办法让自己改变已经做出的决定。他的头脑里有某种东西在驱赶着他往前走,他听到自己发出了一些空洞的声音,命令他的私人助理去找一顶马拉轿子和几个必需的车夫。

行事一惯谨慎周密的助理询问了细节上的安排和行程的时间,但并没有确认乘客的身份和性别。总领事告诉他只管去其私人静修地双岛湖接人,然后将车赶到紧挨着鹭池东侧的一个阁楼就可以了;不需要奴仆随行,乘客一从车上下来,搬运工就必须带着马车即刻返回。

东芝并不十分明白如此安排的逻辑何在,但他又觉得好像只有这么做才是最合适、最明智的。阁楼所在的地方住着她的长狗同伴,而且毗邻鹭池后面的飞行场地。如果她穿上一套他的服装,不戴面具就可以观看到飞行表演了,还不会引起别人的注意。

助理鞠躬后退出了房间,只留下东芝一个人。他觉得无限轻松,因为在他看来,这件事总算是给解决掉了。

私人助理是总领事的人,但同时,他又是公职人员,在幕府领取一份额外的薪水。所以很快,总领事情妇即将动身的消息就传到了使者那里。当听到她将前往的目的地时,敏郎几乎不敢相信自己的耳朵——看在老天的分上,布里克曼究竟是怎么做到这一点的?

在进一步获知此次出行的时间后,敏郎迅速准备了一下个人物品,然后带领从幕府驻军那里调来的四个骑兵旗手飞奔而出。作为将军的特使,使者在参加像庆典仪式这样的场合时,都要有护卫陪同。

在马拉巴拉这个小村庄的最东边，敏郎赶上了那辆车门紧闭的马拉轿子。他指示身旁的护卫停下，自己只身上前。一看到穿戴着装饰华丽的红黑盔甲的使者从后面赶上来，车夫们吓得立刻停止了前行。他们将马车推到路边的草丛里后跪下来低垂着头，等着这位高贵的使者走过。可是他却在他们面前停了下来，他们感到了极度的恐惧，同史蒂夫曾经体会过的一样。

敏郎摆出一副不可一世的傲慢神态，下马警告这些筛糠一般浑身颤抖的车夫，对于即将发生的事情他们要让自己变成聋子、哑巴和瞎子。直到为首的一个人向敏郎保证他们的头脑现在都已是一片空白之后，他命令他们沿路往后退三十步。

等车夫们匆匆跑开之后，敏郎将马拴在马车辕杠上，取下系在马鞍前桥上的袋子，用戴着盔甲的指关节轻叩轿门。为安抚轿内人的情绪，他简短说了一通话，为自己耽误对方的时间表示歉意，然后他用力拉门试图打开——但门紧闭着，而且是从里面反锁了的。他凑近门上的木格低声喊道："开门！你的朋友要我捎一件礼物给你，就是布里克曼。"

里面的门闩被拨开，门可以从外面打开了。敏郎往里窥视了一眼，隐约看到清水坐在铺着衬垫的椅子上，穿着一件色彩明亮的绣花丝绸和服，像一只怕光的夜行动物一样使劲往椅子角落里缩。她的头发绾成浮世绘中艺妓的那种发型，插着长长的、一头坠花的木簪，戴着高高地支棱着的漆色发饰。她的脸被一张死气沉沉的白色椭圆形面具遮住了，面具上倒是有一张描红了的小嘴，细长眼缝里闪着深不可测的光芒，在面具额头的位置上高高地趴着一对细细的眉毛。

敏郎将手里的袋子扔到清水腿上，然后带着嘲弄的意味弯了一下腰，"告诉布里克曼，使者祝愿他能有好运。再提醒他，如果他搞砸了，我一定会全力确保我的刀第一个碰到他。”说完，他关上门，翻身上马，示意护卫跟上来。跪在路边的车夫自始至终都将他们的脸深埋在草丛里，直到听见马蹄声彻底消失之后才站起身来。

卡迪拉克的家仆一大早就处于兴奋状态中。波士顿派来的先遣团——包括士兵和官员——已经先到了，以确保这里所有的一切都能准备妥当。穷乡僻壤的低贱佣人极少能遇到这种受人关注的机会，而这次，他们将近距离地观看一场据说是绝对精彩的表演。

表演从一行队列走过来时就开始了。喇叭、大鼓、长笛、铃铛、铜锣，再加上唱圣歌的神职人员在前面开路，接着就是两名领主和那些衣着隆重华丽的随从依次从阁楼东侧新修的通路上走过。沿路两旁早已有步兵把守，他们高举着长矛，上面挂着源氏和山下两大家族的细长三角形旌旗。太阳已经升起来了，天蓝蓝的，头顶淡淡地飘着几缕细长的白云，看上去就像一匹被抽散了的白色丝绸。

是的，今天注定会是个难忘的日子。

在另一个角落里，史蒂夫、卡迪拉克、乔迪和凯尔索正透过屏风间的缝隙注视着有序拥入的人群，只不过看到这些，他们心头生出的不是兴奋，而是越来越强烈的紧张。史蒂夫知道，自己的肾上腺素不到行动开始是不会分泌的，可等不到清水他绝对不会行动。他最后一次把其他人聚拢到一起时，大家订了一个计划，但这计划究竟能否成功，只有时间才能证明。同往常一样，他发现等待和不确定性是最难忍受的。如果能出其不意地先下手为强，他们就能把握有利局面；但就算谋划得再周密、再详细，风险与机会的比例仍然高达200比1。只有清水，只有她的到场才能将比例拉平。

哦，伟大的天母啊，让她来这里吧，求您了！我只求您这一次……

卡迪拉克用胳膊肘捅了捅他，示意他看正骑着马朝这边轻快地慢跑过来的五个人。领头的那人正是使者长谷川敏郎，他本来是可以提供一些帮助的。不，这么说也不公平。说他笨他也真笨，竟想从史蒂夫嘴里掏东西；但他确实又很机灵，机灵到能为史蒂夫搞到一份行路者的工作。如果没有他的支持，他们今天就不会站在这里。使者没理会史蒂夫让他待远点的警告，推测起来，可能是因为职责所在，这种场合里他不得不露个面。不然，事后那帮坏蛋开始整理思绪时就会发现，将军的人当时没一个在场，到那时可就不太好办了。对，没错……我要同所有人一样碰碰运气。

突然，一阵喇叭声和行军鼓的声音从远处传来。透过屏风，史蒂夫看到一个骑马的武士朝鹭池这边慢跑过来，一路上吆喝着要士兵在通路两旁隔段站好。兵士整队以后，摆出战斗式的检阅姿势，左脚前伸，左拳抬到与臀齐高；右臂前伸，高度与肩齐平，并与其长矛杆构成精确的直角。锣鼓声和喇叭声越来越大，现在，史蒂夫能从声音中听出还有其他乐器了。

清水，快啊！真见鬼，你到底在哪儿？

从卡迪拉克听到的种种谈话来看，在第一场飞行之前，还会有一套套礼节仪式，可是史蒂夫需要清水在这里来管一管卡迪拉克。这个变种人为了稳定自己的紧张情绪，或者为了抑制自己的悲伤——也许两者都是——已经灌得两眼发直了。史蒂夫把瓶子夺走，吓唬说他要敢再喝一滴，就会拿这个瓶子敲破他的头。

前一夜，史蒂夫冒着巨大的危险将那些小小的机械装置装到飞机上时，卡迪拉克却把自己灌趴到桌子底下。这样的合作伙伴——总在你最需要他的时候把自己整成这副模样——百分之百靠不住。被铁大师拒之门外给了这个变种人沉重的一击,可这教训对他来说却不够彻底。只要有机会,他还是会在最后一刻反悔,逃回铁大师身边。史蒂夫已经跟乔迪和凯尔索说过,不能让他离开大家的视线。等清水到了后,她会使他的意志变得坚强一点。雪先生派她一起来就是为了这个目的。那个老家伙真是够疯狂够蠢笨的,付出了这么多血、汗、泪,究竟为的是什么?一百支石器时代的步枪,除了能帮助铁大师巩固他们在贸易中的地位之外,屁用都没有。

想到步枪,史蒂夫一下子记起了贮藏格,他在那里藏了一些手枪和手榴弹,都是情报队扔进湖里的。贮藏格在一片凸起的地板下面,实际上是一排顶部带合页的盒子,它与四周的木质装饰匹配得天衣无缝。贮藏格上面铺着随处可见的那种榻榻米,跟其他房间里的一模一样。

史蒂夫将其中一张垫子拉到一旁,打开正中间的那块活板门,里面放了一床对折的被子。他掀起被子的一角,露出下面的四把气动式连射手枪、一些备用弹匣和充满气的气瓶,此外还有爆破手榴弹、烟雾弹、磷弹和防暴毒气弹。最后一类毒气弹史蒂夫和乔迪之前都没见过,不过凯尔索说,它产生的气体人只要吸一口,就会感觉自己仿佛被一只正处于癫狂状态中的公牛撞在了胸口一般。那么,它显然是袭击人体中控制呼吸系统的神经、肌肉或者其他什么部件的,能使肺部和喉咙的肌肉收缩,引起剧烈疼痛和呼吸困难,从而消除人做其他事情的可能性。根据散发出的气体量,受害者会被困一个小时或者更长的时间;如果是在狭小空间内散发的,受害者的吸入时间就会延长并最终致人死亡。

烟雾弹不会损伤你的肺,其他几种榴弹你至少还有可能从中逃开,但毒气弹这种令人恐怖的东西可能会在你没注意时悄无声息地伤害你,所以细心的情报队还配送了五副带有化学空气过滤剂的防毒面罩。

喇叭声和击鼓声越来越大。卡迪拉克在窗户边转身道:“他们来了……”

他说话的同时,书房的门被拉开了。曾经与他们共浴过的那两个侍女弯着腰以一种古怪的姿势走了进来,放下摆动的双手后,她们朝卡迪拉克的方向弯下腰,“啊,你有……呃……重牙(重要)……卡人(客人)来访!”她们结结巴巴地说道。随后,长谷川敏郎大步踏进房间,她们赶紧又跪了回去。

一看到披戴盔甲、携带武器的武士,卡迪拉克、乔迪和凯尔索全都屈膝跪了下来。

史蒂夫本来是跪着的,他见状连忙把活板门往回一推,站起身来,“很高兴看到你能顺道来访。”这显然是在自找麻烦,但他在手足无措的紧张状况下也顾不了那么多了。

使者的手抓紧了刀柄,“我听说计划有变了。”他咬牙切齿地说道。

“你指的是总领事的事吗?”

“是的。”

“怎么了?难道有人取消了他的空中旅行?”

“不,旅行没有取消,他甚至还向人吹嘘过这趟游玩。”

“那就是他采取了防备措施?”

“都不是,布里克曼。我的主人想要什么你心里很清楚。要在空中解决他,就像你向我演示的那样。”

“是啊,是这样,虽然这里的局势不是我们所能控制的,但差不多就是那样。你不用担心,他肯定会从飞机上掉下来。”

“那么,你不会介意告诉我详细过程吧?”

“这个我不能解释给你听,你也理解不了。不过,鉴于你的朋友们已经不让我再飞行了，我不得不打算使用一种以黑光做动力的装置。如何？我只想说，你们不会失望的，而且，我也不用向别人解释怎么会把一位非常重要的乘客弄掉了。”他耸耸肩，“这样一来，对我们两个都有好处。”

“哦，布里克曼……”敏郎说不出话来。

“对，”史蒂夫说，“我明白你的感受，但在这件事上你得顺着我。”

他们彼此死死地瞪着对方，气氛开始紧张起来。卡迪拉克、乔迪和凯尔索一直没有抬头。两个寻道民觉得之前见过这个鬼子，但他们不知道他是谁，也不知道史蒂夫为何要在如此紧要的关头胆大妄为地与那人对视，更不知道接下来会发生什么。正在这剑拔弩张的时刻，门外传来了一阵轻轻的敲门声。

接着，一个颤抖的声音向使者说了一句日语。敏郎压低嗓音发出一声命令后，门随即滑开，两个侍女跪在外面。然后，仍旧戴着面具的清水出现在她们之间，缓步走进房间。

史蒂夫的心飞快地跳了起来，不过他没有让自己的激动情绪表现出来，以免使者生疑，“怎么现在才来？谁困住了你？”

敏郎没意识到史蒂夫的问话里含有深意，替清水答道：“我想你会发现她带的车夫曾在半路上不得不将路让出来给别人过。”

清水什么都没说。她上次见到使者的时候，他从头都脚都被黑色的衣服裹得严严的。虽然不久前她在路上遇到了他，而且听得出来声音很熟悉，但她不知道这位大人物是谁，也不知道他来这里做什么。不过，既然史蒂夫是站着而不是跪着的，她也就站着没动。

跪在门外的两个侍女弯着腰将清水的行李拖进来放好：一个布包和一只袋子。

敏郎用日语发出一串命令。一个侍女拿起袋子，膝行向前递给他。他又下达了一个命令，两个侍女匍匐着行了个礼，然后倒退着走出房间，在身后将门拉上了。

史蒂夫听到她们穿上棉布袜子，匆匆忙忙地沿着檐廊走远了。这时，敏郎转过身将袋子扔给了他。

“你问我要过的叶子，我应该做的全部做到了。接下来，你也要确保做到你应该做的。”

史蒂夫点点头，“很高兴能跟你合作。你最好离开这儿，从哪儿来回哪儿去。要是你——”

敏郎倏地打断他的话：“布里克曼，你的建议是我最不需要的一样东西。我想，现如今你应该很清楚，你不是在同一个好糊弄的人打交道。”

史蒂夫彬彬有礼地鞠躬。

你也一样，小子。你也一样……

山下和源氏两位大人同各自的副官一起，坐在主观赏台的正中央，手下的武士在他们四周里里外外围了三层，将他们与其他观众隔开。两人四下里打量了一番，目光很快聚焦到一处，在他们座位的下方，有一个专为将军而设的座位——为了能从各个方向阻挡住任何可能存在的刺客，座位被屏障挡得严严实实，上面正端坐着总领事和使者长谷川敏郎二人。两人专座的四周由士兵把守，他们是从驻守马拉巴拉的幕府驻军那里调来的。

山下右边的观赏台上，坐满了从他领地来的官员和商人；左侧是源氏家族那边来的同样的人群。而在他们前方的场地上，正并排停着八架飞马，与后面的四架交错排列。所有的飞马都停在滚轮发射车上。整个飞马外壳都覆盖着微微闪光的织物，机翼和机身两侧都有“日之丸”的标志——一个血红色的圆盘，是旭日初生的国度尼桑的象征。机尾上则标有另外两种字符：一种是寻道民使用的数字编号，另一种则是含义与之相对应的日文字符。

之所以要用异族的编号，是为了让最初的寻道民工人能区别每一架飞机，鹭池负责人志贺光如此解释道。他就坐在两位领主大人身后，以便随时回答他们提出的问题。他还告诉他们，前面的八架飞马是配备了火箭筒的，它们所具有的能力随后即会证明；而后面的那四架则是滑翔机，是一开始培训时用的。

每架飞行器的前端都站着两名武士，一边一个，一个是飞行员，另一个则是观察员；而在高高的机尾下面，则并排站着四名地勤人员。全体机组人员都穿着一身白色制服，头上裹着头巾，并在前额的位置上印着"日之丸"，两边还各有一个日本表意文字。十二个飞行员中，七个来自源氏家族，五个来自山下家族，各自的家族标志都被绣在宽袖束腰外衣的左前胸及后背上。

飞行表演开始之前，要先有一场检阅游行。两位领主大人的骑兵和步兵敲锣打鼓一马当先。接着，在一名高举丰田将军幕府旗帜的掌旗官和一支幕府军队特遣组的带领下，两大家族的人各自将绣着自家标志的细长三角形旌旗高高举起，排成检阅队形从飞马与主观赏台之间的空地上走过。执丰田幕府旗帜的掌旗官和幕府军只是象征性地露面。按照惯例，但凡此类场合，只要有总领事以官方身份参加，他们就得出现。而在场的所有看官因为从理论上讲都要向将军效忠，所以当赖朝的飞鹤旗帜经过时，所有人都要起身并大声念诵效忠宣言。

从场地上走过后，两位领主大人的人马重新在主观赏台两侧集合，而幕府士兵则从源氏左侧一直排到离飞行场地围墙只有一箭之遥的地方。墙后有一片被树林包围的空地，再往远处就是卡迪拉克他们所在的阁楼了。

军队走过场地之后，紧跟在后面的是级别各异、重要性也各不相同的神道教人员，他们身后跟着手拿长笛、管钟和鼓之类乐器的副手。士兵退下后，这群人员全体朝台上的权贵们鞠躬致意，然后走到两排飞马的最左边。接下来的仪式冗长乏味：唱诵祷词，挥舞点燃神香，洒水，抛洒纸花环，以铁大师敬仰的天上众神的名义为武士和飞马祝福。不过推测起来这些仪式可能还有另一层意思，就是祈求并感谢天上的众神允许人类在天空飞行。

之后，神职人员回到主观赏台前，像仪杖队一样站成两排，朝台上的众贵宾鞠躬后，前排人员转身，与后排正面相对。此举的意思就是告诉两位领主大人，他们要在各自近身侍卫的陪同下，下来视察机组人员和飞行器了。

透过阁楼后部屏风间的狭小缝隙，史蒂夫看到总领事和敏郎跟着众人离开了看台，志贺光和鹭池的两个主要副职人员亦步亦趋地跟在后面。情报队空投来的第三个包裹里，配了一架有变焦镜头的望远镜。利用它，史蒂夫能看清人群中的每一个人。坐在最前面的那两人看情形就是两位领主大人了，不过因为之前他谁也没见过，所以分不清哪个是哪个。

礼节仪式差不多就要结束了。再过几分钟，真正的表演就要开始了。他将望远镜递给卡迪拉克，“盯着总领事。如果他们没有再改主意，那么他将头一个升空。”

“我可以看看这只神奇的眼睛吗？”清水央求道。

“当然可以……”史蒂夫打了个眼神跟她示意，然后开始取藏在地板贮藏格里的武器。

乔迪事先已将房子察看过了，发现里面空无一人。卡迪拉克的家仆们一个不剩地趴在墙头上，全神贯注地等候着墙外即将开始的表演。这会儿逃跑的话，他们不大可能会发觉，但没必要去冒那个险。眼下的情形适合用墨菲法则来处理：如果事情有变坏的可能，那么你可以拿你所拥有的一切来打赌——这种变坏的可能性是最可能变成现实的。这也就是为什么乔迪和凯尔索身上藏有手枪，却只是在房子周围无声地转悠的原因。他俩监视着各个出入口，以防有人出其不意地“来访”。

史蒂夫甩掉身上的宽松式短上衣，穿上情报队提供的无袖背心。背心上有为气枪准备的枪套，有用来装弹药筒和备用弹匣的口袋，还有一些夹子可以将榴弹固定在宽松的衣襟里面，这样从外面就看不出来了。此外，在与右肘等高的地方，还有一个口袋，用来装防毒面罩。他把身上所有能藏东西的地方全装满了，忙完之后，他就成了一架单人作战机器。

接着，他开始往另外三件背心里装弹药，一边装一边问：“情况怎么样了？”

卡迪拉克告诉他：“源氏已结束了对飞机和飞行员的视察，紧跟着他的那个一定就是山下。后排的四架滑翔机已转过头，正要往厂房那边推。机组人员已经退下，朝观赏台那边走过去了。”

“很好。够多了，对咱们几个来说。”

“他们开始推前面那一排飞机中的五架。”

“往哪里推？”

“朝主观赏台那里。等等。”卡迪拉克突然停了下来，过了一会儿才又说道：“呵，原来是这样……它们在观赏台前摆成了一个‘V’字形，尾巴正对着那些观众。”

“机组人员呢？”

“跟以前一样分别站在飞机前后。”

史蒂夫还在往作战背心的口袋里装武器，“那就还有三架被留在了场地上……你能看到飞机上的编号吗？”

“能。六，七，八。一号到五号飞机停在观赏台前面了。”

“很好。”精明的铁大师不可能会让他轻易完成计划。史蒂夫抬头看了一眼，发现望远镜已在清水手上了，“你那个小情人现在在干什么？”

"他正把他的刀递给你的那位朋友——使者。现在,他摘掉了帽子和假发,还有缠在他头上的头巾。"清水将望远镜移过去对着源氏,随后又对着山下,发现山下的脸把取景框都填满了。蓦地,她认出了那双细长的眼睛,还有那张钢夹一样的嘴,突然觉得从心底升起一股寒意。是他,不可饶恕的轮船主,带给她无数苦痛的仇人;就是他,当着她的面碾碎、溺死并用酷刑百般折磨八个平原人,仅仅是想证明给她看,如果她不服从他会有什么下场。

她感觉一股强烈的憎恨正从体内喷涌而出。她想起了巨大的轮船桨叶上的残忍游戏,还有那两颗被摧残了的头颅,她不得不与它们共处一室。这些回忆如同发生在昨天一样令她肠胃一阵阵绞痛。她曾经发过誓,要为她的变种人同胞报仇雪恨,而今,她就要说到做到了。很好……那个冷酷无情的魔鬼,还有他的走狗们,一定要让他们血债血偿。无数倍地偿还。

哦,辟邪主,在我需要您的时候,请赐予我力量!

"现在他坐在飞马前面的座位上了。一个武士正往旁边的座位上爬。"

史蒂夫接过望远镜,对准总领事看了看,又将镜头左移至机尾。七号。卡迪拉克跟他说过,铁大师所信奉的众神中有一位是负责出人意料的好运的。他不知道"七"这个数字在他们看来是不是具有某种特别受欢迎的意义,不过如果真是那样的话,这个胖子肯定会得到一个大大的"出人意料的好运"。

很快,他们的安排就变得清晰起来。东芝打算让六号和八号飞机担当护卫。三架飞机正排成一条斜线被推回厂房附近的起飞点,旁边跟着各自的两名飞行员和观察员。山下和源氏正要返回到他们观赏台上的座位去。

还有使者呢?呵,是啊……他正从源氏的军队中穿过,朝幕府特遣队所在的方向走过去,然后又沿着队列往前走,再走就要走到史蒂夫右侧了。史蒂夫将望远镜顺着队列的方向往前一移，一下子就看到敏郎那匹装饰独特的马正停在前面，旁边还有一个骑马的武士正拉着马的缰绳。史蒂夫看着使者被扶上马鞍。很显然他是要准备随时开溜，好增加自己幸存的几率。真机灵……

史蒂夫将乔迪和凯尔索叫回到书房，将作战背心递给他们，两人把它穿在束腰外衣下面。卡迪拉克的背心则由史蒂夫帮他穿上。“我希望你知道怎么用这些东西……”

“只要你知道我就知道。”

“很好。还有一件事得注意。”史蒂夫取下一个毒气弹，将它的功效讲给卡迪拉克和清水听，又告诉他们如何用防毒面罩来保护自己。他将最后一个面罩递给清水，示意她戴上。

当她的嗓音从面罩的过滤器里透出来时，史蒂夫看到目镜里她的双眼因为害怕而睁得圆圆的。“我感觉自己快要被憋死了！”她一把将面罩扯了下来。

他将自己镇定有力的手放在她胳膊上，“不要怕，没什么好怕的。你不会被闷死，只要深呼吸就可以了。你不必一直戴着它，但只要看到我们几个不管是谁做出这个手势，你一定要立刻戴上它——”他边说边用手从上到下地在脸上一抹，“一点时间也不能耽搁。你明白吗？”

清水点点头。

“而且一直要等到我们取掉自己的面罩，你才能取下它。听懂了吗？”

“听懂了。”

“那好。变身时间到。”史蒂夫拿出一个帆布大手提袋递给清水，又将一件褪了色的寻道民蓝色制服铺在手提袋上，“把你的白色面具、长袍和你现在穿的所有衣服都装在袋子里，一定要仔细。你带那套体绘颜料了吗？”

“带了，就装在我进来时带的那个衣服包里。还有你问我要的其他东西。”

史蒂夫转向卡迪拉克，“你的那身兽皮衣服呢？”

“烧了。”

史蒂夫看着他，“好吧，就相信你。那你说过的那套体绘颜料呢？”

“就在这些橱柜里……”

“好，我们需要那些东西。”史蒂夫将先前那袋粉红色清洗叶子放在制服上，“把这些叶子也放进去，还有所有我们可能用得上的东西。”他示意乔迪和凯尔索先出去，然后对清水和卡迪拉克说，“好了，我们三个现在要先去察看一下四周的情况。给你们五分钟时间把身上的颜色变回来并穿好衣服，然后我们就要照计划行事了。”史蒂夫快步走到外面后，又突然将头伸进房间里，“还有，你们两个忙活的时候，为何不握手言和呢？要知道，接下来我们还要走很长一段路，每走一步我们可能都会需要彼此的帮助。”

他拉上门，来到隔壁房间与乔迪和凯尔索站在一起。房间的窗户正对着鹭池四合院的墙。

凯尔索若有所思地看着他，“我可不乐意看到那个呆瓜带着那么多的杀人玩意儿到处跑。天知道他会不会把我们给卖了？”

“是啊，”乔迪也小声附和道，“我还以为我们是要把这两个家伙当犯人带回去呢。”

“以后他们会是犯人的。”史蒂夫说，“但是现在，我们全都要站在同一条阵线上，你们两个是帮助我们闯过这一关的反叛者。你们想回大平原，他们要回他们自己人那里。”

“而你跟他们一起走……”

史蒂夫耸耸肩，“听着，到现在为止，他们一直相信是这样子的，而这也会让事情好办得多，不是吗？”

“我只希望你知道自己在做什么。”凯尔索咕哝着说。

“相信我,不会有错的。”史蒂夫答道。

史蒂夫离开阁楼,沿后檐廊走下台阶,进入院子。院子的一块辟成了小菜园,菜园后面是一小片草地,草地边上是一排灌木丛和树木,再往后就是一堵石墙。卡迪拉克的家仆们现在正趴着墙头往外看,他们的孩子甚至直接坐在了墙上。

他们从一大早就开始在这里观看了。虽然过去的几个月里,飞行器在这里已经不是什么稀罕的东西了,但今天不一样,因为前来参观的有很多大人物,盛况空前,所以这时他们的注意力全都集中在了那三架即将起飞的飞机上。史蒂夫快速走到盛满大粪的两只木桶边,没有一个人注意到他。不过,正当他准备弯腰将木桶提起来时,那个肥胖而又蛮横的负责做饭的女人刚好转身去捉一个到处乱跑的光屁股小孩。意外地看到史蒂夫后,她怀疑地瞪了他一眼。史蒂夫将木桶举起来对着她,好让她看看桶里的东西,然后装作要去倒掉的样子。

正在这时,传来一阵激动人心的鼓声,还有——

嘶-啪-啪-嘭!三架飞机的发射车点火的声音传到了阁楼这边。胖女人赶紧将小孩举到墙上,自己也找到一个立足点踮起脚尖以便能看得更清楚一点。坐着的观众们发出一阵赞许的喧闹,注视着总领事的飞马在两个护卫的伴随下“嗖”地跃至空中。

史蒂夫趁机抓起木桶飞快地跑开。跑到洗澡房后,他脱掉显眼的棕色工装,换上一套借来的衣服:有褶子的无袖上衣和一条裤子。穿这种衣服的都是变种人,他们要么是在厨房打杂,要么就是做一些本来安排给寻道民的活儿。史蒂夫检查了一下,确信腰上挂的那些武器弹药从外面看不出来后,戴上一顶破破烂烂的宽檐稻草帽，拉低盖住耳朵，这才拿起木桶，来到一条新开辟出来没多久的小路上。小路将阁楼和鹭池四合院后面的车间连接了起来。

鹭池这个地名是在年初这里的项目创建时开始启用的，源于飞行场地后面的一个水池。四合院倒是有数十年的历史了，最开始是作为兵营为源氏的骑兵队修建的。只是后来连年和平，士兵遣散了不少，这里也就闲置下来，只有一人带着他的家人在此看守。经历了几十年的风吹雨打之后，绝大部分的建筑都已破败不堪，情况好一点的则被挪作他用。当地的一个地主把它租下来充当临时谷仓，天冷的时候又变成家畜的过冬之所。

由于这里地处偏僻安静的乡野，又临着一条东西方向的主干道——大路，旁边还有一大片可供放牧的草场，所以源氏的顾问们一来就相中了它，很快就征用了这个地方。西北角那排似乎随时都会倒塌下来的帐篷分给变种人奴隶来住，寻道民则住进新修的木质单元宿舍；而鹭池负责人，即担任寻道民和变种人的守卫及监工的志贺光，则带着他的两个重要副手还有他们各自的家人住进了附近的住所。那里本来是那位当地地主的家，不过此地被征用后，他不得不另找落脚地。跟旧时靠强盗起家的贵族一样，源氏领地上的每一寸土地和土地以下的东西，他都拥有最终的所有权。

四合院唯一美中不足之处在于面积太小，所以工人和车间不得不分别安置在院墙内外。也正是因为这个原因，两排宿舍之间留出了一条宽宽的过道，过道尽头就是四合院后墙上的那道六英尺宽的拱门，平时史蒂夫和卡迪拉克上下班走捷径时会从那里通过。不然，他们就得横穿四合院，从大门出去，然后往左拐才能到达通往马拉巴拉的大路。

不知为何，那道拱门偶尔才有人值守。寻道民上下班从这里经过时,会有人在这里点人数,但并不会遭到阻拦。可能因为史蒂夫总是跟在卡迪拉克后面走进走出的缘故吧,他有时独自一人走捷径回阁楼也没有遇到任何盘查。

对比一下他在别处随时都可能遇上的那些麻烦,这实属意外的好运气。可能是因为在这里工作的人也享有一些特权吧,就像那些一旦被选中去当行路者的变种人一样,他们是不需要被严加防范的。西蒙也曾对乔迪和凯尔索说过,随便哪个寻道民,只要他脑子没毛病,就不会做任何可能毁掉这伙极少数幸运儿的事。当然,史蒂夫也一样,只是原因不同而已。如今,这伙“极少数”人的运气就要结束了。这对那些巡道兵来说确实有点残忍,但史蒂夫并没因此就对他们心存歉意——因为不知道他的底细,他们拿他当变种人差役一样对待,很是瞧不起他;而且后来,他们在意识到他甚至比他们还要聪明,担当的职务比他们还要高级时,就老是想方设法地故意跟他过不去。

史蒂夫一手提着一只木桶穿过拱门,向四合院里面扫视了一眼。他现在是背对着北墙。在他左手边,是铁大师和其他进入终身编制系统的鬼子的住处;在他前面,是一些用途各异的木屋:厨房、洗衣房、洗澡房和衣被贮藏间,里面的工作都由变种人承担。在他右手边沿墙歪立着一排摇摇欲坠的帐篷,是很多年前为骑兵准备的,而今却成了变种人的安身之处。再往外的西北角,就是粪便的倾倒点,四合院里所有的大粪在用车拉往附近的农田之前,都会一直沤在这里。

那两排对寻道民来说曾经是宿舍而今却成了囚禁地的简陋木屋,是并排沿西墙而建的。将他们与变种人邻居隔开的是一条十五码宽、铺了一层碎沙砾的区域,上面有四根受刑柱,用来鞭笞犯了不太要紧的错误的人。史蒂夫曾偶然见识过一次受刑的过程:犯错者要被绑在这里整整一天,以确保他们受到的痛苦足够弥补他们犯下的错误。绝大多数犯错者只不过是因为没对路过的铁大师表现出足够的尊敬而已，却通常要被罚双手抱头跪在锐利的沙砾上，一跪至少就是一两个小时。

西墙侧还有一座更重要的建筑，那就是警卫室。对于从南大门进入四合院的陌生人来说，在发现自己闯入了一大片曾被用作阅兵场的开阔地之后，第一眼看到的就是这座警卫室。它正对着大门，在开阔地的另一端。阅兵场的东边沿墙建有一家小酒馆，专为地位较低的人而设，他们可以在不当班的时候来这里会见前来探视的妻子和朋友，而且一些走街串巷的小商贩也可以到这里来兜售货品。沿西墙那里也有一处功能类似的房子，提供另一种放松方式，只是碍于制度，史蒂夫从来没进去过。不过卡迪拉克告诉过他，那里是妓馆，里面有五六个自愿提供收费服务的女子。对史蒂夫来说，所有与钱有关的交易以及支撑起铁大师社会的商业活动都是一种全新的概念，他发现自己对此总是很难理解——你不得不辛勤工作以赚取一定数额的金钱，然后再把这些钱交给那些你想与之交易的人，这种事儿实在是太古怪了。

酒馆和妓馆都不在史蒂夫的注意范围之内。他的目标是警卫室，但他现在所处的位置位于四合院后墙的拱门旁，所以看不到它；而且他也无法望见大门和侧门，不过估计它们现在应该都是开着的。无论何时，警卫室里的三十个士兵总会有几个要在门口一边站岗放哨，一边对过往的乡村女子指指点点，要不就是同那些渴望把自己的器皿卖给酒馆老板的商贩讨价还价。

两只盛着粪便的木桶是他诸多道具中的一部分。很多来到尼桑的变种人，终身从事的都是这种被寻道民称之为“下贱屎壳郎”的活计。由于身上藏满军火，他不想引起任何看守的怀疑，不过就算他被拦下来了，也顶多会接受一番匆匆忙忙、敷衍了事的搜查。这两只木桶承载着史蒂夫的厚望。前几天晚上，趁鬼子们还没有大量拥入之前，史蒂夫弄了两块圆木板装在桶底，做成一个活底，里面藏了一些家伙，都用透明的塑料薄膜包好的，其中包括一枚威力强大的塑胶炸弹和两枚毒气弹。他预先为这两个包裹准备了一根由情报队提供的特殊雷管，如果引爆时刚好有个不走运的家伙在用马桶方便，那他可就倒大霉了。

史蒂夫早就估计到，这个时候绝大部分铁大师要么在厂房远处飞机棚前的场地上，要么坐在主观赏台上，四合院里只会留一些最没地位的人员。现在，除了干各种杂活的变种人，院子四周冷冷清清的。但史蒂夫很清楚，警卫室那里依然会有相当多的人在站岗。要想顺利逃离，他们得抓住一切机会搞到三架飞机；而为了抓住一切机会，他们就不得不尽可能多地排除掉不利因素。也就是说，他们在开始行动前，要先除掉那些离他们最近的人，然后利用爆炸将其他人吸引过来，再引爆第二波炸弹对其予以痛击。

走近臭气熏天的粪池后，他将两只木桶倒空，又在石槽里冲洗干净。这么过了一星期，木桶活底的颜色已和真桶底没什么区别了，除非拿它与普通木桶比较重量，否则谁也猜不到里面的玄机。

很好。看我的吧……

史蒂夫从沙砾区边上穿过，提着木桶来到寻道民宿舍前的小路上，然后左转，沿阅兵场边缘往前走。果然不出所料，大门口有几个守卫正在那里闲逛，酒馆檐廊下也有几个。因为今天是大日子，他们都穿上了盛装。就跟所有这个年代的士兵一样，对于何时可以娱乐以及如何娱乐，他们都相当精通。

所以也就不难想象他们哄堂大笑的原因以及戏谑的对象是什么。在今天这样一个日子里，当高官要员都忙于享受时，在这里值班的守卫们自然也想趁机放松一下。他们可不像那些从将军宫殿里来的倒霉蛋，循规蹈矩地排着检阅队形从波士顿长途跋涉赶到这里，却又不得不在他们上司的注视下规规矩矩地站成队列，观看一群更倒霉的傻蛋像一只只拖着长尾巴的蜻蜓一样穿越长空。

在警卫室后面高高的屋檐下，有一个隐蔽的四个空位的厕所。铁大师对于自身的这些生理需要采取的是一种很随意的解决之道。史蒂夫在做行路者时，时常会遇到一些男男女女兴高采烈地公然小便，有时甚至还一边方便一边互相交谈。不过另一方面，人的大小便同马屎、牛粪一样，都是可重复利用的东西，正是因为如此，铁大师社会中才有公共厕所及马桶系统的存在。地位高一点的铁大师都拥有室内厕所，那里面放的不是木桶，而是一种光滑的瓷器容器。这种容器不仅外形高雅，而且冲洗干净后没有异味。幸运的是，这种奢侈物不是低阶层用得上的，否则史蒂夫可要被害惨了。

在确信厕所里空无一人后，史蒂夫走进去，用自己手里的干净木桶将两边的木桶换掉，又将中间的那两只倒进前两只桶内并冲洗干净，然后提起两只桶走出门外。当他正要大步走开时，有人在他身后用日语大声喊了一个停下的命令——所有奴隶听到这句话就必须立刻做出反应。

史蒂夫停下脚步，转过身，一手抓着一只木桶。两个士兵挟持着一个呵呵傻笑的乡村女孩，本来就要拐过警卫室了，此时却都朝他这边走了过来。等走近些，史蒂夫看出他们都没携带武器——而他自己身上带的家伙则足够将他们杀死十次，不过他不能冒这个险。两个士兵走上前来，女孩则留在后面。士兵脸上红通通的，眼睛里闪着亮光，一看就知道他们刚灌过一两杯清酒。史蒂夫放下木桶，双膝下跪，低眉垂目。虽然听不懂两个鬼子彼此说了什么，随后又同那个女孩说了什么，但明摆着是要戏弄他。

果不其然，两个士兵围着他大摇大摆地转了一圈后，将手摸摸索索地伸到裤裆，把他们那一毛不长的玩意儿掏出来，开始对着木桶撒尿。可是这还没完，真正的戏弄还在后头。他们尿到一半时，突然改变方向，对着他尿了起来。

*真可怕。*但是史蒂夫一动不动，忍耐着，继续扮演一个逆来顺受的奴隶角色。*尽情享受吧，伙计。相信我，要不了多久，你们就会发现人生再也没有什么乐子可言了……*

等史蒂夫浑身都被浇透了之后，两个士兵才挥手让他走开，然后趾高气扬地走回到咯咯傻笑的乡村女孩身边。史蒂夫站起身，立定，低垂着头，直到他们三人从警卫室的后门消失之后才离开。

是时候进行下一步行动了。史蒂夫急忙返身走回寻道民宿舍旁通往后墙拱门的那条过道，他始终低着头，将脸深藏在稻草帽檐下。万一哪个被关在宿舍里的寻道民刚好从窗户里看到并认出了他，那么他们当中那些非常机敏的家伙可能就会猜出他的计划。如果他们对他心存怀疑，没准儿就会试图引起守卫的注意。到那时，整个计划可能就会前功尽弃。

第十六章

五架飞机先后从各自的发射车上脱离出来时,观赏台上的权贵要人都鼓起掌来,其余的观众则发出一阵欢呼声。飞马轰鸣着冲向空中,机尾后面拖着一条条蓝色的彩色烟雾。到离地1000英尺时,五架飞马开始绕着场地上空转圈,排成箭头形状的编队一起向下俯冲,速度越来越快,然后猛地做了一个空翻动作,停止下降。

接着它们开始滚转上升,升到一定高度后反转——这个动作叫"英麦曼回旋",因纪念其首创者英麦曼中尉而得名。然后,它们将机头往上拉一下又压下来,开始第二次俯冲。五架飞机的编队飞行虽然并不完美,但还是给人留下了深刻印象。之所以会取得如此成效,是因为火箭筒的末端装了一种简单的制动装置——一排弯曲的金属板,大小如双头犁铧的缩小版,能够将燃烧过的废气向两旁或者下面排出,以此来降低飞机往前的推力。尽管这种装置比较原始,但它能控制前进速度,这对于保持编队飞行非常重要。

人群中突然爆发出一阵惊呼,原来他们看到五架飞马在机首朝下飞行时,后面的蓝色烟雾突然消失了。其实,那是因为第一枚火箭已经燃完,该点燃第二枚了。在众人不断加剧的担忧中,五架飞机继续不停地飞速向下。随后,为首的那架飞机机身下突然又冒出了细长的火焰,观众们所发出一阵吁声,悬着的心终于放下了。紧接着,第二架、第三架、第四架、第五架! 哇! 机身下全都冒出了相同的火焰。

围观的铁大师们用一阵振聋发聩的吼叫,来表达他们的赞叹。

卡迪拉克听到了众人的热烈反应。此时,他正站在阁楼的后廊上,注视着由他亲手制造的飞行器在空中挥舞着烟雾彩带。清水走过来站在他身旁,她穿了一身白色制服,一头乌黑的长发垂下来披在后背上,在阳光下闪着光芒。

铁大师可以禁止卡迪拉克参加表演,但却无法剥夺他此刻的成就感——要知道这一切都是他促成的,他很高兴清水能亲眼目睹到他的成功。如果说,过去他在她心里的地位比他认为的要低的话,那么,现在这一切总能证明他的能力和远见卓识了吧? 在与他的目光相遇时,清水紧紧抱着他的胳膊无声地答复了他心里的疑问。要在以往,卡迪拉克一定会还她一个更加热烈的拥抱,但如今,她对他的态度总是适可而止,就像此刻在乔迪和凯尔索的注视之下,她对他的举动一样。

从铁大师头脑里的所思所想中,卡迪拉克知道他造的飞行器很符合他们的审美观。就像武士们引以为傲的坐骑一样,这些机器敏捷而又优雅,穿越长空时发出的轰鸣声就像奔驰的战马踏出的铁蹄声一样具有一种不可抗拒的力量。

他们给予他的特殊待遇少得可怜且不值一提,何况那是他应得的。他本应得到更好的待遇,应该被授予更大的权力,也应该被赋予更高的职责；今天的这一切本来只是一个开端，更好的还在后头呢，但是他错了。这些目光短浅的蠢货，在他们眼里，只要是异族人，不管他如何才华横溢，他们都不会信任。这种不信任蒙蔽了他们的视线，让他们看不到更远的前景，但他却听信了他们的甜言蜜语，把自己的未来交付到他们手上。最终，他们还是打碎了他充满希望的梦想。不过，错不在他。是他们辜负他在先。好吧，此处不留人，自有留人处。我这只笨鹅自会飞往别处去下金蛋。

在做了两个基于环形飞行、但变化更多的表演动作后，第二枚火箭也用完了。五个武士飞行员点着了第三枚火箭，开始以单机为单位做慢滚、快滚和滚转停顿，呈螺旋形朝上飞行，以获得足够的高度进行下一个在有限的时间内最难掌握的高难度特技动作：编队桶滚。

通常所说的翻滚，指的是沿机头到机尾的轴线旋转一圈。而桶滚，顾名思义，指的就是在做 360 度翻滚的同时，要沿着一个想象中的桶面做螺旋形推进。只要有能力，飞行学员都能快速掌握基本的单机桶滚动作，但五架飞机的编队同时做这个动作，就要求飞行员个体拥有很强的协调意识。

事前，就庆典中做不做这套表演动作，乔迪和凯尔索同卡迪拉克进行了数次激烈论战，每次都差一点起冲突，最后才终于说服他将这个动作从表演程序中划掉。其实，卡迪拉克只想让表演取得圆满成功就可以了，所以他愿意听从乔迪他们的意见，但没想到他们的五个“高徒”却执意要把这个动作加进去。由于学生的社会地位比教官要高，所以三位教官并没有同他们争执，但还是尽力说服这几个一心想取得荣誉的学生掌握好尺度，向上翻滚进行到一半时就要注意彼此拉近，然后排整齐就可以结束了。后来的训练让人把心都提到了嗓子眼儿里，飞机总算没有相撞。如果走运的话，他们今天同样也会做得不错。

流畅地划过天空后，五架飞机重新集合，排成箭头队形，就像一群去南方过冬的白色大雁。他们飞到飞行场地北侧的水塘上空，在山下大人那一群人的右侧，准备开始下一个特技动作：沿主观赏台正前方天空中一只无形的桶面作左侧螺旋形旋转。

在大约2000英尺的高度上，随着第四枚火箭开始燃烧，他们降低右翼尖，朝下沿桶面飞行。然后左翼尖朝下，爬升到桶面的另一侧。箭头编队现在几乎完全处于侧立姿势了，在到达领主大人们就坐的位置前方时，近乎达到了翻转的顶点。两位大人全神贯注地盯着沿桶面朝他们飞速而来的五架飞机。

就在此时，藏身于厂房西边一排灌木丛后的史蒂夫，把这一幕看得清清楚楚，他摁下了情报队提供的一个手持式无线电控制器上的头五个按钮。五组各自有着特定波长的信号触发了无线电控制的雷管，引爆了藏在五架编队飞机上的塑胶炸弹。

嘭！嘭－嘭－嘭！嘭！

眼睁睁地看着五架飞机先后变成火球，山下大人和源大人吓得张口结舌，呆坐在座位上一动也不敢动。纤弱的机翼和机身先是被拉扯撕碎，接着就迅速被橙色火焰吞没了。然后，燃烧的碎片像火雨一样盘旋着从天而降，朝挤满了人的观赏台落下来，混在其中的还有飞行员和观察员的尸体残骸。人群顿时一片混乱。

刚看到第一架飞机爆炸，凯尔索就一把将手提袋和衣物包裹胡乱塞到卡迪拉克和清水手里，冲出房间跑到檐廊上大叫道："炸得好！再炸！炸！炸！"

乔迪已经在院子西侧的洗澡房旁边就位了。她拿出一枚毒气弹，拉掉套环后，朝那些站在后墙根的家奴扔过去。毒气弹爆炸了，一股白烟冲了出来，空气中很快充满了能破坏人体神经系统的毒气。凯尔索跟着卡迪拉克和清水穿过院子，紧随其后也扔了一枚。

同场地上的所有人一样，趴在墙头上的家仆们也被飞机的突然起火吓傻了，不过第一枚毒气弹还是激起了两个女仆本能的保护反应。她们将孩子们拉到一起刚转身要逃，却看见白色的烟雾滚涌而起，主人正跑过院子，身后跟着的那个红头发奴隶朝她们这边扔过来一个像石头一样的东西。

沿着通往厂房的过道往前跑时，乔迪和凯尔索听到了女人们刺耳的尖叫——她们在发警报。不过没关系，这会儿尖叫的不止是她们，很多人都在呼号。等离得最近的士兵赶到院墙那边时，所有的家仆都已被毒气刺激得无法告诉他们什么了；而士兵们也很快就会发现，他们自己能呼吸的时间也不多了。

在史蒂夫正要摁下第一个按钮摧毁正在表演特技的编队飞机的同时，载着总领事东芝仲根的飞机在波士顿上空转了一圈后，刚好返航至总领事官邸和围绕在官邸四周、属幕府所有的领地上方，而且正打算兜上一圈。虽然对人类飞翔的看法依然未变，但总领事在克服了最初的恐惧之后，也渐渐开始迷上了它，因为他看到了一个完全不一样的世界，他的眼睛聚焦在飞机下方两个岛屿中较大的那个上面。

呵！一切看起来都小极了！但确实就是它，它就在下面，在被树木和一个岩石庭院包围的凉亭中，就是在那里，他在自己秘密情人的怀抱里度过了人生中最难忘的一段时光；那个美丽的异族女子，有着珍稀的体毛，闪着光泽，闻起来有一股甜香。一想到很快就可以再见到她，他心里就充满了兴奋的期待；但再一想，没准下次见面就是他们能在一起的最后机会，他的兴奋中又掺进了痛苦。此时此刻，他丝毫也没想到，即将死亡的不是她，而是他自己。

他所在的飞机与另两架僚机排成"V"字形编队，流畅而又无声地滑过天际。当史蒂夫将先前的五架飞机从空中"吹"落时，总领事的三架飞机正转弯朝鹭池这边飞来。长机飞行员一看到有火球爆炸坠落，就疯狂地朝两架僚机挥舞手臂，试图引起他们的注意——由于他双手悬空任由飞机滑行，他的机翼尖差一点就擦到了其他飞机。长机飞行员一边徒劳地朝同伴大声喊叫，一边不停地指着前方。燃烧的碎片纷纷落地，机尾拖出来的烟雾在天空中依然清晰可见，显示出编队坠落时的轨迹。两名僚机飞行员示意他们已明白。长机飞行员作出手势，点燃最后一枚火箭，带领大家朝场地方向返回。

地面上，在主观赏台左侧，源氏的骑兵和步兵队列之外，使者长谷川敏郎正试图驯服自己那匹怎么也不肯向前移动一步的马。刚才，他也被五架飞机的突然坠毁吓呆了，不过他很快就反应了过来——自己没必要害怕。发生这样的事故，不利的是与幕府作对的人。不过，令敏郎震惊的是布里克曼下手时的果决和他掌握的力量。除此之外，他脑子里只有一个念头，就是要尽力在马鞍上坐稳；当观赏台上的观众和旁边的军队都已陷入几乎完全失控的混乱之中时，他要尽量保持一定程度的威严。

由于上面没有任何命令传下来，军队长官和负责维持秩序的人就一起朝人群和兵士们喊叫，要大家保持秩序；同时还要不停地往天上看，以免被掉下来的碎片砸到。一个没了双腿的飞行员尸体旋转着从空中落下来，刚好砸在离使者那匹正用后腿站立的马只有几码远的地方，发出一声钝响。使者拼命拉紧缰绳，用鞭子狠狠抽打马脖子。正在此时，火箭上的一块金属薄片像被暴风雨刮掉的瓦片一样铲过来，飞进源氏手下那群正要往后撤退的士兵中，一下将一个步兵的头削掉了，另外还砍倒了七八个人。四周的人群见此情景立即都"轰"地四下散开了。

与此同时，清水、卡迪拉克、乔迪和凯尔索跑到了四合院后面，在后墙与第一个车间之间的小路上停下来喘了口气。

乔迪和凯尔索通过一个口袋大小、配有插拔式耳机和喉头送话器的无线电通信器同史蒂夫联系，"史蒂夫！我们到后门了。目前为止没有任何问题！"

史蒂夫的声音很快传到了她的耳朵里："好，准备行动。我数三声，一！"

这时，有三个正准备去四合院巡逻的日本守卫正穿过拱门踏上小路。在跑过几码的距离后，他们才对自己刚刚看到的一幕反应过来：有四个寻道民正藏在后墙和车间之间。他们即刻转身返回，却刚好迎上乔迪举起的手枪。凯尔索站在拱门边打掩护，背对着他们。

"二——"

嗖！嗖！嗖！三个人全倒下了。

凯尔索示意清水和卡迪拉克穿过小路跟上乔迪，他自己则将一枚毒气弹从拱门里扔进了四合院。

"三！"史蒂夫引爆了装在警卫室后面那间厕所里的炸弹。

啪！嘭！冲击力将厕所墙壁炸得粉碎，屋顶都给掀飞了。绑在炸弹上的四枚毒气弹也被炸成了粉末，毒烟与腾空而起的灰尘混合在一起，足以将吓傻了的幸存者和有可能赶过来营救的人一起放倒在四周的残垣断壁中。

史蒂夫之所以选择在警卫室起爆，原因有二：其一，可以消灭掉从场地那边赶来的军队；其二，可以将车间和地勤人员吸引过来，让他们进到四合院里，这样一来，停放在场地西侧的四架飞行器就会无人值守。

场地东侧的军队和主观赏台上的观众现在已经乱成一片。必须在他们还没重新集结并搞清楚发生什么事之前，让他们陷入更大的混乱。不过，他要一直等到在车间前面乱转的一大群鬼子进入设计好的圈套中后才开始下一步行动。那群人中，除了五十个地勤人员，还有六十个车间人员和一二十个从火药厂调过来的包装女工，以及他们的一些为了占个好位置看表演而偷偷溜进来的亲戚朋友。

他们确实看到了比原本希望的多得多的精彩内容。一些人本来正穿过场地朝主观赏台那边走，打算帮忙收拾残骸碎片，但就在此时，他们感到脚下的大地在摇晃，发现有烟尘从四合院里升起来。见此情景，除了几个人吓得待在原地不知所措外，其他人都朝冒烟的四合院这边跑了过来，这正是史蒂夫所期望的。

清水、卡迪拉克、乔迪和凯尔索赶到史蒂夫旁边时，他正摁下另一个按钮，引爆了藏在侧墙内的六枚炸弹。

嗵！嗵！嘭！

从左右两侧墙壁冲出来的爆炸气浪将鬼子团团困在中间，而与炸弹捆在一起的六枚燃烧弹也化为一片火雨。很快，所有的木架、木质工作台以及断成几截的屋顶椽子都烧着了。

“妈的，”凯尔索气呼呼地说道，“你们的逃跑计划应该弄得周详点！我可不想他们秋后算账的时候我还在这儿。”

乔迪将手往东北方向的天上一指，“有三架飞机过来了！看到了吗?!”

“看到了，他们就是下一个目标，”史蒂夫喊道，“出发！”

他一把抓过清水的包袱，示意她和卡迪拉克蹲下来跟着他往前跑。他们从矮树丛中溜出来,跃进长满草的土堤后面用来排水的土沟里。土堤东边就是飞行场地,西边是一片面积较小的牧场。沟里还有水,他们从这里趟过的话不会被人发现。到目前为止,见过他们的人不是死了,就是伤得说不了话,反正谁也指认不了他们。

等靠近停放在发射车上的四架飞机后,他们停下脚步,趴在土堤上偷偷往外瞧。四架飞机后面停了两辆手推车,车上装着发射车推进器和火箭筒。

史蒂夫让凯尔索盯着那几个像无头苍蝇一样在熊熊燃烧的火海边团团乱转的鬼子,"你看看能不能从这里把他们撂倒?"

凯尔索估量了一下两者之间的距离,"要是能到后面那两辆推车那里的话,把握会更大。"

史蒂夫拍拍他的肩,凯尔索会意,侧身翻过土堤,跑上去寻找掩护了。

"我觉得我们已经被发现了。"卡迪拉克说。

史蒂夫探出身子往左边看。三架正在临近的飞机已经打乱了编队。两架已经掉了队,此时正沿着场地北侧边飞边降,那里是史蒂夫曾经驾驶飞机从石墙上跃过去后又掉进水塘的地方。另外一架因为飞得高,此时还没有什么问题。

那个应该就是总领事坐的飞机。没错……肯定是它。

正当凯尔索站起身将两枚手雷中的一枚投向那几个惊慌失措的鬼子时,两架飞机朝他们这边斜冲过来,转了一个大大的弯,然后从他们背后拐走了。当时的高度只有500英尺,所以飞机上的四名飞行人员一定看到了蹲伏在水沟里的他们。

使者也看到了两架飞机在越过着火的车间后,突然朝主观赏台俯冲而来。此刻,源氏手下的军队长官正忙着派遣士兵穿过场地前去救火。敏郎下令幕府军队原地不动，因为着火的是源氏的财产，除非受到邀请，否则他没必要去插手救火事宜。

史蒂夫两只手紧紧握着无线电控制器，用大拇指摁下了六、八号按钮。

嗵！嘭！

两架正交叉穿过源氏军队行进路线的飞机"轰"的一声四分五裂，其中一架的高度大约只有两百英尺，另一架更低，仅有一百英尺。爆炸后，向前的惯性使得飞机残骸像齐射而出的地对空导弹一样在空中划过一条弧线，落在本就胆战心惊的士兵队列中。军队长官自己也被一具烧焦了的半裸尸体从马上掀了下来。军队一下子涣散开来，兵士转头就逃，一口气跑到场地东边以外的通路上，因为那里相对来说还算比较安全。

面对突如其来的慌乱，长谷川敏郎大声命令驻军长官将自己的小股军队往后撤。根据条例规定，敏郎自己不能先于总领事离开场地，因此他不得不继续跨坐在受了惊吓的马背上。这匹马是见惯了检阅礼数的，但却从来没见识过今天这种下火雨的场面，所以一直紧张不安地转着圈子，试图挣脱他的束缚。它双眼乱转，龇牙咧嘴，紧皱鼻子，使出浑身力气来咬牙齿间的马嚼子，但敏郎牢牢地抓着缰绳，将马满是泡沫的嘴使劲往上拉。与此同时，他目不转睛地盯着远方那个比自己胯下这只动物安静得多的家伙——此时正在上空盘旋的飞机。

快啊，布里克曼！你还在等什么？

史蒂夫将无线电控制器递给清水，她没有丝毫迟疑，马上使出全身力气用指尖按下了最后一个按钮。

在亲眼目睹了自己的僚机莫名其妙地毁掉之后，总领事最初的恐惧又回来了。他的惊慌并不是毫无根据的——天上的众神一直在抑制着愤怒，等的就是这一刻：一举给那些刚愎自用而又愚蠢至极的人类，那些胆敢一而再、再而三地冒犯神的安排的人类以最强烈的报复！

他们得到了应该得到的教训，但他却只是一个无辜的乘客而已；他所犯的唯一过错就是不该不加思量就服从那至高无上的将军所下达的命令。现在好了，他处在了极大的危险之中，会被天国投下来的灼热霹雳杀死！

哦，天照大神！可怜可怜这个他自己也不情愿上来的乘客吧！他是被人驱赶着才进入您的云国天界的！如果我一定要为这些愚蠢行为付出生命的代价，那就让我手执刀剑，死得光荣一些吧！我会毫不畏惧地面对那一刻的到来！但现在，请让我回到人间，立足于大地之上吧！

领事一边使劲把自己庞大的身躯往座位上挤，一边对着武士飞行员大声喊叫："我想下去！下降！下降！"

风刚把他的话从嘴边吹走，飞行员和飞机的中心部位就突然被一团白色火焰吞没了。刚刚还在平稳飞行的飞马瞬间急剧倾斜，总领事立刻感到头昏目眩。他的右脸灼伤得厉害，起了一层水泡；眼窝中升起了水汽，双眼一片模糊；背上的袍子也着了火。他突然发现自己掉进一个天旋地转、既而又天地合一的世界里去了。

他拼命抓住座舱的边沿，试图稳住自己，可是周围的木结构零件很快在他手里散了架，把他固定在座位上的带子也滑到了肩膀上，他发现自己正在大气中漂浮。在他下面，铺了一大片拼图般的红色、棕色和橙色的火焰。世界终于不再旋转，天地也再次被分开了。

在快得令人窒息的气流中,被眼前发生的一切惊得晕乎乎的总领事再也感觉不到身上尖锐的痛楚,他头脑里的恐惧也被驱赶得无影无踪。他受到的所有教育都不曾告诉过他,在面对身体从高空中以每秒32英尺的加速度自由落下、直至达到每小时120英里这样一个令人胆战心惊的速度时该如何处理。每小时120英里,这样的速度所代表的含义绝对是空洞的语言所描绘不出来的。

在2000英尺的高度时,你的四肢都向外伸展,有那么一小会儿,你会觉得如果你知道飞翔的秘密的话,你会这样永远地飞下去——就像一只优雅地划过一道弧线后轻轻落在你脚上的鸟儿一样,你掠过天空向下降落。然而下降了1000英尺之后,你会突然意识到,大地正在以惊人的速度向你扑过来,而你将以和鸟儿不一样的方式降落在地。

此时此刻,坐在自己座位上,头顶有天篷遮阳、身旁有近身护卫的山下和源氏正惊恐万状同时又兴趣盎然地看着总领事像洋娃娃一样,胳膊和双腿胡乱踢腾着从空中径直往下落。

扑通!

敏郎盼这一刻已经盼了很久了。但当总领事在地上撞出一个六英寸深的大坑、像熟透了的西瓜一样四分五裂时,他还是被吓得直往后缩。好了,终于结束了……他突然产生了一种强烈的轻松感。带着这种感觉,他强行将紧张万分的马拉得在原地打了个转,然后急急忙忙策马奔出场地,留下余温尚存的尸体残骸。残骸四周,其他碎片还在往下掉落。

真难以相信,乔迪心想。她扫了一眼电子手表——这是细心体贴的情报队提供给他们的三件东西之一,以便于他们在逃亡路上互相联络。从布里克曼炸掉第一架飞机、他们从阁楼里逃出来到现在,还不到八分钟的时间里,已经死伤了这么多人。她看见卡迪拉克在用手背擦眼睛，擦过之后，脸上留下了点点泪痕。

史蒂夫朝他们一挥手，示意大家冲出土堤，“搞定，上！咱们去弄飞机！”

四个人飞快地爬到地面上，朝飞机的停放地跑，与凯尔索在编号十二的飞机机尾处会合。凯尔索手里正握着端板——一种安全装置，被鬼子用来装在五枚火箭筒的喷嘴上，以防止意外点火或者人工推动飞机时损坏火箭——他的脸煞白煞白，“这架飞机没装火箭筒！”

史蒂夫瞪着他，一下子呆住了，“不可能——”

“火箭盘是空的！你自己看！”

是真的。史蒂夫的胃一阵抽搐。“天啊！该死！真该死！”他一把抓住乔迪和卡迪拉克的肩，“快去检查那两个！我查第九号！”

发射车上的推进器倒是装上了，但火箭盘里却空空如也。四架飞机无一例外。某些自作聪明的鬼子在所有的火箭盘上都装上了端板，可能是因为这样看起来更美观一些吧。他回到凯尔索身边时，乔迪和卡迪拉克也返回来了。“这些蠢驴！”他怒火万丈地在大腿上猛拍了一下，“他们总是这样，老是挡着咱们的路！该死！”

“至少我们还有一满车的火箭。”卡迪拉克说道。

“对。你还可以感谢摩城火箭里填满了火药！掏空你们的口袋！”史蒂夫率先将他自己身上的大多数榴弹和备用弹药全拿出来。卡迪拉克也如法炮制，并将弹药交给乔迪和凯尔索。

“我们装弹，你俩掩护！”

“我们不可能成功的。”凯尔索说。

“不管怎样，我们都得他妈的试一试！不过每架飞机上也许只能装三个火箭筒，装不了五个了——”史蒂夫正说着，突然意识到清水没跟他们在一起。

清水在意识到他们出了问题，需要更多的时间来解决问题时离开了大伙。她不了解飞机的构造，但她很清楚自己可以阻止场地另一侧的武士冲上来。她能感觉到他们已满腔愤怒地跨上了马，也知道他们眨眼间就能集结完毕。绝不能让他们袭击到云武士。他和卡迪拉克两个不管谁有个三长两短，一切努力都将付之东流。不过除了保护他们之外，她还有另一个任务在身：为平原人众多的兄弟姐妹报仇。

史蒂夫和其他人很快就发现清水正朝着场地中央跑过去。

"她到底明不明白她在干什么？"凯尔索叫道。

"她是要去为我们争取一点时间。"史蒂夫喃喃地说道，转身朝装有火箭筒的推车跑过去。

"可是她身上没带任何武器！"

"武器？"卡迪拉克轻蔑地一笑，一种认同感从他内心深处油然而生，感觉就像是遇到了一个失散很久的朋友，"好好睁大你的双眼看着吧，沙穴人！你将要看到的是平原人真真正正的神力！"

头五架飞机从天空中匪夷所思地坠毁之时，两位领主大人还以为这场灾难只是一次意外事故，再不就是某些心肠歹毒的天神制造的恶果。但等四合院里也发生了爆炸，并且连车间那边也紧随其后被数场爆炸几乎给炸成瓦砾堆之后，两人这才意识到，鹭池受到了有组织的袭击。

可问题是，谁组织的？两人还没来得及找到答案，另两架飞机就在紧挨着他们站立的地方被炸成了碎片，而且连总领事也被从半空中扔了下来，并顺势在地上为自己掘好了一座坟墓。到底那些看不见的敌人藏在哪里？山下大人同所有的铁大师一样，担心是天上的众神降下了怒火，可问题是鹭池之前从来没遭过天打雷劈啊。除此之外，只有一种可能：这一切都是人为所致！

就在此刻，第一个答案来了。那两架护卫机中的一架，在爆炸后全力采取了紧急迫降，飞机上的观察员侥幸没有当场毙命——飞机残骸以很小的角度撞到地面上，向前一直滑到主观赏台才变成了碎片。观察员虽然全身的骨头都散架了，但这位生命垂危的武士还是用尽最后一丝力气，对跪得离他最近的那个人说了一番话。

他说，他看到有五个穿着奴隶衣服的人埋伏在剩下的那四架飞机旁。他的报告被迅速传到了源大人的耳朵里，让他和山下大为震惊，也让站在他们周围的人紧张不已。不过好歹他们都不必再被不明来由的恐惧吓得魂不附体了，他们的脑子也顿时不再是一片混沌。两人迅速达成一至，敢情这一切都是在鹭池干活的奴隶谋反所致！胆敢做出如此愚蠢的行径，他们和其他无数与此脱不了干系的人都会付出高昂的代价。

由于源大人手下的人马在刚才的撤退中陷入了一片混乱，他请求山下大人派自己的一些骑兵武士先派过去查看一下情况。正当山下大人要向军队的指挥系统下达命令时，他看到一个身穿白色外衣的身影正穿过场地朝他们这边一步步走过来。谁也不知道这个瘦弱且落单的人究竟想干什么，但一个奴隶竟敢在这种时刻露面本身就是绝对无法容忍的挑衅行为，必须除掉他。马上！

山下站起身，一边用手里的漆木手杖指着胆敢以下犯上的奴隶，一边声嘶力竭地对武士护卫下达命令。源大人也即刻跟着下达了同样的指令。两批武士，总共有六十来个，只留下十个人保护两位主子，其余的全部离开自己围在天篷凉亭四周的岗位，向场地中心冲去。一些武士拔出长刀,另一些则从背后的箭囊中抽出弓箭。他们搭箭上弦,放慢了行进速度,小心翼翼地朝入侵者挺进。

与此同时,山下朝一批随时准备出发的骑兵发出了另一个紧急指令,命令他们不要管白衣人,迅速沿场地北面的石墙过去抄近路赶到四架飞机那里。

正在他部署任务时,突然听到一声怪异的嘶鸣,心里顿时一寒——那正是变种人召唤师发出的尖厉啸声。

此时,凯尔索正忙着安装火箭筒,听到这啸声,他差点把手里的两枚火箭摔到地上,“见鬼,到底怎——?”

“别停下来,快点!”史蒂夫对着他大叫道。他和卡迪拉克已经在四架飞机底部的夹环上各装了两枚火箭,但两枚根本不够。史蒂夫刚刚说过要装三枚,但其实他们真正需要的是满载。可能四架飞机不必全用上,但他们眼下的逃跑计划还吉凶未卜,所以得尽可能多做一手准备。

乔迪蹲伏在长满草的土堤后,防止有人从背后偷袭。她将手枪往枪套里一插,朝推车跑过去。刚跑到一半,大地突然剧烈地震颤起来,将她甩到了一个车轮上。她抬头一看,几枚火箭被震得从发射车上掉了下来。她急忙一跃而起,接到了其中的一个,趁它还没撞到地上之前托住了它。而此时此刻,清水双脚分开,稳稳地踏在大地上,双臂高举,全身摆成一个大大的“X”字形。她感觉辟邪主的力量正从大地和苍天源源不断地流入她体内。在主观赏台上拥挤的人群看来,她的身体仿佛笼上了一层闪着微光的薄纱。突然,她将双臂猛地放下,十指指尖相接,双眼穿过两根大拇指合成的“V”字形直直地盯住山下。

又是一阵轰隆隆的地动山摇。一股烟雾从她面前的大地上喷射而出，大地裂成两半，一道曲曲折折的裂缝蜿蜒着迅速穿过场地伸向主观赏台正中央。土地翻滚，将前进中的武士绊倒在地。眨眼间，地震就将挤满了人的观赏台劈开，支撑结构随之断裂，一级一级的台阶互相倾轧着倒塌。

分派了任务的骑兵武士已开始沿场地北侧策马急奔，见此情景猛地一扯缰绳，愣在原地不知所措。骑兵首领拔出刀，原地掉转马头，大声呵斥手下人马重整旗鼓，朝白衣人奔袭过来。

清水将左臂一抡，指向侧面的石墙，然后把伸开的五指往上一扫，石墙仿佛听到了她的召唤，应声而裂。墙体像一条灰褐色的长蛇从睡梦中惊醒了似的上下起伏，然后轰然碎裂，石块松脱出来，像被旋风卷起的落叶一样纷纷飞向空中。随即，她又用她的右手召唤阁楼后的围墙前来助战。

岩石化作他的巨锤
苍鹰化作他的金箭
一个国度将在战火中出现
平原人将化作利剑
交与救星辟邪主
拯诸族于危难

不管是人也好马也好，全都被这从天而降的异变彻底弄懵了。石块依旧在飞，而且离得越来越近，速度越来越快，数量也越来越多，从两侧向山下剩余的军队砸去，向已经倒塌的主观赏台上砸去，向源大人手下那些逃到通路以外、准备重新集结的士兵砸去。

观赏台前面的场地上，吓呆了的武士们踉踉跄跄地站起身来，抖擞精神继续往上冲，有些已被石墙上飞过来的石头放倒了。

更多的石块还在往这边疾飞而来。到处都有人应声倒地，但没有人退却。幸存的弓箭手继续开弓搭箭射向女巫。现在他们已经离得足够近了，能看到她的长发在风中飘扬，远远看去，就像是在她那惨白如纸的脸两边长出了黑色的翅膀。

清水再次双手合拢，平举到与臂齐高的位置，环绕在她周身、泛着腾腾雾气的光化成了楔形，楔子的顶点就位于她的指尖之上。

疾飞而来的箭雨一到她身旁，竟纷纷偏离方向，绕过她的身体飞走了。嗖、嗖、嗖！弓箭手紧接着又射出一轮箭雨。然而箭再一次被弹向四面八方！她似乎被一道无形的墙保护着！众武士经过石雨的袭击后，人数已锐减了三分之二。他们扔掉弓箭，挥舞着弯刀，一边小心翼翼地往前推进，一边呼号着请求天照大神保佑他们。

清水将摊开的手掌掌心向下转向地面。当大拇指指尖相互接触之时，十指骤然张开。尖厉的叫声再次从她口中呼啸而出，比前一次更令人胆寒。正向前推进的武士突然发现自己的双脚好像生了根一样一步也挪动不了。可是脚下的大地还在战栗，他们的身体也随之颤抖，牙齿不停地发出“咔哒咔哒”的碰撞声。他们的手指抽搐起来，弯刀纷纷掉落在地。他们的胃里翻江倒海，心脏也跳动得越来越快，脑袋都快要爆裂了。因为基因结构上的致命缺陷，他们的血管壁脆弱不堪，开始全面大出血——血管裂开，脸和手变成了灰紫色；主动脉也爆裂了，血从眼睛和鼻子里往外渗，淹没了大脑，也将他们抛进了黑暗的无底深渊之中。

还没等落到渊底，他们已经全部变成了死人。

山下大人一身华服早已支离破碎，溅满了血。他在倒塌的主观赏台中目瞪口呆地看着那个脸色苍白的人一步一步地从倒下的武士身上踏过来。就在那一瞬间，他突然认出了这张曾经藏在面具之下的脸。

她就是总领事的那个长狗女人！这个下贱的婊子，他曾经私下里观察过她的身体，当时的感觉半是嫌恶半是入迷。而今，这个他曾极端不屑也曾尽情捉弄过的无名小卒，竟胆敢藐视他的力量，用复仇的烈焰为他的家族带来灭顶之灾，还把他拖到了毁灭的边沿！他简直不敢相信，可是事实就摆在他的面前。她就是祸根！女人全都是祸根！

他拔出刀，把刀鞘扔到一边，扭头四下里看看，希望能得到援手。然而家族成员中只有十一二个人从这场浩劫中艰难脱身，其余的仍在奋力挣扎。他朝大家喊叫，问谁愿意与他并肩迎敌。他将刀移至身前，两手紧紧握着刀柄，一瘸一拐地朝清水冲过去。可是没人跟上来。也罢，就让他们见识见识，能成为尼桑最强大领主的他，有着怎样的英勇气概吧。

清水一言不发，静候着他逐渐靠近。她的胳膊前伸，十指合拢，指向山下的脸。领主在距她几寸之遥的地方停下脚步，双脚呈外八字形撇开站好，准备给她以致命的一击。他的目光迎上她，看到她的双眼在阳光的照耀下像寒冰一样透明。脚下的大地开始摇晃。他腿上的肌肉开始颤抖。他的大脑在催促他，要趁早出手以免太迟，但双臂却不听使唤，他的视线甚至无法从她的眼中偏移丝毫。

清水慢慢地将十指交叉，牢牢地扣在一起。远处带着恨意观看这一幕的人们，这时突然看到，山下握在刀柄上的双手反转了握刀的方向，并缓慢地抬起胳膊，一直举到刀尖正对着他腰部的位置。然后，他们看到白脸女巫——从目前发生的一切来看，她一定是个女巫——弯曲手臂，紧紧扣牢的双手猛地指向领主。

山下心里清楚，注入他双臂内、驱使弯刀插进他身体里的力量不是自己的，但他一点都控制不住。那个无声的支配者让他将刀拔出来时,他也无法反抗。然后他将刀又再次插了进去。又一次!先头的两刀本已让他的脑子麻木、舌头僵硬,然而此刻,在弯刀第三次往里猛戳并一下子穿透他的身体时,剧烈的疼痛忽然在一瞬间爆发了,他发出一阵凄厉万分的惨叫。

他那些意志薄弱的家族成员,那些没有勇气跟随他的人,眼睁睁地看着他第四次将刀用力推进并穿出了自己的身体,简直不敢相信他们的眼睛。他再次尖叫起来,但依然站着没有倒下。第五刀终于让他成了一个口齿不清的倒霉鬼,摇摇晃晃地在血泊中踏步,嘴里一边尖叫一边呜咽,仿佛是在祈求饶恕。但是白衣女巫不为所动。

直到山下第八次将刀插进自己的身体后,清水才让他跪倒在他自己的血流成的小河里。刀已全没入身体中,他往前伏倒,双手仍然紧握在刀柄上。她没有挪步,他那毫无生气的脸终于结结实实地贴在了她脚前的草上,直到这时,他的双手才松开。

清水胜利般地将双臂举了起来,大地之雷报以渐渐式微的隆隆声。她面前仍能站立的人们纷纷后退,转身拼命奔逃而去。

史蒂夫设法抓住了一匹马的缰绳,骑到马上,来到她身后。当两人的眼神相遇时,他看到她的模样,脊梁骨禁不住一阵发寒。如果真的如雪先生所说,人的眼睛是心灵的窗口,那么潜伏在她心灵房子里的,一定是个他从不曾见过的陌生人。

"与平原人为敌,都将被如此毁灭……"她的嗓音平静而不带任何感情。

史蒂夫将她拉上马。她的身躯像一粒干玉米壳一般轻得令人难以置信。她将双臂环抱在他的腰部。"抓紧!"他说。掉转马头时,他握住她的手腕,策马朝等候的飞机狂奔过去。

四架飞机,已迎风而列整装待发。卡迪拉克早已上了第一架。他伸出手,把清水拉进他前面的座位。这个变种人眼睛里闪着亮光,对离开此地充满了期待。史蒂夫看着他。哦,是啊,当然了。他百思不得其解的问题——究竟是什么改变了这个变种人的想法,此刻终于找到了答案:卡迪拉克从来都想让自己站在胜利的一方。

史蒂夫朝清水递了个飞吻,然后拍了拍座舱外壁,“好了,出发吧!我们就在你右后方!”卡迪拉克随即发动推进器,史蒂夫转身走开,看着这架大鸟飞快地从草地上滑出去。六秒钟之后,卡迪拉克一下子点着了两枚火箭筒而不是平常的一枚,随后甩开了发射车。

凯尔索越过史蒂夫的肩膀看着飞机以近乎垂直的角度往上爬升,“将他们两个安排在一起合适吗?”

“难道你想让她跟你一起飞?”

“本来是的,但看到刚刚发生的一切后我可不想了,不过——”

“别担心。跟前面的那些飞机一样,这四架上也装了东西。而且控制器还在我手里呢。”

凯尔索哈哈一笑,“这么说,我也得小心点喽!”

“嗨!别说笑了!”乔迪叫道,“我觉得有人想从后面偷袭咱们!”

史蒂夫顺着她指的方向看去,却听到一阵急促的马蹄声,“你说得对!点两枚火箭,照卡迪拉克那样做!”他猛地将乔迪和凯尔索朝离得最近的那架飞机一推,自己往另外一架跑过去。凯尔索点着推进器的时候,乔迪一条腿还挂在外面。史蒂夫伸出手刚一拉点火拉环,跑到最前面的骑手已跃过灌木丛,朝他们飞奔而来。

嘶!啪!嘭!飞机开始摇晃着往前跑。快啊,快,快!

发射车的速度骤然加快,但却依然没快到将领头的那个骑手甩开。为躲闪推进火箭尾部喷出的烟雾，打头的武士飞速朝右边跑去，与机翼拉平后，他开始张弓搭箭。在如此近的距离内，他不可能射偏。但一定是摩城在暗中保佑着史蒂夫，箭先射中了飞机上的一根云杉木支柱，穿柱而过，然后戳进了史蒂夫的大腿。啊哟，克里斯托夫啊！

好在武士没有获得再射一次的机会。他伸手到肩上刚要去够第二支箭，史蒂夫就从侧面瞄准了他的手臂，三发子弹齐射而出，一下子把他从马鞍上掀了下去。

当凯尔索和乔迪在他前面高高地飞到空中时，史蒂夫总算明白了卡迪拉克为什么会老早就点火了，而且还一下子就点着了两枚火箭——场地前面堆满了石块和尸体。他咬紧牙关，忍着右腿上钻心的疼痛，点着一号和五号火箭，跟着两个寻道民转向西方，以极陡的角度爬升到空中。

下面覆盖着森林的深红色丘陵之外，就是哈德逊河。如果骷髅脸的话属实，那么下面就应该有一片空地，形状同留在帐篷里的地图上标出来的记号一样，并且中间有一个凹下去的白色正方形。不过，眼下还有最后一件事未了。

史蒂夫降低左翼往下看，看到下面有群极小的人影正朝他们留下的那架飞机拥过去。之前，在乔迪、凯尔索，还有卡迪拉克的帮助下，史蒂夫已经将两辆装载火箭的推车拉到了那架飞机旁边，接着他们又将剩余的全部榴弹都放在座舱里。现在，他拿出控制器，选定了相应的号码，说了声“再见了，朋友们”，然后摁了下去。

两团光几乎同时喷出来。先爆炸的是飞机上的塑胶炸弹和榴弹，随后才是两辆火箭推车。烟尘急速朝上翻滚膨胀，很快就冲上了天，地上只剩下熊熊的火焰。绝大部分的小人影都已不再动弹了。

史蒂夫朝远处看了看，整个鹭池都被毁灭了，这次袭击一定会让妄自尊大的铁大师铭记良久。但是，这么做值吗？究竟有多少人为此失去了生命？而他所做的这一切，究竟还会有多少人受到牵连？不。他急忙将这些逐渐涌起的自责抛到脑后。这种事情，他不做，总会有人来做。

最好别去想太多……

升到3000英尺的高度时，气温急剧下降。他赶上另两架飞机，慢慢从它们中间穿过去并带领它们乘上一股轻微的上升气流往西滑翔。清水朝他挥挥手，卡迪拉克冲他翘起大拇指。乔迪和凯尔索则握起拳头猛地朝空气中一砸——开拓兵常用这个手势来表达胜利的狂喜。

史蒂夫本能地给予回应。耶！

他们很幸运。每个人都尽其所能了，但最终扭转局势的是清水。他也很幸运。要不是箭头先击中支柱，就会直接刺穿他的大腿。天母啊！那才真叫疼呢。还好，也没流多少血。他还死不了。到时候把箭头弄出来，就算再糟糕也不会比卡迪拉克把弩箭从他胳膊里拔出来那次更痛。

除了这点，不管怎么说，今天的逃亡还算是个相当不赖的开始……

第十七章

从某种意义上说，清水针对山下和他同伙的这场复仇行动只是一种表面上的胜利。源清盛大人虽然被埋在重重的尸堆里，但他被人发现时竟然还活着，而且只受了一点皮外伤。他能在这场浩劫中死里逃生，对营救他的人来说简直是一个奇迹。因为距他仅数英寸之遥的鹭池负责人志贺光，已在古怪的地震袭倒看台时被活活压死了。

能以此种方式快速地结束生命应该说是他的幸运；如果他活下来，源大人一定会对他进行一番极其残忍的严刑拷打。因为地位低下，他没有资格剖腹自杀，只会被冠以共犯的身份，被迫当众接受人类所能想到的最大羞辱。

但是现在，就算死了他也难逃源大人怒火万丈的报复。他那残缺不全的尸体被斩首之后又大卸八块，全部悬挂在鹭池大门外的瓦梁上，他的头颅则被穿在木桩上插在鹭池入口处，严厉谴责他所犯下的罪行的布告贴得到处都是。他的妻子，仅仅因为与他的婚姻关系而被命令先杀死他们的两个孩子后自杀，尸体都与他的尸体悬挂在一起。

在源氏看来，业已发生的一切，罪责全都在鹭池里的工作人员身上。如果他们保持足够的警惕，长狗和他们的变种人同伙就不可能上演此番史无前例的叛乱。但他避而不谈自己应负的责任，也拒绝去想将长狗的袭击推向顶点的那场魔法背后所含的意义。

鹭池所有幸存下来的工作人员，不管是当天一直被禁锢于其住处的寻道民，还是当时正在洗涮做饭的变种人奴隶，全都被集中在四合院里，处于重重监守之下。与他们同遭此难的还有检阅特遣队的士兵们。在源氏的眼里，他们同那些贱民一样罪不可恕。正是由于他们贪生怕死，残暴的忤逆者才得以最终逃脱。

所有人的手脚都被拴上了铁镣，押送者手执藤鞭将他们赶到大路上，沿波士顿方向排成一条纵队。队伍最前面是几个变种人，他们负责在路两旁每隔100步就挖一个坑。每挖好一个坑，队伍就要停下来。走在纵队最前面的那个人，要从随行在队列最前面、装满木桩的车辆上抽出一根桩子，将它插在坑里埋结实，然后自己就要被绑在上面，慢慢等待死亡的到来。

源大人舒舒服服地坐在马车里观看着整个过程。这种惩罚残忍到极点，因为纵队将一直前进，他们中的每一个人都将依次成为下一个备受折磨的牺牲者，然而他们别无选择，只能眼睁睁地看着自己的宿命一点一点逼近。

这次的死亡之旅一直持续到波士顿。准备的木桩用完了之后，负责在大路南北两侧种地的变种人被聚拢起来处死，紧随其后的就是那些被迫挖坑的变种人。

等源氏回到他的官邸时，他的嗜血欲望总算得到了满足。但是，当他与自己家族的主要成员以及山下代表团里的幸存者共进晚餐时，哀伤的气氛却使他再也快乐不起来。

他的朋友山下的尸体已被装进了在鹭池草草准备的棺材里，

并运到了他停在港口的船上，但他死后留下的种种后事却并不容易解决。虽说最初是山下大人自己将飞机和飞机上的两个人送到马萨诸萨来的，而且说服将军允许他们制造更多飞机的也是山下本人，但事实总归是明摆着的，他源清盛绝对应该对领主大人的死负责。

这显然不公平，但在与山下这样势力强大的家族打交道时，公平只能是奢望。他们会要求赔偿：实物、金钱，说不定还要血债血偿。这可能会为他的领地带来难以承受的负担，但如果拒绝他们的要求，可能更麻烦。

此外，源大人还不得不面对另一个棘手难题：总领事是在乘坐飞机时失事毙命的。对于飞机的制造，他源清盛也负有完全的责任。雪上加霜的是，这次的奴隶叛乱完全是监管不力造成的，其本身也不只是一次简单的逃离事件，还有试图谋杀高层人物及王公贵族的嫌疑。要知道，主观赏台可是被彻底毁坏了，甚至还有专为将军而备的检阅亭！如果当时将军在场，万一遭到什么羞辱或者有个三长两短……源氏尽力把这个想法从脑海中驱逐出去。他不敢想，那样的后果太可怕了。

他来到自己的密室里。而今在这里守卫的武士人数是平时的三倍。领主发现自己的床侧放着一封密信，信里说，总管大人有极其重要的任务要分配给他，已派了一位信使向他口头传达，信使现已到达波士顿。信里还敦促源氏尽快迎接信使，不要耽搁；与信使的会面要安排得尽可能地隐秘，信使的来头不准对任何人透露，而且他在口头布置任务时不得有任何随从在场。

源氏怎么也猜不出来人会告诉他什么，不过他忍不住想要知道。不管是什么，只要是家康分派的，都不能怠慢。他按照信中指示的那样毁掉信件后，派出最信任的仆人前往指定的地点，要他带信使走秘密楼梯到他的密室来。

半夜刚过，家康的信使就被带到了他面前。互相报了暗号之后，他出示了自己的内廷印章。来人露出面罩后，源氏觉得他的脸看起来就像一具骷髅。没错，他就是审讯过史蒂夫的那个小个子。现在，他说自己叫藤原，这当然不大可能是他的真名。

家康大人送来的信大意如下：鹭池发生的灾难性事件已上报到内廷，而且也已直接送抵将军手里。正如源氏已想到的那样，尊贵的陛下对他未卷入这次本可能严重威胁到他生命安全的事件深为庆幸。此外，将军也为东芝仲根的死深感痛心。他的逝世，不管是为私为公，都是一种损失：为私，他失去了一位备受爱戴的姐夫；为公，作为尼桑的统治者，他失去了一位卓有才能的干将。对源氏来说，这正是他担心的地方：攻击总领事和使者长谷川敏郎，就是攻击将军幕府本身。如果他身为领主，却没有能力镇压反叛者，无法保障幕府官员的人身安全和他们使命的顺利完成，那么将军幕府将会利用所有的合法手段来保护自身的权益。

信使藤原当然不必再明说那会意味着什么：对总领事遗孀的赔偿是肯定要支付的，而且由于总领事地位尊贵，加之他娶的是将军的姐姐，其赔偿金额更是不菲；此外，鹭池事件所造成的损失也是惨重的，所以将征收额外的税，吊销商业许可，资产也要被查封；那些与鹭池项目有关的高级职员，凡是幸存下来的将被处死，而且幕府官员及驻军的人数也将因为此次事件而显著增加——这些新增人员的给养费用也应该有人捐献。

身为领主，如果他选择拒绝履行这些裁决的话，他的领地就会被贴上“反幕府者土地”的标签，这就等于是授予将军以权力来占领他的领地。如果情形继续恶化，那么他自己的家族就会被罢免贵族封号，或者遭受远比家臣更为苛刻的待遇。这样的前景是谁都不愿意见到的，尤其是当他已处于危险之中时，因为山下家族有可能会在暗地里报复他。

对于此类微妙局势的处理，这个信使显然很有经验，而且也具备高水平的谈判技巧——信使透露说，他的主人很清楚，山下大人逝世后，源氏家族与山下家族之间的关系将变得很脆弱。家康大人希望能帮助源氏家族，因为再怎么说，源氏也是丰田家族的盟友。从某种意义上而言，两个家族实际上都受到了山下家族的威胁。信使说，如果两个家族能在机会成熟时通力合作，以消除或者减少山下家族的威胁，那么他确信家康会尽力说服将军从更为仁慈的角度来看待已经发生的事故，并对总领事的死亡只要求正常的补偿。

这根本就是一个他无法拒绝的提议。

源氏是需要帮助，但他也没傻到看不出来信使的到访仅仅只是某个政治阴谋的冰山一角。家康这只狡猾的老狐狸，一直都在耍花招。源氏仔细考虑了一下对方给出的选项，然后向来访者保证说，正如大家所期望的那样，他准备随时为将军效劳的决心从未改变过，可问题是，要他做的事究竟是什么？

接下来，骷髅脸——也就是藤原，将详情告知了他。

山下大人带领他的武装护卫和一干随从前来波士顿时，乘的是三艘远洋帆船。此时，它们仍然泊在港湾里。鹭池事故中的幸存者们，包括几个与山下大人关系极为密切的人，在船上度过了一夜。那些连码头都没出的船员很是庆幸自己没去鹭池，不然也会跟他们的同伴一样遭遇一场可怕的灾难。

早上，船长和船员醒来时发现，有一艘飘扬着长谷川家族旗帜的大型帆船已在夜间来到这个港湾，并在北边靠岸抛锚。用过早餐后，山下代表团的几位临时负责人开始商讨他们下一步的行动，决定他们是应该即刻启航呢，还是应该在此等待，直到后援人员——主要是军队士兵——从陆路赶来增补他们所剩无几的人马。

山下大人的死讯已由快马送往位于萨拉库萨[①]的府邸，但几时能到达却不敢肯定，因为骑马者必须经过丰田家族北部的领地。

通常在领主与府邸之间传递机密信件的信鸽此次也跟着去了鹭池。按照惯例，山下无论出行到哪里都会随身带几笼信鸽，以便即时传递紧急信件。然而不幸的是，地震摧毁并碾碎了马车。事后，车夫和信鸽看守人的尸体被清理出来时，头骨都已裂了，很可能是被飞来的石头砸的；那些鸟儿倒是没有遇难，但是却趁笼子坏掉时飞走了。

当几位负责人的商议进行到一半时，一个船员带来了源大人的口信。领主已屈尊离开府邸来到码头附近，他请求能获准带领四位神职人员登船来送他的盟友最后一程。代表团中的两位资深官员赶紧上岸去迎接他上船。

山下大人的灵柩停放在裹满白色丝绸的灵台上，棺盖是开着的。源氏按照传统礼数悲恸地吊唁完故友，又对着遗体沉思默想了长达一个小时，这才询问是否可同故人生前最亲密的随从私下谈一谈。山下“生前最亲密的随从”中，有数人已死去，尸体正等待处理；有四个受了重伤，另有一个估计已经撑不到回家的时刻了，只剩下两个还能站立。

在确信他们的谈话不会被别人偷听到之后，源氏开门见山地提到了山下大人随身携带的“一满箱贵重丝绸布料”，它本是准备当做礼物献给源氏家族的众位贵妇的。他着重强调了这箱丝绸所用的独特原料及上好做工，可……唉，真是遗憾，他没能活到将礼物亲手呈现出来。那么，源氏请求道，诸位随从是否知道他们大人的这一打算？而且，是否知道箱子现在在哪里？

① 即锡拉丘兹，美国纽约州中部一城市，距安大略湖不远。

上天眷顾源氏，在所有知道此事的四个人中，除了源氏自己和已逝去的山下领主大人之外，剩下的两位刚好就站在他面前。他们对这批布料下面隐藏着的物品性质知道得很清楚。在互相交换了一下眼神之后，他们当中年纪较大的那位开口答复了源氏提出的问题：是的，他们听说过有这么一件礼物，但是既然他们的领主大人没能活着将礼物亲自呈递上去，那么他们也不认为自己有足够的资格来代表领主大人呈交它；至于这件礼物应该如何处置，只能由领主大人的继任者来决定。

源氏盛赞了他们的谨慎稳重，但也指出他们误会了他的意思。他并不想在私底下强行接收这件礼物。他此番前来，只是想建议诸位将箱子和箱子里的东西交由他来保管，直到它最终的去向被确定下来为止。他之所以会有这个想法，是因为今天一大早，他派去潜伏在总领事住处的内线向他报告了一个非常令人不安的消息：将军已经听闻了帆船上的秘密，打算趁他们返航时以慰问逝世的领主大人的名义拦截他们的小型船队。

两位随从闻听此言，警觉地对视了一眼。

源氏表达了他的关切之情：将军手下的人很容易就会找到借口，要求代表他们的主子搜查箱子里的贵重物品。为了不惹祸上身，他们可以把箱子扔到海里，但这样一来就会违背他们那已过世的主人的意愿。

当然，他们也可以自行安排，将箱子放在岸上某处。但源氏再次提醒，箱子在护送到一半的时候就可能会被丰田家族的人查获。他们的领主大人生前曾将鹭池项目描述为“编织梦幻之业”，而源氏家族正是他在这一项目上的主要合伙人。所以他们应该相信源氏家族，相信只有他才有资格看管箱子以及箱子里的物品，直到山下的继任者被确定下来。

源氏字斟句酌说出来的话及话中所强调的含义使两位随从

误以为，山下大人生前确实已将他的计划完完全全地告知了源氏。他们退到房间的另一侧，低声商量了一番后，返回来跪在源氏面前。源氏示意他们坐下说话。他们恭恭敬敬地深鞠一躬，盘腿坐了下来。

年长的随从开口说道，他们很感激源氏提醒他们船只有可能会遇到拦截，也愿意将箱子交由他保管，只是不知道源大人是否意识到，做它的监管人要冒什么样的风险。

源氏声称早已做好准备来迎接风险。为了能带领尼桑进入新时代，山下大人最终献出了自己的生命。而他源清盛，很是敬佩山下大人的高瞻远瞩，所以哪怕是死，他也要帮助山下大人实现这一理想。事实很快就将证明：能继续进行他们那已倒下的领主的伟业的，是一位值得信赖的盟友，一位值得与之分享隐藏得最深也最隐秘的秘密的人。

源氏字斟句酌的言辞再一次使两位随从相信他非常清楚鹭池项目的真正目的：重获黑光。很快，交出箱子的时间和地点都定了下来：中午时分，在源氏名下一处偏僻的宅子，那里远离熙熙攘攘的海港。他们要在大白天将箱子从船上搬下来，因为那样才不会引人注意。到时源氏会派一位官员前来，以确保箱子在通过码头时不会遭到海关人员的盘查。

到了商定的日期和时刻，一位车夫驾驶一辆牛车，载着箱子和四名搬运工踏上了前往指定地点的路程。两位随从带着四名骑马武士在前面引路，车后还跟着另一辆牛车，上面坐着十二个身着平民服饰的士兵。三组人速度不一，彼此相隔一段距离，时不时地与路上其他的车辆混在一起。如果不仔细看，就不会想到牛车和骑马的人之间会有关联。而这正是他们希望给人的印象。

骑马的武士先将宅子的四周侦察了一番，在确信无人埋伏之后，两位随从命令载着箱子的牛车驶向宅子附近。而后面的那辆牛车则停在路旁，化装成平民百姓的士兵走下牛车，武器就藏在车上铺的稻草下面。在任何过路者的眼里，他们只不过是一群坐车坐得腰酸背疼的乡下人，趁着车夫喂牛时下车舒展舒展腿脚。

这座宅子是瓦屋顶的木石结构，修建于上个世纪中期。这里久无人住，空荡荡的，到处都积满了灰尘。源氏手下的两名副官迎上前来，将之前已见过他们的两位随从引到了源氏面前，箱子也搬了上来。之后，他们又带着四个搬运工退了下去。其实，这四个搬运工也是由士兵假扮的。鹭池浩劫中，共有四十个左右的士兵幸免于难，他们就是其中的四个。

房间的里侧是一座高台，从左墙贯通至右墙。高台正中央孤零零地放着一张稻草垫，源清盛大人端坐在上面。高台前面放了四张稻草垫，把地板都铺满了。源清盛将两个随从唤上前，示意他们揭开垫子。他们照做了，将垫子移到一旁，一道活门露了出来。打开活门后，发现有台阶通往地下的深窖。

源大人解释说，这里就将是箱子的隐藏之地。当箱子被安全放下后，活门将卸掉，用一块厚木板代替，木板的颜色将与旁边的地板颜色完全一致。之后，厚木板会一直关闭，直到新的山下大人亲自来打开它。不过首先，他希望能有机会饱一饱眼福，看一下这件他差点就接手的贵重礼物，他知道它承载了山下大人对未来的梦想。

两名随从请源大人唤回他的两位副官。

移走上面的丝绸布匹后，四个男人合力从箱子里抬出一个沉重的、包着亚麻布的大家伙。随后，等源氏手下的人离开房间后，两名随从打开了大家伙的外层包装，露出了从天鹰机上拆下来的引擎，而天鹰机正是联邦篷车队上配备的基本飞行器。引擎安安稳稳地躺在一个木板箱里，而引擎所配的薄薄的木螺旋桨就摆在它旁边。

源氏凑上去仔细检查了一遍，但没有碰触它。接着他问道："这难道就是为最初的那架飞马提供动力、而且据说已被销毁的奇怪装置？"

随从确认说它就是。

源氏称赞了山下的机智。在山下诸多优良品质中，最了不起的就是丰富的想象力！这个装置被焚毁的时候，将军代表不也在场吗？难道烧毁的那个是假的？山下究竟用了什么绝妙的手段骗过了将军代表？

就这样一点一点地，源氏像挤牙膏一样挤出了整个事件的始末，并以承认自己的同谋者身份，来说服两名随从慢慢地透露了山下宏大人才是整个重获黑光计划的策划者。

两名随从并不知道，帮助实现山下计划的长狗已经逃离了。山下家族的人没有一个知道。源大人也不打算告诉他们。实际上，他还有另一个建议。"让我们举杯吧，"他说，"为你们的主人，祝他的计划能大获成功！"

他敲了敲一个小铃召唤副官。副官带来一碟点心，之后又为源氏和两名随从各倒了一杯清酒。

"为山下，"源氏提议道，"黑光领主！"

"愿阻挡我们前进步伐的敌人全部毁亡！"随从齐声喊道。

既然源氏的酒也是从同一个酒瓶里倒出来的，两位武士随从没有丝毫犹豫，跟着他一饮而尽。殊不知，他们用的瓷酒杯的杯沿上涂有一层透明的烈性毒药，能让他们的运动神经迅速瘫痪，使他们既不能动弹四肢，也不能发出声音，但神智却又完全清醒，足以意识到自己所处的困境。

两人的杯子一落地，源氏手下的副官便迅速用绳子将他们的胳膊捆了起来。瘫痪只是暂时的，但却非常必要，因为这样他们就无法向其他人发出警报，也不能自尽——如果知道接下来会看到什么的话，他们一定会毫不迟疑地那么做的。

高台后面的屏风被推开了，年轻的将军和六位领主以及他们的最高军事长官一起端坐在后面。源氏跪下向赖朝致敬。他的两个副官也跟着跪了下来，并强迫两名无法动弹的随从跟着他们一起行礼。

一切都是总管大人家康一手策划的，他用各种借口，在空前保密的情况下精心上演了这出戏。坐在将军身旁担当审判官和陪审团之任的，是各大领主：珂尼卡、精工和三菱，他们三位的领地都在山下领地之南并与之接壤；另外几位领主，他们的领地更往南，毗邻前面三位，他们是大发、达特桑和铃木。

珂尼卡家族与山下家族是姻亲，而精工家族看起来似乎与幕府的关系比较紧张。其他的四位全都是丰田家族阵营里的。如果单以势力大小而论，珂尼卡和精工明显超过陪审团中的其他四位，不过精明的家康如此安排显然是颇费了一番心机。

陪审团的裁决结果毫无争议。山下家族犯下了叛逆重罪，必须接受清算。珂尼卡、精工和三菱三位大人愿意前往萨拉库萨将贵族议事团的处理结果通报给山下家族，并将该家族所犯罪行的证据也一并知会他们。同时，三位大人也将带上一份名单，上列所有该承担罪责的人的名字。凡是名字被列于其上的，都要采取适当的措施，要么自杀以谢罪，要么就得去见将军，乞求他的宽恕。

这根本就是一个两难的选择。不管选哪个，结果都是死。如果两个都不选，他们就会面临一场武装入侵，然后被没收资产，甚至连领地都很难保住。

要在以前，将军幕府是断不敢向山下家族采取这样的强硬措施的，但现在不同了。珂尼卡家族和精工家族铁定只会持观望态度，所以山下家族再抵抗将军的命令就非明智之举了。

山下的两位随从带过来的那些同伴一直在宅子外面守候着。

当听到里面有铃声传出来要清酒的同时,他们都惊讶万分地发现自己被控制住了。袭击他们的人也假扮成乡下人,甚至还带着女人和小孩,坐在三辆农车上,停在他们面前,假装闲聊些家长里短,甚至还装模作样地拿出一些农产品来卖。所有人都是当场就被处死了。

两位仍然全身瘫痪的随从被拖出去处决后,赖朝高度赞扬了源氏在揭露山下叛逆罪行中所起到的作用,但却只字未提源氏与山下的同谋关系,也没说他支持总领事窝藏异族女人这件事。这些都可以秋后算账。以前有传闻说,源氏的次子与山下的一个女儿订了婚,现在这一婚约也自然解除了。因为山下所有的直系亲属——双亲、妻子、儿子、女儿,包括谣言中的那个——全部都被悄悄处死了,甚至连襁褓中的婴儿都没能幸免。

这虽然可悲,但实属必要。被废掉的领主的孤儿长大后成了将领,带领他的复仇军将当初愚蠢地放过了他的人打得落花流水——这样的事在尼桑历史中曾不止一次地上演过。

山下大人生前已将家族中所有能与之抗衡的竞争对手全部清除掉了,现在他的直系血脉又都已不在人世,所以需要从家族的旁系中挑选一位合适的成员——最重要的是要比较听话——来继任领主之位。所有的大家族,包括丰田在内,都是有强系分支也有弱系分支的。这就好比一棵树,能够抢到更多阳光的枝丫总会长得更强壮,但也更容易被锯掉,因为它们挡住了主人家的房屋采光,所以最后,往往弱小的枝丫反倒能长得枝繁叶茂。

针对山下家族的惩罚措施自会实施,但也不至于让这个家族断子绝孙。因为山下家族的贸易活动已与尼桑的经济安危紧密联系在了一起。如果硬逼他们缴纳高额罚金的话,可能会引起持续的不满情绪。

惩罚得有一个尺度,所以严厉中必须伴随宽宥。但山下家族不能再垄断变种人贸易了。今后,他们的前盟友珂尼卡家族也可以建造轮船,并穿越西方诸海;而精工家族则将成为奴隶贸易的接管者。山下家族仍然可以将奴隶带到尼桑,但奴隶必须通过精工家族来贩卖。这个主意是家康出的,通过这两步至关重要的安排,丰田家族就能收买珂尼卡和精工两大家族的忠诚,而为此埋单的却是山下家族。

飘扬着长谷川家族旗帜的那艘船实际上是将军的战船之一。正是它连夜将赖朝和六位领主大人带进了波士顿。贵族议事团对山下家族做出宣判之后,在源大人的授意下,港口外的岛屿要塞发射了大炮。这是一个信号,看到它后,另外五艘潜伏的战船纷纷驶入港口。确定彼此身份之后,五艘战船将长谷川家族的旗帜扯下,露出了旗帜后的真面目。

源氏的军队如潮水般涌到山下的三艘帆船的甲板上时,错愕不已的船长们终于明白,政治形势已风云突变,他们那死去的主人家族气数已尽。丰田家族的六艘战船除一艘退出外,其他悉数围拢上来,山下的船只几乎不可能突围到开阔的外海去。摆在他们面前的路只有两条:要么奋战,但这样做的结局几乎是明摆着的——战败然后凿船自沉;要么就是投降。

山下的三艘帆船,每艘派出两名船副举着休战旗来到码头,与丰田、源氏家族的代表及六名旁观的领主举行会谈。众位船副被告知,山下家族已受到叛逆罪指控,他们的船只现已被没收。在下次涨潮前,如果他们能投降,那么船上的人员都可以毫发无损地返回所属领地。反抗是没有意义的,如果船长们选择凿沉船只,将无一人生还,而且所有人都将像他们的已故主人一样被定罪。

船副们返回各自的船只。一个小时后,船上的山下家族旗帜被降了下来,恭恭敬敬地盖在三位船长及高级副官的尸体上。这样,没费一枪一弹,事情就搞定了。

家康也没料到,山下大人会死在那个神秘的白衣女巫手上。不过就算他不死,结果也会一样。借助源清盛设下的圈套,别说是小鱼小虾,连大梭鱼都逃不掉。

其实,源氏完全可能也被控以叛逆罪,逃过此劫后他一直心惊胆战,也乖了很多,现在正想方设法重新获得将军的青睐。实际上,在送赖朝上船时,直到走上跳板,他还在斗胆提一个建议,想让自己的儿子迎娶将军侄子辈的某位贵族的女儿。

将军对此表示同意,说他会认真考虑这个提议,不过同时他也提醒源氏,尊贵的美知子女士已失去了她的丈夫,他仍然在等候源氏对她做出补偿。这句话中暗含威胁,他本来还以为将军的船队驶出港口后,他就能大大地松一口气呢。

其实之前家康已经向将军提过建议,对源氏的口气要尽量显得既冷淡又暧昧。无论将军自己内心有什么感受,出于政治需要的联姻都很必要。这让他感到悲哀。在他心里,源清盛虽然势力强大,但背信弃义、没有骨气,并不是完全靠得住。不过另一方面,如果给他一个血管里流淌着丰田家族血液的孙子,兴许可以巩固他对幕府的忠诚。

在返回阿隆基仑将军宫殿的路上,赖朝想起了最先发现各种阴谋苗头的敏郎——他最信任的使者。当初,劝说赖朝将制造飞机的许可权奖给源清盛的是内廷总管家康。随着源氏与山下之间的阴谋被发现,将军相信这个狡猾的老对手总算犯了一个严重的错误,他可以以其判断失误为借口解除家康在内廷的职权。

将军也曾经希望敏郎能找到证据,证明家康与阴谋有直接关联,但现在看来他是大错特错了。总管大人之所以会选中源清盛,仅仅是因为他很清楚源氏在做什么。他知道源氏的强处,也知道他的软肋，所以一开始就已打算利用他来引山下出洞，而且最终还使他出卖了山下。这只狡猾的老狐狸，其深谋远虑丝毫不减当年。赖朝只有暗自庆幸的份儿，庆幸家康的忠心从不曾动摇。他们彼此可能在做事的方式方法上有所不同，最终却殊途同归。毕竟，他们为的都是同一个目的：延续丰田幕府的存在。

使者长谷川敏郎没能参与审判过程。实际上，整个事情始终高度保密，他甚至都不知道将军和家康到过波士顿。当查没山下的三艘远洋帆船这一行动进入公众视野时，使者正在赶往纽波罗的路上，随行的还有总领事悲痛万分的妻子和三个泪水涟涟的孩子。

既然美知子女士想回弟弟的将军宫殿，那么陪同她前往阿隆基仑的江户就是使者义不容辞的责任。她乘坐马车，还带着行李车。行李车上除了一些物品之外，还有一具棺椁，里面盛放着她已故丈夫那毁得不成样子的尸首。

按理，无论如何敏郎都应该早就向将军汇报，说他的安排已取得了成功。情报队员已带着他要的犯人逃离；总领事也已按既定的方式死于非命。不过，他却不知道应该如何向将军解释，那个女变种人介入后发生的一切。当时，东芝仲根一摔到地上他就离开了，所以对于那之后都发生了什么事，他只是听源氏手下的一位军官说过，并没有亲眼见到。

如果清水真的拥有只有女巫才会的魔法，那他的处境就会变得相当不利。他多么希望那场突如其来的地震是任性的大自然所为，而那个天外飞石的故事纯粹只是故弄玄虚、歇斯底里、头脑发热者的幻想。

走海路虽然距离长，但速度却快了很多，所以将军还是比使者以及新寡的美知子女士早一步返回阿隆基仑。将军热情款待了姐姐，并向她表达了自己的哀悼之情，然后即刻传唤使者来向他秉报述鹭池发生的一切。

敏郎走进将军的书房，却惊讶地发现在场的并不只是将军一个人，将军的叔父家康就坐在他身旁，而且显然是受邀前来参与此次会面的。使者向两人施礼致敬，在得到允许后小心翼翼地跪坐下来。这还是第一次他向将军汇报时总管大人也在场，后者就像灰色的大蜘蛛一般令敏郎惴惴不安。这种转变对使者团来说意味着什么？是要终止他们的特权了吗？难道在与家康勾心斗角、争夺内廷控制权的斗争中，赖朝最终败北了？

对于如何汇报飞行展示中出现的悲惨后果，敏郎是仔细考虑过的。他在讲述时，赖朝和家康一言不发地听着。因为不确定将军想让家康了解多少内情，所以他尽量避免提到他在布里克曼和他的朋友们逃走以及总领事失事这些事情中扮演的角色。当然，他也没敢透露这两件事其实都是由赖朝安排的。

讲完之后，他陷入了沉默。骨瘦如柴的老总管说："你能保持警觉，这值得赞扬。不过你不必担心，对于你在这件事中所起到的重要作用，我心里是再清楚不过的了，尤其是你代表内廷与那个所谓的'情报队员'所做的交易。我指的是真正的布里克曼，而冒充他的那个人，由于某些原因，我们到现在还没调查出他的真实身份。

"此外，我们对另一件事也很感兴趣。尊贵的陛下和我都希望知道，你对那个……女子的看法，就是……"家康谨慎地挑选字眼，"……把总领事迷得神魂颠倒的那个……"

敏郎突然感觉自己像被置于流沙之上。以前他也曾遇到过类似的情况，不过每次都能在紧要关头排除危险。可是这次，他觉得自己再也做不到伶牙俐齿了，"我不是很明白您指的是什么，大人。"

"或许我可以解释一下。"赖朝快速翻阅了一遍放在他面前的一沓纸，从中挑出三份，上面写满了字，“这里有一些目击者的记录，详细描述了鹭池的灾难，其中有一部分内容，与你带领马萨诸萨驻军离开场地后发生的事情有关。”

敏郎弯下腰，“我之所以那么做的原因我已解释过了。”

“没错，而且还是个英明的决定。我要说的是，我非常欣赏你处理这件事的方式。结果比我们预想的还要好得多。”

家康也点点头，“我也这么认为。十分满意。”

赖朝仔细阅读了最上面那一页的内容，然后丢开手，让它回到其余那些放在他腿上的纸张上面，“不过，我们不理解的是，这些目击者的陈述里全都提到了女长狗。我可否假设，她与那个曾在湖心小屋里居住过的女人是同一个人？”

“我不敢绝对肯定，陛下。不过据我的了解，那个住在湖心小屋的女子是戴着白面具的。”

“一个官妓。”

“我自己并没有亲眼见过，不过我觉得应该就是她。”

“你似乎不太肯定。”赖朝说，“我姐夫藏匿的那个娼妓你见过，当时她戴的就是白面具。她这次也一同逃掉了，而当初是你安排将她转移到鹭池的。我认为，我们可以肯定她就是目击者描述的那个可怕的人，你不觉得吗？”

将军拿起他腿上的纸查阅起来，指着一行一行的字迹说道：“……一声尖啸劈开了大地……让石头像雨一样从天空落下……用光墙将箭头挡住……单用手指着十二个武士就将他们全杀死……强迫山下大人一次又一次地刺杀他自己，他在杀自己的时候看起来还是活着的，而且还能站立。”

他将几页纸归拢到一起，递给家康，“这么多细节，就算只有一半是真的，也能清楚地表明山下大人面对的是一个被赋予了非同寻常的能力的人。你能否解释一下这是怎么回事？”

"不能,陛下。事后有人把她称为女巫,他们说她唤来了大地魔法中的神秘力量。可是您也知道,在当今这个时代,这种说法是不足为信的。"

"没错,"赖朝接口道,"可是,如果不是魔法的话,这一切又是怎么发生的?"

敏郎弯下腰,"我说不上来,陛下。"

赖朝意味深长地看了使者一眼,然后转向他的叔父,"山下几年前就已经听过草猴拥有魔法的传说,还拿这个来给我们逗乐子,不是吗?"

"是的,"家康说,"不过他自己也并不相信那些传说。"

赖朝干笑了几声,"真是失策。"他将注意力转回到敏郎身上,"这些传说没引起他足够的重视也是情有可原。现在看来,对于一个处在他那样的位置、有着他那样经历的人来说,对于他本应该弄明白的事情,他却了解得远远不够。

"譬如,总管大人近来已经发现,并不是所有变种人都生得丑陋,皮肤的颜色花里胡哨,而且头上还长包。他们当中也有一些人生来就骨骼平直,跟寻道民一样。我本来以为情报队员要抓捕的那两个人是长狗,可是我错了,他们就是变种人!"

将军气急败坏地一甩手,"真是咄咄怪事!一方面,我们知道那个声称自己是长狗的情报队员来到尼桑时装扮成草猴;而另一方面,那两个实际上是草猴的人,我们却一直以为是长狗!"

敏郎什么都没说。他紧张得浑身发冷。

"你知不知道这场骗局?"家康问他。这个老蜘蛛正一步步地拉伸着他的丝网。

使者鞠躬回答:"我知道,大人。我在几周前也发现了这个骗局,而我之所以没说,是因为——"

"你觉得那会把我弄得晕头转向?"赖朝打断他的话问道。

“不是的,陛下——是因为说与不说都改变不了整个局势。山下大人确实与源大人在图谋重获黑光;而且,如果那些人未能返回的话,我们还可能面对联邦的攻击。”

“另外,我那亲爱的姐夫确实与草猴媾合了。你为了不想让我难堪,同时也为了保护我姐姐的名誉,所以才没告诉我实情……”

“我确实是考虑到了这一点,陛下。”

“我赞赏你的这一做法,而且,这无疑也是美知子女士一直对你交口称赞的原因之一。”

敏郎再一次什么都没说。

赖朝转向总管大人,“这位使者向我们提供了如此有价值的情报,现在我有一个私人问题想同他交谈一下。你是否还有其他事要说……”

敏郎直起腰,伏下身子,让前额几乎接触到地板,等待总管大人以规规矩矩的礼数退出去。家康先是站起身,然后无声地倒退着离开书房。四周一片寂静,只听得见敏郎身后的屏风门被拉上时发出的滑动声。

现在,在场的除了他俩,就只有五个面无表情的贴身侍卫了。他们连一个基础语单词都听不懂,更别提说了,所以完全可以把他们当做家具来看待。实际上,敏郎和将军现在可以说是单独面对面了。

赖朝示意使者跟刚才一样跪坐起来。

敏郎将双手手掌放在膝盖上,脊背挺得笔直。今天的结局好坏难测,不管是哪一个,他都要镇定面对。

将军久久地、意味深长地看着他,然后重重地叹了口气,看起来满是遗憾,“我理解你为什么要那么做。如果换作是我……很可能也会做出同样的选择。但是,你这么做也导致了更大的危险。你知道当初我把家康安插在我身边的渣滓除掉,创建一个直接向我汇报的新团队为的是什么？

“把将军与他的使者联系在一起的纽带是对彼此的绝对信任。你们是我的耳朵和眼睛。有些事情，眼睛本应该看得更清楚一些，就算一时被蒙蔽，在真相显露出来后，眼睛也应该即刻将之前传达到大脑的错误信息纠正过来。而在这方面，你做得并不好，这些你自己心里应该最清楚。”

敏郎低垂着头。这个时候，辩解是没有用的。

“我确信你能明白我的困境。如果我连自己的眼睛和耳朵传达给大脑的信息都不能依赖的话，我就不会再有安全感了。世界突然变得危机四伏，因为里面充满了奇怪的声音和潜伏的影子。”

“陛下，在这个国度里，您不必害怕任何人。我对您本人及您家族的忠心和随时准备献出生命的决心从未改变过。我必须承认，我对您隐瞒了某些事实。由于对平原人的无知，我自己也被误导了。对于我一开始就犯下的错误，我无话可说。我知道，这是难以宽恕的罪过。一切都是因为我太自大了。”敏郎略作迟疑，接着又补充道，“我不想让自己在您面前表现得太傻。”

“傻子可以被原谅，但辜负信任的人不可饶恕。”

直到这个时候，敏郎才意识到大势已去。将军跟他玩的是猫捉老鼠的游戏，而老鼠终归是逃不出猫的手心的。他再次直起腰，鞠躬，不过这次深躬到腰，“陛下，我只是在力所能及的范围内尽我一切所能来确保您的目标得以实现。”

“你的确尽了一切所能，”赖朝答道，“但问题是，你将最重要的信息截留下来，不肯告诉我。从现在开始，我再也无法相信一切了，不是吗？”

敏郎直起腰，眼睛一直看着地板。

“但是另一方面，有一个人，对她的话我从来都毫不怀疑地接受，而她却又对你赋予了绝对的信任，甚至愿用她的生命做担保。”

敏郎抬起头，迎上赖朝的目光。

“是的，她就是我姐姐，美知子女士。实际上，我相信是你让她到我面前替你担保的。”

使者睁大眼睛看着将军。这个时候，鞠不鞠躬已没什么区别了。

“你可能会觉得很奇怪，不过家康手下也有一些人在调查东芝。显然他们对你的一举一动也有所了解……”

敏郎紧张地等待着随时再次弯腰。

“我不知道实情是怎么回事，不过家康说，你在调查东芝时，从我姐姐那里获得了大量信息，尤其是他与那个女长狗——不，事实上应该说是女变种人的关系。”

敏郎没有回答，赖朝接着说下去：“她已向我表达了想嫁给你的愿望。”他抬起眼睑，这个举动很可能表明他希望得到一个答复。

敏郎还是什么都没说。

“我知道你现在怎么想，而且我也同意你的想法。”赖朝说道，“这对她来说的确是太冲动了些。不过你也了解女人是怎么样的。请……不要误会我的意思。你出身良好，优秀品质自不待言。从你加入使者团的那一刻，我就已经把你当做自家人看待了。只不过现在，我姐姐想让你名正言顺地做我的姐夫。”

“陛……陛下，”敏郎结结巴巴地说，“我……我从来没有过那样的想法——”

赖朝打断了他的话，“亲爱的朋友，我可不认为随便哪个都能成为我姐夫。我是认真的。瞒报变种人身份的事我可以不予追究。但因为傲慢自大，你甚至干下了更为荒唐的蠢事。”他打开身后的漆木小橱柜，从中拿出一张叠得整整齐齐的纸，扔到两人之间的垫子上。

“要是你没把这封信发出去就好了……”

从纸张的折叠方式以及纸上的水印看，敏郎认出这正是他写给精工大人南方领地军事指挥官的那封信，他在信里将浪人营地的所在地和进入方法全都告诉了指挥官，然后他来到阿里巴尼，付钱给一个店主，让他帮自己把信寄了出去。

他的喉咙开始发干，嗓音低沉而沙哑，“我还杀死了中岛信郎和他的两个同伴。”

赖朝点点头，“家康都告诉我了。”然后疲倦地摇摇头，“为什么？在所有的人中，偏偏是你做了这种事，究竟是为什么？”

敏郎轻轻叹了口气，“都是因为我性格中的严重缺陷——我容不得自己犯错。”说着，他垂下了头。其实还有别的原因，不过现在已没有说出来的必要了。

“这种行为恶劣至极。你当然知道，你应该被判刑——剥皮、剖腹，然后再活煮，对吗？”

“是的，陛下。”

“不仅这些，你把事情搞砸后，还带来了更为严重的后果：你使我不得不又沦落到被家康所左右的境地。这是绝对不可饶恕的。不过，看在你我往日情谊的分上，也看在我姐姐的分上，我会让你这罪该万死的人不必受那种死法，省得你丢人现眼。明天早上，我不希望看到你露出哪怕一丝一毫的怯懦来。”

敏郎匍匐下来，双手伏地，以卑微的谢恩之礼亲吻面前的垫子。他的嘴唇碰到了那封致命的信。

等他起身坐正后，赖朝问他：“谁来为你送行？”

“镰仓队长。”

“哦，他啊，不错，是个好队长，还有五个漂亮的女儿呢……”

第十八章

敏郎通知警卫队长镰仓,请他在第二天日出后不久帮他一个忙,随后回到他在夏宫里的住处倒头就睡。安安稳稳地睡了好几个小时后,他才被仆人叫醒。起来后,他按照礼仪沐浴,洗净身体,又在小神龛前做了一番祷告,然后提笔给美知子女士写了一封虽短但却意味深长的信。他将信交给仆人,给了他一笔钱,以确保信件能小心送达。之后,他披上外衣,动身前往圆石花园。

将军为了表示自己对使者的私人感情,允许他可以在圆石花园檐廊里的特定区域举行剖腹仪式[①]。敏郎裹紧外衣,来到薄雾笼罩、黑黢黢的花园里,在沉思默想中度过了两小时。刚没入黑暗中时,他几乎什么都看不见,但夜幕中的微光渐渐将黑暗稀释了,薄雾也开始一点点退散,周围事物的轮廓慢慢显现出来,最后终于变得清晰可见。

等死亡的那一刻到来时,他会被再次抛回黑暗中,那种黑暗将比他见过的所有黑暗都要沉重得多。如果他有罪,他将被扔进

① 日本武士在剖腹自杀时,地点颇有讲究,一般为:大名在住所内,家臣在庭院里,一般武士则不拘。

地狱，永世不得脱身；而如果他获得宽恕，他的灵魂将飞向那片照亮天照大神面容的天光。

太阳升起来时，镰仓出现了，身后跟着四个仆人，拿着敏郎切腹时会用到的物品。使者起身站在一旁，看着他们将大小合乎礼数的草席铺在地上，垫子的边沿还包着白色的丝绸。然后，他们将一张大大的白色软垫摆在草垫上，使者切腹时要跪在软垫上面。软垫前摆放着一个漆木盘子，里面有一把锋利的短尖刀。

一切就绪后，敏郎脱掉外衣，递给旁边的一个仆人，后者接过外衣退下。使者拥抱了镰仓队长，感谢他愿意做自己的介错人①，之后就跪在白色软垫上，深呼吸几次，让自己的思想集中在完成每一个动作上。按照仪式要求，他不能露出哪怕最轻微的犹豫或害怕的神色。因为在真正的武士眼里，死是"轻若鸿毛"的一件事，每天他们一睁开眼，就准备随时面对死亡的到来。

镰仓队长已经跪在指定的位置上了，在使者左后侧大约三英尺半的地方，双手紧握着砍头的长刀。将军和几名内廷成员则站在花园的两边注视着。敏郎在他们当中瞥到了家康那张灰白而削瘦的脸。

到这个时候，总管自然会有充分的理由志得意满。他成功地动摇了将军对使者团的信任，同时也向将军证明了自己对重大事件的影响力不减往昔。要不了多久，他掌管的内廷就会重新介入到将军和使者团之间。这些年轻的使者，尽管聪明而纯良，跟他们的主人一样，但他们对人情世故了解得太少了。他的侄子赖朝，在将尼桑平稳地带进新世纪之前，还需要更多的指导。而他家康，在以后的几年里会负责给侄子提供所需的指引。

将军仍然任重而道远。克服困难所需的品质赖朝并不缺少，但他需要让自己的道德标准更灵活一点。人必须要能屈能伸，大

① 日本武士在剖腹自杀时，负责砍头的人称为介错人。

风袭来时要弯腰躲避,否则就可能会被连根拔掉。

敏郎伸手拿起尖刀,盯着看了一小会儿,仿佛是在欣赏它那致命的锐利,随后他调整了握姿,以便双手能紧抓住它。然后,他将整个刀身插进了左腰。这个举动让他深吁了一口气,之后他又深吸一口气,握刀的手没有丝毫放松,刀刃开始往右划,缓慢而又坚定地一直划到身体右侧。

汗珠在他的额头上不断地冒出来,但他脸上没露出丝毫痛楚,只是双眼死盯着面前的石块和鹅卵石,令人不寒而栗。在横着的一刀划到末尾时,他转过刀尖,又在身体上竖着划了短短的一刀。

使者的整个剖腹过程利索而干净,远远超过规定的标准。他之前跟镰仓交代过,在他把尖刀从身体里拔出来之前,请他不要动手。至此,剖腹仪式已完成了。他的双手因为浸满了鲜血而变得很滑,他已没有拔出短刀的力气了。

镰仓一跃而起。作为介错人,他的职责就是免除剖腹者不必要的痛苦。他可以在一个事先预定好的时刻出手干涉,甚至在剖腹者伸手去拿尖刀的时候就可以动手,或者在剖腹者露出任何犹豫神色之际拔刀砍掉他的头。当使者俯身向前试图做最后一次努力将尖刀拔出来时,镰仓将刀高高举起,手起刀落,砍掉了年轻人的首级。

一次漂亮的斩首,但镰仓并没有因此而感到欣慰。作为敏郎的剑术老师,他曾将无数的时间花在给年轻人传授技艺和帮他出谋划策上。可是现在,命运却逼着他,为免除敏郎所经受的痛楚而予以致命一击,结束自己最有前途的学生的生命。

这一击,同时也结束了他妻子的梦想——让使者成为自己的女婿。她曾经为此煞费苦心地盘算了那么多年!而今一切都落空了。镰仓可不打算去把这个消息婉转地告诉她。就算她能理解他为什么必须完成这项令人心碎的任务,也是断不可能原谅他的。他的五个女儿也一定不会理解他的苦衷。

他低头看着鲜血淋淋的头颅，上面的眼睛还没有完全合上。很多年前，在他展示自己无可匹敌的剑术时，那双眼睛曾多么专注地关注过他！真是可惜！镰仓将刀擦干净后插回刀鞘，转身离开。他的眼里蓄满了伤心的泪水，但他尽力忍着不让它们流下来。对他来说，无声流泪就足以表达他的哀伤了。但在接下来的数月里，他的家里却要一直充溢号啕的哭声。

骷髅脸倒是说到做到。哈德逊河东岸附近确实像地图上标识的那样有一块空地，中间有凹下去的白色正方形标记。他们刚一着陆，就有一个日本特工走上来，以约定的暗号向卡迪拉克表明了身份。史蒂夫最后一个到，他在降落时虽然已尽可能地让飞机平稳着地，但停下来时还是晃到了他那条伤腿，疼得他一阵龇牙咧嘴。

飞行中，凯尔索发现了插在史蒂夫驾驶座舱外面带着羽毛的箭尾，又从史蒂夫的手势中猜到他出了什么事。等史蒂夫的飞机停稳后，凯尔索用一把不知道哪里弄来的锯子将箭锯断，史蒂夫终于可以动弹了。其他人帮忙把他抬下来，清水和卡迪拉克把箭头拔了出来。伤口不是非常深，也没有弄断肌腱或者动脉，但还是疼得要命。日本特工答应回头给他弄些药和绷带。

歪着身子摇摇晃晃地站起来后，史蒂夫发现，只要不把全身的重量都压在右腿上，他还是可以不用扶持一瘸一拐地溜达的。啊呜！天啊，真疼……

空地四周砍倒了很多树，有人已经从树上弄了些叶子和枝丫生了几堆篝火。难怪凯尔索能弄到锯子。不过砍树的原因很快就明了了——他们把行李从飞机里一拿出来，日本佬就吩咐他们在飞机旁边堆上稻秆和树枝，然后点燃。任何见到飞机飞过这附近的人都并不能确定它们是否已降落，或者是在哪儿降落的，而在野外，几缕烟柱也不会引起什么人的好奇。

趁其他人都在搬稻秆和树枝，史蒂夫紧咬着牙爬进每一架飞机的后座舱里，卸掉里面的无线电控制雷管，然后又扯掉伪装成撑木的炸弹，把它们一股脑儿全丢进手提袋里。

搬完木柴后，五人往后退，让鬼子用火把将三架飞机点燃。看着自己辛辛苦苦费了数周精力做出来的东西就这么一瞬间灰飞烟灭，他们心里都有点不是滋味。等烧得差不多了，鬼子又将火堆外围没烧尽的碎片全投进火堆最里面继续烧。然后，他将众人赶上一辆封闭的牛车，继续他们的下一段行程。

不过后来，他们并没有立刻过河上大船，而是被迫在一幢能俯瞰哈德逊河的房子里住了两夜。他们现在所处的河东岸属于丰田家族的领地。而过了河，包括河西岸以后直到凯尔索称之为大湖群的区域，都属于山下家族的领地。在哈德逊河上，纽约以北的河段，两大家族的船只都可以自由穿行，但连接哈德逊河与伊利湖的运河系统，却只有山下家族的船只可以通行。

日本特工的基础语说得还算不错，他告诉史蒂夫已经得到消息，说偏锋的船因为机械故障不能及时到达。“巴过巴硬担心”[①]，他们刚住进房子不久，特工就看到了那只船从这里顺流而下，如此一来，如果没有别的意外发生的话，它应该会在“哈天[②]”傍晚返回阿里巴尼。

这次耽搁其实起到了意想不到的作用。清水正好趁这个时间精心为他们四人画了逼真的体绘，又帮卡迪拉克适应了穿女人衣服。在戴上假发，穿好内衣，又用带着甜香的脂粉将身上的古铜色皮肤遮盖起来后，卡迪拉克看起来就挺像女人了；等再戴上白色面具和手套，就没人会怀疑他的“官妓”身份了。他还匪夷

① 不过不用担心。
② 后天。

所思地能讲能听铁大师的语言，并且很快学会了摆出一副傲慢姿态——当然，对于“官妓”来说，这样的姿态是必不可少的。

在整个易装过程中，日本联络人一直没来过，史蒂夫决定趁这个机会检验一下他们的伪装效果如何。他先将卡迪拉克安置到隔壁的房间，等鬼子像往常一样突然出现时，史蒂夫迎上去同他交谈。几分钟后，隔壁房间里传过来一句尖声尖气的女声，说了句日本语(要人过去服侍她)。错愕不已的鬼子急忙冲进隔壁房间，却发现只有“官妓”衣着鲜艳地坐在那里。大惊之下，鬼子被对方专横的气势和无可挑剔的措辞吓得本能地弯下了腰，迭声致歉，直到后来他才明白是怎么一回事。

好在这个鬼子还有幽默感，所以也没有怪罪。更好的是，这意味着他们确实装得不错。

史蒂夫本来就是变种人身份，现在只不过需要换个新身份而已。他的几套旧衣服、奴隶牌子以及“黄卡”给了乔迪、凯尔索和清水，通行证和钱则交由“三岛洋子”保管。他们的奴隶证件和通关文书上都标明，他们在费镇被这位“官妓”购买了。每年春季轮船远征返回后，费镇都会有一场大型奴隶贩卖会；除此之外，小规模的奴隶交易活动也会时常举行。他们就是在这种奴隶交易活动上被卖出的。

奴隶是可随意处置的财产，同时也是一种交易媒介，比携带现金或钞票安全，因为钱款有可能会被偷或者被专门抢劫过路行人的无业游民抢了。实际上，有些聪明的商人会仔细研究劳力市场的季节性及区域性波动，将奴隶贱买进来，再运到劳力稀缺的地方高价卖出，以此获取高额利润。通过这种方式，他们积累了大量财富。想想也是，冬天的时候，既然缅因拿[1]和纽斯卡舍[2]的

① 即缅因州，位于美国东北端，与加拿大接壤。

② 即新斯科舍省，位于加拿大东部，与缅因州接壤。

大片土地都不能耕种，那为什么还要闲养着奴隶，而不是把他们弄到气候温暖一点的弗吉尼那[1]和卡罗里纳[2]去，把他们旺盛的精力用到开垦种植上呢？

偏锋带着史蒂夫和其他几位"变种人"登上轮船，又将他们领进黑漆漆的下层舱，在船首区为他们找到了住处。下层舱是用来装贩运的奴隶的。卡迪拉克的马车轿子被抬进了一间事先就以"三岛洋子"的名义订下来的客舱里。一路上，他不必与任何人见面，直到所有人在布法罗上岸。

大块头情报队员偏锋仍然跟往常一样沉默寡言，而且跟他们说话时始终端着变种人监工的架子。他对待他们的态度跟对待船上其他的奴隶毫无二致，再加上他额头上的大包，乔迪和凯尔索一直都把他当成货真价实的变种人。从表面上看，清水似乎跟他们一样也以为偏锋是变种人，但史蒂夫不敢确定她心里真实的想法。谁知道呢，说不定平原人有他们自己的方式来辨别对方是不是自己人。

在清水的帮助下，史蒂夫为乔迪和凯尔索各造了一个变种人名字，并编了一段简短的履历，以防万一船上有人问起他们从哪里来时可以应付。他自己用的是卡迪拉克的身份——既然卡迪拉克都用过史蒂夫的。一路上都有平原人上上下下，只有他们几个要走完全程到布法罗。就算甲板上到处都塞满了人，他们也不必同别人交谈。绝大多数变种人一来到水上就会变得阴郁而孤僻，所以即使他们沉默不语也不会显得奇怪。

史蒂夫每天都会同大块头情报队员见面，但他从来没跟其他人说过他们之间的关系，也没告诉偏锋，他已经获悉情报队同骷

---

① 即弗吉尼亚州，位于美国中部偏东。

② 即卡罗莱纳州，位于美国东南部，分南卡罗莱纳和北卡罗莱纳。

髅脸所在的不明特工组织之间的联络，当然更没说过自己就是其中一个中间联络人。

进入情报队没多久，史蒂夫就已明白，有经验的老手是绝对不会探听别人的任务的。没经过里约劳伯指挥控制中心的准许，你什么也不能问，什么也不能说。偏锋甚至都没问过他和他的朋友们是如何赶到阿里巴尼的。对于史蒂夫的事，他想知道的都已经知道了——也就是史蒂夫跟他说过的准备从鹭池逃跑的计划。大块头情报队员说，他的任务就是监视他们安全到达布法罗，然后再从那里回到大平原。除此之外的事，他一概不想知道。

一路上，除了从船舱顶上的小格子装货口看一眼蓝天之外，他们什么都看不到。史蒂夫只好尽可能地凑近清水，跟她一道消磨时间。几码外的一堆货物之间，乔迪和凯尔索为他们自己找到了一个不错的容身之处。史蒂夫心里明白，这次航行对两个寻道民来说肯定是从未有过的体验。两人以前都很轻视变种人，将他们视为宿敌，可如今他们自己的皮肤也被涂成了敌人的彩色皮肤。不仅如此，至少在眼下，他们还得把这个角色演得尽可能地逼真，不然他们的性命能否保得住就很难说了。

皮肤上色之后，他们自己也意识到了这种状况的讽刺意味。他们不得不去思考自己抱有的自欺欺人的偏见。只是这种偏见是从他们一生下来就被无情地灌输进脑子里的，所以要作出反思是不容易的，对此史蒂夫深有同感。

本来，他们意识到变种人中竟然也有肤色纯净的人存在时已经够惊讶了，后来，当得知连卡迪拉克这样有能力的人实际上也是变种人时，他们就更惴惴不安了；而清水——清水简直把他们给震晕了。她在对付铁大师时展示的力量使他们既迷惑又惶恐，结果他们在面对清水时，双方总是陷入令人窘迫的沉默。

史蒂夫理解他们的感受。他在第一次见到清水展现召唤师法力时感觉跟他们一样。乔迪和凯尔索发觉自己很难将那个在他们风风火火地往飞机上装载火箭时把铁大师逼入绝境的人,那个复仇心切而又能力超群的人,同眼前这个依偎在史蒂夫肩膀上、年轻瘦弱的蓝眼睛女孩联系在一起。

但他们不像史蒂夫那样了解她,不知道她也会有一往情深的时候,不知道她在回应他时所怀抱的热情。他们只看到她变成杀人机器的那一刻,却不知她其实只是一个渠道——辟邪主通过她让自己的神力注入这个世界。

那股极其强大的力量从她身体流过后,清水变得筋疲力尽、无精打采。好在上船之前他们被迫耽搁了一段时间,刚好让她得以休息并恢复精力,但现在她依然安静而虚弱。

史蒂夫揽住她的肩膀,把她往自己这边拉近一点,"回家高兴吗?"

她靠着他,用前额碰碰他的脸颊,"只要能跟你在一起我就很开心。"

"我才不信呢。你的部落姐妹和兄弟怎么办?雪先生怎么办?"

"我不会忘记他们的,只不过这个时候很难想到他们。跟你在一起时,我的整个世界里便只有咱们俩了。"

"是啊,"史蒂夫呢喃道,"我也有这种感觉。"

可是现在还不行。做决定的时刻很快就要到来了……

"这趟行程什么时候结束?"

"我只知道到布法罗需要一天半的时间,布法罗旁边有一个湖,也就是你们说的'大河'。等过了湖就是平原人的地盘了,不过我们还需要走好长一段路才能到家。"一想到这个前景,他就忍不住开始按摩大腿上的伤口。

清水稍稍坐直身子,以便看到他的整张脸,"着陆时接我们的那个人，还有将我们带上船的那些人，你认识他们吗？他们是谁？”

“朋友啊。”史蒂夫说。

“怎么可能？他们是铁大师。”

“哦？”

“还有那个变种人，他一直在监视我们，他可不属于平原人。也是朋友吗？”

史蒂夫抓过她的双手，紧紧地握着，“听着！不用管他是谁，或者他们是谁！你只要知道，我是你唯一需要的朋友！”他压低嗓门，“我答应过雪先生把你们两个安然无恙地带回去。为了这个目的，我不得不撒谎、欺骗，甚至杀人，而且我随时准备着再次撒谎、欺骗、杀人！”

“我也为你杀过人，”她低声说道，“而且多得多。为什么你就不能告诉我——”

“不要问我真相是什么！我不明白言语究竟还有什么用！世界只不过是流沙上的海市蜃楼！而对我来说，唯一真实的东西就是把我们连结起来的那种……力量、感情，或者说——随便怎么称呼好了。或许可以说是‘爱情’，或许还有别的一个你我都不知道的词。但有一点我可以肯定，就是它永远都不会改变。”

清水久久地、探询似地看了他一眼，忧郁地叹了口气，那神情仿佛在暗示她知道了一些他不知道的事，然后才说：“你说得对，云武士。爱情的力量是不会被摧毁的，但这世界却可能会改变你我……”

幸亏这一趟行程他们装扮的是变种人，而不是被俘的寻道民。每逢船只中途靠岸装卸货物或是上下客时，偏锋都看到码头周围有士兵把守，也听到有军官在查问船长，船上是否载有长狗。

还有那么几次，渡口官员同士兵一起登上轮船，仔细查看了载货单和乘客名单，又到下层舱里将人和货物都巡视了一遍。

史蒂夫他们的奴隶牌和“黄卡”也被检查过，之后士兵又提着灯笼将所有黑暗角落照了个遍，以防有偷渡者藏匿。他们甚至连卡迪拉克的客舱都进去了。事先谁也没通知卡迪拉克会有人来搜查，不过他也并没有显得惊慌失措。其实，他早就开始享受成为“三岛洋子”后所能得到的恭敬对待了，而且还把这个角色演绎得无可挑剔——他有板有眼地摇着手中的扇子，渡口官员彬彬有礼地询问，他便彬彬有礼地回答，而且谈吐颇有派头，口音也与贵族一样，谁也想不到藏在面具下面的人竟然会是“赝品”，所以他的证件从来都不曾被查看过。

飞机着陆时接他们的那个鬼子说过，他们下船后会有人在码头接他们。果然是这样，甚至连骷髅脸提过的会给他们的东西也到位了。一个密闭的马车轿子被抬上船，以便将“三岛洋子”接下船。史蒂夫他们被戴上铁镣，两个朝鲜人赶着这几个“变种人”通过各个级别的官僚审查，离开了码头。

史蒂夫他们开始并不知道这些朝鲜人是谁，也不知道他们在说些什么，直到后来遇到卡迪拉克才弄明白。出钱雇那两个朝鲜人的是一个富有的奴隶交易商，而他正是偏锋曾经提到过的那个人，当时史蒂夫刚好在阿里巴尼渡口巧遇偏锋。这更进一步证实了情报队与鬼子之间的勾当。只是不知道联邦与铁大师的交易进行到哪一步了。

史蒂夫、乔迪、凯尔索和清水跟在马车轿子后面，烦人的朝鲜人手里拿着藤条鞭，不时轻打在他们身上，赶着他们穿过一条条人来人往的街道，最终来到奴隶交易商那富丽堂皇的宅邸前。只有卡迪拉克受到邀请从前门进去，其他人则被赶进宅邸后院，锁进了一间窝棚。

这样的窝棚一共有好几个，都是为来来往往的变种人提供临时容身之处的。窝棚直接搭在地上，盖了一个单斜面棚顶，地上铺着板条，上面只有一层薄薄的稻草，稻草早已污秽不堪。棚里放了两个桶，一个是马桶，另一个装饮用水——如果有人需要的话，也可以拿来洗东西。离窝棚只隔几步之遥的地方，就是史蒂夫在桑塔纳地下大厦见识过的那种豪华舒适的住处。

被带出码头时，卡迪拉克从一些猥亵的谈话中得知，那位奴隶交易商同时也买下了他——准确地说，应该是轿子里那位戴面具的女士。伴随着哄笑和嘀嘀咕咕的声音，有人透露说那位绅士极力想挤入上流社会，所以才不惜血本买了这个有着优越社会关系的高级"艺人"。

整个晚上，新主人似乎并没打算做什么事，以让自己付出的重金得到回报，卡迪拉克松了口气。不过第二天早上，他正在庆幸其他人在外面冷得发抖，而自己则能在里面住得舒舒服服的时候，他这吃香喝辣的舒适生活就一下结束了。曾在码头上迎接过"三岛洋子"的一个朝鲜人走进他的卧室，命令变种人收拾起他一直随身携带的帆布手提袋，然后打开一道隐蔽的暗门，带着卡迪拉克沿向下的狭窄楼梯来到一间地下室，里面有几盏灯笼照明。

清水在等着他。朝鲜人让卡迪拉克取掉面具假发，脱下衣服，将这些东西全都拿回楼上去了。清水跪下来，在袋子里翻找着。

见她拿出一套体绘颜料，卡迪拉克立即顺从地跪在她身旁，"这点够吗？"

"够了。"她开始用手指在他背上画那些熟悉的直线，又在身体的其他部位涂上各色颜料。自从清水被部落长老会选定为卡迪拉克的魂偶以来，他们已这样为彼此做过很多次了。同意让身体颜色恢复成最初那样，是他接受自己与平原人不可分割的命运的最后一步。

清水一边往卡迪拉克皮肤上涂防水染料，一边轻柔地哼唱着。那是一首他们俩自小就熟悉的穆卡尔火歌，“你觉得伤感吗？”

“不，发生的一切都是辟邪主的意志。”卡迪拉克叹了口气，“我担心的是咱们现在的处境。”

“你是害怕会再出什么事，我们无法逃脱吗？”

卡迪拉克耸耸肩膀，“如果命里注定逃不掉的话，我们也只能认了。可我担心的是布里克曼，那些铁大师凭什么要帮助他？可是，他什么都没对我说。他跟你说了吗？”

清水暗自寻思，不知道为什么，随着卡迪拉克身上的染料越敷越多，他说话的样子越来越不像云武士了。“他说我们一定要相信他。”

卡迪拉克嘲弄般地大笑起来，“他还会不会说点别的？老是这句话，又不肯告诉大家真相。”

“你不是能读到他的意识吗？”

“可你跟他靠得那么近，比过去离我还近。你能看出他的心，看进他的灵魂里。”

“偶尔才……”

“你看到什么了？”

清水跪着挪到他前面，开始在他脸上着色，“爱、死亡、背叛、新的开始……”

“你会被带走，离开我吗？

她轻轻地从他的颊骨到脖子画了一条直线，“我不知道。能从石头里看到未来的是你。不管发生什么事，我的一部分都会永远跟你在一起。”

“你不会的。”

清水端起他的下巴，“如果你注定是辟邪主的剑，你的力量必定不是来自于我，而是源自你自己。”说着，她将一根手指摁在他心上。

说起来容易，卡迪拉克心想。哦，伟大的天母啊！人生为何如此艰难，充满痛苦？

穿上变种人的衣服并系好标牌后，卡迪拉克被清水带到窝棚里，回到其他人身边。这是自他来到尼桑后，第一次以草猴面目示人。马桶里的秽物溢了出来，整个窝棚都臭不可闻。仅有的一点食物也是没咸没淡难吃得要命，最最糟糕的是，没有清酒。

那天晚些时候，偏锋来到窝棚外。史蒂夫走过去，隔着厚木板缝同他说话："他们怎么会放你下船？"

"机械又出故障了。除了机械师，船上的人都可以上岸放风。"

"你是来跟我们说再见的吧？"

"不是，我来是要跟你一起走。"情报队员笑得嘴巴都快合不拢了，"想不到吧？"

史蒂夫也笑了，"你会怀念这些疙瘩包的。"

"开什么玩笑？我早就等得不耐烦了！"

"这我相信。听着，你既然来了，而且还要跟我们一起回去，我有件事情一定得问问你。"

"呵呵，好啊，什么事？"

"这么说吧，我无意间发现你交了一些东方佬朋友。把我介绍给他们怎么样？"

偏锋闻言，欢快的笑容一下子变成狡黠的微笑，"不行，伙计，还是等回到里约劳伯时你自己去问老妈吧。"

"你觉得他会告诉我吗？"指望卡尔斯托姆能说漏嘴，这几率可不太高。

"我不能说……"

"那么，你总得告诉我咱们怎么离开这儿吧？"

"这可以。我们今晚坐渔船离开,然后换乘两辆动力气艇,横渡到伊利湖对面一个叫长角[①]的地方。"

"是不是老妈会来把我们钩走?"

偏锋点头称是,"天亮前会有两架天驰机到那里。我们一个坐前面,一个坐货舱。要是半路不停留的话,半夜前你就能毫发无伤地蹿进渊薮被窝里了。"

可是这一前景突然让史蒂夫害怕起来,他皱起眉头,"我答应过乔迪和凯尔索,他们会得到公正的对待。你也知道,他们帮了我。"他停顿下来,观察着情报队员的脸色,"没有他们我不可能逃脱。"

"那他们就没什么好担心的了,"偏锋说,"联邦自有裁断。"他朝卡迪拉克和清水那边望了望,"那两个草猴怎么办?"

"麻烦。要是给他们看到天驰机……"

"听着,只能载你、我,还有两个飞行员。我们没必要把事情弄那么复杂。我相信你那两个朋友中有一个很喜欢喝逍遥水[②]。"

"另一个不喝。"

"凡事有了第一次,就难保不会有第二次,伙计。就这么定了,到了那边后,咱们弄点东西庆祝庆祝,这主意怎么样?"

"好吧。"

"咱先喝点什么,说不定还能吸点草。先把他俩放倒,再把咱的空军给叫来。"

"听你的。"

偏锋吸了吸鼻子,"兄弟,这地方味儿可真难闻,是吗?"

"有点儿。"

"你那条伤腿怎么样了?"

---

① 伊利湖北岸一细长的半岛,位于加拿大境内。

② 美国俚语中指"酒"。

史蒂夫耸耸肩,“总比没腿强。”

“那好。”偏锋一只眼眨了眨,“回头见。”

史蒂夫回到乔迪和凯尔索身边。清水和卡迪拉克盘腿坐在窝棚的另一头。

凯尔索若有所思地盯着偏锋刚刚站过的地方,“这家伙总让我惴惴不安。”

史蒂夫在他旁边坐下来,“怎么会?他跟咱们是一伙的。”

“得了吧,”凯尔索吸了口气,“他是联邦的探子。”

乔迪看着他们俩,什么都没说。

“他还跟鬼子勾搭在一起……”

史蒂夫点点头,“是啊,我也没料到。看起来好像不管你跑多远,都逃不出第一家族的手掌心。”

凯尔索冷冷地点点头,“那他们知不知道我们冒了多大的险来帮你?”

“会知道的。我已经跟他提过你们对我的帮助了。”

“他怎么说?”

“‘联邦自有裁断’……”

凯尔索看着乔迪,惊讶地扬起了眉毛。

偏锋分发救生衣时天还没亮。他们跟着他上了一条渔船,然后换乘两艘动力气艇。卡迪拉克、清水与偏锋乘一艘,乔迪、凯尔索和史蒂夫乘另一艘。坐好后,他们启动外置发动机——即喷水式推进器,由液体甲烷气缸发动——朝西方加速离去。在他们身后,史蒂夫看到天已蒙蒙亮,气艇掀起一道道翻滚的浪花,一直延伸到天际。

他们的目的地是一处像针一样又细又长的古怪湖岬,约二十英里长,一直伸到湖中央。他们坐的两艘气艇上都配有罗盘,不过，史蒂夫一路上都是盯着前面差不多五十码远的那艘气艇尾巴上的蓝色小灯来辨认方向。他将舵柄交给乔迪，来到船头坐在了凯尔索身旁。

“乔迪怎么了？”

凯尔索表情复杂地看了他一眼，“她改主意了。”

“什么意思？”

“她不想回去了。”

史蒂夫装作漫不经心似的转过头去，避免看到乔迪，“噢，是吗？什么时候的事？”

“我想可能是从我们着陆之后吧。先是那些鬼子，后来又是你朋友，偏锋……”凯尔索耸耸肩。

史蒂夫大笑着摇头，“难道她以为单凭我们自己能做到这一切吗？那些炸药，还有那些武器，她以为都是从天上掉下来的吗？真是见鬼！”

“她当然不是傻瓜，她知道是怎么一回事，只不过，嗯……所有这些支援都是突然冒出来的，而你现在又要带我们回去，天知道回去后会有什么在等着我们。咱们都别兜圈子了，这里面有鬼，对不对？她吓坏了。”

史蒂夫叹了口气，“你去掌舵吧。”

这时，乔迪来到了船头，他们彼此默默地对视了一会儿，然后她转头凝视着前方。

“凯尔索说你不想回去了。”

她没吭声。

“怎么回事——你不相信我吗？”

还是没吭声。

“求你了，乔迪。跟我说说到底是怎么回事吧。”

时间一分一秒地流逝。过了很久，她才将目光收回，一动不动地看着他，带着一股挑衅的意味，“戴夫有没有告诉你，他也不想回去了？”

于是，两人都转过头看着凯尔索。凯尔索在半明半暗的天光中读出了史蒂夫脸上的疑惑，摊开手做出一个抱歉的动作。史蒂夫点点头，别过脸，越过船首向远处看，乔迪也一样。在他们右前方的水面上，布满了偏锋的气艇激起的水花。史蒂夫暗暗寻思，不知道大块头情报队员是怎么看待卡迪拉克和清水的；他是否已意识到，他们并不是呆瓜？他忽然想起了雪先生，想起了雪先生如何教他思考，真真正正地思考他所在的这个世界，思考在世间万物中他所处的位置。

真是糟糕透顶！他向那么多人许下过那么多的诺言，不管他选择哪条路，到最后总会有人受伤。这时，戚妹萝兹的脸浮现在他眼前。他将脑海里的其他想法全都抹去，集中全部心神想与她对话。尽管之前他曾设置过种种障碍，她的声音还是穿透了进来。他感觉自己仿佛又坐回了那趟前往大中央的列车，被人押送着去接受人生的审讯。

来啊，大脑老兄！试一试！要不是为了萝兹，你我都不会陷入这场困境！

头骨里突然被一种美妙无比的清凉感觉充满了，他和萝兹穿越重重障碍终于来到了彼此面前。在潜意识里，他与她那没有重量、没有形状、一如幻影的身体拥抱在一起，相互融合，彼此既是观察者，又是参与者。她的喃喃低语直接灌入他的脑海——没有发出一言一词，他却可以倾听到，终于明白了自己要怎么做。以前的迷茫和苦恼都消失了，取而代之的是深深的、令人宽慰的平静。

他恢复了思绪，发现乔迪正在摇晃他的肩膀，“嗨！你没事吧？”

“什么？哦，没事，我没事。”

“你吓死我了。”

史蒂夫做了个怪相，“刚刚在想事情。”

“什么……？”

“如果我告诉你，我跟你的想法一模一样，你会不会大吃一惊？”

乔迪怀疑地盯着他，“你在耍什么把戏？”

“没有，我是说真的。你们打算去哪里？”

“怀俄明，”她说，一脸严肃，“我们，呃……我们想试试看，能不能回去找到马隆，还有其他人。”

“再好不过。我也想去。”

乔迪转身急匆匆地回到凯尔索身边，告诉他这个消息。他一边招手叫史蒂夫过去，一边提高嗓门，压过马达的噪音：“咱们怎么干？”

“我们有五个人，对付他们三个，应该不会有多大问题。”

“请你那位朋友清水帮忙怎么样？”

史蒂夫摇摇头，“变种人魔法不是像水龙头一样想开就开，想关就关。再说，那样做风险太大。你们也看到鹭池里发生的事了，我可不想让她把天驰机也整垮。”

“那么，你有什么主意？”

史蒂夫伸手摸着帆布手提袋，“不要问我怎么没扔了它，老天注定的。里面有五张防毒面罩，还有……”他将手伸到束腰外衣里，掏出一个灰色的筒罐，“……还有一枚毒气弹。”

乔迪兴奋地大叫一声，伸出手臂抱住了史蒂夫的脖子，凯尔索则将毒气弹举得高高的。乔迪和史蒂夫双双倒在船上，她抱着他，对着他的脸，狠狠地在他嘴上吻了两下。

“乔迪！你的嘴冻得跟冰一样！”

“你也差不多！管他的。你这家伙可真是了不起，你知道吗？”

“听我说，这没什么。我欠你们的，记得吗？”

长角这个地方，还不适合人居住。地表几乎全都是狂风吹积而成的连绵沙丘，上面长着一丛丛草。在偏锋的指引下，他们将气艇停到岸边。偏锋测试了一下方位，告诉大家他们离应到的地点偏了大约400码。

随后，偏锋抓住自己的气艇把手，开始往沙滩上拉，乔迪和凯尔索走过去帮他忙；史蒂夫和卡迪拉克、清水则去拉另一艘。在这个过程中，史蒂夫将接下来的安排简要地告知了他们俩。每个人都从手提袋里拿了一张面罩藏在束腰外衣里，尽量装得好像什么事都没发生一样。

一番努力后，偏锋找到了他寻找的目标：一间很大的密室，为了掩人耳目，顶盖上还巧妙地铺了一层鹅卵石和碎石块，伪装得跟周围的湖岸浑然一体。这不是临时的设置，而是一处供给点，为那些出入尼桑的特工准备的。

关掉发动机后，他们将所有的东西都拖进了密室。偏锋从中拿出一堆东西，包括一个手持对讲机、火炉、餐盒、一袋用来烧水的冰块、一套一次性塑料杯（杯里各装有一个咖啡包）和一瓶清酒，最后一样东西他直接递给了卡迪拉克。然后，他们重新将密室盖子盖上，把滚到四周的石子踢平整，这才拿着东西和早餐往沙丘走去。

在离沙滩没多远的地方，他们发现了一片平缓的草地。上面最近有人砍出了一条宽阔的通道，一直通到草地中心。偏锋放下火炉，将炉子点着，又把冰块倒进餐盒。没过几分钟，他和另外几个寻道民就每人握着一杯热乎乎的爪哇咖啡暖手了。

偏锋早已将变种人的伪装全都去掉。他嗅了嗅咖啡的香味，十分满足，“噢，没错。就是这味儿，棒极了。让人不由得想起那些错过了的好东西！”

“确实。”凯尔索接口道，心里却在想着沙滩下密室里的物资，盘算着离开这里前要抢一些带走才是。偏锋转过身，望着卡迪拉克和清水。他俩正蜷缩在火炉边，清水搓手取暖，卡迪拉克则爱不释手地把玩着清酒瓶。“正宗货，好酒来着，不是吗？我没骗你吧？”

卡迪拉克点点头，又灌了一大口。

“让你的朋友也来点嘛，”偏锋劝他，“试一试！”他对清水说，“喝了它，你很快就会暖和的，比烤火快多了！”

清水刚抿了一小口，就猛地抓住脖子咳嗽起来。

“没事儿，没事儿！”偏锋连忙说道，“第一次喝是这样的。只管继续。喝第二次就会感觉好多了。”他看着她再次将瓶子举到嘴边喝了一口，接着又是一口，“怎么样？我说得没错吧？实践出真知嘛。”

清水放下瓶子，用另一只手捂着脸，开始吃吃地傻笑。她看起来已经无法掌握平衡了，径直朝卡迪拉克倒过去。

偏锋赶紧伸手抓住瓶子，“小心点！千万别弄洒了。”说着，他举起瓶子朝其他人示意。没有一个人响应。“没人想要吗？”他朝卡迪拉克举了举瓶子，“剩下的都是咱们的！”他自己喝了一点后，举起瓶子问两个变种人，“你俩谁还想要？”

清水伸手抓了一下却没抓着，被卡迪拉克抢了先，他将瓶子对着嘴，仰起头咕咚咕咚地就往嗓子里倒。

“嗨、嗨！慢点、慢点！”情报队员冲他大叫，“你给蓝眼睛和我也留点！”

卡迪拉克醉醺醺地朝前伏下去，清水从他手里接过瓶子。她喝了一点，再次吃吃笑起来，“这酒让大地都摇晃起来了！”

"不是的，"偏锋解释说，"不是酒的缘故。我们在水上待的时间太长了，所以你才会感觉好像是大地在摇。你喝多了，已经感觉错乱了。"

三分钟后，两个变种人都醉得不省人事。

偏锋将瓶子里的最后一滴酒倒进自己嗓子里，然后抬头看着史蒂夫，"看到了吧？我早就跟你说过没事的。"他盖上瓶盖，"这些草猴喝不了这种东西。"说着他站起身，拿出对讲机，"我是农仔。天桶听到请回答。你们那边情况怎么样？完毕。"

对讲机里响起一阵"咔嚓咔嚓"的静电噪音，然后一个声音冒了出来："收到，农仔。天桶一号和二号准备就绪。完毕。"

"收到，天桶，你们可以着陆了。告诉老妈我们会满载。"

"照办，农仔。我们已在靠近……"

乔迪头一个看到他们来了。她朝湖那边一指。史蒂夫和凯尔索转过头，只见两个小点迅速变成两架深灰色的天驰机。偏锋在他们身后继续用简短的口令引导飞行员。

飞机飞过来后，先警觉地在他们头顶上转了一圈，这才逆风从西边靠过来。几秒钟后，它们先后开始降落。西边的天空此时仍是深紫色，不过东边的地平线已镀上了模糊的橙边。

两架体型臃肿的天驰机进入除过草的通道，朝他们滑过来，依次停下。对史蒂夫来说，这一幕已不陌生：他曾经两次搭乘这样的飞机。头一次是同唐娜·鲁德奎斯特，从普韦布洛监控站起飞；后来一次是同情报队的某个飞行员，那次他被扔到了内布拉斯加。

眼前这两架是第二代飞机，使用的是全新材料，配备有封闭式座舱和扩音器，还有各种人性化设计，人在其中会觉得舒适无比。初次见到这种机型的时候，史蒂夫大吃一惊，与它们相比，长期以来一直为联邦服役的天鹰机就像是从石器时代来的，更不消说卡迪拉克的那种织物飞马了，它们简直就是玩具。

是啊。你终究还是得佩服第一家族。他们永远都比别人技高一等，永远都是最厉害的……

之前，史蒂夫已经向乔迪和凯尔索布置了行动步骤，可等飞机停在眼前时，他自己也忍不住想凑上去看个仔细。他跟着他们俩一起跑过去，留下偏锋和两个半梦半醒的变种人待在火旁。

情报队员又往餐盒里丢了一些冰块。卡迪拉克正晕乎乎地起劲打鼾。清水想让自己清醒过来，无奈浑身瘫软，每次从地上挣扎着抬起头却支撑不了几秒钟就垂了下去，如此反复，一次又一次地做着徒劳的努力。

两名飞行员摘掉带有黑色面甲的头盔，放到仪器面板上，打开前置合页式有机玻璃舱盖爬了出来。那个曾将史蒂夫带到内布拉斯加的飞行员是个沉默寡语的神秘人，一直到现在史蒂夫都不知道他姓甚名谁。不过，这两个飞行员的衣服上却挂着姓名牌：布莱克韦尔·B和里奇·K，一看就知道都是情报队的人。

三个寻道民上前跟他们打招呼。在握手致意时，两名飞行员都用带着敌意的眼光看着他们脸上的彩绘。

“保护色。“史蒂夫解释说。

“挺好的，”布莱克韦尔·B边说边朝火炉旁的三个人扫了一眼，“我想去那边待一会儿，见识见识变种人。”

这时，正在观看座舱的乔迪叫道：“嗨，戴夫！快来看这个配置！是不是很惊人啊？”

“我能不能坐坐驾驶座？”史蒂夫问道，“只不过想感受一下，可以吗？”

“当然可以。只管去吧。”

史蒂夫爬进离得较近的那架飞机的座舱里。与此同时，凯尔索正在同里奇·K握手致意，并向他介绍自己，“凯尔索，77级的……你呢？"

长了一副娃娃脸的里奇·K笑了笑，"我比你晚几届。"他抽回手，转过身，恰好看到偏锋朝他们这边走过来，边走边向他们打招呼。

"我给你们准备了点儿咖啡。"

"太好了，"里奇·K说，"从离开大中央开始，我们到现在都还滴水未进呢。"

史蒂夫向乔迪和凯尔索使个眼色，关上了座舱盖。飞行员把他的黑皮手套也留在头盔里了。史蒂夫戴上它，一抬头，看到乔迪和凯尔索正绕过他的机头朝另一架飞机走过去。

两名飞行员站在偏锋身边，看着他撕开咖啡包，将开水倒进两个杯子里，递给他们。杯子里各放了一根塑料搅拌棒。

布莱克韦尔一边缓慢地搅着杯里的咖啡，一边盯着清水和卡迪拉克，"他们好像很开心的样子。"

"这辈子再开心不过了。"偏锋说。

里奇·K将半个搅拌棒含在嘴里，吞了一些热咖啡，"咱们在这儿加餐的时候，把他们留在那边没事吧？"

"当然。"

"那两个寻道民呢？"

"没问题。哑火跟他们说，他们会受到英雄般的接待。"偏锋说着朝天驰机那边扫了一眼，这一看差点让他站不稳脚，"他妈的怎么回事？"

两名飞行员急忙转过身，眼前的一幕让他们不由得倒抽了一口冷气。停在前面的那架天驰机的座舱被关上了，里面满是白烟。他俩猛地将咖啡杯一扔，三步并作两步穿过草地朝那边跑去。到了飞机旁，他们看到座舱里有人正在猛捶玻璃盖，拼命想往外爬。

里奇·K猛地抓住右舷舱盖把手使劲往上拉，"见鬼！卡住了！快去抓另一边！”布莱克韦尔·B飞快地绕过机头跑到另一边，此时，乔迪和凯尔索正从另一架飞机的外侧走出来。

“克里斯托夫啊！”乔迪尖声叫道，“着火了！”

“别过来！”布莱克韦尔·B朝他们大喊道。他抓住把手，“好了，里奇，我抓住了！使劲！”

玻璃盖“哗”地打开了，烟雾翻滚着冲了出来，一个戴着面罩的人影从烟雾中现出身来。毒气冲到两名飞行员脸上，他们踉踉跄跄地朝后退了几步，在胸口和嗓子上拼命抓挠。史蒂夫从座舱里跳出来，缴了里奇·K的武器；已经戴上面罩的凯尔索负责对付布莱克韦尔·B。

偏锋刚才跟在里奇·K身后一两码远，比他稍早一点明白发生了什么事。情急之下，他转身乱窜想要逃跑，却发现清水戴着面罩就跟在他后面。他伸手想一把推开她，却被蜷缩在地上的卡迪拉克绊了个四脚朝天。

乔迪在尖叫之后就迅速戴上了面罩，这时她蹲伏在飞机下面，猛地朝大块头情报队员扑过去，帮助清水制住他，直到他开始呼吸困难后她俩才松手。偏锋躺在那儿，被疼痛和窒息折磨得死去活来。

史蒂夫一瘸一拐地走过去帮清水把情报队员拖到火炉旁，又过去拖那两名飞行员。乔迪试图将卡迪拉克搀起来。等将飞行员都拖过来与偏锋并排躺在一起后，凯尔索掏出从布莱克韦尔·B身上抢来的重型气手枪，瞄准了飞行员的脑袋。

乔迪冲上来一把将气手枪推到一边，“不，戴夫！求你了。不要这么做！”她的声音从面罩里面传出来，听起来嗡嗡的。

“好吧。”凯尔索摘掉两名飞行员肩膀上的枪套，又去检查偏锋是否暗藏了武器。

没有。除了手持对讲机之外，什么都没有……

清水拾起空酒瓶,插进偏锋的束腰外衣里,拍了拍他的额头,算是告别。她提上帆布手提袋,走到飞机旁边与乔迪和凯尔索会合。卡迪拉克已经又软倒在地了。

"把他交给我吧。"清水说。

"你怎么还能站得稳?"凯尔索不解地问道。

"你以为我喝了很多啊?"她答道。

乔迪和凯尔索过去帮史蒂夫将另一架飞机掉了个头,让它的后置式推进器与充满毒气的飞机左舷相对。史蒂夫忍痛爬上前一架飞机,锁住制动装置,摁下启动按钮,用螺旋桨产生的气流将后一架飞机座舱内的毒气排干净。

等了十分钟,毒烟全部消散后,他爬出驾驶舱,任由螺旋桨缓慢地转动。"好了。现在谁愿意头一个摘掉面罩试试外面的空气?"

"卡迪拉克。"清水说着,将面无表情的变种人推上前去,"不用担心,他什么都感觉不到。"

史蒂夫摘掉卡迪拉克的面罩,拍拍他的脸,让他集中注意力,然后对着他的耳朵大喊道:"吸气! 深呼吸!"

卡迪拉克用尽全力吸了口气,没显示出什么异样,史蒂夫这才取下面罩扔掉。其他人见状也都取掉了各自的面罩。

"好了! 我们出发!"史蒂夫把卡迪拉克朝凯尔索推过去,"把他弄进货舱。等他醒来的时候,到怀俄明的路我们已经跑了一半了。"

凯尔索犹豫了一下,"沙滩里贮存的那些物资怎么办?"

史蒂夫手里抓着帆布袋,正和清水一起朝靠后的那架飞机走去,"算了吧,戴夫! 我们没有时间再逗留了!"

"你脑子有毛病吧? 在找到马隆他们之前,我们还要在这大冬天里应付很久! 我们需要物资! 拜托! 给我们十五分钟,能拿多少算多少!"

"好吧。不过要快!"

乔迪和凯尔索将卡迪拉克塞进狭小的货舱,连舱门都没关就飞一般地朝沙滩奔去。史蒂夫帮清水钻进座舱坐好,又将帆布袋扔进去,然后走到凯尔索的飞机旁,探身将发动机启动起来,这样他们一回来就可以即刻起飞。情报队现在肯定很关注这里的情况,所以最好还是不要冒任何风险。

到了沙滩上,凯尔索"嗵"地跳进密室这个阿拉丁藏宝洞[1]里,抓到什么是什么,全部弄了出来:医疗包、口粮袋、工具包……这里贮存的物资足够他们捱过今年和来年的冬天了。

乔迪跪下来,快速将这些东西塞进凯尔索找到的两个拉链袋里,"戴夫!已经过了十一分钟了。快点走吧!"

凯尔索还在不停地往外扔包裹,"袋子满了吗?"

"满了!快点!别再磨蹭了!我们得赶紧离开这里!"

"好!你先走。他一看到你,就会知道我马上就到!"

乔迪将袋子拖上去,往下看着凯尔索,"只有三分钟十九秒了!你再不走,我就不管你了!"

"看在克里斯托夫的分上!我就来!"凯尔索开始爬上贮藏室的顶盖。

乔迪发疯般地翻过沙丘朝草地通道跑过去。凯尔索则背对着她跪下来,又随便捞了些包裹塞进另一个拉链袋里。等乔迪从视线中消失之后,他伸手朝束腰外衣里摸索着,掏出偏锋的那部手持式对讲机。

"请求救援,请求救援,请求救援。我是鼠夹。鼠夹呼叫老妈的中转站。有人听到吗?完毕。"

一阵静电噪音,"鼠夹,我是天桶三号。我们已收到你的求援

① 出自《一千零一夜》中的《阿拉丁与神灯》。

信号,一切正常。如需接通搜救组或紧急状况处理组,请激活查找救援频道。完毕。”

凯尔索把鼓鼓囊囊的拉链袋往肩上一扛,穿过草地跑回来。史蒂夫和清水已坐进关上舱盖的座舱里,头盔已戴上,安全带也已系好,就等着出发了。凯尔索朝他们竖起大拇指,做了个赞许的手势,将一满袋物资往货舱里一扔,落在仍然昏睡不醒的卡迪拉克身边,然后“砰”的一声关上舱门。乔迪已经坐在驾驶员的位子上了。“让开!”

乔迪紧咬着牙换了座位,“你他妈的干吗去了?”

“我这不是来了吗?先让我喘口气!”凯尔索启动马达,飞快地做了一遍起飞前的检查,乔迪则大声念出仪表板上的数据。他们看到史蒂夫已将飞机掉了头,正朝通道那一端滑去。凯尔索依样而行,跟在他后面,与他保持一定的角度。他把布莱克韦尔·B留在座舱里的头盔戴上。那两个飞行员一直没有关闭飞机与飞机之间的呼叫频道。

史蒂夫的声音从耳机里传出来:“这里是大平原航空队。一号航班,准备起飞。你们那边情况如何?”

“一切就绪,”凯尔索答道,“就让我们一飞冲天吧。”

史蒂夫扭头看着清水,安慰般地拍了拍她的手,“怕吗?”

“不怕。”她表情镇定,带着难以捉摸的微笑,“我早就知道,有一天我们会一起飞翔。”

史蒂夫将辅助翼调为十五度偏转,打开节流阀,松开制动装置。天驰机急速朝前冲去,前轮点了一下地,随后就收了回来,飞机很快就掠过草地,飞到了水面上。东方的地平线此时已染成了金黄色。史蒂夫回过头去,看到另一架天驰机跟在他后面,正朝西方爬升。这么长时间以来,他第一次感觉到了实实在在的幸福。

两架天驰机离开长角中转站三十分钟后,又有两架一样的飞机从南面掠过水面飞了过来。这次,它们没再转圈就直接降落在了三名一动不动的情报队员身旁。

第一个走下飞机的飞行员带着一个情报队专用的急救包。打开后,他从中拿出一副事先充好药液的注射器,在每个情报队员身上扎了一针。他注射的是一种解毒剂,可以化解体内的神经毒气,使中毒者在半个小时内就完全恢复正常。

最后,偏锋和另两个分别名为布莱克韦尔·B和里奇·K的人被搀扶着站了起来,又咳又吐了一阵子后,终于可以再次呼吸新鲜空气了。

"真不敢相信,"偏锋气喘吁吁地说,"那东西,还真能要人命。"他伸手往束腰外衣里摸,却掏出了一个空酒瓶。嗬,嗬……我的天啊。他"呼"地将瓶子扔飞了。你们以为你们成功逃脱了,殊不知笑到最后的永远都是情报队。

另一个飞行员回到自己的飞机旁,拿起对讲机用超高频联系上一架正在高空盘旋的信号飞机:"天桶三号呼叫云蔽。请将信息转至老妈处。哑火已带鼠夹及三个目标离开,时间 0615。请予确认。完毕。"

司令官卡尔斯托姆离开中心通信室,动身前往白宫,准备向总统司令亲自汇报情况。截止目前,一切进展良好。他们只给布里克曼提供了一点小小的帮助,他就干得如此令人满意。他已成功地让铁大师相信,联邦绝对是一股不可小觑的力量,他还把卡迪拉克和清水带了回来。此外,他甚至还救了情报队同事鼠夹——当然,此人通常都以反叛者凯尔索的面目出现。

情报队无法预料布里克曼会如何行事，但好在还有凯尔索，可以靠他来确保布里克曼不会做出危及全局的事情。还有更妙的一步棋，可以借此给他施加压力，那就是利用萝兹。布里克曼那一帮人，因为急着撤走，根本就没意识到长角不仅有食物储备，还有燃料储备。两架天驰机已飞了数百英里，这意味着如果不加油，他们连怀俄明的边儿都碰不到就得早早迫降。

他们会降落在敌对部落的领地上，不过凯尔索，也就是鼠夹知道他们应该前往何处。情报队会给他们一个机会，让他们识别自己所处的方位，然后他们就会发现自己已被一帮老朋友团团围住了。到那个时候，不管有没有布里克曼协助，下一步行动都将如期展开……